Un week-end dans le Michigan

Frank Bascombe est journaliste sportif. Divorcé, il vit seul dans une banlieue cossue de la côte Est des États-Unis. Pourquoi, après des débuts prometteurs, a-t-il renoncé à l'écriture ? Quel drame a bien pu détruire son mariage ? Les flashes-back qui parsèment ce roman dont l'action se déroule sur trois jours apportent des éléments de réponse. Mais aucune de ces explications ne vient à bout du mystère qui enveloppe le narrateur.

Richard Ford renoue ici avec une veine brillamment illustrée, entre autres, par Saul Bellow : une tradition d'analyse caustique et parfois comique de la bourgeoisie aisée de la côte Est avec ses travers, ses rites désuets et le vide pathétique de ces existences vouées à la monotonie.

C'est donc à un changement complet de décor et de personnages que nous invite Richard Ford. Après le Mississippi d'*Une mort secrète* et le Montana de *Rock Springs*, nous voici transportés dans la banlieue de New York et dans le Michigan, mais ce changement de cadre n'a pas modifié le regard de Richard Ford, toujours attentif à la part d'énigme présente dans la banalité la plus quotidienne.

Né à Jackson (Mississippi) en 1944, Richard Ford vit dans le Montana et à La Nouvelle-Orléans. Dès son premier roman, Une mort secrète *(1976), il s'est imposé comme un romancier de tout premier plan.* Rock Springs, Un été dans le Michigan *et son dernier roman,* Une saison ardente, *ont confirmé son talent auprès du grand public.*

Du même auteur

AUX ÉDITIONS PAYOT

Rock Springs
nouvelles, 1989
coll. « Points Roman », n° 403

Une mort secrète
roman, 1989
coll. « Points Roman », n° 416

AUX ÉDITIONS DE L'OLIVIER

Une saison ardente
roman, 1991

Richard Ford

Un week-end dans le Michigan

roman

TRADUIT DE L'AMÉRICAIN
PAR BRICE MATTHIEUSSENT

Éditions Payot

TEXTE INTÉGRAL

EN COUVERTURE : illustration Gilbert Raffin

Titre original : *The Sportswrighter*
Éditeur original : Collins Harvill, London

ISBN 2-02-013346-6
(ISBN 2-228-88242-9, 1re publication)

Pour Kristina

1

Je m'appelle Frank Bascombe. Je suis journaliste sportif.

Depuis quatorze ans j'habite ici au 19 Hoving Road, à Haddam, New Jersey, dans une grande maison Tudor achetée lorsque j'ai vendu très cher un recueil de mes nouvelles à un producteur de cinéma, pensant ainsi garantir une vie agréable à ma femme, à moi et à nos trois enfants, dont deux n'étaient même pas encore nés.

En quoi consistait au juste cette vie agréable — celle que j'espérais mener —, je ne saurais aujourd'hui l'expliquer clairement, mais je ne dirais pas qu'elle n'a pas eu lieu, simplement que beaucoup de choses sont arrivées entre-temps. Je ne suis plus marié avec X, par exemple. L'enfant que nous avons eu tout au début est mort ; mais il y en a deux autres, comme je l'ai dit, qui sont des enfants bien vivants et merveilleux.

J'ai écrit la moitié d'un bref roman peu après que nous avons quitté New York pour nous installer ici ; puis je l'ai fourré dans un tiroir, dont il n'est pas ressorti depuis, et où je compte bien le laisser, à moins que ne survienne un événement inimaginable pour l'instant.

Il y a douze ans, alors que j'en avais vingt-six et que les choses gardaient encore leur mystère, le rédacteur en chef d'un prestigieux magazine sportif new-yorkais m'a proposé un emploi de journaliste sportif, à cause d'un article que l'on m'avait commandé et qui lui avait plu. Alors, à la grande surprise non seulement de moi-même mais de toutes mes connaissances, j'ai arrêté mon roman pour accepter son offre.

Depuis lors, je n'ai pas cessé d'exercer ce métier, en dehors des vacances et d'une période de trois mois après la mort de mon fils, quand j'ai envisagé de changer de vie et travaillé comme professeur dans une petite université de l'ouest du Massachusetts ; mais ce travail m'a bientôt déplu et je n'ai plus eu qu'une seule envie : revenir ici dans le New Jersey pour reprendre mes articles sportifs.

Pendant ces douze années ma vie n'a guère été désagréable, et elle ne l'est pas plus aujourd'hui. Pour l'essentiel, elle a même été formidable. Bien qu'en vieillissant les choses m'effraient chaque jour davantage, et qu'il me semble toujours plus évident que des catastrophes risquent de vous arriver à tout moment, et vous arrivent bel et bien, peu d'inquiétudes réelles m'empêchent vraiment de dormir. Je crois toujours que la passion, ou l'amour, vont frapper à ma porte. Et si c'était à refaire, je ne changerais pas grand-chose. Je choisirais sans doute de ne pas divorcer. Je m'arrangerais pour que mon fils, Ralph Bascombe, ne meure pas. Mais ce serait à peu près tout.

Comment, me demanderez-vous, un homme peut-il renoncer à une carrière littéraire prometteuse — mon livre a suscité quelques critiques élogieuses — pour devenir journaliste sportif ?

C'est une bonne question. Pour l'instant, je dirai seulement ceci : si le journalisme sportif vous apprend une chose — il enseigne beaucoup de vérités et démasque bon nombre de mensonges —, c'est que pour que la vie ait une valeur il faut tôt ou tard s'exposer à un regret terrible, déchirant. Mais il faut aussi s'arranger pour l'éviter, sinon votre vie en sera irrémédiablement brisée.

Je crois avoir accompli ces deux choses. Risqué le regret. Évité la catastrophe. Et je suis toujours là pour en parler.

Je viens d'escalader la grille pour rejoindre le cimetière situé juste derrière mon domicile. Il est cinq heures du matin en ce vendredi d'avant Pâques. Nous sommes le 20 avril. Toutes les maisons du quartier, hormis la mienne, sont obscures, et j'attends mon ancienne femme. C'est aujourd'hui l'anniversaire de mon fils Ralph. Il aurait treize ans, il entrerait dans l'âge adulte. Nous nous sommes retrouvés ici ces deux dernières années, tôt, avant le point du jour, pour lui rendre hommage. Auparavant, nous allions simplement au cimetière ensemble, comme mari et femme.

Une brume spectrale monte de l'herbe du cimetière, et tout près des nuages bas j'entends les oies battre sèchement des ailes. Une voiture de police a franchi le portail, puis le murmure du moteur s'est tu, elle a éteint ses feux pour me placer sous surveillance. J'ai remarqué la lueur brève d'une allumette dans la voiture et aperçu le visage du policier tourné vers un bloc-notes.

A l'extrémité opposée de la « nouvelle concession », un petit chevreuil m'observe tandis que j'attends. De temps à autre, ses iris jaunes trouent les ténèbres vers l'ancienne concession, où les arbres sont plus grands, et où trois signataires de la Déclaration d'indépendance reposent à un jet de pierre de la tombe de mon fils.

Mes voisins, les Deffeye, jouent au tennis et chuchotent poliment leur score en ce début de matinée.

— Pardon.

— Merci.

— Quarante-zéro.

Poc. Poc. Poc.

— Avantage à toi.

— Oui, merci.

— A toi.

Poc, poc.

J'entends le chuintement de leur respiration nasale, leurs piétinements. Comme tous deux sont des octogénaires qui n'ont plus besoin de dormir, ils sont debout à n'importe quelle heure du jour et de la nuit. Ils ont installé des lumières sans ombre au sulfure de barium, qui n'éclairent pas ma cour et ne me réveillent pas la nuit. Si nous ne sommes pas des amis intimes, nous sommes restés bons voisins. Maintenant que je ne partage plus grand-chose avec les Deffeye, je suis rarement invité à prendre l'apéritif chez eux, ou chez quiconque, d'ailleurs. En ville, les habitants se montrent toujours amicaux envers moi, quoique distants, et je les considère comme des gens avenants, soucieux de tradition et de bienséance.

J'ai mis un certain temps à comprendre qu'il n'est guère facile d'avoir pour voisin un homme divorcé. Il abrite le chaos, le contrat social ordinaire est menacé par une sexualité latente. La plupart des gens ont le sentiment qu'il leur faut choisir, et il est toujours plus facile de prendre parti pour la femme, une position d'ailleurs adoptée par presque tous mes voisins et mes amis. Nous avons beau bavarder par-dessus les allées, les haies ou le toit de nos voitures dans le parking des magasins pour évoquer l'état de nos soffites, de nos drains, ou discuter la probabilité d'un hiver précoce, voire ébaucher de timides projets de réunion, je ne les rencontre presque jamais et en fais aisément mon deuil.

Ce vendredi d'avant Pâques est pour moi un jour particulier, sans même parler de cette visite au cimetière. Ce matin, lorsque je me suis réveillé dans le noir, le cœur battant la chamade, il m'a semblé qu'un changement s'annonçait, comme si cet état d'attente rêveuse, qui est le mien depuis un certain temps déjà, allait s'évanouir dans l'aube froide et enténébrée.

Aujourd'hui, je pars pour Detroit afin d'entamer le portrait d'un footballeur célèbre qui habite la ville de Walled Lake, Michigan, qui vit dans un fauteuil roulant depuis un accident de ski nautique, mais qui est devenu un modèle de courage et de détermination pour ses anciens camarades en retournant à l'université pour terminer sa licence de sciences de la communication et en épousant sa physiothérapeute noire avant de devenir aumônier honoraire de son équipe. « Le désir de participer », tel sera mon angle d'attaque. C'est le genre de portrait que j'aime et que j'écris avec aisance.

Mais mon attente est accrue par le fait que j'emmène avec moi ma nouvelle amie, Vicki Arcenault. Cela fait peu de temps qu'elle a quitté Dallas pour s'installer dans le New Jersey, mais je suis presque certain d'être amoureux d'elle (je ne lui en ai pas parlé, de peur d'éveiller sa méfiance). Il y a deux mois, lorsque je me suis entaillé le pouce en aiguisant une lame de tondeuse à gazon dans mon garage, c'est elle qui m'a recousu aux urgences du Doctors Hospital, et tout a commencé ainsi. Elle a suivi les cours de l'école Baylor, à Waco, puis est venue s'installer ici quand son mariage a fait long feu. Sa famille habite Barnegat Pines, pas très loin d'ici, sur un lotissement proche de l'océan, et je suis censé être l'attraction numéro un du dîner de Pâques — la preuve pour eux qu'elle s'est bien adaptée au nord-est du pays, a trouvé un homme équilibré et généreux, et laissé loin derrière elle tous ses ennuis, y compris un mari violent prénommé Everett. Son père, Wade, travaille au péage de la sortie 9 de l'autoroute, et je ne m'attends guère à ce qu'il apprécie beaucoup notre différence d'âge. Vicki a trente ans. J'en ai trente-huit. Et lui-même n'a que la cinquantaine. Mais j'espère gagner ses faveurs et j'attends ce dîner avec une grande impatience. Vicki est une femme petite et douce, alerte, dotée de cheveux noirs, de pommettes larges, d'un fort accent texan et d'une telle simplicité dans le plaisir qu'un homme comme moi en pleurerait presque de désir pendant la nuit.

Personne ne devrait croire que la fin d'un mariage vous ouvre enfin les portes d'une fréquentation débridée de l'autre sexe, d'une vie palpitante que vous n'aviez jamais connue jusque-là. La vérité est tout autre. Personne ne peut se livrer très longtemps à cela. Le club de divorcés auquel j'appartiens ici en ville m'a au moins prouvé cela

— nous ne parlons pas beaucoup des femmes lorsque nous sommes ensemble, nous nous sentons simplement soulagés de nous retrouver entre hommes. Pour moi — comme pour la plupart d'entre nous —, la fin du mariage a marqué le début d'une période de célibat, et d'une fidélité telle que j'en avais rarement connu auparavant, même si elle ne s'exerçait envers personne. Ça n'a été pour moi qu'une longue période de vide. Tout le monde devrait vivre seul à un moment ou à un autre de l'existence. Cela n'a rien à voir avec la solitude d'un enfant, ou celle qu'on connaît dans la chambre d'un dortoir d'une école miteuse. Il faut d'abord grandir. Et *ensuite* vivre seul. C'est tout à fait supportable. On peut y gagner une intimité plus grande avec soi, ainsi que font les meilleurs sportifs. (Le joueur de basket qui va effectuer un bras roulé se réduit au seul désir d'envoyer le ballon dans le panier.) En tout cas, le courage n'est pas une chose facile, et il n'est pas censé l'être. J'accomplis mon travail de mon mieux, je continue d'attendre le meilleur de la vie sans savoir ce qu'il sera. Et soudain, comme par miracle, une bénédiction me tombe du ciel : ainsi l'infirmière Arcenault.

Je n'ai pas voyagé depuis maintenant plusieurs mois, car le magazine m'a trouvé beaucoup de sujets à New York. Alan, l'avocat minable de X, a déclaré au tribunal que mes voyages étaient la cause de tous nos ennuis, surtout depuis la mort de Ralph. Bien que cela soit faux — il s'agit d'un motif légal inventé par X et moi —, il est vrai que j'ai toujours aimé les voyages qui accompagnent mon métier. Vicki n'a vu que deux paysages dans toute sa vie : les prairies plates, ternes et lugubres qui entourent Dallas, et le New Jersey — c'est là une carence bizarre à notre époque. Mais je vais bientôt lui montrer le Midwest, où les vieilles traditions imprègnent l'air humide, et où il se trouve que je suis allé à l'université.

De fait, presque tout mon travail de journaliste sportif correspond à l'image qu'on s'en fait : des voyages en avion, des départs et des arrivées aux aéroports ou dans un hôtel du centre-ville, des heures d'attente dans des couloirs et des vestiaires, des voitures de location, des prises de bec avec des grooms désagréables. Des verres tardifs pris dans des bars inconnus, et toujours se lever avant l'aube, comme ce matin, essayer de trouver le bon angle. Mais cela comporte aussi une sécurité sans laquelle je ne crois pas pouvoir jamais vivre heureux. On prend très tôt conscience que rien ne vous arrachera jamais à vous-même. Pourtant, dans ces villes banales et anonymes que sont Milwaukee, Saint Louis, Seattle, Detroit, et jusque dans le New Jersey, un événement prometteur et inattendu arrive parfois. Une femme rencontrée à l'université où j'ai brièvement enseigné m'a dit un jour que j'avais trop de choix, que je n'étais pas assez soumis aux dures nécessités de la vie. Mais elle se trompait, car c'est une illusion. Nous avons tous besoin de choisir. D'ailleurs, lorsque je pénètre dans l'écheveau de briques de ces villes américaines, c'est exactement ce que je ressens. Une profusion de choix. Des choses sont là, à portée de main, dont j'ignore tout mais que j'aimerais peut-être, et qui m'attendent sans doute. Même si je me trompe. Le plaisir violent d'une nouvelle arrivée. Une belle lumière dans un restaurant qui vous plaît particulièrement. Un chauffeur de taxi qui a une vie intéressante à raconter. La voix fortuite et chantante d'une inconnue, que vous pouvez écouter dans un bar où vous entrez pour la première fois, à une heure où vous auriez normalement été seul. Tout cela vous attend. Qu'espérer de mieux ? De plus mystérieux ? De plus désirable ? Rien. Strictement rien.

Les lampes au sulfure de barium s'éteignent au-dessus du court de tennis des Deffeye. D'une voix patiente, égale et toujours étouffée, Delia Deffeye assure à son mari Caspar qu'il a bien joué, tandis qu'ils retournent vers leur maison obscure dans leurs tenues blanches amidonnées.

Le ciel est devenu un œil laiteux ; bien qu'on soit au printemps et que Pâques approche, cette matinée est curieusement couverte, comme en hiver, à croire qu'en altitude le brouillard efface les étoiles de l'aube. Il n'y a pas de lune.

Le policier, qui en a assez vu, franchit lentement le portail du cimetière pour rejoindre les rues silencieuses. Un journal claque sur un trottoir. Au loin, j'entends le train de New York s'arrêter à notre gare avec son signal sonore — un bruit toujours réconfortant.

La Citation marron de X s'arrête aux feux clignotants de Constitution Street, en face de la nouvelle bibliothèque ; puis, les phares allumés, elle s'engage doucement dans Plum Street le long de la clôture du cimetière. Le chevreuil a disparu. Je marche à sa rencontre.

X est une fille classique et solide du Michigan, originaire de Birmingham, que j'ai rencontrée à Ann Arbor. Son père, Henry, a été un brillant libéral ; il possède toujours une usine d'emboutissage de joints en caoutchouc destinés à une machine géante qui fabrique des pare-chocs ; c'est maintenant un républicain riche comme Crésus. La mère de X, Irma, habite Mission Viejo ; tous deux sont divorcés, mais Irma m'écrit toujours régulièrement, car elle croit que X et moi finirons par nous réconcilier, ce qui me paraît aussi possible que n'importe quoi.

X pourrait choisir de retourner vivre dans le Michigan, d'acheter un appartement de luxe ou une maison dans le style ranch, ou encore de s'installer sur la propriété de son père. Nous en avons parlé lors du divorce, et je n'ai émis aucune objection. Mais elle est trop fière et indépendante pour retourner vivre là où elle a grandi. Par ailleurs, c'est une fervente partisane de la famille ; elle tient à ce que Paul et Clarissa restent près de moi, et je constate avec plaisir qu'elle s'est parfaitement adaptée à sa nouvelle existence. Certains d'entre nous ne deviennent pas vraiment adultes avant d'avoir subi une perte irréparable qui donne l'impression que notre vie nous rattrape, déferle sur nous comme une vague et nous fait lâcher prise.

Depuis notre divorce elle a acheté une maison dans un quartier de Haddam, bon marché mais en nette amélioration, surnommé The Presidents par ses habitants, et elle a trouvé un poste de professeur à l'école de Cranbury Hills. Elle a été capitaine en second de l'équipe de golf des Louves à l'université ; et dernièrement, une fois améliorés ses coups à faible ou moyenne portée, elle a commencé de participer à des compétitions locales entre pros et amateurs ; l'été dernier, elle s'est même très bien classée à l'issue d'un parcours. J'imagine qu'elle avait désiré toute sa vie pratiquer sérieusement un sport comme celui-là, et que son divorce lui en a donné l'occasion.

A quoi ressemblait notre existence ? Je ne m'en souviens presque plus aujourd'hui. Pourtant, je me la rappelle, ainsi que le temps qu'elle a occupé. Et je me la rappelle avec plaisir.

Je suppose que nous menions une existence générique, comme dit le poète. X était une femme d'intérieur qui s'occupait de ses enfants, lisait des livres, jouait parfois au golf, avait des amis, pendant que j'écrivais mes articles sportifs et que j'allais ici ou là glaner mes informations, rentrant à la maison pour rédiger mes papiers, y traînant durant des jours en vêtements élimés, faisant de temps à autre un saut en train à New York. X adoptait apparemment la meilleure attitude possible face à mes obligations de journaliste sportif. Cela lui convenait tout à fait, du moins l'affirmait-elle, et elle semblait heureuse. Elle pensait avoir épousé un jeune Sherwood Anderson qui s'orienterait plus tard vers le cinéma, mais elle ne s'est jamais plainte lorsque les choses ont tourné court, en tout cas elle ne m'a jamais fait le moindre reproche là-dessus. Je nageais dans le bonheur. Nous passions nos vacances avec nos trois enfants. A Cape Cod (que Ralph appelait *Cape God — le cap de Dieu*), à Searsport, dans le Maine, à Yellowstone, sur les champs de bataille de la guerre civile, Antietam et Bull Run. Nous avons payé des factures, fait des courses, fréquenté des salles de cinéma, acheté des voitures et des appareils photo, contracté des assurances, cuisiné devant la maison, pris l'apéritif chez des amis, rendu visite à des écoles, sans oublier de nous cajoler mutuellement avec la douceur prudente des adultes. Par ma fenêtre ou dans le jardin, je regardais les couchers de soleil avec un sentiment de réconfort et d'accomplissement, je nettoyais mes gouttières, surveillais mes bardeaux, subissais les orages, mettais régulièrement de l'engrais dans le jardin, calculais les intérêts de mes actions, m'adressais à mes voisins avec une voix intéressée — bref, la vie normale et sans éclat que nous menons tous.

Mais vers la fin de notre mariage, je me suis perdu dans une espèce de rêve. Certains matins, au réveil, mes yeux se posaient sur X qui respirait endormie près de moi, et je ne la reconnaissais pas ! Je ne savais même plus quelle ville j'habitais, quel âge j'avais, quelle vie était la mienne, si dense était la matière de mon rêve. Je restais allongé là et je faisais de mon mieux pour rester dans cet état, pour faire durer cette impression agréable de m'élancer à mille lieues de tout, cette sensation que j'ai appris à aimer tant qu'elle durait, pendant qu'une myriade de *qui*, de *que* et de *où* se bousculaient dans mon esprit. Mais soudain tout rentrait dans l'ordre, et je ressentais alors — quoi donc ? Oui, je crois qu'il s'agit d'une impression de perte, même si je serais bien incapable de définir ce que je perdais. Mon fils était mort, mais je ne voudrais pas suggérer qu'il était à l'origine de ces états, pas davantage qu'il existe une seule cause au moindre événement. Je sais que l'on peut rêver toute sa vie d'une existence plus agréable et ne jamais se réveiller, ce qui a bien failli m'arriver. Je crois avoir survécu à cette épreuve, et ces rêveries sont presque derrière moi, même si pour tous les deux notre mariage brisé est une source de tristesse, d'une tristesse empreinte de nostalgie. Imaginez-vous à une réunion d'anciens élèves, en train d'entendre une vieille chanson que vous aimiez autrefois écouter tard le soir, sauf que maintenant vous êtes tout seul.

X sort de la lumière ambrée du cimetière, la démarche détendue et endormie ; elle porte des chaussures basses, un large pantalon de velours et un vieil imperméable londonien que je lui ai offert il y a des années. La coiffure moderne de ses cheveux coupés court me plaît. C'est une grande fille solide, brune et jolie, qui paraît plus jeune que ses trente-sept ans. Lorsque nous nous sommes rencontrés à New York il y a quinze ans, à l'occasion d'une lugubre signature de livres, elle était mannequin dans un magasin de vêtements de la Cinquième Avenue, et aujourd'hui encore elle a parfois tendance à se laisser aller à une démarche dégingandée, à de longues foulées avec les pieds en dehors, même si, campée sur ses jambes au-dessus d'une balle de golf, elle peut l'envoyer à un kilomètre. A certains égards elle est devenue une authentique sportive comme j'en connais peu. Inutile d'ajouter que j'éprouve la plus grande admiration pour elle, et que je l'aime dans tous les sens du terme, sinon le plus intime. Je l'aperçois parfois à l'improviste et à son insu dans une rue en ville ou bien dans sa voiture, et je suis saisi de stupeur : que peut-elle désirer maintenant de la vie ? Comment ai-je pu l'aimer et la perdre ?

— Il fait encore frisquet, dit-elle d'une petite voix ferme dès qu'elle est assez près de moi pour se faire entendre, les mains enfoncées au fond des poches de son imperméable.

C'est une voix que j'aime. D'ailleurs, c'est surtout sa voix que j'ai commencé par aimer, les voyelles aiguisées du Midwest, la syntaxe succincte et souple : *Binton Herbor, himburger, Gren Repids.* C'est une voix qui connaît le minimum requis pour se faire comprendre, et qui joue de ce savoir. De manière générale, j'ai toujours préféré les voix féminines aux masculines.

Je me demande bien à quoi va ressembler ma propre voix. Sera-t-elle convaincante, véridique ? Ou bien la voix faussement sincère, artificielle, d'un ancien mari qui s'attend à des ennuis ? Je possède une voix qui m'est vraiment propre, une voix franche, vaguement rurale, qui évoque plus ou moins le vendeur de voitures d'occasion : une voix sans apprêt, qui espère découvrir la simple vérité en s'attachant avec ténacité aux faits. Lorsque j'étais à l'université, j'ai perfectionné cette voix :

— Bon, okay, voyons les choses comme ça, disais-je très fort. Ça va, ça va.

— Ouais, mais regarde un peu.

Plus qu'aucune autre, c'est là ma voix de journaliste sportif, même si aujourd'hui je ne perds plus mon temps à la travailler.

X s'appuie contre la courbe du monument de marbre qui représente un certain Craig — à bonne distance de moi — et serre les lèvres. Jusqu'alors, je n'ai pas remarqué le froid. Mais maintenant qu'elle en a parlé, je le sens qui me glace les os et je regrette de ne pas avoir enfilé un chandail.

C'est moi qui ai eu l'idée de ces rendez-vous avant l'aube ; en théorie, cela paraissait une bonne occasion pour que deux personnes comme nous partagent ce qui leur restait d'intimité. Mais en pratique, ces rendez-vous sont aussi insupportables qu'une pendaison, et il est tout à fait possible que nous y renoncions l'an prochain, même si nous avons eu la même impression voilà un an. Simplement, je ne sais pas porter le deuil, et X non plus. Ni elle ni moi n'avons le vocabulaire ni le tempérament adéquats, et nous avons tendance à passer le temps à bavarder, ce qui n'est pas toujours sage.

— Paul t'a-t-il parlé de notre rencontre d'hier soir ? dis-je.

Paul, mon fils, a dix ans. Hier soir, je suis tombé par hasard sur lui dans la rue obscure, devant sa maison, alors qu'à l'intérieur sa mère ne savait rien, et que je rôdais au-dehors. Nous avons parlé de Ralph, de l'endroit où il était, de la possibilité d'entrer en contact avec lui — et tout cela m'a permis de m'en aller le cœur plus léger. X et moi sommes en principe d'accord pour que j'évite de passer la voir à l'improviste, mais telle n'était pas mon intention.

— Il m'a dit que papa était assis dans la voiture obscure et qu'il surveillait la maison comme un policier.

Elle m'adresse un regard curieux.

— Il se trouve que j'ai eu une drôle de journée. Mais elle a bien fini.

C'était en fait beaucoup plus qu'une drôle de journée.

— Tu aurais pu entrer. Tu es toujours le bienvenu.

Je lui adresse un sourire charmeur.

— Une autre fois, d'accord.

(Nous faisons parfois des choses étranges, puis nous disons qu'il s'agit d'accidents ou de coïncidences, mais je veux qu'elle pense qu'il s'agit vraiment d'une coïncidence.)

— Je me demandais si quelque chose n'allait pas, dit X.

— Non. Je l'aime beaucoup.

— Bon, dit X avec un soupir.

Je lui ai parlé avec une voix qui me plaît, une voix qui est vraiment la mienne.

X sort de sa poche un sac en papier, en tire un œuf dur, qu'elle se met à peler dans le sac. Nous avons peu de choses à nous dire. Nous nous téléphonons au moins deux fois par semaine, surtout pour parler des enfants, qui viennent me voir après l'école pendant que X est toujours en cours. De temps à autre je tombe sur elle dans la queue chez l'épicier, ou bien je prends une table à côté de la sienne à l'August Inn, et nous échangeons quelques propos à bâtons rompus. Nous avons essayé de rester une famille moderne quoique divisée. Notre rendez-vous en ce lieu ne fait que commémorer une existence révolue.

C'est néanmoins une bonne occasion pour les confidences. L'an dernier, par exemple, X m'a dit que, si elle devait recommencer sa vie, elle attendrait sans doute davantage avant de se marier et tenterait sa chance dans le golf professionnel. Son père lui avait même proposé de la financer, m'a-t-elle dit, en 1966 — c'est là une confidence qu'elle ne m'avait jamais faite. Elle n'a pas ajouté que, le moment venu, elle m'aurait épousé. Mais elle a déclaré qu'elle regrettait que je n'aie pas fini mon roman, que cela aurait sans doute arrangé beaucoup de choses, ce qui m'a surpris. (Elle a ensuite retiré cela.) Elle m'a dit aussi, sans être particulièrement critique, qu'elle me considérait comme un solitaire, ce qui m'a aussi surpris. Elle a dit que j'avais tort de me contenter d'une poignée d'amitiés superficielles, tort de m'être uniquement concentré sur les rares choses qui me tenaient à cœur — elle-même, par exemple. Ou bien mes enfants. Mon travail de journaliste sportif, mon statut de citoyen ordinaire. Selon elle, cela ne me donnait pas assez d'armes pour affronter l'inattendu. Elle attribuait mon comportement au fait que je n'avais pas très bien connu mes parents, que j'avais fréquenté une école militaire, et que j'avais grandi dans le Sud, une région pleine de traîtres, de gens secrets et fourbes. Je suis d'accord avec elle, bien que je n'aie jamais fréquenté de ces individus. Elle explique tout cela par l'issue de la guerre civile. Mieux valait avoir grandi, comme elle, dans une région anonyme où aucune ambiguïté ne risquait de vous troubler ou de vous compliquer la vie, où la seule préoccupation sérieuse et générale était le temps qu'il faisait.

— Tu as l'impression de t'amuser suffisamment ces temps-ci ?

Elle finit de peler son œuf, puis fourre le sac en papier au fond d'une poche de son imperméable. Elle connaît l'existence de Vicki ; depuis notre divorce, j'ai eu une ou deux petites amies dont, j'en suis sûr, les enfants lui ont parlé. Mais elle ne pense sans doute pas que ma situation en a été fondamentalement changée. Peut-être a-t-elle raison. En tout cas, je suis heureux d'avoir cette conversation apparemment intime et sincère ; c'est là un plaisir rare, l'une des joies du mariage.

— Et comment, dis-je. Je me sens en pleine forme, si tu veux savoir.

— Tant mieux, rétorque-t-elle en considérant son œuf dur comme s'il lui posait un léger problème. Je ne me fais pas vraiment de bile pour toi.

Elle lève les yeux vers moi comme pour me jauger. Ma rencontre avec Paul hier soir l'a peut-être convaincue que je perdais les pédales ou que je m'étais mis à boire.

— Je chouchoute mon copain Frank. C'est un rigolo, dis-je. D'ailleurs, je trouve qu'il devient de plus en plus marrant à mesure qu'il prend de la bouteille. En tout cas, merci d'avoir pris de ses nouvelles.

Ces simagrées me donnent l'impression d'être un imbécile. Je lui souris.

X prend une minuscule bouchée d'œuf dur.

— Excuse-moi d'avoir été indiscrète.

— C'est rien.

J'entends la respiration de X, qui parle avec une voix douce.

— Ce matin, dit-elle, je me suis réveillée dans le noir et tout à coup j'ai pensé à Ralph en train de rire. Ça m'a fait pleurer. Mais je me suis dit qu'il fallait coûte que coûte vivre sa vie jusqu'au bout. Ralph a vécu toute son existence en neuf années, et je me souviens de son rire. Je voulais simplement être certaine que toi aussi tu te le rappelais. Tu auras vécu beaucoup plus longtemps que lui.

— Mon anniversaire est dans deux semaines.

— Tu crois que tu vas te remarier ? demande X d'une voix extrêmement tendue et en levant les yeux vers moi.

L'espace d'un instant, l'odeur que je remarque dans l'air matinal et vivifiant est celle d'une piscine ! Une odeur toute proche, liquide et banlieusarde, au bouquet frais et chloré, qui me rappelle la proximité de l'été ainsi que tous les autres étés plus heureux de la mémoire. C'est une particularité de ces banlieues que j'aime : de temps à autre, l'odeur âcre d'une piscine, d'un barbecue ou d'un feu de feuilles mortes que vous ne verrez jamais dérive jusqu'à vos narines.

— Pour l'instant je n'en sais rien, dis-je.

Mais en fait, j'aimerais pouvoir lui répondre : *Bah, n'y compte pas ; c'est hors de question ; d'autres oui, mais moi pas.* Ma réponse est néanmoins plus proche de la vérité. Aussi vite qu'elle est apparue, cette odeur estivale et voluptueuse s'envole, remplacée par celle, plus appropriée, de la terre et des monuments de pierre. Dans l'aube grise et frémissante, une fenêtre s'allume au-delà de la clôture, au deuxième étage de ma maison. Bosobolo, mon locataire africain, est réveillé. Il commence sa journée, et j'aperçois sa silhouette sombre passer devant la fenêtre. De l'autre côté du cimetière, dans la direction opposée, je distingue les lumières jaunes dans le cottage du gardien, près duquel est garée la pelleteuse verte John Deere qui sert à creuser les tombes. Les cloches de Saint-Léon-le-Grand sonnent l'appel à la prière du vendredi d'avant Pâques. « Le Christ est mort aujourd'hui. Le Christ est mort aujourd'hui » (mais je crois qu'il s'agit en fait du *Stabat Mater Dolorosa*).

— Moi je pense me remarier, dit X d'une voix égale. Mais avec qui, mystère...

— Avec qui ?

Non, s'il te plaît, pas un de ces richards membres du club du dix-neuvième trou, ces inconditionnels du loden vert, genre bon pied bon œil, qui l'emmènent toujours en week-end au Trapp Family Lodge ou en escapade aux Poconos, où l'on accueille les nouveaux comédiens du Circuit du Borscht, et lui font l'amour sur des matelas pleins d'eau. J'espère contre tout espoir que cela n'arrivera pas. Je sais tout sur ces types. Les enfants me tiennent au courant. Ils conduisent tous une Oldsmobile et portent des chaussures à glands. Et il n'y a que des bonnes raisons pour sortir avec eux, je vous le garantis. Qu'ils dépensent donc leur argent, qu'ils jouissent de leurs loisirs. Ce sont des types bien, j'en suis certain. Mais pour rien au monde il ne faut les épouser.

— Oh, peut-être un représentant en logiciels, dit X. Ou un promoteur immobilier. Un homme que je pourrai écraser au golf et embobiner à ma guise.

Elle m'adresse un sourire crispé, désespéré, et ses épaules se mettent à frémir. Tout à coup elle fond en larmes à travers son sourire et hoche la tête vers moi comme si nous savions tous deux de quoi il retournait, que nous eussions dû nous attendre à ces pleurs, et qu'en un sens tout fût de ma faute, ce que je ne saurais nier.

La dernière fois que j'ai vu X pleurer, c'était le soir où notre maison avait été cambriolée, quand, en cherchant le butin emporté par les voleurs, elle a découvert des lettres que j'avais reçues d'une femme de Blanding, au Texas. J'ignore pourquoi je les gardais. Elles ne signifiaient vraiment rien pour moi. Je n'avais pas vu cette femme depuis des mois, et pour tout dire ne l'avais rencontrée qu'une fois. Mais je nageais alors dans les couches les plus profondes de mon rêve, et j'avais besoin — du moins le croyais-je — de quelque chose pour m'arracher à ma torpeur ; je n'avais jamais prévu de rencontrer cette femme, en fait je voulais même me débarrasser de ces lettres. Les voleurs avaient laissé un peu partout des photos polaroid des pièces vides de notre maison, pour que nous les trouvions à notre retour du cinéma, où nous avions vu *Les Trente-neuf marches*, ainsi que les mots « C'est nous les caïds » bombés sur le mur de la salle à manger. Le décès de Ralph remontait à deux ans. Les enfants étaient avec leur grand-père au Huron Mountain Club, j'avais cessé mes cours au Berkshire College, et j'ai parcouru la maison sans dire un mot, mais d'assez bonne humeur malgré tout. X a trouvé les lettres compromettantes dans un tiroir de mon bureau alors qu'elle cherchait une chaussette pleine de dollars d'argent que ma mère m'avait laissés ; elle s'est assise par terre pour les lire, puis me les a tendues alors que j'entrais dans la pièce avec une liste d'appareils photo, de radios et d'équipement de pêche volés. Elle m'a demandé si j'avais quelque chose à dire, et lorsque je lui ai répondu que non, elle est allée dans notre chambre et a commencé de mettre en pièces son coffre de jeune mariée avec un marteau à panne fendue et un pied-de-biche. Elle l'a littéralement réduit en petit bois, qu'elle a ensuite transporté dans la cheminée pour le brûler ; pendant ce temps-là, je rêvassais dans le jardin devant Cassiopée et les Gémeaux en me sentant invulnérable à cause de mon rêve incessant et de cet amusement bizarre qui, me semblait-il, imprégnaient jusqu'au moindre détail de mon existence. On aurait pu croire, à cet instant, que j'étais « rassemblé en moi-même ». Mais en réalité, je me trouvais à des années-lumière de tout.

X est bientôt sortie, alors que toutes les lampes de la maison brillaient et que son coffre de jeune mariée partait en fumée à travers la cheminée — nous étions en juin —, puis elle s'est éloignée de moi dans le jardin pour s'asseoir finalement sur une chaise en fer et éclater en sanglots bruyants. Dissimulé dans l'obscurité derrière un grand rhododendron, je lui ai adressé quelques vaines paroles de consolation, mais je ne crois pas qu'elle m'ait entendu. Ma voix était alors devenue si faible que j'étais sans doute le seul à pouvoir l'entendre. J'ai levé les yeux vers la fumée de ce que je savais être son coffre de jeune mariée, rempli d'une foule d'objets précieux : menus, billets déchirés, photographies, notes d'hôtel, cartons indiquant sa place lors d'un dîner, son voile de mariée, et je me suis demandé ce qui pouvait bien s'envoler ainsi en fumée dans la nuit claire et vide du New Jersey. J'ai alors pensé à la fumée qui annonçait un nouveau pape — *un nouveau pape !* —, si pareille chose est croyable en de telles circonstances. Quatre mois plus tard, nous avons divorcé. Tout cela me paraît aujourd'hui étrange et lointain, comme si ces événements étaient arrivés à un autre et que j'en eusse seulement entendu parler. Mais telle était ma vie à cette époque, et telle est ma vie aujourd'hui ; j'accepte tout cela sans trop d'amertume. Si le journalisme sportif vous apprend une autre vérité, c'est bien que les idées transcendantes n'existent pas dans la vie. Quoi qu'il arrive, les choses sont là, puis elles s'achèvent, et il faut s'en contenter. L'autre conception de la vie est un mensonge de la littérature et des beaux-arts, ce qui explique mon échec dans l'enseignement, et en partie pourquoi j'ai mis mon roman dans un tiroir d'où je ne l'ai pas ressorti.

— Oui, évidemment, dit X en reniflant.

Elle ne pleure presque plus, bien que je n'aie pas tenté de la réconforter (privilège que je ne possède plus). Elle lève les yeux vers le ciel laiteux et renifle encore. Elle tient toujours son œuf mordillé.

— Pendant que je pleurais dans le noir, je pensais au bon grand garçon que Ralph Bascombe serait aujourd'hui, et puis que j'avais trente-sept ans. Je me suis demandé ce que nous tous devrions faire.

Elle secoue la tête et serre ses bras contre son ventre, une pose que je ne lui ai pas vue depuis longtemps.

— Ce n'est pas de ta faute, Frank. J'ai simplement pensé que ça ne me gênait pas que tu me voies pleurer. C'est ma conception de la souffrance. Il n'y a qu'une femme pour trouver un truc pareil, hein ?

Elle attend maintenant que je parle, afin de nous affranchir de cette vieille douleur de la mémoire et de la vie. De toute évidence, elle devine aujourd'hui quelque chose de bizarre, comme un rafraîchissement de l'atmosphère qui augure un changement irréversible. Et me voici livré à elle, heureux d'entrer dans son jeu — de laisser mon optimisme gagner un jour de plus, ou au moins une matinée, ou même un instant, quand la souffrance paraît tout submerger. L'unique point fort de mon tempérament, c'est peut-être que je suis au mieux de ma forme quand tout va mal. Je réagis beaucoup moins bien au succès.

— Veux-tu que je te lise un poème ? dis-je en affectant le sourire joyeux du vieux prétendant évincé.

— C'était à mon tour d'en apporter un, non ? fait X en s'essuyant les yeux. Et voilà que je pleure au lieu de t'apporter un poème.

Maintenant, elle fait l'enfant à travers ses larmes.

— Bah, ce n'est rien, dis-je en fouillant dans mes poches à la recherche du poème que j'ai photocopié au bureau et emporté au cas où X oublierait le sien.

L'an dernier, j'ai choisi le poème de Housman intitulé *A un athlète mort dans la fleur de l'âge,* mais j'avais commis l'erreur de ne pas le relire avant. En fait, je ne l'avais pas lu depuis l'université, mais son titre m'avait remis en mémoire un texte qu'il ferait bon lire. Je me trompais. Il évoquait les athlètes, un sujet qui me tient à cœur, avec une littéralité beaucoup trop vague. Et puis Ralph n'avait pas vraiment été un athlète. J'ai à peine pu dépasser « les citoyens d'une ville plus calme » avant de devoir m'interrompre et de rester assis là, les yeux fixés sur la petite pierre tombale de marbre rouge qui porte ces mots discrètement gravés : RALPH BASCOMBE.

— Housman détestait les femmes, tu sais, avait dit X dans l'affreux silence qui avait suivi. Ne le prends surtout pas mal. Mais je me rappelle avoir appris ça à un cours. Je crois que c'était un vieux pédéraste qui aurait adoré Ralph, mais nous aurait détestés. L'an prochain, si tu veux, j'apporterai un poème.

— D'accord, avais-je répondu sur un ton malheureux.

C'est après cet épisode qu'elle m'a dit que j'aurais dû finir mon roman, que j'étais un solitaire, et que dans les années soixante elle avait voulu participer aux compétitions de golf professionnel. Je crois qu'elle était désolée pour moi — en fait, j'en suis sûr. D'ailleurs, moi aussi j'étais désolé.

— As-tu apporté un autre poème de Housman ? me demande-t-elle ensuite avec son sourire crispé.

Puis elle se détourne pour lancer son œuf entamé le plus loin possible parmi les tombes et les ormes de l'ancienne concession, où il retombe sans un bruit. Elle le lance comme un joueur de base-ball, sa main habile frôle son oreille, et la trajectoire tendue se perd dans l'obscurité. J'admire sa forme physique.

Dans Constitution Street, une camionnette de réparateur d'électroménager s'est arrêtée au feu rouge. *Easler's Philco Repair*, conduite par Sid (anciennement de Sid's Service, maison en faillite). Il est déjà venu plusieurs fois chez moi ; il se dirige maintenant vers la place du village pour prendre un café au Coffee Spot avant de plonger dans les cuisines, les sous-sols et les pompes à eau qui l'attendent. La journée commence pour de bon. Un piéton solitaire — un homme — marche sur le trottoir, l'un des rares Noirs de la ville, qui se dirige vers la gare en costume clair infroissable. Le ciel est toujours laiteux, mais il va peut-être s'incendier avant que je parte avec Vicki pour la capitale de l'industrie automobile.

— Pas de Housman aujourd'hui, dis-je.

— Bon, fait X en souriant avant de s'asseoir sur la pierre de Craig pour écouter. Puisque tu le dis.

Sur l'arrière des maisons de ma rue, les lumières pâlissent dans le jour qui monte. J'ai plus chaud que tout à l'heure.

C'est une « Méditation » de Theodore Roethke, qui lui aussi a fréquenté l'université du Michigan, un détail que X connaît sans doute ; et je le commence de ma voix la meilleure, la plus plausible, comme si dans sa tombe mon fils mort pouvait l'entendre :

— « J'ai visité ces lieux désolés et solitaires situés plus loin que l'œil... »

X secoue la tête avant même que j'aie entamé le deuxième vers, si bien que je m'interromps pour voir ce qui ne va pas.

Elle ourle sa lèvre inférieure et change de place sur la tombe.

— Je n'aime pas ce poème, proteste-t-elle d'une voix plate.

Je savais bien qu'elle le connaîtrait et aurait son mot à dire. Elle est toujours cette fille carrée du Michigan, qui se fait très vite une idée sur les choses et paraît déçue qu'il n'en aille pas de même pour tout le monde. Une fille aussi solide et ordonnée devrait être le lot de chaque homme. A elles seules, ses pareilles constituent une justification suffisante à l'existence du Midwest, car la plupart viennent de cette région. De fait, lire un poème sur la tombe d'un petit garçon qui ne s'est jamais intéressé à la poésie est peut-être une mauvaise idée.

— J'étais sûr que tu le connaîtrais, dis-je d'une voix aimable.

— Je ne devrais pas dire que je ne l'aime pas, répond froidement X. Simplement, je n'y crois pas, voilà tout.

Ce poème évoque les petits bonheurs quotidiens — ceux qu'on doit aux insectes, aux ombres, à la couleur des cheveux d'une femme —, encore une chose qui me tient à cœur.

— Chaque fois que je le lis, j'ai l'impression que c'est moi qui parle, dis-je.

— Je ne crois pas que toutes les broutilles citées dans ce poème rendent personne heureux. Elles ne te rendront peut-être pas malheureux, mais c'est tout, rétorque X en se relevant.

Je n'aime pas les lèvres serrées de son sourire dépréciateur, comme si elle trouvait que j'avais tort sur toute la ligne et qu'elle s'en amusait.

— Je pense parfois que plus personne ne va être heureux.

Elle glisse les mains dans les poches de son imperméable. Elle a sans doute un cours à sept heures, ou un séminaire de perfectionnement ; et son esprit est déjà prêt à partir, à partir très loin d'ici.

— Je crois que chacun doit affronter son avenir, voilà mon point de vue, dis-je avec espoir. Tu ne trouves pas ?

Elle regarde la tombe de notre fils comme s'il nous prêtait une oreille attentive et gênée par nos paroles.

— Sans doute.

— Tu vas vraiment te remarier ?

Je sens mes yeux s'écarquiller comme si je connaissais déjà la réponse. Nous sommes soudain devenus frère et sœur, Hansel et Gretel organisant leur évasion vers un lieu sûr.

— Je n'en sais rien.

Elle hausse légèrement les épaules, enfant de nouveau, mais plus qu'autre chose son geste exprime la résignation.

— Il y a des hommes qui veulent se marier avec moi. Mais j'ai sans doute atteint un âge où je n'ai plus besoin d'hommes.

— Pourtant, le mariage te ferait peut-être du bien. Peut-être que cela te rendrait heureuse.

Je n'y crois pas une seconde, bien sûr. Moi-même, je suis prêt à l'épouser à nouveau, à remettre notre existence sur les rails. La douceur propre au mariage me manque, son équilibre, son rythme. Tout cela manque aussi à X, j'en suis sûr. Il nous faut maintenant réinventer notre vie, car rien ne nous appartient plus de droit.

Elle secoue la tête.

— De quoi avez-vous parlé, Pauly et toi, hier soir ? J'ai eu l'impression que c'étaient des secrets d'homme et que je n'avais rien à y voir. Ça ne m'a pas plu du tout.

— Nous avons parlé de Ralph. Paul est persuadé que nous pouvons entrer en contact avec lui en envoyant un pigeon voyageur à Cape May. Ç'a été une bonne conversation.

X sourit en pensant à Paul, qui à sa façon est aussi rêveur que je l'ai été. Mais je n'ai jamais pensé que X ait aimé cet aspect de sa personnalité ; elle préférait sans doute les certitudes de Ralph, qui ressemblaient davantage aux siennes, et en devenaient admirables. Quand il a été atteint au dernier degré par la maladie de Reye, il s'est un jour assis dans son lit d'hôpital, en proie au délire, et a déclaré :

— Le mariage est une affaire sacrément sérieuse, surtout à Boston — une phrase qu'il avait lue dans Bartlett, apprise par cœur et récitée.

J'ai mis six semaines à retrouver cette affirmation dans le livre que Ralph avait feuilleté. Il était alors mort et enterré à cet endroit. Mais cette citation a plu à X, même si elle prouvait que l'esprit de Ralph était plongé dans un coma profond. Malheureusement, à dater de ce jour et jusqu'à la fin, elle est devenue comme la devise de notre mariage, une malédiction involontaire proférée par Ralph à l'encontre de notre union.

— J'aime bien ta nouvelle coupe de cheveux, dis-je.

Le coiffeur lui a coupé les cheveux très court sur la nuque, et cela lui va bien. Nous avons épuisé tout ce que nous faisons d'ordinaire ici, mais je ne veux pas partir.

X se prend une mèche de cheveux entre les doigts, l'écarte de sa tête, tourne les yeux pour la regarder.

— Ça fait un peu gouine, tu ne trouves pas ?

— Non.

Et de fait, je ne le pense pas.

— Bon. Ils étaient vraiment trop longs. Il fallait que je fasse quelque chose. A la maison, ils ont hurlé quand ils m'ont vue.

Elle sourit comme si elle venait juste de comprendre que les enfants sont devenus nos parents, et que nous sommes nous-mêmes redevenus enfants.

— Tu ne te sens pas vieux, Frank ?

Elle se tourne pour regarder au loin dans le cimetière.

— Je ne sais pas pourquoi je me pose toutes ces questions de merde. Je me sens vieille aujourd'hui. Je suis sûre que c'est parce que tu vas avoir trente-neuf ans.

Le Noir est arrivé au croisement de Constitution Street, et il attend, car le feu vient de passer au vert en face de la nouvelle bibliothèque. La camionnette de réparation a disparu, et un minibus jaune s'arrête au croisement, d'où descendent bientôt des domestiques noires. Ce sont de grosses femmes vêtues d'amples robes blanches, qui parlent et balancent de gros sacs oblongs, en attendant que les dames blanches viennent les choisir. L'homme et les femmes ne s'adressent pas la parole.

— Oh, est-ce que ce n'est pas d'une tristesse terrible, dit X en regardant toutes ces femmes. Ça me brise le cœur de voir une chose pareille. Je ne sais pas pourquoi.

— Je me sens pas vieux pour un sou, dis-je, heureux de pouvoir répondre sincèrement à une question, et peut-être d'en profiter pour glisser un bon conseil. Il faut que je me lave les cheveux un peu plus souvent qu'autrefois, voilà tout. Et puis il m'arrive de me réveiller avec des palpitations terribles, mais Fincher Barksdale dit qu'il n'y a vraiment pas de quoi s'inquiéter. Je crois que c'est plutôt bon signe, non ?

X regarde les domestiques noires, dont cinq discutent ensemble, en observant la rue d'où viendront leurs voitures. Depuis notre divorce, elle se révèle capable d'une distraction absolue. Ainsi, elle peut vous parler tout en étant à mille kilomètres de là.

— Tu t'adaptes à tout, dit-elle d'une voix légère.

— C'est vrai. Je sais que tu n'as pas de véranda où dormir chez toi, mais tu devrais essayer de dormir les fenêtres ouvertes et tout habillée. A ton réveil, tu serais prête à attaquer ta journée. Je fais ça depuis un moment déjà.

X m'adresse un nouveau sourire condescendant et pincé, un sourire que je n'aime pas. Nous ne sommes plus Hansel et Gretel.

— Consultes-tu toujours ta voyante, comment s'appelle-t-elle déjà ?

— Mrs. Miller. Non, moins souvent.

Je suis à deux doigts d'avouer que j'ai essayé de la voir hier soir.

— As-tu l'impression de comprendre tout ce qui nous est arrivé — à nous et à notre vie ?

— Parfois. Aujourd'hui, la mort de Ralph ne me fait plus autant de peine.

— Tu sais, dit X en détournant les yeux, hier soir, j'étais allongée dans mon lit, et j'ai cru qu'il y avait des chauves-souris qui volaient dans ma chambre ; quand j'ai fermé les yeux, j'ai aperçu une ligne d'horizon très loin de moi, un paysage vide et plat comme une longue table de salle à manger avec un seul couvert de mis. C'est affreux, tu ne trouves pas ? (Elle secoue la tête.) Je devrais peut-être mener le même genre de vie que toi.

Un léger ressentiment naît alors en moi, bien que cette émotion soit ici déplacée. Pour X, mon existence est plus gaie, mieux organisée que la sienne, en tout cas beaucoup plus gaie et mieux organisée que je ne le pense. Elle aimerait sans doute me répéter que j'aurais dû persévérer et écrire mon roman au lieu de troquer la littérature contre le journalisme sportif, et qu'elle-même aurait dû s'y prendre différemment. Mais cela ne serait pas juste, du moins en ce qui me concerne — elle l'a d'ailleurs pensé à maintes reprises. En ce moment, tout lui paraît sinistre. L'une de ses qualités que notre divorce a émoussée est sa souplesse de réaction, sans doute moins vive qu'auparavant ; son angoisse de vieillir en est la preuve. Je lui remonterais bien le moral, mais cela fait partie des talents que j'ai perdus il y a longtemps.

— Excuse-moi encore, dit-elle. J'ai un coup de cafard aujourd'hui. Ton départ me donne l'impression que tu vas entamer une nouvelle vie, alors que moi je reste en rade.

— J'espère bien entamer une nouvelle vie, dis-je, même si j'en doute. Et je te souhaite la même chose.

En fait, bien que j'apprécie ma vie telle qu'elle est, rien ne me plairait davantage que de découvrir un nouveau monde excitant. Je me contenterais d'une belle chambre au Pontchartrain, d'un steak Diane et du bar du restaurant pivotant situé tout en haut du bâtiment, en regardant les Tigers sous les projecteurs. Me rendre heureux n'est guère difficile.

— Regrettes-tu parfois de ne pas être plus jeune ? demande X d'un air maussade.

— Non. Je suis heureux d'avoir mon âge.

— Moi, je le regrette tout le temps, dit-elle. C'est stupide, je sais.

Je ne peux rien répondre.

— Tu es un optimiste, Frank.

— J'espère l'être.

Je lui adresse un bon sourire d'encouragement.

— Bien sûr, bien sûr, dit-elle.

Elle se détourne, puis s'éloigne vite entre les tombes, le visage tourné vers le ciel blanc, les mains enfoncées dans les poches, comme n'importe quelle fille du Midwest qui traverse une sale passe, mais sera bientôt de nouveau en selle, plus vaillante que jamais. J'entends les cloches de Saint-Léon-le-Grand carillonner six heures, et j'ai le sentiment étrange que je ne la reverrai pas avant longtemps, que quelque chose s'achève et qu'autre chose commence, bien que je sois incapable de dire de quoi il s'agit.

2

Notre désir le plus fort, c'est de réussir à ce que le passé n'explique plus rien de nous, et à pouvoir vivre ainsi. Quelle biographie est vraiment révélatrice ? Selon moi, les Américains mettent trop l'accent sur leur passé pour se définir, et cette attitude est parfois mortelle. Je sais que je suis toujours écœuré dans les romans (tantôt je saute ces passages ; tantôt je ferme le livre pour ne plus jamais le rouvrir) lorsque l'auteur se lance dans une digression pesante et inévitable à travers le passé de son héros. Rares sont les vies qui présentent le moindre intérêt dramatique, il faut bien le dire ; quant aux autres, elles sont assez banales pour qu'on vous en fasse grâce le plus vite possible (mais c'est vrai qu'à cet instant nous éprouvons souvent une peur bleue, nous nous sentons nus comme un ver et restons muets de terreur).

Je considère ma propre histoire comme une carte postale : d'un côté, des paysages, et, de l'autre, aucun message significatif ou mémorable. On peut s'affranchir de ses débuts dans la vie, nous le savons tous, et non à cause d'un quelconque projet malveillant, mais à cause de l'existence elle-même, du destin, de la pression du présent. L'empreinte de nos parents sur nous et du passé en général est, selon moi, surfaite ; en effet, à un moment de notre vie nous sommes seuls sur terre, et rien ne peut plus modifier cet état de choses en bien ni en mal.

Je suis né en 1945 dans un milieu banal et moderne, fils unique de parents bons, dénués de toute originalité, de toute conception précise de leur *rôle* dans le continuum de l'histoire, simplement deux personnes à flot dans le monde, en proie aux espoirs de presque tous les gens, mais sans la moindre conviction audacieuse quant à leur présence sur terre. Cela me paraît toujours être une excellente ascendance.

Mes parents, originaires de l'Iowa rural, ont chacun quitté une ferme située près de la ville de Keota pour voyager beaucoup au début de leur mariage, avant de s'installer à Biloxi, dans le Mississippi, où mon père travaillait dans la tôlerie au chantier naval d'Ingalls, pour la Navy — il avait été marin durant la guerre. Un an plus tôt, ils avaient habité Cicero, sans que je sache très bien ce qu'ils y avaient fait. L'année précédente, ils séjournaient à El Reno, dans l'Oklahoma, et auparavant à Davenport, où mon père occupait un poste indéterminé dans les chemins de fer. Sincèrement, je ne sais pas très bien quelle était sa profession, mais je conserve un souvenir assez précis de lui : un homme grand, svelte, au visage taillé en lame de couteau, doté d'yeux pâles — comme moi — et de cheveux aux boucles romantiques. J'ai essayé de l'imaginer à Davenport et à Cicero lorsque je suis moi-même allé dans ces villes pour couvrir des événements sportifs. Au moins dans mon souvenir, ce n'était pas un homme fait pour ces endroits.

Je me rappelle que mon père jouait au golf et que je l'accompagnais parfois sur le terrain plat de Biloxi, par une journée d'été brûlante. Il jouait sur les greens brunâtres et desséchés de la base aérienne, fréquentés par les simples soldats. Il m'emmenait pour que ma mère pût avoir un jour à elle, aller au cinéma ou chez le coiffeur, ou encore rester à la maison afin de lire des revues de cinéma ou des romans à deux sous. Le golf me semblait à cette époque être la forme de torture la plus affligeante qui soit, et même mon pauvre père ne paraissait pas y prendre grand plaisir. Il n'avait pas le profil du vrai golfeur, plutôt celui de l'amateur de courses de voitures, mais il s'y adonnait, je crois, avec une grande application, car cela signifiait quelque chose à ses yeux, comme la preuve de son succès dans le monde. Je me rappelle un jour où je me tenais avec lui à côté d'un tee ; nous portions tous deux un short, regardions le long *fairway* bordé de palmiers, au-delà duquel on apercevait le mur de la mer. Mon père grimaçait, le visage tourné vers le drapeau lointain, comme si celui-ci signalait une forteresse qu'il allait assiéger à contrecœur ; il m'a alors demandé :

— Dis-moi, Franky, me crois-tu capable d'expédier la balle jusque là-bas ?

— J'en doute, lui ai-je répondu.

Il transpirait et fumait une cigarette dans l'air chaud. Je conserve un souvenir très précis de ses traits stupéfaits tournés vers moi. Qui était donc ce gamin ? Que mijotait-il encore ? Il paraissait frappé par de telles questions. Son expression n'était pas exactement dépourvue de tendresse, elle dénotait simplement une résignation et un étonnement très profonds.

Mon père est mort alors que j'avais quatorze ans ; ma mère m'a alors placé dans ce qu'elle appelait « l'académie navale », en fait une petite école militaire proche de Gulfport, appelée Les Pins du golfe (et que nous autres cadets surnommions *Les Pins solitaires*), où je ne me suis jamais senti malheureux. En fait, j'aimais la discipline militaire qui y était imposée ; je pense que mon caractère comporte une droiture qui respecte au moins l'apparence de la rectitude, et que je dois à l'école militaire. Ma situation aux Pins solitaires était meilleure que celle de la plupart des cadets, des enfants abandonnés ou qui avaient quitté le foyer brisé de parents riches, ou encore qu'on avait placés là parce qu'ils avaient volé ou incendié quelque chose, et que leur famille avait réussi à les inscrire dans cet établissement pour leur éviter la maison de correction. Néanmoins, les autres élèves ne semblaient pas vraiment différents de moi ; c'étaient simplement des garçons secrets, aux désirs flous et abjects, qui considéraient cette période de leur vie comme un mal inévitable, si bien que l'amitié n'y avait pas droit de cité. Chacun semblait deviner qu'il partirait bientôt en coup de vent — les départs avaient souvent lieu au beau milieu de la nuit —, moyennant quoi toute intimité était exclue. A moins qu'aucun d'entre nous n'ait désiré revoir ensuite quiconque avait fréquenté cet établissement.

De cet endroit je me rappelle un terrain de manœuvre étouffant, entouré de pins clairsemés, une hampe de drapeau au bas de laquelle se trouvait une ancre, l'eau croupie d'un lac peu profond où j'ai appris à faire de la voile, une plage et un hangar à bateaux nauséabonds, des salles de classe surchauffées en stuc marron, et les bâtiments blancs d'une caserne qui empestaient la serpillière. D'anciens premiers maîtres de la Navy enseignaient là — des hommes inaptes au métier de professeur. Il y avait même un Noir, Bud Simmons, qui faisait office d'entraîneur de base-ball. Le principal était un vieux capitaine de la Première Guerre mondiale, nommé Admiral Legler.

Nous prenions nos permissions en groupe, et partions sur la route 1 vers les bourgades de la côte du golfe accessibles par les transports en commun ; nous fréquentions les salles de cinéma à air conditionné, les restaurants mexicains, ou bien traînions au voisinage de la base aérienne de Keesler, sur les parkings sablonneux et étouffants des buvettes, tous vêtus de notre uniforme brun, en essayant de nous faire offrir un verre de gnôle par les vrais soldats, vexés de ne pouvoir passer commande nous-mêmes à cause de notre âge et parce que nous possédions trop peu d'argent pour pouvoir en faire autre chose que le gaspiller.

Pour les vacances, je rentrais à la maison, le bungalow de ma mère à Biloxi, et je rencontrais parfois son frère

Ted, qui habitait à côté et passait me prendre pour m'emmener en balade jusqu'à Mobile ou Pensacola, mais nous ne parlions pas beaucoup ensemble. Les garçons dont le père meurt jeune sont peut-être condamnés à ne jamais être jeunes eux-mêmes ; la jeunesse n'étant qu'un rêve passager, un prélude dénué de tout événement marquant avant le début de l'existence proprement dite.

J'ai connu aux Pins solitaires ma seule expérience personnelle du sport. J'ai essayé de jouer au base-ball dans l'équipe de l'école, sous les ordres de Bud Simmons, l'entraîneur noir. J'étais relativement grand pour mon âge — même si je suis aujourd'hui d'une taille moyenne —, et surtout je possédais la grâce dégingandée ainsi que les longs bras souples du garçon naturellement doué pour le base-ball. Mais je n'ai jamais bien réussi dans ce sport. Je me voyais toujours de l'extérieur, effectuant les gestes qu'on me demandait de faire. Et j'en ai eu assez de ne jamais les faire bien ou jusqu'au bout. Une malédiction semblait peser sur moi qui me transformait en un gamin rêveur, trop sage, méfiant et secret — le genre de garçon parfaitement à sa place aux Pins solitaires. Bud Simmons a fait tout ce qu'il a pu pour moi, y compris me demander de lancer avec l'autre bras, ce que j'ai volontiers accepté, mais cela n'a servi à rien. Pour décrire mon problème, il disait que j'étais incapable de « me donner », et je comprenais parfaitement ce qu'il voulait dire. (Aujourd'hui, je suis sidéré de rencontrer des sportifs qui sont des gens complètement épanouis et qui « se donnent » lorsqu'il pratiquent leur sport. Cela n'est pas si fréquent, c'est le don précieux d'un Dieu compliqué.)

Je n'ai pas beaucoup vu ma mère pendant toutes ces années. Et cela, pas plus que le reste, ne me paraît exceptionnel. C'est sans doute arrivé à des milliers d'enfants de ma génération ou des siècles passés. Il semble plus étrange qu'à notre époque certains enfants voient *tant* leurs parents, et en viennent à mieux les connaître qu'ils n'en ont sans doute besoin. Je voyais ma mère lorsqu'elle avait du temps à me consacrer. De retour de l'école j'habitais chez elle, et nous nous comportions en amis. Elle m'aimait autant qu'elle le pouvait, compte tenu de sa situation. Peut-être a-t-elle regretté de ne pas être plus proche de moi. Je suis certain que cela m'aurait plu. Mais peut-être elle-même était-elle une rêveuse, peu apte à prendre une décision. Je suis sûr qu'elle n'a jamais prévu que mon père mourrait si jeune ; de même, je n'ai jamais pensé que Ralph mourrait si tôt, et c'est pourtant ce qui s'est produit. Elle n'avait que trente-quatre ans, cette petite femme aux yeux foncés, à la peau plus sombre que la mienne, et qui — cela me frappe aujourd'hui — ne s'est jamais remise du chemin qu'elle a parcouru depuis sa naissance, une trajectoire qui l'a sans doute absorbée plus que toute autre chose. Son existence l'obnubilait comme celle d'une autre femme, non pas de manière égoïste ou haïssable, peut-être même comme celle de mon père, mais je n'ai rien su de tout cela. Je crois qu'elle s'inquiétait à l'idée de retourner dans l'Iowa, ce qu'elle refusait de tout son être.

Elle finit par aller travailler comme caissière de nuit dans un grand hôtel de Mississippi City, le Buena Vista ; là-bas, elle rencontra un bijoutier de Chicago nommé Jake Ornstein, et après quelques mois, pendant lesquels il fit plusieurs voyages dans le Sud, elle l'épousa, puis partit s'installer à Skokie, dans l'Illinois, où elle vécut jusqu'au jour où elle mourut d'un cancer.

Vers cette époque, j'ai décroché une bourse du National Rotary Club grâce aux Pins solitaires, et le hasard a voulu que je sois inscrit à l'université du Michigan. La Navy tenait à opérer un parfait brassage de ses élèves, si bien qu'on ne se retrouvait jamais là où l'on avait envie d'aller ; mais je ne me rappelle même pas où je désirais poursuivre mes études, sauf que ce n'était sans doute pas dans le Michigan.

En revanche, je me rappelle très bien les visites que je rendais à ma mère à Skokie, le vieux train odorant qui m'emmenait d'Ann Arbor jusqu'à New York Central, les week-ends passés à traîner en essayant d'être à l'aise et d'alimenter la conversation dans cette maison étrangement banlieusarde et qui évoquait un ranch, aux housses de plastique recouvrant les meubles, aux vingt-cinq horloges accrochées aux murs, dans un quartier juif et une ville où je n'avais aucune attache. Jake Ornstein, de quinze ans plus âgé que ma mère, était un homme agréable ; je m'entendais bien avec lui et son fils Irv — mieux, en fait, que je n'ai fini par m'entendre avec ma mère. Elle déclarait que, selon elle, mon université « faisait partie des meilleures », mais me traitait comme un neveu qu'elle ne connaissait pas très bien et pour qui elle s'inquiétait, même si elle m'aimait. (A ma sortie de l'école militaire, elle m'a offert une veste de smoking et une pipe — elle habitait déjà Skokie à cette époque.) De mon côté, je suis sûr que j'observais le monde et gardais mes distances. Sans doute avons-nous tous deux essayé de nous approcher l'un de l'autre dans l'espoir d'atteindre un nouveau statu quo qui nous aurait plu une fois que nous nous y serions habitués. Mais d'une certaine manière, sa vie était allée plus vite qu'elle, et je suis devenu un souvenir d'une autre époque, ce que je ne reproche pas à ma mère, car jamais je ne me suis senti abandonné ni mal aimé à cause de cela.

A quoi a bien pu ressembler sa vie, après tout ? Bonne ou mauvaise ? Les deux tour à tour ? Un long voyage pendant lequel elle a espéré ne pas être trop malheureuse ? Elle avait son idée, mais la gardait pour elle. Et je ne désire nullement juger une vie dont je ne sais pas grand-chose, d'autant que pour moi tout s'est bien passé. Ce qui m'importait à cette époque, comme aujourd'hui, c'était ma propre vie ; et pendant tout le mariage de ma mère avec Jake Ornstein, je bouillais d'impatience à l'idée de l'entamer pour de bon. Je sais que Jake et elle étaient heureux, et que j'aimais ma mère de tout mon cœur, malgré le peu que je savais d'elle. Quand elle est morte, j'étais toujours à l'école militaire. Je suis allé à l'enterrement, j'ai porté son cercueil, j'ai passé cet après-midi de week-end dans la maison de Jake parmi des gens qu'ils connaissaient tous deux, en essayant de définir ce que mes parents avaient tenté de m'apprendre par leur propre exemple (je suis arrivé à cette réponse : « le sens de l'indépendance »). Ce soir-là, je suis remonté dans le train et suis sorti définitivement de cette vie. Jake s'est ensuite installé à Phoenix, il s'est remarié, puis est mort à son tour d'un cancer. Irv et moi sommes restés en contact pendant quelques années, mais aujourd'hui nous sommes sans nouvelles l'un de l'autre.

Cela ressemble-t-il à une vie bizarre ? Cela paraît-il étrange que l'histoire de ma famille ne soit ni longue ni pleine d'événements marquants ? Ou bien que je n'aie pas une liste de problèmes et de haines à ruminer — une kyrielle de souffrances et de nostalgies censées tout expliquer et me gâcher le moindre de mes plaisirs ? Peut-être suis-je né à une époque différente de la nôtre. Mais peut-être aussi cette façon d'être est-elle la meilleure ; c'est sans doute celle de la plupart d'entre nous, auquel cas les autres racontent des mensonges.

Et pourtant. Est-ce que je me demande jamais ce que ma famille penserait de moi ? Ou de ma profession ? En tant que divorcé, père de deux enfants, à l'affût des contacts féminins ? Et puis en tant qu'adulte qui doit vivre sa vie avant de mourir ?

Parfois. Mais ces questions ne m'obnubilent jamais. Chaque fois que j'y pense, je me dis que mes parents auraient sans doute approuvé tout ce que j'ai fait — surtout ma décision d'arrêter d'écrire pour me consacrer à une activité qu'ils auraient jugée plus réaliste. Au fond, ils auraient eu la même impression que moi : à savoir que, parfois, tout marche comme sur des roulettes. Cette tournure d'esprit m'a permis d'avoir une vie adulte intéressante, quoique pas particulièrement simple.

Vers neuf heures et demie, j'ai presque fini de régler les derniers détails pratiques avant d'aller chercher Vicki et de rejoindre l'aéroport. D'ordinaire, je prends une tasse de café avec Bosobolo, mon locataire qui fréquente le séminaire de la ville ; c'est une habitude que je trouve agréable, mais pas aujourd'hui. Nous avons déjà eu de bonnes discussions sur des questions telles que : les souffrances des damnés accroissent-elles l'extase des élus ? — un problème qui le convainc presque du bien-fondé des thèses catholiques, mais pas moi. Il a quarante-deux ans, il est originaire du Gabon, et c'est un apologiste radical de la foi illimitée. Je discute d'ordinaire pour le plaisir, mais sans me faire la moindre illusion sur l'issue de nos débats.

Pourquoi accueillir un locataire sous son toit ? Pour tenir à distance l'affreuse solitude. Quelle autre raison invoquer ? Le réconfort dû aux bruits de pas désintéressés d'un autre être humain dans une maison qui sinon serait vide, surtout ceux d'un Noir africain mesurant deux mètres, habitant votre grenier, est parfois considérable. Mais ce matin il se lève de bonne heure pour vaquer à ses affaires, et par la fenêtre je le vois partir à grandes foulées dans Hoving Road, tel un vendeur de bibles, en route vers son école — chemise blanche, pantalon noir et sandales tressées. Il m'a dit qu'il était prince dans sa tribu — les Nwambés —, mais je n'ai jamais rencontré d'Africain qui ne le soit. Comme moi, il a une femme et deux enfants. Nous sommes tous deux presbytériens, mais je ne suis pas un bon chrétien.

Il faut maintenant que je passe quelques coups de téléphone dans mon bureau : d'abord au magazine, pour discuter avec Rhonda Matuzac, ma chef de rubrique, qui a conclu de certaines rumeurs que tout n'allait pas pour le mieux dans l'équipe de Detroit, ce qui risque de me poser quelques problèmes. Lors de la dernière réunion de rédaction, les chefs de rubrique m'ont conseillé d'écrire mon article à partir des informations disponibles. Ce genre de remous et de diffamations scandaleuses est peut-être du pain béni pour certains amateurs de sport, mais guère pour moi.

Rhonda, qui est divorcée, vit seule avec deux chats dans un grand appartement d'une seule pièce, aux murs sombres et au plafond élevé, près de la Quatre-vingtième Rue Ouest, et elle essaie toujours de me donner rendez-vous chez Victor pour dîner, ou de m'embarquer dans une festivité quelconque le soir après le travail. A l'exception d'une seule soirée douloureuse après mon divorce, j'ai toujours réussi à me défiler en lui offrant un verre à Grand Central avant de la mettre dans un taxi et de partir seul vers Penn Station et ma maison.

Rhonda est une grande fille osseuse, aux cheveux blond cendré, qui frise la quarantaine et est dotée d'une silhouette svelte et vieux jeu, d'un visage chevalin et d'une grosse voix que je n'aime pas. (L'illusion serait tout à fait impossible, même en éteignant la lumière.) Pendant un moment après mon divorce, tout s'est mis à me paraître profondément ironique. J'envisageais les soucis d'autrui comme des sources d'amusement et de dérision secrète que j'évoquais le soir afin de me remonter le moral. Rhonda m'a aidé à quitter cette humeur en s'obstinant à m'inviter à dîner et en me laissant des notes sur mon bureau, qui disaient « Toute perte est relative, Jack », « Personne n'est jamais mort d'une peine de cœur », ou encore « Ce sont les pires qui partent en premier ». L'unique soir où j'ai accepté de dîner avec elle — chez Mallory, dans la Soixante-dixième Rue Ouest —, nous nous sommes retrouvés dans son appartement, assis face à face dans des fauteuils Bauhaus, et je me suis senti pris d'une crise d'angoisse si violente que la terreur m'a paru jaillir en sifflant hors des tuyaux de chauffage pour s'engouffrer dans la pièce comme un mistral ténébreux. Je lui ai dit que j'avais besoin de sortir marcher dans la rue, et elle a eu la bonté d'attribuer mon malaise à une difficulté d'adaptation à la solitude, et non pas à ce tête-à-tête avec elle qui me flanquait bel et bien une trouille bleue. Elle m'a accompagné au bas de l'immeuble, puis dans les canyons sombres et venteux de West End Avenue où, debout sur le trottoir, nous avons évoqué son sujet favori, l'histoire du mobilier américain ; au bout d'un moment, je l'ai remerciée, suis presque monté à quatre pattes dans un taxi comme un réfugié, avant de partir vers la Trente-troisième Rue et mon train du New Jersey.

Ce que je n'ai pas dit à Rhonda et ce qui est toujours vrai, c'est que je ne supporte pas d'être seul à New York après la tombée de la nuit. Gotham * prend alors une apparence vulgaire et criarde que je déteste. Les lumières des bars me démoralisent, la lueur violente des taxis qui chuintent et brinquebalent sur la Cinquième Avenue ou jaillissent du tunnel de Park Avenue me donnent l'impression nauséeuse d'être plongé dans un tourbillon dangereux. Je me sens partir à la dérive, surtout quand les rédacteurs et les agents quittent leurs bureaux du centre-ville avec leurs habits atroces, et se hâtent vers leurs rendez-vous, leurs matches idiots de *softball* ou leurs cocktails mondains. Je ne supporte pas toutes ces complications, j'aspire à des visages simples et sincères, dénués de la sophistication des belles-lettres, à l'intimité de cette place commerciale et pseudo-coloniale de la conventionnelle Haddam ; aux nuages de nicotine du New Jersey, aperçus au crépuscule, depuis mon bureau élevé ; au retour poignant dans le train de nuit qui me ramène chez moi. Ç'a déjà été assez pénible, ce soir-là, de supporter la présence de Rhonda qui tenait à « me raccompagner » dans West End et à traverser trois rues jusqu'à un carrefour fréquenté par les taxis, mais ç'a été encore pire ensuite de me retrouver ballotté dans ce taxi inconfortable jusqu'à la gare, et puis de filer — avec la sensation d'avoir les pieds gelés — le long des escalators à partir de la Septième Rue, avant que toute la ville réussisse à me rattraper pour

* Surnom de New York *(N.d.T.)*.

m'empoigner avec la main livide d'un chauffeur de limousine mort.

— Pourquoi restes-tu là-bas dans ton trou comme un ermite, Bascombe ?

Ce matin au téléphone, la voix de Rhonda est plus forte que d'habitude. Afin de compenser le handicap de son sexe, elle appelle les hommes par leur nom de famille, comme si nous étions tous à l'armée. Je ne vois pas comment je pourrais désirer quelqu'un qui m'appelle Bascombe.

— Beaucoup de gens habitent là où ils ont envie d'habiter, Rhonda. C'est mon cas.

— Dieu sait pourtant que tu as du talent.

Près du téléphone, elle tape violemment sur quelque chose avec une gomme.

— J'ai lu toutes tes nouvelles, tu sais. Elles sont très, très bonnes.

— Merci du compliment.

— As-tu jamais envisagé d'écrire un autre livre ?

— Non.

— Tu devrais. Tu devrais venir t'installer ici. Au moins pendant un moment. Tu verrais.

— Je verrais quoi ?

— Tu verrais que ce n'est pas si mal.

— Je préfère les choses merveilleuses, plutôt que les choses *pas si mal*, Rhonda. Figure-toi que j'ai tout ce qu'il me faut ici sous la main.

— Dans le New Jersey ?

— Je me plais ici.

— Le New Jersey ressemble à l'arrière d'un vieux poste de radio, Frank. Tu devrais venir respirer l'odeur des roses.

— J'en ai ici même dans mon jardin. On discutera de tout ça à mon retour, Rhonda.

— Formidable, dit très fort Rhonda en soufflant la fumée de sa cigarette dans le récepteur. Veux-tu faire des modifications avant qu'il soit trop tard ?

Au bureau, Rhonda centralise les paris sur les matches de base-ball, et cette année j'y participe activement. C'est une excellente façon de supporter une saison.

— Non. Je reste sur mes positions.

— Très bien. Tâche d'avoir des infos inédites sur le tirage de la NFL. D'accord ? Dimanche, y a la soirée du foot en avant-première. Tu es le bienvenu au bureau.

— D'accord, Rhonda. Je ferai de mon mieux.

— Frank ? Que cherches-tu au juste ?

— Rien, dis-je.

Je raccroche sans lui laisser le temps de trouver autre chose.

Je passe rapidement mes autres coups de téléphone — l'un à Denver à un concepteur de chaussures pour sportifs, en vue d'un article sur les blessures au pied pour la rubrique « Sports en bref », un papier sur lequel d'autres gens du bureau ont déjà travaillé. Il me répond qu'il y a vingt-six os dans le pied, et que deux personnes sur huit seulement connaissent la taille de chaussure qui leur convient. Sur ces deux, l'une souffrira d'une blessure irréversible au pied avant l'âge de soixante-deux ans — à cause d'un défaut de fabrication. Les femmes, m'apprend-il, ont trente-huit pour cent de chances de plus que les hommes d'être victimes d'une blessure au pied ; mais les hommes ont un pourcentage plus élevé de blessures douloureuses dues à un poids excessif, au stress et aux activités sportives. Malgré tout, les hommes se plaignent moins, et leur discrétion a donc tendance à fausser les statistiques.

Je passe un autre coup de téléphone à une religieuse carmélite de Fayetteville, en Virginie-Occidentale, qui essaie de participer au marathon de Boston. Cette ancienne victime de la polio se bat pour accumuler les recommandations afin de courir ce marathon, et je suis heureux de lui donner un coup de main en l'incluant dans la rubrique des « Exploits ».

Puis je téléphone au service des relations publiques du club de football de Detroit pour voir si quelqu'un pourrait me parler de Herb Wallagher, l'ancien joueur, mais il n'y a personne.

Enfin, j'appelle Herb lui-même à Walled Lake, pour l'avertir de mon arrivée. Le service de documentation du journal a déjà effectué des recherches sur Herb, et j'ai une pile épaisse de coupures de presse, de photos, de transcriptions d'interviews avec ses parents à Beaver Falls, son entraîneur universitaire d'Allegheny, son chirurgien, et la fille qui conduisait le bateau à moteur pendant l'accident de Herb, une fille dont la vie, m'a-t-on assuré, en a été bouleversée. Au téléphone, Herb est un homme amical mais bougon, qui avale les consonnes comme les habitants de Beaver Falls — *chais pas* pour *je ne sais pas*, *probab'* à la place de *probable*. J'ai des photos de lui avant et après son accident, en tenue de footballeur, et l'on dirait que ce n'est pas le même homme. Avant, il ressemble à une montagne de muscles souriante et couronnée d'un casque en plastique. Aujourd'hui, il porte des lunettes noires à monture en corne, et comme il a perdu du poids et des cheveux, on dirait un agent d'assurances surmené. Les footballeurs ont tendance à être plus renfermés que la plupart des autres sportifs, surtout lorsqu'ils ont arrêté la compétition ; Herb me dit qu'il a décidé de s'inscrire à la fac de droit dès l'automne prochain, et que sa femme Clarice est entièrement d'accord avec lui. Il ajoute qu'il ne voit pas pourquoi on ne ferait pas toutes les études *possib'*, vu qu'on n'est jamais trop vieux pour apprendre ; j'acquiesce vigoureusement tout en discernant dans la voix de Herb une nervosité un peu guindée que j'ai du mal à situer, comme si quelque chose l'ennuyait mais qu'il ne voulait pas en parler pour l'instant. Il s'agit peut-être des problèmes au sein de l'équipe, dont on m'a récemment informé. Mais il s'agit plus probablement de l'existence de tous les handicapés en fauteuil roulant : une fois qu'on a soulevé ses poids, pris un bon petit déjeuner, fait ses besoins, lu le journal et pris son bain, comment occuper la journée autrement qu'avec les bulletins d'information, les ruminations et les regrets ? Un sens aigu du rituel rend parfois la vie supportable, alors qu'on pourrait bien être tenté de se flinguer.

— Écoutez, Frank, je suis vraiment content de vous rencontrer.

Nous ne nous sommes jamais vus, nous n'avons parlé qu'une seule fois au téléphone, mais j'ai l'impression de le connaître depuis longtemps.

— Moi aussi j'ai hâte de vous voir, Herb.

— Y a plein de choses qui me manquent, vous savez, dit Herb. La télé, c'est formidable, mais ça suffit pas.

— On va avoir une bonne discussion, Herb.

— On va se payer du bon temps, hein ? *Chais* qu'on va s'en payer.

— Et comment ! A demain, donc.

— Sois *p'udent,* Frank. Bon voyage.

— Merci, Herb.

— Tiens bon la barre, Frank. Ah.

Herb raccroche.

Une petite minute suffira pour relater le restant de mon passé. A l'université du Michigan, je me suis inscrit en lettres, et j'ai suivi tous les cours, y compris celui de latin ; j'ai travaillé quelque temps au journal *Daily,* pour lequel j'écrivais de brèves critiques de cinéma, alambiquées et hypersensibles, mais je passais le plus clair de mes journées les pieds sur une table de la maison de la fraternité Sigma Chi, où par une belle journée de l'automne 1965 j'ai rencontré X, alors la petite amie du trimestre d'un de mes copains nommé Laddy Nozar, originaire de Benton Harbor. X m'a fait l'impression d'une fille balourde et trop sincère pour que j'envisage un jour de sortir avec elle. X paraissait très athlétique, dotée d'une poitrine trop grosse ; et puis elle avait une façon de se tenir les bras croisés, un pied posé devant l'autre, le visage un peu de biais, comme si elle vous jaugeait. Elle ressemblait à une fille riche, et je crois que je n'aimais pas les filles riches du Michigan. A telle enseigne que je ne l'ai jamais revue avant cette sinistre signature de mon livre à New York en 1969, peu de temps avant que je l'épouse.

Quelques semaines après notre première rencontre — mais sans que ces deux événements soient liés —, j'ai plaqué l'université pour entrer dans les Marines. Nous étions au beau milieu de la guerre du Vietnam, et cela me paraissait la chose à faire à cause de mon éducation militaire, d'autant que les responsables de l'université m'ont aussitôt donné le feu vert. Je me suis enrôlé avec Laddy Nozar et deux autres étudiants, à l'ancienne poste de la grand-rue d'Ann Arbor ; il nous a fallu traverser, penauds, un barrage de contestataires pour rejoindre le bureau d'engagement. Laddy Nozar est parti pour le Vietnam et s'est fait tuer à Con Thien avec le troisième de Marines. Les deux autres ont terminé leur tour de service et dirigent maintenant une agence de publicité à Aurora, dans l'Illinois. J'ai alors contracté un syndrome pancréatique, que les médecins ont d'abord pris pour la maladie de Hodgkin, mais qui s'est révélé bénin ; après deux mois passés à Camp Lejeune, j'ai été rendu à la vie civile sans avoir tué personne et sans avoir été tué, mais je suis devenu un vétéran bénéficiant de tous les avantages de ce statut.

Tout cela m'est arrivé alors que j'avais vingt et un ans ; j'en parle seulement parce que, pour autant que je m'en souvienne, j'ai vécu pour la première fois dans une espèce de rêve ; cette sensation n'était pas agréable, mais je crois qu'à l'époque j'aurais préféré parler de morosité. Je restais allongé sur mon lit d'hôpital de la Navy en Caroline du Sud et je ne pensais qu'à mourir, car pendant un moment la mort m'a intéressé. J'y pensais comme on réfléchit à une stratégie pendant un match de base-ball, décidant ceci puis cela, m'imaginant mort, puis vivant, puis à nouveau mort, comme si sur ce chapitre on pouvait tergiverser et changer d'avis à sa guise. J'ai alors compris que je n'avais pas le choix, que les choses ne se passeraient pas ainsi ; et puis la nostalgie s'est abattue sur moi, suivie d'un abattement si profond que les médecins ont fini par m'administrer des antidépresseurs pour mettre un terme à mes pensées morbides. (Cela arrive à beaucoup de jeunes gens qui tombent malades, et cela risque de leur gâcher l'existence.)

Dans mon cas, cela eut pour effet de me renvoyer à l'université, car je n'avais manqué qu'un semestre, et, en 1967, de raviver une idée que je caressais depuis la lecture des journaux de bord de Joshua Slocum aux Pins solitaires : écrire un roman. Mon livre devait évoquer un jeune et problématique habitant du Sud qui s'engage dans la Navy, mais se voit bientôt réformé à cause d'une maladie mystérieuse, part à La Nouvelle-Orléans et se perd dans un monde brumeux de sexe et de drogue, de vagues trafics d'armes, sans parler d'une tentative futile pour réconcilier un présent vertigineux avec la culpabilité de ne pas être mort comme ses camarades de la Navy, tout cela aboutissant à un rendez-vous orageux avec la femme d'un pasteur méthodiste qui le séduit dans une ancienne maison d'esclaves abandonnée ainsi que dans d'autres décors, après quoi sa vie s'en va à vau-l'eau, et il disparaît définitivement dans les champs pétroliers du Texas. Tout cela raconté en une série de flashbacks.

Ce roman s'intitulait *L'Aile de la nuit*, titre d'une marine sentimentale accrochée au-dessus du canapé réservé aux petites amies des membres de la fraternité Sigma Chi (j'avais mis en exergue une citation du poète anglais Marvell). Au milieu de ma dernière année, j'ai envoyé mon manuscrit à un éditeur new-yorkais qui m'a répondu six mois plus tard que « ce roman était prometteur » et qu'il désirait voir « autre chose ». Mon manuscrit s'est perdu au retour dans le courrier, si bien que je ne l'ai jamais récupéré ; je n'avais bien sûr pas conservé de double. Mais je me rappelle les premières lignes aussi clairement que si je les avais écrites ce matin même. J'y décrivais la soirée pendant laquelle le narrateur de mon récit avait été conçu. « Nous étions en 1944, au mois d'avril. Les cornouillers étaient en fleur à Memphis. Les Japonais avaient refusé de se rendre, et la guerre s'éternisait. Son père rentra fatigué de son travail et se servit un verre, sans penser aux hommes en blouse blanche et aux noms de code, qui à cet instant précis concevaient la bombe atomique... »

Après mon diplôme j'ai acheté une voiture et je suis allé d'une traite à Manhattan Beach, en Californie, où j'ai loué une chambre et, pendant un mois, marché sur la plage, regardé les femmes et les puits de pétrole, mais sans jamais voir grand-chose qui me donnât envie d'écrire — car j'avais décidé de me consacrer à l'écriture. Je touchais déjà ma pension d'invalidité de la Navy, qui devait normalement me payer une formation, et je m'arrangeais pour faire encaisser mes chèques par une femme que j'avais rencontrée, qui travaillait à la comptabilité de l'université de Los Angeles, et qui me les a ensuite envoyés à mon adresse suivante, au village de San Miguel Tehuantepec, au Mexique, où je me considérais comme un véritable écrivain.

Dans les six mois qui ont suivi mon arrivée, j'ai soudain écrit douze nouvelles — l'une étant un condensé de *L'Aile de la nuit*. Sans en envoyer une seule à la moindre revue, j'ai adressé tout le recueil à l'éditeur que j'avais déjà contacté l'année précédente, qui moins d'un mois après mon envoi m'a répondu qu'il acceptait de publier mon livre à condition que je procède à quelques modifications, que j'ai été trop heureux de reporter sur mon texte avant de le lui renvoyer par retour du courrier. Il m'a encouragé à écrire, ce que j'ai fait, mais sans grand enthousiasme. En réalité, j'avais écrit tout ce que j'allais écrire, et il n'y a pas de mal à cela. Si davantage d'écrivains en prenaient conscience, beaucoup de mauvais livres seraient épargnés aux lecteurs, et beaucoup de gens — des hommes comme des femmes — mèneraient une existence plus heureuse, plus productive.

La suite est encore moins intéressante. Mon livre, *Automne bleu*, fut officiellement accepté pendant qu'au volant de ma voiture je remontais de San Miguel Tehuantepec vers New York. (Ils m'avaient câblé un chèque de sept cents dollars.) Ce soir-là, je me suis arrêté à Grants, dans le Nouveau-Mexique, j'ai assisté à un match de deuxième division et descendu une bouteille de Cold Duck, assis tout seul dans les tribunes, pour fêter ma bonne fortune. Et quasiment le lendemain, un producteur de cinéma m'a proposé d'acheter le livre pour une somme rondelette, si bien qu'en arrivant à New York — où mon éditeur m'avait conseillé de m'installer — j'étais riche, du moins pour l'époque. Nous étions en 1968.

J'ai aussitôt loué un appartement tout en longueur sur Perry Street, dans Greenwich Village, et essayé de m'organiser une espèce de vie d'écrivain, une vie qui m'a vraiment plu. Mon livre a été publié au printemps ; j'ai fait des lectures dans de petites universités des environs, accordé des entretiens à la radio, suis sorti avec de nombreuses filles, ai trouvé un agent littéraire qui, chaque année pour Noël, m'envoie une carte de vœux. J'ai eu ma photo dans *Newsweek*, j'ai passé presque toutes mes soirées à boire et à faire les quatre cents coups avec les nouveaux amis que je rencontrais, mais j'écrivais très peu (même si je passais beaucoup de temps assis à mon bureau). J'ai rencontré X lors d'une signature, dans Spring Street, et touché une avance de mon éditeur pour un roman dont je prétendais connaître le plan d'ensemble, mais qui ne m'intéressait guère, et alors que je n'avais pas la moindre idée valable.

A l'automne 1969, X et moi avons commencé de passer beaucoup de temps ensemble. J'ai alors découvert le Huron Mountain Club ainsi que les luxueux clubs de golf que son père fréquentait. J'ai aussi découvert que X n'était ni balourde ni trop sincère, mais une fille merveilleuse, inhabituelle et provocante (elle travaillait encore comme mannequin et gagnait beaucoup d'argent). Nous nous sommes mariés en février 1970, et je me suis mis à accepter quelques articles pour des revues afin d'échapper aux affres de l'écriture de mon roman, lequel s'intitulait *Tanger* et avait pour cadre cette ville — où je n'étais jamais allé, mais qui selon moi ressemblait à Mexico. La première phrase de *Tanger* était : « Cette année-là l'automne arriva en retard dans le rif du Bas-Atlas, et Carson avait beaucoup de mal à ne pas s'exhiber ivre en public. » Mon roman parlait d'un ancien Marine qui avait déserté pendant la guerre et qui errait d'un continent à l'autre à la recherche de sa conception de l'histoire ; tout cela était raconté à la première personne et, là aussi, surtout en flashbacks. Aujourd'hui encore, ce roman est au placard, au fond d'un tiroir, sous une grosse pile d'anciens formulaires d'assurance-vie et de catalogues divers.

Au printemps, mon livre était encore en piles dans certaines librairies grâce à un critique new-yorkais qui avait écrit : « Mr. Bascombe est un écrivain prometteur. » Le producteur de cinéma a décidé qu'il « voyait très bien un film » tiré de mes nouvelles, et il m'a payé le restant de l'argent qu'il me devait (mais aucun film n'a jamais été adapté de mes nouvelles). Je me suis mis sérieusement à *Tanger*. Tout le monde, y compris moi, pensait que je devais l'écrire. Ralph a bientôt été en route. X et moi nous donnions du bon temps, entre les matches de base-ball au Yankee Stadium, les virées à Montauk, les films et les pièces de théâtre. Mais soudain, un matin, je me suis réveillé et approché de la fenêtre par laquelle j'apercevais un morceau de l'Hudson ; j'ai compris que je devais quitter New York sur-le-champ.

Quand j'y repense aujourd'hui, je ne comprends pas très bien pourquoi nous ne nous sommes pas tout simplement installés dans un appartement plus grand. Si vous posiez cette question à X, elle vous répondrait qu'elle n'a été pour rien dans tout cela. Brusquement, quelque chose en moi a eu envie de partir. Je croyais à cette époque qu'il fallait avancer dans la vie avec un sentiment de certitude et de confiance. Ce matin-là, je me suis réveillé avec l'impression que mon passeport new-yorkais était périmé et que j'étais détenteur d'une sagesse incomparable ; l'impression que nous devions quitter la ville au plus vite afin que mon travail pût s'épanouir en un lieu où je ne connaîtrais personne, où personne ne me connaîtrait, où je pourrais peaufiner mon précieux anonymat d'écrivain.

Confrontée à ma détermination, X a choisi Lime Rock, Connecticut, sur le cours supérieur de la Housatonic, où nous étions déjà allés en voiture. Mais j'étais on ne peut plus méfiant en ce qui concerne cette région indécise et traîtresse. Ses petites montagnes, ses lugubres chandails en shetland, ses garages abritant l'inévitable break Volvo, tout cela n'évoquait pour moi que le désespoir et la fourberie, le sarcasme et les broutilles insipides — tout sauf un lieu de résidence pour un authentique écrivain ; l'endroit idéal pour les rédacteurs de seconde zone, les agents littéraires d'auteurs de manuels scolaires. Tel était mon jugement.

A défaut d'une meilleure idée, j'ai porté mon choix sur le New Jersey : un paysage banal, dénué de charme et de surprise, pensais-je à juste titre. Et, plus précisément, sur Haddam, les collines ombragées de son paisible séminaire (j'avais vu une publicité dans le *Times*, qui en faisait une sorte de Woodstock à découvrir), où je pourrais investir l'argent du cinéma dans une bonne maison (je ne me trompais pas), où la population était mêlée (c'est la vérité), et où l'on pouvait s'asseoir derrière un bureau en espérant passer des journées studieuses à écrire (je me trompais sur ce dernier point, mais ne pouvais le savoir).

X n'a pas jugé que le Connecticut méritait une querelle, et à l'automne 1970 nous avons acheté la maison où je vis seul aujourd'hui. X avait arrêté son travail de mannequin pour préparer la naissance de Ralph. Avec un enthousiasme nouveau, je me suis aménagé un « bureau » au deuxième étage — la partie de la maison que je loue maintenant à Mr. Bosobolo —, j'ai essayé de trouver des habitudes de travail plus sérieuses et un enthousiasme nouveau pour mon roman, que j'avais plus ou moins laissé en plan durant l'été. Quelques mois après notre emménagement, nous avons rencontré un groupe de gens plus jeunes que nous (parmi eux, quelques écrivains et journalistes). Nous prenions l'apéritif chez les uns ou chez les autres, faisions des promenades le long de la Delaware toute proche, nous nous rendions à Gotham pour assister aux événements littéraires, ou dans le comté de Bucks pour voir une pièce, nous partions en voiture dans la campagne, passions des soirées à lire à la maison. On nous prenait pour un couple un peu exceptionnel (je venais d'avoir vingt-cinq ans), et de manière générale nous étions satisfaits de notre existence et de nos choix. J'ai prononcé une conférence intitulée « Comment on devient écrivain » dans une bibliothèque ainsi qu'au Rotary Club d'une ville voisine ; j'ai écrit un article dans un magazine local, intitulé « Pourquoi je vis ici », où j'insistais sur la nécessité de trouver un endroit où écrire qui soit le plus « neutre » possible. J'ai travaillé sur un scénario original pour le producteur qui avait acheté mon livre, et fait quelques grands reportages pour des magazines — dont celui sur le célèbre footballeur de l'ancienne Sally League, qui est devenu un magnat du pétrole, puis a passé un certain temps en prison à cause de fraudes fiscales, a eu plusieurs épouses ; après quoi, libéré sur parole, il est retourné dans son aride ville natale de Pumpville, Texas, où il a fait construire une piscine thérapeutique pour les enfants handicapés moteur, allant jusqu'à inviter de jeunes Mexicains à s'y faire soigner. Une année s'est donc écoulée de la sorte. Puis j'ai tout simplement cessé d'écrire.

Je n'ai pas très bien compris pourquoi j'avais arrêté d'écrire. Pendant assez longtemps, je suis monté à mon bureau tous les matins à huit heures ; j'en redescendais à l'heure du déjeuner, puis je traînais dans la maison en lisant de la documentation sur le Maroc, « en réfléchissant à quelques problèmes de structure », en dessinant des graphiques, traçant des ébauches, supputant des biographies de personnages. Mais pour tout dire, je séchais. Je montais parfois à mon bureau, je m'asseyais à ma table, et je n'avais pas la moindre idée de ce que je faisais là, ni de ce que j'étais censé écrire ; j'avais simplement tout oublié. Je rêvassais à une sortie en voilier sur le lac Supérieur (chose que je n'avais jamais faite), après quoi je redescendais faire un somme. Et comme si j'avais besoin d'une preuve de mon impuissance à écrire, lorsque le rédacteur en chef du magazine pour lequel je travaille aujourd'hui m'a téléphoné afin de me proposer un poste de journaliste sportif à plein temps — son magazine, me dit-il, cherchait des rédacteurs capables d'écrire dans le style de mon article sur le millionnaire texan, taulard et bon Samaritain —, j'ai été plus qu'intéressé. Il a ajouté qu'il avait discerné quelque chose de complexe et en même temps de rude dans cet article, et qu'il avait beaucoup apprécié que je n'essaie pas de transformer cet ancien footballeur ni en méchant ni en héros ; il soupçonnait que j'avais sans doute le tempérament et l'œil pour le détail révélateur, qualités nécessaires pour leur genre d'enquête, même si, me dit-il, je pouvais fort bien considérer cet appel téléphonique comme une blague. J'ai pris le train dès le lendemain matin, j'ai eu un long entretien avec le responsable qui m'avait appelé, un homme corpulent, aux yeux bleus, originaire de Chicago, nommé Art Fox, et ses jeunes collaborateurs, dans les vieux bureaux aux fauteuils en chêne massif que le magazine occupait alors au carrefour de Madison et de la Quarante-cinquième Rue. Art Fox m'a dit qu'il suffisait sans doute d'être un homme dans ce pays pour avoir les connaissances nécessaires au métier de journaliste sportif. Mais, me dit-il, il fallait surtout avoir envie d'assister à la répétition de gestes fort similaires, et puis pouvoir en tirer un article en un ou deux jours ; il fallait aussi savoir qu'on écrivait sur des gens qui avaient désiré faire ce qu'ils faisaient — ce désir était même la seule source d'énergie de tout article sur le sport, mais aussi ce qui permettait de surmonter l'apparente absurdité du sport. Après le déjeuner, il m'a guidé dans la grande salle découpée en bureaux par des cloisons vieillottes, où il y avait toujours des tables en bois et des machines à écrire, et il m'a présenté au personnel. J'ai serré la main de tout le monde, écouté les paroles de bienvenue (personne n'a fait la moindre allusion à mon recueil de nouvelles), et à trois heures je suis rentré chez moi le cœur en fête. Ce soir-là, j'ai invité X à un dîner au champagne au Golden Pheasant, avant de l'entraîner dans une promenade romantique au clair de lune sur une partie du chemin de halage que nous ne connaissions pas, je lui ai parlé de tous mes projets, de ce que nous pouvions espérer de ce genre de métier (beaucoup, selon moi), et elle m'a simplement répondu qu'elle trouvait tout cela parfait. Je me rappelle cet instant comme l'un des plus heureux de ma vie.

La suite est connue, comme on dit, jusqu'à ce que quelques années plus tard mon fils Ralph souffre du syndrome de Reye, en meure, et que je glisse vers cet état de rêve, causé ou non par la mort de Ralph, mais qu'elle n'a rien fait pour enrayer ; jusqu'à ce que mon mariage avec X vole en éclats après que nous avons vu *Les Trente-neuf marches* et qu'elle a réduit en fumée son coffre de jeune mariée.

Néanmoins, et comme je l'ai dit au début, je ne suis pas certain de ce que tout cela prouve. Nous possédons tous une histoire. Certains ont des carrières florissantes, d'autres végètent. Quelque chose a fait de nous ce que nous sommes, mais les événements vécus par un individu donné n'auraient certes pas les mêmes répercussions sur Pierre, Jean ou Paul. Cette évidence limite à mes yeux l'utilité de telles biographies. Dans la mesure où l'histoire d'un être est incomplètement comprise ou exposée, ou encore fabriquée de toutes pièces, j'imagine qu'on peut dire qu'elle demeure un mystère. Je me passionne toujours pour les mystères de l'existence, lesquels ne sont jamais trop nombreux, et, je dois le dire, sont quelque chose de très différent de cet état de rêve dont je viens de parler. Ce rêve est, entre autres choses, un état de reconnaissance suspendue, une réaction à une surabondance de faits inutiles et complexes. Parmi ses symptômes figurent un intérêt prolongé pour le temps qu'il fait, une impression de légèreté, une tendance à regarder dans le vide dont on ne s'aperçoit que rétrospectivement, lorsqu'on a apparemment perdu le sens du temps. Quand on est jeune et qu'on expérimente cet état, ce n'est pas si douloureux, et à certains égards cela paraît même normal, voire plaisant.

Mais lorsqu'on atteint mon âge, cet état de rêve n'a plus rien d'agréable, du moins quand il s'installe ; mieux vaut l'éviter, à condition bien sûr d'avoir la chance de connaître son existence, ce qui est le cas de peu de gens. Pendant un certain temps — après la mort de Ralph —, je ne soupçonnais pas l'existence de cet état, je pensais en fait qu'un grand événement se préparait pour moi — un changement d'existence, toutes amarres rompues : des femmes, un voyage, un bouleversement de mon rythme quotidien. Mais je me trompais.

Tout cela laisse néanmoins en suspens une question qui ne manque sans doute pas d'intérêt.

Pourquoi ai-je cessé d'écrire ? Oublions pour l'instant que j'ai renoncé à mon roman pour devenir journaliste sportif, un métier qui rappelle davantage celui d'homme d'affaires, ou la vie d'un voyageur de commerce d'autrefois, qui proposait sa nouvelle gamme de produits ménagers, que celui d'authentique écrivain ; car à maints égards les mots ne sont que notre monnaie d'échange, notre intermédiaire avec nos lecteurs, et ce métier présente fort peu d'aspects réellement créatifs — même si vous n'êtes pas qu'un simple reporter de chiens écrasés, ce qui est mon cas. Après tout, l'écriture authentique est une activité plus compliquée et énigmatique que tout ce qui est d'habitude lié au sport, même si je ne veux dire aucun mal du journalisme sportif, un métier qui me convient parfaitement.

Était-ce simplement que les mots ne me venaient pas avec assez de facilité ? Ou que je ne parvenais pas à traduire mes impressions subjectives dans la matière ambiguë d'une prose complexe ? Ou encore que je n'avais rien à dire, plus la moindre découverte inédite à formuler dans une œuvre digne de ce nom ?

Ma réponse est la suivante : toutes ces raisons sont valables, au même titre qu'au moins vingt autres encore meilleures. (Certains ne portent qu'un seul livre en eux. Il existe des destins pires.)

Une chose est pourtant certaine : à l'âge de vingt-cinq ans, j'ai perdu le sentiment de l'attente, de l'anticipation. Ce sentiment est la douce souffrance qu'on ressent en attendant ce qui va suivre — une qualité indispensable à tout écrivain. Et je n'éprouvais pas plus d'intérêt pour ce que j'allais écrire ensuite — la phrase suivante, le travail du lendemain — que pour le poids d'un rocher sur la planète Mars. Je ne pensais pas davantage pouvoir m'intéresser à l'écriture d'un roman.

Pourtant, je mourais d'envie de retrouver ce sentiment d'attente. Et mon prestigieux magazine sportif me garantissait qu'il y aurait toujours quelque chose à attendre, tous les quinze jours. Ils y veilleraient. Mieux, ce ne serait pas un sujet trop difficile à maîtriser avec des mots (mon premier sujet a été la natation, et certains parmi les rédacteurs chevronnés m'ont dispensé un assez rude apprentissage sur le tas, comme c'est toujours le cas). Je n'avais pas une connaissance particulière du sport, mais là n'était pas l'essentiel. J'étais aussi à l'aise qu'une vieille serviette dans un vestiaire, j'avais une opinion sur tout, et puis j'ai toujours admiré les sportifs. La présence virile et détendue d'hommes nus — Noirs ou Blancs — ne m'a jamais gêné ; je ne me sentais jamais de trop lorsque je leur posais quelques questions simples ; ma compagnie était moins agaçante que celle des autres.

Et puis je serais payé. Bien payé même — et il y aurait des voyages. Je verrais régulièrement « Frank Bascombe » imprimé au-dessus d'un article de journalisme professionnel que beaucoup de gens liraient et peut-être aimeraient. De temps à autre, je serais l'invité d'une émission quelconque (une interview dans mon propre salon), et je répondrais aux questions de fans de Saint Louis ou d'Omaha, où l'un de mes articles aurait eu l'effet d'un coup de pied dans une fourmilière.

— Je m'appelle Eddie, j'habite Laclede, Mr. Bascombe, à votre avis qu'est-ce qui cloche dans toute la conception de la compétition au niveau universitaire ? Si vous voulez mon avis, Mr. Bascombe, j'trouve que tout ça est complètement pourri.

— Eh bien, Eddie, voilà une bonne question...

Par-dessus le marché, je pouvais espérer rencontrer des hommes aimables qui, au moins superficiellement, partageraient mes opinions — un agrément qui n'est pas si fréquent dans l'existence des écrivains dignes de ce nom.

J'étais prêt à écrire sur tous les sujets qu'on me présenterait — adeptes de la gonflette ou de la chute libre, champions de luge, équipes de huit footballeurs du Nebraska —, j'aurais même pu écrire trois articles différents sur chaque sujet. Je me mettais à réfléchir au beau milieu de la nuit, sautais à bas de mon lit, puis me précipitais à mon bureau pour noter mon idée inédite. J'avais une surabondance de matériau brut — cogitations, fragments de souvenir, impulsions que j'aurais pu tenter de fondre en une nouvelle, tout cela ressemblait à une existence que je connaissais déjà parfaitement et sur laquelle je pouvais écrire : la lutte contre la vieillesse, la considération de l'avenir en termes réalistes.

Des milliers de gens manquent sans doute une vocation tardive, et font ensuite les choses à demi — avec une impression de réussite mort-née. Mais pour moi, ç'a été l'inverse. Sans me douter de ma vocation naturelle, je l'ai découverte par hasard : m'asseoir dans la tribune vide d'un stade de base-ball en Floride, entendre les bruits des gants de cuir et des voix ; parler aux entraîneurs et aux responsables du matériel dans les bourrasques automnales du Wyoming ; rester debout sur le gazon d'un camp d'entraînement d'une petite ville rurale de l'Illinois et regarder le ballon monter en chandelle ; gamberger sur des statistiques, puis rentrer chez moi ou au bureau, m'asseoir à ma table et rédiger mon article.

Qu'imaginer de mieux, pensais-je alors, et aujourd'hui encore. Comment calmer plus aisément l'inévitable souffrance de l'attente qu'en écrivant sur le sport — une souffrance dont seuls les maîtres zen et les victimes d'un coma se passent allègrement ?

J'ai abordé ce sujet avec Bert Brisker, qui a autrefois travaillé comme journaliste sportif pour le magazine, avant de devenir critique littéraire dans un hebdomadaire chic ; l'expérience de Bert est remarquablement proche de la mienne. Bert est trapu comme un ours, et doux comme un agneau maintenant qu'il a arrêté de boire. Il est l'ami le plus proche que j'aie conservé en ville, depuis l'époque des cocktails et des sorties littéraires, et nous essayons toujours de nous débrouiller pour que je vienne dîner chez eux, même si, la seule fois où je l'ai fait, Bert est devenu nerveux comme une caille en milieu de soirée (il était désormais à peu près clair que nous n'avions rien à nous dire) ; il a fini par engloutir plusieurs vodkas d'affilée avant de me menacer de me faire passer à travers le mur. Moyennant quoi nous ne nous voyons plus que dans le train de Gotham, soit une fois par semaine. Telle est, selon moi, l'essence d'une amitié moderne.

Bert a été naguère poète, et je remarque parfois dans les bacs des soldeurs l'un de ses deux ou trois recueils minces comme des plaquettes. Pendant des années, il a eu la réputation d'un homme violent qui s'enivrait pendant les lectures publiques, disait à des religieuses ou à des femmes rangées d'aller se faire voir en enfer, après quoi il s'écroulait sur la scène, sombrait dans un sommeil comateux, puis se bagarrait chez les professeurs qui l'avaient invité en le prenant pour un artiste. Évidemment, il a fini par se retrouver dans un centre de désintoxication du Minnesota, puis par s'occuper d'un cours de poésie dans une petite université du New Hampshire — un peu comme le cours que j'ai moi-même donné —, et il s'est fait mettre à la porte parce qu'il couchait avec presque toutes ses étudiantes, et en ramenait un certain nombre dans la maison où il vivait avec sa femme. C'est une histoire qui n'a rien d'exceptionnel, même si elle a eu lieu voilà des années. Il est arrivé au journalisme sportif pour les mêmes raisons que moi, et il vit maintenant dans une ferme du voisinage, sur les collines de Haddam, avec sa deuxième femme, Penny, et leurs deux filles ; en plus de son activité de critique littéraire, il élève des chiens de berger. La spécialité de Bert, lorsqu'il travaillait comme journaliste sportif, c'était le hockey sur glace, et je dirais à son actif qu'il savait parfaitement rendre plus qu'inintéressant un match soporifique joué par des Canadiens. Beaucoup de nos rédacteurs sont d'anciens professeurs d'université ou d'anciens écrivains en herbe qui n'ont tout simplement pas tenu le coup, ou encore des licenciés costauds de l'Ivy League qui n'ont pas voulu devenir courtiers en bourse ni avocats de divorces. L'époque du vieux reporter grincheux du *Register* de Des Moines ou du *Dakotan* de Fargo est révolue depuis longtemps, mais il en restait encore quelques spécimens quand je suis entré dans la profession il y a douze ans.

Bert et moi avons évoqué ce sujet lors de nos voyages en train à travers les terres plates du New Jersey — les raisons qui l'ont poussé à arrêter d'écrire, et celles qui m'y ont poussé, moi. Dans une certaine mesure, nous sommes convenus que nous avions tous deux sombré dans la morosité à force d'essayer d'écrire sérieusement, et que nous ne comprenions pas la nécessité vitale du jeu de la lumière et de l'obscurité dans la littérature. A cette époque, je trouvais mes nouvelles bonnes (aujourd'hui encore, je crois qu'elles me plairaient). Elles paraissaient tenir compte du dilemme humain, et puis elles semblaient *vraiment* dépourvues de mièvrerie et de naïveté. Mais il est tout aussi vrai qu'elles incluent de nombreuses descriptions du climat et de la lune, la plupart situées dans de lointains camps de chasse sur les lacs canadiens, ou dans une banlieue, en Arizona ou dans le Vermont, des endroits où je n'étais jamais allé ; et puis un nombre appréciable de ces nouvelles se terminent sur un homme en train de regarder à travers les fenêtres enneigées d'une pension de Nouvelle-Angleterre, ou sur un personnage conduisant très vite sur un sombre chemin de terre, ou frappant un mur avec le poing, ou confiant à quelqu'un qu'il n'a jamais *vraiment* aimé sa femme, avant de plonger dans une sorte de vide étouffant. Mes personnages paraissaient aussi avoir une prédilection pour le silence. J'ai eu ensuite le sentiment de m'être laissé aller à de mauvais stéréotypes. Tous mes hommes étaient trop sérieux, compassés et dénués d'humour, des personnages de querelleurs absorbés dans des dilemmes flous, beaucoup moins intéressants que mes personnages féminins, qui, malgré leur esprit acéré et leur liberté de pensée, passaient toujours au second plan.

Quant à Bert, cette gravité a fini par lui faire écrire des poèmes évoquant des pierres ou des nids d'oiseaux ravagés, des maisons vides où des frères imaginaires — auxquels il s'identifiait — étaient morts selon un rituel lugubre, jusqu'au jour où il n'a pas réussi à aligner un vers de plus et a compensé cette impuissance en se mettant à boire comme un trou, à coucher avec ses étudiantes et à les convaincre de l'importance de la poésie en les soûlant à mort au nom du grand art. Il m'a décrit tout ce processus comme un échec à conserver sa « souplesse intellectuelle ».

Nous nous retrouvions tous les deux au point mort, tels des gamins qui sont arrivés au terme de ce qu'ils savent savoir. J'ignorais, par exemple, comment les gens réagissaient à presque tout — et je ne savais plus quoi faire ni dans quelle direction me tourner. Inutile d'ajouter que c'est à partir de ce lieu même que les grands écrivains — les Tolstoï et autres George Eliot — prennent leur essor pour manifester leur grandeur. Mais parce que je n'ai pas dépassé ce stade pour manifester une grandeur quelconque — et Bert pas plus que moi —, je dois en conclure que nous avons souffert d'un indiscutable manque d'imagination. Nous avons perdu notre maîtrise, si c'est là une manière plus claire de dire les choses.

Lorsque j'ai commencé d'écrire *Tanger*, où j'espérais inclure quelques passages autobiographiques ayant pour cadre une école militaire, je suis devenu de plus en plus grave — ma voix littéraire, mes phrases et leur construction (elles se sont mises à ressembler à une espèce de lourde broderie métallique que personne, y compris moi, ne voudrait lire), et mes thèmes, tout cela de plus en plus sombre. Pour la plupart de mes personnages, la vie était une affaire sacrément ennuyeuse et sans doute embrouillée, à travers laquelle on avançait en pataugeant. Pareille attitude risque évidemment d'aboutir à un cynisme terrible, d'autant que je savais que la vie ne ressemblait pas à cela — mais qu'elle était beaucoup plus intéressante —, sauf que j'étais incapable d'en parler ainsi. Avant que ce cynisme imprègne mon écriture, j'ai perdu tout intérêt à agencer ces matériaux, mon esprit s'est mis à battre la campagne, et j'ai cessé d'écrire. Bert m'assure que sa propre poésie a fini par acquérir cette même préciosité morose. « A chaque réveil / au bout / d'une longue grotte / avec de la terre / plein les narines / je mords dans / le sol et les racines / et les os et / rêve d'une existence séparée. » Un jour, dans le train, il m'a cité ces vers de mémoire. Il a arrêté d'écrire peu après les avoir notés, puis il s'est mis à coucher avec ses étudiantes en guise de consolation.

Ce n'est pas un hasard si je me suis marié alors même que ma carrière et mes talents littéraires succombaient à un excès de sérieux. J'avais un besoin énorme, pourrait-on dire, du jeu de la lumière et de l'ombre, et aucun clair-obscur n'est comparable à celui du mariage et de la vie privée. Je contemplais alors ce même horizon long et désert dont X vient de me parler, cette table dressée pour un seul convive, et j'ai eu besoin de quitter la littérature pour retrouver la vie et le sentiment d'un but. L'humanité ne perd rien lorsqu'un écrivain décide de se taire. Quand un arbre tombe dans la forêt, qui s'en préoccupe sinon les singes ?

3

Vers dix heures moins le quart, j'entame pour de bon la journée et descends Hoving Road au volant de ma Malibu, vers la route de Great Woods et les immeubles de Pheasant Run & Meadow où Vicki habite — en fait, plus près de Hightstown que de Haddam.

Il faut que je parle un peu de Haddam, me semble-t-il, où j'ai déjà passé quatorze années et d'où je ne partirai peut-être plus jamais.

Il s'agit d'une ville facile à comprendre. Imaginez-vous une bourgade du Connecticut, disons Redding Ridge ou Easton, ou l'une de ces banlieues cossues en bordure de Merritt Parkway — Haddam ressemble à cela plus qu'à une ville typique de l'État-Jardin *.

Fondée en 1795 par un marchand de laine de Long Island, nommé Wallace Haddam, cette ville est une commune boisée comptant douze mille âmes, située parmi les collines basses et ondoyantes de la partie centrale du New Jersey, à l'est de la Delaware. Sur la ligne de chemin de fer, Haddam se trouve à mi-chemin entre New York et Philadelphie, moyennant quoi il n'est guère facile de décider de quelle ville nous sommes la banlieue ; d'ailleurs, les habitants de Haddam travaillent indifféremment dans l'une ou l'autre ville. Il règne donc ici une ambiance de

* Surnom du New Jersey *(N.d.T.)*.

village situé à l'écart des grands centres urbains, comme dans n'importe quelle bourgade du New Hampshire, mais avec les meilleurs traits distinctifs du New Jersey : l'assurance qu'on n'y cultive pas le mystère gratuitement, mais qu'on n'y redoute pas davantage les vrais mystères. Voilà pourquoi une ville comme La Nouvelle-Orléans court à sa perte : elle recherche un mystère qu'elle ne possède pas, qu'elle ne possédera jamais, si même elle en a jamais eu le moindre. La Nouvelle-Orléans devrait suivre mon conseil et s'inspirer de l'exemple de Haddam, où un esprit simple n'a aucun mal à contempler le monde.

Ce n'est pas une ville très religieuse, bien qu'elle abrite de nombreuses églises à cause de son très modeste Institut théologique (don de Wallace Haddam). Les fidèles possèdent leur propre temple de la Réforme écossaise, en briques et en cuivre, doté d'un chœur et d'un orgue qui résonnent trois jours par semaine. Mais Haddam est un village ouvert sur le monde.

Au milieu de la ville, on trouve un petit centre commercial au décor colonial, peint en blanc, orienté vers le nord, mais pas de vraie rue principale. La plupart des résidents travaillent ailleurs, souvent dans l'une des concentrations de matière grise installées en pleine campagne. Sinon, on rencontre des séminaristes ou de riches retraités de la faculté de la De Tocqueville Academy, installés à proximité de la route 160. Il y a quelques boutiques de luxe derrière des fenêtres à meneaux — les magasins de vêtements pour homme et de lingerie féminine sont en plein essor. En revanche, les librairies sont en perte de vitesse. Des femmes divorcées et autoritaires, parfois acariâtres (parmi elles, d'anciennes épouses de séminaristes), possèdent la plupart de ces boutiques, et créent dans le centre commercial une atmosphère intime de quant-à-soi qui évoque la vie telle qu'elle est représentée dans les catalogues (une conception que j'aime assez). Haddam n'est donc pas une ville très animée.

La poste est pour nous un lieu stratégique, car nous formons une communauté d'acheteurs par correspondance. Mais on n'a aucun mal à se faire couper les cheveux sans rendez-vous, ou bien, lorsqu'on est seul le soir — ce qui a souvent été mon cas après mon divorce —, à se faire offrir un verre à l'August Inn par un vieux en pantalon à carreaux qui regarde le match de base-ball et est trop heureux de tailler une bavette plutôt que de rentrer chez lui pour retrouver sa digne épouse. Parfois même, en échange de quelques daiquiris et d'une conversation menée tambour battant, on réussit à convaincre une langoureuse secrétaire de courtier en assurances de vous accompagner dans un petit hôtel au bord de la Delaware, pour savourer ensemble une tiède soirée printanière. Pareilles occasions réservent souvent une bonne surprise, et pendant mes premiers mois de solitude, j'ai passé plusieurs soirées ainsi et sans le moindre regret.

Il y a un petit contingent d'émigrés de la Nouvelle-Angleterre, surtout des gens qui travaillent à Philadelphie, qui possèdent une résidence d'été sur le Cap ou au bord du lac Winnepesaukee. Signalons encore une communauté encore plus réduite de gens du Sud — surtout des séminaristes originaires des deux Carolines —, qui passent l'hiver dans des villes comme Beaufort Island ou Monteagle. Je n'ai jamais beaucoup fréquenté aucun de ces groupes (même lorsque X et moi sommes arrivés ici), mais je fais partie de cet autre groupe, majoritaire, de gens heureux de résider toute l'année à Haddam, et qui se comportent comme si nous partagions une chose fondamentale qui, je crois, n'est pas liée à l'argent, mais relève d'une certaine conviction : vivre à un endroit fait partie des enseignements auxquels l'université nous a initiés ; maintenant que nous sommes adultes et que le moment est arrivé, nous mettons en pratique ce que nous avons appris.

Les républicains tiennent ici le haut du pavé, mais tout n'est pas aussi sinistre qu'on pourrait le croire. Ce sont de vieux écervelés sortis de Yale, très grands, pourvus de cheveux blancs et d'une mâchoire saillante, d'yeux bleus humides et de passés excitants dans l'OSS ; ou bien des promoteurs de la chambre de commerce à la retraite, des hommes petits qui ont grandi en ville, possèdent leur propre cercle d'amis à Haddam ainsi qu'une conception lumineuse et conservatrice des saines valeurs de la propriété et de l'entreprise privées. Une poignée d'Italiens aux yeux plissés dirigent la police — les descendants des immigrants qu'on a fait venir dans les années vingt pour construire la bibliothèque du séminaire, et qui se sont regroupés aux Presidents, le groupe d'immeubles où X habite. La loi stipulant que *le lieu est tout* préside aux rapports entre républicains et Italiens, et tout se passe admirablement bien — au point que je me demande parfois pourquoi cette combinaison ne dirige pas mieux le pays tout entier. (J'ai de la chance d'être ici avec mes dollars d'avant 1975.)

D'un autre côté, les impôts sont astronomiques. Le réseau d'égouts aurait bien besoin d'être remis à neuf, surtout dans le quartier de X. Mais les agressions sont presque inexistantes. Il y a de nombreux médecins et un hôpital correct. Et à cause des vents du sud, le climat est aussi doux que celui de Baltimore.

Des rédacteurs, des éditeurs, des journalistes du *Times* et de *Newsweek*, des agents de la CIA, des avocats du spectacle, des analystes financiers, ainsi que les présidents de maintes grandes entreprises qui façonnent l'opinion publique, habitent le long de ces routes sinueuses ou dans de grandes demeures bâties en pleine campagne, et prennent le train de Philadelphie ou de New York. Jusqu'aux domestiques, surtout des Noirs, semblent heureux d'habiter les rues latérales, aux auvents pimpants qui ressemblent à des claviers de piano, derrière l'hôpital, sur Wallace Hill, où ils sont propriétaires de leurs maisons.

L'un dans l'autre, ce n'est guère une ville palpitante. Mais c'est ainsi que nous l'aimons.

Par conséquent, la salle de cinéma n'est jamais bruyante après les bandes-annonces et le panneau qui prie les spectateurs de ne pas fumer. Le journal hebdomadaire contient surtout des publicités immobilières, et manifeste un intérêt très mitigé pour les informations générales. Les étudiants du séminaire et de la pension demeurent discrets et paraissent heureux de rester derrière leurs grilles de fer. Les deux magasins de spiritueux, la station-service Gulf et les librairies sont heureux de pratiquer le crédit. Le Coffee Spot, où je me rends parfois de bonne heure sur le vieux Schwinn de Ralph, ouvre à cinq heures du matin avec une tournée de café gratuite. Aucune des trois banques ne refuse jamais de vous donner de l'argent (un employé se contente de passer un coup de téléphone). Les garçons noirs et les garçons blancs — dont Ralph, autrefois — jouent dans les mêmes équipes, révisent ensemble leurs examens en fin d'après-midi et fréquentent la petite école aux murs de brique. Et si jamais vous égarez votre portefeuille, comme cela m'est arrivé, dans une quelconque rue bordée d'ormes et digne de figurer sur les cartes postales historiques — ma maison Tudor jouxte une grande bâtisse second Empire appartenant à un ancien juge de la cour suprême du New Jersey —, vous pouvez être sûr de recevoir un appel téléphonique à l'heure du dîner, juste avant qu'un adolescent bien élevé vous le rapporte avec toutes les cartes de crédit intactes, et sans faire allusion à la moindre récompense.

Vous protesterez qu'une telle ville n'est guère représentative du monde actuel. Que la réalité est bien pire, plus trouble et complexe, et que je devrais m'y frotter avec les émules de Rhonda Matuzak.

Pendant les deux années qui ont suivi mon divorce, après la tombée de la nuit, j'ai parfois emprunté ces rues sinueuses et ombragées pour aller faire quelque course mélancolique, et j'ai regardé ces mêmes maisons, ces fenêtres illuminées d'une lueur joyeuse et dorée, les voitures sombres garées contre le trottoir, tandis que résonnaient les rires, les tintements de verres, les discussions animées, et voici ce que je me suis dit : que cette vie est séduisante. Que, telle qu'on l'entend de la rue, cette existence est parfaite — je pense notamment à celle du juge. Et, bien que je ne fisse pas moi-même partie de cette liesse et que je n'eusse pas beaucoup aimé y participer, j'ai pensé avec émotion que nous menions tous une vie stable et responsable.

Mais qu'affirmer avec certitude ? Peut-être le juge lui-même passe-t-il des heures noires à errer dans les rues ? Peut-être a-t-il eu à décider de la vie d'un misérable, là-bas, dans la triste Yardville, et les lumières de ma maison — je les laisse d'ordinaire allumées — ont fourni une consolation à ce juge, l'ont fait songer que nous méritons tous une deuxième chance. A l'intérieur, je ne fais que travailler sur des statistiques de coups au but, ou bien je lis *Ring,* ou encore je feuillette un catalogue dans la cuisine, en n'espérant rien de plus qu'un bon rêve. Mais c'est précisément pour ce genre de choses que les rues de banlieue sont idéales, c'est seulement ainsi que les voisins peuvent entretenir de bons rapports.

Il est certainement vrai que, puisque le monde contient aujourd'hui tant de choses, il est plus difficile de décider ce qui est essentiel et ce qui ne l'est pas, et donc de trouver l'endroit idéal pour vivre. Voilà encore une raison pour laquelle j'ai arrêté d'écrire et pris un emploi dans le domaine plus rassurant du sport. Je ne savais pas avec certitude quoi dire du monde en général, et je n'avais pas envie de me lancer dans des spéculations oiseuses. D'ailleurs, cela n'a guère changé. Tout ce que je trouve à dire — mon effort le plus constant et sincère —, c'est que nous considérons le monde à partir d'un lieu particulier, d'une manière pleine d'espoir et de sens pratique. Mais cela ne suffit pas pour la littérature, et en un sens peu m'en chaut. Aujourd'hui, je désire dire oui à autant de choses que possible : oui à ma ville, à mon quartier, à mon voisin, à sa voiture, à sa pelouse, à sa haie et à ses gouttières. Que les choses soient le plus agréable possible.

Donnez-nous une bonne nuit de sommeil jusqu'à ce que tout ça soit terminé.

Ce matin, Hoving Road est aussi printanière et mouchetée de soleil que n'importe quelle allée privée anglaise. De l'autre côté de la ville, les cloches de Saint-Léon-le-Grand carillonnent un appel strident à l'adoration des fidèles, moyennant quoi aucun jardinier italien ne travaille sur les pelouses, ne nettoie le sol sous les forsythias, ni ne taille les rosiers. Les portes de certaines maisons arborent des décorations de lis de Pâques, tandis que d'autres, fidèles au rite épiscopal, conservent leurs guirlandes de Noël jusqu'au matin de Pâques. Chaque rue dégage une atmosphère allègre et œcuménique de vacances.

Ce matin, le centre commercial est peuplé d'acheteurs de cadeaux de Pâques ; pour éviter les embouteillages, je prends le raccourci par Wallace Hill, à travers les ruelles à sens unique, derrière l'entrée des urgences de l'hôpital et la gare de chemins de fer. Et je me retrouve bientôt sur Great Woods Road, qui aboutit à la US 1, traverse la voie principale avant de pénétrer dans le paysage doux et apaisant du plateau côtier du New Jersey. J'ai déjà emprunté cette route hier après-midi pour aller à Brielle. Mais si j'étais alors tendu et soucieux — à cause de mon rendez-vous d'avant l'aube —, je me sens aujourd'hui plein d'allégresse et de joie.

Dix kilomètres plus loin, il y a beaucoup de circulation sur la route 33, mais un résidu de brouillard matinal s'accroche à la chaussée qui ondule vers Asbury Park. Une légère bruine venant du sud s'abat en un rideau murmurant parmi les nuances vert pomme du paysage, adoucissant les contours des stands de légumes, vides en cette saison, des petites fermes, des machines agricoles et des hangars de concessionnaires. Mais le New Jersey ne me déplaît pas. Loin de là. Pour moi et jusque dans le paysage, le vice implique la vertu, et la vertu la valeur. Un Américain serait idiot de rejeter pareil endroit, car c'est le plus distrayant et lisible des paysages, et son langage est toujours l'américain.

Une retraite agréable à portée de la main

Mieux vaut s'installer dans le New Jersey que ne pas s'installer du tout. Ou pis encore, se réveiller un beau matin dans un endroit sinistre comme le Colorado ou la Californie, ou encore rester dans l'indécision en attendant de trouver l'endroit idéal qui n'a jamais existé et n'existera jamais. Cessez donc de chercher. Affrontez la terre là où vous êtes. C'est littéralement tout ce que vous avez pour aller de l'avant. De fait, ses décors et ses équipements les plus laids font de cet État l'émule fort modeste de ce que Cape Cod a jadis été, et puis son mélange d'industries prospères et de banlieues chic en fait la quintessence de l'esprit « urbano-campagnard ». Ici, l'illusion ne sera jamais votre adversaire.

Pheasant Run & Meadow constitue indéniablement une retraite agréable. Je bifurque vers l'allée asphaltée et sinueuse qui longe un grand château d'eau peint dans le bleu nuit de l'ère spatiale, puis l'allée se divise en deux branches qui se dirigent vers les extrémités d'un large champ de maïs en friche. Assez loin — à deux kilomètres environ —, les frondaisons de tilleuls verts se détachent contre un ciel de platine et, derrière eux, les longs pylônes en Y de la ligne à haute tension, dont les câbles supportent de grosses boules oranges pour se signaler aux avions volant à basse altitude.

A gauche, Pheasant Run est un lotissement où toutes les rues sont des culs de sac qui ont pour nom Les Haies ou Les Chardons, peints à la Andrew Wyeth sur des pancartes faussement rustiques. Toutes les plantations sont récentes, mais des voitures de luxe occupent déjà les parkings. Vicki et moi nous sommes promenés en touristes dans Pheasant Run, admirant les maisons à bardeaux construites en briques comme autrefois, avec, sur une pancarte, un prix plus élevé que celui que j'ai payé il y a quatorze ans pour ma maison de deux étages en ville. Le père et la belle-mère de Vicki habitent le même genre d'endroit à Barnegat Pines, et j'ai le sentiment qu'elle n'aimerait rien davantage pour elle-même, sinon un mari putatif pour y emménager avec elle.

Pheasant Meadow se trouve à l'extrémité inférieure du champ en friche ; c'est un ensemble de longs immeubles bas, marron et banals qui donnent sur un étang artificiel et boueux, un bulldozer jaune et quelques autres appartements en construction. Dans l'idéal, ce complexe est destiné à des gens plus jeunes, qui démarrent dans la vie, sont promis à une carrière florissante — secrétaires, vendeurs de voitures, infirmières —, et qui auront un jour les moyens d'acheter en deuxième main les maisons plus cossues de Pheasant Run. Je les surnomme les débutants.

La Dart bleu-vert et scintillante de Vicki est garée à l'emplacement 31 ; elle a encore ses plaques noir et blanc du Texas. Les derniers chuintements de pluie s'éloignent vers les Brunswicks au nord pendant que je me gare près d'elle ; une odeur âcre et chimique imprègne l'air. Mais avant que je puisse descendre, et à ma grande surprise, j'aperçois Vicki assise au volant de sa voiture, presque cachée derrière le gros appui-tête. Je baisse la vitre côté passager, et elle tourne la tête vers moi, ses cheveux noirs ramenés en deux mèches épaisses vers les oreilles et la nuque avant de descendre jusqu'aux épaules en une profusion d'anglaises.

En face, dans les nouveaux immeubles inachevés, deux manœuvres assis sur la dalle de béton numéro deux sourient. Ils viennent manifestement de passer un bon moment avant mon arrivée.

— Je croyais que tu ne viendrais plus, m'annonce Vicki par la fenêtre ouverte, avec une timidité d'écolière. Je suis restée chez moi en attendant que tu m'appelles pour m'annoncer la mauvaise nouvelle, et puis je suis descendue ici pour écouter la musique que j'aime quand je suis triste. Elle m'adresse alors un sourire penaud et très doux. Tu ne vas pas me gronder, j'espère ?

— Si tu n'es pas assise à côté de moi dans deux secondes, et comment que je vais te gronder, dis-je.

— Je le savais, rétorque-t-elle en remontant sa vitre très vite.

Elle prend son sac, descend de la Dart, puis entre dans ma vie en un clin d'œil.

— Je me suis dit, reprend-elle, que si je descendais t'attendre dans la voiture, tu arriverais ; et j'ai eu raison.

Toutes mes craintes se dissipent aussitôt, et j'abandonne les deux manœuvres à leurs hochements de tête goguenards. Comme je recule, je suis à deux doigts de leur adresser un appel de phares pour leur souhaiter la moitié du plaisir que j'espère avoir. Mais ils interpréteraient sans doute ce signal de travers. Je leur adresse néanmoins un sourire en reculant, après quoi nous quittons Pheasant Meadow pour rejoindre l'allée d'accès et la route 33, puis l'autoroute du New Jersey ; blottie contre moi, Vicki me serre le bras et soupire comme une nouvelle meneuse de ban.

— Pourquoi as-tu cru que je ne viendrais pas ? dis-je tandis que nous traversons les rues détrempées de Hightstown, et que je savoure mon bonheur de posséder une voiture équipée, comme autrefois, d'une banquette d'un seul tenant.

— Oh, c'était juste une lubie idiote. Tout ça me paraissait trop beau pour être vrai, j'imagine.

Vicki porte un pantalon noir qui accuse ses formes sans être trop moulant, un corsage vaporeux et une écharpe assortie, une veste en daim bleu qui vient tout droit de Dallas et des chaussures aux talons en plastique transparent. Telle est son élégante tenue de voyage, sans oublier le sac en nylon jeté sur la banquette arrière et la petite pochette noire où elle range son diaphragme. C'est une fille habituée à la vie moderne, et j'ai l'impression de m'intéresser aux moindres détails de son existence. Elle regarde les grands immeubles de Hightstown près desquels nous roulons.

— Autre chose. Hier soir, un malade m'a claqué entre les doigts alors que je bavardais avec lui ; je lui demandais comment il se sentait, et tout. Normalement, je n'aurais même pas dû être là, mais une fille est tombée malade. C'était un Noir. Il était au stade terminal de l'hépatite, il faisait déjà de l'urémie en entrant à l'hôpital, ce qui n'est pas forcément une mauvaise chose, car ça les fait rêver à leur passé, ça leur évite de penser à leurs problèmes présents. (Infime soupir de soulagement en apprenant ce qu'elle a fait hier soir. J'avais vainement tenté de la joindre au téléphone, et mes pires craintes étaient revenues au galop.) Mais tout de même, on s'habitue jamais vraiment à la mort, voilà pourquoi je suis passée de la cancérologie aux urgences. Je sais bien qu'on est pas censé craquer devant un malade qui vous lâche, mais je n'y arrive pas. Je préfère de loin voir un type arriver en sang qu'un malade mourir dans son lit. Je crois que c'est pour ça que j'ai commencé à me faire du souci. Je savais que tu allais au cimetière ce matin.

— Tout s'est bien passé, dis-je en pensant que c'était la vérité.

Vicki sort une Merit légère de sa pochette, puis l'allume. Ce n'est pas le genre de fille à fumer beaucoup, mais elle apprécie une cigarette lorsqu'elle se sent nerveuse. Je pose la main sur ses cuisses rebondies, puis l'attire vers moi, jambe contre jambe. Elle baisse un peu la vitre et souffle sa fumée vers l'extérieur.

— C'est quand, ton anniversaire, au fait ?

— La semaine prochaine.

— Allez, arrête de me raconter des histoires. Quelle est la vraie date de ton anniversaire ?

— La semaine prochaine, sans blague. Je vais avoir trente-neuf ans.

Je jette un bref coup d'œil vers ma passagère pour voir si cette nouvelle ne provoque pas une déception quelconque. Depuis deux mois que nous nous connaissons, je ne lui ai jamais parlé de mon âge. A mon avis, elle me croyait plus jeune.

— C'est pas vrai. Menteur.

— Je crains pourtant que ce soit la vérité, dis-je en essayant de sourire.

— Eh bien, je pourrais t'offrir un magnétophone huit pistes et t'enregistrer tous mes morceaux préférés. Ça te plairait ?

L'annonce de mon âge ne provoque pas d'autre réaction. Certaines femmes de ma connaissance s'intéressent à l'âge des hommes, d'autres pas. X faisait partie de cette dernière catégorie, et j'ai toujours considéré cela comme une preuve de bon sens. Mais dans le cas de Vicki — si elle ne s'intéresse pas à mon âge, c'est sans doute à cause de l'échec de son premier mariage, de son désir de trouver quelqu'un qui soit au moins gentil —, c'est une heureuse surprise de plus dans une liste qui s'allonge sans cesse. Nous allons peut-être nous marier à Detroit, rentrer en avion et nous installer à Pheasant Run, où nous vivrons heureux comme tous nos compatriotes américains. Quel mal y aurait-il à cela ?

— Ça me ferait très plaisir, dis-je.

— Tu ne m'en as pas voulu de t'attendre dans la voiture comme une andouille ?

— Tu es trop jolie pour qu'on te fasse le moindre reproche.

— C'est aussi ce que pensaient ces deux imbéciles.

Nous arrivons au péage, prenons notre ticket et partons vers le nord, au-dessus des terres plates, mornes et imbibées d'eau du Jersey — un paysage idéal pour les parcours de golf faciles, les usines de pièces automobiles et les marchés aux puces.

Vicki s'inquiète que je lui en veuille de ne pas être monté la chercher jusqu'à sa porte, car elle sait que j'aime le rite tribal consistant à venir la prendre pour nos rendez-vous, même si je compte passer la nuit avec elle. D'ordinaire je me montre très formel et je lui apporte un cadeau, une habitude que j'ai abandonnée il y a longtemps lorsque X et moi sortions ensemble. Mais il est vrai que X et moi vivions comme mari et femme, et on oublie facilement ce genre d'attentions. Mais pour Vicki, je rapporte d'ordinaire quelque chose de New York, où elle est allée une seule fois et qu'elle prétend ne pas supporter. De son côté, elle est toujours *presque* prête et fait comme si je la pressais ; elle court vers sa chambre avec des épingles dans la bouche, ou en se retenant les cheveux sur la nuque, en disant qu'il faut absolument qu'elle raccommode un ourlet ou passe un coup de fer sur un vêtement. Nous sommes sans doute vieux jeu sur ce chapitre, issus d'une époque révolue, mais j'aime cet affairement, ce tourbillon qui règne entre nous. Chacun paraît savoir ce que l'autre désire, alors que nous nous connaissons mal ; à la fin de mon mariage, cela était devenu une source de conflits avec X.

Quoi qu'il en soit, je suis toujours heureux d'être invité à passer la nuit ou même une heure dans la propreté impeccable du petit studio de Vicki, sur lequel son père conserve la haute main, et qu'ils ont meublé tous les deux en une folle journée passée au Mobilier Miracle de Paramus.

Vicki a tout choisi elle-même : tentures pastel, miroir-soleil, tapis aux couleurs vives et aux dessins abstraits, tête-à-tête recouvert d'un tissu imprimé aux motifs de cheval tirant un buggy, un ensemble en érable pour mini-salle à manger, une table basse laquée noire, une gamme d'appareils électroménagers marron et une grosse radio Sony. Wade Arcenault n'a eu qu'à remplir un gros chèque et à remettre la vie de sa fille chérie sur les rails après ses mésaventures avec son mari Everett.

Chaque fois que j'entre dans cet appartement, tous les objets sont à la place qu'ils occupaient lors de ma dernière visite, comme si on les y avait cloués, et tout est d'une propreté impeccable : le dernier numéro de la revue *Infirmière*, un livre sur les séries télévisées et le *TV Guide* rangés sur la table. Un saxophone étincelant et inutilisé depuis l'orchestre du lycée est posé sur son support. La salle de bains est immaculée. La vaisselle est lavée et rangée. Tout est aussi parfait que dans la suite réservée aux jeunes mariés à l'Holiday Inn.

Ma propre maison répond à d'autres critères, à une conception différente du confort et de l'abondance, avec ses étagères bourrées de magazines, ses objets orientaux aux couleurs passées, ses rebords de fenêtres fendillés et les souvenirs éclectiques accumulés pendant la moitié d'une vie — les témoignages d'une existence antérieure et de buts révolus (souvent non atteints) ; mais ces signes ne prouvent pas une meilleure qualité de vie qu'un salon neuf de grand magasin ou une cuisine *Magician*, malgré tout ce qu'on raconte à ce sujet. En fait, je suis devenu un adepte convaincu de la discrétion et de l'anonymat. Et je suis séduit par l'idée de recommencer ma vie à zéro dans un lieu tout neuf et sympathique, au milieu d'un mobilier inédit, impersonnel et coloré. Je l'aurais peut-être fait en l'absence de Paul et Clarissa, si je n'avais pas cru que j'entamais moins une nouvelle existence que je n'augmentais la mise sur mon ancienne vie. Et si je n'avais pas eu le sentiment que notre maison demeurait un investissement sain. Mais tout cela s'est bien passé, et presque tous les soirs je glisse dans le sommeil (que je sois à Saint Louis, Atlanta, Milwaukee, ou même à Pheasant Meadow), convaincu, comme on dit, d'avoir tiré le meilleur parti des choses — ce qu'en définitive nous désirons tous.

Vicki a éteint sa cigarette et a entrepris de mettre un peu d'ordre dans ses anglaises en se regardant dans le miroir du pare-soleil.

— Tu ne trouves pas ça bizarre qu'on parte en voyage tous les deux ?

Elle plisse le nez, d'abord devant son reflet, puis en se tournant vers moi, comme si elle ne s'attendait pas à entendre une réponse crédible.

— Tous les adultes font ça — voyager ensemble, aller à l'hôtel, passer de bons moments.

— Vraiment ?

— Vraiment.

— Ah bon. (Elle sort une épingle à cheveux de la manchette de son corsage et la glisse entre ses lèvres.) Moi, je n'ai jamais cru que ça m'arriverait. Je suis allée plusieurs fois à Galveston avec Everett. Je suis allée au Mexique, mais j'étais de passage. (Elle retire l'épingle de sa bouche et l'enfonce profondément dans ses cheveux noirs.) Mais au fait, qu'es-tu au juste, toi ?

— Je suis journaliste sportif.

— Oui, ça je sais. D'ailleurs, j'ai lu des trucs que tu avais écrits. (Première nouvelle ! Quels trucs ?) Je veux dire, es-tu Balance ou Gémeaux ? Tu m'as dit que ton anniversaire était dans moins d'un mois. J'aimerais bien savoir.

— Je suis Taureau.

— Qu'est-ce qu'ils ont de spécial, les Taureaux ?

Elle m'observe attentivement du coin de l'œil tout en finissant de mettre de l'ordre dans ses cheveux.

— Je suis assez intelligent. Je ne suis pas cynique, mais j'ai de l'intuition pour les gens, ce qui donne parfois l'impression que je suis cynique.

Tout cela vient directement de Mrs. Miller, ma voyante. En plus de ses prévisions concernant l'avenir, ses fonctions consistent à me fournir ce genre d'information si je les lui demande. J'essaie de la voir au moins tous les quinze jours.

— Et puis je suis très généreux.

— Ça je dois le reconnaître, du moins en ce qui me concerne. Je me demande si, avec ce profil, mes rêves vont se réaliser. Je n'y connais pas grand-chose. Je crois que je pourrais en apprendre davantage.

— Lesquels de tes rêves se sont déjà réalisés ?

Elle croise ses bras sous les seins comme une lycéenne, et regarde devant elle pendant plusieurs minutes. On imaginerait facilement que cette divorcée âgée de trente ans en a seize, qu'elle est chaste, et qu'elle n'a jamais vécu le moindre malheur ni le plus léger désagrément, alors qu'elle côtoie la mort et la violence presque tous les jours.

— Tiens, voilà, dit-elle en regardant l'autoroute. Savais-tu que j'ai toujours eu envie d'aller à Detroit ?

Elle prononce *Detroït* comme dans *coït*.

— Non.

— Bon, très bien. C'est pourtant la vérité. J'en suis restée comme deux ronds de flan lorsque tu m'as parlé de ce voyage. (Elle baisse le menton comme pour se plonger dans une profonde réflexion, puis elle émet un léger claquement de langue.) Si tu m'avais proposé d'aller à Washington, à Chicago dans l'Illinois ou à Tombouctou, j'aurais sans doute refusé. Mais quand j'étais petite, mon père disait toujours : « Ce que De-*troït* produit, le monde en jouit. » Et c'était pour moi un tel mystère que je tenais *absolument* à voir cette ville. Tout ça me paraissait si incroyable, tu vois. Si romantique. Il était monté travailler là-bas après la guerre de Corée, et à son retour il avait une carte postale où l'on voyait un gros pneu debout. Voilà ce que je voulais voir, mais je n'en ai jamais eu l'occasion. A la place, je me suis mariée et installée dans une ville banale. Et puis je t'ai rencontré.

Elle m'adresse un sourire plein de tendresse et pose la main à l'intérieur de ma cuisse, une liberté qu'elle ne s'est jamais permise jusqu'ici, et il faut maintenant que je fasse attention à ne pas donner un coup de volant qui risquerait de provoquer un carambolage. Nous dépassons alors la sortie 9, vers New Brunswick, et je jette un coup d'œil intrigué vers la rangée des cabines en verre — dont deux seulement sont occupées — devant lesquelles les voitures font la queue. Des silhouettes grises, indistinctes, se penchent vers les conducteurs, indiquent des itinéraires, rendent la monnaie, tendent le bras vers la campagne pour renseigner des voyageurs fatigués. Quoi de plus étrange et de plus excitant que de passer devant une cabine de péage occupée par un employé dont la fille unique est blottie contre vous, tandis que ses doigts habiles vous agacent tendrement l'entrejambe ?

— Aimes-tu mon prénom ?

Sa main est toujours posée sur ma cuisse ; j'entends et sens le tapotement léger de ses ongles soignés.

— Je le trouve très beau.

— Vraiment ? (Elle plisse encore le nez.) Il ne m'a jamais plu, mais merci quand même. Je n'ai rien à redire à Arcenault. Ce nom me plaît. Mais Vicki, on dirait un nom gravé sur une gourmette en toc.

Elle me regarde, puis son visage se tourne à nouveau vers le large estuaire et les terres détrempées de Raritan, qui s'étendent comme des champs de blé jusqu'à l'extrémité de Staten Island.

— On dirait un paysage de fin du monde, tu ne trouves pas, me demande-t-elle.

— Je me plais ici. On peut même se croire en Égypte. Par beau temps, on aperçoit les tours du World Trade Center.

Elle me pince la cuisse pour me taquiner, puis sa main me quitte et Vicki se redresse sur la banquette.

— L'Égypte, hein ? Voilà ce qui te plairait sans doute, à toi. On dirait vraiment que tu sors de chez les dingues. Dis-moi un peu de quoi est mort ton petit garçon.

— Le syndrome de Reye.

Elle secoue la tête avec une expression incrédule.

— Bon Dieu. Comment as-tu réagi quand il est mort ?

Voilà bien une question à laquelle je n'ai pas envie de répondre, même si je sais qu'elle ne me l'aurait pas posée si elle ne s'intéressait pas à moi et si elle n'avait pas pensé qu'y répondre me ferait du bien. Elle est aussi terre à terre que moi sur ce chapitre, et elle connaît beaucoup mieux les hommes que je ne connais les femmes.

— Nous étions tous les deux assis à son chevet. Il était très tôt le matin. Il faisait encore nuit. En fait, nous nous étions peut-être endormis. Une infirmière est entrée et a dit : « Je suis désolée, Mr. Bascombe, Ralph vient de mourir. » Nous sommes restés assis là pendant quelques minutes, en état de choc, même si nous savions qu'il n'y avait rien à faire. Alors elle s'est mise à pleurer, et moi aussi. Ensuite, je suis rentré à la maison, j'ai préparé du bacon et des toasts, et je me suis retrouvé à regarder la télévision. J'avais une bande vidéo des grands matches du championnat national, et j'ai regardé ça jusqu'à ce qu'il fasse jour.

— La mort nous rend vraiment fous, tu ne trouves pas ?

Vicki pose la tête sur le dossier de la banquette, fait remonter ses jambes pour étreindre ses genoux noirs et brillants. Très loin, j'aperçois un avion — un grand quadriréacteur — qui descend vers la terre et ce que je sais être l'aéroport de Newark ; c'est un signe de bon augure.

— Tu sais ce que *nous*, nous avons fait à la mort de maman ? me demande-t-elle en levant les yeux comme pour s'assurer que je suis toujours là.

— Non.

— Nous sommes tous allés dans un restaurant polynésien. Ça n'a pas été une grosse surprise pour nous. Elle avait tout ce qu'on peut imaginer de pire. Je travaillais aux Œuvres maçonniques du Texas, et les médecins ne m'avaient rien caché de son état, ce qui n'est pas forcément un bien. Everett et papa, Cade et moi, on est allés au centre commercial de Garland en plein après-midi de canicule pour manger du porc à la polynésienne. Nous désirions seulement manger. Je crois qu'on a envie de manger lorsque quelqu'un meurt. Puis nous avons fait des courses, histoire de dépenser de l'argent. J'ai acheté un collier en or dont je n'avais aucun besoin. Papa a acheté un costume trois-pièces chez Dillard, et un bracelet-montre. Cade a acheté quelque chose. Et Everett a acheté une Corvette rouge d'occasion qu'il possède sans doute toujours. En tout cas, il l'a bel et bien eue, sa voiture de frimeur.

Sa lèvre inférieure remonte au-dessus de l'autre, son front se plisse au souvenir presque palpable de la Corvette d'Everett, qui a désormais acquis davantage de présence que la mort. Par nature, Vicki fait davantage confiance aux objets qu'aux essences. A maints égards, cela fait d'elle la compagne idéale.

Son récit me met néanmoins d'une humeur étonnamment maussade. Certains aspects de la vie privée des gens ont un côté cul de plomb qui ne me plaît guère. Je me sentirais mieux si elle m'avait dit que quelqu'un venait de découvrir qu'il souffrait de la maladie de Lou Gehrig ou d'une tumeur au cerveau à la veille de son dernier match, et qu'il avait malgré tout décidé d'y participer. Mais dans le récit de Vicki, je me retrouve confronté aux émotions crues d'une mort réelle, et, tandis que je roule sur la bretelle de l'autoroute, je ressens la même chose que lors du matin que je viens d'évoquer : un deuil immense, et la crainte d'une dépossession plus grande encore.

Les femmes m'ont toujours *soulagé* de mes fardeaux, elles m'ont redonné le moral, rendu la bonne humeur, convaincu que tout allait bien et que la vie suivait son cours normal, même si bien sûr c'est rarement le cas.

Mais maintenant, cette aura consolatrice a été chassée de la voiture par une bourrasque soudaine qui me laisse un nœud à l'estomac et un sourire crispé, comme si le pire m'arrivait. L'espace d'un instant, j'ai glissé vers cet univers mental où les femmes ne peuvent plus prodiguer leurs bienfaits ancestraux (voilà une chose que X m'a dite ce matin et que j'ai omise). Non que j'aie perdu mon allant, mais simplement ma bonne humeur paraît soudain vulnérable aux faits, à ces évidences inévitables — c'est un authentique passage à vide.

Vicki m'observe en me lançant de brefs regards inquisiteurs, les sourcils froncés.

— Qu'y a-t-il ? Quelle mouche t'a piqué ?

Si nous étions à proximité de l'aire de repos de Vince Lombardi, j'y bifurquerais pour passer une demi-heure à admirer les œuvres commémoratives de Vince — le buste en bronze, l'image des cinq blocs de granit, le célèbre imperméable en gabardine. Nous avons tout le temps aujourd'hui. Mais cette aire de repos se trouve bien après le Giant's Stadium, et nous sommes ici au milieu des torchères des raffineries, sans le moindre abri en vue.

— Accepterais-tu de me prendre dans tes bras ? dis-je. Tu es une fille merveilleuse.

Aussitôt, ses bras sont autour de mon cou et elle m'étreint avec violence.

— Oh, oh, oh, soupire-t-elle à mon oreille, et aussi simplement que cela (je ne me trompais pas) je me sens transporté au septième ciel. Tu es heureux que je sois ici avec toi ?

Elle me caresse doucement la joue sans quitter des yeux mon visage.

— On va sacrément s'amuser, je te le garantis.

— Oh, mon chéri, murmure-t-elle, mon chéri, mon chéri.

Elle m'embrasse l'oreille jusqu'à ce que je ressente des picotements dans les jambes, et j'ai envie de fermer les yeux, d'abandonner tout contrôle. Cela suffit à nous ramener sur terre et à nous faire rouler vers l'aéroport tandis que tous mes espoirs renaissent, plus forts que jamais.

On me sauve facilement, c'est vrai.

Le moment me paraît bien choisi pour dire quelques mots sur les sportifs, que j'ai toujours admirés sans jamais ressentir le besoin d'en devenir un ni de les prendre au sérieux, et qui me semblent pourtant aussi véridiques et entiers que les Grecs de l'Antiquité (mais seulement lorsque tout va bien pour eux).

Presque tous les sportifs sont heureux de laisser leurs actes parler à leur place, heureux d'être ce qu'ils font. Moyennant quoi, lorsque vous bavardez avec un sportif, chose que je fais tout le temps dans les vestiaires, à la cafétéria et dans les couloirs d'hôtel, debout à côté de voitures de luxe — même si l'intéressé ne vous accorde aucune attention, ce qui est très souvent le cas —, il ne se sentira presque jamais divisé, ni aliéné, ni sujet à la moindre angoisse existentielle. Il sera peut-être en train de penser à une caisse de bière, à un barbecue, à un lac artificiel en Oklahoma sur lequel il aimerait bien faire du ski nautique, ou encore à une fille ou à une camionnette Chevy flambant neuve, ou à une discothèque qu'il possède pour blanchir de l'argent, ou tout simplement à lui-même. Mais vous pouvez parier qu'il ne s'inquiétera pas le moins du monde de votre présence et de ce que vous pouvez bien penser. Un égoïsme rare lui permet de ne pas douter de ses émotions, de ne jamais s'interroger sur ce qu'il n'a pas dit ou pensé. En fait, les sportifs au sommet de leur forme transforment l'évidence en mystère, tout simplement en s'absorbant complètement dans ce qu'ils font.

Des années d'entraînement à la compétition vous apprennent cela ; la nécessité de renoncer au doute, à l'ambiguïté, à l'introspection en faveur d'une unidimensionnalité agréable et combative, dont on est aussitôt récompensé par ses résultats sportifs. Avec un athlète, vous risquez même de tout gâcher simplement en lui parlant avec votre voix habituelle. Cette voix risque de leur flanquer une trouille bleue en leur montrant que le monde — où ils s'en tirent souvent mal, sombrent dans la dépression, se laissent piéger dans des imbroglios financiers, voire pis encore une fois terminée leur carrière sportive — est plus complexe que leur entraînement ne le leur a laissé croire. Au point qu'ils préfèrent de loin leur propre voix et leurs questions, ou bien le sabir de leurs camarades (même s'ils parlent l'espagnol). Et si vous êtes un journaliste sportif, vous devez vous adapter à leurs voix ainsi qu'à leurs réponses :

— Comment vas-tu t'y prendre pour battre cette équipe, Stu ?

La vérité, bien sûr, se manifeste encore parfois :

— Eh bien, nous allons tout simplement jouer à notre manière, Frank, puisque c'est ça qui nous a permis d'arriver jusqu'ici.

Mais il s'agira de *leur* vérité simple, non pas de *votre* vérité complexe — à moins, évidemment, que vous ne tombiez d'accord avec eux, ce qui m'arrive souvent. (Les sportifs, cela va de soi, ne sont pas *toujours* les imbéciles que l'on décrit ; ils parlent souvent avec intelligence de ce qui les intéresse, jusqu'à ce que vous en ayez par-dessus la tête.)

Un sportif, par exemple, ne se laisserait jamais entamer par un récit tel que celui que Vicki vient de me raconter, même si ces mêmes sentiments lui brisent parfois le cœur. Il est entraîné à ne pas se laisser trop atteindre par ce genre d'émotion, ou alors, si elle l'entame plus qu'il ne peut le supporter, il sortira frapper cinq cents balles sur le practice, ou bien courir jusqu'à tomber d'épuisement, ou encore se plonger dans un mécanisme compliqué. J'admire cette qualité plus que presque toute autre. Le sportif sait ce qui le rend heureux, ce qui le met en rogne, et quoi faire dans les deux cas. Ainsi, c'est un adulte authentique. (Mais il lui est presque impossible de devenir votre ami.)

Pendant la dernière année de mon mariage avec X, j'ai toujours réussi à « aller voir derrière » tout ce que je ressentais. Si j'étais furieux ou ravi, je savais à chaque fois que je pouvais tout aussi bien agir ou penser différemment si je le désirais — être renfrogné ou rancunier, ironique ou généreux —, même si je me serais volontiers laissé convaincre que ma façon d'agir s'accordait sans doute avec mes sentiments *réels*, comme si je n'avais pas eu conscience des autres alternatives. C'est parfois une manière terrifiante de vivre, car alors on se convainc facilement qu'on est tout juste un adepte tolérant des vérités générales, un homme qui accepte sans ombrage les autres points de vue.

En fait, je possédais même un certain nombre de voix différentes, une voix qui se voulait persuasive, désireuse de faire bon effet, d'exprimer amour et sincérité, et de rendre les gens heureux — même si mes paroles étaient un complet mensonge, aussi distant de la vérité qu'Athènes l'est de Rome. C'était une voix d'où tout engagement était exclu, mais sans doute ne peut-on pas s'approcher davantage de soi-même, peut-être s'agit-il de votre propre voix, surtout lorsque vous parlez à quelqu'un que vous aimez : un accord réciproque dépourvu de toute ironie.

C'est ce que les gens veulent dire quand ils déclarent qu'Untel est « à mille lieues de ses émotions ». Mais je crois que, lorsqu'on atteint l'âge adulte, ce hiatus doit disparaître jusqu'à ce qu'on ne voie même plus ces choix, mais qu'on fasse ce qu'on fait, qu'on sente ce qu'on sent — un mariage auquel vous devrez peut-être renoncer. « Aller voir derrière les émotions », voilà exactement ce que je faisais (à mon insu) dans mes nouvelles et dans le roman que j'ai abandonné ; voilà aussi l'une des raisons pour lesquelles j'ai arrêté d'écrire. J'envisageais toujours d'autres manières de réagir à ce que j'écrivais, ou bien d'autres voix que j'aurais pu m'approprier. En fait, je trouvais toujours un certain nombre de choses que j'aurais pu faire à tout moment ! Et ce que le vrai travail d'écrivain exige, bien sûr, c'est *une fusion complète avec la vision de l'écrivain* — chose que je n'ai jamais réussi à maîtriser complètement, même si je me suis donné un mal de chien pour cela et si j'ai fini par me dégoûter de ce travail. Dans tout ce qu'elle sentait et faisait, X était toujours d'une limpidité absolue. Elle méritait une confiance aveugle, elle résistait à la nuance et au doute, ce qui en faisait une merveilleuse épouse pour un homme comme moi, mais je n'affirmerais pas qu'elle ait conservé toutes ses certitudes.

J'aimerais ajouter une dernière chose sur les sportifs : on peut en apprendre trop sur eux, on peut même en arriver à les détester, exactement comme n'importe qui. Lorsqu'on observe les gens de près, ils se ressemblent tous — ils deviennent sans surprise, banals. Voilà pourquoi j'en dis parfois moins que je n'en sais, et selon moi les journalistes qui affectionnent les entretiens en profondeur commettent une erreur.

Autant sortir les violons. Autant écrire sur le petit Nègre gringalet de Bradenton, Floride, qui ne sait pas lire, a souffert de rachitisme, a eu des ennuis avec la loi, puis qui a accepté une bourse pour jouer au basket dans une grande université du Midwest, après quoi il devient une vedette, apprend à lire et finit par faire une licence de psycho, épouser une Blanche et créer une entreprise de consultants à Akron. Voilà un bon article. Peut-être même que la fille blanche sera originaire d'Europe de l'Est. Ses parents s'opposeraient d'abord au mariage, puis se laisseraient convaincre.

Si cela donne l'impression que le journalisme sportif est au mieux un métier superficiel, c'est tout bonnement parce que c'est vrai. Mais il ne s'agit pas pour autant d'une mauvaise profession. Et puis, je l'avoue volontiers, elle me va comme un gant.

Au terminal A, nous devenons deux voyageurs aguerris. Je fais la queue devant le guichet de United pendant que Vicki va se poudrer le nez et acheter une assurance pour son vol. Elle est donc aussi à l'aise que moi dans les aéroports. Quand tout s'est mis à aller de travers avec ce vieux cinglé d'Everett, m'a-t-elle dit dans l'escalator, elle partait en voiture pour le nouvel aéroport de Dallas et regardait les avions décoller en s'imaginant à bord de chacun d'eux.

— Si tu étais resté un an dans cet aéroport, ajoute-t-elle, aussi rayonnante qu'une serveuse de drive-in, tandis que nous entrons dans le hall scintillant, bondé de passagers et de couples momentanément séparés, tu aurais vu tous les habitants du monde. Et bien sûr, tu aurais vu Charley Pride au moins cent fois.

Vicki pense aussi que les assurances en cas d'accident d'avion sont une affaire en or. Qui suis-je pour lui dire le contraire ? Je lui conseille néanmoins de ne pas me prendre pour bénéficiaire.

— Ça, c'est *exclu*, rétorque-t-elle d'un air faussement outré. Pour toutes mes affaires, mon seul héritier sera l'Église catholique romaine.

— Parfait, dis-je.

Elle et moi n'avons jamais abordé le sujet de la religion.

— Je me suis convertie au catholicisme quand j'ai épousé Everett, au cas où tu te poserais la question, précise-t-elle en me regardant bizarrement. Les catholiques font beaucoup pour les hôpitaux. Et puis je trouve que le pape est un vieux type sympa. Avant, je n'étais qu'une mauvaise méthodiste, comme tous les gens au Texas, sauf les baptistes.

— Formidable, dis-je en lui serrant le bras.

— C'est ça, la liberté de choix, répond-elle avant de s'éloigner vers les distributeurs d'assurances.

Maintenant, je me sens infiniment mieux. Les lieux publics ont toujours un effet salvateur sur moi, et je souffre sans doute d'une agoraphobie inversée. J'aime l'atmosphère librement partagée d'une foule. En un sens, c'est mon élément. Même les gares routières polluées des Greyhound et les lugubres stations de métro créent en moi un bien-être, l'impression qu'on a aménagé un endroit pour moi et mon prochain. Quand j'étais marié avec X, je détestais les insupportables semaines d'été que nous passions d'abord au Huron Mountain Club et, plus tard, dans les Sumac Hills de Birmingham, où son père faisait partie des membres fondateurs. Je détestais cette atmosphère feutrée de privilégiés, les voix nerveuses et étouffées des élus du Midwest. Je jugeais cela mauvais pour les enfants, et souvent je filais discrètement avec

Ralph pour l'emmener au zoo de Detroit, au jardin botanique de Belle Isle, et une fois jusqu'à l'arboretum d'Ann Arbor. X avait passé sa vie dans le luxe et les privilèges — clubs, tables réservées, loges privées dans les tribunes des stades de base-ball —, mais je pense que tout cela ne signifie rien quand on a assez de caractère pour le supporter, ce qui est certes le cas de X.

En face de moi, levé vers le tableau des départs, j'aperçois un visage connu, mais je souhaite aussitôt m'éclipser discrètement. C'est le long visage de Fincher Barksdale. Fincher tient sa pochette blanche de United Airlines, et il a un gros sac de golf TWA passé sur l'épaule. Fincher est mon généraliste ; ainsi que je l'ai dit, j'ai été le consulter à cause de ma tachycardie, et il m'a répondu que mes palpitations étaient liées à mon âge, qu'à l'approche de la quarantaine beaucoup d'hommes souffrent de symptômes inexplicables pour la science médicale, et que ces symptômes disparaissent d'eux-mêmes avec le temps.

Fincher fait partie de ces Sudistes sveltes, vaguement efféminés mais aux mains poilues, qui deviennent d'ordinaire des avocats ou des médecins blasés, des gens que je n'aime pas, même si X et moi étions amis avec Fincher et sa femme, Dusty, à notre arrivée à Haddam et lorsque j'ai connu mon heure de gloire à cause de ma photo dans *Newsweek*. Diplômé de Vanderbilt, il a au moins trois ans de plus que moi, bien qu'il paraisse plus jeune. Il a fait sa médecine, puis de solides études de généraliste à Hopkins, et il a beau ne pas me plaire en tant qu'individu, je suis ravi de l'avoir pour médecin. J'essaie de détourner les yeux au plus vite, de regarder les gratte-ciel sans âme de Newark à travers une immense baie vitrée, mais je suis sûr que Fincher m'a déjà repéré, et que, pour se manifester, il attend de s'assurer que je l'ai vu et que je ne veux surtout pas lui parler.

— Nom d'un petit bonhomme ! Mais quel bon vent vous amène ici, mon vieux frère Frank ?

C'est le baryton sudiste et tonitruant de Fincher. Sans même regarder, je devine qu'il se retient de sourire d'une oreille à l'autre en s'enfonçant la langue dans la joue, et qu'il procède à un rapide tour d'horizon pour voir quelle autre connaissance risquerait de l'entendre. Il me tend la main sans me regarder. Nous n'avons pas fait partie de la même fraternité à la fac. Il était Phi Delt ; mais il m'a un jour déclaré que nous avions peut-être une tante lointaine en commun, une Bascombe au énième degré, là-bas à Memphis. J'ai protesté énergiquement.

— Les affaires, Fincher, dis-je avec nonchalance en serrant sa longue main osseuse et en espérant que Vicki ne va pas revenir trop tôt.

Fincher est un dragueur notoire qui adorerait m'envoyer quelques piques à cause de ma compagne de voyage. L'un des inconvénients des lieux publics est qu'on y rencontre parfois des gens qu'on paierait très cher pour ne pas voir.

Fincher porte un pantalon vert stupidement décoré de petits motifs rouges entrecroisés, un chandail bleu Augusta National et des chaussures à glands noirs. Il a l'air d'un crétin, et il part sans doute jouer au golf quelque part — à Kiawah Island, où il possède des parts dans une villa, ou bien à San Diego, où il se rend entre six et huit fois par an pour des conventions médicales.

— Et vous, Fincher ? lui dis-je sans le moindre intérêt.

— Bah, je fais un saut à Memphis, Frank, je vais à Memphis pour les vacances. (Fincher se balance sur ses talons et fait tintinnabuler de la monnaie au fond de ses poches.) Depuis la mort de papa, Frank, je descends plus souvent dans le Sud, évidemment. Ma mère se porte très bien, je suis content de le dire. Ses amis ont serré les rangs autour d'elle.

Fincher est le genre de Sudiste qui s'adresse uniquement à vous à travers tout un écheveau d'allusions sudistes ancestrales, qui suppose que les gens à portée de voix savent tout de ses parents et de leur histoire et désirent régulièrement entendre les dernières nouvelles les concernant. Il paraît jeune, mais s'arrange pour se comporter en sexagénaire.

— Content de l'apprendre.

Je lance un coup d'œil au-delà des guichets de Delta et d'Allegheny pour voir si Vicki n'arrive pas. Si Fincher prend le même avion que nous, je change de compagnie.

— Frank, je démarre une petite affaire lucrative dont j'aimerais vous parler. L'idée m'en est venue l'autre jour dans mon cabinet, mais tout est allé si vite que je n'ai pas eu le temps de m'en occuper. C'est vraiment une occasion à laquelle vous devez réfléchir. Nous avons déjà tous les capitaux nécessaires pour démarrer, mais je peux encore vous réserver un strapontin.

— Nous devons rejoindre notre porte d'embarquement, Fincher. Peut-être la semaine prochaine.

— Tiens donc. Avec qui voyagez-vous donc, Frank ?

Grossière erreur de ma part. Je viens de mettre Fincher sur une piste qu'il va flairer comme un chien de chasse.

— Une amie, Fincher.

— Je vois. Mais je n'en ai que pour une minute, Frank. Le temps d'attendre un peu ici. Voyez-vous, Frank, quelques gars et moi montons un ranch de visons juste au sud de Memphis. Je sais pas pourquoi, mais ç'a toujours été mon rêve.

Fincher m'adresse un sourire idiot, comme si lui-même n'en revenait pas. Je vois bien qu'il s'imagine déjà sa ferme de visons, tandis que ses minuscules yeux bleus de lézard prennent un regard vitreux. Ce sont sans nul doute les yeux d'un couillon.

— Il va faire rudement chaud, là-bas, pour les visons, vous ne croyez pas ?

— Oh, il faut *absolument* installer l'air conditionné, Frank. Indispensable. Faudra en passer par là. Je dois dire que l'investissement de départ est assez coquet.

Fincher opine du chef comme un banquier, sa tête blonde et grisonnante absorbée par l'entrelacs récent des manœuvres financières. Il fourre les mains dans ses poches et fait sonnailler tristement ce qui se trouve au fond. Mais en cet instant je suis frappé par les cheveux de Fincher ; son crâne presque chauve s'offre à ma vue lorsqu'il baisse rituellement les yeux vers ses mocassins à glands. Sa coupe de cheveux remonte aux environs de 1959 ; ses cheveux, raides comme des baguettes, sont maintenus en place par une noisette de gomina sans odeur. Il incarne le parfait Sudiste en exil, l'affreux bonhomme aux vêtements sordides qui fait tintinnabuler quelques pièces dans sa paume sur le trottoir de la grand-rue — espèce mythique qui existe partout *sauf* dans le Sud. A Vandy, il était le grand dadais de Memphis toujours plongé dans les bouquins et qui allait découvrir le monde — cheveux coupés en brosse, veste de treillis loqueteuse, pantalon blanc, ceinturon militaire, chemise Oxford à manches longues et trop grande pour lui, les mains enfoncées dans les poches, arborant une arrogance compassée, une satisfaction suprême ainsi que l'habitude de contempler le monde du haut de son nid d'aigle. (Il n'a d'ailleurs pas changé d'un iota.) A Hopkins, il a rencontré puis épousé une fille de Goucher qui ne supportait pas le Sud et mourait d'envie d'habiter en banlieue, comme s'il s'agissait de l'Athènes de Périclès ; et depuis lors, Fincher a eu entière liberté de faire tintinnabuler sa monnaie et de s'acoquiner avec tous les autres renégats du Sud qui, comme je l'ai déjà signalé, sont bien représentés à Haddam. Lorsque l'affreux jour des comptes arrivera pour Fincher, je tiens absolument à être à cent lieues de là.

— Frank, poursuit Fincher qui n'a pas cessé de me parler de son élevage de visons pendant que mon esprit battait la campagne, ne pensez-vous pas qu'il s'agit là d'un fleuron prestigieux dont pourra s'ennorgueillir le Nouveau Sud ? Vous vous intéressez à ce genre de choses, n'est-ce pas ?

— Pas beaucoup, dis-je. (Et pour tout dire, pas du tout.)

— Vous savez, Frank, tout le monde a d'abord pris ce bon vieux Tom Edison pour un cinglé, vrai ou faux ?

Fincher sort de sa poche revolver la pochette contenant son billet et la fait claquer contre sa paume avec un sourire mauvais.

— Je suis à peu près sûr que tout le monde considérait Edison comme un type brillant, Fincher.

— Okay. Vous m'avez compris, fiston.

— Tout cela est bien présomptueux, Fincher, voilà mon avis.

Fincher adopte soudain une expression sidérée et inattendue, comme si je venais enfin d'émettre le signal qu'il attendait. Pendant quelques instants, nous restons là en silence parmi l'agitation des passagers, comme si nous étions devant une fenêtre du Petroleum Club de Memphis, en train de discuter de la soirée qui l'an prochain suivra le match entre les Commodore et l'Ole Miss. Fincher réussit cette prouesse de ne pas se sentir décontenancé par mes réserves sur son élevage de visons, et j'admire sincèrement son aplomb.

— Vous savez, Frank, je ne vous ai sans doute jamais dit ça (il hoche la tête comme un vieux juge plein de sagesse) mais j'ai une sacrée admiration pour ce que vous faites et la manière dont vous menez votre barque. Beaucoup d'entre nous aimeraient bien en faire autant, mais il leur manque la ténacité et le courage.

— Ce que je fais n'a rien de difficile, Fincher. Vous y arriveriez sans doute aussi bien que moi. D'ailleurs, vous devriez essayer.

Mes doigts de pied se crispent dans mes chaussures.

— Faudrait vraiment me flanquer un boulet au pied et me battre comme plâtre pour me faire aligner deux mots, Frank. J'ai l'estomac qui fait des nœuds rien qu'à l'idée de rédiger un projet sans importance.

Les lèvres de Fincher s'incurvent en un simulacre de grimace. En son for intérieur, il sait très bien qu'il s'en tirerait aussi bien que moi, et probablement mieux, mais il se sent obligé de me servir ce genre de flatterie insincère.

— Et puis aussi, beaucoup d'entre nous aimeraient bien se payer un week-end tranquille avec une petite infirmière, ajoute Fincher avec un gros clin d'œil.

Je tourne la tête pour regarder le hall bondé, et j'aperçois Vicki qui revient rapidement avec son contrat d'assurance, entravée par ses talons aiguilles en plastique. On dirait une secrétaire pressée de rejoindre la photocopieuse, les coudes écartés pour assurer son équilibre sur des jambes qui paraissent en bois. Fincher l'a repérée, il la reconnaît à cause des journées passées à l'hôpital, et me voilà pris sur le fait.

Fincher arbore soudain sa vieille expression pleine de sous-entendus salaces qu'il a peaufinée au foyer des Phi Delt de Vanderbilt ; il va me ridiculiser ou créer entre nous une connivence ignoble. Un malaise sinistre s'empare de nous deux. Il est encore plus torve que je ne l'imaginais, et je suis sur mes gardes comme toute personne ayant quelque chose à défendre — mais je me reproche amèrement de l'avoir laissé me retenir avec ses boniments. Fincher voudrait bien me gâcher le début de mon escapade, mais je ne compte pas le laisser faire.

— Occupez-vous donc de vos affaires, Fincher, lui dis-je en le regardant dans le blanc des yeux.

Je lui mettrais volontiers mon poing dans la figure, histoire de lui tacher son pantalon de crétin et de le renvoyer dans sa bonne ville de Memphis avec quelques points de suture.

— Allons, allons, allons. (Fincher relève le menton et recule lentement d'un demi-pas en suivant Vicki des yeux par-dessus mon épaule.) Nous sommes entre Blancs, Frank.

— Je ne suis plus marié, lui dis-je sauvagement. J'ai le droit de faire tout ce que je veux.

— Mais bien sûr.

Fincher y va de son grand sourire aux dents trop blanches, mais il est destiné à Vicki, pas à moi. Je suis battu, et ne peux m'empêcher de me demander si Fincher n'a pas été l'amant de Vicki avant moi.

— Tiens donc, voyez un peu sur quoi on tombe quand on n'est pas suffisamment sur ses gardes, dit Vicki en me serrant fermement le bras et en adressant un petit sourire méchant à Fincher pour me faire comprendre qu'elle n'est pas dupe de l'hypocrisie du médecin. Je l'aime plus que jamais.

Fincher marmonne quelque chose comme « le monde est bien petit », mais il a perdu une bonne part de son arrogance.

— J'ai l'assurance, dit Vicki en agitant les papiers vers moi et en faisant comme si Fincher n'existait pas. Si tu prends la peine de regarder, tu verras un nom que tu connais. Et puis j'ai changé de religion.

Le sérieux durcit alors son beau visage, un visage que je ne voulais même pas voir il y a deux minutes, et que j'accueille maintenant comme une bénédiction du ciel. J'écarte l'épaisse pelure d'oignon de la Mutuelle d'Omaha, et j'aperçois le nom de Vicki au complet — Victory Wanda Arcenault — puis le mien au milieu de la page, en face de la mention *Bénéficiaire*. L'assurance est de cent cinquante mille dollars.

— Et le pape, alors ? dis-je.

— C'est toujours un vieux type sympa. Mais lui, je ne le verrai jamais. (Elle cligne des yeux en me regardant, comme si une lumière violente m'entourait.) Toi, en revanche, je te vois.

J'aimerais la serrer dans mes bras jusqu'à ce qu'elle me supplie de la lâcher, mais pas devant Fincher. Cela lui donnerait matière à réflexion, et je ne veux strictement rien lui offrir. Pour l'instant, il reste planté là, les lèvres entrouvertes en un petit « o » parfait.

— Merci, dis-je.

— Ça m'a plu de t'imaginer en train de dépenser tout cet argent en pensant à moi. Cela me rendrait heureuse n'importe où. Tu pourrais t'acheter une Corvette — non, toi tu aurais sans doute envie d'une Cadillac.

— C'est toi que je veux, dis-je. Et de toute façon, nous serons ensemble si l'avion s'écrase.

Elle lève les yeux vers les lumières lointaines du plafond de l'aéroport.

— C'est vrai, non ?

Puis elle reprend son contrat d'assurance et s'agenouille pour le ranger dans son sac.

— Bon, je crois que j'vais y aller, dit Fincher dont le regard papillonne depuis qu'il n'a plus la situation en main.

Le buste légèrement incliné, il est presque embarrassé, une émotion qu'il n'a sans doute pas ressentie depuis une bonne vingtaine d'années.

La foule commence à nous entourer ; ce sont des gens qui portent un badge où est écrit *Évasion.* Ils sortent de nulle part, puis se dirigent vers les portes 36-51. Une odeur douceâtre de beurre de cacahuètes imprègne soudain l'air. Un avion a attendu les retardataires, et leur soulagement nous entoure comme une brise printanière.

— Content de vous avoir rencontré, Fincher, dis-je.

Fincher n'est bien sûr pas plus grivois qu'un autre, et je suis soulagé de lui donner son congé, à lui et à son visage d'austère Ichabod.

— Bah, tu parles, fait Vicki en regardant Fincher avec dégoût, une expression qu'il paraît accepter avec gratitude.

— Je crois qu'on nous laisse embarquer en avance.

Fincher nous adresse un bref sourire.

— Bon voyage, dis-je.

— Ouais, dit Fincher en hissant ses clubs de golf sur son épaule osseuse.

— Attention au lac, dit Vicki.

Mais Fincher est déjà hors de portée de voix ; je le regarde se fondre parmi les voyageurs en attente qui arrivent de Buffalo, portant ses clubs très haut, heureux de se trouver au milieu d'une foule nouvelle, prêt à engager une bonne discussion ponctuée de tapes sur l'épaule, en route vers le Sud.

— Fincher et toi êtes en mauvais termes ? dis-je d'une voix bon enfant.

— Et comment ! (Agenouillée, Vicki a le bras plongé jusqu'au coude dans son sac de voyage. C'est à notre tour de prendre nos cartes d'embarquement.) Fincher est un vrai salopard. Le genre d'obsédé qui se pointe derrière les filles à l'improviste, si tu vois ce que je veux dire. Un sale type. Nous sommes toutes sur nos gardes avec lui.

— Est-ce qu'il s'est déjà pointé derrière toi ?

— Non, m'sieur. (Elle lève vers moi un visage surpris.) Je fais toujours attention à qui est derrière moi.

— Qu'est-ce que je pense, à ton avis ?

— C'est clair comme de l'eau de roche.

— Je suis tout simplement jaloux, dis-je. Ça ne se voit pas ?

— Je n'avais pas remarqué.

Elle sort de son sac un minuscule flacon de parfum, le débouche, puis s'en met sur le cou et les bras tout en restant agenouillée dans la salle de l'aéroport. Elle me sourit ensuite de cet air espiègle qu'elle sait que j'aime.

— Je vais vous dire une bonne chose, monsieur, vous n'avez pas à vous inquiéter. Vous êtes *número uno,* et il n'y a pas de numéro deux.

— Parle-moi de Fincher, alors.

— Un de ces jours. Mais c'est sans surprise, je te le promets.

— Tu serais surprise de savoir ce qui me surprend.

— Et ce qui ne me surprend pas.

Elle se relève pour me saisir la main. La sienne est humide, et l'air embaume le Chanel N° 5.

— Tu as gagné.

— Exact. Je suis une gagneuse, dit-elle d'une voix légère.

Si je pouvais faire durer ce moment — perdu dans l'attente excitante d'un voyage agréable, d'un accident fatal, d'un succès hors du commun, d'un échec cuisant —, je le ferais, je ne quitterais jamais cet aéroport, je couperais volontiers tous les autres fils de ma vie, je ne saurais jamais ce qui va suivre, ces choses qu'il faut toujours anticiper, bien que ce soit toujours les mêmes, et le même *vous* qui les attend.

4

Dans l'avion, nous sommes au cœur du Midwest dès que nous choisissons nos sièges. Toute la classe touriste de notre 727 résonne de son accent séduisant. Des hôtesses solides, dont les sourires disent « Hé, je pourrais t'aimer une fois qu'on aura atterri et qu'on sera tranquilles », rangent nos bagages à main. Vicki place la courroie de son sac à l'intérieur de celui-ci, puis le tend à l'hôtesse.

— De Dieu, voilà un bien joli sac, dit une grosse blonde nommée Sue en posant les mains sur les hanches avec une admiration pleine d'aplomb. Faut que je montre ça à Barb. On n'a pas de bol avec nos bagages. Où allez-vous donc tous les deux ?

Le sourire de Sue dévoile une grosse canine brunâtre, mais elle déborde de gentillesse et de bonne humeur. Son père a fait carrière dans l'aviation, et elle a une kyrielle de petits frères athlétiques, j'en mettrais ma main au feu. Et puis, elle a roulé sa bosse.

— De-*troït,* annonce fièrement Vicki en m'adressant un coup d'œil complice.

Sue écarte ses cheveux de son visage d'un geste ample et ajoute :

— Je suis sûre que vous allez adorer Detroit.

— En tout cas, répond Vicki avec un sourire, j'ai vraiment hâte d'y arriver.

— C'est du tonnerre, vraiment extra, dit Sue avant de s'éloigner pour s'occuper du café.

Presque aussitôt, tout autour de moi, les passagers commencent de converser avec cette voix douce et nasillarde, ces intonations tendres qui me rappellent mes années d'étudiant. Chacun paraît être un natif de Detroit qui rentre chez lui pour les vacances, et en dehors de nous personne ne se rend en visite dans l'ouest du pays. Tout près, quelqu'un déclare avoir passé une nuit blanche pour regarder un téléthon en entier, ce qui lui a fait manquer deux jours de travail. Un autre passager, en route vers « le pouce » de la moufle du lac Michigan, a eu des problèmes de moteur et s'est retrouvé coincé pendant un week-end à Bad Axe. Un autre encore avait commencé des études à Wayne State en s'inscrivant aux Sigma Nu, mais à Noël dernier il est revenu travailler au laminoir de son père. On peut dire, bien sûr, que l'aménagement intérieur de tous les moyens de transport modernes vous rappelle le Midwest. Les compartiments à bagages au-dessus de votre tête, les confortables fauteuils couleur pastel, les tablettes mobiles et cette atmosphère de générosité dont vous pouvez bénéficier dans des limites raisonnables. Tout cela est le produit de l'ingéniosité du Midwest, aussi sûrement que la valse est une création viennoise.

Barb et Sue sont bientôt de retour pour entamer une discussion sérieuse avec Vicki au sujet de son sac de week-end, dont ni l'une ni l'autre n'ont jamais vu de semblable, et Vicki n'est que trop heureuse d'entrer dans leur jeu. Barb est une petite blonde trapue, trop maquillée et aux mains carrées. Elle s'intéresse au « rapport qualité-prix », à la « valeur intrinsèque », elle se demande si elle ne pourrait pas acheter le même sac au magasin Hudson's du centre commercial situé près de son appartement de Royal Oak ; il s'avère qu'elle a étudié le commerce à l'université. Vicki lui rétorque que le sien vient de chez Joske's, mais qu'elle n'en sait pas davantage, et les trois filles parlent un moment de Dallas (Barb et Sue ont vécu dans cette ville à des moments différents), puis Vicki ajoute qu'elle aime bien un magasin appelé Spivey's et un restaurant de Cockrell Hill nommé Atomic Ribs. Toutes les trois s'entendent très bien. Et puis tout d'un coup nous sommes en l'air, nous grimpons au-dessus des nuages et d'une rivière industrielle bleu émeraude, vers la Pennsylvanie et le lac Érié, et les hôtesses vaquent à leurs occupations. Vicki remonte l'accoudoir, puis se glisse près de moi le long de nos trois sièges ; sa cuisse brillante est dure comme du métal, son souffle vibrant d'excitation. Nous sommes maintenant très loin au-dessus de l'agitation matinale.

— A quoi pensez-vous donc, mon bon monsieur ?

Elle s'est mise les écouteurs autour du cou.

— Je pense à cette belle cuisse que vous avez là, et que j'aimerais bien attirer contre moi.

— Qu'à cela ne tienne. Personne ne vous verra, sinon Suzie et la petite Barbara, et elles s'en fichent du moment que nous restons habillés. De toute façon, ce n'était pas dans vos intentions. Oh, je vous connais, vieux grigou.

— Je pensais à « La caméra invisible ». Je crois que c'est le truc le plus marrant que j'aie jamais vu.

— Moi aussi, j'aime bien cette émission. Un jour, je crois que j'ai aperçu le présentateur à l'hôpital. On m'avait dit qu'il habitait dans le coin. Mais ce n'était pas lui. De nos jours, beaucoup de gens se ressemblent, tu as remarqué ? Pardon de t'avoir interrompu.

— Tu es une fille intelligente.

— J'ai une bonne mémoire ; c'est indispensable pour être infirmière. Mais je ne suis pas très intelligente. Sinon, je n'aurais jamais épousé Everett. (Elle gonfle les joues et me sourit.) Vas-tu enfin me dire ce qui te tarabuste comme ça ? (Elle me serre fermement l'avant-bras et appuie dessus. Vicki est une fille qui aime serrer le bras des gens.) Ou alors je vais être obligée de te faire une main blanche jusqu'à ce que tu parles.

Elle a de la force, ce qui est sans doute aussi une qualité indispensable pour une infirmière ; mais je suis sûr qu'elle ne s'intéresse pas vraiment à ce que j'ai en tête.

En fait, je n'ai bien sûr rien à lui répondre. Je pensais sans doute à quelque chose, mais la plupart de mes préoccupations paraissent s'envoler de mon esprit avant que je ne m'en souvienne. C'est là un trait de caractère qui a rendu pénible et souvent franchement assommant le fait d'écrire. Soit je restais assis à noter tout ce qui me passait par la tête à n'importe quelle heure du jour et de la nuit, soit j'oubliais tout — et c'est ce qui est arrivé à la fin de l'époque où je travaillais sur mon roman. Finalement, j'ai été ravi de tirer un trait sur tout ça et de l'expédier aux oubliettes. Les vrais écrivains doivent être plus attentifs, bien sûr, et l'attention était une chose qui ne m'intéressait guère.

En tout cas, je ne crois pas que s'interroger sur ce que pensent les gens soit une bonne idée (cette opinion m'exclut d'emblée de la catégorie des écrivains, car qu'est-ce que la littérature, sinon quelqu'un nous racontant ce que pense quelqu'un d'autre ?). Pour moi, il existe au moins cent bonnes raisons pour ne pas vouloir connaître ce genre de choses. Et puis les gens ne disent jamais la vérité. Par ailleurs, l'esprit de la plupart des humains, comme le mien, ne contient pas grand-chose d'intéressant, moyennant quoi ils fabriquent un mensonge ridicule au lieu de dire la vérité — à savoir : je ne pense rien. D'un autre côté, évidemment, vous risquez qu'on vous révèle le fond de la pensée d'un autre, chose que vous n'avez pas forcément envie d'entendre, qui risque de vous mettre en rage, et qui devrait rester dans la sphère privée. Je me rappelle que, lorsque j'avais une quinzaine d'années, dans le Mississippi — juste avant mon départ pour Les Pins solitaires —, l'un de mes amis s'est fait tuer lors d'un accident de chasse. Le soir suivant, Charlieboy Neblett et moi (c'était l'un de mes rares amis à Biloxi) étions dans la voiture de Charlieboy à boire de la bière en nous plaignant d'avoir pensé — puis en nous pardonnant mutuellement d'avoir pensé — que nous étions ravis de la mort de Teddy Twiford. Si la mère de Teddy était arrivée à ce moment-là et nous avait demandé à quoi nous pensions, elle aurait été sidérée de découvrir que nous étions vraiment de très mauvais amis de son fils Teddy. Mais en fait, nous n'étions pas de mauvais amis de Teddy.

Je me rappelle que la Libanaise que je fréquentais à l'université de Berkshire m'a répondu, après que je lui ai dit combien je l'aimais :

— Je te dirai toujours la vérité, à moins bien sûr que je ne te mente.

Ma première réaction a été de trouver son attitude déplacée ; mais à mieux y réfléchir, j'ai bientôt compris que j'avais une chance inouïe. Car on me promettait ainsi la vérité *et* le mystère — une combinaison rare. Il y aurait des choses importantes que je saurais ou bien ignorerais, et je pouvais compter dessus, je pouvais le prévoir, y réfléchir, m'en inquiéter si j'étais assez bête pour cela, ce qui n'était pas le cas ; il me suffisait simplement d'acquiescer, et d'être à jamais libre.

C'était une spécialiste de la déconstruction en littérature, et son esprit était formé à ce genre de distinction. Elle réussissait même à tirer une ligne de conduite d'une simple observation de la vie quotidienne : quelle partie d'un individu peut-on réellement connaître ? Une toute petite partie. Cependant, au cours des trois mois vertigineux que nous avons passés ensemble, je ne crois pas qu'elle m'ait menti une seule fois. Car elle n'a jamais eu la moindre occasion de le faire ! J'y veillais en ne lui posant jamais de question dont la réponse ne fût déjà évidente. X et moi nous serions sans doute mieux entendus si elle avait pu appliquer cette stratégie à mon cas en évitant de me demander des explications ce fameux soir où, debout parmi les rhododendrons, j'ai admiré les Gémeaux et Cassiopée, pendant que son coffre de jeune mariée partait en fumée par la cheminée. Elle aurait pu prendre mon attitude pour ce qu'elle était — l'expression de l'amour et de la fatalité, au lieu du simple échec de l'amour. Mais je ne vais pas m'en plaindre. Je pense que, de manière générale, X va maintenant très bien. Si elle a moins confiance dans le monde qu'autrefois, ce n'est pas une tragédie.

Lorsque le copilote passe la tête entre les pans du rideau de la classe touriste pour nous faire signe que tout fonctionne normalement, Vicki s'est endormie, la tête posée sur un oreiller minuscule, la bouche légèrement de biais. Je voulais lui montrer le lac Érié, que nous survolons maintenant, vert et scintillant, avec l'Ontario tout gris devant nous. L'excitation du voyage l'a fatiguée, et je la désire pleine d'énergie pour notre voyage éclair. Elle admirera le lac au retour et traînera dimanche au lit lorsque nous rentrerons de chez ses parents.

Il m'est arrivé une chose étrange hier soir, dont j'aimerais parler, car elle est liée à ce problème de la révélation de la vérité, et puis parce que j'y pense sans arrêt. Il s'agit bien sûr d'une chose que je n'étais pas préparé à raconter à Vicki.

Depuis deux ans je suis membre d'un petit groupe en ville, que nous avons créé et baptisé — avec une justesse admirable — le Club des hommes divorcés. Nous sommes cinq en tout, même si la composition de notre club a changé une fois ou deux en cours de route, un membre s'étant remarié avant de quitter Haddam pour s'installer à Philadelphie, un autre étant mort du cancer. Mais dans les deux cas, un autre divorcé s'est présenté au bon moment pour combler le vide, et nous avons tous été heureux de nous retrouver à cinq, un nombre qui nous paraît équilibré. Plusieurs fois j'ai failli quitter le club, si l'on peut qualifier notre groupe de club, car je me considère plutôt comme un individualiste, et n'ai pas le sentiment, du moins plus maintenant, d'avoir besoin du soutien du club. En fait, presque toutes ses activités m'ennuient, et du jour où j'ai commencé de m'appliquer à être davantage en moi-même, j'ai l'impression d'avoir passé le cap et de me diriger vers le fleuve de ma vie vécue. J'ai néanmoins trouvé de bonnes raisons pour rester. D'abord, je ne voulais pas être le premier à partir de mon plein gré. Cela me semblait mesquin — me vanter de « m'en être sorti », alors que les autres étaient encore « en plein dedans », même si aucun membre n'a jamais reconnu faire quoi que ce soit pour le bien des autres. Car aucun d'entre nous n'est du genre religieux, ni ne compatit outre mesure aux souffrances du monde. Nous sommes tous cultivés. L'un est banquier. Un autre travaille dans un réservoir de matière grise. Le troisième est séminariste, et le dernier analyste financier. Notre club est davantage un groupe d'individus facétieux, enjoués et rigolards qu'une institution sérieuse. Nos activités se résument à nos rencontres à l'August Inn, pour tirer sur un cigare, discuter avec une voix tonnante d'hommes d'affaires et parler à bâtons rompus une fois par mois. Sinon, nous nous entassons dans la vieille camionnette de Carter New pour aller voir un match de base-ball à Philadelphie ou bien pêcher en louant un bateau à Ben Mouzakis, qui nous fait toujours un prix de groupe.

Il existe une autre raison pour laquelle je ne quitte pas le club. C'est qu'*aucun* d'entre nous n'est du genre à être dans un club d'hommes divorcés — aucun, en fait, ne paraît même être à sa place dans une ville comme Haddam. Cependant, nous nous retrouvons à chaque fois submergés de terreur et de timidité, tels des conscrits devant le peloton d'exécution, faisant l'impossible pour paraître aussi polis et avenants que des membres du Rotary — finissant la soirée, où que nous soyons, en parlant de la vie, du sport, des affaires, inclinés au-dessus de nos genoux solennels, certains tenant une cigarette à l'extrémité incandescente, tandis que le bateau se dirige vers les lumières du quai, ou avant la fermeture du Press Box Bar de Walnut Street, chacun se décarcassant pour aider les autres sans verser dans la rhétorique religieuse. En fait, nous nous connaissons à peine, et avons parfois un mal de chien à entretenir un semblant de conversation avant que les verres arrivent. Je ne compte plus les fois où j'ai eu follement envie de déguerpir, où je me suis promis de ne plus jamais revenir. Mais compte tenu de nos tempéraments, je pense qu'aucun de nous ne peut espérer davantage d'amitié (sous ce rapport, X ne joue plus aucun rôle pour moi). En tout cas, les banlieues ne sont pas un endroit où les amitiés fleurissent. Même si je ne peux pas dire que chacun éprouve de la sympathie pour les autres, je soutiens qu'il n'y a aucune *antipathie* entre nous, ce qui est sans doute la définition exacte de toutes les amitiés qui n'ont pas commencé avant qu'on ait pris conscience de sa propre vie — c'est du moins mon avis et, j'imagine, celui des autres, bien que je ne les connaisse vraiment pas assez pour pouvoir l'affirmer avec certitude.

Nous nous sommes rencontrés — les cinq membres fondateurs — parce que nous nous étions tous inscrits aux « cours de soutien » du lycée de Haddam, des cours conçus expressément pour des gens comme nous, qui ne se sentaient pas à l'aise dans les clubs habituels. Je suivais « Les présidents américains du XXᵉ siècle et leur politique étrangère ». Deux autres divorcés s'étaient inscrits à « Initiation à l'aquarelle » ou à « Comment parler franc », et pendant les pauses nous nous retrouvions autour du distributeur de café en essayant de ne pas regarder les femmes divorcées, malheureuses, tristes et maigres qui désiraient rentrer chez elles avec l'un d'entre nous pour ensuite fondre en larmes à quatre heures du matin. Une chose en entraîna une autre, et alors que nous avions suivi la moitié de nos cours, nous avons commencé à fréquenter l'August Inn ensemble, à envisager des voyages en Alaska pour pêcher, des après-midi au stade de base-ball, à isoler les idiosyncrasies du futur groupe et à nous affubler de surnoms comiques tels que « Vieille Tête-de-New » pour Carter New, le banquier ; « Vieux Basset des combes » pour Frank Bascombe ; « Vieux Jay-Jay » pour Jay Pilcher

— qui, moins d'un an après, devait mourir dans son lit d'une tumeur au cerveau dont il ne soupçonnait même pas l'existence. De parfaits Babbitt*, donc, même si nous en étions conscients dans une certaine mesure.

J'imagine que vous allez dire que nous étions, et sommes, tous paumés, que nous le savons, que nous essayons simplement de nous installer dans ce vague à l'âme aussi confortablement, avec autant de bonnes manières et aussi peu de curiosité que possible. Et si notre groupe ne s'est pas séparé, c'est peut-être seulement parce que nous ne trouvons pas vraiment de bonne raison de le faire. Le jour où nous trouverons une bonne raison de partir, chacun s'en ira de son côté sans le moindre remords. Et je n'en suis peut-être pas loin.

Mais ce n'est pas tant ce que je voulais dire qu'une manière d'introduction.

Hier, donc, c'était le jour de notre excursion printanière de pêche au carrelet et au flétan, à partir du port de Brielle. Tête-de-New a organisé l'excursion ; si, en échange de l'argent que nous lui proposons, Ben Mouzakis ne nous donne pas l'un de ses bateaux pour nous tout seuls, il y embarque pour l'après-midi un groupe de gens sympathiques, et nous fait payer le prix coûtant car il sait que nous parlerons de lui à Haddam et que nous reviendrons l'an prochain, et puis aussi, je le pense sincèrement, parce que notre compagnie lui fait plaisir. Nous sommes des gens agréables avec qui passer un après-midi.

J'avais quitté Haddam en proie à la morosité qui me saisit chaque année à la veille de l'anniversaire de Ralph. Il avait plu de bonne heure, tout comme aujourd'hui, mais lorsque j'ai franchi le sens giratoire de Neptune pour me diriger vers le sud et Shore Points, la pluie était repartie vers Amboys, me laissant trempé dans le soleil irréel du littoral et le vrombissement de la circulation sur Shark River, parfaitement fondu à la population du New Jersey.

* Héros du roman de Sinclair Lewis, *Babbitt (N.d.T.)*.

Il s'agit bien sûr d'un anonymat que je désire. De ce point de vue, le New Jersey est l'endroit idéal. Un bref regard vers Avon, de l'autre côté de l'écluse, et le long des quais où les fanions de plastique s'agitent dans la brise de mer, m'assure régulièrement que je pourrais être n'importe lequel de ces gros types en bermuda qui attendent avec impatience, près de leurs femmes obèses, que le *Sea Fox* jette l'ancre ou que le *Jersey Lady* largue les amarres pour aller pêcher l'ange de mer au large de Mantoloking ou de Deauville. Ce genre d'identification hasardeuse me fait toujours l'impression d'être un bon entraînement. Mieux vaut penser qu'on ressemble à son prochain plutôt que de croire — comme certains professeurs que j'ai connus à Berkshire — que personne ne pourrait être vous ou prendre votre place, ce qui est de la folie pure et mène tout droit au désir mélancolique d'une vie qui n'a jamais existé, ainsi qu'au ridicule.

Pour l'essentiel, chacun pourrait être n'importe qui d'autre. Il faut s'y résoudre.

Mais peut-être à cause de mes humeurs noires, les types en bermuda qui attendaient hier sur le quai et que je voyais de loin ne m'ont pas semblé particulièrement réjouissants. Les jambes arquées, ils paraissaient s'éloigner de leurs épouses sur les planches du quai, bras pliés et visages maussades sous le soleil farineux, leur pessimisme naturel du New Jersey engendrant la crainte d'une journée gâchée — d'une journée qui *ne pouvait pas* bien tourner. On allait leur extorquer une somme ahurissante pour un service insignifiant qu'ils n'auraient pas réclamé ; leur épouse aurait le mal de mer et obligerait le bateau à rentrer au port plus tôt que prévu ; il n'y aurait pas de poisson, et la journée s'achèverait devant une morne bouillabaisse dans un restaurant lugubre situé à un jet de pierre de leur domicile. Bref, tout irait de travers ; et autant entamer l'épreuve au plus vite. J'aurais pu leur crier d'une voix forte :

— Réjouissez-vous ! La journée sera bien meilleure que vous le pensez. Tout ira bien, vous verrez. Vous allez passer un moment formidable, alors n'hésitez pas : embarquez !

Mais moi-même, je n'étais pas tout à fait d'humeur à cela.

Il se trouve pourtant que j'avais parfaitement raison. Car Ben Mouzakis avait loué la moitié du bateau à une famille de Grecs — les Spanelis —, originaires de son propre village situé près de Parga sur la mer Ionienne, et tous les divorcés ont sorti le grand jeu, tels des ambassadeurs de la bonne fortune pour une équipée sans accroc, aidant les femmes à monter leur canne à pêche, appâtant les lignes avec du chabot de rivière, démêlant le fouillis des moulinets. Les Grecs avaient leur propre manière d'installer l'appât pour que les poissons aient davantage de mal à le manger sans mordre à l'hameçon, et nous avons mis longtemps à apprendre cette nouvelle technique. Ben Mouzakis a fini par sortir un peu de retsina, et à six heures de l'après-midi la pêche était terminée, les quelques carrelets attrapés au large du « récif secret » baignaient dans la glace, la radio diffusait une station grecque de New Brunswick, et tout le monde — les divorcés ainsi que les Spanelis, deux hommes, trois jolies femmes et deux enfants — était assis à l'intérieur de la cabine allongée, les coudes sur les genoux, opinant du chef, sirotant leur verre de vin et parlant solennellement, avec toute la courtoisie d'un voisinage momentané, de la valeur de la drachme, de Melina Mercouri et du voyage au Yosemite que les Spanelis espéraient faire en juin s'il leur restait assez d'argent.

J'étais content de la façon dont la journée avait tourné. Un affreux sentiment de perte me submerge parfois en compagnie de ces hommes, aussi abyssal qu'une dépression tropicale. Mais par le passé, ce sentiment a été pire qu'hier. Quelque chose chez eux — chez ces hommes sincères et chaleureux — me paraît aussi rêveur qu'on peut l'imaginer, infiniment plus rêveur que je ne le suis moi-même. En fait, les rêveurs ont peu à offrir aux autres ; leurs rêves ont tendance à se neutraliser mutuellement en une espèce d'effluve sinistre. Contrairement au bonheur, la souffrance ne cherche pas de compagnie. C'est pourquoi j'ai appris à éviter — à les fuir comme des pirhanas — les autres journalistes sportifs lorsque je ne travaille pas, car il n'y a pas plus rêveur qu'un journaliste sportif. C'est aussi l'une des raisons pour lesquelles je ne reste pas à Gotham après la tombée de la nuit. Plus d'un verre pris avec les copains de bureau chez Wally's, une buvette populaire de la Troisième Avenue, et le cafard me tombe dessus du plafond en faux étain et des lampes Tiffany, comme si j'avais avalé une capsule de cyanure. Mes genoux commencent à s'agiter sous la table, et trois minutes plus tard je me retrouve vidé de toute conviction, aussi hébété qu'un poivrot, et j'ai seulement envie de rester assis là en regardant les tableaux accrochés au mur, à m'interroger sur les moulures du plafond ou sur les miroirs qui derrière le bar paraissent refléter une autre pièce que celle où je me trouve, et à me demander si je vais vraiment prendre plaisir au voyage de retour chez moi. Une assemblée de journalistes sportifs réduit parfois votre horizon bien au-delà de tout pessimisme, car les pires d'entre eux ont tendance à être des cyniques qui ne cherchent qu'un drame frelaté dans les germes de la défaite humaine.

Par ailleurs, à quoi bon redouter jusqu'au plus agréable bavardage excluant toute perspective angoissante et dépourvu du moindre cynisme, alors qu'en principe du moins l'idée de la camaraderie n'est pas pour me déplaire ? (Sinon, pourquoi irais-je pêcher avec mes divorcés ?) Simplement, je déteste que les choses soient définies une fois pour toutes, que tous les possibles se trouvent anéantis par l'obstacle vulgaire des faits — même ce fait banal de la camaraderie. J'espère toujours qu'une grande surprise adviendra dans ce qui a toujours constitué pour elle un terrain potentiel — la camaraderie entre professionnels ; l'amitié entre pairs ; la passion et l'amour. Mais lorsque les faits deviennent trop évidents, je ne supporte plus le train-train de la vie et je prends mes jambes à mon cou — pour retrouver Vicki, ou passer une nuit blanche à la table de la cuisine en regardant des catalogues ou en écrivant un bon article sportif, ou encore pour rencontrer une femme dans une ville lointaine que, je le sais, je ne reverrai jamais. C'est exactement comme lorsqu'on est jeune et qu'on rêve à ses prochaines vacances en famille ; quand le voyage est terminé, on se retrouve face aux cosses vides de ses rêves, face à la peur que la vie vous réserve uniquement ce genre de déception — les cosses de vos rêves éparses autour de vous. Quant à moi, je redouterai sans doute toujours que les choses restent irrémédiablement identiques à elles-mêmes.

Malgré tout, je suis assez heureux de faire ces excursions de pêche avec les divorcés. J'ai l'habitude, non de louer une canne à pêche et un moulinet, mais de me promener à bord en échangeant quelques paroles mi-figue, mi-raisin avec les hommes qui pêchent comme des démons, d'aller leur chercher des bières, de regarder la télévision dans la cabine des passagers ou de m'installer dans la timonerie avec Ben pour surveiller le sonar, où il repère les nuages de métal blanc des bancs de poissons qui se détachent sur l'écran vert foncé. Ben ne se souvient jamais de mon nom, mais au bout d'un moment je lui rappelle un certain John, et nous avons diverses conversations sur l'économie, sur l'état de la flotte de pêche russe ou sur le base-ball, dont Ben est un fanatique et qui constitue un excellent prétexte à une discussion virile.

Lors de l'excursion d'hier, j'ai fini la journée par l'activité que je préfère : rester debout au bastingage de la *Mantoloking Belle* pour regarder au loin le littoral scintillant du New Jersey, dont les lumières brillent davantage à mesure que tombe la nuit, en me sentant plein d'étonnement et d'illusion — tel un Christophe Colomb ou un pèlerin qui voit le continent de ses rêves prendre forme au crépuscule pour la première fois. Mes projets pour la soirée incluaient de passer chez Vicki vers huit heures, de lui faire la surprise d'un dîner intime et allemand au Truegel's Red Palace de Lambertville, sur le fleuve — histoire de fêter deux mois d'amour —, puis de la raccompagner chez elle de bonne heure. L'un dans l'autre, cette perspective était plutôt agréable.

Accoudé comme moi au bastingage, mais un peu plus loin de la proue du bateau, les yeux fixés comme moi vers l'obscurité et les lumières de la côte, Walter Luckett était pensif comme un juge, et, à la façon dont il se tenait tassé sur ses avant-bras, on aurait pu croire qu'il avait froid dans la nuit printanière.

Walter est le membre le plus récent du Club des divorcés. Il a remplacé Rocko Ferguson lorsque Rocko s'est remarié et installé à Philadelphie ; il nous a rejoints en tant que vieil ami de Carter New, qui l'a connu à la Business School de Harvard. Walter vient de Coshocton, Ohio, il a fait ses études à la fac de Grinnell et il prononce Ohio *youhayou*. Il est analyste des industries spéciales pour Dexter & Warburton à New York, et il a la tête de l'emploi, avec ses lunettes en écaille de tortue et ses cheveux courts et brillants. Je le remarque parfois sur le quai de la gare lorsqu'il va travailler, mais nous nous parlons rarement. En fait, je ne sais presque rien d'autre sur lui. Carter New m'a dit que la femme de Walter, Yolanda, l'avait quitté pour partir à Bimini avec un moniteur de ski nautique ; que ç'avait été un choc très rude pour lui, mais qu'il paraissait maintenant « reprendre sa vie en main ». Cela pourrait arriver à n'importe qui, bien sûr, et notre Club des divorcés semble lui convenir parfaitement.

Un soir que j'allais discrètement à la Weirkeeper's Tavern après onze heures — j'y vais parfois pour regarder une finale sur grand écran —, je suis tombé sur Walter, un peu éméché et d'humeur loquace. Mais en me voyant, il a aussitôt crié :

— Hé, Frank ! Où sont donc passées les femmes ?

Je suis ressorti immédiatement.

Une autre fois, j'étais au Coffee Spot à l'heure du dîner quand Walter est entré. Il s'est installé dans le compartiment en face de moi, et nous avons parlé des membres de la chambre de commerce, qui, selon Walter, étaient de sacrés faux-culs, puis de la qualité de la lingerie en soie proposée par la plupart des catalogues. Certains de ces vêtements, me dit-il, sont fabriqués en Corée, mais les meilleurs viennent directement de Chine ; Walter s'occupe personnellement de cette industrie. Puis nous sommes longtemps restés assis là — pendant un siècle, aurait-on dit —, tandis que nos yeux essayaient de trouver un endroit où se poser, jusqu'à ce que nous finissions par nous fixer l'un l'autre. Et nous sommes restés assis là à nous regarder en chiens de faïence pendant quatre ou cinq minutes vraiment horribles, après quoi Walter s'est levé et est tout simplement parti sans rien commander ni prononcer un seul mot de plus. Depuis ce jour, il n'a jamais fait allusion à cet instant terrible ; quant à moi, j'ai franchement essayé de l'éviter ; par deux fois je sais qu'il a franchi la porte de l'August, m'a vu et est ressorti aussitôt — une décision qui fait que je le respecte. Je crois finalement que j'aime bien Walter Luckett. Pas plus que moi sa place n'est dans un club de divorcés, mais il désire tenter l'expérience, non qu'il croie que cela finira par lui plaire, ou que ce soit la chose qui lui a toujours manqué, mais parce que en un sens c'est la dernière chose au monde qu'il s'imaginait faire, et qu'il a sans doute le sentiment qu'il doit s'y tenir pour cette seule raison.

— Sais-tu ce qui me plaît dans le fait de rester là, au bastingage, à regarder la côte, Frank ? me demande doucement Walter quand il s'aperçoit que je n'ai pas envie de parler en premier.

— Non, Walter, je ne sais pas.

J'ai été surpris qu'il m'ait remarqué. Walter a pêché un seul flétan de tout l'après-midi, le plus gros ramené à bord, après quoi il s'est recroquevillé sur l'un des bancs pour lire un livre.

— J'aime observer les choses sans y être impliqué. Tu comprends ce que je veux dire ?

— Bien sûr, dis-je.

— Tous les jours, je suis là-bas au cœur de la vie. Alors je m'éloigne d'un mile du rivage, il fait nuit, et soudain tout est différent. Plus agréable. Non ?

Walter se tourne vers moi. Ce n'est pas un homme corpulent ; ce soir, il porte un short blanc, un polo de tennis bleu et des chaussures de bateau, une tenue qui accentue son apparence frêle.

— Le monde paraît meilleur. Sans doute pour ça que nous sommes ici.

— Oui, acquiesce Walter.

Puis il garde les yeux fixés sur la côte éblouissante dans l'obscurité, tandis que les vagues lèchent les flancs du bateau. Au-dessus de l'horizon je distingue la lueur de la grande roue d'Asbury Park et, plein nord, le halo glacé de Gotham.

Il était réconfortant de contempler ces lumières, de savoir que des vies se poursuivaient là-bas alors que j'étais ici. A cet instant, j'ai été content d'être venu, et j'ai considéré ces divorcés comme de sacrés bons bougres. La plupart étaient d'ailleurs dans la cabine où ils discutaient avec les Spanelis et passaient un moment formidable.

— Je ne vois pas les choses tous les jours ainsi, Frank, dit sobrement Walter en serrant la barre de fer et en s'appuyant sur ses avant-bras.

— Comment les vois-tu d'habitude, Walter ?

— Okay. C'est drôle. Quand j'étais gosse dans l'est de l'Ohio, toute notre famille faisait de grands voyages. Des périples assez longs, en tout cas. De Coshocton, dans l'est de l'État, jusqu'à Timewell, Illinois, une ville située dans la moitié ouest de cet État. Il n'y avait que des terres plates, tu sais. Les comtés se suivaient et se ressemblaient. J'étais dans la voiture pendant que ma sœur comptait les enjoliveurs ou les plaques minéralogiques porte-bonheur, ou Dieu sait quoi, et je me concentrais pour me rappeler certaines choses — une maison, un silo à grains, une étendue de campagne ou une bande de cochons, quelque chose dont je pourrais me souvenir au retour. Ce serait donc la même chose, tout cela ferait partie de la même expérience. J'imagine que tout le monde fait ça. Je le fais *toujours*. Pas toi ?

Lorsque Walter se tourna de nouveau vers moi, les lumières de la côte se reflétèrent brièvement sur ses lunettes.

— Il me semble qu'en l'occurrence je suis le contraire de toi, Walter, dis-je. La route ne me paraît jamais identique à l'aller et au retour. Je pense même parfois que je roule dans une des voitures que je croise. Mais j'oublie tout ça assez vite, comme beaucoup de choses d'ailleurs.

— Mieux vaut être comme toi, dit Walter.

— Pour moi, cela rend le monde plus intéressant.

— J'ai l'impression qu'il va falloir que j'apprenne ça, Frank, dit Walter en secouant la tête.

— Quelque chose te tracasse, Walter ? lui demandai-je — ce que je n'aurais jamais dû faire, car je transgressais ainsi la principale loi tacite du Club des divorcés, qui stipule qu'aucun d'entre nous ne doit s'intéresser beaucoup à ce genre de confidences.

— Non, répondit Walter d'une voix rêveuse. Il n'y a rien qui me tracasse.

Il resta là un moment, les yeux tournés vers la côte noire du Jersey — les lumières des maisons donnant sur la mer nous reliaient aux existences pleines d'espoirs des gens qui y habitaient.

— J'aimerais seulement te poser une question, Frank, reprit Walter.

— Je t'écoute.

— As-tu quelqu'un à qui te confier ?

Walter m'a dit cela sans me regarder, mais j'ai eu le sentiment que son visage lisse et doux avait alors une expression à la fois triste et concentrée.

— Pour te dire la vérité, je n'ai personne, répondis-je. Je veux dire que je ne me confie à personne.

— Tu ne te confiais même pas à ta femme ?

— Non, dis-je. Nous parlions de beaucoup de choses. C'est sûr. Peut-être que nous n'entendons pas la même chose quand nous parlons de se confier. Je ne suis pas quelqu'un de très secret.

— Bien. Tant mieux, dit Walter.

J'ai remarqué que ma réponse le décontenançait, mais le satisfaisait aussi, et, mieux, que je lui avais donné la meilleure réponse possible.

— Frank, à tout à l'heure, dit brusquement Walter, avant de me donner une petite tape sur le bras, puis de s'éloigner sur le pont obscur, vers l'un des Spanelis qui pêchait encore, bien que l'eau fût noire et que l'air piquant du printemps me parût si froid que je suis rentré dans la cabine pour regarder à la télé deux phases de jeu d'un match des Yankees.

Quand nous avons atteint le port, quand nous nous sommes dit au revoir et que les divorcés eurent donné leur quelques flétans et carrelets aux enfants Spanelis, j'ai marché sur le gravillon du parking vers ma voiture, prêt à filer chez Vicki pour l'emmener impromptu à Lambertville ; mais j'ai trouvé Walter Luckett qui traînait ses chaussures de bateau près de ma voiture et, dans l'obscurité, ressemblait étrangement à un homme qui désire vous emprunter de l'argent.

— Qu'est-ce qui t'arrive, Wally ? m'écriai-je gaiement en me préparant à glisser ma clé dans la serrure de la portière.

J'avais une heure de route et ne tenais pas à m'attarder. Vicki se couche tôt, même lorsqu'elle ne travaille pas le lendemain. Elle prend sa carrière d'infirmière très au sérieux, elle tient à être alerte et joyeuse, car elle croit que bon nombre de ses malades n'ont personne pour comprendre leur situation. Ainsi, et quoi qu'il arrive, je ne passe jamais chez elle après huit heures.

— On mène une vraie vie de chien, tu ne trouves pas, Frank ? dit Walter qui s'appuya contre mon pare-chocs arrière, les bras croisés, son visage amusé tourné vers les autres divorcés et les Spanelis qui sortaient du parking vers la route 35, leurs phares éblouissants oscillant dans la nuit. Ils klaxonnaient et criaient ; les enfants Spanelis hurlaient de joie.

— Oui, Walter.

J'ai ouvert ma portière, puis me suis arrêté pour le regarder dans le noir. Il a fourré les mains dans ses poches et relevé les épaules. Il avait sur le dos un chandail clair aux manches nouées par devant dans le style conventionnel d'un country club.

— Mais pour moi, la vie est plutôt agréable, ajoutai-je.

— Pourtant, tu n'as rien vu venir, pas vrai ?

— Absolument.

— Il y a tellement de choses imprévisibles ; pourtant tout est là, simple et clair.

— On dirait que tu as froid, Walter.

— Laisse-moi t'offrir un verre, Frank.

— Pas ce soir. J'ai à faire.

Je lui adressai un sourire de conspirateur.

— Juste un petit remontant. Rien qu'un petit tour au Manasquan, là.

Le Manasquan Bar, une vieille gargotte de pêcheurs, surmontée d'une enseigne rouge BAR, se trouvait de l'autre côté du parking. Ben Mouzakis avait investi dans cet établissement avec le frère de sa femme, Evangelis, comme il me l'avait confié sur le pont, un jour que nous parlions des moyens de tromper le fisc.

— Qu'est-ce que t'en dis ? ajouta Walter en s'éloignant. Allez, Frank, viens boire un verre.

Je ne désirais pas prendre le moindre remontant avec Walter Luckett. Je désirais retourner le plus vite possible vers Vicki et la somnolente Lambertville tandis que les dernières lueurs du soleil brillaient encore dans le quartier ouest du ciel. Le souvenir de ces moments affreux et interminables au Coffee Spot m'est brusquement revenu en mémoire, et j'ai failli bondir dans ma voiture pour sortir du parking à tombeau ouvert comme un desperado. Mais je ne l'ai pas fait. Je suis resté figé là, à regarder Walter, qui avait maintenant traversé la moitié du parking désert, en short et chandail, Walter qui venait de se retourner vers moi et d'adopter une posture que je peux seulement qualifier de déchirante. Et je n'ai pas pu refuser. Car Walter et moi avions quelque chose en commun — un détail insignifiant, mais que sa posture déchirante rendait criant. Vicki ou pas, Lambertville ou pas, Walter et moi étions des hommes.

— Un seul, dis-je dans l'obscurité du parking. J'ai un rendez-vous.

— Tu y seras, à ton rendez-vous, répondit Walter, maintenant perdu dans les lumières brouillées du littoral de Brielle. J'y veillerai personnellement.

Au Manasquan, Walter a commandé un scotch et moi un gin ; puis nous sommes restés un moment assis dans un silence aussi complet qu'inconfortable, en regardant les vieilles photos derrière le bar, où l'on voyait les plus gros thons pêchés à partir du quai. J'ai cru reconnaître Ben Mouzakis sur plusieurs photos — un jeune garçon solide des années cinquante, avec le large sourire fou de l'immigrant, torse nu, la peau luisante, debout à côté d'hommes plus grands que lui, en treillis, près de deux cents poissons exposés sur une planche.

Le Manasquan est un bar sommaire, obscur, lambrissé de pin, qui sent le goudron, vraiment l'un de mes endroits préférés avant d'entamer un bref voyage. En toute autre occasion, je n'aurais pas rechigné à m'y trouver. Il y a un long comptoir en teck décoré de motifs marins, et personne ne fait le moindre effort pour s'y montrer amical, bien que les verres soient remplis correctement et coûtent un prix raisonnable pour une région touristique. Parfois, arrivant avant l'heure de notre excursion, je me suis installé au comptoir, j'ai commandé un bon hamburger bien gras et me suis senti comme chez moi à lire un journal ou bien à regarder la télé avec les quelques pêcheurs à casquette agglutinés et marmonnant au bout du comptoir, sans oublier les deux femmes qui circulent dans cette gargotte en s'adressant rudement aux étrangers. C'est un bar dont on serait heureux de se considérer comme un habitué, même si tout compte fait on n'a rien de commun avec aucun des piliers de l'établissement, sinon une sorte de tonalité affective informulable dont vous êtes le seul à soupçonner l'existence.

— Frank, as-tu jamais pratiqué un sport ? demanda soudain Walter, après notre longue observation du comptoir.

— J'ai simplement été supporter, Walter, répondis-je avec un sourire pour le mettre à l'aise.

Il avait manifestement une idée derrière la tête ; plus tôt il l'exprimerait, plus vite je pourrais filer vers l'ouest.

Walter m'a adressé un sourire ironique, il s'est pincé le nez avec un air désapprobateur, puis a remis ses lunettes en place. Walter, me suis-je alors dit, était vraiment bel homme, ce qui m'a fait l'aimer davantage. Les gens beaux ont du mal à être eux-mêmes, ou même à essayer de l'être. Il me semblait que Walter tentait d'être lui-même en ce moment, et je l'ai aimé pour cette raison, tout en regrettant qu'il n'allât pas plus vite en besogne.

— Tu étais dans le Michigan, n'est-ce pas ? demanda Walter.

— Oui.

— A Ann Arbor, pas à East Lansing.

— Oui.

— Je sais que ce n'est pas pareil. (Walter acquiesça pensivement et renifla encore.) On ne peut pas faire du sport là-bas, je comprends très bien ça. Cette fac ressemble davantage à une usine.

— Oh, ce n'était pas si mal.

— J'ai fait du sport à Grinell. N'importe qui pouvait en faire. Ça n'avait rien d'une prouesse, même si maintenant je suis sûr que ça a changé. Mais je n'y retourne jamais.

— Je ne retourne pas davantage à Ann Arbor. Quel sport pratiquais-tu ?

— La lutte. Catégorie soixante-quinze kilos. Nous rencontrions des facs comme Carleton, Macalaster. Mais je n'étais pas très bon.

— Ce sont de bonnes facs, pourtant.

— Tout à fait, renchérit Walter. Même si elles ne font pas beaucoup parler d'elles. J'imagine que tout le monde a son mot à dire sur le sport, non ?

Walter me regarda d'un air très sérieux.

— Parfois, répondis-je. Mais ça ne me dérange pas. Pour tout te dire, il y a des gens qui connaissent beaucoup mieux le sport que moi. Le sport met en valeur les traits positifs des gens ; parler de sport nous amène à dévoiler le bon côté de notre personnalité.

J'ignore pourquoi je me suis mis à parler à Walter sur ce ton sentencieux et supérieur, sinon qu'il paraissait le désirer et que ç'a sincèrement été la seule chose qui me soit venue à l'esprit. (Par ailleurs, je pense réellement ce que j'ai dit, et puis cela vaut mieux que de parler d'un livre prétentieux et confidentiel.)

Walter a fait tourner les glaçons dans son verre avec son doigt.

— A ton avis, Frank, quel est l'aspect le plus désagréable de ton métier ? Moi-même, je déteste voyager, mais je suis obligé de le faire. Je parie que c'est ça, non, les voyages ?

— Moi, j'aimerais plutôt ça, répondis-je. Je ne suis pas sûr que je pourrais me passer de certains bienfaits des voyages. Surtout maintenant que je vis seul.

— Oui, bien sûr. (Walter a englouti son scotch en une seule gorgée, puis en a commandé un autre en agitant frénétiquement les doigts.) C'est donc pas les voyages. Eh bien, tant mieux.

— Je crois que le plus difficile dans mon travail, puisque tu me le demandes, Walter, c'est que quand les gens me voient arriver, ils s'attendent à ce que j'enjolive les choses. Si je viens les interviewer, ou que je parle d'eux dans un article, ou simplement que je leur téléphone, ils veulent en tirer un bénéfice quelconque. Et je ne parle pas d'argent. Cela fait partie des illusions inhérentes à ma profession. En fait, nous pouvons à la rigueur noircir le tableau, mais rarement améliorer le sort des gens. C'est parfois possible pour des groupes d'individus, et encore.

— Intéressant. (Walter Luckett a opiné du chef comme si c'était tout sauf intéressant.) Mais qu'entends-tu par « noircir le tableau » ?

— Les choses semblent parfois pires qu'avant, tout simplement parce qu'elles ne se sont pas arrangées. J'ignore si j'ai déjà pensé à ça. Mais je crois que c'est vrai.

— Les gens n'ont pas le droit de croire que tu peux améliorer leur existence, dit gravement Walter. Mais c'est ce qu'ils désirent, d'accord. Je comprends.

— Je ne sais pas ce que les gens ont le droit de faire ou pas, répondis-je. J'aimerais bien le savoir. Autrefois, je croyais le savoir.

— Pas moi, dit Walter. Un mariage pourri me l'a prouvé.

— C'est une déception. Je ne veux pas dire que le mariage soit une déception. C'est juste sa fin qui est décevante.

— Sans doute.

Walter a regardé les pêcheurs à l'extrémité du comptoir plongée dans la pénombre, où ils étaient rassemblés autour d'une partie de cartes avec le gros Evangelis. L'un des hommes a éclaté de rire, un second a rangé les cartes dans sa poche de veston en ricanant, et leur discussion s'est apaisée J'aurais donné n'importe quoi pour jeter un coup d'œil à ces cartes, pour partager l'hilarité de ces pêcheurs plutôt que d'être coincé ici avec Walter.

— Alors comme ça, ton mariage n'a pas été une déception pour toi ? dit Walter sur un ton que j'ai trouvé vaguement insultant.

Seule l'extrémité des doigts minces de Walter touchait son verre de scotch, et il me regardait d'un air inquisiteur.

— Non. Ç'a vraiment été un mariage merveilleux. Du moins dans mon souvenir.

— Ma femme est à Bimini, rétorqua Walter. Mon ancienne femme, devrais-je dire. Elle est partie là-bas avec un certain Eddie Pitcock, un homme que je n'ai jamais vu et dont j'ignore tout sauf le nom, qui m'a été fourni par un détective privé que j'ai engagé. J'aurais pu en apprendre beaucoup plus, mais à quoi bon ? Il s'appelle Eddie Pitcock. Est-ce que c'est pas un nom idéal pour un type qui s'en va avec ta femme ?

— Ce n'est qu'un nom, Walter.

Walter se pinça encore le nez et renifla.

— C'est vrai. Tu as raison, Frank. De toute façon, ce n'est pas de ça que j'ai envie de parler.

— Parlons de sport, alors.

Walter s'est concentré sur les photos de poissons situées derrière le bar, puis il a inspiré bruyamment par le nez.

— Je me sens bien présomptueux de t'avoir entraîné ici comme ça, Frank. Excuse-moi. D'habitude, je ne force pas la main aux gens. Et puis je ne voudrais pas passer la soirée à te raconter ma vie.

Walter faisait la sourde oreille à ma proposition d'une bonne discussion sur le sport ; cela sous-entendait apparemment qu'une confidence plus essentielle était imminente, une confidence dont j'allais me mordre les doigts.

— Car ce n'est pas une vie très amusante. J'en suis certain.

— Je vois, dis-je. Tu voulais sans doute boire tout simplement un verre dans un bar avec quelqu'un que tu connais mais à qui tu n'es pas obligé de te confier. C'est parfaitement compréhensible. Moi aussi, j'ai fait ça.

— Frank, il y a deux soirs je suis allé dans un bar à New York, et je me suis laissé draguer par un homme. Je suis allé à l'hôtel avec lui — l'Americana, pour être exact —, et j'ai couché avec lui.

Walter fixait d'un air furieux les photos de pêche. Son regard était si intense que, je le devinais, il n'aurait rien aimé davantage que se retrouver dans la peau d'un de ces pêcheurs fiers et ravis, en treillis, qui exhibaient leurs grosses prises par une belle journée ensoleillée de juillet, disons 1956, quand Walter et moi avions onze ans — à supposer que nous ayons le même âge. Quant à moi, en cet instant, j'aurais été doublement content d'être l'un de ces pêcheurs.

— C'est ça que tu voulais me dire, Walter ?

— Oui.

Walter Luckett m'a débité ça avec un air hagard, un sérieux mortel.

— Eh bien, répondis-je, ça ne me fait rien.

— Je sais, dit Walter pendant que son menton oscillait vaguement de bas en haut en une sorte d'acquiescement secret. Je l'ai toujours su. Ou du moins, je croyais le savoir.

— Tant mieux, alors, dis-je. Tu ne crois pas ?

— Mais je me sens vraiment mal, Frank, reprit Walter. Je ne me sens ni souillé, ni honteux. Ça n'a rien de spectaculaire. Je devrais sans doute me sentir idiot, mais ce n'est même pas le cas. Je me sens mal, c'est tout. Comme si tout ça avait libéré un malaise en moi.

— Penses-tu que tu as envie de recommencer, Walter ?

— J'en doute. J'espère que non, en tout cas. C'était un type bien, je n'en dirais pas plus. Rien à voir avec ces brutes couvertes de cuir, qui ne m'intéressent absolument pas. Il a une femme et des enfants dans le nord du Jersey. Dans le comté de Passaic. Je ne le reverrai sans doute jamais. Et je ne referai sans doute jamais ça, du moins je l'espère. Mais peut-être que si, après tout. Tout le monde se moque que je le refasse ou pas. Tu comprends ?

Walter a bu son scotch d'un trait, puis m'a regardé brièvement. Je me demandais si nous parlions assez fort pour que les pêcheurs nous entendent. Ils émettraient sans doute quelques commentaires bien sentis sur les expériences de Walter, si nous les faisions participer à notre conversation.

— Pourquoi, selon toi, m'as-tu parlé de ça, Walter ?

— Je crois que je désirais te raconter tout ça, Frank, parce que je savais que ça ne te ferait rien. J'avais l'impression de savoir qui tu es. Si ça t'avait scandalisé, alors je me serais consolé en me jugeant meilleur que toi. J'éprouve une réelle admiration pour toi, Frank. J'ai sorti ton livre de la bibliothèque quand j'ai rejoint le groupe des divorcés, mais j'avoue que je ne l'ai pas encore lu. Je devinais pourtant que tu étais le genre de type qui n'a pas d'opinion.

— J'ai des tas d'opinions, protestai-je. Mais d'habitude je les garde pour moi.

— Je sais. Mais pas sur un truc comme ça. Je me trompe ?

— Ça n'a pas d'importance à mes yeux. Si j'ai une opinion sur ce que tu as fait, je la découvrirai plus tard.

— A ce moment-là, je serai content que tu ne m'en parles pas, sincèrement. Je ne crois pas que ça me ferait du bien. Je ne considère vraiment pas ce que je t'ai dit comme une confession, Frank, car je n'attends aucune réaction de ta part. Et je sais que tu n'aimes pas les confessions.

— Non, c'est vrai, admis-je. Le plus souvent, je crois qu'il vaut mieux laisser les choses rester des faits isolés.

— Tout à fait d'accord, dit Walter avec confiance.

— Tu m'as pourtant raconté ça, Walter.

— Frank, j'avais besoin d'un avis. Je crois que les amis sont faits pour ça.

Walter fit tinter ses glaçons d'une main nerveuse, comme un politicien.

— Je n'en sais rien, dis-je.

— Les femmes réagissent mieux dans ce genre de circonstance, je crois, reprit Walter.

— Je n'y ai jamais réfléchi.

— Je crois que les femmes, Frank, couchent tout le temps ensemble et que ça ne leur pose aucun problème. Je crois que Yolanda faisait ça. En fin de compte, elles comprennent mieux l'amitié.

— Crois-tu que ce type, peu importe son nom, et toi soyez amis ?

— Probablement pas, Frank. Mais toi et moi, nous sommes amis. Pour tout te dire, je ne crois pas avoir de meilleur ami au monde que toi en ce moment.

— Eh bien, merci, Walter. Ça va mieux maintenant ?

Walter se mit à se tapoter le front avec le médius entre ses yeux marron, puis il poussa un profond soupir.

— Non. Non. Non, je ne me sens pas mieux qu'avant. Pour tout te dire, je ne pensais pas me sentir mieux. Je ne crois pas t'avoir parlé dans ce but-là. Comme je t'ai dit, je ne demande rien en retour. Simplement, je ne voulais pas garder ce secret. Je n'aime pas les secrets.

— Alors, comment vis-tu ça ?

— Quoi donc ?

Walter me regarda bizarrement.

— Le fait d'avoir couché avec cet homme. De quoi parlons-nous d'autre ?

J'ai lancé un coup d'œil vers le long comptoir. L'un des pêcheurs nous fixait des yeux ; il était assis à l'écart des autres qui regardaient le match des Yankees sur la télé installée au-dessus de la caisse enregistreuse. Ce pêcheur paraissait ivre, et je me suis douté qu'il n'écoutait pas vraiment notre conversation, même si cela ne m'assurait pas qu'il n'en surprenait pas des bribes.

— Ou le fait de me le raconter. Je ne sais pas, chuchotai-je presque. L'un ou l'autre.

— Est-ce que tu as déjà été pauvre, Frank ?

Walter se tourna vers le pêcheur, puis vers moi.

— Non. Pas vraiment.

— Moi aussi. Ou plutôt, moi non plus. Je n'ai jamais connu la pauvreté. C'est pourtant ce que je ressens en ce moment. Comme si j'étais soudain appauvri. Mais je ne désire rien de particulier. Et je ne vois pas ce que je pourrais perdre. Simplement, je me sens mal, même si je ne vais sans doute pas me suicider.

— Crois-tu que ce soit ça, la pauvreté ? Se sentir mal ?

— Peut-être, répondit Walter. C'est ma définition de la pauvreté, en tout cas. Tu en as peut-être une meilleure.

— Non. Pas vraiment. Celle-ci me convient.

— Peut-être avons-nous tous besoin d'être pauvres, Frank. Juste une fois. Juste pour mériter le droit de vivre.

— Peut-être, Walter. Mais j'espère que non. Ça ne me plairait pas beaucoup.

— Dis-moi, Frank, tu n'as pas l'impression parfois de vivre la vie superficiellement, de ne pas la connaître à fond, de passer à côté de l'essentiel ?

— Non. Je n'ai jamais ressenti ça, Walter. J'ai toujours eu l'impression de vivre tout ce que je pouvais de la vie.

— Eh bien, tu as de la chance, rétorqua brutalement Walter Luckett.

Son verre cogna contre le bar. Evangelis regarda dans notre direction, mais Walter lui fit signe que ce n'était rien. Il suçotta deux glaçons pendant un moment.

— Au fait, mon vieux, tu as un rendez-vous ?

Il essaya de sourire avec ses glaçons en bouche, et eut l'air d'un imbécile.

— J'en *avais* un.

— Oh, ça va aller, dit Walter.

Il posa un billet craquant de cinq dollars sur le comptoir. Il en avait sans doute la poche bourrée. Il a ensuite ajusté son chandail sur ses épaules.

— Allons faire un tour dehors, Frank.

Nous sommes sortis du bar, passant devant Evangelis et les pêcheurs, debout sous le poste de télé couleur, le visage levé vers l'écran et le match. Les pêcheurs qui nous avaient regardés sont restés assis, les yeux fixés vers la partie du comptoir que nous venions de quitter.

— A la prochaine, les gars, nous lança Evangelis en souriant, bien que nous fussions déjà dehors.

Au bord du chenal et de la sombre rivière Manasquan, l'air nocturne était plus froid que je ne m'y attendais, doté de cette fraîcheur éthérée d'après la pluie. C'était une soirée idéale pour apaiser les souffrances humaines. Au-dessus de l'eau, les drisses claquaient dans l'obscurité contre les mâts métalliques et composaient une élégie mélancolique. Des immeubles éclairés dominaient la berge opposée de la rivière.

— Dis-moi une chose, veux-tu.

Walter inspira profondément, puis expira. Deux jeunes Noirs qui tenaient leur matériel de pêche ainsi que des seaux en plastique pleins d'appâts traînaient sur la passerelle de la *Mantoloking Belle,* prêts pour une nuit d'aventures. Debout dans la pénombre de sa timonerie, Ben Mouzakis les observait.

— Si je peux, répondis-je.

Walter paraissait se sentir mieux malgré lui.

— Pourquoi as-tu arrêté d'écrire ?

— Oh, c'est une longue histoire, Walter.

Je me suis fourré les mains dans les poches, j'ai fait un ou deux pas discrets vers ma voiture.

— Sans doute, sans doute. Bien sûr. Il n'existe que de longues histoires, n'est-ce pas ?

— Je te raconterai celle-ci un jour, puisque nous sommes amis, Walter. Mais pas ce soir.

— J'aimerais vraiment, Frank. Ça me ferait très plaisir. De boire un verre avec toi et de t'écouter. Nous avons tous notre histoire à raconter, pas vrai ?

— La mienne est plutôt simple.

— Tant mieux. J'aime bien les histoires simples.

— Passe une bonne nuit, Walter. Ça ira mieux demain.

— Bonne nuit, Frank.

Walter s'est dirigé vers sa voiture garée à l'autre bout du parking, mais lorsqu'il a été à une vingtaine de mètres de moi il s'est bizarrement mis à courir, et il a couru jusqu'à ce que je ne distingue plus que son short blanc et ses jambes minces qui se fondaient dans la nuit.

Le New Jersey s'engourdissait dans une douce somnolence printanière. Jusqu'à Tom's River au sud, des animateurs radio annonçaient au littoral qu'il était huit heures passées. De Bangor à Cap Canaveral, les rues nocturnes se vidaient, et je jouais de malchance avec Vicki même si j'essayais de rattraper le temps perdu.

Je me suis arrêté à Freehold et, sans y croire vraiment, j'ai téléphoné à son appartement, où personne n'a répondu ; lorsqu'elle allait se coucher, elle débranchait le téléphone. J'ai ensuite composé le numéro confidentiel des infirmières à l'hôpital — un numéro que je ne suis pas censé connaître, réservé aux intimes en cas d'urgence ; le même numéro que l'hôpital, mais avec un zéro à la place du dernier chiffre. Une femme m'a répondu d'une voix étonnée, puis assuré que, selon le planning, Miss Arcenault ne travaillait pas ce soir-là. S'agissait-il d'une urgence ?

— Non. Merci, ai-je dit.

J'ai ensuite téléphoné chez moi. Le répondeur a diffusé le son de ma voix, d'une gaieté qui m'a paru insupportable. J'ai ensuite déclenché mon *bip* pour écouter d'éventuels messages ; je suis tombé sur la voix professionnelle et compétente de X déclarant qu'elle me retrouverait au cimetière le lendemain matin. J'ai raccroché avant qu'elle ait terminé.

Le jour où notre basset, Mr. Toby, s'est fait écraser par une voiture qui n'a même pas pris la peine de s'arrêter — juste sur Hoving Road —, X, en larmes, s'est écriée qu'elle aurait voulu remonter le temps. Secondes précieuses et gestes essentiels revécus pour modifier le cours des choses. Et pendant que je creusais la tombe derrière les forsythias qui longent la clôture du cimetière, je me suis dit que c'était bien là une réaction féminine que de déplorer pareil accident de cette manière extravagante et inutile. La maturité, telle que je la concevais, consistait à reconnaître ce qu'il pouvait y avoir de bizarre ou de douloureux dans l'existence, à admettre qu'on ne pouvait plus rien y faire, et à aller de l'avant en prenant le meilleur de la vie. Mais c'était précisément ce qui me manquait à cet instant ! Une heure précieuse qu'on m'aurait rendue ; une partie des mornes révélations de Walter maintenue en souffrance jusqu'à une date ultérieure — triste perspective.

Quelle est l'aune la plus fiable de toute amitié ?

Je vais vous le dire : le temps précieux que vous gaspillez à écouter les malheurs et les conneries de quelqu'un.

Ainsi, tandis que je filais dans le Jersey obscur au-delà de la très concrète Hightstown, en me sentant d'aussi mauvaise humeur qu'un cuistot de chantier, le cafard s'est soudain abattu sur moi comme une brume palpable et si dense que je n'aurais pu la chasser même en ouvrant toutes les fenêtres de ma voiture.

Il n'y a rien de plus encourageant que de savoir que, quelque part, une femme que vous aimez ne pense qu'à vous. A l'inverse, rien n'est plus déprimant que de savoir qu'aucune femme ne pense à vous nulle part. Ou pis encore : qu'à cause d'une bêtise, on a quitté cette femme qui vous aimait. C'est comme regarder par le hublot d'un avion et découvrir que la terre a disparu. Aucune solitude n'est plus douloureuse que celle-là. Et le New Jersey, discret et feutré, est le paysage idéal pour cette solitude-là, malgré tous ses autres agréments. Le Michigan le talonne, avec ses immensités tristes, ses couchers de soleil désolés au-dessus de maisons trapues, ses forêts de reboisement, ses autoroutes plates, ses villes sinistres comme Dowagiac ou Munising. Mais le Michigan ne surpasse pas le New Jersey, qui détient le record absolu de la solitude la plus pure.

En me dévoilant une intimité qu'il n'était absolument pas obligé de m'exhiber (il ne désirait aucun conseil, après tout), Walter Luckett s'est rendu coupable à la fois de me gâcher une soirée qui s'annonçait superbe et de me soumettre un ensemble de faits dont j'aurais mille fois préféré ne jamais entendre parler.

Il y a des choses dans ce monde — des choses innombrables — dont nous n'avons pas besoin d'être informés. Le fait répugnant de deux hommes en train de faire l'amour dans un hôtel miteux de la Septième Avenue ne contient strictement aucun mystère — de même, une guitare électrique, le twist ou une vieille Studebaker ne sont guère mystérieux. Ce sont de simples faits. Walter et Mr. Machinchose pourraient vivre ensemble pendant vingt ans, vendre des antiquités, se lancer dans l'immobilier, adopter un enfant coréen, modifier leur testament, acheter une résidence d'été à Vinalhaven, ne plus s'aimer puis retomber amoureux une bonne douzaine de fois, fricoter avec les femmes de temps à autre, et enfin découvrir l'amour ensemble dans leur vieil âge. Et néanmoins mener une vie dépourvue de tout mystère.

Il me paraissait maintenant très vraisemblable que Vicki avait filé avec un oncologue de l'étage supérieur, dans la Jaguar rutilante du spécialiste qui à cet instant se ruait vers le coucher de soleil, un Thermos de coktails posé sur la console, et Englebert Humperdinck miaulant sur le huit pistes.

Dans ces conditions, je ne pouvais que faire contre mauvaise fortune bon cœur.

J'ai rejoint la route 1, puis bifurqué vers le sud en direction du petit ranch de briques de Mrs. Miller, situé sur un long terrain herbeux, entre une station Exxon et un Rusty Jones, là où un chiropracteur avait autrefois exercé. Dans l'allée, j'ai remarqué plusieurs voitures anciennes, basses sur pattes, aux lignes fuselées, et il y avait de la lumière derrière les rideaux tirés, mais l'enseigne *Conseils et Voyance* était éteinte. Ici aussi j'arrivais en retard, même si la lueur discrète des pièces évoquait quelque activité secrète, peut-être stupéfiante, qui se déroulait à l'intérieur ; assez, en tout cas, pour exciter ma curiosité, voire exciter la curiosité de quiconque roule dans la nuit vers le sud, en direction de Philadelphie, et nourrit de sombres pensées.

Mrs. Miller et moi nous fréquentons depuis deux ans, juste avant mon divorce avec X, et je suis devenu un visage connu pour tous les oncles, tantes et cousins qui occupent régulièrement les pièces minuscules et bourrées de meubles, parlent en chuchotant, boivent du café à n'importe quelle heure du jour et de la nuit. Sans doute en ce moment même, pensai-je, ne faisaient-ils rien d'autre ; et si j'étais entré dans le petit ranch, on m'aurait accueilli comme un cousin venu s'informer, en dehors des heures habituelles, de la teneur des jours suivants. Mais j'ai préféré respecter l'intimité de Mrs. Miller, car, comme pour un écrivain, son lieu de travail est aussi son foyer.

J'ai découvert l'existence de Mrs. Miller le plus simplement du monde. Je roulais sur la route 1 pour me rendre à la quincaillerie, avec Clary et Paul sur la banquette arrière — nous voulions acheter une pompe à vélo —, quand j'ai tout bonnement remarqué la paume ouverte de son enseigne *Conseils et Voyance,* et je me suis garé. Depuis des années, j'étais sans doute passé des dizaines de fois devant cette enseigne sans jamais la remarquer. Pour autant que je m'en souvienne, je ne ressentais aucun vague à l'âme ce jour-là, mais on ne se rappelle pas toujours ce genre de choses. Je crois pourtant qu'on sait quand le moment est venu de consulter une voyante, à condition bien sûr de ne pas être en guerre ouverte avec ses instincts.

Je suis resté quelques instants garé au bout de l'allée. J'ai éteint mes phares et observé les fenêtres du ranch, car Mrs. Miller, sa maison, ses activités, ses parents, sa vie, tout cela constituait à mes yeux une source, modeste mais authentique, de plaisir et d'émerveillement. C'était aussi pour cela que j'allais la voir une fois par semaine, et qu'hier soir j'ai trouvé agréable de m'arrêter simplement devant chez elle.

Les prédictions de Mrs. Miller sont presque toujours celles de la voyante classique, et elles se révèlent souvent complètement erronées : « Je vois que vous allez bientôt avoir beaucoup d'argent » (faux). « Je vois une longue vie » (improbable, mais je préfère ne pas protester). « Vous êtes fondamentalement un homme bon » (discutable). Et presque toutes les semaines, elle me prédit quasiment les mêmes choses, avec des variations qu'on pourrait qualifier de saisonnières, car le plus souvent liées au temps : « Votre situation va s'éclaircir » (les jours de pluie). « Votre avenir n'est pas complètement bouché » (lorsqu'il y a des nuages). Certains jours, elle ne me reconnaît même pas et m'accueille avec un regard perplexe. Mais elle pouffe de rire comme une écolière lorsque nous en avons terminé et qu'elle me dit, sans jamais prononcer mon nom :

— A la prochaine fois.

Mieux, elle me tend parfois l'une de ses cartes, en bas de laquelle, sous l'emblème de la boule de cristal, est dactylographié :

UN LIEU OÙ AMENER VOS AMIS, UN LIEU D'OÙ
TOUTE GÊNE EST BANNIE — JE NE SUIS PAS UNE ROMANICHELLE.

Je n'éprouve aucune gêne à fréquenter Mrs. Miller, loin de là. Car pour cinq dollars, elle vous introduit dans la pénombre d'une chambre cossue, située à l'arrière de sa maison de banlieue, où une tenture en plastique masque la fenêtre. (Dès la première fois, je me suis demandé si une petite cousine ou une sœur levantine n'attendait pas le client dans cette pièce. Mais non.) La lumière y est verdâtre, une radio minuscule diffuse doucement les notes sinueuses d'une flûte qui semble grecque. Il y a une vraie boule de cristal opaque sur la table de bridge (elle ne l'a jamais utilisée) et plusieurs piles de très grandes cartes de tarot. Une fois que nous sommes installés à nos places respectives, elle me prend la main, y suit la moindre de ses lignes, plisse le front comme si ma paume lui révélait un destin funeste, prend un air perplexe ou soulagé, et finit par m'adresser des paroles pleines d'espoir et de bon sens, qu'aucune inconnue ne songerait jamais à me dire.

Car elle est *l'inconnue qui prend votre vie au sérieux,* ce personnage que chaque jour nous espérons rencontrer, l'amie des gens innombrables qui sont brouillés avec peu de choses, qui ont gardé toutes leurs facultés et ne sont pas « malades » au sens strict du terme.

Mrs. Miller est une belle femme à la peau sombre, âgée d'une quarantaine d'années, un peu trop grosse et vaguement condescendante, mais profondément avenante — à tel point qu'à la fin de nos entretiens elle évoque presque toujours un ou deux problèmes annexes, pour le seul plaisir de converser avec moi, dirait-on. Pendant la semaine, je note mes questions sur des bouts de papier, que je perds régulièrement, et je finis par lui poser des questions simples, banales, mais essentielles, telles que : « Arrivera-t-il malheur à Paul ou à Clarissa cette semaine ? » (un sujet de soucis continuel pour n'importe quel père, mais surtout pour moi). Ses réponses constituent toujours une espèce de préambule à mon bonheur, mais elle insiste toutefois sur les précautions à prendre vis-à-vis de mes enfants : « Il ne leur arrivera aucun mal si vous agissez en bon père. » (Il y a longtemps que je lui ai parlé de Ralph.) Un jour que, à court de questions, je paniquais, je lui ai demandé à brûle-pourpoint si les Tigers avaient une chance de finir premiers ex-aequo dans la division Est de l'American League. Cette question l'a mise en colère. Les conseils pour les paris, m'a-t-elle alors déclaré, coûtaient plus de cinq dollars, et elle m'en a ensuite demandé dix sans même me fournir de réponse.

J'ai découvert au fil du temps que, chaque fois qu'elle s'était trompée dans ses réponses, mieux valait penser que les choses avaient mal tourné par ma faute.

A qui d'autre s'adresser pour obtenir, à la demande, des prévisions à court terme inspirées et pleines d'espoir ? Par une journée venteuse et cafardeuse de janvier, où, sinon chez elle, se retrouver à peu près assuré, au bout de cinq minutes et par quelqu'un qu'on connaît à peine, qu'on est bien celui qu'on croit être et qu'aucune catastrophe majeure ne s'abattra finalement sur vous ?

Un adepte du docteur Freud serait-il aussi complaisant ? Aurait-il plus de chances de savoir quelque chose, et de vous en faire part ? J'en doute. Pendant la sale passe que j'ai traversée après mon divorce, j'ai rencontré une fille de Saint Louis — créature plantureuse, âgée d'environ vingt-cinq ans — qui avait déjà dépensé des milliers de dollars et gâché presque autant d'heures auprès du psychiatre le plus célèbre de cette ville aux briques sombres, jusqu'au jour funeste où elle était entrée dans son cabinet le cœur en fête.

— Oh, docteur Fasnacht, proclame-t-elle aussitôt, en me réveillant ce matin j'ai compris que j'étais guérie ! Je suis prête à mettre un terme à mes séances et à explorer le monde toute seule, comme une adulte à part entière. Vous m'avez guérie. Grâce à vous, je suis si heureuse !

A quoi le vieil escroc répond :

— Voilà bien la pire nouvelle que j'aie jamais entendue. Votre désir de mettre fin à votre thérapie est la preuve la plus accablante du besoin urgent que vous avez de la poursuivre. Vous êtes beaucoup plus malade que je ne l'ai jamais pensé. Maintenant, allongez-vous.

Mrs. Miller ne proférerait jamais devant personne des opinions aussi morbides. Sa stratégie consisterait plutôt à vous donner des prévisions plus prometteuses qu'à l'ordinaire, à vous serrer la main, à renoncer (éventuellement) aux cinq dollars pour vous porter chance, avant d'ajouter avec un haussement de sourcils :

— Revenez me voir quand vous ne comprendrez plus très bien ce qui vous arrive.

Sa philosophie est la suivante : *Il n'y a rien de tel qu'une bonne journée. Nous en vivons assez peu au cours d'une existence. Profitez-en.*

Et il s'agit seulement là de ce qui, chez Mrs. Miller, est apparent — comment mieux la définir ? Parler de ses services ? De sa cure ? Pauvres mots pour exprimer le mystère. Car selon moi, le mystère est l'élément crucial, et vraiment la *seule* chose qui, à ce stade de ma vie — c'est-à-dire à mi-chemin —, ait de la valeur à mes yeux.

Le mystère est cet attribut séduisant d'une entité (un objet, une action, une personne) que l'on connaît un peu, mais pas complètement. C'est la promesse de choses inconnues (effets, conséquences, soupçons) que l'on doit avoir la sagesse de ne pas explorer trop à fond, de peur de déboucher sur le cul-de-sac sordide des faits.

Un bon exemple de mystère consisterait à partir pour Cleveland, une ville que vous n'avez jamais aimée, d'y rencontrer une belle fille, de l'inviter à manger une langouste dans un restaurant où vous évoquerez une île au large du Maine où vous êtes tous deux allés en compagnie d'un amant ou d'une maîtresse, escapade inoubliable dont la seule évocation vous rappelle tant de choses que vous filez dare-dare à l'étage pour vous envoyer par-dessus les moulins. Le lendemain matin, tout est pour le mieux. Vous repartez vers une autre ville, et vous oubliez tout de cette fille. Mais pendant le restant de vos jours, vous imaginerez Cleveland différemment, sans pouvoir vous rappeler au juste pourquoi.

Lorsque je vais voir Mrs. Miller pour une consultation à cinq dollars, elle ne me révèle ni une vision du monde ni l'avenir qui m'y serait réservé. Elle se contente de m'encourager, de renforcer mes convictions, de m'admettre brièvement dans le mystère qui entoure sa propre existence, et je ressors de chez elle plein d'espoirs, bouillonnant de curiosité et de questions très prosaïques : qui est Mrs. Miller si elle n'est pas une romanichelle ? Est-elle juive ? Marocaine ? *Miller* est-il son vrai nom ? Qui sont les autres gens qui fréquentent sa maison ? Des parents ? Des maris ? Sont-ils citoyens de cet État ? Quelles professions exercent-ils donc ? Marchands d'armes ? Trafiquants de passeports ? Ou de devises étrangères ? Et à un niveau un peu plus élevé : de quoi ai-je l'air ? (Qui n'a jamais eu envie de poser cette question à son médecin ?) Mais je tiens coûte que coûte à ne rien découvrir hormis les détails inhérents à mes visites, car de plus amples révélations me nuiraient, me submergeant sous une masse de faits sinistres qui m'obligeraient à chercher un autre mystère ou à m'en passer à jamais.

Ainsi que je m'y attendais, la simple proximité de la lueur aperçue à travers ses rideaux — telle la lumière antique d'un siècle révolu — m'a réchauffé le cœur, comme l'auto-stoppeur devant qui une voiture s'arrête alors qu'il désespérait. Un monde, qui paraissait jusque-là interdit, s'ouvre soudain à moi, semble à portée de main. Mais tandis que je jetais un dernier regard nostalgique au petit ranch trapu de Mrs. Miller, j'ai senti que la porte de devant venait de s'entrouvrir. Là-bas quelqu'un m'observait en se demandant qui j'étais, ce que je faisais là. Des amoureux enlacés dans une voiture ? La police ? Un poivrot endormi ? Je n'étais même pas sûr qu'on avait ouvert cette porte, si bien que c'était pour moi une énigme au même titre que je devais en être une pour la personne que je croyais là-bas occupée à m'épier. Une énigme partagée, donc, une parfaite réciprocité dans l'esprit du mariage. Et je suis reparti très vite vers le sud, aussi régénéré qu'un bébé né au beau milieu de la vie.

J'ai pris la première sortie pour retrouver Great Woods Road, les sombres vergers de pommiers, les pâturages des fermes, les étables, les stades de la De Tocqueville Academy et les pelouses des grandes entreprises, qui tous tiennent Haddam à l'abri des supermarchés d'accessoires automobiles, des laiteries et des crins-crins de Radio Shack le long de la route 1 en direction de la ville lugubre de l'amour fraternel, Philadelphie. Je n'avais guère envie d'aller me coucher. Loin de là. Je venais de remettre à leurs places respectives la pesanteur des choses et la solitude, et je me sentais plein d'un désir vague. Cette journée, métamorphosée en soirée printanière, recelait encore des promesses que seule une aventure inédite pourrait tenir.

J'ai descendu lentement Seminary Street, vide et abstraite dans l'atmosphère jaune d'une soirée de banlieue. (La tristesse n'est jamais loin.) Les feux orange clignotaient, et au sud de la place seul le sergent Carnevale attendait dans sa voiture de patrouille dont le moteur tournait doucement au ralenti, perdu dans la friture de sa radio, prêt à intercepter chauffards et voleurs en cavale. Même le séminaire était silencieux — solennité gothique et lumières jaune canari des vitraux à travers les ormes et les platanes. A l'approche des examens du milieu de trimestre, tous les étudiants se claquemuraient pour leurs révisions. Seul le tuyau d'échappement de Carnevale témoignait de la présence vivante d'une âme dans un rayon de cent kilomètres, alors qu'au-dessus des arbres les lumières gaies de New York faisaient pâlir le ciel.

Neuf heures du soir le jeudi avant Pâques, assez loin sur la ligne du train de banlieue. Une ville, presque toutes les villes doivent avoir leurs secrets. Vous auriez pourtant tort de le croire. Car Haddam est aussi banale et dépourvue de mystère qu'une bouche d'incendie, ce qui, plus que toute autre chose, en fait un endroit agréable.

Aucun de nous ne supporterait que tous les quartiers ressemblent à des Chicago gris ou à des Los Angeles nauséabonds — des villes, comme Gotham, au plan extrêmement complexe. Nous avons tous besoin de paysages urbains simples, élémentaires, voire factices, comme le mien. Des endroits sans prétention ni complexité excessive. Donnez-moi un petit N'importe-où, une Terre haute souriante et rustique, une Bismarck hilare, des valeurs immobilières stables, un ramassage des ordures régulier, un bon système d'égouts, de vastes parkings, tout cela pas trop loin d'un grand aéroport, et tous les matins je chanterai plus fort que les oiseaux.

J'ai ralenti pour jeter un coup d'œil à l'auvent de l'église presbytérienne, qui se dresse à la lisière du séminaire. J'y vais de temps à autre le dimanche, histoire de voir ce qui s'y passe et d'entendre un cantique pour me réchauffer le cœur. X et moi fréquentions régulièrement le culte presbytérien lorsque nous sommes arrivés à Haddam, mais X s'est lassée et je me suis mis à travailler le dimanche. Voilà des années, alors qu'étudiant de troisième année j'avais besoin d'un antidote aux ironies coupables et mornes de l'Ann Arbor pendant la guerre, je me suis inscrit à un groupe libéral et non dogmatique de Westminster, sur Maynard Street. Le prêcheur, qui se qualifiait lui-même de « modérateur », était un grand épouvantail couvert d'acné et au col de chemise ouvert, dont les sermons marmonnés stigmatisaient la faim dans le monde, les Nations unies ainsi que les pays membres de l'OTASE, et il paraissait gêné lorsqu'il fallait se lever pour entonner la prière ; il gardait alors les yeux ouverts et semblait fusiller du regard l'assemblée des fidèles. Sa petite épouse maigrichonne et anorexique lui servait d'assistante — tous deux étaient originaires de Muskegon —, et notre congrégation se composait pour l'essentiel de veuves de professeurs âgées, de quelques étudiantes laides et ahuries, et d'un ou deux homosexuels venus là par simple curiosité.

J'ai tenu cinq semaines, puis j'ai mis ma Bible au rencart et préféré participer aux samedis soirs de la fraternité, prendre du bon temps et me soûler. Le christianisme, comme toutes les activités d'Ann Arbor à cette époque, était trop terre à terre et orienté vers les problèmes concrets. L'esprit s'incarnait trop prosaïquement. Les extases et autres illuminations ponctuelles (la raison de ma venue) étaient exclues d'emblée, vu l'état déplorable du monde actuel. Moyennant quoi, rien de tout cela ne m'a plu.

A l'inverse, l'Église des Premiers presbytériens de Haddam propose une approche des choses saine et concrète. Leur espoir le plus ardent, c'est de vous ramener sur terre en vous élevant l'esprit — une espèce d'orientation spirituelle complexe. Les habitués n'ont pas le moindre doute sur leur rôle ; ils sont là pour être sauvés, ou alors ils jouent sacrément bien la comédie, et personne ne baratine personne.

Ce que j'ai lu sur l'auvent m'a néanmoins surpris, même si cela est finalement tout à fait banal — une astuce destinée à convaincre les tire-au-flanc que l'Église a changé :

« La course vers la tombe »

Le prêcheur démarre sans doute sur une blague spirituelle, qu'il débite avec un haussement de sourcils :

— Bon, ce type, là, qui s'appelait Jésus, c'était vraiment un drôle de client, çui-là, vous ne trouvez pas ?

Et tous, nous tomberions d'accord avec lui. Mais il enchaînerait sans transition sur les preuves de la résurrection, en suggérant que ce destin sera peut-être le nôtre.

Je suis passé lentement devant l'église, j'ai brandi mes deux pouces à l'intention du sergent Carnevale, geste qu'il m'a rendu d'un air bougon, puis j'ai filé droit vers les Presidents — j'ai remonté Tyler, descendu Pierce, puis quelques virages vers Cleveland Street, avant de m'arrêter sous un nyssa géant, en face du 116, devant les planches blanches de la petite maison coloniale de X. Sa Citation était garée dans l'allée étroite, une voiture inconnue stationnait contre le trottoir.

Vif comme l'éclair, je suis descendu de voiture, j'ai traversé la rue, puis me suis accroupi pour tâter le capot de cette voiture bleue inconnue — une Thunderbird —, après quoi je suis retourné dans la mienne avant qu'un habitant de Cleveland Street me voie. Comme je l'avais espéré, le capot de la Thunderbird était aussi glacé que le cœur d'un assassin, et je me suis dit avec soulagement qu'elle appartenait à un voisin, ou à quelque parent qui rendait visite aux Armentis juste à côté de chez X. En réalité, il s'agissait peut-être d'un soupirant dont j'ignorais tout — l'un de ces gros richards du country club — et ce soupçon a métamorphosé mon soulagement en doute.

J'avais envisagé une visite innocente. Je n'avais pas vu Paul et Clarissa depuis quatre jours, ce qui selon nos habitudes constituait un intervalle assez long. D'ordinaire, après l'école, ils viennent manger un sandwich, s'asseoir pour bavarder, jouer à un jeu quelconque, lire, pendant que par ma seule présence je m'efforce de fournir une continuité illusoire à leur existence. J'arrête parfois de travailler pour monter les taquiner ou les cajoler, répondre à leurs questions, les défier, essayer de me gagner leurs faveurs à force d'arguments directs et loyaux, une stratégie qu'ils connaissent par cœur mais qu'ils acceptent, car ils m'aiment, ils savent que je les aime, et que je n'ai vraiment pas d'autre choix. Tous les quatre, nous formons ainsi une famille à la fois unie et divisée, dont chaque membre s'efforce de remplir au mieux ses devoirs.

Hier soir, j'espérais boire un verre avec X, embrasser les enfants couchés, bavarder une demi-heure avec leur mère, avant peut-être de passer la nuit sur le canapé, chose que je n'ai pas faite depuis quelque temps (pas, en tout cas, depuis que j'ai rencontré Vicki), mais dont j'ai eu soudain très envie.

Pourtant, si je m'étais présenté cérémonieusement à la porte, investi de mes austères fonctions paternelles, j'aurais risqué d'interrompre une scène intime — les enfants passant la nuit chez les Armentis, toutes les lumières allumées pour créer une atmosphère agréable d'excitation adulte (car tellement d'eau, n'est-ce pas, a coulé sous les ponts), afin que les voisins puissent constater avec plaisir qu'une femme fière tire le meilleur parti de sa vie brisée. J'aurais été sidéré de surprendre quelque cadre supérieur tiré à quatre épingles, les yeux pleins d'amour, allongé en travers du canapé où j'espérais justement passer la nuit.

X aurait alors eu raison de dire que je torpillais ses tentatives de nouveau départ dans la vie, et ledit cadre supérieur aurait eu carte blanche pour me courser ou me flanquer son poing dans la figure. Il nous aurait ensuite fallu partir tous les deux (les deux hommes s'éloignent toujours chacun de son côté dans la nuit, mais ils deviennent parfois amis lorsqu'ils se rencontrent plus tard dans un bar).

Bref, tous mes projets avaient fait long feu, et je me retrouvais personnage de dernier plan, face à la voiture bleue de l'intrus, sans rien d'autre à faire que respirer l'air velouté en observant le quartier de X. Les Presidents, avec leurs jardinets longs de quinze mètres, leurs mûriers adultes et leurs trottoirs rectilignes, constituent un excellent choix pour une jeune mère de famille divorcée, pourvue de revenus réguliers et d'un esprit indépendant. Toute cette rue est en effet habitée par des gens entreprenants et cultivés, des idéalistes astucieux qui ont repéré un bon investissement, agi aussitôt, et se retrouvent aujourd'hui à la tête d'un capital appréciable. Les immigrants italiens qui ont construit le quartier préfèrent aujourd'hui Delray Beach et Fort Myers ainsi que des immeubles correspondant davantage à leur tranche d'âge, et ils ont abandonné leurs anciens domiciles aux jeunes, mais certes pas à leurs enfants, lesquels préfèrent des lotissements comme Pheasant Run et Kendall Park. Les banques ont fait preuve de souplesse pour les échéances d'hypothèque et les taux variables, moyennant quoi les jeunes libéraux — pour l'essentiel de prospères courtiers en bourse, des rédacteurs de discours d'entreprise ou des avocats — ont fait renaître un tissu social serré, une éthique de la propriété où chacun surveille les enfants du voisin et moud son propre café. Façades ravalées et travaux de peinture. Canaux de drainage flambant neufs. Une véranda refaite. Elégantes plaques Arts déco portant le numéro de la rue, et un panneau de vitraux discrets de fabrication maison. Tout cela d'un modernisme cossu.

X, je crois, est heureuse ici. Mes enfants habitent près de leur école, de leurs amis et de moi-même. Ce n'est pas comme à Hoving Road, où nous habitions autrefois tous ensemble ; mais chacun de nous a beau être — ou se croire — intelligent, sagace et bien intentionné, les choses changent de manière imprévisible. Qui aurait pu prévoir la mort de Ralph ? Qui aurait cru que toute certitude deviendrait aussi rare qu'un mouton à cinq pattes ? Qui aurait dit que notre foyer allait voler en éclats et nos trajectoires diverger ? Walter Luckett se doutait-il qu'il rencontrerait Mr. Porte-malheur il y a deux soirs, et qu'après sa femme, ce type l'obligerait à prendre un nouveau tournant ? Non, personne ne peut jamais rien prévoir. Aucune de nos existences n'est vraiment ordinaire ; aucune monotonie dans nos délices ou nos désastres. Tout devient aussi énigmatique que la quadrature du cercle lorsque le cœur s'en mêle. Une vie bascule parfois à la manière d'un changement météorologique — du soleil à la pluie, comme dit la chanson. Mais elle peut changer encore.

Le carillon de Saint-Léon-le-Grand a sonné dix heures, et il s'est passé quelque chose au 116 Cleveland Street.

La lumière jaune du perron s'est allumée. A l'intérieur, quelqu'un a parlé comme pour donner patiemment des consignes. Puis la porte s'est ouverte et mon fils Paul est sorti.

Paul en short de tennis et avec une chemise Minnesota Twins que je lui ai rapportée d'un voyage. Il a dix ans, il est petit et pas encore trop intelligent ; c'est un garçon sérieux, rêveur, qui a bon cœur et qui possède toutes les précieuses qualités des cadets : la patience, la curiosité, une inventivité doublée de sens pratique, une tendance à la sentimentalité, un vocabulaire qui s'enrichit, bien que ce ne soit pas un grand lecteur. J'ai essayé de penser que tout se passera bien pour lui ; mais lorsque nous bavardons dans sa chambre, qu'il décore avec des posters d'aigles, de harles et de grèbes tirés d'Audubon, il paraît toujours absorbé dans une humeur maussade, comme si son existence incluait quelque événement majeur dont il devinait l'importance, sans toutefois réussir à se le rappeler. Je suis bien sûr très fier de lui, ainsi que de sa sœur. Car tous deux se comportent comme de vaillants soldats.

Paul avait emmené avec lui l'un des oiseaux de son pigeonnier. Une colombe de rocher, un bel oiseau moucheté. Il la portait fièrement jusqu'au trottoir en la serrant entre les mains avec le geste de l'oiselier professionnel qu'il avait appris. Tassé derrière le volant, je l'observais comme un espion ; l'ombre du grand nyssa garantissait mon anonymat — quoi qu'il en soit, Paul était trop absorbé par ce qu'il faisait pour remarquer ma présence.

Une fois sur le trottoir, il prit l'oiseau dans une main, fit glisser son capuchon qu'il mit aussitôt dans sa poche. La colombe tendit le cou pour découvrir son nouvel environnement. La vue du visage grave et familier de Paul la calma.

Paul observa son oiseau pendant quelques secondes, le serra de nouveau entre ses mains menues, et dans l'obscurité silencieuse j'ai entendu sa voix enfantine. Il donnait ses instructions à la colombe dans un langage auquel il s'était exercé :

— Souviens-toi de cette maison... Suis cet itinéraire... Fais attention à ceci ou à cela... Méfie-toi de cet obstacle... N'oublie pas ce que nous avons répété ensemble... Rappelle-toi qui sont tes amis...

Une série de conseils judicieux. Lorsqu'il eut terminé, il approcha l'oiseau de son visage et renifla derrière sa tête pointue. Je l'ai vu fermer les yeux, et puis l'oiseau s'est envolé, ses grandes ailes se sont aussitôt déployées dans la nuit, il a monté avant de disparaître comme une pensée, ses ailes blanches sont vite devenues toutes petites tandis qu'il dépassait le cercle des arbres — et il a disparu.

Paul est resté un moment la tête levée. Puis, comme s'il avait tout oublié de l'oiseau libéré, il s'est retourné pour me regarder de l'autre côté de la rue, vautré sur mon siège comme le sergent Carnevale. Il avait sans doute remarqué ma présence depuis un certain temps déjà, mais avait poursuivi son lâcher de colombe, en grand garçon qui se sait observé et continue néanmoins ses activités, car il devine que telle est la règle à respecter.

Paul a traversé la rue avec sa démarche maladroite de gamin, mais en m'adressant un beau sourire, un sourire qu'il offrirait, je le sais, à un parfait inconnu.

— Salut, papa, m'a-t-il dit par la fenêtre.

— Salut, Paul.

— Que fais-tu ici ?

Il me souriait toujours comme un enfant innocent.

— Je suis simplement assis dans ma voiture.

— Ça va ?

— Très bien. Dis-moi, à qui appartient cette voiture là-bas ?

Paul a regardé la Thunderbird par-dessus son épaule.

— Aux Litz. (Un voisin, avocat, pas de problème.) Tu comptes monter ?

— Je voulais juste venir voir si tout allait bien pour vous. Une sorte de patrouille de nuit.

— Clary dort. Maman regarde les nouvelles, dit Paul.

— A qui as-tu donc rendu la liberté ?

— Au vieux Vassar.

Paul a regardé dans la rue. Il donne à ses oiseaux le prénom de chanteurs populaires — Ernest, Chet, Loretta, Jerry Lee —, et il a adopté l'emploi abusif que son père fait du mot *vieux* pour signifier son affection. J'ai tellement aimé Paul à cet instant que j'ai failli le hisser par la fenêtre de la voiture pour le serrer dans mes bras jusqu'à ce que nous pleurions tous les deux.

— Mais je ne lui ai pas rendu sa liberté.

— Le vieux Vassar a donc d'abord une mission à accomplir ?

— Exactement, répondit Paul en baissant les yeux vers le trottoir.

Je me mêlais évidemment de ce qui ne me regardait pas, et Paul avait beaucoup de secrets. Mais j'ai deviné qu'il voulait parler de Vassar.

— Quelle est la mission de Vassar ? demandai-je courageusement.

— Aller voir Ralph.

— Ralph. Et pourquoi donc va-t-il voir Ralph ?

Paul a poussé le soupir feint des petits garçons qui savent imiter les grands.

— Pour être sûr que tout va bien. Et pour lui parler de nous.

— Tu veux dire qu'il s'agit d'un rapport ?

— Oui. C'est ça.

La tête toujours baissée vers le trottoir.

— Sur nous tous ?

— Oui.

— Et il est comment, ce rapport ?

— Bon.

Paul a évité mon regard.

— En ce qui me concerne aussi ?

— Il n'y a pas trop de choses à ton sujet, mais elles sont positives.

— Tant mieux. Quand le vieux Vassar doit-il revenir faire son rapport ?

— Il ne reviendra pas. Je lui ai dit qu'il pouvait rester vivre à Cape May.

— Et pourquoi donc ?

— Parce que Ralph est mort. Je crois.

J'avais emmené Paul et sa sœur à Cape May seulement à l'automne dernier, et maintenant que Paul s'imaginait que les morts vivaient là-bas, mon intérêt s'est éveillé.

— C'est une mission en forme d'aller simple, alors ?

— Oui.

Paul gardait les yeux obstinément fixés sur la portière de ma voiture ; j'ai senti que toutes ces allusions aux morts le troublaient. Les enfants se sentent à l'aise avec les vivants et face à la sincérité (qui le leur reprocherait ?), contrairement aux adultes, qui sont parfois pétrits d'ironie jusqu'à la moelle et adoptent une attitude cynique même lorsqu'ils sont confrontés à un danger qui menace leur existence. L'amitié qui nous lie, Paul et moi, a toujours été fondée sur le roc de la sincérité.

— Tu n'as rien à me raconter ce soir pour me faire rire ? dis-je.

Paul collectionne secrètement les bonnes blagues et il peut faire éclater de rire l'être le plus chagrin, même avec une plaisanterie rebattue ; mais par nature, il est assez discret. Moi-même, j'envie sa mémoire.

Il faut d'abord qu'il réfléchisse à ma question. Adoptant l'attitude convenue de la concentration, il a levé la tête vers les branches d'arbre, comme si toutes les bonnes blagues y étaient accrochées. (N'ai-je pas dit que les choses changent et nous surprennent sans cesse ? Qui aurait cru qu'une simple balade en voiture dans une rue obscure entraînerait une conversation avec mon fils ! Le moins surprenant n'étant pas que je viens de découvrir qu'il est en contact avec son frère mort — un indice psychologique révélateur, quoiqu'un peu inquiétant —, sans parler de la blague que je vais entendre.)

— Hmmm, ça y est, dit Paul.

Il se piquait au jeu. A la façon dont il s'était fourré les mains dans les poches et à la grimace de ses lèvres, j'ai compris qu'il en avait trouvé une qu'il jugeait particulièrement drôle.

— Tu es prêt ? demandai-je.

Cette question aurait suffi à gâcher la plaisanterie de n'importe qui. Mais avec Paul, elle relevait du protocole.

— Je suis prêt, dit-il. Qu'est-ce qui est écossais et vit dans les arbres ?

— Je donne ma langue au chat.

Je renonce à chercher presque tout de suite.

— Mac Ack.

Paul et moi éclatons de rire aussitôt. Nous nous tenons les côtes — lui dans la rue, moi dans la voiture. Nous rions bruyamment et longtemps jusqu'à avoir les yeux pleins de larmes. J'ai bientôt pensé que, si nous ne refrénions pas notre hilarité, sa mère allait sortir et s'interroger (en silence) sur mon « bon sens ». Mais les blagues ethniques sont nos préférées.

— Elle est parfaite, dis-je en m'essuyant une larme sur la joue.

— J'en ai une autre. Encore meilleure, répondit-il en souriant tout en essayant de ne pas sourire.

— Il faut que je rentre à la maison, fiston. Tu me la raconteras la prochaine fois.

— Tu ne veux pas venir chez nous ? (Les petits yeux de Paul croisent les miens.) Tu peux dormir sur le canapé.

— Pas ce soir, dis-je alors que mon cœur déborde de joie pour la bonté de ce petit bonhomme.

J'aurais volontiers accepté son invitation si j'avais pu ; je l'aurais porté jusqu'à sa chambre, chatouillé et mis au lit.

— Je peux en parler à maman ?

Il avait surmonté l'étrange confusion provoquée par mon refus de passer la nuit sous le même toit que lui pour se demander s'il fallait cacher notre rencontre. A cet égard, il ne ressemble guère à son père, mais le temps changera peut-être cela aussi.

— Tu n'as qu'à dire que je suis passé en voiture, que je t'ai vu et qu'on s'est tous les deux arrêtés pour bavarder comme deux vieux copains.

— Même si c'est pas vrai ?

— Même si c'est pas vrai.

Paul m'a adressé un regard bizarre. Ce n'était pas le mensonge que je lui avais ordonné de dire — et qu'il répéterait ou non, selon son éthique personnelle —, mais une autre pensée qui lui était venue à l'esprit.

— A ton avis, combien de temps va mettre le vieux Vassar pour trouver Ralph ? demanda-t-il très sérieusement.

— Il est probablement déjà arrivé.

Le visage de Paul est alors devenu aussi sombre que celui d'un ecclésiastique.

— Je ne voudrais pas que ses recherches durent éternellement, fit-il. Ce serait trop long.

— Bonsoir, fils, dis-je, soudain très excité par tout autre chose.

J'ai démarré.

— Bonsoir, papa. (Il m'a souri.) Fais de beaux rêves.

— Toi aussi, fais de beaux rêves.

Il a retraversé Cleveland Street vers la maison de sa mère, tandis que je m'éloignais dans l'obscurité vers mon domicile.

5

A l'aérogare de Detroit l'air est vif, piquant et climatisé. Des voitures flambant neuves scintillent dans toutes les avenues. Paul Anka chante ce soir au Cobo Hall, clame un panneau publicitaire éblouissant. Tous les hôtels sont des palaces, tous les autochtones nos meilleurs amis. Ici, même les Noirs ont l'air différents — sains, souriants, prospères, luxueusement vêtus, un attaché-case au bout du bras.

Tous les passagers de notre vol sont attendus, mais ils n'habitent pas le Michigan, même s'ils en sont originaires, et leurs parents sont des copies conformes d'eux-mêmes : les femmes blond cendré, élégantes et souriantes ; les hommes, secs et silencieux, secrets, portant des versions modernes de la houppelande et des chapeaux tyroliens, distribuant de vigoureuses poignées de leurs grosses mains. C'est la ville de la houppelande, la ville du confort hivernal, un endroit où je suis heureux d'avoir atterri. Si vous cherchez une belle péninsule, regardez autour de vous.

Barb et Sue nous accompagnent dans le hall. Elles traînent des bagages à roulettes, portent d'élégants blazers rouges et un sac en bandoulière ; toutes les deux sont d'excellente humeur. Elles ont hâte d'entamer les « réjouissances du week-end », comme elles disent, et Sue adresse à Vicki un clin d'œil plein de sous-entendus. Barb nous apprend que Sue est mariée à « une huile » de Lake Orion qui possède un cabaret, et qu'elle arrêtera peut-être bientôt de travailler pour rejoindre les fourneaux. Elle-même et Ron, son mari, sortent souvent « dîner en tête à tête ».

— Vous laissez pas baratiner par cette fille, chantonne Sue avec un grand sourire. Elle adore faire la fête. Si je vous disais tout ce que je sais, on pourrait en tirer un roman. Ah, les voyages qu'on se paie toutes les deux. Ouah.

Sue lève les yeux au ciel et secoue énergiquement la tête.

— Ne faites pas attention à tout ça, intervient Barb. Amusez-vous bien tous les deux, et je vous souhaite un bon vol de retour.

— Vous pouvez compter sur nous, rétorque alors Vicki avec son sourire de nouvelle arrivante. Et passez une bonne soirée, d'accord ?

— Personne ne va nous en empêcher, nous lance Sue.

Puis elles s'éloignent ensemble vers les salles réservées aux équipages, en bavardant comme deux étudiantes attendues par les plus beaux garçons du campus dans leurs grosses décapotables tandis que la surveillante générale n'y voit que du feu.

— Elles étaient vraiment adorables, non ? dit Vicki qui paraît mélancolique et absente dans la foule énorme de Detroit.

Elle est momentanément perdue dans ses pensées ; j'attribue sa distance à une trop grande excitation, mais dans un instant elle sera redevenue elle-même. Autant que moi, voire davantage, elle vit dans l'expectative.

— Je ne m'étais pas aperçue qu'elles étaient gentilles à ce point.

— Ça c'est bien vrai, dis-je en pensant à toutes les chefs de ban dont Sue et Barb sont de parfaits prototypes.

Il suffirait de mettre un gros chandail décoré d'une grande lettre à l'une ou à l'autre, une jupette plissée et des socquettes pour que mon cœur fonde devant elles.

— Elles étaient merveilleuses.

— Comment ça, merveilleuses ? demande Vicki en me regardant d'un air soupçonneux.

— Presque aussi merveilleuses que toi.

Je lui saisis le bras pour la serrer fort contre moi. Nous sommes un roc immobile parmi les flots d'habitants de Detroit.

— Qui trop embrasse mal étreint, dit Vicki avec un regard méfiant. Vous avez l'esprit volage, mon bon monsieur. Pas étonnant que votre femme vous ait traîné chez l'avocat.

— C'est du passé, dis-je. Je suis tout à toi, si tu veux bien de moi. Nous pouvons nous marier tout de suite, si tu veux.

— J'ai déjà donné pour l'amour éternel qui ne dure qu'un temps, répond méchamment Vicki. Voilà maintenant que tu dis des bêtises. Je suis seulement venue ici pour voir le paysage, alors allons-y.

Son front se plisse comme si un souci venait de lui traverser l'esprit, puis son sourire éclatant s'épanouit à nouveau et je la trouve ravissante. Bien sûr que je dis des bêtises, même si je l'épouserais volontiers sur-le-champ, dans le bureau de l'aumônier de l'aéroport, avec un porteur de United Airlines pour témoin, plus Barb et Sue dans le rôle de demoiselles d'honneur cosmétiquement idéales.

— Allons chercher nos bagages, d'accord ? propose-t-elle, maintenant toute guillerette. Je tiens à jeter un coup d'œil à ce gros pneu avant qu'ils décident de le flanquer par terre.

Elle me regarde en haussant les sourcils, et je devine une promesse secrète et intime, une allusion sexuelle seulement compréhensible aux infirmières. Comment refuser ?

— J'ai l'impression que tu souffres d'une attaque foudroyante de sinistrose, me lance-t-elle à dix mètres de moi. Allez, viens.

Tout peut arriver dans une ville étrangère. Je l'avais oublié, et il faut que ce soit une vraie fille de la campagne qui me le rappelle. Et je m'élance enfin pour rattraper Vicki en souriant, vers les carrousels des bagages.

Detroit, ville des rêves industriels perdus, flotte autour de nous, tel le mirage d'une existence saine et glacée. Le ciel est gris comme l'eau d'un lac, le vent souffle en bourrasques. Papiers et sacs en plastique volent et s'affrontent au-dessus de l'autoroute Ford, claquent comme un tir de barrage contre la carrosserie de la navette qui nous emmène vers le centre-ville. Des maisons basses, à mansardes, côtoient des immeubles neufs en briques dans un tissu urbain et industriel chaotique. Et comme toujours, on vit dans l'espoir d'un changement de temps. On se claquemure. Un pessimisme pratique imprègne l'atmosphère et attend.

J'ai lu quelque part que la civilisation américaine finira par transformer tout le pays, New York compris, en une annexe du Midwest. Vu d'ici, cette perspective paraît tout à fait acceptable. Voici une ville formidable pour tomber amoureux ; pour étudier ; pour posséder un bien hypothéqué ; pour assister à un match sous les projecteurs tandis que la lumière crépusculaire vire au bleu nuit dans un paysage d'immeubles surmontés d'étoiles, et que des Noirs et des Polonais amicaux, assis côte à côte, remontent leurs jambes de pantalon pour profiter de la brise fraîche qui descend du Canada au-dessus du lac. Il y a tant d'éléments explicables de la vie américaine qui sont fabriqués à Detroit.

Je pourrais jouer au parfait autochtone si je ne m'étais pas déjà installé dans le New Jersey. Je pourrais venir vivre ici, participer aux activités des anciens étudiants du Michigan, et chaque année acheter une voiture neuve à la porte de l'usine. Rien ne me plairait davantage, au mitan de la vie, que de m'installer dans un petit pavillon de cèdre à Royal Oak ou à Dearborn, de tenter à nouveau ma chance avec une fille du Michigan (ou peut-être avec la même, car alors nous aurions déjà tous ces éléments disponibles sur lesquels bâtir). Mon magazine me nommerait correspondant pour le Midwest. L'idée me viendrait même peut-être d'une entreprise plus aventureuse — un service de promenades sur les lacs, par exemple. La découverte d'un environnement agréable stimule toujours la créativité.

— On dirait vraiment que c'est encore l'hiver ici.

Vicki a le nez collé contre le verre fumé de la vitre du car. Il y a belle lurette que nous sommes passés devant le grand pneu. Elle l'a suivi des yeux en silence, telle une touriste contemplant une modeste pyramide.

— Bon, dit-elle tandis qu'une grosse usine Ford, clôturée, plate et vaste comme le Nebraska, arrive vers nous, maintenant j'ai tout ça derrière moi.

— Si le temps ne te plaît pas, attend donc dix minutes. On disait sans arrêt ça à la fac.

Elle gonfle les joues, alors que nous croisons très vite le Walter Reuther Boulevard, dépassons le Fisher Building ; puis l'Olympia massif grandit dans les lointains brouillés et gris.

— Les Texans aussi racontent ça à tout bout de champ. En fait, ça doit se dire partout. (Elle se tourne vers la ville.) Tu sais ce que dit mon père sur Detroit ?

— Il n'a sans doute pas beaucoup aimé cette ville.

— Quand je lui ai annoncé que j'y allais aujourd'hui avec toi, il m'a simplement répondu : « Si Detroit était un État, ce serait celui du New Jersey. »

Elle me sourit d'un air entendu.

— Detroit n'a pas la diversité du New Jersey, mais ces deux endroits me plaisent.

— Il aime bien le New Jersey, mais Detroit ne lui a pas plu.

Nous nous engouffrons dans la longue tranchée bétonnée de l'autoroute Lodge, qui aboutit au centre-ville.

— Il n'y a pas beaucoup d'endroits qui lui ont plu, reprend Vicki. J'ai toujours trouvé ça dommage pour lui. Ici, ça n'a pourtant pas l'air trop moche. Beaucoup de Noirs, mais ça ne me gêne pas. Faut bien qu'ils vivent, eux aussi.

Elle opine gravement du chef, comme pour s'en convaincre, puis me prend la main et la serre, alors que nous pénétrons dans un tunnel éclairé qui débouche sur la berge.

— C'est la première ville que j'aie jamais connue. Quand j'étais étudiant, nous venions ici pour voir des spectacles burlesques et fumer des cigares. Il me semble que c'est ma première ville américaine.

— J'ai vécu la même chose avec Dallas. Mais je ne regrette pas d'en être partie. Loin de là. (Elle serre très fort les lèvres et me lâche la main.) Je suis cent fois plus contente de ma vie maintenant, je te le garantis.

— Où préférerais-tu vivre ? dis-je tandis que la lumière laiteuse de Jefferson Avenue dissipe l'obscurité du car et que les passagers commencent à murmurer, à prendre leurs bagages pour avancer vers les portes.

Quelqu'un demande au chauffeur s'il s'arrête près de son hôtel. Nous sommes tous excités à l'idée d'être arrivés.

Vicki m'adresse un regard solennel, comme si la gravité de cette ville l'avait contaminée, jetant le doute sur toute légèreté. C'est une fille qui sait être sérieuse. J'ai bien sûr espéré qu'elle me répondrait que pour elle il n'existait aucun bel endroit au monde si je n'y étais pas avec elle. Mais je ne peux couler tous ses désirs dans le moule des miens, ni satisfaire à tous ses rêves comme j'essaie de réaliser les miens. Et puis elle est aussi vulnérable que moi à cette fraîcheur de Detroit, ce qui me rend secrètement fier d'elle.

— Tu ne m'as pas dit que tu étais allé en fac dans la région ?

Elle est absorbée par une chose difficile, par l'ébauche d'une pensée.

— A soixante-dix kilomètres d'ici.

— Alors, c'était comment ?

— C'était une jolie ville avec des arbres partout. Un parc agréable pour les après-midi de printemps. Des profs convenables.

— Ça te manque ? Je parie que oui. Je parie que tu y as passé les meilleurs moments de ta vie et que tu aimerais les revivre. Dis-moi la vérité.

— Non, lui rétorqué-je sincèrement. Je préfère de loin être ici avec toi en ce moment.

— Ahhh, fait Vicki d'un air sceptique, avant de se tourner vers moi sur son siège, le visage soudain grave. Tu me le jures ?

— Je le jure.

Elle serre encore les lèvres, puis les fait claquer, le regard dans le vague. Elle se concentre.

— Eh bien, pour moi ce n'est pas le cas. Cela pour répondre à ta question sur l'endroit où j'aimerais être.

— Oh.

Notre navette s'arrête dans un chuintement de pneus devant notre hôtel. Les portes s'ouvrent. Les passagers avancent dans la travée. Derrière Vicki, à travers les vitres fumées, j'aperçois Jefferson Avenue, des voitures grises qui roulent lentement, et, au-delà, le Cobo, où Paul Anka chante ce soir. Et puis très loin de l'autre côté du fleuve, les immeubles de Windsor — image triste, rétrograde et dévalorisante des États-Unis. (La toute première chose que j'ai faite après l'enterrement de Ralph, ç'a été d'acheter une Harley-Davidson et de partir vers l'ouest. J'ai roulé jusqu'à Buffalo, jusqu'au milieu du Peace Bridge, puis mon courage m'a abandonné et j'ai fait demi-tour. Le spectacle du Canada m'a retiré toute détermination, et je me suis alors promis de ne jamais y retourner, même si j'y suis allé depuis.)

— Quand je me demande où je préférerais être, reprend rêveusement Vicki, je pense à mon premier jour à l'école d'infirmières de Waco. Nous étions toutes alignées dans l'entrée du dortoir des filles, entre le bureau de la réception et le distributeur de Coca, près des portes à double battant. Cinquante filles. Juste en face de moi il y avait un tableau noir derrière une vitre. Je distinguais mon reflet sur la vitre. Et écrit en lettres blanches sur le tableau noir, il y avait ces mots : « Nous sommes heureuses que vous soyez ici ! », avec un point d'exclamation. Je me souviens avoir pensé : « Tu es ici pour aider les gens, tu es la plus jolie de toutes ces filles, et tu vas avoir une vie merveilleuse. » Je me souviens si clairement de ça, tu sais ? Une vie vraiment merveilleuse. (Elle secoue la tête.) Je repense toujours à ça.

Nous sommes maintenant les derniers à quitter la navette, et les autres passagers sont prêts à repartir. Le chauffeur referme les trapes à bagages, nos valises sont posées sur le trottoir humide et couvert de gens.

— Mais je ne voudrais pas te redonner la sinistrose, ajoute-t-elle.

— Tu n'es absolument pas sinistre, dis-je. Je ne le pense pas une seconde.

— Et moi, je ne veux pas que tu penses que je ne suis pas très heureuse d'être ici avec toi. C'est le plus beau jour de ma vie depuis une éternité, parce que j'aime tellement tout ça. Cette bonne vieille ville. Je l'aime tant. Je n'aurais pas dû te répondre tout de suite, voilà tout. C'est un de mes défauts. Je réponds toujours aux questions au lieu de me taire. J'aurais dû faire comme si je n'avais rien entendu.

— Mais non, c'est moi qui ne devrais pas t'en poser. Tu vas quand même me laisser te rendre heureuse, n'est-ce pas ?

Je lui adresse un sourire plein d'espoir. A quoi bon chercher à savoir ce genre de choses ? Décidément, je suis mon pire ennemi.

— Je suis heureuse. Dieu, je suis *vraiment* heureuse.

Elle me jette les bras autour du cou et verse une larme minuscule sur ma joue (une larme, je m'en convainc, de bonheur), alors que le chauffeur passe la tête par la fenêtre de la navette et nous demande de nous écarter.

— Je vais t'épouser, chuchote-t-elle. Je ne voulais pas me moquer de toi quand tu m'en as parlé. Je suis prête à t'épouser quand tu veux.

— Nous allons essayer de trouver un moment pour ça, dis-je en effleurant la peau humide de sa joue tandis qu'elle sourit à travers ses larmes.

Alors, nous sommes entourés, assiégés, submergés, happés par les bourrasques humides de Detroit, dans cette ruelle où nos bagages sont posés au milieu d'une flaque de neige fondue, tels des monceaux de détritus. Un policier solitaire les surveille, prêt à suivre des yeux la personne qui s'en emparerait. Vicki me serre le bras, pose la joue sur mon épaule, tandis que je soulève les deux valises. Son sac en toile est léger ; le mien, bourré des accessoires du journaliste sportif, est du plomb.

Quels sont mes sentiments alors que nous touchons au but de notre voyage ?

Je ressens au moins cent choses à la fois, chacune se battant pour établir son hégémonie sur ses rivales, réduire une vie banale à un noyau compact et unique.

C'est bien sûr un mensonge mineur mais pernicieux de la littérature que de prétendre qu'en de pareils moments, après une révélation significative ou décevante, lors d'une arrivée ou d'un départ d'une importance manifeste, lorsqu'on marque un essai, subit un KO, enterre un être aimé, atteint l'orgasme, qu'en de telles occasions nous soyons tous submergés par une seule émotion, que nous soyons ainsi à l'intérieur de nous-mêmes, incapables de déceler d'autres émotions que nous ressentons simultanément, allons ressentir, ou préférons ressentir. Si la tâche de la littérature consiste à dire la vérité sur de tels moments, alors elle échoue le plus souvent, et l'écrivain commet la faute de tomber dans l'ornière de semblables conventions. (J'ai tenté d'expliquer tout cela à mes étudiants du Berkshire College, en me servant des épiphanies de Joyce comme d'un bon exemple de falsification. Mais aucun d'eux n'a rien compris à mon propos, et j'ai alors eu l'intuition que, s'ils ne savaient pas à l'avance le plus clair de ce que je voulais leur expliquer, ils étaient fichus — encore une excellente raison pour renoncer à l'enseignement.)

Tandis que je prends ces deux bagages sur le ciment mouillé, que notre car bleu soupire et brinquebale en s'éloignant du trottoir pour desservir les autres hôtels de son itinéraire et que derrière des vitres épaisses les grooms sont à l'affût d'un client à qui vendre leurs services, ce que je ressens tient en deux mots : *un trouble violent.* Comme si je renonçais à une chose vénérable que je ne pouvais que perdre. Mon pouls s'accélère. Je devine la présence indubitable du mal qui rôde (l'expérience moderne du plaisir alliée à la certitude de sa disparition). J'ai soudain la conviction de n'avoir aucune éthique, une ligne de conduite trop floue. Dans l'air piquant, je pressens un regret terrible. Brusquement, j'ai besoin de me confier (mais pas à Vicki, ni à aucune de mes connaissances). Je me sens plus banal que jamais — aussi perdu et anonyme qu'un immigrant. Je ressens tout cela en même temps. Et j'ai beau me retenir, j'ai follement envie de pleurer, comme un homme, pour toutes ces raisons et cent autres.

Voilà la vérité de ce que je sens et pense. S'attendre à moins ou à autre chose serait illusoire. Les mauvais journalistes sportifs sont toujours à l'affût de ce genre de choses, mais ils ne veulent surtout pas connaître la vérité, et leurs articles parlent de tout sauf de cette vérité. Aux moments décisifs, les sportifs ressentent et pensent sans doute très peu de choses — leur entraînement y veille —, mais on peut néanmoins être sûr qu'ils ont plusieurs choses en tête à la fois.

— Je vais porter mon sac, propose Vicki, serrée contre moi comme mon ombre, occupée à essuyer une dernière larme de bonheur. Il est léger comme une plume.

— A partir de maintenant tu ne vas rien faire d'autre que t'amuser, dis-je en gardant les deux sacs. Fais-moi simplement un sourire.

Elle m'adresse alors un sourire grand comme le Texas.

— Tu sais, dit-elle tandis que les portes de l'hôtel Pontchartrain s'ouvrent devant nous, je ne suis pas une vedette. Je porte toujours mes affaires moi-même.

Il est quatre heures et demie lorsque nous entrons dans notre chambre, un cube propret et prétentieux de faux luxe du Midwest — une corbeille de fruits, une bouteille de champagne californien, des renoncules bleues dans un vase chinois, un décor de papier velouté rouge digne d'un bordel et un grand lit. Au onzième étage, on a une vue panoramique sur le fleuve vers le Ren-Cen lugubre et Belle Isle, grise et semblable à un pseudopode, et les lumières des banlieues s'étendent jusqu'à l'horizon au nord et à l'ouest.

Vicki jette un coup d'œil partout — dans les placards, dans la douche, dans les tiroirs du bureau —, pousse des oh ! et des ah ! en découvrant tous les accessoires de toilette et de salle de bains offerts gratuitement, puis elle s'installe dans un fauteuil devant la fenêtre, ouvre le champagne et entreprend de découvrir le panorama. Tout est exactement tel que je l'avais souhaité : la splendeur des choses induit un silence respectueux — preuve que j'ai tout organisé comme il le fallait.

J'en profite pour passer quelques coups de téléphone indispensables.

D'abord j'appelle Herb pour mettre au point le rendez-vous de demain. Il est d'excellente humeur et nous invite à dîner avec lui et Clarice dans une rôtisserie de Novi, mais je plaide la fatigue et des engagements antérieurs, et Herb me répond que c'est parfait. Il est décidément en forme et a réussi à secouer sa morosité matinale. (A mon avis, il doit prendre une bonne dose d'antidépresseurs. A sa place, qui mépriserait pareil soutien ?) Nous raccrochons, mais deux minutes plus tard Herb me rappelle afin de s'assurer qu'il m'a donné les bonnes indications pour le raccourci spécial après qu'on a quitté la I-96. Depuis son accident, explique-t-il, il souffre d'une légère dyslexie, et la moitié du temps il inverse les chiffres, avec des résultats parfois cocasses.

— Je fais pareil, Herb, dis-je. Sauf que je trouve ça tout à fait normal.

Mais Herb a raccroché sans rien ajouter.

J'appelle ensuite Henry Dykstra, le père de X, à Birmingham. Depuis mon divorce, je me fais un devoir de rester en contact avec lui. Même si nos rapports ont été tendus et extrêmement formels pendant que nos avocats respectifs s'occupaient des affaires de X et des miennes, nous avons développé depuis une relation bien meilleure et plus franche que jamais. Henry attribue purement et simplement l'échec de notre mariage à la mort de Ralph, et il a beaucoup de sympathie pour moi — chose qui ne me dérange guère, bien que sur ce chapitre ma vision des choses soit nettement plus compliquée. Par ailleurs, je suis resté un intermédiaire entre Henry et sa femme, Irma, citoyenne de Mission Viejo, car elle m'écrit régulièrement, et j'ai informé Henry qu'on pouvait me faire confiance pour garder une confidence et pour transmettre rapidement des informations souvent étonnamment intimes et personnelles.

« La vieille charrue fonctionne toujours », m'a-t-il un jour demandé de répéter à Irma, ce que j'ai fait ; mais à ma connaissance elle n'a jamais répondu à ce message codé.

Les familles se laissent difficilement briser à jamais. J'en sais quelque chose.

A soixante et onze ans, Henry est un vieillard robuste qui, comme moi, ne s'est pas remarié, même s'il fait souvent des allusions voilées mais évidentes à certaines femmes dont il me fournit le nom sans ajouter la moindre explication. Ma conviction — renforcée par celle de X —, c'est qu'il vit comme un coq en pâte, tout seul sur son domaine, et qu'il aurait volontiers adopté ce mode de vie aussitôt après la naissance de X, si Irma lui avait laissé les coudées franches. C'est un industriel vieux jeu, qui a réussi dans les années trente et qui n'a jamais bien compris le concept de vie privée, ce qui, j'imagine, n'est pas de sa faute, même si X pense le contraire et déclare parfois ne pas aimer son père.

— Tout se barre en couilles, Franky, me dit Henry, manifestement de mauvaise humeur. Tout le pays ne demande qu'à se faire baiser par les syndicats, bordel. Le pire, c'est que nous avons élu les fils de pute qui nous la mettent au cul. C'est pas quelque chose, ça ? Les républicains ? Déjà que le premier valait pas un clou... Je me situe quelque part à la droite d'Attila, le Hun, voilà ce que ça veut dire.

— Je ne connais pas grand-chose à la politique, Henry. Ça me paraît plein de chausses-trapes.

— Des chausses-trapes, tu parles ! C'est clair comme de l'eau de roche. Si je voulais voler ou virer tous les gars de mon usine, je pourrais vivre cent ans comme je vis maintenant. Sans jamais quitter cette maison. Sans quitter ce fauteuil ! Tout est de la faute de ces gangsters de Washington. Tous autant qu'ils sont. C'est une bande de fichus criminels qui aimeraient bien me voir à deux pieds sous terre. Ils rêvent que je laisse tomber la fabrication des joints de culasse. Quoi de neuf à la maison, à propos ? Vous êtes toujours divorcés ?

— Tout va bien, Henry. Aujourd'hui, c'est l'anniversaire de Ralph.

— Ah bon ?

Henry n'aime pas parler de ça, je le sais, mais pour moi c'est un jour important, et prononcer le nom de mon fils mort ne me dérange pas.

— Je crois qu'il serait devenu un type bien, Henry. J'en suis sûr.

L'espace d'un instant, un gouffre s'ouvre entre nous, tandis que nous supputons les occasions perdues.

— Pourquoi ne viendrais-tu pas ici te soûler avec moi ? me propose Henry tout à trac. Je demanderai à Lula de nous préparer des brochettes de canard. J'ai tué moi-même ces putains de volatiles. On pourrait faire venir quelques putes. J'ai leur numéro de téléphone privé sous le coude. Ne crois surtout pas que je m'en prive.

— Ce serait formidable, Henry. Mais je ne suis pas seul.

— Tu as une belle de nuit à côté de toi ? demande Henry en pouffant de rire.

— Non, une fille adorable.

— Où es-tu ?

— En ville. Je rentre demain. Je suis ici pour mon boulot.

— D'accord, d'accord. Dis-moi pourquoi, à ton avis, notre amie la golfeuse t'a plaqué, Frank ? Dis-moi la vérité. Je sais pas pourquoi, mais merde, je pense qu'à ça aujourd'hui.

— Je crois qu'elle voulait récupérer sa liberté, Henry. Je ne vois pas d'autre explication.

— Elle croit toujours que je lui ai bousillé sa vie avec les hommes. C'est quand même un peu fort de café. Je n'ai bousillé la vie de personne, bon Dieu. Toi non plus, d'ailleurs.

— Je ne crois pas qu'elle le pense encore.

— Comment ça ? Elle me l'a encore répété la semaine dernière ! Heureusement que je me fais vieux. Et puis, j'en ai ma claque, de la vie. On est là, et puis un beau jour on n'est plus là.

— Je n'ai peut-être pas toujours été à la hauteur, Henry. J'ai fait de mon mieux, mais parfois on ne peut plus se raconter d'histoires.

— Laisse tomber tout ça, dit Henry. Dieu a pardonné à Noé. Tu peux bien te pardonner toi-même. Qui est ta belle de nuit ?

— Elle te plairait. Elle s'appelle Vicki.

Vicki se retourne pour m'adresser un sourire et me porter un toast avec sa coupe de champagne.

— Amène-la ici, je veux faire sa connaissance. Quel nom ! Vicki.

— Une autre fois, Henry. Nous avons des tas de choses à faire.

Vicki se réinstalle dans son fauteuil pour regarder la nuit tomber.

— Je te comprends, dit Henry d'une voix rude. Tu sais, Frank, le simple fait de vivre avec quelqu'un rend parfois toute vie commune impossible. C'est ce qui s'est passé avec Irma. Un mois de janvier, il y a vingt ans, je l'ai envoyée vivre en Californie. Elle est beaucoup plus heureuse comme ça. Tu es donc à l'hôtel avec ta Vicki.

— C'est difficile de connaître quelqu'un, je suis d'accord.

— Mieux vaut partir du principe que n'importe qui est capable de n'importe quoi n'importe quand. Comme ça, tu n'as pas de mauvaise surprise. J'applique ce principe même avec ma fille.

— J'aimerais bien venir me soûler avec toi, Henry. Sincèrement. Je suis content que nous soyons amis. Irma m'a demandé de te dire qu'elle avait vu une bonne interprétation des *Fantastiques* à Mission Viejo. Et que ça l'a fait penser à toi.

— Irma ? fit Henry. C'est quoi, les fantastiques ?

— Une pièce de théâtre.

— Ah, mais c'est une bonne nouvelle, alors ?

— Tu as un message à lui transmettre ? Je vais sans doute lui écrire la semaine prochaine. Elle m'a envoyé une carte pour mon anniversaire. Je pourrais ajouter quelque chose de ta part.

— Je n'ai jamais vraiment connu Irma, Frank. C'est quelque chose, non ?

— Tes affaires te prenaient beaucoup de temps, Henry.

— Elle aurait pu avoir des amants que je n'y aurais vu que du feu. J'espère qu'elle en a eu. En tout cas, *moi* je ne me suis pas privé. Toutes les filles que j'ai voulues.

— Ne te mets pas martel en tête pour ça. Irma est heureuse. Elle a soixante-dix ans.

— En juillet.

— Tu as un message à lui transmettre ?

— Dis-lui que j'ai un cancer de la vessie.

— C'est vrai ?

— Non, mais je *risque* d'en avoir un, si j'attrape pas autre chose avant. Mais ça intéresse qui ?

— Moi, par exemple. Il faudra que tu trouves autre chose à lui dire, ou bien je trouverai quelque chose à ta place.

— Comment vont Paul et Clarissa ?

— Très bien. Cet été, nous allons faire le tour du lac Érié en voiture. Et nous nous arrêterons chez toi. Ils en parlent déjà.

— Nous irons dans la péninsule nord.

— On n'aura peut-être pas le temps. (J'espère que non.) Ils veulent simplement te voir. Ils t'aiment beaucoup.

— C'est gentil, mais je ne vois pas comment ils pourraient m'aimer. Que penses-tu des maillots jaune-et-bleu, Franky ?

— Une équipe du tonnerre, Henry. Tous les vieux renards sont de nouveau sur la brèche, et le gros Suédois de Pellston a réintégré l'équipe. J'ai entendu des histoires dingues sur eux. Je crois qu'ils vont jouer les épouvantails cette année.

C'est la seule partie rituelle de nos conversations. Je me renseigne toujours sur les équipes de football universitaire, surtout auprès de notre directeur, un petit Bostonien neurasthénique qui fume cigarette sur cigarette et s'appelle Eddie Frieder, afin de pouvoir transmettre des informations confidentielles à Henry, qui n'a jamais fréquenté l'université mais est un fervent supporter de l'équipe du Michigan. C'est là sa seule manière de faire appel à mes compétences professionnelles, mais je ne suis nullement certain qu'il ne me pose pas toutes ces questions simplement pour me faire plaisir, même si je n'aime pas beaucoup le football. (Les gens ont une kyrielle d'idées préconçues sur les journalistes sportifs.)

— Cet automne, tu vas découvrir de drôles de stratégies de défense en fond de terrain, c'est tout ce que je peux te dire, Henry.

— Il leur suffirait maintenant de virer le crétin qui organise tout le spectacle. C'est un perdant, si tu veux mon avis. Et je me fiche de combien de matches il a gagnés.

— Pourtant, d'après mes infos, tous les joueurs paraissent l'apprécier.

— Ils n'y connaissent rien. Écoute, Frank : pour moi, les moyens ne justifient pas toujours la fin. C'est ça qui cloche dans ce pays. Tu devrais pondre quelque chose là-dessus. La dévalorisation des qualités intrinsèques de l'existence. Voilà un sujet d'article.

— Tu as sans doute raison, Henry.

— Je m'enflamme dès que j'aborde ce sujet, Frank. Le sport n'est qu'un paradigme de la vie, non ? Autrement, qui s'y intéresserait ?

— Je sais que beaucoup de gens voient les choses ainsi. (J'essaie moi-même d'éviter cette idée.) Mais c'est un peu réducteur. Selon moi, la vie n'a pas besoin de métaphore.

— Bon, enfin, peu importe. Débarrasse-nous de ce type, Frank. C'est un nazi. Sa popularité est ce qu'il y a de plus dangereux chez lui.

L'entraîneur en question est un type compétent qui finira sans doute sa carrière dans le Palais de la gloire d'un bled quelconque de l'Ohio. Henry et lui se ressemblent d'ailleurs de manière frappante.

— Je passerai la consigne, Henry. Mais pourquoi n'envoies-tu pas une lettre au courrier des lecteurs ?

— Pas le temps. Occupe-toi de ça. Je te fais confiance.

Le jour décline à l'extérieur de l'hôtel Pontchartrain. Vicki est assise dans la pénombre, le dos tourné, les genoux serrés entre les bras, elle regarde l'enseigne Seagram, à un kilomètre en amont du fleuve, rouge et dorée au crépuscule, tandis que les maisons minuscules des Canadiens français s'allument comme des lucioles sur la rive sombre et lointaine du lac que je connais bien. Je n'aimerais maintenant rien de plus que la prendre dans mes bras, caresser son dos musclé de Texanne et me blottir avec elle dans un cocon que nous briserions seulement lorsque la femme de chambre frapperait à notre porte. Mais je ne suis pas sûr qu'elle ne se soit pas endormie, pleinement soulagée par une réalité à la hauteur de ses espoirs — l'une des vraies bénédictions de la vie. Pour cent choses, nous ne pourrions pas nous ressembler davantage, Vicki et moi, et elle me manque soudain, bien qu'elle ne soit qu'à trois mètres de moi et que je puisse lui toucher l'épaule dans le noir sans presque me déplacer (c'est une des souffrances majeures des gens qui vivent dans l'avenir).

— Frank, nous comptons pour pas grand-chose. Je me demande à quoi bon se donner la peine d'avoir des opinions, dit Henry.

— Elles nous permettent de repousser le vide. C'est mon avis.

— Qu'est-ce que tu dis ? Je ne comprends pas de quoi tu parles.

— Alors c'est que tu as vraiment bien mené ta barque, Henry. Bravo. C'est pour ça que je me bats.

— Quel âge vas-tu avoir pour ton prochain anniversaire ? Tu m'as bien dit que c'était bientôt ton anniversaire ?

Curieusement, Henry se montre bougon sur ce sujet.

— Trente-neuf ans, la semaine prochaine.

— Bah, la fleur de l'âge. C'est rien, trente-neuf ans. Tu es un homme remarquable, Frank.

— Je ne crois pas être remarquable, Henry.

— Évidemment, que tu ne l'es pas. Mais je te conseille vivement de croire que tu l'es. Je ne serais arrivé à rien si je ne me trouvais pas parfait.

— Je prends ton conseil comme un cadeau d'anniversaire, Henry. Une ligne de conduite pour mes années futures.

— Je vais t'envoyer un portefeuille en cuir. Remplis-le.

— J'ai quelques projets aussi intéressants qu'un gros portefeuille.

— Ferais-tu allusion à cette Vicki ?

— Exactement.

— Je suis à cent pour cent d'accord avec toi. Tout le monde devrait avoir une Vicki dans sa vie. Non, *deux* Vicki. Mais surtout, Frank, ne l'épouse pas. Crois-en mon expérience : les Vicki ne sont pas faites pour le mariage. Juste pour le plaisir.

— Il faut que je te laisse maintenant, Henry.

Nos conversations évoluent souvent ainsi ; Henry se prend pour le vieil oncle bienveillant, et je me retrouve bientôt à désirer l'envoyer paître.

— D'accord. Tu es furieux contre moi maintenant, je le sens bien. Mais sache que je m'en fiche éperdument. Tu peux en être sûr.

— Tu n'as qu'à en bourrer ton portefeuille, Henry, si tu vois ce que je veux dire.

— Pigé. Je ne suis pas un crétin comme toi.

— Je croyais que tu m'avais qualifié d'homme remarquable.

— Oui. Tu es un remarquable crétin. Et je t'aime comme un fils.

— C'est le moment de raccrocher, Henry. Merci. Je suis content d'entendre ça.

— Remarie-toi avec ma fille, si ça te chante. Tu as ma permission.

— Bonsoir, Henry. Ça m'a fait plaisir de te parler.

Mais comme Herb Wallagher, Henry m'a déjà raccroché au nez, sans entendre mes mots d'adieu, que je chantonne dans le téléphone comme on pousse un cri dans le désert.

Vicki s'est bel et bien endormie dans son fauteuil, tandis qu'en contrebas la rivière froide des phares des voitures sinue entre Jefferson et Grosse Pointe : Park, Farms, Shores, Woods, quartiers propres et paisibles du Midwest.

Maintenant j'ai une faim de loup ; mais lorsque je pose la main sur son épaule soyeuse, prêt à dévorer un soufflé au crabe ou une langouste dans le restaurant pivotant du dernier étage, Vicki se réveille avec une autre idée de menu — une envie qu'il faudrait être centenaire pour refuser. (Elle a bu tout le champagne, elle est prête à s'amuser un peu.)

Elle m'attire vers son fauteuil, je me laisse tomber sur elle et respire le parfum d'olive douce de son haleine ensommeillée. Derrière la fenêtre, dans la nuit sans étoiles de Detroit, une barge de minerais aux feux rouge et vert avance lentement vers le lac Érié et les hauts fourneaux de Cleveland.

— Oh, tu es mon petit chéri, mon amoureux, dit Vicki en se mettant à l'aise.

Elle me gratifie d'un baiser humide sur les lèvres, et se met à ronronner doucement.

— J'ai lu quelque part que si un Taureau te dit qu'il t'aime, alors c'est pour de vrai. Je me trompe ?

— Tu es une fille merveilleuse.

— Hmmmm. Mais...

Elle sourit et ronronne de plus belle.

J'ai désormais en main un sein plantureux, et c'est vraiment merveilleux que de la sentir là, un vrai trésor pour un homme qui aime la romance.

— Tu es heureuse ici, avec moi ?

— Oh, oui, répond-elle. Je suis tellement bien. Il n'y a que toi que j'aime.

Vicki n'est pas une rêveuse, je le sais, mais un esprit pratique, ravie de grapiller les petits plaisirs que le monde lui offre (de moins en moins de gens en sont capables, surtout les femmes). Mais ce n'est sans doute pas si facile d'être ici avec moi, dans un hôtel froid et inconnu d'une ville sinistre, aussi étrangère que l'homme l'est au macaque, et de se convaincre qu'on est amoureuse.

— Oh là là là là, murmure-t-elle.

— Dis-moi ce qui te rendra le plus heureuse. Je suis ici pour ça, et c'est la vérité (ou presque).

— On ne va pas passer toute la soirée sur ce bon vieux fauteuil, alors que le grand lit nous tend les bras. Je me sens tout excitée rien qu'à penser à toi. J'ai l'impression que tu as téléphoné pendant une éternité.

— J'ai fini maintenant.

— Alors prends garde à toi.

La chambre anonyme se referme autour de nous, et nous nous perdons dans les ténèbres nocturnes de l'amour, navires accotés bord à bord pour affronter de concert une succession indéterminée de menus périls. Une douce et tendre fille du Texas dans un moment obscur. Rien ne saurait être meilleur ni plus chaleureux que cela. Rien. Croyez-en mon expérience.

Avant la fin de mon mariage, mais après la mort de Ralph, durant ces deux années d'instabilité où j'ai acheté une Harley-Davidson, voyagé jusqu'à Buffalo, enseigné à l'université, souffert de cet état de rêve que je commence seulement à surmonter depuis peu, et où j'ai perdu progressivement mes repères avec X sans même remarquer ma dérive, j'ai dû coucher avec dix-huit femmes — un nombre que je ne considère ni comme élevé, ni comme particulièrement scandaleux ou surprenant vu les circonstances. X, j'en suis certain, l'a su, et je comprends rétrospectivement qu'elle a fait de son mieux pour s'en accommoder, essayant de ne pas me rendre trop malheureux par ses questions, de ne pas exiger un compte rendu détaillé des journées que je passais au loin dans quelque Mecque du sport — à Denver ou à Saint Louis —, convaincue, j'en suis sûr, qu'un jour ou l'autre je me réveillerais de mon rêve, ainsi qu'elle-même croyait s'être déjà réveillée du sien (même si, où qu'elle soit à cette heure — en sécurité, je l'espère —, elle en doute certainement davantage qu'autrefois).

Rien de tout cela n'aurait été vraiment insupportable, j'imagine, si je n'avais atteint un stade avec les femmes que je « voyais » où j'essayais de simuler une immersion complète — chose que tout voyageur chevronné sait être une mauvaise idée. Mais lorsque plus rien n'allait, je me retrouvais, disons, seul après un match dans la salle des journalistes d'un palais des sports américain en béton et acier, où il y avait parfois une jeune journaliste qui achevait de rédiger son article (j'avais l'œil pour ces jolies retardataires) ; je finissais par lui offrir quelques Martini dans un bar panoramique à l'atmosphère feutrée, après quoi nous prenions ma voiture de location pour rejoindre un petit appartement de banlieue au sol couvert de nattes en rafia, où veillait une jeune fille — une petite Mandy ou une Gretchen —, mais aucun mari, et où en un rien de temps le bébé dormait, la musique jouait en sourdine, et je me retrouvais au lit avec ma journaliste. Et bang ! Je désirais aussitôt me fondre dans cette existence, je mourais d'envie de m'intégrer à la vie de ma compagne d'un soir, d'y participer pleinement (bien que brièvement), de partager ses illusions et ses espoirs secrets.

— Je t'aime, me suis-je entendu dire plus d'une fois à une Becky, une Sharon, une Susie ou une Marge que je connaissais seulement *depuis quatre heures et dix minutes !* J'étais absolument certain d'être sincère ; pour le prouver, je décochais alors une salve de questions intimes — bref, j'exigeais que ma compagne me révélât le comment du pourquoi de son existence la plus secrète. Je désirais à tout prix pénétrer sa vie, supprimer cette distance affreuse qui nous séparait, pendant une parenthèse de quelques heures fermer la porte, simuler l'intimité, l'intérêt, l'espoir, puis dissiper tout cela dans les méandres d'une nuit d'amour.

— Pourquoi es-tu allée à la fac de Penn State au lieu d'entrer à Bryn Mawr ?

Je vois.

— En quelle année ton ex a-t-il terminé son service militaire ?

Hmmm.

— Pourquoi donc ta sœur s'entendait-elle mieux que toi avec tes parents ?

Évidemment.

(Comme si toutes ces informations pouvaient changer quoi que ce soit.)

C'était bien sûr le pire cynisme imaginable, et le plus lâche. Rien à voir avec les vigoureuses et saines galipettes dans le foin, qui ne devraient gêner personne, mais bien au contraire un désir d'effraction et de révélation alors que je n'avais moi-même rien à révéler en retour et ne pouvais assumer aucune responsabilité, sinon celle de l'espoir (risible) que nous puissions « rester amis », et celle de l'heure à laquelle je me glisserais hors de l'appartement le lendemain matin pour retourner au boulot ou rentrer chez moi. C'était aussi la pire espèce de sentimentalité — plaindre la vie solitaire d'une jeune femme (alors que j'ai moi-même presque toujours vécu avec cette impression de solitude, chose que je n'aurais bien sûr jamais reconnue à l'époque), transformer cela en pathos, le pathos en intérêt, et enfin l'intérêt en sexe. C'est exactement ce que font les mauvais journalistes sportifs lorsqu'ils se collent à dix centimètres du visage tuméfié de quelqu'un qui vient de prendre un sale coup pour lui demander :

— Alors Mario, à quoi t'as pensé entre le moment où ton visage s'est mis à ressembler à une tomate écrasée et celui où on t'a compté jusqu'à dix ?

Je n'ai compris que longtemps après ce que je faisais, quand j'ai eu passé trois mois au Berkshire College et que j'ai vécu avec Selma Jassim, qui ne s'intéressait pas aux révélations. J'essayais en fait de rester en moi tout en étant le plus possible à l'intérieur d'autrui. Il ne s'agit certes pas d'une conception nouvelle de l'amour. Et ça ne marche pas. En fait, cela aboutit à un terrible état de rêve, de distanciation, à la pire inaccessibilité.

Comment allais-je m'y prendre pour me glisser dans la peau d'une petite Elaine, Barbara, Susan ou Sharon, alors que je n'y arrivais même pas avec X *dans mon propre foyer,* voilà une bonne question. Même si la réponse est évidente : cela m'était tout bonnement impossible.

Peut-être manquais-je de souplesse intellectuelle, car j'allais au-devant d'une illusion absolue, mes tentatives étaient condamnées d'avance. J'aurais dû me contenter du plaisir simple, élémentaire, qu'une femme — n'importe laquelle, pourvu qu'elle me plaise — m'offrait, sans lui poser de questions, après quoi je serais rentré chez moi pour reprendre allègrement ma vie de tous les jours. Mais peu d'hommes sont capables de découvrir de vraies surprises dans le quotidien lorsque la chance les a lâchés — ce qui était justement mon cas.

Quand j'ai arrêté d'enseigner, au bout de trois mois, soit presque au terme de ces deux années, j'ai cessé de m'intéresser à la vie secrète des femmes. X était restée à la maison avec Paul et Clary, sans communiquer avec moi, et elle s'était mise à lire *The New Republic, The National Review* ainsi que *La Chine aujourd'hui,* chose qu'elle n'avait jamais faite auparavant, et elle s'est montrée très distante envers moi. J'ai aussitôt sombré dans une espèce de monogamie rêveuse qui a eu pour seul effet de convaincre X qu'elle était bien bête de me supporter — elle a fini par me le dire —, jusqu'à ce qu'elle-même ne sache plus très bien où elle en était. Je restais tous les jours à la maison, sans m'intéresser à ma famille, me contentant de lire des catalogues, mentant par charité, souriant à mes enfants, me sentant tout bizarre, rendant visite à Mrs. Miller chaque semaine, supputant avec cynisme le nombre de réponses différentes que je pouvais donner à presque toutes les questions qu'on me posait, regardant les sports à la télé, allant à New York une fois par semaine et me résolvant à être un journaliste sportif scrupuleux et moyennement bon — le visage de X devenait de plus en plus flou, et ma voix de plus en plus douce jusqu'à en être inaudible, même pour moi. Elle me considérait — du moins me l'a-t-elle dit — comme « indigne de confiance », ce qui n'a rien de surprenant car je l'étais sans doute, alors qu'elle désirait que je la rende heureuse en pavant l'existence d'un maximum de certitudes, mais à cela j'aurais cent fois préféré prendre la poudre d'escampette.

Mais notre maison a été cambriolée, d'affreux polaroids ont été répandus un peu partout, les lettres de cette femme du Kansas découvertes, et soudain X a paru croire que nous étions allés trop loin, plus loin que nous ne le pensions, que notre existence commune s'effritait sous nos yeux, sans tambour ni trompette, mais inéluctablement, comme disent les écrivains dignes de ce nom.

Beaucoup de choses vous arrivent dans la vie qui ne vous frappent vraiment que dans la force de l'âge : vos parents peuvent mourir (les miens sont morts des années auparavant), votre mariage peut évoluer, voire se briser, un enfant peut mourir, votre profession devenir inintéressante. On peut ainsi perdre tout espoir. La moindre broutille risque alors de vous faire trébucher. Moyennant quoi, il est difficile de dire quoi *entraîne* quoi, puisqu'en un sens fondamental *tout* entraîne tout.

Ainsi, comment puis-je dire que « j'aime » Vicki Arcenault ? Comment faire à nouveau confiance à ce que je sens ?

C'est encore une bonne question, mais que je n'ai pas oublié de me poser, de peur de créer davantage de chaos dans la vie d'autrui.

La réponse à cette question, comme la plupart des réponses valables, est nuancée.

J'ai renoncé à beaucoup de choses. J'ai cessé de vouloir m'introduire *en* autrui puisque c'est de toute manière impossible — moyennant quoi je goûte désormais à un mystère agréable et apaisant. J'ai aussi renoncé à une partie de ma lucidité et de mon « sérieux d'écrivain » ; je m'inquiète moins de la complexité des choses, je considère la vie sous un angle plus simple et terre à terre. J'ai également renoncé à regarder au-delà de mes sentiments pour chercher ce que je pourrais bien sentir d'autre. Avec ces dix-huit femmes, j'étais tellement occupé à créer et à résoudre une illusion compliquée de la vie que j'ai perdu le fil de ce que j'aurais dû chercher — passer un sacré bon moment et oublier tout le reste.

Lorsqu'on fait corps avec ses émotions, qu'elles sont assez simples et attirantes pour être habitées, et qu'il n'y a plus la moindre distance entre ce qu'on ressent et ce qu'on pourrait *aussi* ressentir, alors on peut faire confiance à son instinct. C'est la différence entre un homme qui plaque son boulot pour devenir guide de pêche sur le lac Big Trout, et qui un jour, comme il pagaie vers le hangar au crépuscule, s'arrête pour admirer le coucher de soleil et comprend qu'il aime vraiment être guide de pêche sur le lac Big Trout ; et un autre homme qui a pris la même décision, cessé de pagayer au même moment, ressenti le même bonheur, mais aussi pensé qu'il pourrait tout aussi bien devenir guide sur le lac Windigo et tirer davantage parti de ses canoës.

On pourrait également décrire cette différence en opposant les esprits rêveurs aux esprits pratiques. Un rêveur passera agréablement un après-midi à regarder les gens s'il est coincé dans un aéroport de Chicago, tandis qu'un esprit pratique se demandera sans arrêt pourquoi son avion a été retenu à Salt Lake, et si la compagnie servira un dîner à bord ou bien un simple snack.

Pour finir, lorsque je dis « je t'aime » à Vicki Arcenault, je me contente de lui signifier l'évidence. Qui a envie de savoir si je l'aimerai toujours ? Ou si elle m'aimera toujours ? Rien ne dure. Je l'aime en ce moment, et je ne trompe personne, ni elle ni moi. Que demander de plus, à la vérité ?

Je me réveille à une heure moins le quart du matin. Vicki dort à côté de moi ; son souffle léger est ponctué d'un imperceptible raclement de gorge. La série innombrable et abstraite des gens qui se sont endormis ici dans le noir paraît imprégner l'atmosphère de la chambre, mais je me réveille dans l'obscurité inchangée en me demandant combien il reste d'heures de nuit avant l'aube. Et puis, le désespoir va-t-il me tomber dessus à l'improviste ? Comment vais-je m'y prendre pour tuer le temps ? Ainsi que je l'ai dit, je suis un si bon dormeur que je ne me pose jamais ces questions. Je suis néanmoins certain de devoir une partie de mes ennuis à l'excitation banale du voyage en compagnie de cette femme, à ma liberté d'agir à ma guise — à ce vieux sentiment familier de *l'école est finie,* que nous recherchons tous. Le moment est donc bien choisi pour une promenade solitaire dans les rues obscures de la ville.

J'allume la télévision en coupant le son, chose que je fais souvent lorsque je voyage seul, pendant que je réfléchis à la composition d'une équipe ou que je mets au point quelques notes. J'aime beaucoup la télévision dans une ville étrangère, la certitude, assis dans une chambre inconnue, de retrouver un présentateur célèbre et son fameux accent du Nebraska, vêtu de son inévitable costume passe-partout, devant le décor d'une ville quelconque (je ne me rappelle jamais le contenu des nouvelles) ; j'aime assister à une manifestation sportive anonyme mais passionnante, dans un stade dépourvu de caractère, sous l'éternelle lumière jaune des projecteurs, avec l'inévitable bruit de fond toujours identique à lui-même, à des centaines de kilomètres des endroits où mon visage est connu. Tout cela m'assure un confort dont je n'aimerais guère me passer.

La chaîne de Detroit rediffuse un match de basket professionnel que je regarde avec un bonheur non mitigé. Detroit contre Seattle. (Les rediffusions, soit dit en passant, vous donnent l'occasion de vraiment comprendre un match. Elles sont bien plus intéressantes que le match grandeur nature ; car lorsqu'on est sur place, on s'ennuie rapidement, on oublie souvent pourquoi on est là, et l'on se retrouve à s'intéresser à d'autres choses.)

Je vais chercher le sac de voyage de Vicki, je l'ouvre, j'en sors une de ses Merit, que j'allume. Je n'ai pas fumé une seule cigarette depuis au moins vingt ans. Depuis ma première année de fac, quand des étudiants plus âgés m'ont offert des Chesterfield, et que je suis resté debout contre un mur, les mains dans les poches, en essayant de jouer au type à la coule que tout le monde a envie de connaître : le gars du Sud mince et silencieux, au regard plus vieux que son âge, qui a déjà roulé sa bosse. Le type même que tous les autres sont prêts à adorer.

Pendant que j'y suis, je replonge la main dans son sac. Voici un rosaire (prévisible). La revue de l'United (fauchée). Un carton de boutons de rechange (utile). Les clés de la Dart, fixées à un gros anneau de cuivre qui porte aussi un V. Un tube ouvert de bonbons à la menthe. Deux tickets de cinéma, souvenir du soir où Vicki et moi avons vu la moitié d'un vieux film de Charlton Heston (jusqu'à ce que je m'endorme). Son assurance pour l'aller-retour en avion. Un livre de poche, *Le Dernier voyage de l'amour*, par une certaine Simone La Noire. Et un gros portefeuille en cuir brun, au grain lustré, décoré d'un motif gravé figurant une tête de cheval.

A l'intérieur, je tombe aussitôt sur la photo d'un homme que je n'ai jamais vu, un basané à l'air prétentieux, qui porte une chemise blanche au col ouvert et une sorte de veste de berger tricotée en laine blanche. L'individu a d'épais sourcils noirs, des cheveux bruns aux ondulations compliquées, des yeux étroits et un sourire en lame de couteau qui témoigne aussi d'une sombre autosatisfaction. Une croix en or est accrochée à une chaîne autour de son cou maigre. C'est Everett.

Le roi du tapis de l'autre *Big D* — Dallas — est un ricaneur prétentieux tel qu'on en rencontre dans les motels de quatrième zone à Las Vegas ; le genre de type à coincer son paquet de cigarettes sous sa manche de chemise, qui possède de longs bras filiformes et des doigts musclés, qui a l'habitude d'ingurgiter d'énormes quantités de bière du matin au soir. Je le reconnaîtrais n'importe où. Les Pins solitaires étaient bourrés de ce genre d'individus, issus des meilleures familles et capables des pires dépravations. Je suis affreusement déçu de découvrir sa photo ici. Et complètement décontenancé. Il s'agit peut-être d'un homme sympathique et charmant, avec qui, si jamais je le rencontrais (cela n'arrivera pas), je trouverais un terrain d'entente à partir duquel nous pourrions exprimer nos conceptions du monde. (Le sport constitue la parfaite *lingua franca* pour de tels déplacements en crabe entre une succession de petits amis et de maris qui risqueraient sinon de s'entretuer.)

Mais en réalité je me fiche comme de l'an quarante de rencontrer Everett. Je suis même à deux doigts de flanquer sa photo aux toilettes, quitte à défendre mon point de vue demain matin, à la première récrimination.

Je tire une profonde bouffée ennuyée sur ma cigarette, et tente d'inhaler la fumée au fond de mes poumons, ainsi que je l'ai vu faire à la fac. Mais je réussis seulement à m'étrangler, je me retrouve soudain au bord de l'asphyxie et dois réprimer de violents haut-le-cœur. Je me dirige aussitôt en titubant vers la salle de bains, puis ferme la porte derrière moi pour ne pas réveiller Vicki avec la toux et les grognements qui m'empourprent le visage.

Dans le miroir de la salle de bains je ressemble à un satyre hagard — la cigarette me pend au bout des doigts, mon pyjama bleu est tout froissé, j'ai les traits tirés à force de hoqueter, la lumière crue m'oblige à plisser les yeux comme Everett sur sa photo. Je ne suis pas joli à voir, et guère heureux de découvrir mon reflet. J'aurais dû sortir seul dans les rues, trouver un sujet de réflexion quelconque. Certaines situations vous montrent clairement comment les utiliser à votre avantage. Et dans ce cas — en fait, dans *tous* les cas —, mieux vaut faire comme tout le monde. Montez toujours sur le pont pour regarder le soleil se lever. Allez toujours faire un tour dans les bois près du chalet de vos amis et tâchez donc de trouver un nouveau chemin jusqu'à la cascade, ou une vieille grange à explorer. Ainsi, on s'évite au moins de céder à un excès de curiosité, et de subir les ennuis qui l'accompagnent invariablement. A peine ai-je vilipendé la curiosité mal placée que je furète à la recherche d'une révélation sensationnelle — preuve décevante des illusions qui sont les miennes, encore plus décevante que la découverte de la photo de ce plouc d'Everett dans le portefeuille de Vicki, où, après tout, elle a le droit d'être et où je n'ai aucun droit de fouiller.

Quand je ressors de la salle de bains, Vicki est assise à la coiffeuse. La télé est éteinte. Vicki fume l'une de ses Merit, le coude posé sur le dossier de la chaise, avec l'expression lointaine et ombrageuse d'une danseuse de cabaret. Elle porte un négligé noir en crêpe de Chine et des mules assorties. Je n'aime pas cette tenue provocante (mais sans doute l'aurais-je davantage appréciée plus tôt dans la soirée), car j'ai l'impression qu'elle plairait à Everett, qui l'a peut-être même offerte en guise d'ultime souvenir parfumé. Je ne la supporterais pas une seconde si j'avais la situation bien en main, ce qui n'est certes pas le cas.

— Je ne voulais pas te réveiller, dis-je d'une voix lugubre avant de me glisser vers l'extrémité du grand lit et de m'y asseoir, à deux pas de ses genoux majestueux.

Le mal rôde maintenant dans la chambre, prêt à nous étrangler entre ses serres sordides. Mon cœur se met à battre la chamade, comme ce matin au réveil, et j'ai le sentiment que ma voix est inaudible.

Je suis, c'est le cas de le dire, pris la main dans le sac. Mais je vais rétablir la situation, nous sauver de la colère, du regret, et surtout des révélations, les grandes ennemies de l'intimité. J'aimerais pouvoir avouer une vérité secrète : que je souffre d'une tumeur au cerveau dont je ne parle jamais ; ou que j'écris un article sur le basket professionnel et que j'ai besoin de voir la fin du match de Seattle, quand Seattle a droit à un coup franc qui, comme toujours, peut faire basculer le score. Éviter l'écueil constitue le véritable art amoureux.

Mais les yeux fixés sur les genoux sculpturaux de Vicki, un peu trop gros, je me sens complètement perdu, au bord de la noyade ; la perte menace de nous submerger comme une vague, pour installer entre nous un deuil durable.

— Alors, que cherchais-tu au juste dans mon sac ? demande-t-elle.

Son visage renfrogné exprime le dédain. Je suis le cancre de la classe surpris en train de chercher le carnet de notes sur le bureau du professeur. Elle est la remplaçante amicale d'un seul jour (nous regrettons tous qu'elle ne reste pas jusqu'à la fin de l'année), mais elle sait reconnaître un sournois lorsqu'elle en voit un.

— Je ne cherchais rien, vraiment. Rien du tout.

Je fouillais dans son sac, c'est indéniable. Je m'enferre avec ce mensonge, même si un mensonge s'impose. Ma première et très légère escarmouche avec les faits s'inscrit dans la colonne débit. Ma voix chute d'une bonne dizaine de décibels. Ce n'est pas la première fois.

— Je n'ai pas de secrets, dit-elle maintenant d'une voix plate. Contrairement à toi, j'imagine.

— Ça m'arrive, c'est vrai.

Avouer cela n'engage à rien.

— Et ça t'arrive aussi de mentir, non ?

— Seulement en cas de force majeure. Sinon, jamais. (Mieux vaut cela qu'une confidence.)

— Comme quand tu prétends m'aimer, n'est-ce pas ?

Seule la vérité sort du cœur d'une gentille fille. Le mal, qui rôdait jusque-là, en prend soudain pour son grade.

— Tu te trompes, dis-je.

Rien n'est plus vrai.

— Bah ! fait-elle.

Elle fronce les sourcils au-dessus d'yeux inquisiteurs.

— Comment pourrais-je te croire, maintenant ? Alors que tu fouilles dans mes affaires et fumes mes cigarettes pendant mon sommeil.

— Même si tu ne me crois pas, c'est pourtant la vérité.

Je pose les coudes sur les genoux, la regarde avec sincérité.

— Je déteste les serpents, dit-elle en fixant le cendrier, comme si un serpent mort y était lové. Je te jure que c'est vrai. Je ne veux pas avoir le moindre rapport avec ces gens-là. Parce que j'en ai connu plein. Tu piges ? Et puis c'est pas difficile de les repérer. (Elle tourne la tête vers la porte de la chambre et a un petit rire sans joie.) Tout ça est un mensonge, pas vrai ?

— La seule façon de le découvrir, c'est de rester ici avec moi.

Dehors, dans les rues glacées, j'entends le gémissement d'une sirène de police qui remonte la grande avenue obscure parmi la circulation. Il y a là-bas un malheureux qui passe encore un plus mauvais quart d'heure que moi.

— Et notre mariage, alors ? demande-t-elle malicieusement.

— Reste, et tu verras.

Sa bouche s'incurve en une moue de désillusion, elle secoue la tête. Elle écrase soigneusement sa cigarette dans le cendrier. Elle a déjà vécu tout cela. Une chambre de motel. Deux heures du matin. Une ville inconnue. Les bruits de rues et de sirènes anonymes. Un menteur qui veut passer un bon moment avant de rentrer chez lui. Temps morts. Chacun de nous a connu cela cent fois. Aucun mystère là-dedans, les beautés fragiles et sourdes de ces instants ont leur contrepartie affreuse. Et puis ces moments sont rares, fugaces.

— Ah là là, dit-elle avec fatalisme en haussant les épaules, les mains entre les genoux.

Mais j'ai récupéré un peu de terrain, évité la tragédie. Je ne suis même pas sûr de bien savoir de quoi il retourne, car le mal sature encore l'atmosphère de la chambre. La Libanaise que je fréquentais au Berkshire College n'aurait jamais laissé se produire une chose pareille, même si j'avais tout fait pour la provoquer, car elle était protégée contre ce genre de drame par l'apprentissage du fatalisme musulman. X non plus n'aurait jamais permis cela, quoique pour d'autres raisons, sans doute meilleures (elle attendait davantage). Vicki entretient certains espoirs, mais pas beaucoup, si bien qu'elle n'est jamais loin de la déception.

Néanmoins, le pire des rabibochages avec une femme est plus agréable que la meilleure réconciliation avec soi-même.

— Ce sac ne contient rien qui mérite d'être volé, ou même d'être découvert, dit Vicki avec lassitude, en plissant les lèvres vers son bagage comme s'il s'agissait d'une épave rejetée par la mer après des années de discrète absence. Mon argent, reprend-elle d'une voix languide, je le cache dans un endroit spécial. C'est mon unique secret. Et je ne te dirai pas où c'est.

J'ai envie de lui étreindre les genoux, bien que ce ne soit manifestement pas le moment. Au moindre geste déplacé de ma part, je me retrouverais à téléphoner à la réception pour demander une autre chambre à un autre étage, peut-être au Sheraton, à quatre rues froides et solitaires de là, alors que je n'ai pas pris de manteau pour me prémunir contre l'horrible humidité canadienne.

Vicki regarde maintenant la plaque de verre du bureau, son portefeuille ouvert près des cigarettes. La photo d'Everett le crétin ricane vers le plafond (à l'heure qu'il est, on aurait peut-être du mal à distinguer mon visage sincère et renfrogné du sien.)

— Pour moi, il n'y a vraiment que six personnes au monde qui comptent, dit-elle d'une voix adoucie en baissant les yeux vers le faciès d'Everett. Je pensais que tu en ferais peut-être partie. Que tu deviendrais important pour moi. Mais je crois que tu as déjà eu trop de petites amies. Peut-être que tu es déjà avec une autre.

— Je crois que tu te trompes. Je peux faire partie des heureux élus.

Elle me considère avec méfiance.

— Les yeux comptent beaucoup pour moi, tu comprends ? Ce sont les fenêtres de l'âme. Et tes yeux... Je croyais y voir ton âme au fond. Mais maintenant...

Elle secoue la tête d'un air sceptique.

— Qu'y vois-tu ?

Je ne veux surtout pas entendre sa réponse. Voilà bien une question que je ne poserai jamais à Mrs. Miller, une question à laquelle elle-même n'a jamais pris la peine de réfléchir. Après tout, la vérité n'est pas notre affaire, seules les potentialités nous concernent. Un excès de vérité risque d'être pire que la mort, et de durer plus longtemps.

— Je ne sais pas, dit Vicki avec un petit filet de voix qui signifie que je n'ai pas intérêt à insister si je ne veux pas qu'elle tranche en ma défaveur. Pourquoi t'intéresses-tu autant à mon beau-frère ?

Elle me regarde curieusement.

— Je ne connais pas ton beau-frère, dis-je.

Elle prend le portefeuille et me brandit sous le nez la photo du petit frimeur.

— C'est lui, dit-elle. Ce pauvre garçon.

Qui aurait pu le prévoir ? Une bonne centaine d'explications et de disculpations se précipitent dans ma gorge, et je déglutis difficilement pour les contenir. Mais bien sûr, il n'y a rien à dire. Comme toutes les excuses superflues, mon explication serait une pure perte de temps. Je me sens néanmoins emporté dans le tourbillon du rêve, vieille fascination familière. L'ironie revient en force. J'ai l'impression que, si j'essayais maintenant de parler, mes lèvres bougeraient, mais qu'aucun son n'en sortirait. Et cela nous flanquerait à tous deux une trouille bleue. Pourquoi, bon Dieu, n'est-il pas possible de laisser en paix l'ignorant ?

— Ce pauvre garçon est mort et monté au ciel depuis longtemps, dit Vicki. (Elle retourne la photo vers elle et la regarde avec émotion.) Il a trouvé la mort à Fort Sill, dans l'Oklahoma. Renversé par un camion de l'armée. C'est le fils de la femme de mon père. Ou plutôt c'était. Bernard Twill. Benny Twill. (Elle referme sèchement le portefeuille et le pose sur la table.) Même que je n'ai pas eu le temps de bien le connaître. Lynette m'a simplement donné sa photo pour mon portefeuille quand il est mort. Je ne sais même pas pourquoi je l'ai gardée là. (Elle m'adresse un regard plein de douceur.) Je ne suis plus en colère. Ça n'est qu'un vieux portefeuille sans intérêt. Les femmes sont bizarres avec leur portefeuille.

— Je vais me recoucher, dis-je d'une voix qui est à peine plus qu'un murmure.

— Si tu es heureux, envoie tout le reste au diable. Bon proverbe, non ?

— Et comment ! Excellent proverbe, dis-je en me glissant dans le grand lit glacé. Je suis désolé pour tout ça.

Elle me sourit et reste assise à me regarder pendant que je tire le drap jusqu'à mon menton en pensant qu'il n'y a pas plus simple que notre existence, à moi et à Vicki Arcenault. En fait, j'aimerais qu'elle soit aussi banale que possible : une vie faite de petits extra et de serviettes propres. Une vie où le sexe joue un rôle nocturne primordial — beaucoup plus qu'avec aucune des dix-huit femmes que j'ai connues auparavant, et « aimées ». Une vie soucieuse de l'histoire et de ses générations successives. Une vie de fidélité possible, de parties de pêche avec son meilleur ami, sans oublier une petite Sheila ou un petit Matthew à regarder grandir, et une caravane — un vrai monstre —, équipée de fenêtres pour admirer le paysage. Paul et Clarissa pourraient se joindre à notre bande. Je vendrais alors ma maison et irais m'installer, non pas à Pheasant Run, mais dans une vieille demeure du comté de Bucks. Et puis, lorsque nous aurions achevé notre boulot, un séjour dans le Peace Corps — histoire de « faire quelque chose de sa vie ». Mais il serait inutile de dormir tout habillé et de se réveiller par terre. Être *dans* mes émotions ne m'obséderait plus, je ne me laisserais plus jamais enquiquiner par ce genre de souci.

Bref, un développement naturel de presque toutes mes attitudes d'aujourd'hui, mais dans un cadre dépassant mes connaissances actuelles.

Qu'y a-t-il de mal à ça ? N'est-ce pas là ce que nous désirons tous ? Regarder l'horizon et découvrir un avenir radieux qui nous attend ? Une retraite séduisante ?

Vicki rallume la télévision et fixe l'écran d'un regard fasciné. C'est du patin à glace, à deux heures du matin (le basket est terminé). L'Autriche, apparemment. Cinzano et Rolex décorent les bâches. Tai et Randy patinent avec un ensemble parfait. Randy est Mr. Élégance — pas chassés, doubles Salchow, grands écarts et sauts impeccables. Elle incarne tous les rêves masculins, elle est vulnérable mais farouche, souple comme un cygne ; c'est l'occasion de leur vie, ils se battent pour obtenir la perfection, un 10 unanime. Ils exécutent de concert un double axel, deux triples sauts vertigineux, une chandelle de Lutz, puis entament une spirale ahurissante sur la glace immaculée ; Tai tourbillonne et Randy est son chevalier servant. Le public autrichien ne contient plus sa joie. Ces deux-là sont aussi bons que les Protopopov, et ils sont américains. Personne ne leur en veut d'avoir manqué les Jeux olympiques. Et qui s'intéresse aux rumeurs qui prétendent qu'ils se détestent cordialement ? Qui va reprocher à Tai de ne pas être aussi belle, vue de près (c'est notre lot commun, non ?) ? Elle est néanmoins aussi exotique qu'une Berbère, avec ses cuisses fuselées et sa poitrine plantureuse. Mais l'essentiel, c'est qu'ils se soient donnés à fond, ainsi qu'ils ne manquent jamais de le faire ; et, rien qu'une minute, tous les Autrichiens aimeraient devenir américains.

— Oh, est-ce qu'ils ne sont pas merveilleux, tous les deux ? dit Vicki, assise les jambes croisées sur sa chaise, une cigarette allumée à la main, les yeux fixés sur l'écran brillamment éclairé comme si elle regardait un rêve en couleurs.

— Ils sont formidables, dis-je.

— Parfois, j'ai *tellement* envie d'être à sa place à elle, reprend-elle en soufflant la fumée par la commissure de ses lèvres. Vraiment. Ce bon vieux Randy...

Je me retourne, ferme les yeux, essaie de dormir tandis que les applaudissements se prolongent ; dehors, dans les rues froides de Detroit, d'autres sirènes suivent la première dans la nuit. Et l'espace d'un instant, je trouve vraiment facile et agréable de ne pas savoir ce qui va suivre, comme si les sirènes ne striaient cette nuit que pour moi.

6

La neige. Au moment où je me lève, une couche de poudre blanche qui tombe doucement des nuages recouvre le ciment des berges, de Cobo Hall jusqu'au Ren-Cen, tandis que l'eau du fleuve, saumâtre et couleur café, coule sous le ciel ouaté du Michigan. Le printemps a soudain disparu, et l'hiver revient en force. Demain, j'en suis certain, il fera le même temps dans le New Jersey (pour la météo, nous avons un jour de retard sur le Midwest), alors qu'ici le redoux sera déjà arrivé, et qu'il fera de nouveau bon. Si le temps ne vous plaît pas, attendez donc dix minutes.

Vicki dort profondément dans son crêpe de Chine noir , j'aimerais la réveiller pour la serrer dans mes bras, mais je conserve un souvenir étrange de la nuit dernière, et j'ai besoin de me remonter le moral en ce qui concerne « nous deux ». Une mise au point peut toujours attendre.

Je prends une douche, m'habille rapidement, les poches lestées de calepins et d'un petit magnétophone, puis je me dirige vers la salle à manger pour prendre mon petit déjeuner avant de partir à Walled Lake. Je laisse un mot sur la table de nuit pour dire que je serai de retour vers midi, conseiller à Vicki de regarder un film sur HBO et de se faire servir un énorme petit déjeuner.

A la réception du Pontchartrain, il règne une agréable atmosphère de samedi, sensuelle et langoureuse, malgré la neige fraîche, que tous les grooms sont d'accord pour qualifier d'« affreuse » et qui ne saurait persister après midi, bien qu'un certain nombre de clients fassent déjà la queue pour payer leur note et rejoindre l'aéroport au plus vite. La jeune Noire qui tient le stand des journaux me vend un *Free Press* avec un grand sourire accompagné d'un bâillement.

— J'au'ais v'aiment dû 'ester au lit, me dit-elle en riant, avec un faux accent noir.

Le présentoir contient un exemplaire de mon magazine où j'ai un article sur le grand *boum* de la natation synchronisée à Mexico — toutes les recherches ont été assurées par l'équipe de documentation. Je suis tenté d'y faire une allusion en passant, au lieu de quoi je file prendre mon petit déjeuner.

Dans la salle Méditerranée, je commande deux œufs pochés, des toasts, un jus de fruit, en disant au serveur de se dépêcher, pendant que je vérifie le nouveau classement de la première division de l'American League East — quelle équipe a bu la tasse, quelle autre gagné combien de places. Les pages sportives du *Free Press* ont toujours été mes préférées. Des photos à la pelle. Une maquette sobre et rigoureuse, une typographie bien lisible et un style simple, accessible à n'importe qui. Non que la littérature soit absente de ces pages, mais sont privilégiées les phrases destinées à être lues, et non pas méditées : « Phil Staransky, l'ancienne vedette de Brother Rice, qui a réussi deux coups extraordinaires lors du match en nocturne de mercredi dernier, alors que son équipe était menée quatre à trois, est considéré par de nombreux experts du Michigan et de Trumbull comme le meilleur atout de son club à la veille de ses déplacements dans l'Ouest. »

Lorsque j'étais en fac, je me faisais apporter ce journal tous les matins dans mon lit par un bizuth ; et quand nous nous sommes installés à Haddam, j'y étais déjà abonné. J'envisage de temps à autre de plaquer mon magazine pour m'occuper d'une rubrique dans le *Free Press*. Mais c'est maintenant trop tard, j'en suis sûr. (Les chroniqueurs sportifs locaux regardent d'un sale œil les journalistes qui travaillent pour les magazines nationaux, car nous gagnons davantage d'argent qu'eux. Et puis quelques vieux journalistes lessivés du Michigan m'ont fourni des informations délirantes qui, si je les avais utilisées, m'auraient ridiculisé.)

J'ai l'impression d'une matinée exceptionnelle, malgré l'anonymat amical de l'hôtel. Je ressens une légère crispation de l'estomac, une sensation qui n'est pas désagréable, mais tenace. Plusieurs personnes aperçues à la réception m'ont rappelé des gens de ma connaissance, signe qu'un événement sensationnel se prépare. Dans la queue des clients sur le départ, un homme m'a fait penser à — devinez qui ? — Walter Luckett. Même la jeune fille noire des journaux m'a rappelé Peggy Connover, la femme à qui j'écrivais dans le Kansas, et dont les lettres ont provoqué ma rupture avec X. Peggy était en fait suédoise, et elle éclaterait de rire à la pensée qu'elle ressemble un tant soit peu à une Noire. Comme tous les signes, ceux-ci peuvent être bons ou mauvais, mais je choisis d'en conclure que la vie, la vie de n'importe qui, n'est pas aussi chaotique et aléatoire qu'on pourrait le croire, et que fondamentalement nous cherchons tous un rapport gratifiant et honorable avec autrui.

Hier soir, après que Vicki se fut endormie, j'ai fait un rêve très étrange, absolument inédit, et que je préférerais ne jamais refaire. D'abord, je ne rêve pas beaucoup, et je ne me rappelle presque jamais mes rêves après que j'ai ouvert les yeux. Dans le cas contraire, j'attribue mon rêve à quelque chose que j'ai mangé dans l'après-midi, ou à un livre que j'ai lu. Mais le plus souvent, je n'y retrouve pas grand-chose de familier.

Pourtant, dans ce rêve-ci, j'étais face à quelqu'un que je connaissais — un homme — mais que j'avais oublié — pas complètement, car je retrouvais des bribes de souvenirs que je ne réussissais pas à organiser en une image globale et cohérente. Cet homme fait allusion — de manière si oblique que je ne me rappelle même pas ses paroles — à une chose honteuse que j'aurais faite, une véritable ignominie, et je redoute affreusement qu'il n'en sache davantage, jusqu'à des choses que j'aurais oubliées alors que j'aurais dû m'en souvenir. Tout cela m'a sérieusement secoué, mais sans me réveiller. A huit heures, lorsque je me suis réveillé, je me suis rappelé tout mon rêve avec une clarté absolue, mais sans pouvoir mettre le doigt sur les noms, les visages, ni sur la honte qui m'avait tourmenté.

Non seulement je me souviens très mal de mes rêves, mais je n'y crois guère, et pas davantage à leur prétendue signification. Tous les gens avec qui j'ai parlé de rêves — Mrs. Miller, je suis heureux de le dire, a exactement la même impression que moi et refuse d'écouter les rêves de ses clients — voient toujours dans les leurs un sens désagréable, une intention sordide ou égoïste, la manifestation d'un désir coupable dissimulé au fin fond du subconscient, un désir qui pourra seulement leur causer des ennuis.

Ce que moi je défends, c'est l'oubli. Oublier les rêves, les griefs, les vieux défauts de caractère — les miens comme ceux des autres. Pour moi, la vie est sans espoir si nous ne parvenons pas à oublier ce qui a été dit et fait, à oublier et à pardonner.

Et voilà justement pourquoi ce rêve précis m'ennuie. Car il parle de l'oubli, et paraît néanmoins sous-entendre une absence de pardon, qui est à l'origine du choc que j'ai eu même au plus profond de mon sommeil, dans une vieille ville où je me sens aussi à l'aise qu'un Cosaque à Kiev, où je ne désire rien de plus du présent que le bonheur, et de l'avenir — ainsi qu'il le fait toujours — qu'il s'occupe de lui. Je préférerais interpréter tous les signes comme des augures favorables, ou bien ne leur accorder aucune attention. Il y a suffisamment de mauvais signes autour de nous (lisez donc le *New York Times*) pour ne pas s'attacher à certains. Dans le cas de mon rêve, je ne vois vraiment pas pourquoi je devrais m'angoisser, car je me sens plein d'allant — doté d'un moral au beau fixe. Et si vraiment l'anxiété, au vieux sens existentiel et poisseux, est mon lot, alors j'exige qu'on me le prouve.

C'est bien sûr le comble de l'ironie que X m'ait quitté à cause des lettres de Peggy Connover, car Peggy et moi n'avons jamais commis le moindre écart de conduite.

Peggy est une femme que j'ai rencontrée dans un avion entre Kansas City et Minneapolis, et qu'en l'espace d'un après-midi, d'un dîner et d'une soirée j'ai réussi à connaître aussi bien qu'on peut connaître quelqu'un en ce laps de temps. Elle avait trente-deux ans et n'était pas séduisante. Boulotte, pourvue de dents blanches et d'un visage parfaitement rond, elle quittait sa famille et ses quatre enfants qui vivaient dans la ville de Blanding, au Texas, où son mari vendait des isolations, pour aller habiter avec sa sœur dans le nord du Minnesota et devenir poète. C'était une femme gaie, dont le beau sourire révélait les fossettes, qui dans l'avion a commencé de me parler de sa vie — elle avait étudié l'histoire à Antioch, joué au hockey, participé aux manifestations contre la guerre, écrit des poèmes. Elle m'a dit que ses parents étaient des immigrés suédois — chose qui l'avait toujours gênée ; qu'elle rêvait parfois d'énormes camions basculant par-dessus une falaise, et qu'elle se réveillait terrifiée ; elle m'a dit qu'elle écrivait des poèmes qu'elle montrait à son mari, Van, lequel les lisait en riant, même s'il lui déclarait ensuite qu'il était fier d'elle. Elle m'a dit qu'à l'université elle avait été très séduisante, et qu'elle avait épousé Van, originaire de Miami, dans l'Ohio, parce qu'elle l'aimait, mais qu'ils n'avaient pas le même niveau culturel, détail sans importance à l'époque, mais plus maintenant, si bien qu'elle croyait rompre avec lui pour cette raison.

Lorsque nous avons quitté l'avion pour entrer dans l'aéroport, elle m'a demandé où je logeais ; quand je lui ai répondu que j'allais au Ramada, elle m'a dit qu'elle y descendrait elle aussi volontiers, et que nous pourrions peut-être même dîner ensemble, car elle aimait bien me parler. Et comme je n'avais rien de mieux à faire, j'ai accepté.

Au cours des cinq heures suivantes, nous avons pris un dîner froid, puis sommes allés dans ma chambre boire une bouteille de vin allemand qu'elle avait achetée pour sa sœur, et elle a encore parlé, tandis que je prononçais simplement un mot de temps à autre. Elle m'a parlé de sa rupture avec le luthéranisme, de ses idées sur l'éducation des enfants, de ses théories sur l'expressionnisme abstrait, du village global et du cours sur les Livres fondateurs qu'elle prévoyait d'enseigner si jamais on lui offrait un poste de professeur.

A onze heures et quart, elle s'est tue, a baissé les yeux vers ses mains potelées et a souri.

— Frank, je voudrais simplement te dire que, depuis que je t'ai rencontré, je pense sans arrêt à coucher avec toi. Mais je ne crois pas que ce serait une bonne idée. (Elle a secoué la tête.) Je sais que nous devons respecter ce que nos sens nous ordonnent de faire, et tu me plais beaucoup, mais je ne crois vraiment pas que ce serait bien. Et toi ?

Elle semblait troublée, mais lorsqu'elle m'a regardé, elle avait aux lèvres un large sourire plein d'espoir. J'éprouvais alors pour elle une grande compassion, car bizarrement je croyais savoir ce qu'elle ressentait, seule et à la merci du monde, exactement comme moi quand j'étais dans les Marines, que je souffrais d'une maladie inconnue, que seuls des infirmières et des médecins hostiles s'occupaient de moi, et que j'avais dû penser à la mort alors que je voulais vivre. Ce que j'ai alors ressenti pour Peggy Connover, ç'a été le désir de faire l'amour avec elle — un désir plus violent que tout ce que j'avais vécu depuis pas mal de temps. Il est parfaitement possible, j'en témoigne, de se sentir soudain séduit par une femme qu'on ne trouve pas vraiment séduisante ; une femme qu'on ne voudrait jamais inviter à dîner, draguer à un cocktail, une femme qu'on ne regarderait jamais deux fois dans un ascenseur ; mais cela vous tombe dessus à l'improviste, et ç'a été le cas avec Peggy.

Voici ce que je lui ai pourtant répondu :

— Non, Peggy, je ne crois pas que ce serait bien. Je crois que cela entraînerait beaucoup de complications inutiles.

J'ignore pourquoi je lui ai dit cela, car *mes* sens exigeaient l'inverse.

Le visage de Peggy s'est illuminé de joie, et aussi, je crois, de surprise. (C'est toujours l'instant le plus critique en de telles rencontres. Au moment précis où l'on s'absout de toute intention malhonnête, on tombe souvent dans les bras l'un de l'autre. Mais nous ne l'avons pas fait.) Peggy s'est alors approchée du lit où j'étais assis, elle s'est installée près de moi, elle m'a pris la main, l'a serrée très fort, m'a fait un gros baiser mouillé sur la joue, puis est restée là à me regarder en souriant comme si j'étais une exception parmi les hommes. Elle m'a dit qu'elle avait une chance inouïe d'être tombée sur moi, et pas sur « l'autre type d'homme », car ce soir-là elle se sentait vulnérable, et sans doute « un gibier facile ». Nous avons encore parlé un moment des difficultés qu'elle aurait probablement demain matin à se lever après avoir bu autant de vin, et de tout le café qu'il nous faudrait avaler. Puis elle a dit qu'elle aimerait trouver quelque chose que j'avais écrit, le lire et m'envoyer une lettre sur ses impressions. Je lui ai répondu que j'aimerais beaucoup connaître son avis. Alors, comme si elle venait de recevoir un signal secret, elle a tiré les couvertures, s'est glissée sous les draps près de moi et s'est aussitôt mise à ronfler. J'ai passé le restant de la nuit à dormir tout habillé près d'elle, par-dessus les couvertures, sans jamais la toucher.

Le lendemain matin je suis parti avant son réveil pour interviewer un entraîneur de football, et je ne l'ai jamais revue.

Un mois plus tard, une grosse lettre, la première de ma correspondance avec Peggy Connover, est arrivée à la maison, bourrée d'informations sur ses enfants, de remarques humoristiques sur son bonheur, son poids, ses maladies, sur Van, avec qui elle avait décidé de retourner vivre, et sur ses projets pour leur vie commune ; mais aussi sur mes articles qu'elle avait lus dans le magazine (certains lui plaisaient, mais pas tous), tout cela de cette même voix bavarde et intime qu'elle avait eu pour me parler, chaque lettre se terminant par : « Eh bien, Frank, j'espère te revoir bientôt. A toi, Peg. » J'ai été content d'avoir de ses nouvelles, et même de lui répondre une fois ou deux, car j'appréciais que, n'ayant jamais été plus que des amis, nous puissions le rester, et qu'aucun malentendu ne vînt se mêler à notre relation. J'appréciais aussi que, quelque part dans le vaste univers, quelqu'un pense à moi sans la moindre rancune, et me souhaite même du bien.

Ce sont bien sûr les lettres découvertes par X dans le tiroir de mon bureau alors qu'elle cherchait le sac de dollars d'argent peut-être volé par les cambrioleurs. Ce sont ces lettres qui lui ont donné l'impression que notre vie commune partait à vau-l'eau, et qu'elle ne pouvait continuer ainsi (je me suis trouvé incapable de lui expliquer quoi que ce soit, car trop de choses allaient déjà de travers). En lisant les lettres de Peggy Connover, X a cru, selon moi, que tous ces sentiments banals, normaux et amicaux étaient cachés là dans mon tiroir (alors que bien sûr ils ne l'étaient pas), que, selon toute probabilité, je répondais par d'autres lettres pleines d'une allégresse et d'un humour similaires (elle avait raison). Et qu'il n'y avait rien de tout cela pour elle sous son propre toit. Elle s'est alors mise en tête que, pour moi, l'amour était simplement une marchandise échangeable — ce qui est peut-être vrai —, et ça ne lui a pas plu. Soudain, elle en a conclu qu'elle ne désirait plus, ou qu'elle ne devait plus rester mariée une seconde de plus à un homme comme moi — et c'est exactement ce qui s'est passé.

Dehors, il ne neige plus, mais les rues me donnent l'impression d'être trop verglacées pour que j'aille louer une voiture. Notre séjour en ville me paraît déjà beaucoup trop bref ; et avec ce mauvais temps, jusqu'à l'idée du jardin botanique commence à glisser vers la zone des projets illusoires — mais je crois que c'est le cadet des soucis de Vicki.

Je regrette pourtant cette voiture de location. Il n'y a rien de tel que les premiers moments passés dans une LTD ou une Montego impeccablement propre — le kilométrage vérifié, le réservoir plein, le siège en place, la lourde portière bien fermée, l'excitante « odeur de neuf » —, la conviction qu'il s'agit d'une voiture encore meilleure que la vôtre (mieux, qu'il suffit d'en réclamer une autre si jamais celle-ci vous lâche). Je ne connais aucun sentiment comparable de liberté à l'intérieur de limites raisonnables. Une voiture neuve aujourd'hui. Et toujours aussi neuve demain. Un renouveau éternel à petite échelle.

Je marche jusqu'à la station de taxis enneigée de Larned Street ; mais au moment d'atteindre le carrefour verglacé, je suis arrêté net par un bruit. Dans l'air froid de ce samedi matin, un sifflement sourd paraît sortir des rues de la ville, monter des égouts, jaillir des allées, comme si un vent glacé malmenait les herbes des bas-côtés tout proches et qu'ici, près du fleuve, au bord du monde, je sois en danger. Mais de ce danger, je n'ai aucune idée. Ce que je sais, bien sûr, c'est que mon moral laisse à désirer, et que je fais néanmoins confiance à mon enthousiasme pour vaincre les périls de la banalité habituelle du Midwest, qui réussissent parfois à vous encercler en un clin d'œil, en vous ôtant toute possibilité d'évasion.

Mon chauffeur de taxi est un Noir gigantesque nommé Lorenzo Smallwood qui me fait penser à l'acteur Sydney Greenstreet et qui conduit avec les deux bras tendus devant lui. Il a fixé au tableau de bord tout un assortiment de petites photos de bébé encadrées, deux paires de chaussures de bébé et un minuscule tapis de peluche blanche ; mais il n'est pas du genre loquace, et nous rejoignons rapidement les rues enneigées, contournant des entrepôts miteux et de vieux hôtels vers Grand River avant de nous diriger vers les faubourgs du nord-ouest. Aujourd'hui, marmonne Mr. Smallwood d'une voix blasée, mieux vaut rester dans les « vraies rues » et éviter les grands axes, où les couillons sont déjà pare-chocs contre pare-chocs pour rejoindre leurs chalets du Nord-Michigan.

Strathmore, Brightmoor, Redford, Livonia, un autre *Miracle Mile*. Nous traversons ces petites communes mitoyennes, longeons une succession de maisons en bois blanc, puis les bâtiments de briques des quartiers juifs, avant de rouler sur un large boulevard bordé de centres commerciaux et de nombreux feux rouges ainsi que de maisons plus récentes, disposées selon un ordre rigoureux. Dans les rues, tout le monde est sur son trente-et-un, car les habitants du Michigan mettent leur point d'honneur à s'habiller avec élégance. Une tempête de neige au printemps ne veut rien dire. Tout le monde a encore les pneus à neige sur sa Plymouth, et chacun sait affronter l'hiver comme il se doit. Le Michigan est un endroit où chaque habitant possède un câble de remorque, un tour pour façonner des pièces d'acier et un déblaie-neige à essence. Les subtilités de la mécanique ne posent jamais de problème ici. C'est là l'un des charmes d'un paysage autrement gris et ingrat.

Loin au-delà de Grand River, je suis frappé par ce qui ressemble à des milliers de restaurants et par l'attachement de cette population pour ces lieux publics. Tout autant que les voitures, les repas constituent l'obsession la plus commune. Mais ces endroits ont chacun leur modeste part de gloire revigorante — grills, gargotes, tavernes, restaurants, cafés, tous de bonne qualité. Une partie de l'essence de l'existence se trouve là. Et par une maussade soirée printanière, un détour rapide vers l'un d'eux suffit parfois à rendre l'affreuse solitude supportable un soir de plus. Pour l'essentiel, je vous l'assure, le Michigan sait exactement ce qu'il fait. Il connaît l'ennemi et sait parer à ses attaques surprises.

Mr. Smallwood s'engage sur le parking d'une petite buvette blanche baptisée The Squatter, et me demande si j'ai envie d'un beignet. Mon petit déjeuner m'a rassasié, mais pendant qu'il est dans le magasin je téléphone au Pontchartrain. J'ai retrouvé un peu d'enthousiasme pour cette journée — mes crampes d'estomac ont disparu — et je désire partager mon euphorie avec Vicki, car j'ignore dans quelle humeur elle s'est réveillée, compte tenu des péripéties de la nuit et de l'étrange paysage blanc qu'elle a sans doute déjà découvert.

— Je suis allongée au lit à regarder la télé, m'annonce-t-elle d'une voix gaie. Exactement comme tu m'as dit de le faire dans ton petit mot. J'ai déjà commandé une Virgin Mary et un gâteau au miel. Mais pour l'instant, il n'y a rien à la télé. Le film viendra plus tard, j'imagine.

— Je suis désolé pour cette nuit, lui dis-je doucement d'une voix qui faiblit soudain, si bien que moi-même je la distingue à peine dans le brouhaha de la circulation sur Grand River.

— Que s'est-il donc passé cette nuit, chéri ?

J'entends la télé et le tintement des glaçons contre le verre de sa Virgin Mary. C'est un bruit rassurant ; j'aimerais être là-bas pour me pelotonner contre elle sous les couvertures en attendant le film.

— Je n'étais pas en grande forme, mais je vais tâcher de me rattraper, dis-je d'une voix presque inaudible.

Je sens une odeur de hachis, de gaufre, de toasts grillés qui sort par la bouche d'aération du Squatter, et je suis soudain affamé.

— Cet hôtel est l'endroit idéal où dépenser de l'argent, dit-elle comme si elle n'avait rien entendu.

— Alors vas-y ; ne regarde pas à la dépense.

— A la télé, il y a quelque chose de vraiment intellectuel en ce moment, dit-elle d'une voix distraite. Il paraît que le gouvernement retire chaque semaine de la circulation quinze tonnes de pièces et de billets. Un billet de cent dollars dure des années, mais pas quand il est dans ma poche, je te le garantis. Ils essaient de trouver un moyen d'en faire des bardeaux. Parce que, pour l'instant, ils sont seulement capables d'en faire des calepins.

— Tu t'amuses ?

— Pour le moment, oui.

Elle a un rire de gamine heureuse. J'aperçois Mr. Smallwood qui sort du Squatter d'un pas chaloupé, un petit sac en papier blanc dans une main énorme et une moitié de beignet dans la bouche. La neige a déjà commencé de se transformer en gadoue dans les caniveaux.

— Écoute, je t'aime, dis-je.

Et soudain, je me sens pris d'une faiblesse terrible. Mon cœur se met à taper comme un marteau sur l'enclume, j'ai le sentiment que, d'une seconde à l'autre, un voile rouge vif va s'abattre sur le monde, que je vais m'écrouler lentement le long de la paroi en verre de la cabine téléphonique et m'évanouir. Je m'entends murmurer encore :

— Je t'aime.

— Tu es un amour, mais tu es complètement cinglé. Je t'assure.(Elle est très gaie.) Un vrai toqué. Mais je t'aime bien. Tu me téléphones juste pour me dire ça ?

— Attends gentiment mon retour, dis-je. Je vais...

Je ne réussis pas à terminer ma phrase.

— Ta femme te manque ? demande-t-elle, gaie comme un pinson.

— Tu es folle ?

Elle n'a manifestement rien compris.

— Oh là là. Tu es vraiment un drôle de loustic.

J'entends des couverts heurter une assiette, le bruit du combiné qui s'éloigne d'elle.

— Maintenant dépêche-toi de faire ton boulot, et laisse-moi regarder ça.

Clic.

Dix minutes plus tard, nous sommes dans un paysage ondoyant de fermettes enneigées, de cottages et de lacs, au-delà de la banlieue de Detroit. Mr. Smallwood me propose alors d'arrêter le compteur et de convenir d'une somme forfaitaire ; lorsque je lui réponds que je suis d'accord, il se met à siffloter, suggérant qu'il pourra traîner dans les environs jusqu'à ce que je sois prêt à rentrer à Detroit. Il a des amis, me dit-il, dans la ville voisine de Wixom. Je lui demande de passer me reprendre vers midi. Je me rappelle, brièvement, un garçon de Wixom que j'ai connu à la fac, Eddy Loukinen, et je me demande avec délice ce qu'Eddy peut bien faire aujourd'hui — concessionnaire de voitures dans sa ville natale, ou à Royal Oak avec une entreprise dans le bâtiment. Peut-être un débouché dans la péninsule nord pour l'isolation des fenêtres — changer de voiture chaque année, surveiller la cote de ses actions, arrêter de fumer, prendre l'avion vers les tropiques, tromper sa femme. Telles étaient les possibilités que nous envisagions tous en 1967. De bons choix. Nous n'étions pas tous des gauchistes et des têtes brûlées. La plupart des gens de ma génération vous diront qu'ils sont ravis d'avoir encore une bonne trentaine d'années devant eux pour voir quelles surprises la vie va encore leur réserver. La possibilité d'une retraite heureuse. Je ne suis pas un cas unique.

Nous nous arrêtons à deux stations-service avant de trouver la maison de Herb. Les deux propriétaires prétendent le connaître et avoir l'exclusivité de l'entretien de ses voitures. Tous deux me gratifient d'un regard méfiant d'huissier, comme si je cherchais le gros Herb pour lui faire du tort ou souiller sa réputation. A chaque fois, Mr.

Smallwood et moi repartons avec l'impression qu'on passe aussitôt des coups de téléphone dans notre dos pour protéger la communauté contre un danger qui menace injustement son héros déchu. Ce qui me fait comprendre que je suis souvent confronté à des gens que je ne connais pas et qui ne me connaissent pas, et qui m'abordent — moi, Frank Bascombe — en la seule qualité de journaliste sportif. Ce n'est sans doute pas la meilleure façon de s'aventurer dans le monde, comme je l'ai expliqué à Walter avant-hier soir ; sans confidents, sans vrais alliés, sinon d'anciens alliés ; sans autre amante que Vicki Arcenault ou ses semblables. Mais c'est peut-être pour moi la meilleure solution, vu mon tempérament et mon passé, lesquels sont pour le moins douteux. Ma situation pourrait être bien pire. Au moins, en tant qu'étranger pour presque tout le monde, et journaliste sportif par-dessus le marché, je bénéficie d'une ardoise vierge presque tous les jours de ma vie, de la chance de ne pas avoir un compte débiteur, d'assener une tape amicale dans le dos d'un inconnu, de reconnaître le courage et le progrès, de me battre farouchement contre le cynisme et de vaincre.

Devant la maison de Herb, je suis accueilli par un grand cri « Hé, là ! » avant même de savoir qui l'a poussé. Mr. Smallwood tourne la tête et regarde à travers la vitre remontée de sa fenêtre. Il a entendu parler de Herb, m'a-t-il dit, mais il se trompe sur plusieurs points ; ainsi croit-il que Herb est noir. En tout cas, il tient à le voir avant de partir pour Wixom.

La maison de Herb se trouve dans Glacier Way, une ruelle en courbe, à une centaine de mètres de Walled Lake, non loin d'un parc de distractions qui fonctionne seulement l'été. Je suis venu ici il y a longtemps, lorsque j'étais à l'université, pour aller dans une vieille salle de bal appelée le Walled Lake Casino. Les danses en ligne étaient alors populaires dans le Michigan, et mes deux amis et moi étions venus d'Ann Arbor dans l'intention de draguer quelques femmes ; mais comme nous ne connaissions personne à quatre-vingts kilomètres à la ronde, nous avons fini debout contre les vieilles planches de pin scarifiées, à échanger des commentaires sarcastiques et amers sur tout le monde et à boire des Coca arrosés de whisky. Depuis lors, m'a appris Mr. Smallwood, le casino a brûlé.

La maison de Herb ressemble à celles qui l'entourent — une petite bâtisse blanche aux nombreuses mansardes, dotée d'une modeste baie vitrée d'un côté de la porte d'entrée. Le genre de maison pour fabricant de pièces détachées — une charpente sobre des années cinquante, avec un petit jardin, un garage pour deux voitures dans le fond et une camionnette garée dans l'allée, dont les plaques minéralogiques bleues du Michigan portent le prénom *Herb*.

Herb et son fauteuil roulant contournent l'angle de la maison, laissant des traces de pneu dans la neige fondante. A peine Herb est-il apparu que Mr. Smallwood enclenche la première et démarre sur les chapeaux de roue pour bifurquer au premier carrefour, m'abandonnant à l'entrée du jardinet avec Herb Wallagher, perdu comme un rôdeur solitaire.

— Je t'imaginais plus gros, me crie Herb avec un grand sourire où il manque plusieurs dents.

Il me tend une main massive ; quand je la saisis, il m'attire vers lui.

— Moi, je t'imaginais plus menu, Herb, dis-je.

Mais c'est un mensonge. Car il est beaucoup plus petit que je ne le pensais. Ses jambes se sont ratatinées et ses épaules sont osseuses. Seuls sa tête et ses bras sont d'une taille normale, ce qui lui donne un air de cigogne hébétée derrière ses lunettes épaisses à monture de corne. Il s'est coupé à deux endroits en se rasant, et il a mis du papier toilette sur ses coupures ; il porte un t-shirt BIONIC, un bermuda en tissu écossais et une paire de tennis rouges flambant neuves. Difficile de prendre Herb pour un sportif.

— J'adore sortir quand il fait ce temps-là, Frank. Superbe journée, non ?

Herb regarde le ciel tout autour de lui comme un homme en cage ; sa tête pivote rapidement sur son cou maigre.

— C'est une belle journée, Herb.

Pour le moment, nous affectons tous deux l'accent rocailleux des fermiers du Kansas, mais Herb se trompe complètement sur la météo. On dirait même que le temps va se gâter et qu'il va reneiger avant la fin de la matinée.

— Faut bien qu'y ait un printemps chaque année, t'sais. A c't' époque-là, je me mettais à gamberger sur les motos ou sur une chouette bagnole à acheter. J'en ai eu quatre ou cinq, de bagnoles, et deux ou trois motos.

Le regard de Herb se perd au-dessus de la maison d'en face, exactement semblable à la sienne à l'exception de son toit bleu pâle. Au-delà, à plusieurs rues d'ici, le Walled Lake scintille comme du métal entre deux maisons. Je suis navré d'entendre Herb évoquer son existence au passé. Ce n'est pas bon signe.

— Eh bien, Frank, comment que tu vas t'y prendre ? me crie presque Herb avec son faux accent du Kansas.

Il me gratifie d'un autre sourire édenté, puis ses mains s'abattent sur le plastique noir des accoudoirs de son fauteuil comme s'il mourait d'envie de bondir sur ses pieds pour m'étrangler.

— Tu veux aller à la maison, descendre au bord du lac, ou quoi ? Choisis.

— Essayons le lac, Herb. J'y venais souvent quand j'étais en fac. Je serai ravi de le revoir.

— Clarice ! beugle Herb en fronçant les sourcils vers la petite porte d'entrée.

Il se tortille sur son fauteuil et l'oriente vers sa maison. Il ne s'intéresse guère à mon passé ; mais comme je ne m'y intéresse pas beaucoup moi non plus, je ne peux lui en tenir rigueur.

— Clari-iiice !

La porte s'ouvre derrière le grillage, et une jolie Noire toute mince, aux cheveux extrêmement courts et en jeans, descend une marche. Elle m'adresse un demi-sourire anonyme.

— Clarice, c'est cc bon vieux Frank Bascombe. Il va essayer de me tirer les vers du nez, mais je vais lui faire passer un sale quart d'heure qu'il n'oubliera pas de sitôt. Nous descendons au lac. Apporte-nous donc nos maillots de bain, on va peut-être se baigner.

Herb me sourit en rigolant.

— Je ne compte pas m'approcher trop près de lui, Mrs. Wallagher.

Je lui adresse un sourire amical pour répondre au sien, aussi pâle soit-il.

— Herb est trop bavard pour nager, dit Clarice qui secoue la tête d'un air patient en regardant Herb, l'éternel chenapan.

— Okay, okay, ne nous énervons pas, grogne Herb avant de sourire soudain.

C'est leur petit numéro burlesque, mais cela fait drôle chez des gens si jeunes, et de races différentes. Herb n'a sans doute pas encore trente-quatre ans, bien qu'il en fasse cinquante. Quant à Clarice, elle est entrée dans cette longue, pâle et curieuse période intermédiaire de l'existence où les années écoulées mesurent rarement la vie vécue. Elle a peut-être trente ans, mais elle est la femme de Herb, et son mariage a rendu tout le reste caduc — sa race, son âge, ses espoirs. On dirait un couple de retraités, dont aucun n'a obtenu de la vie ce qu'il désirait.

Lorsque je me retourne, Herb s'est déjà propulsé dans la rue. J'adresse un bref signe de la main à sa jolie petite épouse, qui me répond de la même façon, puis je pars sur les traces de Herb.

— Bon, dis-moi un peu, Frank, de quoi va donc causer ton paquet de mensonges ? me demande Herb d'une voix bourrue.

Il y a encore une rue de maisons modèle standard — certaines avec une caravane ou une remorque de bateau dans le jardin —, puis nous traversons une route plus large qui mène à la voie express, et au-delà se trouve le lac, bordé de modestes cottages dont la plupart, j'en suis sûr, appartiennent à des gens de la ville — flics, concessionnaires de voitures ayant réussi, professeurs retraités. Tous sont fermés et comme barricadés pour l'hiver. L'endroit n'a rien de très séduisant, c'est un groupe minable de bungalows d'été dépourvus de charme. Rien à voir avec le quartier que j'avais imaginé pour un ancien footballeur pro.

— J'ai l'intention de faire un portrait de Herb Wallagher aujourd'hui, Herb. Comment il s'en tire, ses projets, ses plaisirs dans la vie. Un petit quelque chose d'inspiré sur la force de caractère pour les lecteurs qui ont leurs propres problèmes. Peut-être un zeste d'optimisme pour relever le tout.

— Impeccable, dit Herb. Extra, extra.

— Je sais que les lecteurs aimeraient en apprendre davantage sur ton boulot d'entraîneur spirituel. Comment les gars avec qui tu as joué s'en remettent à toi pour leur montrer la voie. Ce genre de choses.

— J'vais pas tarder à tirer un trait sur tout ça, Frank, m'annonce sombrement Herb en poussant plus fort sur ses roues. J'vais plaquer tout ça, j'prends ma retraite.

— Pourquoi, Herb ?

(Ça s'appelle commencer du mauvais pied.)

— Je faisais mal mon boulot, Frank. J'en ai ras le bol de toutes ces conneries.

Un silence gêné s'installe comme nous traversons la route vers le lac. Ici, presque toute la neige a fondu, et seule demeure une croûte grisâtre à l'endroit où les passants jettent leurs détritus. Il y a un siècle, la région était boisée et le lac splendide. L'endroit idéal pour un pique-nique. Aujourd'hui, les voitures et les maisons ont tout massacré.

Herb se laisse descendre sur le ciment de la rampe d'accès des bateaux, entre deux maisons clôturées, puis se met à rouler furieusement sur les planches du quai. De l'autre côté du lac, j'aperçois la voie express, et au-delà des cottages, les courbes des montagnes russes au-dessus des arbres. Le casino se dressait sans doute tout près d'ici, mais il n'en reste pas la moindre trace.

— C'est drôle, dit Herb qui regarde le lac à partir d'un point de vue élevé. Quand je t'ai aperçu tout à l'heure sur le trottoir, tu avais une auréole autour de la tête. Une grande auréole dorée. Tu es au courant de ce phénomène, Frank ?

Herb tourne soudain vers moi sa tête massive et souriante, puis regarde à nouveau le lac vide.

— Je ne l'ai jamais remarqué, Herb.

Je m'assois sur la rambarde qui court tout le long de l'estacade, au bout de laquelle deux bateaux en aluminium flottent en eau peu profonde.

— Ah bon ? fait Herb. Tant pis. (Il s'interrompt un instant et se plonge dans une brève rêverie.) Je suis content que tu sois venu, Frank, dit-il sans me regarder.

— Moi, je suis content d'être ici, Herb.

— Parfois, je deviens fou de rage, Frank, tu sais ? *Nom de Dieu.* Je vois rouge.

Herb abat violemment ses énormes paumes sur les accoudoirs noirs et secoue la tête.

— Qu'est-ce qui te met en rogne, Herb ?

Je n'ai pas encore pris la moindre note, bien sûr, et je n'ai pas touché à mon magnétophone ; mais cela ne saurait tarder, car j'ai une mémoire déplorable. Je me sens toujours trop impliqué dans une situation pour me concentrer sur autre chose. Mais j'ai le sentiment que l'interview proprement dite n'a pas encore commencé. Herb et moi continuons de faire connaissance. J'ai constaté qu'à précipiter une interview on se retrouve parfois avec des impressions si trompeuses que la personne concernée se reconnaît à peine dans l'article — premier signe d'un travail bâclé.

— Tu as des théories sur l'art, Frank ? reprend Herb en posant une mâchoire musclée sur sa paume. Je veux dire, as-tu développé des concepts pour expliquer la vision de l'artiste en rapport avec ce qu'il met sur sa toile ?

— Je ne crois pas, dis-je. Mais j'aime beaucoup Winslow Homer.

— Oui. C'est un bon peintre. Un sacré bon peintre, dit Herb en m'adressant un sourire désespéré.

— Je suis sûr qu'il peindrait très bien ce lac, et que son tableau ressemblerait vraiment à ça.

— Peut-être.

Herb regarde le lac.

— Combien de temps as-tu été footballeur professionnel, Herb ?

— Onze ans, répond Herb d'un air maussade. Un an au Canada. Un an à Chicago. Et puis je me suis retrouvé ici. Et j'y suis resté. Tu sais que j'ai lu Ulysses Grant, Frank. (Il opine d'un air pénétré.) Au moment de mourir, tu sais, Grant a dit : « Je pense être un verbe et non un pronom personnel. Un verbe, cela signifie être, agir, souffrir. Je signifie ces trois choses réunies. »

Herb enlève ses lunettes et les tient entre ses gros doigts de footballeur pour examiner leur monture. Il a les yeux rouges.

— Il y a du vrai là-dedans, Frank. Mais bon Dieu, qu'est-ce qu'il voulait dire par là, à ton avis ? Un verbe ? (Herb lève vers moi un visage soucieux.) Voilà des semaines que cette question me tracasse.

— Je n'en ai pas la moindre idée, Herb. Peut-être qu'il faisait le point. On a parfois l'impression que les choses sont plus importantes qu'elles ne le sont vraiment.

— Ça n'a pas l'air très bon, pourtant, hein ?

Herb examine à nouveau ses lunettes.

— Difficile à dire.

— Tiens, ton auréole est partie, Frank. Tu le sais, n'est-ce pas ? Te voilà redevenu comme tout le monde.

— Ça ne me dérange pas. C'est aussi bien comme ça, non ?

Il me paraît assez clair que Herb souffre d'écarts d'humeur plutôt inquiétants et que, selon toute probabilité, il a oublié de prendre son antidépresseur du matin. C'est peut-être là sa manière de parler franc et de m'ouvrir son jardin secret, mais je ne crois pas que tout ça va faire une très bonne interview. Les interviews sont toujours meilleures lorsque les sportifs se sentent sûrs du monde et prêts à en parler.

— Voilà ce que ça veut dire, selon moi, reprend Herb en plissant ses yeux fatigués. Il croyait être devenu un pur acte. Tu comprends, Frank ? Et cet acte était en train de mourir.

— Je vois.

— Mais c'est affreux d'imaginer les choses sous cet angle. Ne pas *être*, mais simplement agir.

— C'est seulement Grant qui voyait les choses ainsi, Herb. Et il avait d'autres idées discutables. Tout un fatras d'idées rudement contestables.

— Merde alors, nous sommes dans la vie réelle, Frank. Un peu de sérieux !

Les traits de Herb se crispent violemment, puis son visage devient soudain inexpressif.

— Je lisais l'autre jour que les Américains ont toujours l'impression que la vraie vie leur échappe. Au bout de la route, après le virage. Mais elle est juste ici. (Herb fait encore claquer ses paumes contre les accoudoirs.) Tu comprends ce que je veux dire, Frank ?

— Je crois, Herb. J'essaie.

— Nom de Dieu ! (il pousse un soupir assourdissant.) Tu n'as même pas encore pris une seule note.

— J'enregistre tout ici, Herb, dis-je en me tapotant le crâne de l'index.

Herb lève vers moi un regard méchant.

— Tu sais ce qu'on ressent quand on perd l'usage de ses jambes, Frank ?

— Non, Herb. Mais ce n'est sans doute pas très difficile à imaginer.

— Est-ce que t'as déjà perdu quelqu'un qui t'était proche ?

— Oui.

Je me vois déjà me mettre en colère contre Herb avant la fin de l'interview.

— Okay, dit Herb. Tes jambes deviennent silencieuses, Frank. Je n'entends plus les miennes.

Herb me gratifie d'un sourire exaspéré, pour me signifier que je n'ai pas vécu grand-chose. Les gens se font toujours des idées fausses sur vous. Parce que vous venez les interviewer, ils en déduisent automatiquement que vous vous servez d'eux pour renforcer quelques idées reçues. Mais en ce qui me concerne, c'est entièrement faux. Certes, je m'attendais à un autre Herb Wallagher, à un type plus solide, plus volontaire et optimiste, à un type prêt à soulever le pare-chocs d'une voiture pour vous aider à décoincer la vôtre. Mais je suis tombé sur un cinglé qui paraît aussi lunatique qu'une chouette. Néanmoins, cette expérience n'est pas nouvelle pour moi. On ne débarque pas chez un inconnu en sachant par avance ce qu'on ne peut pas savoir. Ce devrait être la règle numéro un de tout cours et de tout manuel de journalisme ; il y a trop d'imprévisible dans la vie, même dans la vie qu'on croit connaître, celle des sportifs.

Un long silence s'installe entre nous, maintenant que Herb m'a appris ce que cela faisait de ne plus avoir l'usage de ses jambes. Ce n'est pas un moment de vide, du moins pas pour moi, et je ne me sens pas découragé. J'aimerais rester convaincu que je tiens un article. Peut-être qu'en laissant tomber ses médicaments Herb finira par revenir sur terre, exprimer quelques idées inattendues et intéressantes, aligner enfin deux ou trois choses sensées. Ce genre de métamorphose n'a rien d'exceptionnel.

— Regrettes-tu parfois de ne plus jouer au football, Herb ? lui demandé-je avec un sourire plein d'espoir.

— Quoi ?

Ma question arrache Herb à une rêverie due à la contemplation du lac immobile. Il me regarde comme s'il me voyait pour la première fois. J'entends des camions marteler les raccords de l'autoroute vers Lansing. Le vent est de retour, et l'air glacé ride les eaux noires.

— Regrettes-tu les matches et l'entraînement ?

Herb m'adresse un regard plein de reproche.

— T'es un con, Frank. Tu sais ça ?

— Pourquoi me dis-tu cela ?

— Tu me connais pas.

— C'est précisément ce que je suis en train de faire, Herb. J'aimerais te connaître beaucoup mieux et pondre un sacré bon article sur toi. Te décrire tel que tu es. Car je crois que ta vie est déjà rudement intéressante et compliquée en soi.

— T'es un con, Frank, aucun doute là-dessus, et compte pas sur moi pour te mettre le pied à l'étrier. J'ai laissé tomber tout ça. J'ai pas besoin de me décarcasser pour les autres, donc pas pour toi. Surtout pas pour toi, espèce de con. Je ne joue plus au football.

Herb arrache de sa joue un morceau de papier hygiénique, puis l'examine, à la recherche d'une trace de sang.

— Laissons de côté tes fonctions d'aumônier, Herb. C'était juste une question pour commencer.

— Tu veux entendre le rêve que je fais sans arrêt ?

Herb roule le papier hygiénique entre ses doigts, puis se propulse vers le bout de l'estacade. Assis sur la rambarde, je regarde son dos. Ses épaules osseuses ressemblent à des ailes, son cou est maigre, son crâne jaunâtre est couvert de cheveux clairsemés. J'ignore s'il a encore conscience de ma présence, s'il sait même où il se trouve.

— Je serais ravi qu'on me raconte un rêve, dis-je.

Herb contemple le lac comme si ses eaux contenaient tous ses espoirs déçus.

— Je rêve souvent de trois vieilles femmes dans une voiture en panne sur une route sombre. Deux d'entre elles ramènent leur vieille grand-mère, vraiment une très vieille femme, dans sa maison de retraite. Quelque part. Disons dans l'État de New York, ou en Pennsylvanie. J'arrive dans ma Jeep — j'ai eu une Jeep autrefois — et je m'arrête pour leur demander si elles ont besoin d'aide. Elles me répondent que oui. Aucune voiture n'est passée depuis longtemps. Je vois bien qu'elles ont peur de moi. Une femme sort de l'argent pour me payer alors que je n'ai même pas commencé. Elles ont un pneu crevé. Je dirige les phares de ma Jeep sur leur voiture et j'aperçois cette grand-mère inquiète, assise à l'avant, le visage baissé. Avec son cou de poulet. Les deux autres femmes restent debout près de moi pendant que je change la roue. Et tout ce temps, je pense à les tuer toutes les trois. A les étrangler tout simplement avec mes mains avant de m'enfuir, et on ne découvrirait jamais la vérité, car je ne suis pas un tueur et personne ne sait que je suis passé par là. Mais quand je me retourne, je vois des chevreuils qui me regardent entre les arbres. Des yeux jaunes. Et là-dessus je me réveille. (Herb fait pivoter son fauteuil roulant vers moi.) Qu'est-ce t'en dis, de mon rêve ? Qu'en penses-tu, Frank ? Tiens, voilà que t'as de nouveau ton auréole. Elle est revenue. T'as l'air d'un crétin.

Herb éclate soudain de rire, tout son corps tressaute, sa bouche est vaste comme un canyon. Herb, je le comprends maintenant, est bon pour le cabanon, et je ne désire rien de plus au monde que de partir le plus loin possible de lui. Interview ou pas. Aumônier ou pas. Interviewer un cinglé est une perte de temps pour quiconque n'est pas lui-même cinglé. Et je suis ravi que Herb soit cloué dans son fauteuil roulant, car j'ai alors l'impression qu'il m'étranglerait volontiers, *moi*, s'il le pouvait.

— Je crois que le moment est venu de rentrer, Herb.

Il a retiré ses lunettes et entrepris de les nettoyer avec son t-shirt BIONIC. Il rit toujours.

— D'accord, bien sûr.

— J'ai tout ce qu'il me faut pour écrire un bon article. Et puis il commence à faire frais ici.

— T'es vraiment un sale con, Frank, dit Herb en souriant à l'embarcadère vide.

Sur le lac, deux canards volent très vite au ras de l'eau. Ils bifurquent soudain, plongent dans l'eau scintillante et disparaissent.

— Oh, Frank, si tu savais comme t'es con.

Herb secoue la tête comme s'il n'en revenait pas.

Il avance près de moi dans son fauteuil roulant métallique, tandis que nous remontons vers Glacier Way en silence. Tout a tourné en eau de boudin, même si je ne comprends pas très bien pourquoi. Peut-être ai-je eu une influence néfaste sur lui. Parfois, les gens deviennent haineux lorsqu'ils découvrent que les journalistes sportifs sont des hommes et des femmes tout ce qu'il y a de plus banal. (Les gens tiennent souvent à ce que les autres soient meilleurs qu'eux-mêmes.) Mais dans les circonstances présentes, il est tout à fait illusoire d'essayer de retourner la situation ou de conserver le moindre espoir d'article. Cette rencontre suffit même à me donner envie d'entrer dans la première pharmacie venue, officines dont le Michigan est amplement pourvu.

— On n'a pas beaucoup parlé football, dit pensivement Herb.

Il est maintenant aussi réfléchi et pondéré qu'un vieux sextant.

— Apparemment, Herb, tu n'en avais pas très envie.

— Aujourd'hui, ça me paraît insignifiant, Frank. C'est vraiment une préparation foireuse à l'existence, voilà ce que je crois.

— Le football a pourtant appris pas mal de choses aux gens qui l'ont pratiqué. La persévérance. Le travail d'équipe. La camaraderie. Ce genre de qualités.

— Laisse tomber toutes ces conneries, Frank. J'ai tout le restant de ma vie devant moi, et j'ai de sacrés projets en tête. Pour moi, le sport, c'est du passé.

— Tu veux dire la fac de droit, et tout ça.

Herb m'adresse un hochement de tête qu'un croque-mort ne renierait pas.

— Absolument.

— Tu as beaucoup de courage, Herb. Il faut du courage pour entreprendre ce que tu fais.

— Peut-être, dit Herb d'un air pensif. Mais parfois, j'ai la trouille, Frank. Je te jure, je suis mort de peur.

Maintenant, nous sommes deux braves types qui bavardent ensemble. Exactement ce que j'avais espéré. Peut-être que je vais pouvoir en tirer une interview classique et directe. Je palpe mon magnétophone.

— Moi aussi, de temps en temps, j'ai la trouille, Herb. Je dirais que ça fait partie de l'espèce.

— Et *comment* ! fait Herb.

Puis il pouffe de rire et feint d'abonder dans mon sens avec de grands hochements de tête.

Après le virage, j'aperçois le taxi jaune de Mr. Smallwood garé devant la maison de Herb, sa visite à Wixom ayant apparemment fait long feu. Il fait plus froid depuis mon arrivée, et le plafond nuageux s'est abaissé. A la tombée de la nuit, il y aura une tempête de neige, et Vicki et moi serons ravis d'être loin d'ici. Les événements récents ont pris une tournure étrange, imprévue, mais je ne suis malgré tout pas trop étonné.

Comme nous passons devant une maison, un homme vêtu d'une houppelande en sort, un bidon d'huile à la main. Sa maison est de la même facture que celle de Herb, mais avec une pièce supplémentaire construite au fond de l'allée. L'homme s'arrête à côté de sa voiture — une Olds neuve au capot relevé —, adresse un signe de la main à Herb et un « comment va ? »

— *Primo. Número uno*, lui répond Herb avec un sourire et en agitant le bras comme s'il saluait une foule.

Ce type est venu m'interviewer. Je lui fais vraiment passer un sale quart d'heure.

— Te laisse pas embobiner, s'écrie l'homme avant de passer la tête sous le capot crasseux de l'Olds.

— Les voisins croient que je joue toujours dans l'équipe, dit Herb d'une voix étouffée, en se propulsant dans Glacier Way vers sa femme et sa maison.

— Comment ça ?

— Eh bien, je tiens ma blessure secrète. Et y a un gars qui joue à ma place. Avec mon numéro. J'espère que tu vas pas parler de ça dans ton papier et me casser ma baraque.

— Pas question, Herb. Tu as ma parole.

Herb lève les yeux vers moi tandis que nous approchons du taxi de Mr. Smallwood, et il m'adresse un regard médusé.

— Comment que t'arrives à faire ça, Frank ? Dis-moi la vérité.

— Comment j'arrive à faire quoi, Herb ?

Mais je devine déjà la suite.

Herb paraît avoir un mal de chien à empêcher sa tête de bouger dans tous les sens. Elle monte et descend, oscille de droite et de gauche.

— Tu n'aimes pas vraiment le sport, Frank, dit-il. Tu ressembles pas à un gars qui aime le sport.

— J'en aime certains plus que d'autres.

Ce n'est pas une question si incongrue.

— Mais tu préférerais pas parler d'autre chose ? (Herb, toujours sidéré, secoue sa tête massive.) De Winslow Homer, par exemple ?

— Je te parlerai de lui quand tu voudras, Herb. Écrire sur quelque chose, c'est très différent de faire cette chose. Est-ce que ça éclaire ta lanterne ?

Bizarrement, j'ai l'impression que mon diaphragme recommence à se contracter.

— Rudement intéressant, Frank. (Herb hoche la tête en me considérant avec une admiration sincère.) Nom de

Dieu, je ne suis pas sûr que ça explique quoi que ce soit, mais c'est intéressant. Je te l'accorde.

— C'est rudement difficile d'expliquer sa propre existence, Herb.

Je suis certain que mes crampes sont visibles, mais peut-être pas pour Herb, qui a sans doute l'impression que le monde entier se crispe en permanence. Il a toujours du mal à tenir sa tête tranquille.

— Je crois que j'en ai assez dit. Je suis censé te poser des questions.

— Je suis un verbe, Frank. Les verbes ne répondent pas aux questions.

— Ne prends pas les choses ainsi, Herb.

Mon diaphragme se contracte violemment. Je viens de passer moins d'une heure avec Herb, mais j'ai la nette impression qu'il aimerait vraiment étrangler *quelqu'un*, et que le premier cou sur lequel il arrivera à mettre les mains sera le bon. Quand on a passé tant d'heures de son existence à bousculer son prochain et à le démolir, il doit être difficile de s'arrêter brusquement pour s'asseoir et réfléchir. Difficile, me semble-t-il, de faire autre chose que continuer à massacrer l'adversaire. En tout cas, je me sens toujours plus à l'aise lorsque je connais le chemin de la sortie. Il y a quelque chose à éviter ici, et j'ai la ferme intention de l'éviter.

— Je vais essayer d'écrire un bon papier, Herb, dis-je en m'approchant insensiblement du taxi de Smallwood.

Clarice Wallagher, qui est sortie sur le perron, nous observe. Elle appelle Herb et sourit d'un air las. Cela arrive sans doute à tout le monde : un rendez-vous qui s'achève dans un silence pesant ; un taxi qui attend ; Herb se proclamant un verbe. J'éprouve la plus grande admiration pour Clarice. J'avais espéré discuter brièvement avec elle de l'héroïsme de Herb, mais je n'en ai plus le temps. J'espère seulement qu'elle a sa consolation dans la nuit obscure.

— Herb, dit Clarice avec une belle voix qui claque dans le vent froid du Michigan.

— Okay ! s'écrie héroïquement Herb. Quand faut y aller, Frank, faut y aller. Faut que t'écrives un papier du tonnerre sur ma vie. Tu vas te faire un chèque à six chiffres.

Nous nous serrons la main, et une fois encore Herb m'attire vers lui comme pour me mettre à genoux. Il dégage maintenant une odeur étrange, une odeur métallique qui est celle de son fauteuil. Sa joue saigne à l'endroit où il a arraché le papier hygiénique.

— Je voulais te faire voir des vieux matches sur le magnétoscope avant que tu partes. Je leur flanquais de sacrées peignées, Frank. Faut pas se fier à ce fauteuil.

— La prochaine fois, Herb, c'est promis.

Mr. Smallwood fait démarrer le moteur de son taxi en donnant un grand coup d'accélérateur ; et quand il embraie, le véhicule bondit avant de s'arrêter net.

— Je ne sais pas ce qui se passe parfois, Frank.

Les yeux bleus et tristes de Herb s'emplissent soudain de larmes brûlantes, et il secoue sa tête massive pour s'en débarrasser. C'est la tristesse de la vie fugace entr'aperçue et injustement perdue, suivie par une bagarre de chaque instant avec l'amertume des faits. Bref, c'est de l'apitoiement sur soi-même, aussi mérité que le ballon pendant un match. Mais je ne veux pas me laisser aller à cela. C'est un sentiment trop proche du regret pour qu'on badine avec. La seule chose pire qu'un terrible regret est un terrible regret immérité. Et pour cette raison, je ne me soumettrai pas à cette émotion, préférant à cette ignominie être envoyé par le fond sur mon propre navire.

Je recule vivement de quatre pas.

— Ravi de t'avoir connu, Herb.

Herb me regarde, le visage tordu par le désespoir.

— Ouais, moi aussi, dit-il.

Je retrouve la banquette usée et odorante du taxi de Mr. Smallwood, puis nous démarrons dans Glacier Way sans même dire au revoir à Clarice, abandonnant Herb dans la rue déserte, assis dans son fauteuil roulant, qui agite la main vers nos feux arrière, son visage décomposé noyé de larmes tout ce qu'il y a de plus réelles.

7

En la circonstance, Mr. Smallwood est le meilleur complice qui soit.

— M'est avis qu'un remontant vous ferait pas de mal, déclare-t-il dès que nous roulons, et il me tend une bouteille à moitié enveloppée dans un sac en papier mince.

J'en bois une bonne rasade qui m'empoisse les lèvres — c'est de l'alcool de menthe, aussi sucré que du sirop pour la toux, mais je suis ravi de l'avaler, et j'en reprends une grosse lampée.

— Z'avez dû passer un drôle de quart d'heure, me dit Mr. Smallwood comme nous longeons la ruine calcinée d'un long bâtiment en bordure de la route qui longe le lac, mais côté terre.

Vers le plan d'eau, il y a tout un alignement de chalets déglingués. Ce gros bâtiment était autrefois une espèce d'entrepôt pourvu d'une étable par-derrière, mais la neige s'entasse maintenant sur la charpente noircie et les longerons métalliques. L'herbe a poussé. On dirait que personne n'a su quoi faire de cette terre. Mon passé en décomposition, bouleversé par le plus grand désordre.

— Ces gens là-bas sont des vrais *cin*-glés, déclare sans ambage Mr. Smallwood, qui, en chauffeur décontracté, conduit d'une seule main énorme rivée au moyeu en plastique du volant, tandis que l'autre repose sur le haut du dossier. Des banlieuz-bars, j'vous dis. Des baraques bourrées d'armes, des gens cinglés du matin au soir. I' devraient s'calmer, si vous voulez mon avis. Ça fait des années que j'suis pas venu dans c'coin, impossible de m'repérer dans c'fouillis d' rues. Dans l'temps, j'y venais sans arrêt.

Nous rejoignons la voie express qui nous ramène vers Big D, toujours invisible, cachée derrière des nuages verdâtres annonciateurs de neige et peut-être d'une tempête.

— Dites voir (Mr. Smallwood croise mon regard dans le rétroviseur et se carre bien au fond de son siège pour réfléchir), combien de fric que vous avez sur vous ?

— Pourquoi donc ?

— Eh ben, pour cent dollars, je pourrais passer un coup de fil dans une station-service, et en un clin d'œil vous trouver une poupée qui vous mettrait un peu d'baume au cœur.

Mr. Smallwood m'adresse un grand sourire ravi, et l'espace d'un instant je pense à une putain à cent dollars, aux douceurs qu'elle pourrait me prodiguer, comme si votre pharmacien vous faisait parvenir un médicament très cher par une nuit de tempête. Une virée dans les sources d'eau chaude. Un baume silencieux pour suturer le tissu déchiré des mots innocents qui donnent à la vie son aspect positif. Trop de discussions sérieuses et d'auto-justifications, et vous êtes fichu.

Ce qui manque à Herb, bien sûr, c'est de mettre ses rembourrages de joueur, de flanquer une bonne dérouillée à quelqu'un et d'arrêter de se tourmenter pour des théories esthétiques. Voilà un homme privé de sport, alors qu'il n'a besoin que de ça. Avec un peu plus de chance, j'aurais pu faire renaître un souvenir vivace du temps où il jouait, voir ses matches sur le magnétoscope. Herb pouvait retrouver le contact avec lui-même, se libérer de son aliénation, de ses doutes, surmonter ses souffrances — et jouer le rôle inspiré qui lui revient de droit.

Je réponds non merci à Mr. Smallwood, qui éclate d'un rire allègre et vaguement supérieur. Puis nous roulons pendant quelques minutes vers la ville sans parler, par l'autoroute cette fois, car il ne neige plus, les voitures sont parties vers le nord, abandonnant la voie express à l'hiver gris.

A hauteur de Tiger Stadium, Mr. Smallwood s'arrête devant un magasin de spiritueux qui appartient, prétend-il, à son beau-frère ; c'est une forteresse miniature, faite de grillages d'acier et de vitres à l'épreuve des balles. De l'autre côté de l'avenue, l'énorme stade blanc et mort occupe tout l'espace.

Mr. Smallwood va acheter une autre pinte de schnapps, que j'insiste pour payer, après quoi nous retournons vers le Pontchartrain dans une ambiance pleine d'allégresse. Il me dit qu'il est un fan des Tigers, qu'ils resteront toujours les meilleurs. Il me confie aussi que ses parents ont quitté la bourgade de Magnolia, dans l'Arkansas, pendant les années quarante, qu'il a un peu étudié à l'université de Wayne avant de se marier et d'aller travailler pour Dodge. Il a plaqué son boulot l'an dernier, dit-il, juste avant d'être licencié, et a acheté son taxi. Aujourd'hui, il est ravi de pouvoir travailler quand ça lui chante, de rentrer chez lui tous les jours à midi pour déjeuner avec sa femme et se reposer une heure avant de retourner dans les rues pour le coup de feu de l'après-midi. Il espère un jour prendre sa retraite dans l'Arkansas. Il ne me pose aucune question, soit par courtoisie, soit parce que sa vie professionnelle et son emploi du temps le passionnent trop. C'est une bonne vie, une vie qu'on envierait facilement si l'on n'avait pas soi-même une existence tout aussi agréable. J'ai le sentiment qu'il n'est pas beaucoup plus vieux que moi.

Devant l'hôtel, Mr. Smallwood se penche sur sa banquette pour me regarder ranger mon argent dans mon portefeuille, sur le trottoir balayé par le vent. Un instant, j'ai l'impression qu'il va me tendre la main, mais telle n'est pas son intention. Je lui ai déjà donné la somme convenue, et la bouteille de schnapps repose contre sa jambe énorme. Mon cadeau.

— Il y a une bonne rôtisserie sur Larned, m'annonce-t-il en affectant une voix de guide touristique et avec un grand sourire qui me fait me demander si par hasard il ne se paie pas ma tête. Des steaks épais comme ça. (Il écarte de cinq bons centimètres deux gros doigts boudinés.) Vous pouvez y aller à pied. Aucun risque. J'y emmène bobonne de temps en temps. I' servent du vin, et on y passe un bon moment.

Pour une raison inconnue, Mr. Smallwood s'est mis à parler comme un immigré suédois de la seconde génération, et je comprends soudain qu'il ne se moque absolument pas de moi, qu'il essaie seulement d'être un digne ambassadeur de sa ville en adoptant la voix qui selon lui s'impose pour ce rôle.

— Formidable, dis-je sans écouter tous ses conseils ni ses tuyaux culinaires, car je tends l'oreille vers le chuintement du vent dans la ville.

Il tombe maintenant des flocons de neige.

— Revenez quand il fera meilleur, me dit-il. Je suis sûr que ça vous plaira.

— Quand fera-t-il meilleur ?

Je souris, car tout le monde sait que dans le Michigan le temps change sans arrêt.

— Peut-être dans dix minutes.

Un large sourire lui fend le visage d'une oreille à l'autre, le même sourire malin que pour la putain à cent dollars. Et après le claquement de la portière jaune, il démarre en trombe dans la rue, m'abandonnant au sifflement de la ville, aussi seul sur le trottoir qu'on peut l'être.

Mais pas pour longtemps.

Lorsque j'entre dans la chambre, la télé est allumée sans le son. Les rideaux sont tirés et il y a deux plateaux sur le palier. Allongée nue comme un ver sur le lit défait,

Vicki boit un 7-up en lisant la revue de la compagnie d'aviation. Il fait une chaleur moite dans la chambre, qui ne rappelle en rien l'odeur douceâtre de la nuit. Mais la vieille familiarité triste des rêves éveillés qui ont suivi la mort de Ralph a disparu : perdu dans la ville étrangère avec une fille que je ne connais pas assez bien et à qui je ne réussis pas à m'intéresser (elle ressent peut-être la même chose vis-à-vis de moi). C'est un sentiment amer, sans envergure, un désir de passion dans un monde privé de conviction.

— Je suis rudement contente de te voir, dit-elle avec un sourire ravi dans la lumière inégale de la télé.

Je reste là dans la petite entrée obscure, comme si j'avais les pieds enracinés dans le sol, et je ne peux m'empêcher de comparer ma vie à quelque torride roman de gare. *Le gros Sledge a fondu sur la fille tel un chat, la coinçant où il avait envie de la coincer, entre sa valise minable de vagabond et le tas de chaînes crasseuses, contre le présentoir des lubrifiants. Maintenant elle allait voir de quel bois il se chauffait. Et lui, il allait prendre son pied.*

— Comment ça s'est passé avec ce bon vieux footballeur ? ajoute-t-elle.

— Impeccable.

Je me dirige vers la fenêtre, écarte le lourd rideau et regarde au-dehors. Les gros flocons de neige qui tombent à deux centimètres de mon visage dans Jefferson Avenue m'éblouissent. Le fleuve est noyé dans la blancheur, comme le Cobo. Dans la rue, les éclairs jaunes des gyrophares signalent les premiers chasse-neige. J'ai l'impression d'entendre leur tintamarre, mais je suis sûr que c'est une illusion.

— Je n'aime pas trop ce temps, dis-je. Va sans doute falloir changer nos projets.

— D'accord. Je suis heureuse d'être simplement ici avec toi aujourd'hui. Je visiterai l'aquarium d'une autre ville. D'ailleurs, ils se ressemblent tous.

Elle pose sa bouteille de 7-up en équilibre sur son ventre nu et la regarde en réfléchissant.

— Mais je voulais que tu passes un week-end agréable. J'avais plein de projets.

— Eh bien, garde-les, car je ne me suis pas ennuyée pendant ton absence. Je me suis fait monter un cocktail de crevettes qui m'a rassasiée. Puis je me suis habillée et j'ai été faire un tour en bas, dans les boutiques, qui sont vraiment bien, sauf qu'elles ressemblent comme deux gouttes d'eau à celles de Dallas. J'ai eu l'impression de croiser Paul Anka, mais je suis pas sûre. Il est deux fois plus petit que je pensais, et je savais déjà que c'était un nabot.

Je m'assois dans le fauteuil près de la table. Curieusement, la beauté de son corps nu suffit à effacer les déceptions de la matinée (comme d'habitude, le quotidien réserve d'inépuisables surprises). Rien de plus ordinaire, pourtant, que la nudité de Vicki, un buste aux courbes harmonieuses, une cuisse dodue, une cheville gracile, un sourire avenant dépourvu d'intention précise — l'un dans l'autre, une compagnie agréable pour un homme solitaire qui a quelques heures à tuer dans une ville inconnue.

Sur l'écran de télévision, les lèvres muettes d'un journaliste pâle s'activent à toute vitesse. *Croyez-moi !* proclament ses yeux. *Mes infos sortent de la bouche de Dieu. C'est ce que vous désirez.*

— Tu crois qu'il peut y avoir simplement de l'amitié entre un homme et une femme ? demande Vicki.

— Sans doute, dis-je, une fois calmé le ramdam initial. Mais j'aime bien ce ramdam.

— Oui, moi aussi.

Son sourire s'élargit, puis elle croise les bras sur sa poitrine. Je devine qu'elle a quelque chose en tête, un événement qui lui plaît et qu'elle a envie de partager. Elle ne pourrait guère être plus aimable, elle ferait une épouse formidable pour n'importe quel homme. Sauf que cette perspective ne me séduit plus autant qu'avant. Elle a peut-être contracté cette humeur en sortant dans le vent aujourd'hui, un vent qui l'a autant déroutée que moi. Mais elle est maligne.

— J'ai téléphoné à Everett, m'annonce-t-elle enfin en baissant les yeux vers ses genoux pliés. Mais c'est *moi* qui paie la communication.

— Tu aurais pu la mettre sur la note.

— Trop tard, je l'ai payée.

— Comment va ce bon vieux Everett ?

Je n'ai bien sûr jamais vu ce bon vieux Everett, et je peux me montrer très amical envers son idée abstraite.

— Ça va. Il vit en Alaska maintenant. Il m'a dit que là-bas les gens avaient besoin de tapis. Il m'a aussi dit qu'il avait la boule à zéro. Je lui ai répondu que j'étais dans une grande suite avec vue sur un fleuve. Mais je ne lui ai pas donné le nom de la ville.

— Qu'en a-t-il pensé ?

— « La roue tourne », il m'a répondu, une sorte de clin d'œil entre nous. Il m'a demandé si j'accepterais de lui renvoyer sa chaîne stéréo que j'ai obtenue après le divorce. Tout est hors de prix là-bas, j'imagine, il faut tout apporter avec soi.

— Il t'a proposé de le rejoindre ?

— Non. Quelle drôle d'idée ! Jamais je n'accepterais. Ça m'a suffi, de vivre une fois dans ma vie avec un type comme Everett. La deuxième fois, on risque d'y laisser sa peau. Il est avec une bonne vieille copine, j'en suis sûre.

— Que voulait-il, alors ?

— Mais c'est moi qui l'ai appelé. (Elle me regarde d'un air renfrogné.) Il ne voulait rien de spécial. Ça ne t'est jamais arrivé d'avoir une envie dingue de téléphoner ?

— Seulement quand je me sentais seul, chérie. Je ne savais pas que tu te sentais seule.

— Si, dit-elle en regardant la télévision silencieuse.

Detroit, je m'en aperçois, ne lui a pas fait l'effet que j'escomptais, et elle est sur ses gardes. De quoi se méfie-t-elle ? A la réception, elle a peut-être croisé quelqu'un qu'elle a pris pour son sosie (cela arrive parfois aux voyageurs inexpérimentés). Ou pis encore. Elle a remarqué que *personne* ne lui rappelait *aucun* des gens qu'elle a connus. Dans les deux cas, cela risque d'ébranler le moral le plus solide et d'engendrer une sensation lugubre d'isolement. Alors, téléphoner à un ancien mari ou amant est parfois l'antidote idéal. Il vous rappelle forcément les lieux que vous avez connus ainsi que votre destination. Et si vous avez de la chance, l'endroit où vous êtes à cet instant — dans la capitale de l'automobile, en pleine tempête de neige — vous paraîtra le lieu le plus merveilleux de la planète. Mais je ne suis pas certain que Vicki ait eu cette chance. Elle est peut-être tombée sur un vieil amour qui ne demandait qu'à être réchauffé, et elle n'a pas trop su comment réagir.

— Tu as l'impression que tu voulais rester amie avec Everett ?

Je commence par la question la plus innocente avant de passer à la plus délicate.

— Nnon, pas du tout.

Elle se baisse vers le pied du lit pour se mettre sous les draps. Elle est encore plus méfiante que tout à l'heure. Peut-être désire-t-elle me communiquer quelque chose, sans réussir à trouver les mots adéquats. Mais si je dois être relégué sur le tas d'ordures de l'amitié, je veux accomplir le devoir de tout ami : la laisser être elle-même. Néanmoins, je serais plus heureux de me glisser sous les draps pour batifoler avec elle jusqu'à l'heure de l'avion.

— En raccrochant, tu as eu l'impression que tu désirais être amie avec *moi* ? dis-je avec un sourire.

Vicki se retourne dans le grand lit pour faire face au mur opposé, le drap blanc serré sous le menton, la percale raide de l'hôtel tendue au-dessus d'elle comme un emballage. Je viens de toucher l'endroit sensible. Une journée et une nuit passées avec moi ont donc suffi à redorer le blason d'Everett. Il manque quelque chose, et ça n'a rien à voir avec le champagne, la suite d'hôtel ou une vue sur le Canada. En fin de compte, cela n'a peut-être rien de surprenant, car en mesurant mes plaisirs j'ai sans doute coupé l'herbe sous le pied de ses espoirs. Je suis malgré tout un expert pour mettre à plat ce genre de problème. Un écrivain — et même un journaliste sportif — préfère s'intéresser aux mauvaises nouvelles plutôt qu'aux bonnes, car après tout les premières sont plus fréquentes que les secondes.

— Je ne veux pas qu'on soit amis, pas *seulement* amis, dit Vicki d'une toute petite voix de souris qui sort d'une montagne de couvertures blanches. J'ai vraiment eu l'impression que tout commençait avec toi.

— Mais alors, qu'est-ce qui t'a fait penser le contraire ? C'est parce que tu m'as surpris en train de fouiller dans ton sac ?

— Bah ! C'est sans importance, répond-elle en un murmure. Comme je dis toujours, il faut laisser chacun vivre sa vie. On n'y peut rien. C'est vrai qu'hier tu n'étais pas au summum de ta forme.

— Alors, qu'y a-t-il donc ?

Je me demande combien de fois j'ai posé cette question, ou une question similaire, à une femme qui traversait mon existence comme une comète. *A quoi penses-tu ? Pourquoi restes-tu si tranquille ? Tout à coup, j'ai l'impression que tu es différente. Que se passe-t-il ?* Il s'agit bien sûr d'une demande d'amour à peine voilée. Cela signifie sans doute aussi : donne-toi. Et, finalement : prends le temps de m'expliquer pourquoi tu ne veux pas, et peut-être qu'à la fin tu voudras bien.

Dehors, le vent émet un ululement marin suraigu à l'angle de l'hôtel, avant de s'éloigner dans l'après-midi froid et sinistre de Detroit. A cinq heures il va peut-être se mettre à pleuvoir, à six on ne verra même plus les étoiles, et ce soir Vicki et moi descendrons sans doute Larned pour manger un steak ou une côte de porc. Ici, il faut toujours s'attendre à tout. La vie est le contrepoids d'un vent sournois qui peut se calmer d'une minute à l'autre.

— Eh bien, dit Vicki en se retournant pour me regarder du fond d'une grotte d'oreillers et de draps. Quand je suis descendue — tu sais, après ton départ —, j'avais seulement envie de me fondre dans la foule. Je n'avais besoin de rien de spécial. Je suis allée au petit kiosque à journaux en bas, et j'ai choisi un livre de poche qui s'appelle *Comment affronter le monde*, par le docteur Barton. Parce que j'avais le sentiment d'entamer quelque chose de neuf, comme je t'ai dit. Avec toi. Toi et moi. Je suis donc restée là, près des présentoirs, et j'ai lu un chapitre intitulé « Nos adeptes du Nouvel Age ». Ça parlait de ces gens qui refusent de manger des frites, qui participent à des groupes d'autodécouverte, boivent de l'eau minérale et ont des discussions littéraires tous les jours. Des gens qui croient qu'il devrait être facile d'exprimer ses sentiments et d'être ce qu'on paraît. Alors j'ai fondu en larmes parce que j'ai compris que c'était ton portrait tout craché, et que moi j'étais complètement à côté de la plaque. Que je mangeais des frites et fréquentais des gens qui ne regardent jamais en eux. Dire qu'on a fait tout ce chemin jusqu'à Detroit, mais que je suis seulement capable de manger des crevettes en regardant la télé, et de pleurer. Et puis ça ne marchait pas. Alors je me suis dit qu'on pourrait peut-être devenir amis, si tu étais d'accord. J'ai appelé Everett en sachant qu'il me changerait les idées et que j'arrêterais de pleurer. Je savais que j'étais mieux lotie que lui.

Une belle grosse larme quitte son œil, descend le long de son nez, puis disparaît dans l'oreiller. En deux heures, j'ai réussi à faire pleurer deux personnes. Il y a vraiment quelque chose qui ne tourne pas rond chez moi. Mais quoi ?

Le cynisme.

Je suis devenu plus cynique que le vieux Iago, car aucun cynisme n'est pire que l'amour endurci de soi-même, pire que les œillères qu'il donne, créant un tunnel au bout duquel vous seul êtes visible. Tout cela est gênant. L'« adepte cynique du Nouvel Age », c'est exactement moi, un habitué de l'introspection qui méprise les pommes frites et adore les tête-à-tête jusqu'à la nausée — même si je serais prêt à payer très cher pour ne pas l'être, ou du moins pour qu'on ne croie pas que je le suis.

Mon seul espoir est désormais de tout nier en bloc — l'amitié, la désillusion, le malaise, l'avenir, le passé —, pour défendre le présent coûte que coûte. Si je réussis à la prendre dans mes bras en cet après-midi à la fois glacial et brûlant, à l'embrasser et à dissiper ses soucis à force de câlins, si bien que, lorsque le soleil se couchera et que le vent s'apaisera, une soirée printanière nous attirera dehors, alors je l'aimerai peut-être, et elle m'aimera aussi, et tout cela ne sera plus que la conséquence fâcheuse du manque de sommeil dans une ville étrangère, l'effet du schnapps et de Herb.

— Je ne suis pas vraiment un adepte du Nouvel Age, dis-je en m'asseyant près de la tête du lit pour toucher sa joue aussi chaude que celle d'un bébé. Je ne suis qu'un type un peu vieux jeu, qu'on a compris de travers. Faisons comme si nous venions d'arriver, comme s'il était tard et que je te serrais amoureusement dans mes bras fatigués.

— Oh là là. (Elle me pose une main timide sur l'épaule, qu'elle caresse gentiment.) Tu dois croire que je me suis complètement trompée. (Elle renifle bruyamment.) Et que je n'arrive même pas à faire mon propre malheur.

— Heureusement que tu n'as aucun talent pour le malheur. (Je pose carrément la main sur un sein soyeux.) Il faut accepter les bonnes choses lorsqu'elles se présentent. Ne te laisse pas envahir par les soucis.

— Je ne devrais pas lire, voilà tout. Chaque fois que je lis quelque chose, je ne sais plus où j'en suis.

Ses bras m'enserrent le cou et m'attirent vers elle si violemment qu'une douleur atroce me poignarde le dos jusqu'aux reins.

— Oh, fais-je malgré moi.

A la télé, un skieur va s'élancer hors du portillon de départ, sur une pente affreusement longue et vertigineuse. Il neige tout autour de lui. Pour rien au monde je ne voudrais être à sa place.

— Oh mmm, ronronne-t-elle, car je l'ai trouvée dans la lumière jaune citron. Mmmoui.

— Tu es si gentille. Un amour de fille.

Dehors, dans la ville glacée, le vent se remet à ululer et je crois entendre les flocons de neige s'écraser contre la fenêtre en faisant frissonner tous les gens qui, à Detroit, ont une ou deux convictions et seraient prêts à mettre leur main au feu pour elles. Je laisse la télé allumée, car même maintenant sa présence furtive me réconforte.

A cinq heures, nous avons pris un taxi dans Jefferson pour rejoindre le jardin botanique de Belle Isle, et nous sommes maintenant de retour dans la chambre où nous souffrons d'une claustrophobie soudaine, malaise bien connu des journalistes sportifs. Nous ressemblons à la famille d'un voyageur de commerce, venue se distraire et vivre quelques aventures dépaysantes, mais qui se retrouve avec trop de temps à tuer pendant que l'homme règle ses affaires ; il y a trop de rues inconnues qui mènent trop loin ; trop peu d'activité dans le hall de l'hôtel pour qu'on ait vraiment envie de regarder ce qui s'y passe.

Le jardin botanique s'est révélé être un lieu froid et inhospitalier ; nous avons emprunté ses allées bordées de fougères à feuilles charnues et de passionnaires, jusqu'à ce que Vicki annonce qu'elle souffrait de migraine. Les salles les plus intéressantes paraissaient toutes fermées — notamment une réplique d'un jardin d'hiver français du XVIIe siècle, que nous avons observé à travers une porte vitrée et qui nous a charmés tous les deux. Une pancarte disait qu'à Detroit le fisc n'était pas assez généreux envers ce siècle particulier. Et moins d'une heure après être arrivés au jardin botanique, nous étions de retour dans la neige et le froid de l'après-midi, sur les marches balayées par le vent. Un stade boueux s'étendait devant nous jusqu'au bassin des bateaux ; le grand fleuve était caché derrière un croissant de peupliers. Les lieux publics les plus prometteurs sont parfois trop décevants.

Une fois revenus devant notre hôtel, j'ai proposé une marche dans Larned, jusqu'à « un petit grill extra où je suis déjà allé ». Mais dès que nous avons dépassé Woodward, il n'y a plus eu dans la rue que des Noirs vaguement hostiles, tandis que taxis et voitures de police disparaissaient inexplicablement de la circulation. Vicki s'accrochait à mon bras ; elle tremblait dans le vent du nord qui descendait des confins du Canada.

— Je ne suis vraiment pas habillée pour ce genre d'expédition, dit-elle sous mon bras avec un petit sourire. Un thon Alladin au café me conviendrait parfaitement, si ça te va.

— Ce fichu grill a sans doute changé d'adresse, dis-je en regardant Woodward, déserte pendant le week-end, vers Grand Circus où, quand j'étais étudiant, Eddy Loukinen, Golfball Kirkland et moi écumions les spectacles de variétés et les bars avant de repartir en voiture vers le campus distant de soixante-dix kilomètres, imprégnés de la mystique du soldat qui profite de sa dernière permission avant de partir vers un destin tout sauf radieux. Que cela ait pu se passer en 63, et non en 73 ou en 53, m'a semblé incongru. J'oublie parfois jusqu'à mon âge ou l'année en cours ; je crois que j'ai vingt ans et je me prends pour un gamin qui débute dans le monde — un bleu abasourdi par sa vie flambant neuve.

— Aujourd'hui, les villes ne sont même plus des villes, rétorque Vicki en me devinant déprimé par cette péripétie fâcheuse, et en me serrant la taille. D'ailleurs, Dallas n'en a *jamais* été une, de ville, quand on y pense. Dallas ressemble davantage à un quartier de banlieue.

— Je me souviens qu'ils servaient des vins exceptionnels, dis-je, les yeux toujours tournés vers Woodward et mon grill fantôme, au-delà du vieux Sheraton, vers la jungle chaotique des sex clubs, White Castles et autres *bibliothèques sensuelles** qui s'étendaient jusqu'au paysage enneigé.

— J'ai déjà le goût du cheddar dans la bouche, dit Vicki en faisant allusion à son thon Alladin et pour essayer de me remonter le moral. Je parie qu'à l'hôtel ils servent un vin tout aussi bon pour moitié moins cher. Mais une fois de plus, tu veux dépenser ton argent ailleurs.

Comme elle avait raison, elle m'a obligé à faire demi-tour ; et nous voilà repartis vers le Pontch en surveillant le trottoir enneigé, marchant à longues enjambées et riant comme les membres d'un congrès en vadrouille dans une bonne vieille ville américaine.

Mais à cinq heures nous sommes confinés ici, dans la chambre, chassés par un temps hors de saison et les rues inhospitalières de la ville. Nous avons essayé de profiter au mieux de tout ce qui s'est présenté à nous : un déjeuner pantagruélique au Frontenac Grill, avec une bouteille de beaujolais du Michigan. Une longue sieste dans un lit tout propre, après laquelle je me suis mis à la fenêtre pour regarder une nouvelle barge de minerais descendre du lac Supérieur sur le fleuve couvert de neige, en route, comme celle d'hier soir, vers Cleveland ou Ashtabula. Peut-être devrais-je passer un coup de fil à Herb, ou à Clarice, mais je ne sais pas ce que je leur dirais, et pour finir le courage me manque. Je pourrais aussi appeler Rhonda Matuzak afin de lui dire que je n'ai rien trouvé d'intéressant pour les avant-premières du football. Ce week-end, les gens sont au bureau, mais je doute que quiconque attende de mes nouvelles. Pour un journaliste sportif, on ne peut pas dire que je fasse de l'excès de zèle.

— Ça y est, j'ai une idée, dit Vicki tout à trac.

Assise à la coiffeuse, elle met les boucles d'oreilles navajos qu'elle s'est achetées à la boutique des cadeaux. Elles sont minuscules comme des têtes d'épingle, aussi bleues et belles que des jacinthes.

*. En français dans le texte.

— Vas-y, je t'écoute, dis-je en levant les yeux de mon *Que faire en ville ?* que j'ai parcouru en tous sens sans y découvrir la moindre attraction locale qui me fasse envie — certes pas Paul Anka, déjà reparti.

Même une balade en taxi jusqu'au Tiger Stadium et un dîner mexicain me paraissent dépourvus du moindre intérêt.

— Allons à l'aéroport et inscrivons-nous sur un vol. Personne ne voyage jamais le samedi. Je me le rappelle de l'époque où je regardais les avions pour passer le temps. Ils laissent parfois monter des gens qui ont un billet pour un autre jour. Ça peut marcher.

— J'avais prévu une soirée de réjouissances, dis-je sans beaucoup de conviction. Une virée dans le quartier grec. Il y a plein de choses à faire ici.

— Parfois, tu sais, on meurt d'envie de retrouver son chez soi, tu ne connais pas ça ? Et puis, il faut que nous soyons chez papa demain avant midi. Ça nous facilitera les choses.

— Tu ne seras pas trop déçue de manquer le souvlaki et le baklava ?

— Comme je ne sais même pas où c'est, je ne vois pas comment ces restaurants pourraient me manquer. Je parie qu'il faut traverser plein de neige pour y arriver.

— Je n'ai pas vraiment été à la hauteur pendant ce voyage. Je ne sais pas ce qui s'est passé.

— Ne te mets pas martel en tête.

Vicki se regarde dans le miroir et tire ses mèches brunes en arrière pour mettre ses boucles d'oreilles en évidence. Elle tourne la tête, s'observe, puis adresse un sourire rassurant à mon reflet.

— Je n'ai pas besoin de faire les quatre cents coups pour m'amuser. Ce sont les gens qui me font plaisir, pas ce que je fais. J'ai passé un moment formidable, rien qu'à être près de toi ; d'ailleurs, tu es bien bête de ne pas le remarquer.

— Et si l'aéroport est fermé ?

— Alors on s'installera là-bas et je te lirai les articles des revues de cinéma. Il y a pire que de passer une nuit dans un aéroport. Parfois, je préférerais être là-bas plutôt qu'ailleurs.

— Ce ne serait pas si terrible, alors ?

— Bien sûr que non. On pourrait s'installer dans un de ces fauteuils équipés de la télé. Dîner dans un bon restaurant. Se faire cirer les chaussures. On n'aura pas trop de la nuit pour tout ça.

— Je vais appeler le groom, dis-je en me levant.

— Je me demande pourquoi nous avons attendu tout ce temps.

Elle me sourit.

— J'imagine que j'attendais un événement excitant, inhabituel. J'espère toujours ce genre de chose. C'est mon point faible.

— Mais si on te dit : « Souris, on te regarde », tu as quand même intérêt à sourire.

Je me retourne alors vers elle pour lui sourire, tout en décrochant le téléphone afin d'appeler la réception. Une modeste embellie est en vue, un avenir supportable, bien que banal. Et tandis que la sonnerie retentit à l'autre bout de la ligne, je sens le ciel de cette longue journée s'éclaircir pour la première fois autour de moi, et les nuages se dissiper enfin.

A dix heures nous sommes de retour dans le New Jersey, comme par l'effet d'un miracle temporel ; nous avons quitté les plaines du Midwest, retrouvé le bord de mer. Comme à l'aller, Vicki a dormi au-dessus du lac Érié, après m'avoir lu plusieurs extraits de *Daytime Confidential* qui m'ont tous fait rire, mais qu'elle prenait plus au sérieux que moi, auxquels elle voulait réfléchir. J'ai ensuite lu une bonne partie du *Dernier voyage de l'amour*, que j'ai trouvé assez réussi. Le lecteur n'était pas contraint d'ingurgiter un long prologue en forme de flashback, et l'auteur faisait preuve d'une grande habileté dans le développement de l'intrigue. J'ai seulement réveillé Vicki lorsque le pilote a viré au-dessus de Red Bank et de Gotham illuminée (la statue de la Liberté minuscule mais bien distincte, telle une infime poupée russe) ; tout le New Jersey s'est alors offert à nos yeux comme un vêtement scintillant et couvert de diamants, l'Atlantique et la Pennsylvanie restant aussi sombres que l'Arctique.

— C'est quoi, ce truc ? a demandé Vicki en montrant du doigt une guirlande de lumières.

— C'est l'autoroute. On voit même l'endroit où il croise la grand-route à Woodbridge et file vers New York.

— Ho ho, fit-elle.

— Je trouve ça magnifique vu d'ici.

— M'étonne pas de toi, dit-elle. Je me demande ce que tu vas trouver magnifique, maintenant. Un dépôt d'ordures ?

— Je *te* trouve magnifique.

— Plus qu'un dépôt d'ordures ? Un dépôt d'ordures du New Jersey.

— Presque.

J'ai serré contre moi son petit bras musclé.

— Ah, tu n'aurais pas dû me dire ça. (Elle plisse les yeux pour feindre la colère.) Tu m'as bien plu jusqu'à maintenant. Mais après l'injure que tu viens de me faire, je ne vois pas comment nous pourrions continuer.

— Tu vas me briser le cœur.

— Ce ne sera pas le premier que j'aurai brisé.

— Et si je fais amende honorable ?

— Trop tard, dit-elle. Il y a belle lurette que vous auriez dû réfléchir à tout cela, monsieur.

Elle secoue la tête comme si elle ne plaisantait absolument pas, s'appuie contre le dossier de son siège, puis ferme les yeux pour dormir tandis que notre vaisseau argenté descend vers la terre selon une trajectoire idéale.

A onze heures et quart, nous sommes devant Pheasant Meadow. La nuit est parfaitement claire, la lune décroît, et le mauvais temps de demain ne paraît toujours pas arriver de Detroit. C'est le type même de nuit qui me déboussolait autrefois et me donnait le vertige — elle me rappelle le soir où je suis resté dans le jardin pendant qu'à la maison X brûlait son coffre de jeune mariée, où, debout près des rhododendrons, j'ai contemplé rêveusement Cassiopée et les Gémeaux dans le quartier nord du ciel. Depuis lors, c'est vrai, je ne me suis jamais senti très à l'aise sous un ciel nocturne limpide, comme si je le contemplais du haut d'un gratte-ciel et que je craignais de baisser les yeux vers la terre. (A la voûte céleste étoilée, je préfère un écheveau de cirrus ou des nuages pommelés.)

— Inutile de me raccompagner, dit Vicki qui a déjà refermé la portière et passe la tête par la fenêtre.

Je me suis garé derrière sa Dart. Les ouvriers d'hier ont achevé une fausse mansarde de l'autre côté du parking, bien qu'aucun des immeubles terminés n'ait un toit semblable à celui-ci. J'espérais évidemment une invitation à monter chez elle — pour prendre un verre. Je constate que mes espoirs partent en fumée. Elle a l'air nerveuse, comme si quelqu'un l'attendait là-haut.

— Demain, c'est le jour où Il a repoussé la pierre pour Se relever d'entre les morts, ajoute-t-elle avec le plus grand sérieux, en me regardant dans le blanc des yeux comme si elle s'attendait à ce que je lui récite un psaume. (Elle porte son sac de week-end en bandoulière, et ses boucles d'oreilles navajos.) Je vais peut-être aller à la première messe, prier afin que tout aille bien pour nous, dit-elle. A moins que j'aille voir les méthodistes de Hightstown. De toute façon, les deux cultes me conviennent. Et je n'ai aucune envie de lâcher la religion. Je te proposerais bien de venir, mais je sais que ça ne te dit rien.

— La musique me plairait.

— Chacun voit midi à sa porte, conclut-elle.

Nous avons maintenant passé deux journées ensemble, partagé un séjour dans une ville étrangère, dormi dans le même lit, chacun veillant sur les plaisirs et le confort de l'autre comme dans un couple marié. Mais la fin se profile maintenant à l'horizon, et nous ne savons pas comment nous y prendre pour nous quitter. Le protocole de Vicki inclut une certaine sécheresse. Une politesse formelle fait partie du mien. Ces deux attitudes ne font pas bon ménage.

— On se retrouve demain, n'est-ce pas ? dis-je d'une voix joyeuse.

Lorsque je me penche pour la voir, j'aperçois derrière elle le grand château d'eau tout bleu, et au-delà la grosse lune de Pâques.

— Tu as intérêt à ne pas être en retard. Papa n'est pas à prendre avec des pincettes avant les repas. Il faut compter une bonne heure de route pour aller là-bas.

— J'ai hâte d'être à demain.

Ce n'est pas tout à fait sincère, mais telle est mon attitude officielle. Cet épisode du lendemain me paraît en effet imprégné d'une ambiguïté redoutable

— Tu ne le connais même pas. Attends un peu de rencontrer ma belle-mère. Sacré numéro, celle-là. Si elle te plaît, tu aimeras les brocolis. Papa, c'est autre chose. Il a *intérêt* à te plaire, mais je parie que tu ne lui plairas pas. En tout cas, c'est l'impression qu'il te donnera. Tu ne découvriras que beaucoup plus tard ce qu'il pense vraiment de toi.

— Et toi, tu m'aimes, n'est-ce pas ?

Quand je me penche encore pour qu'elle m'embrasse, elle tourne vers moi un visage fermé et résolu. Je ne peux m'empêcher de me demander si elle ne réfléchit pas à Everett en ce moment même, à une aventure en Alaska.

— Peut-être. Et si je t'aime ?

— Si tu m'aimes, embrasse-moi et propose-moi de passer la nuit avec toi.

— Pas question, répond-elle en déposant un gros baiser sur le dos de sa main avant de m'en frapper la joue. Et voilà pour vous, monsieur Gros Malin. Franco de port.

Là-dessus, elle s'en va en sautillant sur la maigre pelouse vers les appartements obscurs, elle entre dans le hall éclairé, puis disparaît. Et me voilà tout seul dans ma Malibu, regardant la lune gibbeuse, comme si elle contenait tout le mystère et les espoirs du monde, toutes ces choses que nous sommes heureux de quitter, mais plus encore de voir revenir vers nous, comme neuves.

8

Bizarrement, il y a de la lumière dans mon salon. Une voiture inconnue est garée contre le trottoir. Au deuxième étage, la lampe de bureau de Bosobolo est allumée, bien qu'il soit minuit passé. La période de Pâques entraîne évidemment pour lui des préparatifs particuliers, peut-être un sermon dans l'une des églises qui dépendent de l'Institut, où il officie de temps à autre pour peaufiner ses techniques d'évangélisation. Il a installé une guirlande sur la porte d'entrée, un ornement dont nous avons discuté auparavant et qui a gagné mon assentiment. Toutes les maisons de Hoving Road sont obscures et silencieuses, ce qui est étonnant pour un samedi, car d'habitude c'est le jour des fêtes et des fenêtres illuminées jusque tard dans la nuit. Au-dessus des platanes et des tulipiers, je n'aperçois que la lueur jaune citron de New York qui embrase le ciel limpide à quatre-vingts kilomètres à la ronde, comme si un grand événement s'y déroulait — une foire nationale ou un violent orage. Je suis heureux de contempler tout cela de loin, heureux d'être à l'écart de cette effervescence, à l'abri de ce que le reste du monde décrète essentiel.

A l'intérieur se trouve Walter Luckett.

Plus exactement, il m'attend dans la pièce qui me sert de bureau confortable, une ancienne véranda latérale pourvue de portes-fenêtres, bourrée de meubles d'été, de lampes en cuivre aux abat-jour découpés dans des cartes (achetés par correspondance), d'étagères montant jusqu'au plafond et d'un tapis persan aux nuances pourpres qui était déjà là quand nous avons emménagé dans cette maison. C'est une pièce que je considère normalement comme *la mienne*, bien que je n'aie pas un sens de la propriété trop développé. Mais même Bosobolo, qui se considère partout chez lui dans la maison, se tient à l'écart de cette pièce sans que je ne lui aie jamais rien dit. C'est le bureau où j'ai finalement renoncé à travailler sur *Tanger*, où j'écris presque tous mes articles sportifs, où ma machine à écrire est posée sur ma table de travail. Lorsque X m'a quitté, c'est dans cette pièce que j'ai dormi chaque nuit avant de pouvoir réintégrer ma chambre. Presque tous les gens qui sont propriétaires de leur domicile s'aménagent un tel nid confortable et intime, et je découvre Walter Luckett debout au milieu de ma pièce privée, avec un sourire niais d'autodérision qui, autrefois, à Coshocton, a sans doute poussé un certain type de fille intellectuelle, au visage couvert d'acné, à se dire : « Tiens, tiens. Voilà vraiment une nouveauté sur la planète... Ce gars-là n'est vraiment pas n'importe qui », avant de tenter le diable et de se ridiculiser en sortant avec lui.

Je ne dirais pas que je suis ravi de le trouver là, car je me sens fatigué, et à peine douze heures plus tôt j'ai conversé avec un cinglé dont je ne tirerai jamais un bon article. Je désire tout bonnement mettre ces mauvais souvenirs derrière moi et sombrer dans les bras de Morphée. Demain, comme tous les lendemains, sera peut-être un jour à marquer d'une pierre blanche.

Walter tient entre ses mains un catalogue de bagages en toile ; en me voyant, il l'a roulé pour en faire un petit mégaphone :

— Frank, ton majordome m'a fait entrer. Sinon je ne serais pas ici à cette heure-ci. Tu as ma parole.

— Ça va, Walter. Ce n'est pas mon majordome, mais mon locataire. Quoi de neuf ?

Je pose mon sac acheté précisément dans le catalogue qu'il vient de métamorphoser en porte-voix. J'aime beaucoup cette pièce, ses nuances cuivrées, la peinture des moulures qui s'écaille par endroits, les divans et les fauteuils en cuir, la table au plateau mobile jonché d'un désordre savamment agencé et infiniment séduisant. Rien ne me plairait davantage que de me pelotonner quelque part ici pour roupiller tranquillement pendant sept ou huit heures.

Walter porte le même polo de tennis bleu et le même short qu'avant-hier soir au Manasquan, des mocassins sans chaussettes et un veston Barracuda doublé en plaid (surnommé *le veston du couillon* par les membres de ma fraternité). Il y a tout à parier que ces vêtements font partie de la même panoplie que Walter porte depuis Grinnell. Mais derrière ses lunettes à monture d'écaille, son regard paraît défait, et ses cheveux gras de représentant de commerce auraient besoin d'un bon shampooing. Bref, Walter est un véritable cadavre ambulant, et j'ai l'impression qu'il est venu jusqu'ici se décharger sur moi de son trop-plein de mort.

— Frank, je n'ai pas dormi depuis trois jours, bafouille-t-il en avançant timidement de deux pas. Impossible de fermer l'œil depuis que je t'ai parlé après notre excursion.

Il roule le catalogue Gokey pour en faire le tube le plus mince possible.

— Laisse-moi te servir un verre, Walter, dis-je. Et puis donne-moi ce catalogue avant de le transformer en charpie.

— Non merci, Frank. Je ne compte pas rester.

— Tu veux une bière, alors ?

— Pas de bière.

Walter s'assoit dans un grand fauteuil en face de ma chaise, puis se penche en avant, les coudes sur les genoux : la posture du confessionnal, un rite dont nous autres presbytériens ignorons presque tout.

Walter est assis sous une carte encadrée de Block Island, où X et moi avons naguère fait de la voile. Je lui ai offert cette carte pour son anniversaire, mais j'ai tenu à la garder après le divorce. X s'est plainte jusqu'à ce que je lui dise que je tenais beaucoup à ce souvenir, après quoi elle y a renoncé. De fait, c'est un lien que je conserve avec une époque plus heureuse, quand la vie était simple et dénuée de toute souffrance. C'est une sorte de pièce de musée, et je suis navré d'apercevoir maintenant en dessous le visage défait de Walter Luckett.

— Frank, tu habites une maison formidable. Je veux dire, quand j'ai remarqué que tu avais un majordome noir qui s'exprimait avec un accent britannique, ça ne m'a pas surpris du tout. (Walter lance des regards effarés et approbateurs autour de lui.) Dis-moi, ça fait combien de temps que tu en es propriétaire ?

Il m'adresse le sourire du gamin à qui l'on vient d'offrir son premier vélo.

— Quatorze ans, Walter.

Je prends la bouteille de gin que je cache derrière l'atlas des enfants et me sers une bonne rasade tiède, que j'avale d'un trait.

— Ça, c'est de l'argent bien placé. Le quartier. Plus les taux d'intérêt de l'époque. Bravo. J'ai des clients dans le coin, le vieux Nat Farquerson par exemple. Moi, j'habite les Presidents, maintenant. Coolidge Street. C'est pas mal comme endroit, tu ne trouves pas ?

— Ma femme habite Cleveland Street. Mon ancienne femme, devrais-je dire.

— La mienne est à Bimini, bien sûr, avec Eddie Pitcock. Tu te rends compte ?

— Tu m'en as déjà parlé.

Walter plisse les yeux, puis me fixe d'un air renfrogné comme si ma dernière réponse ne méritait rien d'autre qu'un bon coup de poing dans la figure. Un ange passe, et je ne réussis pas à refréner un bâillement impoli.

— Frank, je ne vais pas tourner autour du pot. Excuse-moi. Mais depuis cette soirée à l'Americana, je n'arrive plus à rien. Toute mon existence semble paralysée par cet unique événement. Merde alors. J'ai fait bien pis dans ma jeunesse, Frank. Un jour, alors que j'avais vingt ans et que j'étais marié, j'ai baisé une gamine de treize ans, et je m'en suis vanté auprès de mes amis ! Dire que je dormais comme un bébé à cette époque ! Comme un bébé ! Je pourrais même te parler de choses bien pires, que j'ai faites. Mais impossible de me sortir celle-là de l'esprit. J'ai trente-six ans, Frank. Et tout me paraît se barrer en couilles. J'ai cessé de *devenir*, voilà l'impression que j'ai. Sauf que je me suis arrêté d'évoluer au mauvais moment.

Un sourire sidéré traverse le visage hagard de Walter, qui secoue la tête. On croirait un ancien soldat traumatisé, couvert de blessures invisibles. Mais en l'occurrence, il s'agit de problèmes privés, dont il devrait être le seul à s'occuper.

— A quoi penses-tu, juste en ce moment, Frank ? me demande Walter, plein d'espoir.

— A rien de précis, vraiment.

Je hoche la tête une fois ou deux pour faire comprendre à Walter que, moi aussi, je suis un ancien soldat traumatisé, bien qu'en réalité je sois perdu dans une espèce de brouillard où flotte l'image vague de Vicki. Je me demande si elle s'attend à ce que je l'appelle pour une éventuelle réconciliation, je me demande même si je la reverrai un jour.

Walter ne pourrait guère se pencher davantage au-dessus de ses genoux sans tomber ; son visage est plus sinistre que sincère.

— Qu'as-tu pensé quand je t'ai dit ce que je t'ai dit, il y a deux soirs ? Quand je te l'ai dit pour la première fois ? Complètement idiot, hein ?

— Ça ne m'a pas semblé idiot, Walter. Il y a des choses qui arrivent comme ça, voilà ce que j'ai pensé.

— Au moins, je ne me cache pas la tête dans le sable comme l'autruche, n'est-ce pas, Frank ?

— Je n'ai jamais pensé ça.

Le visage de Walter s'assombrit encore, comme s'il découvrait des frontières insoupçonnées. Il aimerait que je lui pose une question pertinente qui lui permettrait de démarrer, de me raconter une kyrielle de choses que je n'ai pas la moindre envie d'entendre. Mais si j'ai accepté d'écouter, j'ai aussi décidé de ne pas poser de question. Car l'absence de toute curiosité constitue la seule preuve d'amitié véritable dont je sois certain. Walter meurt sans doute d'envie de m'expliquer comment on ne casse pas trois pattes à un canard, mais je préférerais éviter tout son déballage. Il est trop tard. Je suis prêt à aller me coucher. Et puis je n'ai aucune expérience en ce domaine. J'ignore ce qu'un interlocuteur — y compris un spécialiste — devrait répondre, sinon ceci :

— Allez, fiston, on va t'emmener à l'hôpital, pour que là-bas les toubibs te filent une bonne piquouze miracle qui va te remettre sur les rails.

— Qu'est-ce qui te tracasse, Frank si je peux me permettre ?

Walter est toujours solennel comme un fantôme

— Pas grand-chose, Walter. La nuit, mon cœur se met parfois à battre la chamade. Mais tout rentre dans l'ordre dès que j'allume la lumière.

— Tu es un homme à principes, Frank. Tu ne m'en veux pas de dire ça, j'espère ? Tu appliques des règles morales pour tout un tas de choses.

— Je ne t'en veux pas, Walter, mais franchement je ne crois pas avoir la moindre éthique. Je me contente de faire le moins de mal possible autour de moi. Pour le reste, je navigue à vue.

J'adresse un pâle sourire à Walter.

— Crois-tu que *moi* j'aie fait du mal à quelqu'un, Frank ? Penses-tu être meilleur que moi ?

— Je crois que c'est sans importance, Walter, pour te dire la vérité. Nous sommes tous pareils.

— Ça me dépasse, Frank, parce que moi j'admire les règles. En toute chose.

Walter se redresse, croise les bras et me jauge du regard. Notre discussion va peut-être finir en pugilat. Mais je préférerais prendre mes jambes à mon cou plutôt que d'en venir aux poings avec Walter. En fait, je sens la chaleur agréable du gin irradier à partir de mon estomac. Et je serais ravi de me coucher avec cette source de chaleur réconfortante au creux du ventre.

— Tant mieux, Walter.

Je fixe Block Island avec ferveur en essayant de me rappeler, après toutes ces années, le premier séjour que j'ai fait là-bas en compagnie de X. Sandy Point. Je passe en revue les étagères derrière la tête de Walter, comme si ces deux mots allaient soudain apparaître sur une reliure amicale.

— Laisse-moi te demander, Frank, ce que tu fais quand une chose te tarabuste au point que tu n'arrives pas à t'en débarrasser. Tu as beau essayer, rien à faire pour chasser ton obsession.

Les yeux de Walter pétillent de joie, comme s'il venait de créer un monstre furieux et implacable qui menaçait de l'engloutir.

— Eh bien, parfois je prends un bain très chaud. Ou je vais me promener à minuit. Ou bien je parcours un catalogue. Je me soûle. Parfois, je me couche et j'ai des pensées grivoises sur les femmes. Je me sens toujours mieux après. Ou encore j'écoute les ondes courtes. Ou je regarde Johnny Carson à la télé. Mais d'habitude je n'ai pas trop de problèmes, Walter. (Je lui souris pour lui signifier que je ne plaisante qu'à moitié.) Je devrais peut-être m'en poser davantage.

A l'étage, j'entends Bosobolo marcher dans le couloir vers la salle de bains, puis la porte qui se ferme, puis la chasse d'eau. C'est un bruit domestique que je trouve toujours réconfortant, son dernier rite avant d'aller se coucher : se vider longuement et scrupuleusement la vessie. Je l'envie plus que je ne saurais dire.

— Tu sais ce que je pense, Frank ?

— Quoi donc, Walter ?

— On dirait que tu ne sais pas que tu vas mourir, voilà ce que je pense.

Walter rentre brusquement la tête dans les épaules, tel un homme qu'on vient de menacer et qui court se mettre à l'abri.

— Tu as sans doute raison.

Je lui adresse un sourire douloureux, mais bienveillant. Les derniers mots de Walter ont néanmoins sur moi un impact glacé et brutal — la première motte de terre bien grasse s'écrase bruyamment sur le cercueil en pin, tandis que les proches éplorés remontent dans leurs Buick et que les portières claquent à l'unisson. Qui diable a envie de penser à la mort en ce moment ? Il est une heure du matin en ce jour consacré à la résurrection et au renouveau du monde. Pour l'instant, j'ai autant envie de parler de la mort avec Walter que de lui jouer un air de mirliton avec mon cul.

— Tu as peut-être besoin de rigoler un bon coup, Walter. Moi, j'essaie de rire tous les jours. Tu sais ce que le soutien-gorge dit au chapeau ?

— Non, j'en sais rien. Alors, qu'est-ce qu'il lui dit, Frank ?

Walter n'est pas vraiment amusé, mais Walter ne m'amuse pas vraiment non plus.

— « Prends donc la tête pendant que je m'occupe de ces deux auto-stoppeurs. » (Je le regarde. Sa bouche se tord, mais il ne rit pas.) Tu devrais trouver ça désopilant, Walter. Car ça l'est.

J'ai moi-même un mal de chien à ne pas éclater de rire, bien que notre entretien soit d'un sérieux atterrant et qu'il ne soit pas question de blaguer avec ce rabat-joie.

— Tu penses peut-être que j'ai besoin d'un hobby, ou d'un truc similaire, c'est ça ?

Walter ricane toujours, mais d'un air hostile.

— Tu as simplement besoin de voir les choses sous un autre angle, Walter. Voilà tout. On ne peut pas dire que tu t'accordes beaucoup de répit.

Peut-être qu'une pute à cent dollars lui fournirait l'angle désiré. Ou une initiation à l'astronomie par cours du soir. J'avais trente-sept ans lorsque j'ai appris que plusieurs étoiles pouvaient revendiquer l'appellation d'étoile polaire ; ç'a été pour moi une surprise énorme, et aujourd'hui encore j'en demeure sidéré.

— Tu sais ce qui est vrai, Frank ?

— Quoi donc, Walter ?

— Ce qui est vrai, Frank, c'est qu'en devenant adultes, nous devenons soudain la chose qu'on regarde, et non plus celui qui regarde. Tu comprends ce que je veux dire ?

— Je crois, oui.

Je comprends parfaitement ce qu'il veut dire, comme si j'avais eu cette pensée à sa place. Un divorce enseigne une foule de ces menues leçons qui paraissent tout droit sorties d'un groupe de rencontre. Mais plutôt crever que d'échanger ce genre de vérités avec Walter. Même le Club des hommes divorcés ne programme pas ce type d'activité.

— Walter, je suis très fatigué. J'ai eu une longue journée.

— Et je vais te dire autre chose, Frank, même si tu ne me l'as pas demandé. Je ne suis pas assez cynique pour ne pas m'en apercevoir. Je ne vais pas me trouver un hobby, ni m'intéresser aux bonnes blagues. Le cynisme te donne l'impression d'être plus malin que les autres, même si tu es le dernier des crétins.

— Peut-être. Je ne voulais pas te pousser à te lancer du haut d'un pont avec une corde à la cheville.

— Frank, je ne sais pas dans quel pétrin je me suis mis, et je n'ai pas envie de faire le malin. Parce que, si j'étais vraiment malin, je ne serais pas dans cette mouise. Je me sens trop vulnérable avec tout ce merdier sur les bras, et puis j'ai une trouille bleue. (Walter secoue la tête, partagé entre l'ahurissement et la contrition.) Je suis désolé de tout ça, Frank. Je voulais continuer à m'améliorer, par moi-même.

— Ça va, Walter. Mais je ne suis pas certain qu'on puisse vraiment s'améliorer. Tu ne veux pas boire un verre avec moi ?

Curieusement, je me sens soudain touché par Walter le perfectionniste qui veut y arriver tout seul. Walter est un véritable adepte du Nouvel Age, et à vrai dire, lui et moi ne sommes pas si différents. J'ai découvert des choses qu'il découvrira à son tour lorsqu'il se sera calmé, même si l'époque où je pouvais passer une nuit blanche à régler un quelconque *point d'honneur**, à lire un roman ou à remonter le moral d'un copain est bel et bien révolue. Sans être très âgé, je suis trop vieux pour tout ça. Le lendemain — tous mes lendemains — m'importe trop. Je vis trop dans l'attente, dans l'avenir. Le mieux que je puisse offrir est un verre en fin de soirée, ou un canapé où Walter pourrait dormir en gardant la lumière allumée.

— Frank, je veux bien boire un verre. C'est trop gentil de ta part. Et après, je file.

— Tu pourrais rester dormir ici. Il y a un canapé, à moins que tu préfères le lit qui est dans la chambre des enfants. Ça ne me gêne pas du tout.

Je sers deux gins, puis tend un verre à Walter. J'ai rangé en lieu sûr mes verres-ballons de l'équipe des Poulains de Baltimore, achetés sur catalogue Balfour quand j'étais étudiant, à l'époque où Unitas et Raymond Berry étaient des grandes vedettes. Le moment me paraît bien choisi pour les étrenner. Le sport constitue toujours un excellent moyen d'oublier les malheurs de l'existence.

— Tu es vraiment trop gentil, Franko, dit Walter en regardant bizarrement le petit poulain bleu vif qui se cabre sur le verre bosselé. Splendides, tes verres.

Il me sourit d'un air émerveillé. Walter se fait une idée absolument fausse d'une grande part de ma personnalité, qu'il n'a d'ailleurs aucune envie de connaître. En fait, il

*. En français dans le texte.

ne s'intéresse guère à moi. Peut-être soupçonne-t-il même que je ne m'intéresse pas davantage à lui, que j'accomplis tout simplement mon devoir de bon Samaritain envers quelqu'un (mais de préférence une femme) qui ne risque pas, selon moi, de me tuer. Néanmoins, certains aspects de ma personne interrompent parfois le cours de ses pensées. Ainsi, mes verres des Poulains de Baltimore. Chez lui, il a des Waterford plombés, des verres en cristal incrustés de gravures saumonnées et des gobelets d'argent — à moins, bien sûr, que Yolanda n'ait tout raflé, ce dont je doute car Walter prend ses précautions.

— *Salud,* dit Walter d'un air timide.

— Santé, Walter.

Il pose aussitôt son verre, se met à pianoter sur l'accoudoir du fauteuil, puis me vrille son regard dans le blanc des yeux.

— C'est un type comme n'importe qui, Frank. (Walter renifle et hoche subitement la tête.) Il est analyste de valeurs à Wall Street avec moi. Deux gosses. Sa femme s'appelle Priscilla, ils habitent Terre-Neuve.

— Mais qu'est-ce qu'ils foutent là-bas ?

— Je te parle du New Jersey, Frank. Terre-Neuve, dans le New Jersey. Comté de Passaic.

Un endroit où X et moi allions souvent faire un tour en voiture le dimanche pour manger dans un relais de campagne. Une parfaite petite Amérique bucolique sertie dans un district du New Jersey, à une heure de train de New York.

— Je ne sais pas ce qu'on pourrait dire de lui ou de moi, ajoute Walter.

— Trop ou trop peu, sans doute.

— Ce que je dis, moi, c'est que c'est un type bien. (Walter joint les mains entre ses genoux et me décoche un regard offusqué.) Je suis allé à son bureau encaisser quelques certificats pour un client, et on s'est mis à bavarder. Il suit les mêmes valeurs que moi. Une chose en amène une autre, je ne vais pas t'apprendre ça. J'étais déjà en retard, et nous avons décidé de descendre prendre un verre au Funiculaire en attendant la fin des embouteillages. Nous avons parlé de tout, des produits pétrochimiques dans l'industrie des conteneurs liquides jusqu'à la pratique du football dans les petites universités. Il a fait ses études à Dickinson. Tout d'un coup, je me suis aperçu qu'il était neuf heures et demie et que nous parlions depuis trois heures !

Walter se frotte les mains devant son petit visage poupin, puis le pouce et l'index passent au-dessus des lunettes pour rejoindre les yeux.

— Ça n'a rien de bizarre, Walter. Vous auriez pu échanger une poignée de mains et puis rentrer chez vous. C'est ce que font la plupart des gens. (Et heureusement !)

— Je sais bien, Frank.

Ses deux mains rajustent les lunettes en écaille de tortue. Je n'ai strictement rien à dire. Walter se comporte comme un type en transe ; le réveiller ne ferait qu'accroître sa confusion et son désir de *tout* me dire. Avec un peu de chance, ce sera bientôt fini et je pourrai me coucher.

— Tu es d'accord pour écouter ça, Frank ?

— Je ne veux rien écouter de gênant, Walter. Je n'ai pas besoin de ça. Je ne te connais pas assez bien.

— Ça n'a rien de gênant, tu vas voir.

Walter se tourne pour prendre son verre, puis m'adresse un regard interrogateur.

— Elle est là.

Je lui indique la bouteille de gin.

Walter se ressert, puis se laisse aller en arrière dans le fauteuil profond et fait cul sec. Il se l'envoie « franco de port derrière la cravate », comme nous disions dans le Michigan. Je pense tout à coup que j'aurais très bien pu, en ce moment même, être dans le Michigan avec Vicki, tous les deux occupés par un souper tardif au Pretzel Bell d'Ann Arbor. Une côte de bœuf avec de la moutarde forte et une assiette de choux rouge. J'ai commis une erreur capitale au moment critique.

— Tu connais Ida Simms, Frank ?

Walter m'observe d'un air pénétré en serrant les lèvres. Il veut me convaincre que son discours est d'une logique implacable, qu'à partir de maintenant il ne parlera plus que de l'essentiel, de faits dûment constatés. Ce gars-là n'a que faire de sentiments approximatifs.

— Ce nom me dit quelque chose, Walter. Mais je ne sais pas pourquoi.

— Sa photo a été dans tous les journaux l'année dernière, Frank. Une dame âgée avec une mise en plis des années quarante. On aurait dit une publicité, et en un sens c'en était une. Tu sais, la femme qui venait de disparaître. Elle est descendue d'un taxi à Penn Station, avec deux petits caniches tenus en laisse, et personne ne l'a jamais revue. Sa famille a fait passer plusieurs annonces avec sa photo en demandant à quiconque aurait aperçu Ida Simms de téléphoner. Une personne chère qui disparaît sans laisser de trace. Et vlan. (Walter secoue la tête, à la fois réconforté et sidéré par le monde étrange dans lequel nous vivons.) Elle avait déjà eu des problèmes psychiatriques, Frank, fait des séjours à l'hôpital. Les membres de sa famille ont dû se dire qu'elle filait un mauvais coton. Le désir de se liquider est sans doute très fort dans ces moments-là.

Les yeux bleus de Walter, très brillants, restent posés sur moi, et je suis obligé de détourner mon regard vers Block Island.

— C'est difficile à dire, Walter. Il y a des gens qui perdent les pédales pendant dix ans, et puis qui se réveillent un beau jour à Saint Petersburg, frais comme un gardon.

— Je sais bien. C'est vrai. (Walter baisse les yeux vers ses mocassins.) Nous avons discuté de toute cette affaire, Yolanda et moi. Elle pensait que cette photo était une espèce d'imposture, une pub pour salon de massage ou un truc de ce genre. Mais moi, j'y croyais dur comme fer. Même si je n'en savais pas plus qu'elle. Mais voilà une photo de cette femme, Frank, qui ressemble à une brave mère, la tienne ou la mienne, avec ses cheveux coiffés à la mode des années quarante, avec son sourire effrayé, comme si elle savait qu'elle filait un mauvais coton, et je n'ai pas pu croire à la supercherie. J'ai dit à Yolanda qu'elle ne devait pas prendre ça pour une publicité malhonnête, tout simplement parce que ce n'en était peut-être pas une. Tu comprends ce que je veux dire ?

— Je crois.

J'ai vu cette photo au moins une vingtaine de fois. La personne qui la faisait publier avait eu l'idée lumineuse de l'insérer dans la page sportive du *Times*, que je lisais juste avant la nécro. Je m'étais moi-même demandé si Ida Simms n'était pas le nom d'un coiffeur unisexe ou la couverture d'un réseau de call-girls, ou si quelqu'un n'utilisait pas la photo de sa mère pour se faire de la publicité. J'ai fini par oublier tout ça pour m'intéresser au programme de base-ball.

— Un jour, reprend Walter, je lisais le journal, et j'ai dit : « Je me demande vraiment où est passée cette pauvre femme. » Yolanda m'a fait cette réponse, qui est typique de son caractère : « Tout ça, c'est du bidon, Walter. C'est rien qu'un attrape-nigaud. Si tu ne me crois pas, eh bien je vais téléphoner et tu prendras l'écouteur. » Je lui ai dit que je ne voulais rien écouter du tout, car même si elle avait raison, elle aurait mérité d'avoir tort. Je déteste qu'on me force la main comme ça, pas toi ?

— Continue.

— Elle a téléphoné, Frank. Une voix d'homme lui a répondu. Yolanda lui a demandé : « Qui est-ce ? » L'homme a sans doute fait : « C'est Mr. Simms. Avez-vous des nouvelles de ma femme ? » C'était une ligne spéciale, bien sûr. Et Yolanda a dit : « Non. Mais j'aimerais savoir si ce n'est pas une blague. » L'homme a répondu : « Bien sûr que non, il ne s'agit pas d'une blague. Je n'ai pas revu ma femme depuis février, et nous sommes tous fous d'angoisse. Nous proposons une récompense. »

Yolanda a simplement dit : « Je suis désolée. Je ne sais rien. » Et elle a raccroché. Ça s'est passé environ un mois et demi avant qu'elle s'en aille avec ce Pitcock.

Walter plisse les yeux comme s'il apercevait le dénommé Pitcock dans la mire d'un fusil de gros calibre.

— Pourquoi me parles-tu de tout ça ?

— A cause du cynisme, voilà tout.

— Je crois que tu es beaucoup trop tatillon, Walter.

— Peut-être. Mais je n'ai pas pu m'enlever ça de l'esprit. Cette pauvre femme qui devait errer Dieu sait où — sans doute perdue. Folle. Et tout le monde persuadé que sa photo dans le journal est une publicité pour une saleté quelconque, une mauvaise blague. Toute cette misère m'a flanqué un sacré coup.

— Tout est possible, Walter.

Je ne peux m'empêcher de bâiller encore.

Walter joint soudain les mains entre ses genoux cagneux et m'adresse le regard fixe du suppliant.

— Je sais bien que tout est possible, Frank. Mais quand j'ai parlé de ça à Warren, il m'a dit que tout ça était une vraie tragédie, et il a trouvé scandaleux que personne n'ait téléphoné à la famille pour lui fournir des nouvelles rassurantes. Même l'annonce de sa mort aurait soulagé ses proches.

— J'en doute.

— D'accord, peut-être pas. Mais nous devons tous mourir un jour. On ne va quand même pas en faire une tragédie, bordel. Le plus moche, c'est de mener une existence cynique, insensible, médiocre, comme Yolanda qui appelle ces pauvres gens, histoire de les rendre malheureux pendant cinq minutes de plus, tout ça parce qu'elle tient absolument à faire sa mauvaise blague sur le dos d'une désespérée. La mort est chaque jour présente dans notre vie...

— Oh, pour l'amour du ciel.

— D'accord, Frank. D'accord. J'arrête. Mais je tiens à te raconter le reste, au moins la partie qui ne te gênera pas.

Pourquoi donc le récit de l'instant magique vécu par Walter m'ennuirait-il moins qu'un film industriel ou un cours sur la dynamique des fluides ? Que pourrait-il trouver que je n'aie déjà imaginé, au cas où son aventure m'intéresserait ? L'activité sexuelle d'un homme ne m'amuse guère (seules ses activités publiques me concernent).

— C'était comme une amitié, Frank. (Walter prend soudain la mine éplorée d'un porteur de cercueil.) Si tu arrives à me croire. (Que lui répondre ?) Je me sens incapable d'expliquer mes sentiments, tu comprends ? Tout ce que je sais, c'est qu'il a dit : « La mort n'est pas une tragédie », un truc bizarre, je sais pas. Alors j'ai dit : « Allons-nous-en d'ici. » Exactement comme avec une femme dont on se croit amoureux. Cela nous a paru parfaitement naturel à tous les deux. On s'est levés, on est sorti du Funiculaire, on a pris un taxi et quitté le centre-ville.

— Pourquoi avez-vous choisi l'Americana ?

Je n'ai pas la moindre raison de poser cette question, bien sûr. Ce que j'ai envie de faire, c'est de saisir Walter par les revers de son veston Barracuda et de flanquer ce couillon dehors.

— Sa boîte loue quelques chambres là-bas, Frank, pour les types qui travaillent tard. J'imagine que tu dois trouver ça plutôt cocasse, non ?

— Je ne sais pas, Walter. Il faut bien aller quelque part, j'imagine.

— Ça me paraît loufoque, même à moi. Deux cadres de Wall Street qui vont à l'Americana. On se laisse parfois piéger par sa propre bêtise, Frank, tu ne crois pas ?

Il meurt d'envie de me raconter toutes ses turpitudes par le menu.

— Et maintenant, Walter ? Tu vas revoir ton ami ? Warren, c'est bien ça ?

— Qui sait, Frank ? Mais j'en doute. Il est assez heureux à Terre-Neuve. Pour moi, le mariage se fonde sur le mythe de l'éternité, et je crois qu'en ce moment je vis davantage dans l'ici et maintenant.

Walter renifle d'un air convaincu, mais je n'ai pas la moindre idée de ce qu'il veut dire par là. Il pourrait aussi bien me réciter la Déclaration d'indépendance en swahili.

— D'après ce que j'ai pu comprendre, Warren ne partage pas mon point de vue. Ce qui ne m'ennuie pas du tout. Je ne crois pas être fait pour devenir l'un de ces gars, Frank. Mais c'est la première fois que je me sens aussi proche de quelqu'un. Plus proche que je ne l'ai jamais été de Yolanda. Ou même de ma mère et de mon père, ce qui est assez effrayant pour quelqu'un qui vient d'une ferme de l'Ohio. (Walter m'adresse le grand sourire terrifié du gamin de l'Ohio.) J'ai renoncé à toutes ces promesses d'éternité, qui tout compte fait s'expliquent seulement par la peur de mourir. Tu sais tout ça, évidemment. C'est le concept numéro un de notre existence. Mais je n'ai pas peur de mourir brusquement, Frank, et de laisser tout en plan. Et toi ?

— Ça ne me plairait pas beaucoup, Walter, je l'avoue.

— Tu ferais ce que j'ai fait, Frank ? Dis-moi la vérité.

— Je crois que je reste un adepte convaincu du concept d'éternité. Je suis assez conventionnel. Mais je ne désapprouve pas pour autant ce que tu as fait, Walter.

Walter hoche la tête en entendant ma réponse. Il vient de recevoir une bonne nouvelle inespérée ; ses yeux bleus au regard triste se plissent comme pour scruter un long couloir plongé dans la pénombre des choses passées. Derrière ses lunettes, il me considère pendant un long moment. Et je sais exactement ce qu'il voit, ou ce qu'il tente de voir, car je me suis parfois donné un mal de chien pour voir la même chose — par exemple avec X avant qu'elle me quitte pour de bon.

C'est *lui-même* que Walter essaie de voir ! Si le côté vieux jeu et conventionnel de Walter Luckett se retrouve dans la bonté d'âme inusable de Frank Bascombe, alors la situation n'est peut-être pas désespérée. Walter désire savoir s'il n'est pas irrémédiablement perdu dans la région inhospitalière et mal balisée où il s'est aventuré. (Malgré toutes ses imprudences, Walter est fondamentalement un mouton de Panurge, surtout pas un sondeur d'abîmes.)

— Frank, dit Walter avec un sourire éclatant et un hochement de tête incongru, en se tortillant sur son fauteuil. (Il a provisoirement renoncé à toute méchanceté.) As-tu jamais souhaité que quelqu'un ou quelque chose s'empare de toi et t'emmène très loin ?

— Ça m'arrive très souvent. C'est justement pour ça que je fais ce métier. Il suffit que je prenne l'avion, et le tour est joué. C'est ce que je te disais l'autre soir à propos des voyages.

— Eh bien, j'ai senti ça en arrivant ici ce soir, Frank — quand ton majordome m'a fait entrer et que je me suis promené chez toi en t'attendant. J'ai eu le sentiment qu'il n'existait pas d'endroit assez exotique pour moi, que j'étais coincé au beau milieu d'un gâchis monumental, et que la situation ne faisait qu'empirer. Tu te rappelles ce qu'on ressentait quand nous étions gosses ? Toutes les limites dépassées, les contraintes abolies, quand nous n'étions plus responsables de rien.

— C'était formidable, Walter, n'est-ce pas ?

Je pense à la camaraderie unique qui existait au sein de ma fraternité. Je n'ai jamais retrouvé pareil sentiment de liberté. Du whisky, des parties de cartes, des filles.

— Avant que je vienne ici ce soir, tout semblait conspirer contre moi.

— Alors je suis content que tu sois venu, Walter.

— Moi aussi. Parce que je me sens vraiment mieux, grâce à toi. Peut-être parce qu'on n'arrête pas d'échanger des idées ensemble. J'ai l'impression qu'une nouvelle chance ne va pas tarder à se présenter à moi. Au f
Frank, est-ce que ça t'arrive de chasser le canard ?

Walter m'adresse un large sourire plein de générosité.

— Non.

— Eh bien, allons chasser le canard ensemble. J'ai toutes sortes de fusils. Je les ai passés en revue hier, pour les nettoyer. Tu pourras en prendre un. J'aimerais bien que tu m'accompagnes à Coshocton et que tu rencontres ma famille. Peut-être à l'automne prochain. Cette région de l'Ohio River, c'est vraiment quelque chose. Quand j'étais gosse, je chassais tous les jours de la saison. Et puis, tu sais, c'est pas vraiment loin. Suffit de prendre l'autoroute de Penn. Je n'y suis pas retourné depuis un certain temps, mais il faudrait que j'y aille. Mes parents se font vieux. Et les tiens, Frank, où vivent-ils ?

— Ils sont morts, Walter.

— Ah, euh, bon. Ils meurent un jour ou l'autre, Frank. Tu as des projets ?

— Pour quand ?

— Disons pour cet été.

Walter rayonne littéralement. Vivement qu'il rentre chez lui.

— J'emmène mes enfants faire le tour du lac Érié.

De quoi se mêle-t-il donc ? Tout lui semble maintenant merveilleux.

— Sacrée bonne idée.

— Je n'en peux plus, Walter. Ç'a été une rude journée.

— J'étais désespéré en arrivant ici, Frank. J'avais l'impression d'avoir ma vie derrière moi. Et maintenant ce n'est plus le cas. Que puis-je faire ? Veux-tu aller manger des œufs dehors ? Il y a un bon restau sur la route 1. Que dirais-tu d'un petit déjeuner ?

Walter s'est levé. Les mains dans les poches, il se balance d'avant en arrière.

— Je crois que je vais aller me pieuter, Walter. Le canapé t'appartient pour la nuit.

Walter se penche, prend son verre des Poulains de Baltimore, l'admire, puis me le tend.

— Moi, je crois que je vais rejoindre ma voiture et me balader un peu. Ça me calmera.

— Je ne fermerai pas la porte à clé.

— D'accord, fait Walter avec un rire allègre. Frank, je tiens à te donner une clé de chez moi. Tu ne peux pas garantir que tu n'auras pas bientôt envie de disparaître un moment de chez toi. Mon foyer est le tien.

— Tu ne comptes plus y habiter, Walter ?

— Bien sûr que si. Mais c'est sans importance. Comme ça, tu sais que tu peux toujours disparaître quand ça te chante.

Walter me tend la clé. Je me demande bien pourquoi Walter croit que je vais un jour avoir envie de disparaître.

— C'est gentil de ta part.

Je glisse la clé dans ma poche et adresse à Walter un sourire avenant destiné à le faire déguerpir.

— Frank, dit Walter.

Alors, sans que je m'y attende, ni puisse l'éviter ou prendre mes jambes à mon cou, Walter me saisit le visage entre les mains et m'embrasse sur la joue ! J'en reste pantois. Mais pas longtemps. Je le repousse violemment et m'écrie horrifié :

— Pas de ça, Walter, j'ai pas envie qu'on m'embrasse !

Walter rougit comme une pivoine et paraît sidéré.

— D'accord, d'accord, fait-il.

Je sais bien que je n'ai pas compris l'intention de Walter, mais j'en ai par-dessus la tête. Plutôt embrasser un chameau que de me faire à nouveau embrasser sur la joue par Walter. Il a beau se sentir ici chez lui, je ne peux plus le voir en peinture.

Walter cligne des yeux derrière ses lunettes en écaille de tortue. Puis il me dit :

— Nous perdons le contrôle peu à peu, n'est-ce pas, Frank ?

— Rentre chez toi, Walter.

Maintenant, je suis furieux.

— Ça va aller, Frank. Grâce à toi.

Walter m'adresse son sourire lugubre d'ancien combattant, puis passe la porte.

Quelques secondes plus tard, j'entends sa voiture démarrer. Par la fenêtre j'aperçois les phares dans la rue, et la voiture — une MG — qui s'éloigne tristement. Walter klaxonne deux fois pour me saluer, puis il disparaît au carrefour. Je mettrais ma tête à couper qu'il va me téléphoner dès qu'il sera chez lui, ce grand nigaud. Et en m'allongeant tout habillé sur le divan où je dormais naguère après le départ de X, un catalogue Gokey à portée de la main, je débranche le téléphone — menue concession silencieuse aux diktats de la vie réelle. Ne m'appelle pas, insinue mon message muet, je dors. Je fais de beaux rêves. Ne me dérange pas. L'amitié est un mensonge de l'existence. N'appelle pas.

Pendant les six mois qui ont suivi la mort de Ralph, alors que j'étais en proie à mes pires absences et que je m'enfonçais chaque jour davantage dans mes rêves éveillés, je me suis mis à commander tous les catalogues que je pouvais trouver. Une bonne quarantaine arrivaient chaque trimestre à la maison. Il a fallu que je me décide à en jeter une pleine caisse pour faire de la place aux nouveaux. Cela ne paraissait pas gêner X, qui a même fini par s'y intéresser autant que moi, à tel point qu'elle recevait désormais certains catalogues à son nom. A cette époque — c'était l'été —, nous passions au moins une soirée par semaine dans le solarium ou assis à la table de la cuisine, à feuilleter toutes ces pages colorées, à surligner au marqueur les articles qui nous plaisaient, à écorner des pages, à inscrire notre numéro de carte de crédit sur les bons de commande (que nous ne postions presque jamais), et à noter des numéros de téléphone gratuits au cas où nous aurions désiré de plus amples renseignements.

Je possédais des catalogues d'appeaux, dont un expédié avec l'enregistrement d'un lapereau à l'agonie. Des catalogues de colliers de chien. Des catalogues de bagages en toile pour safaris africains. Des catalogues pour expéditions dans un pays lointain avec une compagne. Des catalogues pour toutes sortes de vêtements adaptés à toutes les circonstances imaginables et à tous les climats. J'avais des catalogues de livres rares, des catalogues de disques, des catalogues d'outillage spécialisé, des catalogues italiens de décorations pour jardins, des catalogues de graines de fleurs, des catalogues d'armes, d'accessoires érotiques, des catalogues de hamacs, de girouettes, de matériel de barbecue, d'animaux exotiques, d'épées, d'attrape-limaces. Je possédais tous les catalogues possibles et imaginables ; et lorsque j'en découvrais un nouveau, j'écrivais ou téléphonais pour le réclamer.

Un temps, X et moi avons cru que la satisfaction de tous nos besoins d'achat par correspondance constituait le seul mode de vie qui nous convenait, à nous et à notre situation ; que nous faisions partie des gens qui préfèrent acheter par correspondance plutôt que de s'aventurer dans le monde, perdre son temps dans les centres commerciaux, aller à New York, ou même dans les modestes rues commerçantes de Haddam pour effectuer nos emplettes indispensables. En ville, nous connaissions beaucoup de gens qui faisaient la même chose et croyaient qu'on avait ainsi accès aux meilleurs articles, et aux plus inhabituels. Les camions de livraison s'arrêtent tous les jours dans la rue pour décharger hamacs ou enfumoirs, ou Dieu sait quoi encore — paquets de gants pour barbecue, boîtes aux lettres en forme de coffre de pirate, balcons entiers.

Mais cela allait bien au-delà du simple plaisir de passer des heures à feuilleter des pages à la recherche du tournevis le plus performant ou du remodeleur de capsule de bière uniquement disponible en écrivant à une boîte postale du Nebraska. Car la vie représentée dans ces catalogues me paraissait tout bonnement irrésistible. J'étais dans une disposition d'esprit qui me faisait adorer cette profusion d'objets purement fonctionnels ou pseudo-exotiques (qui se révèlent toujours banals lorsque vous les avez entre les mains). J'adorais l'idée de la marchandise, j'adorais tous ces visages de bons Américains anonymes qui peuplaient ces pages, ces gens qui portaient un tablier d'amiante pour soudeur, tenaient leur canne à pêche, vérifiaient la bonne marche de leur générateur avec leur tournevis à piles flambant neuf, arboraient qui sa chemise Oxford, qui sa nuisette taillée dans la même matière, mois après mois, saison après saison. Cela suscitait en moi l'étrange assurance qu'en dehors de ma vie certaines choses suivaient invariablement leur cours ; que tous ces hommes et ces femmes éternellement campés auprès de leur cheminée de briques, à côté du même lit confortable à baldaquin, tenant les mêmes fusils, sarbacanes, chauffe-bottes ou fagots de petit bois, envisageaient chaque matin la journée radieuse qui les attendait. Les choses étaient prévisibles, sûres et stables. Chacun avait exactement son dû, ce dont il avait besoin. Cela illustrait à la perfection comment la chose la plus triviale pouvait se charger d'un léger mystère.

Souvent, les soirs où je restais assis avec X dans un silence qui ne témoignait d'aucune animosité, d'aucun désaccord, il nous suffisait de pénétrer dans cette existence entrevue mais parfaitement banale — où seule importait l'acquisition de tel veston sport à chevrons pour la Toussaint, ou du plus beau paillasson qu'on pût s'offrir, ou que, la nuit et de loin, tous vos amis puissent reconnaître Jacques, votre épagneul breton, l'appeler par son nom cousu à son collier, et lui éviter de se faire écraser par le camion de bois qui lui fonçait dessus.

Chacun se console comme il peut. Et *là-bas*, nous croyions discerner une existence — nous ne pouvions certes pas aller la chercher dans le Vermont, le Wisconsin ou à Seattle, mais c'était un mode de vie malgré tout —, une existence meilleure que le rêve et le silence dans une grande et vieille maison où la mort avait prélevé son triste tribut.

Tout cela nous a passé avec le temps ; je me suis intéressé davantage aux femmes, et X a fait ce qu'elle a pu pour surmonter sa douleur. Quelques mois plus tard, quand j'eus quitté la maison pour enseigner au Berkshire College, je me suis retrouvé seul un soir dans le petit pavillon du professeur de danse, où l'université m'avait logé, tout en bas du campus, près de la Tuwoosic River, en train de me livrer à l'occupation qui, à l'exclusion de presque toute autre, m'a absorbé pendant les deux premières semaines de mon séjour — feuilleter un catalogue. (Il y en avait des dizaines dans le salon de la faculté, qui assuraient un dérivatif à ma solitude.) Dans le cas présent, j'examinais le supplément luxueux d'un catalogue de vêtements de chasse publié à West Ovid, New Hampshire, au pied des White Mountains, à peine à cent cinquante kilomètres de l'endroit où j'étais assis. Ce soir-là, un groupe d'étudiants installés à flanc de colline chantaient ensemble (j'aurais dû participer à leur chorale) ; l'odeur acide et fraîche de la pomme grillée flottait dans l'air de la Nouvelle-Angleterre, pénétrait par ma fenêtre ouverte et m'interdisait formellement de les rejoindre. J'étais profondément absorbé par la comparaison de paniers de pique-nique suisses, en cuir et rotin, et je recherchais les pages en noir et blanc qui présentaient les soldes du mois, l'esprit obnubilé par une lampe-torche ultra-pratique, par des chauffe-chevilles en prévision des prochaines nuits froides, par un dispositif d'alimentation des animaux inaccessible aux prédateurs, quand, tout à coup, que vois-je page 88, sinon deux yeux familiers ?

Depuis combien d'années ne les ai-je pas vus, ces yeux ? Cet éclat joyeux, cette fente mince où mon regard a plongé des centaines de fois — mais page 88, *seuls* les yeux sont visibles derrière un passe-montagne en soie noire, porté par une femme qui arbore la lingerie en soie de Formose.

Au loin sur la colline crépusculaire, les harmonies de *A la foire de Scarborough* dérivent dans le paysage pourpre ; les odeurs capiteuses de l'orme et du pommier entrent par ma fenêtre ouverte, mais je ne leur prête aucune attention.

Je feuillette mon catalogue dans les deux sens. Et soudain, voilà Mindy Levinson sur presque toutes les pages : ses longs cheveux châtain et son sourire timide, une veste suédoise en angora posée sur l'épaule (elle n'a pas l'air juive pour un sou) ; vers le début du catalogue, la voici à côté d'une étable rouge du Vermont, portant une veste classique en tweed, le visage fier, la pose arrogante ; et là, tout près de la couverture, Mindy, en chapeau autrichien, paraît se repentir d'un forfait secret ; ailleurs, vers la fin, intallée dans une confortable cuisine du New Hampshire, elle manie un allume-gaz en cuivre qui a la forme d'une tête de canard. Plus loin encore, elle appelle une bande d'enfants vigoureux qui portent tous une toque en peau de lapin.

A l'époque où, étudiant, j'en avais fait ma première petite amie, Mindy et moi nous échappions du campus pour rejoindre la maison de ses parents à Royal Oak et nous envoyer en l'air pendant des jours entiers. Mindy m'a accompagné pour la visite du pays d'Hemingway, Mindy est restée avec moi sur une plage de Walloon Lake tandis que les lucioles clignotaient. Mindy est la première fille à cause de qui j'ai menti à la réception d'un hôtel. Ensuite, bien sûr, elle a épousé un imbuvable promoteur immobilier nommé Spencer Karp, puis elle s'est installée dans un faubourg de Detroit, près de chez ses parents, et elle a eu des enfants avant même que j'aie fini la fac.

Mais je n'aurais pu être plus étonné. Voilà que d'un présent confus et pas spécialement gai jaillissait un visage agréable et charitable, issu du passé (une expérience que je ne fais pas souvent). Mindy Levinson me souriait vingt fois, parfait témoin d'une existence brillante que j'aurais pu connaître si j'avais fréquenté la fac de droit, eu marre de travailler dans un cabinet d'avocats, tout plaqué pour venir m'installer à mon compte dans le New Hampshire, et offrir une boutique de nouveautés à ma femme — une vie plaisante, enviable et apparemment dénuée de toute frustration, de toute crise de larmes désespérée au cœur de la nuit. Un véritable conte de fées pour adultes.

Où donc, me demandai-je, pouvait bien être Mindy ? Où était Spencer Karp ? Pourquoi avait-elle perdu son air juif ? Habitait-elle toujours près de Detroit ?

J'ai aussitôt décroché le téléphone, composé le numéro vert accessible jour et nuit, et engagé la conversation avec une femme âgée à la voix endormie, à qui j'ai indiqué la page du catalogue où figuraient les enfants aux toques en peau de lapin, dont j'ai commandé trois exemplaires. Après avoir dicté mon numéro de carte de crédit, j'ai ajouté d'un air dégagé que la femme figurant sur la photo ressemblait curieusement à ma sœur dont j'avais été séparé par les responsables de l'adoption. La société employait-elle des femmes de la région pour travailler comme mannequins ? demandai-je.

— Oui, me répondit-elle stoïquement.

Connaissait-elle, par hasard, l'identité de cette femme ?

Suivit un silence.

— Je connais rien à tout ça, répondit la standardiste d'une voix méfiante. C'est tout ce que vous désirez acheter ?

Elle a poussé un soupir exaspéré, où se lisait l'épuisement dû au manque de sommeil. J'ai reconnu que c'était tout, ajoutant que j'avais finalement décidé de ne pas acheter ces toques, après quoi la standardiste m'a raccroché au nez.

Je suis resté un moment pensif, les yeux tournés vers le vallon du Berkshire College, où les chênes et les érables avaient encore leurs bourgeons printaniers ; j'ai écouté *A la foire de Scarborough*, suivi de *Michael, rame donc jusqu'à la berge*, puis *Essaie de te rappeler*, en tâchant justement de me remémorer tout ce que je pouvais sur Mindy et l'époque lointaine d'Ann Arbor, devinant à la fois le mystère et la coïncidence, réfléchissant au menu chambardement créé par ces deux yeux bruns dans l'ouverture du passe-montagne noir, et au sourire non juif au-dessus d'un chandail aux couleurs criardes.

Un certain type de mystère suscite l'enquête, pour qu'un mystère meilleur, plus complexe et précieux, puisse s'épanouir comme une fleur exotique. Maints mystères sont difficiles à percer et supportent très bien une enquête superficielle.

La mienne m'a fait me lever au point du jour le lendemain pour parcourir en voiture les cent cinquante kilomètres me séparant de West Ovid et entrer dans le magasin dont j'avais emporté le catalogue, puis demander de but en blanc à la caissière qui était cette femme en tenue de dératiseur molesquinée, car, de fait, elle ressemblait à une camarade d'université qui avait épousé mon meilleur ami au service militaire, dont j'avais été séparé dans un camp de prisonniers vietnamien, et dont j'ignorais à ce jour le sort.

La caissière — un nabot de femme du Hampshire, au visage rubicond — m'a aussitôt répondu avec enthousiasme que la femme en question était Mrs. Mindy Strayhorn, l'épouse du docteur Pete Strayhorn, dont le cabinet dentaire se trouvait un peu plus loin vers le centre-ville, et qu'il me suffisait d'y aller, de sonner à la porte du cabinet et de vérifier s'il s'agissait bien de mon ami disparu. Je n'étais pas le premier, m'assura-t-elle, à reconnaître dans le catalogue de vieux amis perdus de vue ; mais la plupart des gens découvraient qu'ils s'étaient trompés lorsqu'ils rencontraient la personne en chair et en os.

Je suis ressorti du magasin ventre à terre. Et pas pour aller au cabinet dentaire de Strayhorn, inutile de le dire. J'ai filé à la cabine téléphonique située devant le concessionnaire de Jeep, cherché le nom de Strayhorn dans l'annuaire, et enfin composé le numéro de Mindy sans prendre le temps de souffler ni de réfléchir.

— Frank Bascombe ? dit-elle, et j'aurais reconnu sa voix mélodieuse dans une rame de métro bondée. Bon sang, comment diable as-tu fait pour nous trouver ici ?

— Tu es dans le catalogue, dis-je.

— Ah oui, évidemment. (Elle eut un rire gêné.) C'est rigolo, non ? Comme ça, j'ai des réductions sur les vêtements, mais Pete trouve que ça ne se fait pas.

— Tu es vraiment ravissante.

— Oui ?

— Absolument. Plus jolie qu'autrefois. Beaucoup plus jolie.

— Eh bien, je me suis fait redresser le nez après mon mariage avec Spencer. Il détestait mon ancien nez. Je suis contente que ça te plaise.

— Où est passé Spencer ?

— Oh, Spencer... J'ai divorcé. C'était un salopard, tu sais. (Je le sais bien.) Ça fait dix ans que je vis ici, Frank. Je suis mariée à un homme formidable qui est dentiste. Nous avons des enfants aux dents parfaites.

— Splendide. Ça m'a tout l'air d'une vie épatante. Et puis tu travailles comme mannequin.

— Incroyable, non ? Et toi ? Que t'est-il arrivé en dix-sept ans ? Plein de choses, j'imagine.

— Oui, plein, répondis-je. Mais je préfère ne pas en parler.

— D'accord.

Des serpentins rouges et argentés décoraient la boutique du concessionnaire Jeep. Deux longues rangées de Cherokee et d'Apache scintillaient au soleil de la Nouvelle-Angleterre. L'hiver serait bientôt là, et à cette latitude le sommet des montagnes était déjà rouge et jaune. Le lendemain j'allais commencer mes cours avec des étudiants qui, je m'en doutais déjà, me déplairaient ; et tout semblait s'engager sur une voie inédite et périlleuse. Je savais néanmoins que je désirais voir une dernière fois Mindy Levinson-Karp-Strayhorn. Beaucoup d'eau avait certes coulé sous les ponts, mais si elle était encore la fille qu'elle avait été, alors j'étais encore moi-même.

— Mindy ?

— Quoi ?

— Ça me ferait très plaisir de te revoir.

J'ai deviné mon sourire persuasif au téléphone.

— Quand voudrais-tu passer, Frank ?

— Dans dix minutes ? Je suis déjà dans ta rue. Il se trouve que je traversais ta ville.

— Dix minutes. D'accord, ça me fera très plaisir aussi. Notre maison est facile à trouver. Je vais t'indiquer le chemin.

La suite a été brève, et conforme à mes espoirs (quoique différente de ce que vous pensez peut-être). J'ai rejoint sa maison en voiture, une ferme morave réaménagée, avec une étable, de nombreuses dépendances, un étang agréable où se réfléchissaient le ciel et les oies qui y nageaient. Il y avait un chien au poil fauve et un gardien qui m'a observé d'un air méfiant. Deux enfants, peut-être âgés de huit et dix ans, ainsi qu'une jeune fille plus grande, sont restés au fond du couloir et m'ont souri pendant que leur mère me rejoignait. J'avais décapoté la voiture, et nous sommes partis tous deux vers Sunapee Lake pour évoquer le passé. Je lui ai parlé de X, de Ralph, de mes autres enfants, de ma carrière d'écrivain et de journaliste sportif, de mon projet d'enseigner pendant quelque temps, ce qui n'a pas eu l'air de l'intéresser beaucoup, ni d'ailleurs d'entamer sa bonne humeur (je ne m'attendais pas à autre chose). Elle m'a parlé de Spencer Karp, de son mari et de ses enfants, du plaisir qu'elle avait à partager « la tournure d'esprit particulière aux gens du Nord », ajoutant que selon elle toute la nation était en pleine décadence, et que personne n'aurait pu la forcer à retourner à Detroit. D'abord, elle est restée sur sa réserve, un peu nerveuse, s'exprimant comme un guide touristique, assise contre la portière comme si elle se demandait si je n'étais pas un monstre venu détruire son bonheur à coups de souvenirs anciens. Mais peu à peu, constatant mon enthousiasme et que j'étais doux comme un agneau, que je désirais seulement passer deux heures agréables en sa compagnie sans poser de questions indiscrètes, me contentant de tout admirer de loin sans essayer de forcer sa vie comme un coffre, ni, sur la route de Concord, de l'emmener dans un motel minable à son corps défendant (exactement ce que j'avais l'habitude de faire autrefois), elle s'est détendue et s'est abandonnée au rire et au plaisir comme naguère. Bientôt, elle n'a même pas pu s'empêcher de m'embrasser et de me serrer contre elle, de poser la tête sur mon épaule dès que nous avons été assez loin de West Ovid pour que personne ne pût la reconnaître. Elle m'a même dit qu'elle n'avait pas l'intention de parler de ma visite à Pete, car cette cachotterie la rendrait « encore plus délicieuse », moyennant quoi je l'ai embrassée une fois de plus.

Et puis je l'ai simplement ramenée chez elle. Mindy portait une robe à bustier couleur menthe, qui venait bien sûr du catalogue, et qu'elle a relevée au-dessus de ses genoux splendides. Elle était aussi jolie que sur ses photos ; je me souviens d'elle ainsi chaque fois que je la vois, saison après saison, arborant toute une série d'ensembles vestimentaires conventionnels, une garde-robe infinie qui se perd dans un avenir radieux.

Ce soir-là, sur la longue route sinueuse qui aboutit au petit village du Berkshire College, tandis que je traversais le Connecticut en direction d'un Vermont de carte postale, je me suis senti mieux. Revigoré à tous points de vue. X et moi étions finalement trop modernes pour cette existence parfaite, cristallisée — même si la nôtre partait alors en eau de boudin. Mais j'avais entr'aperçu une sorte de vie idéale, aussi immaculée que le promettait le catalogue. Et tout le temps, j'avais agi avec une décontraction et une nonchalance qui avaient permis à Mindy de retrouver l'ancienne intimité, de m'embrasser et de me serrer contre elle sans en éprouver la moindre honte. Je ne lui avais rien volé et n'avais rien détruit (mais d'un seul baiser j'aurais pu l'entraîner dans ce motel de Concord). Autrement dit, j'avais vécu une brève histoire d'amour non aboutie. Et cela m'a suffi, comme à quiconque essaie de remettre sa vie à flot, s'attache au bon côté des choses et tente de dissiper des rêves éveillés dont je me croyais à tort presque débarrassé.

9

Des lambeaux de brume grise et argentée flottent dans la pièce. Je suis allongé à même le plancher de la véranda aménagée à l'étage, la tête contre le bois froid et luisant d'humidité. Au cours des mois qui ont suivi le départ de X, je me suis souvent réveillé dans cette position. Je m'endormais en lisant des catalogues, sur le canapé où j'ai passé la nuit dernière, dans mon lit ou encore à la table de la cuisine — mais je me réveillais sur ces mêmes planches froides, tout habillé et raide comme une momie, sans me rappeler avoir marché jusqu'ici. Je ne sais toujours pas qu'en penser. A l'époque, cela ne me paraissait pas forcément mauvais signe, et aujourd'hui non plus. Bien qu'un désir flou imprègne l'air glacé du matin, tout me semble familier, et je suis heureux de rester allongé en me concentrant sur les battements réguliers de mon cœur. C'est le dimanche de Pâques.

Les bruits que j'entends sont les bruits typiques du dimanche. Quelqu'un ratisse les feuilles de printemps dans un jardin tout proche, achevant ainsi une tâche entamée voilà des mois ; l'unique coup de sirène du premier train tout en bas vers la gare — des pères et des mères qui se rendent de bonne heure à l'office de l'Institut. Un gros journal claque sur le trottoir. Un brouhaha de voix juste à côté, chez les Deffeye, qui s'activent dans les premières lueurs de l'aube. J'entends des grincements en haut, dans la chambre de Bosobolo, sa radio réglée très bas diffusant les Évangiles pendant toute la nuit. Dans ma rue, j'entends un adepte de la course à pied qui se dirige vers la ville. Et très loin dans le calme d'avant l'aube — aussi loin, sans doute, que la ville voisine endormie —, j'entends les cloches carillonner pour Pâques. Et puis je perçois des pleurs. Le chuchotis feutré de la douleur quelque part dans le cimetière, tout près, dans le noir.

Je vais à la fenêtre pour scruter le point du jour entre les bouleaux argentés et le tulipier, mais je ne distingue rien sous les nuages et les étoiles du ciel pâlissant — rien d'autre que les ombres trapues des monuments blancs et des arbres. Aucun chevreuil ne lève les yeux vers moi.

J'ai déjà remarqué des bruits similaires. Le point du jour est propice à la douleur dans les banlieues. Je n'ai jamais vu personne là-bas, mais c'est presque toujours une femme qui verse les larmes de la solitude et du remords. (Un jour, je me suis levé, aux aguets, et un homme s'est bientôt mis à rire, puis à parler en chinois.)

Je m'allonge sur le lit pour écouter les bruits de Pâques — les vacances de l'optimisme, les vacances de la banlieue, un jour faste pour tous ceux qui croient fermement en l'espoir et en la voie moyenne, de petites vacances tranquilles que l'on se rappellera toute sa vie comme une journée paisible et banale. Je ne me souviens pas d'un dimanche de Pâques pluvieux, où le soleil n'ait pas brillé du matin au soir. La mort est après tout un mystère redouté des chrétiens. Elle est trop grave et absolue — une erreur de calcul, croyons-nous. Nous protestons vigoureusement contre elle, réclamons la gaieté du soleil, prêchons le plus enflammé des sermons :

— Bon, maintenant, asseyons-nous pour attendre un *vrai* miracle, et faisons nos comptes. (Sourire charmeur et malin.) Que la physique des plasmas, les chambres à bulles et les quarks nous expliquent donc *ça*. (Les paroissiens hilares opinent du chef ; un soleil formidable traverse les vitraux abstraits et œcuméniques. L'orgue joue un oratorio. Les cœurs victorieux se dilatent de fierté.)

Mon seul souhait est que Ralph Bascombe, mon fils chéri, puisse sortir de sa tombe et venir dans la maison pour une bonne accolade de Pâques, comme autrefois. Quelle journée nous passerions ensemble ! Quelle joie serait la nôtre ! Tant de choses seraient alors différentes. Tant de choses n'auraient jamais changé.

X, je le sais, n'emmène pas Paul et Clarissa à l'église, et cela m'inquiète — non parce qu'ils n'auront pas de Dieu (je m'en fiche), mais parce qu'elle les élève pour qu'ils deviennent de parfaits petits amateurs de faits, des accumulateurs d'informations qui n'éprouveront aucun respect et aucun intérêt pour l'inconnu. Pâques leur paraîtra bientôt être un rite folklorique cocasse, dont ils oublieront le sens avant la puberté. Un mythe. Bien entendu, on n'avait pas une seconde à consacrer à la religion sous le toit des Dyskra, où régnaient les faits et les chiffres, même si Irma me confie qu'elle a commencé d'« expérimenter » avec les derviches adventistes du comté d'Orange ; je m'inquiète donc de l'avenir de mes deux enfants, une fois qu'ils seront arrivés au bout de ce qu'on peut leur révéler de manière sensée — je redoute l'extrémisme qui rôde dans ces parages. On peut, après tout, en savoir beaucoup trop, et subir une perte terrible qui laissera un vide définitif (la mission imaginée par Paul pour son pigeon, il y a trois soirs, est le signe encourageant du contraire).

Peut-être en savent-ils déjà trop sur leur père et leur mère — il n'y a rien de plus prosaïque qu'un divorce, une procédure où il faut tout expliquer et négocier avec intelligence (ils ont malgré tout essayé de rester équitables). J'ai remarqué que c'est souvent l'occasion où les enfants se mettent à appeler leurs parents par leur prénom et à ironiser sur leurs défauts. Quelle perspective affligeante pour un père ou une mère que de se faire critiquer par son enfant qui l'appelle par son prénom. Et si mes enfants étaient mesquins ? Ou plutôt, si, parce qu'ils en savent trop, ils *devenaient* mesquins ? Les faits prosaïques de mon existence solitaire les pousseraient alors à me déchirer comme des ménades.

J'appartiens à une génération qui ne considérait pas ses parents comme des gens ordinaires — les Tom et Agnes, Eddie et Jane, Ted et Mary —, aussi démocratiquement peu différents de leurs enfants que des bulletins de vote dans une urne. Je n'ai jamais pensé une seconde appeler mes parents par leur prénom, jamais envisagé leur existence — certes lointaine — comme semblable à la mienne, leurs peurs comme identiques aux miennes, leurs plus petits désirs comme les reflets de ceux de tout un chacun. Ils étaient mes parents, et ils se plaçaient au-dessus de moi dans l'absolu et par le mystère. Je ne savais pas comment ils payaient leur voiture. Quand ils faisaient l'amour, et si cela leur plaisait. Quelle compagnie d'assurances ils avaient choisie. Ce que leur médecin leur confiait en privé (tous deux ont sans doute fini par entendre de mauvaises nouvelles). Ils m'aimaient tout simplement, et je les aimais. Le reste, ils ne ressentaient pas le besoin d'en parler. Qu'il y ait toujours eu une chose importante que j'ignorais, et qui suscitait ma curiosité ainsi que mon émerveillement sans que je puisse jamais en être certain, voilà pour moi leur plus grand cadeau et leur leçon essentielle. On me disait sans cesse :

— Tu n'as pas besoin de savoir ça.

Je n'ai aucune idée de ce qui les poussait à me cacher la vérité. Sans doute rien. Ils pensaient peut-être que j'arriverais bien moi-même à la vérité (et aux faits) ; à moins — et c'est davantage ma conviction —, à moins qu'ils aient cru que je ne connaîtrais jamais la vérité, que j'en serais plus heureux, et que cette ignorance revêtirait en elle-même un sens satisfaisant.

Comme ils avaient raison ! Et quelle illusion de croire que mes propres enfants pourront conserver quelques mystères, ne pas devenir la proie d'un factualisme imbécile ou d'explications aussi indignes qu'interminables. Si je le pouvais, je les protégerais contre ces maux. Mais le divorce et ses conséquences sinistres ont rendu cela presque impossible, même si jour après jour je consacre mes meilleurs efforts à ce but.

Divorcer dans une ville aussi petite n'a, dirais-je, rien d'agréable — mais c'est facile, et à maints égards Haddam est faite pour ça ; ses habitants savent comment réagir, intégrer cette rupture en proposant « des groupes de soutien » (un centre de conseils féminin a contacté X le jour de la signature du document légal, pour l'inviter à manger un sandwich à la bibliothèque). Il est néanmoins troublant de se retrouver partie plaidante dans un bâtiment où vous êtes déjà venu payer vos amendes de stationnement ou récupérer une bicyclette volée, où les dactylos et les flics en service vous considèrent comme un citoyen modèle. Cela crée un sentiment d'échec, car ici la loi n'a pas pour but de vous faire remarquer, ni même de *se* faire remarquer, mais seulement de vous assurer un cadre de vie respectable. D'après ce qu'on m'a assuré, il est beaucoup plus agréable de divorcer à Las Vegas, car là-bas personne ne remarque jamais rien.

D'un point de vue légal, notre séparation s'est passée sans le moindre accroc. Nous aurions bien sûr pu rester mariés, et attendre que la situation s'améliore, mais les choses ne se sont pas passées ainsi. Alan, le petit avocat de X qui piaffait d'impatience à l'idée de travailler pour le show-business — avions privés l'attendant dans les aéroports, danseuses de variétés à la poitrine opulente —, s'est enfermé avec mon gros juriste barbu, aux épaules voûtées, un ancien alcoolique qui avait travaillé dans le Peace Corps, et autour de la table en acajou du bureau d'Alan ils sont arrivés à un compromis au bout d'une heure. En principe, je renonçais à tout,. même si X ne désirait pas grand-chose. J'ai conservé cette maison, moyennant quoi je l'aidais à acheter la sienne en lui versant la moitié de mes économies. J'ai demandé à garder la carte de Block Island ainsi que trois ou quatre souvenirs similaires. Nous sommes tombés d'accord pour invoquer au tribunal des « incompatibilités irréductibles », puis avons traversé la rue tous ensemble avant de nous asseoir dans la salle d'attente et d'échanger quelques paroles guindées jusqu'à ce qu'on nous appelle. Et moins d'une heure après, nous étions « cuits », comme on dit dans le Michigan. X s'est envolée avec les enfants pour des vacances consacrées au golf et à la natation sur l'île de Mackinac, afin de « prendre du champ ». De mon côté, je suis rentré chez moi, je me suis soûlé comme un Polonais et j'ai pleuré jusqu'à la nuit.

Qu'aurais-je pu faire d'autre ? Le rituel purificateur des alcools forts et des larmes brûlantes est tout ce dont nous disposons naturellement. J'ai cherché quelques poèmes de Rupert Brooke, mais sans réussir à mettre la main dessus. Vers huit heures, je me suis allongé sur le canapé, j'ai mis un match de boxe sur le magnétoscope, mangé un sandwich au fromage pimenté, je me suis senti mieux, puis endormi devant le ring. Cette nuit-là, je m'en souviens, j'ai goûté au meilleur sommeil de mon existence — jusqu'à huit heures et demie le lendemain matin, quand je me suis réveillé avec une faim de loup et une confiance en l'avenir digne d'un as de la chute libre.

Ne me suis-je pas senti coupable ? Déprimé ? Honteux ? En proie à un besoin violent de distraction ? Schizo ? Nerveux ? Pas vraiment, dirais-je. Rêveur, peut-être. Esseulé. Je n'ai d'ailleurs pas mis très longtemps à surmonter cela. Mais je n'ai jamais été la victime innocente d'un destin quelconque. Après le petit déjeuner, je me suis mis au travail sur une analyse approfondie des techniques de lancer des meilleurs joueurs du championnat de base-ball, et me suis retrouvé en un clin d'œil au cœur du problème. Ce qui n'a guère changé par la suite. Bert Brisker m'a raconté qu'après son divorce il a perdu la tête, est entré par effraction chez son ancienne femme pendant qu'elle était en vacances, afin de lancer des briques à travers l'écran de sa télé, dormir dans son lit et remplir tous ses tiroirs d'excréments de chat. Pour ma part, je n'ai jamais partagé cet état d'esprit. Nous prenons parfois nos malheurs trop au sérieux.

Depuis mon passage dans les Marines (j'y suis resté six mois seulement), je me lève tôt et c'est le moment où je réfléchis le mieux. Allongé les yeux grands ouverts sur mon lit de camp, j'attendais le signal du réveil en me concentrant sur la journée qui commençait, désireux de me faire remarquer par les officiers du Marine Corps, de faire l'impossible pour qu'ils soient fiers de moi ; pour écarter les distractions et les coups de cafard que subissaient les autres candidats officiers, pour monter en grade rapidement et, par voie de conséquence, aider à protéger la vie de mes hommes lorsque nous serions au Vietnam, où je devinais qu'ils auraient beaucoup de soucis (notamment celui de ne pas se faire réduire en miettes). J'avais sur eux l'avantage de la culture, pensais-je ; il faudrait donc que je devienne leurs yeux et leurs oreilles pour leur permettre de voir et d'entendre mieux et plus loin. J'étais un crétin, bien sûr, mais on se trompe presque toujours lorsqu'on est jeune.

Ce que j'aimerais faire, allongé là, et avant que l'aube devienne un glorieux dimanche de Pâques, c'est mettre en ordre quelques idées concernant Herb, rien qu'un ou deux détails qui me serviraient d'amorce pour tout ce qui risque de me traverser l'esprit au cours des prochains jours, car c'est ainsi qu'on écrit de bons articles sur le sport. On s'assoit rarement devant une page blanche en attendant que ça vienne. Ce genre d'expérience compte parmi les plus terrifiantes du monde. D'habitude, je préfère m'en remettre à l'instinct, me prendre par surprise, noter une phrase ou une brève description inattendue — l'odeur de l'air ce jour-là, les risées à la surface du lac, le détail qui rendra tout le reste inévitable. Une fois ces notes en place, vous les laissez reposer, puis s'organiser d'elles-mêmes selon un plan autonome que vous découvrirez ensuite au moment de trier tous vos matériaux juste avant l'échéance du journal, et alors seulement vous commencerez d'écrire.

Mais Herb n'est pas une coquille facile à briser, car il est ausi aliéné qu'un personnage de Camus. Je regrette de ne pas avoir noté une impression, enregistré une réplique ou deux, mais alors comme aujourd'hui je ne savais ni que dire ni que penser. L'odeur de l'air, les bourrasques du vent, la chanson diffusée par la radio, rien de tout cela ne semblait coller. Les phrases simples, les affirmations élémentaires ne s'accumulent pas d'elles-mêmes autour du gros Herb. Tout est petit, soumis aux contingences et à l'incertain. *Ces temps-ci, Herb Wallagher pense beaucoup à l'avenir* (au moins jusqu'à ce qu'il arrête de prendre ses antidépresseurs). *Herb Wallagher connaît les deux côtés de l'existence* (et n'en pense pas grand-chose). *On comprendrait parfaitement que Herb Wallagher n'ait pas grande confiance en la vie* (s'il n'était pas déjà fou comme un lapin).

Un pseudo-artiste spécialisé dans le mélo ne se poserait bien sûr pas tant de questions sur Herb. Ces gens-là ont le nez creux pour repérer l'échec : insinuer que les jambes d'un boxeur ne tiennent plus le coup une fois qu'il a dépassé la trentaine ; sous-entendre que les poignets d'un batteur sont raides alors que celui-ci vient d'adopter une nouvelle technique plus efficace que l'ancienne. Ces gens-là voient seulement le germe de la défaite dans la victoire, la vénalité dans toute entreprise humaine.

Les journalistes sportifs sont parfois de fichus sales types qui inventent un tissu de mensonges et de tragédies frelatées. Dans le cas de Herb, ils désireraient une photo en noir et blanc, au grand-angle et avec du grain, de Herb dans son fauteuil roulant, portant son t-shirt BIONIC et ses chaussures de jogging, tel un violeur d'enfant derrière les barreaux ; ils prendraient en arrière-fond son quartier miteux pour donner un peu de « couleur locale » ;

ils colleraient Clarice quelque part dans le décor, hagarde et déconfite, comme une esclave abandonnée dans une étendue désertique, et ils démarreraient par : « Ça boume, Herb Wallagher ? » L'idée étant de nous apitoyer en nous présentant Herb, ou plutôt *une version* de Herb, avant de nous convaincre qu'en réalité nous sommes tous comme lui, tragiquement impliqués dans le monde, alors qu'en réalité rien de tout cela n'est vrai, car Herb n'est même pas sympathique et la plupart d'entre nous ne nous déplaçons pas en fauteuil roulant. (Si j'étais employeur, ces types se retrouveraient *illico* au chômage et chercheraient un métier où ils ne pourraient plus nuire.)

Mais qu'écrire de mieux qu'eux ? Pour l'instant, je n'en ai aucune idée. Certaines vies demeurent réfractaires à l'œil du journaliste sportif. Il devrait être possible d'adopter l'approche de la retraite stratégique, de chercher le drame dans le concept de retranchement, de considérer Herb comme un survivant — un angle que plusieurs centaines de milliers de personnes découvriraient avec plaisir en buvant un Martini le dimanche après-midi avant le dîner (nous avons tous un lecteur idéal, un moment privilégié), un angle capable de resserrer la trame de la vie. C'est la phase suivante qui me donne du fil à retordre. Mais tout compte fait, je ne demande rien de plus : participer brièvement à l'existence d'autrui à un niveau élémentaire ; parler d'une voix simple et véridique ; ne pas me prendre trop au sérieux ; et puis en finir au plus vite. Car après tout, écrire sur le sport et vivre sa vie sont deux choses différentes.

A neuf heures, je suis debout, habillé, et j'explore les plates-bandes de fleurs comme un chien domestique. Porté par mes cogitations sur Herb, je me suis rendormi pour me réveiller frais et dispos — l'esprit vide, les feuilles du bouleau filtrant le soleil, et pas la moindre trace de l'affreux temps de Detroit à l'horizon. J'ai deux heures devant moi avant de partir chez les Arcenault, et comme c'est souvent le cas ces derniers temps, je n'ai pas assez de choses à faire. L'un des inconvénients de la vie solitaire, c'est qu'on s'attache parfois trop à la manière dont on a occupé certains laps de temps, et qu'on s'habitue à jouir d'un existence irrémédiablement marquée du sceau du désir.

Derrière ma haie de ciguë, Delia Deffeye est dans son jardin en tenue de tennis blanche ; elle lit le journal, ainsi que je l'ai vue faire cent fois. Caspar et elle ont joué leur match matinal, et il est rentré faire un somme. Les Deffeye et moi respectons un code de bon voisinage : nous ne nous adressons pas forcément la parole sous prétexte que nous sommes dans nos jardins respectifs ; d'ordinaire, nous nous saluons poliment d'un sourire ou d'un geste décontracté de la main avant de retourner à nos occupations. Mais une conversation impromptue ne me dérange jamais. Je ne suis pas homme à protéger jalousement mon intimité ; et si je me trouve dans mon jardin à pulvériser du Vigaro ou à examiner mes crocus, je suis évidemment disponible à qui de droit. Delia et moi évoquons parfois les arcanes de l'édition, car elle écrit un livre pour la Société historique sur les traditions européennes dans l'architecture du New Jersey. Mon expérience remonte maintenant à plusieurs années, mais j'affiche néanmoins un air de compétence dans ce domaine que je décris simplement, avec bon sens :

— N'importe quel éditeur digne de ce nom devrait rudement apprécier l'attention que vous portez au moindre détail. On ne rencontre pas souvent de tels scrupules, je vous le garantis.

C'est bien là tout ce que je sais, mais Delia paraît désireuse d'en apprendre davantage. Agée de quatre-vingt-deux ans, elle est née au Maroc pendant le protectorat, dans une famille huppée d'hommes d'affaires américains, et elle a beaucoup voyagé. Caspar est un retraité du corps diplomatique, qui est entré au séminaire pour enseigner l'éthique. Ni l'un ni l'autre n'ont encore beaucoup d'années à passer sur terre. (Pour moi, habiter une ville dotée d'un séminaire est une vraie révélation, car comme Caspar les séminaristes ne ressemblent guère à ce qu'on pourrait croire. La plupart ne sont pas de pieux exégètes de la Bible, mais des libéraux distingués, à l'œil vif, remariés à des femmes maigres et aux jambes bronzées, qui vous tiendront tête lors d'un coktail, boiront du whisky et vous parleront de leur villa à Telluride.)

Delia me repère derrière la jungle qui entoure les agrès des enfants, en train de tripoter un bouton de rose prêt à éclore ; elle s'approche de la haie de ciguë en secouant la tête, mais apparemment sans arrêter de lire. Tel est son signal d'approche, le prologue de nos entretiens — toutes nos conversations ne sont que des prolongements de la dernière en date, même si elles évoquent souvent des sujets divers et que plusieurs mois les séparent.

— Dites-moi, Frank, regardez un peu ça.

Delia me tend la première page du *Times* pour me montrer quelque chose. Les cloches de l'église se sont mises à carillonner dans toute la ville. Les rues sont pleines de familles qui se rendent à l'école du dimanche en vêtements impeccables — les voitures lavées et briquées sont comme neuves, et toutes les querelles suspendues.

— Que pensez-vous de ce que notre gouvernement est en train de faire subir à ces pauvres gens en Amérique centrale ?

— Je crains de ne pas avoir suivi tout cela de très près, Delia, dis-je debout à côté de mes roses. Que se passe-t-il donc là-bas ?

Je lui adresse un sourire chaleureux et m'approche de la haie.

Ses yeux bleus et humides s'écarquillent d'effronterie. (Ses cheveux teints en bleu ont exactement la même nuance que son regard.)

— Eh bien, ils posent des mines dans tous les ports là-bas, au... voyons voir (elle jette un coup d'œil rapide sur le journal)... au Nicaragua.

Elle froisse le journal en le laissant tomber contre ses cuisses, cligne des yeux en me regardant. Toute menue, Delia a le visage brun et ridé d'un iguane, mais elle défend une kyrielle d'opinions sur la politique internationale.

— Caspar trouve cela extrêmement inquiétant. Il pense que nous sommes à la veille d'un second Vietnam. A l'heure qu'il est, il contacte tous ses amis de Washington pour essayer de découvrir ce qui se passe vraiment là-bas. Il croit posséder encore une certaine influence, mais je ne vois pas comment cela pourrait être.

— Je n'étais pas en ville ces deux derniers jours, Delia.

J'admire les deux flamants roses en terre cuite que Caspar et Delia ont rapportés du Mexique.

— Eh bien moi, je ne comprends pas pourquoi nous devrions miner tous ces ports, Frank. Vous comprenez ça, vous ? Franchement ?

Elle secoue la tête comme si elle était personnellement déçue par notre gouvernement tout entier, comme si, après avoir adulé sa politique, elle la jugeait soudain incompréhensible. Mais pour l'instant, j'ai l'esprit parfaitement vide, obnubilé par le carillon du séminaire. « Viens mon âme, il faut te réveiller ; un autre jour se lève aujourd'hui sur le monde. » Je me découvre incapable de me rappeler le nom ou le visage de notre président ; brusquement, surgit dans mon esprit l'acteur Richard Chamberlain en burnous, sa barbe édouardienne soigneusement taillée.

— Je suppose que tout dépend de la raison de cette décision. Mais ça ne me paraît pas très bon.

Je souris de l'autre côté de la haie taillée. Avec Delia, je dois m'efforcer d'être un adulte à part entière, car si je n'y prends garde, notre différence d'âge — quarante-cinq ans environ — risque de me transformer en gamin de dix ans.

— Nous sommes des hypocrites, Frank, si telle est notre politique. Il faudrait toujours garder présent à l'esprit l'avertissement de Disraeli sur les gouvernements conservateurs.

— Je crois que je l'ai oublié.

— Disraeli les qualifie d'hypocrisie organisée, et il avait bien raison.

— Je me rappelle que Thomas Wolfe désirait vacciner le monde contre l'hypocrisie. Mais ce n'est sans doute pas la même chose.

— Caspar et moi pensons que les États-Unis devraient élever un mur le long de la frontière mexicaine, aussi imposant que la Grande Muraille, y poster des soldats en armes, et faire clairement comprendre à tous ces pays que nous avons nos propres problèmes à régler.

— C'est une bonne idée.

— Alors nous pourrions au moins résoudre nos problèmes avec les Noirs.

Je ne sais pas exactement ce que Delia et Caspar pensent de Bosobolo, mais je n'ai pas l'intention de les interroger là-dessus. Delia a beau être anticolonialiste, elle conserve un vieux fond raciste.

— Vous autres écrivains, Frank, vous oscillez comme autant de bouchons sur les vagues.

— Les vagues nous emmènent parfois vers des endroits intéressants, Delia.

Je dis cela avec un sérieux feint, car Delia sait ce que je pense vraiment.

— Je croise votre femme chez l'épicier, elle ne me paraît pas très heureuse, Frank. Et ces deux petits enfants si ravissants.

— Ils se portent bien, Delia. C'était peut-être un mauvais jour pour elle. Ses performances au golf la dépriment parfois. Elle a commencé très tard une vraie carrière dans le golf. Je crois qu'elle essaie de rattraper le temps perdu.

— Moi aussi, Frank, rétorque Delia en hochant la tête, tandis que son visage s'incline comme un vieux gant de cuir.

Puis elle replie son journal avec la précision admirable d'un petit vendeur. Je m'apprête à rejoindre mes roses et mes pommiers. Comme moi, Delia sympathise avec les soucis intimes de l'autre, nous le savons tous les deux, et cela me suffit amplement. J'aperçois un instant Frisker, son chat siamois, en arrêt autour de l'hibiscus, au pied de la hampe de drapeau de Caspar, les yeux levés vers les coupelles d'aliments pour oiseaux, où un pinson s'est posé. Frisker se promène souvent sur mon toit la nuit et il me réveille parfois, au point que j'ai envisagé d'acheter un lance-pierres, mais sans m'y décider encore.

— Aucun homme n'est fait pour vivre seul, me dit Delia d'un air pénétré en m'observant soudain avec attention.

— La solitude a ses avantages, Delia. Je m'y suis assez bien habitué.

— Il y a combien de temps que vous n'avez pas lu *Le soleil se lève aussi*, Frank ?

— Sans doute un bon moment.

— Vous devriez le relire, dit Delia. C'est un roman qui contient des leçons fondamentales. Cet homme était un sage. Caspar l'a autrefois rencontré à Paris.

— Il a toujours figuré parmi mes auteurs préférés.

C'est faux, mais un mensonge s'impose. Je constate sans surprise que la conception du monde de Delia remonte à 1925. Ce fut sans doute une époque plus agréable que la nôtre.

— Caspar et moi nous sommes mariés alors que nous avions plus de soixante ans, vous savez.

— Non, je l'ignorais.

— Oh, mais si. Caspar avait une gentille femme boulotte qui est morte. Je l'ai même rencontrée une fois. Bien sûr, mon pauvre mari était mort des années plus tôt. Caspar et moi nous sommes connus à Fès en 1941, et nous sommes restés en contact par la suite. Quand j'ai appris qu'Alma, sa femme boulotte, était morte, je lui ai téléphoné. J'étais avec une nièce dans le Maine à l'époque ;

deux mois après, Caspar et moi nous sommes mariés, et nous avons vécu à Guam juste en dessous du mont Reconnaissance ; ç'a été son dernier poste. Je ne m'attendais certes pas à ce que me réservait la vie, Frank. Mais malgré tout, je n'ai pas perdu de temps.

Elle m'adresse un sourire féroce, comme si elle devinait mon avenir et savait d'avance qu'il ne serait pas aussi radieux.

— C'est une belle journée, n'est-ce pas, Delia ?

— Ça oui, on peut le dire. Je crois que c'est à cause du dimanche de Pâques.

— Je ne me rappelle pas une aussi belle journée de Pâques.

— Moi non plus, Frank. Pourquoi ne viendriez-vous pas boire un scotch avec Caspar cette semaine ? Il aimerait beaucoup avoir une bonne discussion d'homme à homme avec vous. Je crois qu'il est assez chamboulé par toutes ces mines qu'on pose dans les ports.

Depuis quatorze ans que j'habite ici, je ne suis entré que deux fois chez les Deffeye (chaque fois pour réparer quelque chose) ; pourtant, cette nouvelle invitation sans doute intéressée ne trahit aucune intention malveillante. Nous avons atteint la fin inéluctable de notre entretien, mais Delia est trop polie pour le reconnaître ouvertement, une qualité dont je lui sais gré. Je lève les yeux vers cette matinée pascale toujours aussi bleue, et j'ai la surprise d'apercevoir un grand ballon porté par l'air étincelant, ses cordages qui pendent sous lui, une grosse lune rouge au visage souriant sur son enveloppe gonflée. Deux silhouettes minuscules se penchent au-dessus de la nacelle, tendent le bras vers nous, tirent sur une chaîne qui produit un sifflement lointain.

D'où se sont-ils envolés ? me demandé-je. D'une luxueuse villa du Delaware ? Jusqu'où peuvent-ils voir par temps clair ? Sont-ils en sécurité ? *Se sentent-ils* en sécurité ?

Delia, qui n'a apparemment rien remarqué, attend ma réponse à son invitation.

— D'accord, Delia. (Je souris.) Dites à Caspar que je passerai cette semaine. J'ai une bonne blague à lui raconter.

— Quand vous voudrez, sauf mardi. (Elle m'adresse un sourire poli. Il s'agit de la restriction habituelle.) Les hommes lui manquent, je le crains.

Delia s'éloigne maintenant avec son journal vers la pelouse ensoleillée et le court de tennis ; et moi, je rejoins mon barbecue, mes roses et mon dimanche, le moral presque au beau fixe, en ce jour que je classerai avec bonheur parmi les fêtes pascales heureuses et oubliées.

Ding, font les cloches en ville. Ding, ding, dong.

Juste avant dix heures, je téléphone à X pour souhaiter de joyeuses Pâques aux enfants. Ce sont des vacances que nous « négocions », et pour la première fois je ne suis pas avec eux. Mais il n'y a personne dans la maison de Cleveland Street. Le message du répondeur de X dit que, si je désire prendre des cours de golf, je peux laisser mon nom et mon numéro de téléphone. En fond sonore, j'entends Clary dire « Raté, mon petit lapin » en éclatant de rire. Il y a désormais de la tension dans la voix de X, une intonation qui m'est inconnue, une fermeté cassante de femme d'affaires qui me rappelle son père. Je me demande alors si, dans le comté de Bucks, ma famille n'est pas en train de s'acoquiner avec un ami de X, un informaticien ou un promoteur, quelque gros type aux bras velus, en veston sport verdâtre, qui offre ce séjour aux frais de sa compagnie.

Je décide de ne pas laisser de message (malgré mon désir de parler à X).

Puis je compose machinalement le numéro de Walter Luckett ; le téléphone sonne longtemps tandis que je regarde la rue. Où serais-je à cet instant si j'étais Walter ? Dans un bar cuir du West Village ? Dans les rues bordées d'ormes de Terre-Neuve, en proie à une fureur diabolique ?

A faire des paniers de basket dans le gymnase du lycée ? Je ne suis même pas certain que toutes ces questions m'intéressent encore. Certaines personnes ne sont pas faites pour avoir un meilleur ami, et j'en fais peut-être partie. Walter aussi sans doute, quoique pour des raisons différentes. Il me suffit d'habitude de connaître quelqu'un — ç'a plus ou moins été l'une des leçons importantes que m'a apprises mon amie libanaise, Selma Jassim, au Berkshire College, car elle croyait que la confiance mutuelle relevait presque toujours de l'imposture.

J'ai décidé de partir enseigner au Berkshire College — je le sais maintenant — afin de fuir la douleur d'un regret terrible — pour cette même raison qui m'a fait arrêter mon roman, voilà des années, afin de m'intéresser au journalisme sportif ; cette même raison qui nous pousse à effectuer nos virages dangereux à gauche ou à droite en plein parcours, cette raison qui envoie certains d'entre nous valser dans le fossé.

Un après-midi, un an après la mort de Ralph, j'étais à la maison pour l'une de ces semaines de récupération offertes par le magazine entre deux grosses enquêtes, durant lesquelles on est censé se reposer et reprendre une espèce de rythme quotidien. Assis à la table de la cuisine — nous étions en mai —, je lisais toute une pile de numéros de *Life* quand le téléphone a sonné. L'homme qui m'appelait s'est présenté sous le nom d'Arthur Winston, l'époux de Beth Winston, laquelle était la sœur de mon ancien agent littéraire, Sid Fleisher, dont je n'avais pas eu de nouvelles depuis qu'il nous avait envoyé une carte de condoléances. Arthur Winston m'a dit qu'il était président du département d'anglais du Berkshire College dans le Massachusetts, qu'il venait de discuter avec Sid chez ce dernier, à Katonah, et que Sid lui avait parlé d'un écrivain qu'il avait représenté, qui était l'auteur d'un bon recueil de nouvelles, et qui avait ensuite renoncé à écrire. De fil en aiguille, Arthur avait fini par se procurer le livre en question, qu'il me dit avoir lu et admiré. Il m'a demandé si j'avais écrit d'autres nouvelles depuis ; je lui ai alors répondu d'une manière évasive qui pouvait lui faire croire que oui, et qu'à force de cajoleries on me pousserait facilement à en écrire beaucoup d'autres (c'était tout sauf vrai). Il m'a alors appris qu'il avait un sacré problème à résoudre. L'écrivain résident à Berkshire, un homme mûr dont je ne connaissais pas le nom, avait soudain perdu les pédales à la fin du semestre de printemps, pour se lancer dans de sérieuses bagarres avec plusieurs personnes — dont une femme. Lorsqu'il avait pris l'habitude de se promener sur le campus avec un revolver, il avait fallu l'interner, et il ne serait pas de retour avant l'automne. Arthur Winston m'a dit qu'il avait conscience de s'aventurer en terrain inconnu, mais que Sid Fleisher lui avait assuré que j'étais un type « intéressant » qui avait vécu une existence « assez peu courante » depuis qu'il avait plaqué l'écriture, et que lui-même — Arthur — pensait qu'un semestre d'enseignement me permettrait peut-être de me remettre en selle ; si j'acceptais, il considérerait cela comme un service personnel et il veillerait à ce que je puisse enseigner tout ce qui me plairait. J'ai alors répondu tout simplement « Oui, cela me convient », ajoutant que je serai là-bas à l'automne.

Je ne sais toujours pas exactement ce qui m'est passé par la tête. Je n'avais jamais envisagé d'exercer cette profession, et en un sens je n'aurais pu être moins sensé. Le magazine, bien sûr, est toujours ravi d'accorder des congés pour ce qu'il considère comme des expériences enrichissantes. Mais lorsque j'ai annoncé cette nouvelle à X, elle s'est figée dans la cuisine, a fixé par la fenêtre le court de tennis des Deffeye, où Paul et Clary regardaient Caspar jouer avec l'un de ses amis octogénaires — les deux vieillards en chandails blancs immaculés échangeaient des balles jaune vif selon de longues paraboles —, puis elle a dit :

— Et nous alors ? Nous ne pouvons pas partir dans le Massachusetts. Je ne veux pas aller là-bas.

— Très bien, répondis-je en me voyant tout à coup surveiller un examen de fin d'études sur quelque minuscule campus à l'architecture gothique, portant un chapeau mou et une toge écarlate, le sceptre à la main, adulé de tous. Je me déplacerai, fis-je. Vous viendrez tous les trois un week-end sur deux. Nous descendrons dans des auberges de campagne, près du pressoir à cidre. Nous passerons des moments merveilleux. Ce sera facile.

J'ai soudain eu hâte d'être là-bas.

— Tu as perdu la tête ?

X s'est retournée pour me regarder comme si elle s'attendait vraiment à me découvrir décapité. Elle m'a adressé un sourire étrange ; elle devinait apparemment qu'il y avait anguille sous roche, mais était impuissante à y changer quoi que ce fût. (Cela se passait pendant ma pire période avec les autres femmes, et X se donnait déjà beaucoup de mal pour maintenir un semblant de paix.)

— Non, je n'ai pas perdu la tête, répondis-je avec un sourire coupable. C'est une chose que j'ai toujours voulu essayer. (Fieffé mensonge.) Il faut saisir sa chance lorsqu'elle se présente, non ?

Je me suis avancé pour lui donner une petite tape sur le bras, mais elle a pivoté sur ses talons avant de sortir dans le jardin. Ç'a été la première et la dernière fois que nous avons abordé ce sujet. J'ai entamé les discussions avec le Berkshire College pour la maison qu'ils devaient me fournir. J'ai demandé un congé au magazine, qui me l'a accordé (ils appelaient ça une « bourse anti-œillères »). On m'a envoyé mes manuels par la poste vers le milieu de l'été, et j'ai entamé ce que je considérais comme une préparation adéquate. Puis, le premier septembre, j'ai mis mes bagages dans la Chevy et je suis parti.

Une fois à pied d'œuvre, j'ai découvert que j'étais autant fait pour l'enseignement qu'un canard pour le patin à glace, car malgré mes efforts les plus acharnés je n'avais strictement *rien à enseigner.*

Le contraire est sans doute rare, quand on y réfléchit, car le monde est aussi compliqué qu'une micropuce, et nous apprenons lentement. Je connaissais beaucoup de choses, glanées tout au long de l'existence. Mais toutes ces choses ne concernaient que moi (l'amour supporte le voyage ; le lieu n'est pas tout). Mais je n'avais aucune envie de réduire la moindre d'entre elles à cinquante minutes d'explication, à des mots et à une voix choisis pour un auditoire âgé de dix-huit ans. Il n'y a pas pire danger, car on court ainsi le risque de décourager des étudiants ébaubis — qui ne me plaisaient même pas —, mais aussi, plus grave, de vous réduire *vous-même,* de rapetisser vos émotions, votre propre système de valeurs — votre vie — à un résumé intéressant. Cela est manifestement lié au fait de « voir de l'autre côté », attitude qui me dominait complètement à cette époque, même si j'essayais de la dépasser. Quand on ne cherche pas à voir de l'autre côté, on trouve aisément sa propre voix, on dit la vérité telle qu'on la perçoit, on ne parle pas pour quémander l'approbation publique. Mais celui qui voit de l'autre côté est prêt à dire n'importe quoi — le mensonge le plus ignoble ou la clownerie la plus drôle — s'il croit pouvoir ainsi rendre quelqu'un heureux. Je dirais que les professeurs ont une fâcheuse tendance à regarder toujours de l'autre côté, quitte à en subir les pires conséquences.

Je leur racontais des anecdotes sportives ou des souvenirs du corps des Marines, je leur débitais des blagues estudiantines, je leur récitais même parfois un poème facile de Williams, je leur servais une plaisanterie en latin, j'agitais les bras en tous sens comme un poète pour manifester mon enthousiasme. Tout cela dans le seul but de meubler mes cinquante minutes de cours. Lorsque le moment d'enseigner arrivait, la littérature me paraissait vaste, indifférenciée et guère communicable ; je ne savais par où commencer. Je restais debout près des fenêtres allongées, la tête ailleurs, pendant qu'un de mes étudiants parlait d'une nouvelle intéressante qu'il avait découverte lui-même, et que je rêvassais en regardant les ormes moribonds, l'herbe verte, la route de Boston, ou que je me demandais à quoi pouvait bien ressembler cet endroit un siècle auparavant, avant qu'on ait construit la nouvelle bibliothèque et le local des étudiants, avant l'installation de cette sculpture en forme de biplan sur la pelouse, censée célébrer l'ère de l'aviation. Bref, avant que tout soit gâché par la modernité prise de folie.

Dieu sait pourtant que les collègues de mon département étaient de braves types. Selon leur terminologie, j'étais « un écrivain arrivé à maturité » qui essayait de retrouver le chemin de l'écriture après « des débuts prometteurs » suivis d'une période creuse « consacrée à d'autres centres d'intérêt » ; et ils étaient prêts à se décarcasser pour moi. Afin de leur mettre un peu de baume au cœur, j'ai déclaré que je travaillais à un deuxième recueil de nouvelles fondées sur mon expérience de journaliste sportif, alors que le moindre projet allant dans ce sens s'est envolé comme une nuée de moineaux dès que j'ai mis le pied sur ce campus. Je remarquais le même exemplaire de mon livre dans une douzaine de maisons, à l'occasion d'autant d'invitations à dîner (il s'agissait de l'unique exemplaire de la bibliothèque, qui précédait régulièrement ma visite ici ou là). Et bien que personne n'en ait jamais parlé, on me faisait comprendre qu'on l'avait lu attentivement et qu'il avait été admiré en privé par les gens qui comptaient. Un soir piquant d'octobre, dans la maison d'un spécialiste de Dickens, je l'ai pris discrètement sur une table basse pour le lancer parmi les flammes qui rugissaient dans l'âtre, et je l'ai regardé brûler (sans doute avec la même satisfaction que X lorsque son coffre de jeune mariée était parti en fumée à travers notre cheminée), puis j'ai rejoint les autres à la salle à manger, j'ai goûté au poulet basquaise, et passé un moment agréable à discuter, avec un faux accent anglais, de la politique du département et de l'antisémitisme chez T.S. Eliot. Je me suis retrouvé en fin de soirée dans un bar situé de l'autre côté de la ligne de chemins de fer de New York, avec Selma, elle aussi invitée à ce dîner, à débattre des mouvements syndicaux américains en compagnie d'une bande de conservateurs bon teint, avant de passer la nuit dans un motel.

Tous mes collègues étaient des passionnés de sport, surtout de base-ball ; ils se lançaient dans d'interminables conversations sur les statistiques, les stratégies, les noms des plus grands directeurs sportifs, et ces débats duraient parfois la moitié d'une soirée. Ils savaient souvent beaucoup plus de choses que moi, ils mouraient d'envie de parler pendant des heures de certains cas limites, de techniques originales, ou de la « personnalité » des stades de base-ball. Ils troquaient alors leur accent citadin ou anglais contre un accent « sportif », qui fleurait bon le Sud, et se lançaient dans des explications interminables. Il y en a même eu certains pour me confier d'un air rêveur qu'ils regrettaient de ne pas avoir fait comme moi, mais qu'ils n'avaient jamais eu l'impression de « sauter le pas » entre l'adolescence et l'âge adulte, ce fameux « pas » qui vous fait parfois décider de devenir journaliste sportif. Tous, bien sûr, avaient filé du lycée vers l'université, décroché leur diplôme avec mention, trouvé un poste le plus vite possible, puis une chaire et une vie sur mesure. S'ils avaient sauté un pas quelconque, ils ne s'étaient aperçu de rien, car ce « pas » avait sans doute été lié à un échec — une note médiocre, un commentaire mi-figue, mi-raisin, ou une recommandation mitigée d'un professeur important, bref une faille qui leur avait flanqué une peur bleue et qu'ils désiraient oublier à tout prix.

Je voyais bien, malgré tout, que cette chose qui m'était arrivée, mais pas à eux, les troublait, alors que je baignais dans leur jus, que je n'étais pas un mauvais bougre, que leur existence paraissait à la fois parfaite et parfaitement banale. Ils me souriaient en hochant la tête, les bras croisés, la pipe serrée entre les dents, la cravate bien en place, et pour une raison que je ne comprends toujours pas, ils m'écoutaient parler ! (Alors qu'ils n'auraient pas écouté une seconde leurs propres collègues.) J'incarnais la preuve vivante que la vie pouvait être différente de la leur et rester néanmoins la vie ; cela les sidérait.

Écrire sur le sport les séduisait pour les mêmes raisons que moi, je crois ; cela leur semblait original, exotique. Mais le côté terre à terre de la chose les gênait un peu, les effrayait parfois, les faisait rire en croisant et en décroisant les bras comme des Zoulous.

Tous paraissaient néanmoins tenir à ce que je fasse une nouvelle tentative pour écrire des textes sérieux. Car ils comprenaient qu'un homme désire se frotter à cette expérience, quitte à échouer avec les honneurs. Ils respectaient profondément la noblesse des menus échecs, car c'était là ce qu'ils soupçonnaient en eux-mêmes. Mais selon moi, ils avaient une trop piètre opinion de leur personne, ils ne comprenaient pas à quel point nous sommes tous dans le même bateau, et combien ce bateau est imparfait.

Je ne partage pas la conviction bien ancrée selon laquelle les enseignants aiment les écrivains parce qu'ils les voient déchoir de manière plus noble ou stupide, donc moins équivoque, qu'eux-mêmes. Bien au contraire, ils aiment voir quelqu'un s'échiner et renoncer à tout pour laisser une trace durable. Ils s'attendent parfois à vous voir échouer, mais ce ne sont pas des cyniques. Et comme je n'essayais pas de laisser la moindre trace durable (ils *croyaient* le contraire et m'admiraient pour cette seule raison), j'ai sans doute bénéficié de tous les avantages du lieu.

Les seuls gens avec qui je puisse dire sans me tromper que je ne m'entendais pas étaient les jeunes enseignants, ces tristes aspirants aux lèvres pincées et à la mine défaite. D'ailleurs, ils ne me supportaient pas davantage. Je leur ressemblais trop, je crois — j'étais vulnérable, dépourvu de la moindre garantie dans le monde, mais différent d'eux d'une manière qu'ils jugeaient scandaleuse, insultante et injuste. Personne ne suscite davantage le dédain que celui qui fait autre chose que vous, ne s'en tire pas trop mal et ne se plaint jamais. Ils me considéraient d'un air dégoûté et refusaient de m'adresser la parole, comme si certaines entreprises humaines étaient synonymes d'un échec lamentable et risible, mais, en même temps, comme s'ils reconnaissaient en moi quelque chose de familier, une possibilité qu'ils entrevoyaient pour eux-mêmes au cas où les choses n'évolueraient pas selon leurs espoirs. L'échafaud, j'imagine, fait moins peur au condamné qu'à celui qui n'est pas encore jugé.

Je leur disais sans la moindre rancœur ni le moindre désir de les inquiéter que, s'ils n'obtenaient pas leur chaire, ils pourraient se frotter au journalisme sportif, comme d'autres l'avaient déjà fait en pareille situation. Pourtant, ce conseil ne leur plaisait jamais. Je crois qu'ils n'appréciaient guère l'idée de la mobilité, et aucun d'entre eux n'est jamais venu postuler un emploi après l'obtention de son diplôme.

Mais c'est une chose bien précise que j'ai fini par ne plus supporter.

Je tolérais les éternelles réunions, auxquelles je participais avec le sourire et l'esprit vide. Je me fichais comme de l'an quarante du « savoir » — je n'avais même pas le sentiment de comprendre ce qu'ils voulaient dire par là — car je n'arrivais pas à faire partager ma conception des choses à mes étudiants. J'ai fini par ressentir un vif remords vis-à-vis de mes étudiants, surtout des athlètes médiocres, et je me demandais simplement à quoi ressemblaient toutes ces jeunes filles en tenue légère. En revanche, le professionnalisme de mes collègues m'impressionnait : ils savaient où étaient tous « leurs livres » à la bibliothèque, ils connaissaient par cœur les nouvelles acquisitions, ils ne perdaient jamais de temps à consulter les catalogues. J'aimais les croiser entre les rayons, bavarder avec eux, échanger quelques blagues sur le sexe faible, les postes en chaire, ou encore un scandale révélé dans le dernier numéro d'une revue spécialisée. A leur place, j'aurais exactement agi de la même façon — j'aurais traité le monde comme une mauvaise blague, et considéré leur propre existence confortable comme un club chic réservé aux hommes. Je ne me suis jamais senti supérieur à eux, et je serais très étonné d'apprendre que ç'a été leur cas. Je n'avais rien à redire aux cabans du dimanche, aux pipes, aux jeux de dictionnaire, aux charades, aux longues palabres d'après dîner sur le conseil d'administration, les traitements expérimentaux de l'autisme, aux discussions à bâtons rompus sur les lesbiennes ou sur le conflit des îles Falkland (j'avais un faible pour l'Argentine). Je me suis même habitué aux petites phrases sibyllines que m'adressaient les gens avec qui j'avais dîné la veille au soir, et qui, le lendemain matin, ne me parlaient qu'en références ironiques et voilées à la discussion de la veille :

— ... faudrait mettre ce mémo dans les *Cantos*, pas vrai, Frank ? Pour voir si le vieil Ezra serait capable de traduire ça. Ah !

Vivre et laisser vivre, telle est ma devise. Je me sens à l'aise avec la plupart des gens, même lorsque les attachées de presse du magazine m'envoient à la campagne pour assurer la promotion ou expliquer la philosophie de notre revue, en saupoudrant mon laïus de quelques anecdotes sportives.

Ces braves universitaires, éternellement jeunes, francs, ouverts et aimables — sans oublier un couple de lesbiennes un peu sèches —, m'ont paru tout à fait supportables. En ma compagnie, et avec les encouragements de leurs épouses, ils retrouvaient leur adolescence. Ils cessaient de se prendre au sérieux, et presque toujours, après quelques verres, cédaient à l'hilarité, comme le premier venu.

Je crois qu'au fond ils m'aimaient bien, car c'était là ce que j'éprouvais pour eux — jusqu'aux lesbiennes paraissaient me rendre mon affection. Ils auraient été heureux de me garder plus longtemps parmi eux, peut-être même définitivement, sinon pourquoi m'auraient-ils demandé de « rester », alors qu'ils voyaient bien que quelque chose clochait chez moi, dans mon existence, un trouble qui me rendait mélancolique, même si aucun d'entre eux n'y a jamais fait la moindre allusion.

Ce que j'ai détesté, ce qui m'a fait prendre la poudre d'escampette à la tombée de la nuit, à la fin du trimestre, sans dire au revoir à personne ni même communiquer mes notes, c'est que, à l'exception de Selma, tous les gens du campus, les hommes comme les femmes, étaient des ennemis jurés du mystère, des experts ès explications, commentaires et dissections, tout cela afin d'assurer la permanence des choses. Cette attitude incarnait à mes yeux le comble du désespoir, et j'ai fini par ne plus supporter leurs visages souriants de professeurs satisfaits. Je peux vous dire que les membres du corps enseignant sont des tricheurs de la pire espèce, car ce qu'ils désirent de la vie est une complète illusion — une jeunesse éternelle, affranchie des contraintes du temps. Cela les oblige à de terribles duperies, à des mensonges innommables. La littérature — éternelle, s'entend — est donc leur lot.

Tout sur ce campus était fait pour durer — la vie au même titre que les briques de la bibliothèque, les livres du rayon littérature, surtout considérés à travers le trou de serrure de leurs thèmes inévitables : l'éternel retour, la domination de l'homme par la machine, le grand dilemme entre une vie médiocre et une mort glorieuse, et ainsi de suite jusqu'à l'abrutissement terminal. Le vrai mystère — qui constitue la seule raison de lire (et sans doute d'écrire) un livre — était pour eux une chose à démanteler, distiller, excaver, réduire en gravas exploitables, assimilables par leurs piètres explications d'autant plus arrogantes ; bref, les livres devenaient des monuments à leur propre gloire. Selon moi, on devrait obliger tous les enseignants à interrompre leur carrière à trente-deux ans, pour ne leur permettre de la reprendre qu'à soixante-cinq, afin qu'ils puissent *vivre*, et non plus gâcher leur vie à enseigner — vivre une existence pleine d'ambiguïté, d'éphémère, de regret et d'émerveillement, et surtout, qu'on ne leur demande de rien expliquer en public avant qu'ils approchent de la fin et qu'ils ne soient plus bons qu'à ça.

Les explications, voilà la cause de bon nombre de nos ennuis.

Mais ils faisaient bien sûr exactement la même chose que moi : tenir le regret à distance, ce qui est sage à condition de comprendre sa nature. Eux, à l'inverse, avaient décidé qu'ils n'auraient jamais besoin de porter le deuil de quoi que ce soit ! Et pas davantage de se sentir responsables de ce qui ne serait pas absolument permanent et réconfortant. Une vie sans tache. Ce qui est tout sauf sage, car le mieux qu'on puisse faire, c'est d'essayer d'empêcher les regrets inévitables de vous gâcher l'existence, et ce jusqu'à ce qu'on ait à nouveau le pied à l'étrier.

Ainsi, lorsque ces mêmes gens sont soudain confrontés à une ambiguïté réelle ou à un regret authentique, disons une chose aussi simple que d'annoncer à un jeune collègue sensible, qu'ils apprécient sans doute et avec qui ils ont dîné une bonne centaine de fois, qu'il doit aller chercher un emploi ailleurs ; ou à une situation aussi compliquée qu'un adultère sous leur propre toit (grande spécialité des campus universitaires), ils sont on ne peut plus maladroits, empêtrés, réticents à l'idée de remettre les pendules à l'heure, car ils ne veulent ou ne peuvent s'expliquer cette situation ; pis encore, ils préfèrent parfois la nier en bloc.

Il existe des choses inexplicables. Elles sont simplement là. Elles disparaissent bientôt, d'habitude pour toujours, ou alors elles deviennent intéressantes d'un autre point de vue. Les consolations de la littérature sont toujours temporaires, alors que la vie reprend bien vite son cours. Mieux vaut parfois renoncer aux explications. Rien ne me met plus mal à l'aise que de passer un moment avec des gens qui ignorent cela, sont incapables d'oublier, et pour qui cela ne constitue pas l'une des pierres angulaires de l'existence.

Voilà en partie pourquoi Selma Jassim et moi nous nous sommes abandonnés à l'éphémère le plus léger — nous vautrant dans le provisoire, chassant tout regret et jusqu'au souvenir du regret. (Pour les musulmans, l'éphémère n'est pas un vain mot, j'en témoigne. Encore plus que pour les journalistes sportifs.)

Pour un observateur impartial, ce qui s'est passé entre Selma et moi — après notre dîner romantique près de la cheminée de la Vermont Yankee Inn, le soir même où j'ai mis X et les enfants dans leur car — est un exemple banal des petites intrigues amoureuses où vient inévitablement s'empêtrer un remplaçant au pied levé dans une modeste université de Nouvelle-Angleterre, car il n'y a rien d'autre à faire tout au long de ces mornes semaines passées dans le cocon du campus. Ma réponse à cela, c'est que même le plus trivial des rapports humains peut secouer une torpeur désespérée, et parfois faire redémarrer une vie qui est au point mort. (Mais comment plaider avec éloquence la cause de ses propres passions ?)

X était arrivée avec les enfants pendant ma deuxième semaine (je venais de retrouver Mindy Levinson). Elle avait apporté deux bougeoirs en cuivre pour ma maisonnette, qu'elle avait nettoyée de fond en comble ; elle avait assisté à l'un de mes cours, ainsi qu'à deux soirées organisées par la faculté, et avait, semble-t-il, passé un bon moment. Elle se réveillait tard, et un matin nous avions fait ensemble une longue promenade automnale au bord de la Tuwoosic, où nous avions évoqué une grande virée printanière en voiture avec les enfants. Mais le dimanche matin, lorsque je les ai conduits tous les trois à l'arrêt du car, elle s'est tournée vers moi pour me dire :

— Je ne comprends vraiment pas ce que tu fais ici, Frank. Tout ça me paraît extrêmement stupide, je veux que tu donnes ta démission sur-le-champ et que tu reviennes vivre avec nous. Ça n'a rien de drôle d'être seuls là-bas sans toi.

Je lui ai bien sûr répondu que je ne pouvais pas partir ainsi. (Si je l'avais fait, je serais peut-être toujours marié avec X ; j'ai d'ailleurs eu l'impression qu'elle avait raison sur toute la ligne, qu'un autre pseudo-écrivain se matérialiserait comme par magie pour me remplacer dès le lendemain, et qu'Arthur Winston ne repenserait plus jamais à mon visage si « intéressant ».) Il me semblait néanmoins qu'une chose, peut-être ridicule, m'avait poussé à venir jusqu'ici, et que j'avais besoin de savoir ce que c'était — j'ai d'ailleurs répondu cela à X. Et puis n'avais-je pas donné ma parole ? J'ai piteusement ajouté que je voulais qu'elle vienne ici tous les week-ends, et qu'ils pouvaient même s'installer tous les trois ici avec moi (ce qui, inutile de le dire, était encore plus ridicule).

Quand je me suis enfin tu, X est restée assise dans la voiture, les yeux tournés vers le car qui attendait, puis elle a soupiré et dit d'une voix triste :

— Je ne compte plus revenir ici, Frank. Il y a quelque chose dans l'air ici qui me donne l'impression d'être vieille et complètement idiote. Il va donc falloir que tu te débrouilles tout seul.

Là-dessus, elle est descendue de voiture avec Paul et Clary, puis elle a hissé leur gros sac dans le car. Quand ils sont montés à bord, les deux enfants pleuraient (mais pas X), et ils m'ont laissé seul et perdu, agitant la main sur le parking de la taverne de Bay State.

Après cela et durant les treize semaines qui ont passé avant que je retourne dans le New Jersey et divorce, j'ai partagé avec Selma une existence chaotique. C'était une Arabe farouche à la beauté sombre et au regard froid, alors âgée de trente-six ans (exactement mon âge), mais qui paraissait plus mûre que moi. Au début de l'automne, elle avait quitté Paris pour venir au Berkshire College, dans le seul but d'obtenir un visa (disait-elle), afin de trouver un riche industriel américain, de l'épouser, puis de s'installer dans une banlieue cossue pour mener une existence heureuse. (Elle savait qu'une existence agréable et facile était le meilleur antidote à presque tous les malheurs.)

Je ne suis pas rentré dans le New Jersey avant la fin du semestre ; X ne m'a pas écrit ni téléphoné une seule fois. Pour nous distraire, Selma et moi traînions au lit dans ma maisonnette ou quittions le campus dans ma Malibu pour le temps qui nous était imparti, discutant pendant des heures de tout ce qui nous intéressait — je me rappelle ces conversations comme les plus passionnantes de toute mon existence —, sans doute parce qu'elles étaient clandestines. Nous sommes allés à Boston, dans le Maine, vers le sud jusqu'à Westchester, vers le nord jusque dans le Vermont, et vers l'ouest jusqu'à Binghampton. Nous descendions dans de petits motels, mangions dans des gargottes au bord de la route, nous arrêtions dans des bars comme le Mohawk, l'Eagle, l'Adams — des repaires sombres et discrets où le monde extérieur pénétrait rarement, où nous ne connaissions personne et où personne ne nous remarquait : une grande arabe au long cou, vêtue de soie noire scintillante et fumant des cigarettes françaises, accompagnée d'un type ordinaire en pantalon de coton et chandail à col rond, affublé d'une casquette des tracteurs John Deere que j'aimais porter sur le campus. Nous étions des touristes sans passé ni avenir.

Nous parlions rarement de littérature. Selma était un critique théorique qui, pour autant que j'aie pu le savoir, n'avait qu'un mépris ironique pour la chose littéraire. (En guise de plaisanterie, elle s'amusa à enlever tous les *je* d'un roman de Scott Fitzgerald, et fit un séminaire là-dessus, que nous nos collègues qualifièrent d'« ingénieux ».) Nous discutions de menus détails — pourquoi un versant de colline couvert d'érables particulièrement brillants changeait de couleur à chaque heure, et si cela n'était pas le symptôme d'une maladie quelconque ; pourquoi les routes américaines traversaient le paysage selon tel tracé ; les problèmes de la circulation à Londres (où je n'avais jamais été, où elle avait étudié) ; son premier mari, qui était britannique ; ma femme ; une carrière d'actrice à laquelle elle avait renoncé ; mes impressions sur le service militaire obligatoire — rien de bien palpitant, mais tout ce qui nous venait à l'esprit et nous donnait l'occasion de bavarder sans évoquer l'avenir (nous n'entretenions aucune illusion sur ce chapitre). Cela nous permettait de tuer le temps agréablement avant de reprendre les cours, activité que j'ai bientôt détestée. Ces discussions m'ont appris beaucoup de choses sur elle, bien que je ne lui aie jamais posé de questions, et qu'il fût toujours sous-entendu que je ne savais rien. Il y avait d'autres gens dans sa vie, beaucoup d'autres, des hommes et des femmes, des gens qui vivaient à l'étranger — certains peut-être en prison —, d'autres encore qui s'étaient exilés pour des raisons dont elle refusait de parler. Pendant une semaine je me suis senti extrêmement attaché à elle, me laissant aller à des projets romantiques et absurdes, avant de les rejeter en bloc. Je lui ai dit cent fois que je l'aimais, sur un ton de conspirateur signifiant que nous comprenions tous deux que c'étaient là paroles en l'air, car elle se moquait volontiers de l'idée même des rapports sentimentaux, et déclarait que l'amour était une émotion qu'elle n'avait nullement l'intention d'approfondir.

Elle avait, pensais-je, une seule obsession bizarre, qui concernait l'altruisme, et dont elle m'a parlé le premier matin où nous nous sommes réveillés dans le même lit, alors qu'elle se tenait nue à la fenêtre de ma petite maison ensoleillée, en fumant des cigarettes et en regardant la Tuwoosic comme s'il s'agissait de l'Irrawaddy. Elle m'a déclaré que l'altruisme rendait les Arabes fous, car c'était toujours « de la frime » (une expression qu'elle affectionnait). Elle s'enflammait à force d'en parler, elle jetait la tête de gauche et de droite, criait et riait, tandis qu'assis dans le lit je l'admirais. Ce n'était ni la religion ni l'économie qui engendrait les haines ; c'était l'altruisme

Ce matin-là, elle m'a dit avec un regard grave qu'à dix-huit ans elle avait déjà survécu à deux intoxications par la drogue, à une participation « importante » à un réseau terroriste, sous-entendant même qu'elle avait assassiné des gens ; elle m'a dit qu'elle avait été enlevée, violée, emprisonnée, qu'elle avait flirté avec un certain nombre de sombres *ismes*, qui avaient tous stimulé son intelligence et forgé sa conviction de savoir pourquoi les gens agissaient — pour leur propre convenance, et pour nulle autre raison —, moyennant quoi elle préférait désormais rester à l'écart. Elle m'a dit qu'elle n'aimait pas les chrétiens de l'université (pas les juifs), nullement à cause de la misère auto-satisfaite de leur existence universitaire qui provoquait son rire méprisant (c'eût été différent s'ils avaient été riches), mais parce que ces chrétiens se prenaient pour des altruistes, des gens généreux et bien intentionnés. Pour elle, le seul remède à l'altruisme, c'était d'être soit très pauvre, soit très riche. Elle-même avait déjà fait son choix.

Je ne suis pas certain de ce que Selma pensait de moi. Je la jugeais complètement cinglée, mais elle-même me prenait peut-être pour un type pitoyable, bien qu'elle me manifestât une admiration que tout Américain séjournant au sein d'une culture lointaine et prestigieuse aimerait inspirer. Je connaissais parfois de brusques états d'agitation où je m'enfermais en moi-même et devenais aussi taciturne qu'un aliéné mental ; ou bien j'accumulais les commentaires désobligeants sur une chose dont j'ignorais tout — souvent, à la fin du trimestre, c'était un collègue qui, pensais-je, m'avait manqué d'égards, alors que je n'avais aucun grief réel contre lui et que je ne l'avais même jamais rencontré. Selma me flattait alors en déclarant qu'elle n'avait jamais connu un homme comme moi, que j'incarnais l'un de ces réalistes durs à cuire qui, lui avait-on assuré, constituaient le cœur du peuple américain (les universitaires insignifiants ne lui arrivaient pas à la cheville), mais que j'avais aussi un côté pensif, vulnérable, compliqué et sentimental qui faisait de ma personnalité un alliage rare et brillant. Elle m'a dit que j'avais bien fait d'arrêter d'écrire de la fiction pour devenir journaliste sportif — profession dont elle ignorait presque tout, mais où elle voyait une manière aisée de gagner sa vie. Comme X, elle jugeait ridicule ma décision de venir enseigner au Berkshire College, ajoutant que sa propre présence ici était tout aussi ridicule. Je crois sincèrement qu'elle pensait que nous étions semblables, tous deux momentanément aiguillés sur une voie de garage, mais luttant pour retourner sur les rails de notre vie.

— Tu ferais vraiment un bon musulman, m'a-t-elle dit plus d'une fois en levant vers moi son long nez pointu avec une expression que je savais élogieuse.

— Toi, tu ferais un bon journaliste sportif, lui rétorquais-je alors. (Je ne savais pas ce que je voulais dire par là, mais cela nous faisait tous les deux rire aux larmes.)

On aurait pu croire que Selma et moi partagions une espèce de cynisme amoureux. Mais il n'en était rien, car pour être vraiment cynique (comme moi lorsque j'ai courtisé ces dix-huit femmes dans toutes ces Mecques sportives de la nation), il faut s'aveugler sur ses propres émotions. A l'inverse, Selma et moi savions exactement ce que nous faisions et où nous en étions. Pas de faux-semblants, ni de sentimentalité à l'eau de rose, ni de passion simulée. Et aucun pathos. Seulement un sentiment d'attente, ce qui est parfois aussi agréable que n'importe quoi, y compris l'amour. Elle comprenait parfaitement que, lorsque l'objet de l'attente occupe une place excessive, dès lors les problèmes rôdent autour de vous comme une meute de loups. Puisqu'elle ne désirait rien de moi — je n'étais pas un industriel et j'avais beaucoup plus de problèmes sur le dos que je n'aurais voulu ; et puisque je ne désirais rien d'autre d'elle que de l'avoir dans ma voiture ou dans mon lit, pour s'amuser et visiter la Nouvelle-Angleterre en touristes, nous étions très heureux ensemble. (J'ai découvert cela beaucoup plus tard, car nous n'en avons jamais parlé.)

Personne bien sûr n'aurait jamais pu fonder une existence durable sur ce que nous attendions. Une balade en voiture le soir jusqu'à une gargotte située à la limite de l'État, et au retour on traverse les collines, les bois qui sentent l'automne, et l'on a presque trop froid juste avant d'arriver sur le campus. Le téléphone qui se met soudain à sonner par une soirée de l'été indien, mais vous attendiez cet appel. Le bruit d'une voiture juste devant chez vous, puis une portière qui claque. Un bruit indéterminé qui devient une respiration profonde et familière. Le chuintement de la fumée de cigarette dans le téléphone, le tintement des glaçons dans un silence soyeux. La Tuwoosic s'écoulant dans votre sommeil, la découverte progressive et rassurante que tout n'est peut-être pas perdu — suivie par la sensation familière du confinement et les soupirs intimes. Elle rendait les armes devant l'aspect prosaïque de l'existence, mais devant rien d'autre, et pour cette seule raison le mystère émanait d'elle en ondes puissantes. La vie n'a pas grand-chose à offrir de mieux sans d'excessives complications.

Rien de ce qui s'est passé entre nous, aucune des paroles que nous avons échangées n'a modifié nos existences plus d'un moment. Le monde paraissait aussi banal que d'habitude. Pour elle et moi, nous avions inventé une vie parfaite qui a bientôt pris fin.

Et puis, que pouvais-je attendre de mieux ? Mon semestre d'enseignement ? Ma bande de collègues souriants et passionnés d'explications ? La vie sans mon premier fils ? Mon existence de plus en plus étiolée avec X ? L'effritement progressif avant l'échéance ultime ? Je ne sais pas, et ne le savais pas alors. J'ai simplement découvert qu'on ne peut pas connaître la vie d'autrui, et que cela ne vaut même pas la peine d'essayer. Lorsque tout a été terminé (nous sommes tout bonnement allés prendre un verre au Bay State, et nous nous sommes quittés comme si nous venions à peine de nous rencontrer), je suis parti du campus après la tombée de la nuit et suis rentré dans le New Jersey sans même communiquer les notes de mes élèves (ensuite envoyées par la poste), en proie au désir et à l'appréhension du pèlerin, mais sans l'ombre d'un remords ni d'un regret. Toute mise ayant été interdite d'entrée de jeu, personne n'a eu le cœur brisé ni n'a sombré dans la tristesse. Cela mérite qu'on s'en souvienne, car c'est exceptionnel.

Juste avant mon départ soudain, j'étais assis dans mon bureau de la bibliothèque Old Mather, et je rêvassais en regardant par la fenêtre alors que j'aurais dû corriger mes dernières copies, établir un barème de notes, quand on a frappé à ma porte. (J'avais demandé à changer de bureau pour m'installer dans la pièce la plus reculée, sous le prétexte de mieux me concentrer sur mon livre, en fait pour dissuader les étudiants de passer à l'improviste, et afin que Selma et moi puissions nous voir au calme.)

A la porte se trouvait la femme d'un jeune chargé de cours, un type que je connaissais à peine et dont l'arrogance me signifiait qu'il ne m'appréciait sans doute guère. Sa femme s'appelait Melody ; elle et moi avions eu une longue conversation amicale lors d'un cocktail offert par Arthur Winston pour la rentrée (X y avait assisté), à propos de *L'Oiseau de feu*, que je n'avais jamais vu sur scène et dont j'ignorais tout. Après notre entretien, Melody s'était toujours comportée comme si elle voyait en moi un nouvel élément intéressant, et elle n'avait jamais manqué de m'adresser un sourire aimable lorsqu'elle me rencontrait. C'était une petite femme aux yeux bruns larmoyants, dotée d'une bouche que je trouvais séduisante, mais que son mari n'aimait sans doute pas.

Elle semblait nerveuse et un peu gênée à ma porte, comme si elle désirait s'enfermer avec moi dans mon bureau. Nous étions en décembre, et elle était équipée pour la neige. Elle portait, je m'en souviens, un bonnet péruvien à oreillettes et des bottes fourrées.

Lorsque j'eus refermé la porte, elle s'est installée sur la chaise réservée aux étudiants, a aussitôt sorti une cigarette et s'est mise à fumer. Je me suis assis et lui ai souri, le dos à la fenêtre.

— Frank, dit-elle tout à coup, comme si les mots se bousculaient en elle et ne sortaient de sa bouche que par hasard, je sais que nous ne nous connaissons pas très bien. Mais j'ai envie de vous revoir depuis que nous avons eu cette merveilleuse conversation chez Arthur. C'est une discussion qui a été très importante pour moi. J'espère que vous le savez.

— J'en ai moi-même tiré beaucoup de plaisir, Melody.

(Je ne me rappelais pas grand-chose, sinon Melody déclarant qu'elle avait naguère voulu devenir danseuse, mais que son père s'y était fermement opposé, et qu'après cela elle s'était toujours méfiée de son père et des hommes. J'avais alors pensé qu'elle me considérait peut-être comme autre chose qu'un homme.)

— Je vais créer une compagnie de danse, ici même, en ville, dit Melody. J'ai le soutien de la municipalité. Je crois que les étudiants de Berkshire seront intéressés, et que l'école va m'aider. Je reprends des leçons, je vais à Boston deux fois par semaine. Seth s'occupe des enfants. C'est pour moi une période de grands chamboulements, mais je trouve ça formidable. Rien ne pourra vraiment démarrer avant l'automne prochain au plus tôt, mais tout ça s'est mis en branle le soir où nous avons parlé de *L'Oiseau de feu*.

Elle m'a souri, très fière d'elle.

— Je suis ravi de l'apprendre, Melody. J'ai beaucoup d'admiration pour vous. Je sais que Seth est fier de vous. D'ailleurs, il m'en a parlé.

(Mensonge éhonté.)

— Frank, ma vie a changé du tout au tout. Surtout avec Seth. Je ne l'ai pas plaqué. Et je ne compte pas le faire — du moins pas tout de suite. Mais j'ai exigé ma liberté. La liberté de faire tout ce que je veux avec qui je veux.

— Très bien, dis-je, sans savoir si c'était si bien que cela.

J'ai fait pivoter mon fauteuil pour regarder par la fenêtre la pelouse rectangulaire du campus où quelques étudiants imbéciles construisaient un château de neige ; puis j'ai levé le visage vers l'horloge murale comme si j'avais un rendez-vous. Je n'en avais bien sûr aucun.

— Frank. Je ne sais pas comment dire ça, mais il faut que je le dise, parce que je le sens ainsi. Je désire avoir une liaison. J'aimerais vous demander d'en avoir une avec moi. (Elle m'a adressé un petit sourire glacé qui ne m'a pas donné la moindre envie d'embrasser ses lèvres charnues.) Je sais bien que vous sortez avec Selma. Mais vous pourriez aussi vous intéresser à moi, non ?

Elle a déboutonné son lourd manteau, l'a laissé glisser derrière elle, et j'ai alors découvert qu'elle portait un collant de danse, pourpre d'un côté et blanc de l'autre, aux couleurs du Berkshire College.

— Je peux être séduisante, dit-elle en abaissant une bretelle de son collant pour me dévoiler, là, dans mon bureau, un sein ravissant, avant de baisser l'autre bretelle, la pourpre.

— Melody, intervins-je. Une minute. C'est assez inhabituel, et...

— Tout ce que j'ai fait jusqu'ici a été habituel, Frank. Je suis prête à coucher avec qui je veux, maintenant. Pourquoi m'en empêcher ?

— C'est une bonne idée. Mais attendez-moi juste une seconde dans mon bureau. J'ai une chose à faire. Remettez donc votre manteau.

J'ai ramassé son manteau par terre et le lui ai posé sur les épaules ; elle est restée assise sur la chaise, ses seins splendides à l'air, ses lèvres aussi pleines et appétissantes qu'elle ne le seraient sans doute jamais, son collant pourpre et blanc baissé jusqu'à la taille. Je suis sorti dans le couloir, j'ai refermé la porte derrière moi, pris mon manteau sur la patère en bas de l'escalier, et je suis sorti sur le campus pour rejoindre ma voiture. Les étudiants mettaient la dernière main à leur château immaculé et commençaient déjà à se lancer des boules de neige en criant. Les cours étaient terminés. Les examens encore trop loin pour susciter le moindre souci. Le moment idéal pour quitter un campus universitaire.

Alors que j'avais parcouru la moitié du chemin, qui ai-je vu arriver à ma rencontre sinon Seth Fairbanks, le mari de Melody, qui pataugeait vers le gymnase avec un sac plein de livres et une raquette de squash. C'était un homme maigre, doté d'une petite moustache noire, diplômé de l'université de New York, qui enseignait la littérature du XVIIIe siècle, mais aussi quelques aspects du roman moderne. Lorsqu'il m'avait un jour parlé de mes livres préférés, j'avais découvert qu'il détestait tout ce que j'avais jamais aimé, et qu'il les ridiculisait à coup d'arguments à l'emporte-pièce.

— Alors, professeur Bascombe, m'apostropha Seth Fairbanks avec un sourire niais, on va en bibliothèque ?

C'était là un genre de plaisanterie que je n'ai jamais compris. Mais je me suis forcé à sourire, en pensant à sa femme qui à cet instant tremblait sans doute de froid dans mon bureau, derrière une fenêtre d'où elle pouvait nous voir (si elle était encore là). Il était cinq heures, il faisait presque nuit ; nous nous fondions sans doute déjà dans l'obscurité.

— Je rentre corriger quelques copies, Seth, répondis-je d'une voix allègre. Je les ai fait bûcher sur Robbe-Grillet. (Encore un mensonge. Mes étudiants avaient travaillé sur le texte de leur choix, et m'avaient également suggéré la note qu'ils croyaient mériter.) C'est un sacré malin, celui-là.

— J'aimerais bien savoir comment vous avez formulé vos questions. Mettez donc ça dans ma boîte demain matin. Ça me donnera peut-être quelques idées. Moi-même, je les fais travailler sur *Le Voyeur.*

Seth riait sous cape.

— Pas de problème, dis-je.

J'ai aperçu ma voiture, couverte de neige, car nous descendions à flanc de colline vers le parking. Le vieux gymnase marron se trouvait de l'autre côté de la route, ses lumières étaient jaunes dans le crépuscule. La vague de froid n'allait pas tarder à arriver, et l'hiver serait long.

— Je prépare un cours sur le surnaturel, Frank, pour le petit semestre d'hiver. Il y a plein de livres passionnants sur les phénomènes bizarres. C'est de la vraie littérature. Et puis j'ai une théorie à défendre. Il faut absolument lire ces bouquins.

— J'aimerais bien en savoir davantage, dis-je.

— Je vous mettrai un résumé dans votre boîte. Et puis on pourrait déjeuner ensemble la semaine prochaine.

— Formidable, Seth.

— On est comme des coqs en pâte ici, Frank. Je crois que vous devriez rester tout un semestre. Et puis, ces articles sportifs peuvent bien attendre. Pourquoi ne pas décider que vous êtes bien ici et que vous voulez rester à Berkshire ?

Seth souriait. Je savais très bien qu'il ne pensait pas ce qu'il disait. Mais j'allais lui faire plaisir.

— Ça mérite réflexion, Seth.

— Tout à fait.

Seth a levé sa raquette pour me dire au revoir comme nous approchions de ma voiture. Puis il s'est dirigé vers le gymnase situé en contrebas. Je me suis retourné pour regarder la fenêtre de mon bureau où la femme de Seth était venue me montrer sa poitrine splendide, mais qu'elle avait sans doute quitté pour rentrer chez elle. Puis je suis monté dans ma voiture, j'ai démarré et, à mon tour, je suis rentré chez moi.

A dix heures et demie, je suis lavé, rasé de frais, et sur mon trente-et-un pour ce dimanche pascal — un costume deux-pièces à fines raies que je possède depuis l'université. Alors que je sors par-derrière, j'aperçois Bosobolo qui arrive par-devant. Il a laissé entrer le chat Frisker, qui se précipite dans le couloir vers la cuisine.

Je m'arrête sur le seuil, puis examine mon locataire d'un air scrutateur. C'est un homme que j'admire, un Africain osseux, au visage austère, qui possède sans doute un long pénis aborigène. Nous croyons avoir un goût commun pour l'humour en demi-teinte, moyennant quoi nous sommes malicieux et respectueux lors de chacune de nos rencontres. Il apprécie que je vive seul sans m'apitoyer sur mon sort et que Vicki vienne dormir ici de temps à autre. Je le respecte, car il étudie Hobbes pour se prémunir des effets pernicieux de la spiritualité excessive de l'Institut.

Il porte son pantalon noir de missionnaire, une chemise blanche à manches courtes et des sandales, mais avec une affreuse cravate orange vif qu'il a achetée sur la Quarante-deuxième Rue le jour de son arrivée du Gabon, et qui lui donne l'air d'un vieux bluesman. Dernièrement et à deux reprises, je l'ai aperçu par la fenêtre de ma voiture, qui se promenait bras dessus bras dessous avec une fille blanche et boulotte du séminaire, deux fois plus jeune que lui. De toute évidence, la romance va bon train dans la soupente de la demoiselle, et peut-être même ici à l'étage. Quelle expérience exotique cela doit être pour elle ! Un vieux prince sauvage, assez âgé pour être son père, transpirant au-dessus d'elle comme un étudiant.

Lorsqu'il m'aperçoit, Bosobolo s'arrête sous le lustre en cristal que X a hérité de sa tante, et m'observe au fond du couloir comme si j'étais très loin. Il a envie, je le devine déjà, de monter écouter Jimmy Waldrup qui émet de la Caroline du Nord, un prêcheur qu'il admire énormément, même s'il se plaint de ne pas comprendre comment frère Jimmy peut avoir autant de choses en tête et pleurer si facilement.

— Comment s'est passée l'école du dimanche ? dis-je, incapable de dissimuler un sourire espiègle.

Tous nos échanges se font sur le mode d'une ironie complexe.

— Très très bien, répond-il en gardant ses distances, mais avec un air sérieux et vaguement soucieux. Cela vous aurait beaucoup plu. Je me suis occupé des méthodistes avancés. Je leur ai expliqué les origines du mythe de la résurrection. (Il a un sourire supérieur.) L'homme de Neandertal croyait à tort que les ours des cavernes étaient morts.

Je devine exactement ce que ces « méthodistes avancés » — cracks des assurances, vice-présidents de banques — ont pensé de ses explications. Je suis même certain qu'ils en discutent en ce moment même au Howard Johnson.

— Ça me paraît un peu trop anthropomorphique, Gus.

Gus est le surnom que lui ont trouvé les professeurs de l'Institut, qui ne réussissent pas à prononcer son prénom, une combinaison de consonnes agressives. Mais Bosobolo aime bien qu'on l'appelle *Gus*.

— Notre but est la réconciliation, dit-il en reculant d'un pas. La divinité pénètre où bon lui semble.

Son regard noir monte vers l'escalier, puis redescend. J aimerais bien le cuisiner un peu sur son amie du séminaire, mais il s'indignerait de ma curiosité. Marié, il est père de nombreux enfants, et il ne prend sans doute pas l'amour à la légère. Il n'y a pas assez de Fincher Barksdale en moi.

Je secoue la tête en feignant un grand sérieux.

— Je ne crois pas qu'on puisse tirer la moindre conclusion de tout ça. Désolé.

Nous parlons d'un bout à l'autre du couloir, à une distance telle que ni lui ni moi ne pouvons prendre cette discussion très au sérieux.

— Einstein croyait en Dieu, rétorque-t-il aussitôt. Cette logique est pourtant lumineuse. Vous devriez participer à nos débats.

Il tient son gros livre d'Évangiles, mais ses doigts osseux en cachent complètement le titre.

— J'ai peur de percer le mystère à jour.

— Nous n'écoutons pas Bach, dit-il. Notre foi est en jeu. Vous n'avez rien à perdre.

Il me sourit, fier de son allusion à Bach, qu'il sait que j'admire, et que tous deux nous savons limité dans l'espace et dans le temps.

— Est-ce qu'il y a des gens qui doutent parmi vos méthodistes ?

— Beaucoup. Je leur propose seulement ce qui a toujours été disponible. Un jour, tous mourront et découvriront la vérité.

— C'est terriblement austère.

L'œil de Bosobolo pétille de malice et de certitude. Il fait maintenant figure d'autorité.

— Quand je serai de retour dans mon pays, je montrerai davantage de compassion.

Il hausse les sourcils et s'approche lentement de l'escalier. Il n'a pas fait la moindre allusion à la visite de Walter hier soir. Je suis sûr qu'il serait amusé de savoir que Walter l'a pris pour mon majordome. Dans l'air matinal qui traverse le milieu de ma maison, je discerne son odeur têtue qui m'inonde les narines et véhicule une espèce d'avertissement tacite : on ne badine pas avec cet homme-là. Pour lui, la religion n'est pas une simple partie de plaisir.

— Et Hobbes ? dis-je avant de le lâcher. Vous parlez de Hobbes ?

— Hobbes était chrétien. Il s'intéressait à la temporalité. (Il me souffle ainsi avec une concision admirable, que oui, il courtise la petite Blanche boulotte du séminaire, et que, non, il ne va pas renier Hobbes, et que je ferais mieux de m'occuper de mes affaires.) Vous devriez sans doute venir, dit-il.

— J'ai trop d'occupations mondaines.

— Alors, c'est que vous êtes mûr pour nos discussions. (Il lève le bras pour me dire au revoir et monte les marches deux à deux.) Dieu vous sourit aujourd'hui, me lance-t-il du palier obscur.

— Tant mieux, dis-je. Je lui rends volontiers son sourire.

Je retourne à la cuisine pour trouver Frisker, puis quitte la maison.

En traversant la ville, j'emprunte la rue du séminaire, qui se termine en cul-de-sac sur l'Institut et le petit temple des Premiers Presbytériens, dont la flèche blanche se dresse vers les nuages. Un homme en veston orange, assis dans un fauteuil roulant, scrute la vitrine d'un glacier fermé, et notre unique policier noir se dresse au bord du trottoir, bardé de l'attirail de sa fonction. Le minibus De Tocqueville brinquebale devant moi, puis disparaît dans Wallace Road. Les deux feux passent au vert dans la lumière laiteuse. Moment rêvé pour un cambriolage.

Je me dirige vers le sud et Barnegat Pines, mais une rue plus loin je fais soudain demi-tour — ce que Ralph appelait autrefois un « sec à gauche » —, et je me gare dans le parking vide à côté de l'église presbytérienne.

Laissant le moteur tourner, je franchis une porte latérale. Les bénévoles débordent d'activité ; ils ont les mains pleines de bulletins spéciaux de Pâques. Ce sont des hommes d'affaires de Haddam, en costumes bruns et cravates à pince, prêts à chuchoter « Content qu'vous soyez v'nu » comme s'ils vous connaissaient depuis leur plus tendre enfance et que vous ayez une place réservée à votre nom. On ne se déplace pas pendant les prières, les doxologies et la sainte communion. On rejoint sa place discrètement durant les cantiques, les annonces et, bien sûr, la quête.

Mais c'est là mon endroit préféré dans l'église, tout au fond près de la porte. C'est là que ma mère me disait de rester les rares fois où nous allions à l'église de Biloxi. Je ne tiens pas en place sur un banc, il faut toujours que je parte avant la fin, que je dérange les gens et me sente gêné.

Le bénévole qui m'accueille à l'entrée porte un badge où je lis : *Al.* Quelqu'un a rajouté le mot *Gros* juste devant au marqueur rouge. J'ai déjà vu le *Gros Al* à la quincaillerie et au Coffee Spot. C'est un quinquagénaire corpulent qui sent l'Aqua Velva et les cigarettes. Lorsque je m'approche de la porte ouverte dont il est le gardien et par où j'aperçois des rangées de têtes en train de prier, il me rejoint, me pose une main gigantesque sur l'épaule et murmure :

— On va vous installer dans une minute. I' reste plein de bonnes places devant.

L'odeur de l'Aqua Velva me submerge. Gros Al porte une étole maçonnique pourpre et or ; sa main poilue est large comme un étrier. Lorsqu'il me glisse un bulletin dans la main, j'entends sa respiration rocailleuse. Les autres bénévoles, tous en prières, fixent d'un regard féroce leurs chaussures et le tapis rouge vif.

— Je ne reste qu'une minute, si ça ne vous dérange pas, dis-je à voix basse.

Après tout, nous sommes de vieux amis, des presbytériens de longue date.

— Pas de problème, Jim. Restez donc là.

Gros Al opine du chef sans se démonter le moins du monde, puis il retourne auprès des autres bénévoles et incline brusquement la tête. (Il n'est guère étonnant qu'il me prenne pour un autre, car rien ici n'a moins d'importance que mon identité.)

Le sanctuaire baigne dans la lumière permanente de l'église, bondé de têtes et de chapeaux fleuris, tous inclinés pour signifier le recueillement. Le prêtre, qui semble officier à un kilomètre de là, est un type costaud et sérieux, doté d'une barbe broussailleuse et du surplis épiscopal — sans doute un professeur du séminaire. Il mime l'antique stupéfaction avec une voix forte d'acteur ; et lorsqu'il lève les bras, deux grandes ailes noires se déploient au-dessus des lis de l'autel.

— Ô seigneur, nous acceptons ce jour comme un immense cadeau. La promesse que la vie recommence. Nous voici sur cette terre… nos occupations quotidiennes..

Et ainsi de suite, sans surprise notable. J'écoute en écarquillant les yeux, comme si l'on me révélait un secret, une promesse que je devais faire parvenir à une ville lointaine. Mais quelles sont au juste mes impressions ?

Bonne question œcuménique pour un type comme moi. La réponse tombe néanmoins sous le sens ; sinon, je ne serais pas là.

Je ressens ce que je désirais justement ressentir quand j'ai fait ce « sec à gauche » pour entrer dans le parking à toute vitesse — une ardeur éthérée, englobante, l'impression de laisser la morosité derrière moi, un frisson de plaisir qui me descend jusqu'aux doigts de pied, ce que les marins rassemblés sur le pont ressentent sans doute lors d'une visite du président à bord de leur navire. Je me retrouve soudain chez moi, sans peur ni angoisse, sans même le fardeau d'une vénération sacrée. Je ne risque pas d'être sondé sur mes connaissances religieuses — ce n'est pas le genre d'endroit pour cela —, et je peux me sentir sacrément content de moi et de mon prochain. J'éprouve un rare sentiment d'immanence, de choses qui s'enfuient à tire-d'aile, je suis certain que l'avenir me réserve des surprises insoupçonnées, même s'il s'agit d'une illusion qui durera le temps de retourner à ma voiture. Plutôt cela que rien. Laissons le pire de côté. Le chagrin. Le désespoir. Le regret. Une solitude dévastatrice.

Alors, soudain :

— Élève-toi mon âme, déploie tes ailes. Élève-toi loin des choses transitoires vers le Ciel, ta destination…

Ma voix jaillit, forte et claire, tandis que le baryton de Gros Al tonne derrière moi parmi la cohorte des banlieusards repentants. (Pas une seconde je ne réfléchis au sens de ces mots, ni à leurs implications.) L'orgue fait trembler les fenêtres, soulève le toit, chatouille les côtes, envoie un frisson dans tous les bas-ventres réunis — celui de Jim, celui des bénévoles, celui du prêtre.

Et me voilà reparti.

Un adieu secret au Gros Al, qui me comprend parfaitement, ainsi que le monde entier, et serre ses mains énormes devant lui. Le moment est venu d'entamer « la course vers la tombe », et je n'ai besoin d'aucun message, puisque j'ai emmagasiné tout le nécessaire, puisque je suis « sauvé » de la seule manière dont je puisse l'être (*pro tempore*), et que je suis prêt à m'aventurer parmi les dangers du monde réel, tous mes étendards claquant au vent.

10

Sous mon pare-soleil, j'ai une carte éditée pour le bicentenaire de l'Union par une association écologique américaine, et, scotchée au tableau de bord, une page d'indications écrites par Vicki pour trouver l'« itinéraire astucieux » jusqu'à Barnegat Pines. Prendre la 206-A, puis la 530-E, puis la 70-S, puis (après une courte ligne droite vers le nord) une route de campagne non répertoriée, baptisée route du Double Trouble, supposée m'amener en un clin d'œil jusqu'à ma destination.

Cet itinéraire me conduit parmi les paysages les plus communs mais aussi les plus agréables du New Jersey, ces régions qui vous rappellent d'autres panoramas connus, et qu'on trouve en abondance dans cet État. C'est le moment idéal pour décapoter la voiture et s'abandonner au vent.

Tout ce que je vois ressemble d'abord à d'autres endroits du New Jersey, et les virages vous font perdre le sens de l'orientation. Vous roulez vers le sud-est en ayant l'impression de vous diriger vers le sud-ouest et d'être perdu. Il y a partout des industries propres. Usines de soupapes. Tas de sable et de gravier près d'une verrerie. Un chenil d'airedales. Le Foyer quaker des amis déboussolés. Plusieurs panneaux annoncent *ICI !* On se retrouve brusquement sous un ciel pâle, avec l'impression d'être en Floride, mais deux kilomètres plus loin c'est le delta du

Mississippi — la vie civilisée écrasée sous les lignes à haute tension, de grandes étendues de terres non cultivées, où des Noirs pêchent sur des ponts bas, et le mont Holly qui se dresse au-dessus de l'horizon lointain, juste avant le Delaware. Au-delà s'étend le Maine.

Je m'arrête dans la ville de Pemberton, près de Fort Dix, pour passer un autre coup de téléphone à X et lui souhaiter de joyeuses Pâques. Le répondeur diffuse toujours sa voix cassante de femme d'affaires, et cette fois je laisse un numéro — celui des Arcenault — où elle peut me joindre. Je compose aussi le numéro de Walter. Je pense à lui aujourd'hui, mais personne ne me répond.

A Bamber — un hameau réduit à une poste et à un petit lac, de l'autre côté de la route 530 —, je m'arrête pour prendre un verre dans une espèce de taverne cossue en pin brut, où il y a des lumières jaunes et des tables en rondins. C'est le bar des Sportifs de Sweet Lou, propriété d'un ancien centre célèbre de l'équipe des Giants en 56, Sweet Lou Calcagno — à l'intérieur, des pancartes vous apprennent tout cela. Jack Dempsey, Spike Jones, Lou Costello, Ike et beaucoup d'autres ont tous été les amis intimes de Sweet Lou et ont signé les photos accrochées aux murs, où on les voit embrasser un malabar souriant, au col de chemise ouvert, qui paraît capable d'avaler un ballon de football.

Sweet Lou n'est pas là pour le moment, mais lorsque je m'assois au bar, une femme lourde et pâle, âgée d'une cinquantaine d'années, aux cheveux coiffés en cloche et portant un fuseau, franchit une porte battante située à l'arrière de la salle, puis entreprend d'astiquer un cendrier.

— Où est Lou aujourd'hui ? je lui demande après avoir commandé un whisky.

J'aimerais bien le rencontrer, peut-être pour créer une rubrique intitulée *Que sont-ils devenus ?* « Lou Calcagno, l'ancien rouleau compresseur des Giants, avait naguère un rêve. Certes pas de faire une percée en fond de terrain pour virevolter jusqu'à l'essai, pas davantage de jouer dans le championnat national ou d'avoir sa place dans le palais de la Gloire, mais tout simplement devenir propriétaire d'un estaminet dans sa ville natale de Bamber, New Jersey, une bourgade paisible et traditionnelle où ses amis et ses supporters viendraient se rappeler le bon vieux temps et la gloire passée… »

— Lou qui ? fait la femme en allumant une cigarette avant d'en souffler la fumée par la commissure des lèvres pour ne pas me l'envoyer au visage.

Mon sourire s'élargit.

— *Sweet* Lou.

— Il est bien où il est. Et vous, ça fait longtemps que vous êtes là ?

— Un moment, il me semble.

— I'm'semble aussi. (Elle plisse les yeux.) Filez-lui donc un rencard dans une autre vie.

— J'étais un fan de Sweet Lou, dis-je, bien que ce ne soit pas vrai.

Je ne suis même pas sûr d'avoir jamais entendu parler de lui. Pour tout dire, je me sens parfaitement idiot.

— Il est mort. Depuis une bonne trentaine d'années. Voilà où il est.

— Désolé de l'apprendre, dis-je.

— Oui. Lou était une vraie plaie, dit la femme en finissant d'essuyer son cendrier. C'était mon mari. (Elle se sert une tasse de café et me regarde.) Je voudrais pas démolir votre rêve. Mais… Vous savez ?

— Que s'est-il passé ?

— Eh bien, des gangsters de Mont Holly sont venus ici, ils l'ont emmené dans le parking, là-bas, comme si c'étaient des amis à lui, et ils lui ont collé une bonne vingtaine de pruneaux dans le buffet. Ça a suffi.

— Bon Dieu, mais qu'est-ce qu'il leur avait fait ?

Elle secoue la tête.

— Aucune idée. J'étais juste ici, comme maintenant, derrière le bar. Ils sont entrés, trois petites frappes. Ils ont dit qu'ils voulaient que Lou sorte pour leur parler, et quand il est arrivé sur le parking, boum ! Personne n'est revenu me donner d'explication.

— Ils ont attrapé les tueurs ?

— Non. Ils se sont volatilisés. Personne les a jamais revus. De toute façon, Lou et moi, on allait divorcer. Mais je travaillais pour lui l'après-midi.

Je jette un coup d'œil dans le bar obscur, et Sweet Lou baisse les yeux vers moi, perdu dans les brumes du passé, parmi ses amis et ses supporters souriants, un sportif qui a abandonné la compétition au plus haut niveau pour s'aménager une existence prospère à Bamber, sans doute sa ville natale, mais qui a connu une mort violente. D'habitude, les choses ne se passent pas ainsi ; et puis ce n'est pas tout à fait ce qu'on a envie de lire avant le dîner en buvant un Martini glacé.

Je m'aperçois que je ne suis pas le seul client du bar : un type âgé, aux cheveux gris et au luxueux costume argenté, bavarde à une table avec une jeune femme en pantalon rouge. Ils sont assis dans un coin, près de la fenêtre. Une énorme tête d'ours à l'air méchant grimace au-dessus d'eux.

Je fais claquer ma langue et regarde la veuve de Lou.

— C'est une bonne idée d'avoir conservé l'endroit comme ça.

— Il a écrit dans son testament que je ne devais toucher à rien ; sans ça, j'aurais tout transformé depuis belle lurette ! Faut aussi que ça reste un bar, et que j'achète par ses circuits de distribution. Sinon, je perds tout, et ce sont ses cousins débiles de Teaneck qui reprennent l'affaire. Alors je fais comme si je l'avais jamais connu, j'oublie le nom du gars sur ces photos. Il voulait diriger la vie de tout le monde.

— Vous êtes toujours propriétaire de la distribution ?

— C'est mon fils du deuxième lit qui s'en occupe. Il en a hérité.

Elle renifle, tire une bouffée de cigarette, regarde au travers de la vitre de la porte d'entrée, qui laisse filtrer une faible lumière.

— Ce n'est pas si mal.

— C'est la meilleure chose qu'il ait jamais faite. Et ça s'est passé après sa mort. Pour vous dire...

— Au fait, je m'appelle Frank Bascombe. Je suis journaliste sportif.

Je pose mon dollar sur le bar et bois mon whisky.

— Mrs. Phillips, répond-elle en me serrant la main. Mon deuxième mari est mort, lui aussi. (Elle me regarde sans intérêt, puis prend un paquet de biscuits salés dans un panier sur le bar.) Voilà des années que j'ai pas vu un seul de vos collègues. Dans le temps, ils venaient sans arrêt interviewer Fatso. Ils arrivaient de Philadelphie et il leur en faisait voir de toutes les couleurs. Il connaissait des centaines de blagues.

Elle fait tomber le petit ruban rouge du paquet de biscuits dans le cendrier propre, puis casse un biscuit en deux.

— Je regrette de ne pas l'avoir connu.

Maintenant je suis debout, souriant, compatissant, mais prêt à filer.

— Eh bien, moi, ça serait plutôt le contraire. Ça s'équilibre.

Mrs. Phillips écrase sa cigarette avant de mordre le biscuit salé. Elle l'examine d'un air bizarre, comme si elle repensait à toute sa vie commune avec Lou Calcagno.

— Non, je retire ce que je viens de dire, fait-elle. Il n'était pas insupportable *tout* le temps. (Elle m'adresse un sourire amer.) Rectification : pas *tout* le temps.

Elle se retourne, puis marche lourdement vers une télévision éteinte. Les deux autres clients se lèvent pour partir, et je me retrouve seul avec mon sourire et rien à ajouter sinon :

— D'accord. Merci. J'ai compris.

Dehors, au-dessus des coquillages blancs du parking, je devine un changement de temps imminent — le temps de Detroit qui arrive —, mais le soleil continue de briller. Un vent humide balaie le lac de Bamber, soulève la poussière, malmène les pins qui bordent les villas désertes bâties au bord du lac, et fait osciller l'enseigne du bar des Sportifs. Le type âgé et la jeune femme en pantalon montent dans une Cadillac rouge, qui s'éloigne ensuite vers l'ouest, où des nuages cotonneux obscurcissent le ciel. Debout à côté de ma voiture, je pense d'abord à Lou Calcagno abattu à l'endroit où je me trouve, et je me dis que c'est le lieu idéal pour ce genre de choses. Je pense aux aéronautes que j'ai vus ce matin, je me demande s'ils seront redescendus sur terre avant la tempête. Je suis content d'être loin de chez moi aujourd'hui, content de rouler au cœur d'un paysage inconnu, de découvrir un monde qui n'est pas le mien et que je n'ai pas conçu. Certains jours, la vie paraît tout sauf formidable, mais elle vaut mieux que rien, et l'on se découvre modérément heureux de vivre.

Je remets la capote pour me protéger du froid. Et bientôt, je roule vite en sortant de Bamber, vers mon rendez-vous au bout de la route du Double Trouble.

Les indications de Vicki se révèlent parfaites. Je traverse le hameau de Barnegat Pines en bord de mer, franchis le pont-levis qui enjambe l'avancée boueuse d'une baie gris acier, décris une grande courbe parmi des bungalows de location, puis tourne à droite vers une péninsule artificielle et une rue agréable, sinueuse, sans trottoirs, bordée de maisons neuves à demi-étages, peintes dans des tons pastel, pourvues de pelouses vertes, d'un sous-sol et d'un garage attenant. Les Bois de Sherry-Lyn, tel est le nom de ce quartier ; il y a des rues semblables à celle-ci sur d'autres péninsules parallèles toutes proches, mais je n'aperçois aucun bois. Il y a un quai derrière presque toutes les maisons, avec un bateau amarré — une petite embarcation de pêche trapue, ou un hors-bord à la coque profilée. Il s'agit donc d'un quartier à l'allure vaguement marine, même si toutes les maisons de cette rue banale évoquent la Californie.

La maison des Arcenault, au 1411 Arctic Spruce, ressemble aux autres ; mais, accrochée sur sa façade beige, il y a une sculpture presque grandeur nature du Christ en croix, qui la distingue aussitôt des voisines. Jésus dans son agonie de banlieue. Les yeux injectés de sang. Le corps émacié. Les pieds qui s'affaissent déjà. La mort toute proche. Une expression de souffrance et de calme redoutables. Il est peint dans un beige plus clair que la façade, et a l'air indéniablement méditerranéen.

Les Arcenault — annonce la plaque qui se balance devant la maison. J'arrive juste avant le mauvais temps, et je me gare à côté de la Dart de Vicki.

— Lynette a absolument tenu à coller ce pauvre Jésus dehors, me chuchote Vicki dès que nous avons franchi le seuil, où elle m'a accueilli d'un air gêné. Je trouve que c'est le truc le plus moche qu'on ait jamais inventé, et pourtant je suis catholique. Au fait, tu as une demi-heure de retard.

Elle est superbe en robe de jersey rose, hauts talons assortis, collant impeccable, vernis à ongles écarlate, ses cheveux noirs lissés et coiffés avec simplicité pour une journée en famille.

Tout le monde, me dit-elle, est éparpillé un peu partout dans la maison, si bien que je fais seulement la connaissance d'Elvis Presley, un minuscule caniche blanc qui porte un collier à losanges, et celle de Lynette, la belle-mère de Vicki, qui apparaît en tablier à la porte de la cuisine, une cuillère à la main, et me lance :

— Bonjour, bonjour.

C'est une petite femme vive aux cheveux roux et aux hanches larges. Vicki me murmure qu'elle est originaire de Lodi, en Virginie-Occidentale, et que c'est une vraie péquenaude ; mais j'ai l'impression que nous pourrions devenir amis, Lynette et moi, si Vicki le permet. Elle fait cuire de la viande, dont l'odeur chaude et grasse imprègne toute la maison.

— J'espère que vous aimez l'agneau *vraiment* bien cuit, Franky, dit Lynette avant de disparaître dans la cuisine. En tout cas, Wade Arcenault l'aime comme ça.

— Parfait. J'adore l'agneau bien cuit, dis-je en mentant.

Et soudain je me rends compte que non seulement je suis en retard, mais que je n'ai pas apporté le moindre cadeau, aucun bouquet de fleurs, pas de carte de vœux, pas la moindre gourmandise de Pâques. Je suis sûr que Vicki l'a remarqué.

— Moi, je le mangerai avec plein de sauce à la menthe, rétorque Vicki en levant les yeux au ciel, avant de me chuchoter à l'oreille : tu détestes la viande trop cuite.

Vicki et moi nous asseyons sur un grand canapé couleur saumon, le dos tourné à une baie vitrée qui donne sur Arctic Spruce Drive. Les doubles rideaux sont ouverts, et une lumière d'orage ambrée inonde la pièce aux murs décorés de reproductions de grands peintres — un Van Gogh, une marine de Constable et *Le Garçon bleu*. Un tapis émeraude (mon petit doigt me dit qu'Everett est passé par là) recouvre le sol d'un mur à l'autre. Cette maison est décorée exactement dans le même style que l'appartement de Vicki, mais elle me fait l'impression — avec mon costume juvénile — que je suis le professeur qui a donné une mauvaise note à Vicki en milieu de trimestre et qu'on invite à déjeuner le dimanche pour lui prouver, avant l'examen final, que la famille de son élève est respectable et bien-pensante. Ce n'est pas une impression désagréable ; et puis je suis certain de pouvoir m'éclipser juste après le repas dominical.

Sur l'écran de la télé, un poste géant de la taille d'une grosse niche, on voit un match de basket sans le son. Je serais ravi de le regarder cet après-midi, pendant que Vicki lit *Le Dernier voyage de l'amour,* et d'oublier cette corvée du déjeuner.

— J'ai trop chaud, pas toi ? dit Vicki en bondissant tout à coup avant de traverser la pièce pour baisser le thermostat à fond.

L'air conditionné, qui descend d'un orifice situé en haut du mur, me glace presque aussitôt. Vicki tourne vers moi son postérieur alléchant, puis m'adresse un sourire rusé. Elle est très différente dans sa famille.

— C'est pas la peine de se crêper le chignon ici, d'accord ?

Nous restons un moment assis en silence, à regarder les Knicks flanquer une bonne raclée aux Cavaliers. Cleveland joue son jeu habituel, tout en déplacements et en feintes, alors que les Knicks paraissent lourds, maladroits comme des girafes ; mais curieusement, ils marquent davantage de points que leurs adversaires, ce qui rend le public de Cleveland fou furieux. Deux géants noirs se disputent un peu rudement un ballon perdu, et la bagarre éclate presque aussitôt. Les joueurs, noirs et blancs, tombent par terre comme des arbres abattus, et le match se métamorphose très vite en un pugilat que les arbitres sont impuissants à maîtriser. Les policiers entrent sur le terrain pour empoigner les joueurs en arborant de grands sourires tchèques, et la situation paraît bientôt empirer. C'est la tactique classique de Cleveland.

Soudain, Vicki arrête la télé avec la télécommande dissimulée entre les coussins du canapé, me laissant hagard et silencieux. Elle tire sur les plis de sa robe autour de ses genoux soyeux, puis s'assoit très droite comme une candidate à un emploi. Je distingue le contour de son soutien-gorge (elle a besoin d'une grande taille) à travers le tissu rose et tendu. Je glisserais volontiers la main autour d'un de ces seins avant de l'attirer vers moi pour un baiser de Pâques, que je ne lui ai pas encore donné. L'odeur de la viande est suffocante.

— Est-ce que tu as lu *Parade* aujourd'hui ? demande-t-elle en tirant à nouveau sur le jersey, les yeux fixés sur un orgue électrique installé contre le mur d'en face, sous le Van Gogh aux couleurs criardes.

— Je ne crois pas.

Impossible de me rappeler ce que j'ai fait ce matin. J'ai sans doute attendu de venir ici. Mon unique occupation de la journée.

— Ce bon vieux Walter Scott parle d'une femme qui s'est lavé les cheveux avec un shampooing au miel ; elle est ensuite sortie dans son jardin avec les cheveux encore humides et elle est morte à cause de toutes les abeilles qui l'ont piquée. (Elle me lance un coup d'œil méfiant.) Ça te paraît possible ?

— Tu sais ce qui est arrivé à la femme qui s'est lavé les cheveux à la bière ? Elle a sûrement fini par épouser un Polonais.

Elle détourne le regard.

— Tu es une vraie crapule, n'est-ce pas ?

Dans la cuisine, Lynette fait tomber une casserole avec fracas.

— 'Scusez-moi, les enfants, dit-elle en riant.

— Tu viens de faire tomber ta bague ? rétorque Vicki d'une voix forte.

— J'ai bien envie de te répondre quelque chose, dit Lynette, mais c'est Pâques.

— Trop aimable, dit Vicki.

— Dans le temps, j'avais une bague grosse comme ça, reprend la voix amicale de Lynette.

— Et *lui* alors, qu'est-il devenu ? fait Vicki en m'adressant un regard lourd de sens.

Lynette et elle s'entendent manifestement comme chien et chat. J'aimerais néanmoins qu'elles respectent une trêve cet après-midi.

— Le pauvre est mort du cancer avant que tu entres en scène, répond gaiement Lynette.

— C'est à ce moment-là que tu t'es convertie ?

Le visage rayonnant de Lynette apparaît dans l'encadrement de la porte de la cuisine.

— Peu après, ma chérie, exactement.

— J'imagine que tu avais besoin d'aide, d'un soutien moral.

— Nous en avons tous besoin, tu ne crois pas, Vicki ? Même Franky, je parie.

— Il est presbytérien.

— Ah bon, d'accord. (Lynette rejoint ses fourneaux.) Quand j'habitais la campagne, on les surnommait « le country club » ; mais depuis Vatican II, il paraît qu'ils ont mis de l'eau dans leur vin. Les catholiques ont eu les coudées plus franches, et les autres ont dû faire un effort.

— Je ne crois pas que les catholiques aient eu les coudées plus franches, dis-je, ce qui me vaut un regard assassin de Vicki.

Lynette réapparaît soudain, opinant gravement du chef dans ma direction et retirant de son front une boucle de cheveux orange et mouillés. Elle me fait encore l'effet de quelqu'un avec qui je pourrais m'entendre.

— Personne ne devrait prendre à la légère le destin du monde, dit-elle.

— Lynette travaille aux urgences catholiques de Forked River, chantonne Vicki d'une voix fatiguée.

— Et comment, ma chérie, dit Lynette en souriant avant de repartir dans la cuisine pour remuer bruyamment quelque chose dans un bol.

Vicki semble écœurée par tout ce qu'elle voit.

— En fait, elle répond au téléphone, murmure Vicki assez fort pour être entendue. Ils appellent ça la ligne de crise. (Elle se vautre sur le canapé, abaisse le menton vers la clavicule et fixe le mur.) J'ai l'impression de m'y connaître un peu, en fait de crise. Un jour, à Dallas, un type est arrivé aux urgences avec tout son *truc* qui dépassait de la poche de son copain. Il a fallu recoudre ce monsieur sur-le-champ.

— Les gens en ont assez d'être frustrés et aliénés, tu vois. (Lynette nous parle de la cuisine avec une voix énergique.) Voilà ce que nous découvrons tous les jours. Il y a *vraiment* beaucoup de gens qui ont envie de jouer un rôle positif dans le monde. Mais je ne veux surtout pas leur imposer ma religion. Je peux rester en ligne avec quelqu'un pendant huit heures d'affilée, mais il ne se convertira pas au catholicisme pour autant. Évidemment, après ça, je passe deux jours au lit. Nous avons toutes un casque sur les oreilles.

Lynette entre dans la pièce en portant une grosse marmite comme une fermière. Elle arbore un sourire infiniment patient. Elle ressemble néanmoins à une femme bien décidée à ne pas lâcher un pouce de terrain.

— Il y a des abcès qui ne crèvent jamais, ma chérie, dit-elle.

— You-pi-dou-ouah, fait Vicki en levant les yeux au ciel.

— Alors comme ça, vous êtes écrivain ? reprend Lynette.

— Oui.

— Eh bien, c'est pas mal non plus, ça. (Lynette baisse les yeux avec amour vers sa marmite tout en réfléchissant.) Est-ce que vous rédigez parfois des brochures religieuses ?

— Non. Ça ne m'est jamais arrivé. J'écris des articles sur le sport.

Vicki rallume la télé et soupire. Sur l'écran, un homme minuscule, à la peau sombre, plonge d'une falaise dans un torrent étroit aux eaux écumantes.

— Acapulco, marmonne Vicki.

Lynette me sourit. Ma réponse lui a suffi, et elle désire simplement me regarder un petit moment.

— Enfin, Lynette, tu vas observer Frank comme ça pendant combien de temps ? crie presque Vicki en croisant les bras d'un air furieux.

— J'ai juste envie de le voir, chérie. J'aime bien pouvoir regarder quelqu'un pendant un moment. Alors je le connais. Ça ne fait de mal à personne. Frank sait bien que je ne lui veux aucun mal, n'est-ce pas, Frank ?

— Absolument.

Je souris.

— Heureusement que je ne vis pas ici, dit Vicki sur un ton cassant.

— Comme ça, tu as un bel endroit tout à toi, rétorque aimablement Lynette. Bien sûr, je n'y ai jamais été invitée.

Elle rejoint l'air chaud et odorant de sa cuisine, nous abandonnant tous les deux sur le canapé en compagnie des plongeurs de la télé.

— J'aimerais qu'on aille faire un petit tour tous les deux, dit sombrement Vicki, les yeux soudain rouges et pleins de larmes.

L'air conditionné se remet en marche et nous submerge d'une brise fraîche.

— Dégage, Elvis Presley, fait Vicky.

Elvis pivote aussitôt sur ses pattes et trottine vers la salle à manger.

— Pourquoi donc ? dis-je avec un sourire plein d'espoir.

— Pour régler plusieurs choses.

Elle penche la tête, s'essuie les yeux avec les doigts.

— Qui nous concernent, toi et moi ?

— Oui.

Ses lèvres s'incurvent en une moue amère. Et une fois encore, mon cœur s'emballe. Qui pourrait me dire pourquoi ? Je n'ai pas la moindre idée de ce qu'il y a à tirer au clair entre nous, mais Vicky paraît aussi entêtée que malheureuse.

Pourquoi cela ne pourrait-il pas attendre — juste aujourd'hui ? Me laisser le temps de souffler, comme disent les sportifs. Continuer tout simplement sur son erre encore un peu ? Pourquoi toutes ces petites choses prosaïques que nous connaissons, ou croyons connaître, ne pourraient-elles se prolonger encore un peu et repousser d'autant le spectre hideux de la fin ? Walter Luckett le malchanceux n'aurait pu mettre davantage dans le mille avec moi : de fait, je déteste penser que telle ou telle chose touche à sa fin, ou même change. La mort, cette vieille égalisatrice, n'est pas mon amie, et ne le sera jamais.

Mais je ne peux repousser cette réalité plate, et je ne le désire sans doute même pas. Vicki veut tout bouleverser aujourd'hui ; tel un démon, elle aspire au transitoire. Pourtant, ce n'est vraiment pas indispensable, n'est-ce pas ? (*Boum-boum,* fait mon cœur qui cogne.) Nous n'avons pas encore déjeuné, pas encore goûté à l'agneau dur comme une semelle. Je n'ai rencontré ni son père ni son frère. J'avais caressé l'espoir que son père et moi deviendrions peut-être amis, même si ma liaison avec Vicki faisait long feu. Lui et moi pourrions rester amis. Si l'un de ses pneus crevait par une soirée pluvieuse à Haddam ou à Hightstown, n'importe où aux environs de chez moi, il pourrait m'appeler, et j'irais le chercher en voiture, nous prendrions un verre pendant que Frenchy lui réparerait son pneu, et il repartirait dans les ténèbres du New Jersey, certain d'avoir un ami sur qui compter, un ami qui affronte le tunnel de la vie plus ou moins comme lui. Nous emmènerions peut-être le frère pêcher dans la Manasquan (inutile d'inviter les femmes). Vicki pourrait épouser le beau-fils de Sweet Lou Calcagno à Bamber, connaître une vie merveilleuse en tant qu'épouse du distributeur de bière local, avoir toute une tripotée de bambins. Alors je deviendrais le fidèle ami de la famille, celui qui a toujours le cœur sur la main. Je troquerais l'enthousiasme du prétendant échaudé contre la bonhomie du vieil oncle sagace. Et je me contenterais volontiers de jouir d'un présent aussi agréable qu'inéluctable.

Le bras posé sur le dossier du canapé, Vicki regarde par la fenêtre les maisons qui bordent Arctic Spruce. Je distingue parfois sur son visage les linéaments de la femme mûre qu'elle deviendra, lorsque ses traits s'accentueront, s'empâteront autour du menton, prendront une lourdeur nouvelle. Elle s'épaissira certainement au fil du temps, et cette perspective n'a rien de très réjouissant.

La lumière ambrée rend l'herbe aussi verte que du gazon anglais. Dans les allées qui donnent dans cette rue sinueuse et dépourvue de trottoir trônent des voitures flambant neuves — Chrysler, Olds, Buick — qui ont toutes un air lourd et cossu. Dans un jardin assez proche est garée une grosse caravane blanche. Des volutes de fumée sortent de presque toutes les cheminées de briques peintes en blanc, bien qu'il ne fasse pas vraiment froid. Certaines portes ont conservé leurs guirlandes de Noël.

Quelqu'un a installé des arceaux de croquet blancs sur la pelouse des Arcenault. Deux piquets rayés sont plantés face à face, plus rapprochés que la distance réglementaire. On a prévu des jeux pour la journée, et voilà comment je vais déguiser mon évasion pour échapper au passage à vide que je sens poindre à l'horizon.

— Allons jouer au croquet, dis-je en serrant le bras de Vicki pour la convaincre.

Il ne s'agit pas d'une ruse, simplement d'une proposition pour interrompre le silence morne et indéfini qui pèse entre nous.

Elle prend un air sidéré. Ses yeux s'arrondissent comme des soucoupes.

— Avec tout ce vent et la pluie qui arrive ?

— Il ne pleut pas encore.

— Ah là là là là, se lamente Vicki en faisant claquer plusieurs fois ses doigts. Tu as parfois de ces idées...

Mais elle se lève aussitôt du canapé et monte l'escalier vers la pièce où l'on range les maillets.

A la télévision, CBS tente de nous intéresser à nouveau au basket, maintenant que la bagarre est terminée sur le terrain. Mais chaque fois qu'on nous montre ce qui se passe entre les panneaux, un type trapu, au gros nez et au visage rubicond, vêtu d'un manteau à carreaux aux couleurs voyantes, surgit dans le cadre et crie « Va te faire foutre ! » à un membre de l'équipe de New York. Ce type en manteau, qui agite furieusement les bras, est un de mes chouchous. C'est Mutt Greene, le directeur sportif de l'équipe de Cleveland. Peu après avoir repris mon travail de journaliste sportif, je l'ai interviewé. Il entraînait l'équipe de Chicago, à l'époque, mais il a choisi depuis de s'installer dans une autre ville, où je suis sûr que la vie paraît plus agréable.

— Je ne comprends pas, m'a-t-il dit, comment les gens peuvent être couillons à ce point, Frank. (Il fumait un gros cigare luxueux dans un bureau exigu d'entraîneur, sous le stade de Chicago.) Est-ce que tu te rends *vraiment* compte du temps que passent les adultes à discuter de ces conneries ? Des faits incontournables, métamorphosés en simples opinions dans le seul but de pouvoir en parler plus longtemps ? Y a peut-être des gens qui trouvent ça palpitant, moi pas. C'est vouloir faire passer un putain de caillou pour une chaîne de montagnes. Les gens perdent ainsi un temps précieux qu'ils pourraient consacrer à des fins utiles. C'est un jeu. N'oublie jamais ça.

La conversation a ensuite dévié vers les différents types de gazon pour jardin et les choix limités qui s'offrent à vous lorsque vous avez une nappe phréatique trop élevée et un mauvais drainage des eaux, ce qui n'était certes pas mon problème, mais le sien dans sa maison de Hilton Head.

Mon interview n'a pas été très concluante sur l'harmonie au sein d'une équipe et la complémentarité des joueurs, car tel était l'angle que j'avais choisi. Mais j'ai appris beaucoup de choses, même si je ne suis toujours pas d'accord avec ce qu'il m'a dit. Il a néanmoins été content de passer un moment avec un jeune journaliste sportif et de lui confier quelques tuyaux. « Ne jamais oublier le contexte et faire un effort sincère », voilà ce que j'ai rapporté au Sheraton Commander ce soir-là. Ensuite, une fois que tout est terminé, intéressez-vous à une nouvelle graine pour gazon, à un vieux disque de Count Basie que vous n'avez pas écouté depuis longtemps, à un catalogue ou à une serveuse — choses auxquelles je n'ai pas cessé de m'intéresser depuis lors.

Sur le terrain de basket, les joueurs multiplient les regards venimeux et pointent de longs index osseux en guise de menace. Les Noirs surtout paraissent furieux, tandis que les Blancs, aux bras minces et pâles, semblent vouloir calmer les esprits, alors qu'ils essaient seulement d'éviter tout ennui. L'entraîneur, un type trapu, à l'air soucieux, en pantalon blanc, tente d'attirer Mutt Greene vers un passage situé sous les tribunes, mais Mutt se débat comme un beau diable. A ses yeux, c'est la vie réelle qui se passe là. Il n'y a pas de place pour la frime. Il a perdu tout sens de la mesure et désire faire un petit scandale à cause de la manière de jouer des Knicks. Il est descendu des tribunes pour montrer de quel bois il se chauffe, et j'admire son culot. Je suis certain qu'il a la nostalgie du bon vieux temps.

L'image change brusquement, et voici un autre plongeur debout sur la falaise, penché vers le gouffre écumant. CBS a renoncé au basket.

Elvis Presley retourne dans la cuisine, son petit collier tintinabule, il hume l'air. Il ne sait apparemment pas sur quel pied danser avec moi, et je le comprends.

Lynette est sur les talons de l'animal, le regard étincelant et furtif, mais toujours de bonne humeur.

— C'est Elvis Presley qui dirige la maison ici, annonce-t-elle en tapotant doucement le chien avec le bout de sa chaussure. Il est coupé, alors ne vous inquiétez pas pour votre jambe. Ce n'est qu'un petit bout de mâle, mais nous l'aimons vraiment.

Assis au seuil de la pièce, Elvis Presley m'observe.

— Il me plaît beaucoup, dis-je.

— Vous n'avez pas l'impression que Vicki est inquiète ?

La voix de Lynette devient prudente. Ses yeux pétillants sont pensifs, elle croise les bras en un ralenti stupéfiant.

— Non, elle me paraît en forme.

— Ah bon. Je me demandais s'il ne lui était pas arrivé une tuile pendant votre voyage à Detroit.

Tiens donc ! Tout le monde, y compris Elvis Presley, est donc au courant de notre demi-échec, et veut tirer la couverture à soi. Je suis tombé sur la famille on-se-dit-tout. Pas de secrets entre nous, à moins que l'un en prenne la décision pour soi-même, encourant alors la désapprobation générale. De toute évidence, Vicki en a déjà trop dit ou pas assez, et Lynette aimerait bien connaître le fin mot de l'histoire. Elle n'est pas tout à fait fidèle à l'image que je me faisais d'elle, si bien que je prends fait et cause pour Vicki.

— A ma connaissance, tout va pour le mieux.

Je souris et n'avoue rien.

— Eh bien, me voilà rassurée. (Elle acquiesce gaiement.) Nous l'aimons tous et lui souhaitons d'être heureuse. Il n'y a pas plus courageux qu'elle.

Pas de réponse. Pas de « Pourquoi donc est-elle si courageuse ? » ni de « Dites-moi ce que vous pensez d'Everett », et encore moins de « En fait, c'est vrai, brusquement elle me semble un peu bizarre ». Je me contente de sourire en rétorquant :

— Elle est merveilleuse.

— Ah, maintenant, oui, fait Lynette avec un grand sourire plein de sous-entendus.

Puis elle repart, me laissant seul avec Elvis Presley figé sur le seuil, le regard vide.

Avant que Vicki revienne avec les maillets, son frère Cade franchit la porte d'entrée. Il était occupé derrière la maison à fixer une bâche sur son Boston Whaler, et il me tend une main dure et glacée, que je serre. Cade a vingt-cinq ans, il est mécanicien pour bateaux à Toms River. C'est un gros type en jeans et t-shirt blanc. Vicki m'a dit qu'il était sur la liste d'attente de l'école de la police d'État ; il possède déjà le regard blasé du flic confronté aux singularités de son prochain.

— Alors comme ça, on est venu de Haddam ? gromelle Cade lorsque nous nous sommes lâché la main et que nous restons côte à côte sans rien dire.

Il a beau avoir grandi au Texas, Cade n'a pas le moindre accent texan ; c'est maintenant le parfait jeune homme du New Jersey, entouré de l'aura empoisonnée de qui n'appartient à aucune région ni à aucune époque. Il se dresse à mes côtés comme un mât et contemple la baie vitrée d'un air buté.

— J'connaissais autrefois une fille à South Brunswick. Je l'emmenais patiner sur une piste près de la 130. Peut-être que vous voyez où elle est, cette piste ?

Un petit sourire grivois et méprisant joue sur ses lèvres.

— Je vois très bien où c'est, dis-je en m'enfonçant les mains dans les poches.

J'ai vu mes deux enfants chéris (et autrefois mon troisième) patiner là pendant des heures, tandis que je serrais la balustrade, en proie à une admiration lointaine.

— Maintenant, j'imagine, y a sans doute un supermarché à la place, dit Cade en regardant la pièce comme s'il se demandait comment il avait pu se laisser entraîner dans une conversation aussi insipide.

Il se sentirait infiniment soulagé de me passer les menottes, puis de me pousser tête la première sur la banquette arrière d'une voiture de patrouille. Sur le chemin du commissariat, nous pourrions nous détendre tous les deux, redevenir nous-mêmes, il partagerait une plaisanterie cruelle avec moi et son collègue, et nous ferions ami-ami. Mais il se trouve que je viens du monde extérieur, que je suis le genre de type à posséder les bateaux de luxe qu'il répare ; le genre de type ignare, dépourvu du moindre talent pour la mécanique, et qu'il déteste parce que nous délaissons toutes ces choses que lui-même rêve de s'offrir. Je ne corresponds pas au portrait-robot de l'invité aux déjeuners des Arcenault, et il a bien du mal à se montrer aimable envers moi.

Le seul conseil que j'aurais pourtant à lui donner serait de s'habituer à moi et à mes semblables, car je fais partie des gens à qui il se frottera un jour ou l'autre, de braves citoyens qu'il ne pourra ridiculiser qu'à ses propres risques et périls. En fait, je pourrais même lui être utile, l'initier un peu au monde extérieur, s'il m'en donnait l'occasion.

— Mmm, où est Vicki ?

Cade me fait soudain l'effet d'un ours en cage ; il regarde partout dans la pièce comme si sa sœur se cachait derrière un fauteuil. En même temps, il ouvre son gros poing pour me montrer une pièce de métal brillant.

— Elle est montée chercher des maillets de croquet, dis-je. Qu'est-ce que c'est ?

Cade baisse les yeux vers le tube de métal, long d'environ cinq centimètres, et plisse les lèvres.

— Entretoise, répond-il avant de rester un moment silencieux. Fabrication allemande. C'est les meilleures du monde. Un vrai p'tit bijou.

— Ça sert à quoi ?

Mes poings se crispent au fond de mes poches. J'accepte de m'intéresser un moment aux « entretoises ».

— Bateau, répond sombrement Cade. On d'vrait fabriquer ces trucs ici. Comme ça elles dureraient.

— Vous avez raison, dis-je. C'est dommage.

— J'veux dire, qu'est-ce que vous faites quand vous êtes en mer et que ce machin vous lâche ? Comme celle-là.

Un doigt plein de cambouis me montre une fissure minuscule sur le côté de l'entretoise, un détail que je n'aurais jamais remarqué. Le regard sombre de Cade se voile d'une fureur contenue.

— Z'allez appeler un Allemand ? C'est ça ? Moi, j'vais vous dire c'qu'y a à faire, m'sieur. (Il me surprend les yeux baissés comme un crétin vers l'entretoise, qui me paraît ridicule et futile.) Z'avez plus qu'à faire vot' prière si jamais le temps se gâte.

Cade opine gravement du chef, puis sa grosse patte se referme comme un coquillage. Tout son être semble déterminé par une seule idée : la chaîne la plus solide ne l'est pas davantage que son maillon le plus faible. Et il a fermement l'intention de ne jamais être ce maillon le plus faible dans sa propre existence. C'est là le nœud de toute tragédie, mais cette histoire de maillon ne m'excite pas outre mesure. Cade adopte le point de vue du policier, et moi celui du journaliste sportif. Pour moi, un maillon faible exige une surveillance accrue, et un remplacement immédiat si jamais il se rompt. Mais en attendant, il est intéressant de voir comment il se comporte et fait son boulot dans de mauvaises conditions, tout en donnant le meilleur de lui-même en d'autres circonstances, où il se révèle solide. Je me suis toujours considéré comme un maillon humain fragile, qui va de l'avant contre vents et marées ; et je n'ai pas l'intention de me laisser mettre au rencart. Cade, de son côté, voudrait éliminer tous les gens en infraction et tous les maillons faibles, nous mettre définitivement à l'ombre, hors circuit. Nous allons sans doute avoir du mal à devenir amis, aucun doute là-dessus.

— Z'êtes allé récemment à Atlantic City ? demande Cade d'un air méfiant.

— Non, pas depuis longtemps.

X et moi y sommes allés en lune de miel, nous sommes descendus au vieux Hadden Hall, nous avons déambulé sur la promenade et passé un moment formidable. Je n'y suis pas retourné depuis, sinon pour un match de karaté, qui m'a fait atterrir après la tombée de la nuit et repartir deux heures plus tard. Je ne crois pas que cela intéresserait Cade.

— Ils ont tout bousillé, dit Cade en secouant la tête d'un air dégoûté. Y a plus que des putes et des basanés. Dans le temps c'était rudement chouette. Mais attention, hein, j'suis pas raciste.

— On m'a dit que ça avait changé.

— Changé ? ricane Cade en arborant le premier semblant de sourire depuis le début de la discussion. Nagasaki a changé, aussi ? (Il tourne brusquement la tête vers la cuisine.) J'ai une telle dalle que j'boufferais une clé anglaise. (Un sourire étrangement heureux envahit alors son visage tragique de rustre brutal.) Faut qu'j'aille me décrapoter, sinon Lynette va m'passer un d' ces savons. Ah, ah. (Il secoue la tête comme si c'était la meilleure blague de la journée.)

Brusquement, tout devient jovial. Ses soucis s'envolent. Atlantic City. Le maillon le plus faible. Les entretoises défectueuses. Les basanés. Les criminels qu'il arrêtera un jour avant de plaisanter avec eux sur le chemin du commissariat. Tout cela envolé. C'est un trait de sa personnalité que je ne soupçonnais pas. Il sait oublier et être heureux — une vraie force. Un bon repas nous attend quelque part. Un match à la télé. Une bière. Un temps radieux au-delà des orages de l'existence. Ce n'est pas si mal, quand on n'y pense pas.

Dans le jardin, Vicki me montre la meilleure façon de frapper une boule de croquet, c'est-à-dire en l'envoyant entre ses jambes écartées, ce qui permet de donner à sa boule une bonne impulsion ; sa démonstration la fait rire aux éclats. De mon côté, je serais plutôt partisan de la frappe latérale, car j'ai joué au golf aux Pins solitaires ainsi qu'au début de mon mariage avec X. J'aime aussi saisir ce maillet ridicule d'une seule main. Vicki me regarde d'un air mauvais chaque fois que je joue, puis elle se campe de plus en plus agressivement près de sa boule, relevant sa jupe au-dessus des genoux pour accorder la plus grande amplitude possible à son mouvement de pendule. Elle a déjà effectué la moitié du parcours quand je franchis mon premier arceau ; je me sens distrait et ne me concentre pas vraiment sur le jeu.

Le mauvais temps de Detroit nous a enfin rejoints, mais ce n'est pas la même tempête qu'hier. Toute son énergie agressive l'a quittée ; ce n'est plus qu'une succession de faibles bourrasques accompagnées de quelques gouttes d'eau glacée — une petite averse de banlieue. Néanmoins, la lumière ambrée du dimanche se métamorphose en un clair-obscur aigue marine de fin d'après-midi. Et il est très agréable d'être dehors, loin de la maison, bien que nous jouions sous les yeux du Christ crucifié. Je ne sais absolument pas où est le père de Vicki. Faut-il interpréter son absence comme un mauvais signe, un geste de rejet ? Devrais-je demander ce que je fais ici ? On a beau m'avoir invité, je me sens aussi seul qu'un nomade dans le désert.

— Tu t'amuses ? s'enquiert Vicki.

Elle a réussi à pousser sa boule verte si près de ma boule jaune qu'elle lui administre un bon coup de maillet et l'envoie filer sur le gazon jusqu'aux plates-bandes, où elle se perd parmi les mufliers.

— Jusqu'à ton dernier coup de maillet, ça pouvait aller.

— Va donc te chercher une autre boule. Prends-en une rouge — elles portent bonheur.

Elle se tient là comme un homme des bois, son maillet posé sur l'épaule. Elle n'a plus que deux arceaux à franchir, mais prétend que je peux encore la rattraper.

— J'abandonne, dis-je en souriant.

— Quoi ?

— C'est ce qu'on dit aux échecs. Je ne fais pas le poids contre toi, je ne suis qu'un vulgaire pois chiche.

— Les échecs, tu parles. C'est toi qui as voulu jouer, et maintenant c'est toi qui déclares forfait. Va te chercher une autre boule.

— Non, je refuse. Depuis que je suis tout petit, les jeux ne me réussissent pas.

— Les Texans font des paris sur les parties de croquet. Les Texans prennent ça très au sérieux.

— C'est pour ça que le croquet ne me réussit pas.

Je vais m'asseoir sur la marche humide de la véranda, à côté de ses chaussures rouges ; j'admire la lumière verdâtre et la courbe harmonieuse de la rue. Cette péninsule incurvée est l'œuvre d'un promoteur qui a fait transporter des milliers de tonnes de terre pour la gagner sur les marécages. Et le résultat est plutôt convaincant. Il suffit de fermer les yeux pour se croire à Hyannis Port. D'ailleurs, je reste un instant les yeux clos.

Vicki retourne frapper sa boule verte, mais le cœur n'y est plus ; et pour me montrer qu'elle s'en fiche, elle utilise ma méthode de frappe latérale.

— Quand j'étais petite, je suis allée voir *Alice au pays des merveilles* avec Cade. Tu sais ? (Elle lève les yeux vers moi pour voir si je l'écoute.) Quand ils jouent au croquet avec des têtes d'autruche, enfin des espèces d'oiseaux roses. Eh bien, j'ai pleuré comme une madeleine, parce que je croyais qu'on les tuait. Déjà à l'époque, je détestais qu'on fasse souffrir un être vivant. C'est pour ça que je suis infirmière.

— C'étaient des flamants roses, dis-je en lui souriant.

— Ah bon ? En tout cas, ça m'a fait pleurer.

Bam. Sa boule verte file vers le piquet rayé, mais dévie soudain vers la gauche.

— Et voilà, c'est de ta faute. Gros malin.

Elle se redresse dans les bourrasques. Je la regarde en éprouvant un désir terrible.

— Tu ne pratiques aucun sport, mais tu écris tout le temps sur le sport. C'est le monde à l'envers, non ?

— Je n'ai pas envie de faire autrement.

— Comment trouves-tu Cade ? Il est sympa, non ?

— Oui, c'est un chic type.

— S'il me laissait l'habiller, il serait rudement mieux que ça, je te le garantis. Cade a besoin d'une petite amie. Il ne pense qu'à une chose : s'engager dans la police.

Elle vient s'asseoir sur une marche juste en dessous de moi, elle se prend les genoux entre les bras et tire sa jupe sous elle. Ses cheveux sentent bon. Elle a profité de son absence pour se mettre du Chanel N° 5.

Je n'ai pas la moindre envie de parler de Cade, mais ne trouve aucun autre sujet de conversation. Vicki ne s'intéresse guère au prochain tirage du championnat de football national, ni à la récente domination des Tigers dans l'est du pays, ni à l'issue du match des Knicks, si bien que je me contente de rester assis sur la véranda comme un propriétaire paresseux, heureux de respirer l'air marin et de regarder la lune dans le ciel. A sa façon, tout cela est assez agréable.

— Alors, ça te plaît ici ?

Vicki me regarde par-dessus l'épaule, puis elle se retourne vers la maison située en face de nous, de l'autre côté de la rue — une autre maison à demi-niveaux, mais pourvue d'une façade orientale, de corniches relevées, et peinte en rouge vif.

— C'est très agréable.

— Tu ne colles pas du tout dans le décor, tu sais.

— Je suis venu ici pour te voir. Je n'essaie pas de me fondre au décor.

— Oui, c'est vrai, dit-elle en serrant les genoux.

— Où est ton père ? J'ai l'impression bizarre qu'il m'évite.

— Où vas-tu chercher des idées pareilles ?

— Je peux m'en aller discrètement, tu sais, si ma présence pose le moindre problème ici.

— Ça, on peut dire que tu es un sacré enquiquineur. Un brise-tout qui mange comme un sagouin et qui caresse ce pauvre vieux Cade à rebrousse-poil. C'est vrai, peut-être que tu ferais mieux de partir.

Elle se retourne vers moi pour me regarder curieusement, comme si j'avais essayé de réciter le Notre Père en latin de cuisine.

— Ne dis pas de bêtises, reprend-elle. Mon père n'évite personne. Il est au sous-sol, occupé avec son hobby. Sans doute qu'il ne sait même pas que tu es arrivé. (Elle fixe le ciel tumultueux.) Y a qu'une seule personne de gênée ici, c'est toi, mon lapin. Mais j'ai pas envie de parler de ça. Tu es bon pour boire la coupe jusqu'à la lie.

— Et toi, tu es mon nectar.

Je descends d'une marche pour lui enlacer les épaules et la serrer contre moi. Tous les habitants d'Arctic Spruce s'en fichent, ils n'ont pas la pruderie des gens du Michigan. J'ai l'impression que nous pourrions nous embrasser à pleine bouche et nous caresser tant et plus sans déclencher le moindre scandale.

Elle fait le gros dos et se niche au creux de mon bras.

— Je ne suis pas aussi gentille que ça, dit-elle.

— Ne m'annonce pas une mauvaise nouvelle maintenant.

Elle plisse le front.

— Eh bien, si. Écoute.

— Oh, je t'en prie, garde donc tes révélations pour plus tard.

Je respire le parfum prenant de ses cheveux tièdes.

— J'ai pourtant quelque chose à te dire.

— Je ne voudrais pas gâcher cet après-midi.

— Ça ne le gâchera peut-être pas.

— Faut-il vraiment que j'entende ça ?

— Je crois que tu devrais, oui. (Elle soupire.) Tu vois ce vieux toubib à la gueule enfarinée que tu as rencontré à l'aéroport l'autre jour ? Celui que j'ai fusillé du regard quand je vous ai rejoints ?

— Je ne veux rien savoir sur Fincher et toi, dis-je. Ça suffirait largement à me gâcher la journée. Je t'ordonne de ne jamais m'en parler.

Je regarde le ciel vert agité. Un petit Cessna traverse notre espace aérien à la recherche, j'en suis sûr, d'un endroit où atterrir avant que l'orage éclate. La journée ne ressemble plus à un dimanche pascal, seulement à un paysage vertigineux contemplé sans garde-fous. Je préfère néanmoins les paisibles journées d'avril. Les vacances réservent parfois trop de déceptions.

— Écoute. Je n'ai jamais fréquenté ce scieur d'os.

— D'accord. Ça fait plaisir à entendre.

— C'est *ton ex*. Elle sort avec lui. Je le sais parce que j'ai vu ton ex venir le chercher trois ou quatre fois à l'entrée des urgences. Elle conduit bien une Citation marron clair ?

— Quoi ?

— Eh bien, si elle ne l'avait pas embrassé, j'aurais trouvé ça parfaitement innocent. Sauf que ça n'a rien d'innocent. C'est pour ça que je me suis conduite si bizarrement à l'aéroport. J'ai cru que vous alliez vous battre.

— C'était peut-être quelqu'un d'autre, dis-je. Il y a beaucoup de voitures marron. General Motors en fabrique des millions. Ce sont d'excellentes voitures.

— General Motors... (Elle secoue la tête d'un air supérieur.) Mais pas avec ta femme dedans.

Tout à coup mon esprit s'arrête — ce qui n'a rien d'exceptionnel, et certaines fois je ne peux rien y faire. Assis au chevet de Ralph lorsque l'infirmière est entrée pour m'annoncer « Je suis désolée, Ralph vient d'expirer » (il était en fait déjà glacé quand j'ai touché son petit poing serré, sans doute était-il décédé depuis une heure), à cet instant où j'ai pris conscience de sa mort, je me rappelle que mon esprit s'est arrêté de fonctionner. Je n'ai pas eu la moindre pensée pendant un long moment. Aucune association, aucun souvenir ne se sont greffés sur cet événement. Je ne me souviens de rien. Pas le moindre fragment de poésie. Pas d'épiphanie. La chambre est devenue l'image d'une chambre, mais plus verdâtre et glauque en ce début de matinée, puis elle a rapetissé, elle s'est éloignée de moi — comme si je la regardais à travers le mauvais bout de la lorgnette. Depuis, on m'a expliqué que ma réaction était due à un mécanisme de défense dont je devais être reconnaissant. Mais je suis certain qu'elle s'expliquait autant par la fatigue que par la douleur soudaine.

Cette nouvelle inattendue ne fait rien rapetisser, mais autour de moi l'atmosphère tumultueuse devient vert bouteille. La maison chinoise reste parfaitement nette. Je me retrouve simplement en train de fixer une cheminée peinte en blanc, de l'autre côté d'Arctic Spruce Drive, et la fumée qui s'en échappe à l'horizontale avant de se perdre dans les bourrasques. Tous les doubles rideaux sont fermés. Le gazon du jardin est d'un vert inconcevable. On pourrait putter dessus en espérant que la balle ira droit jusqu'au trou.

J'avoue être surpris ; cette image, que Vicki aimerait faire naître, de X en train d'embrasser Fincher Barksdale sur le siège avant de sa Citation, juste devant l'entrée des urgences — alors qu'il sort de la salle des cancéreux, qu'il pue la maladie et les corps souffrants —, cette image est plus répugnante que tout ce que je peux imaginer. Et la scène suivante, celle qu'elle n'a pas encore évoquée, où l'on voit les deux tourtereaux s'éloigner vers leurs plaisirs du soir, s'obscurcit très vite — avec l'aide du dégoût. En même temps, il est vrai que je dois me battre contre le trou noir de la trahison — pour moi et pour Dusty, la femme de Fincher, impression parfaitement injustifiée, car Dusty s'en moque peut-être et je ne la vois presque plus jamais. Cela me fait partager la dépravation ignoble de Fincher, et accroît mon dégoût.

Mais aucune *pensée* ne me vient à l'esprit. Aucune synthèse ne surgit, qui me permettrait de formuler un avis sur ce que je viens d'entendre.

En d'autres termes, je ne réagis pas ; je me rappelle seulement ceci : *les gens ne cessent jamais de vous surprendre.*

— Sans doute pas, dis-je plaisamment en regardant ailleurs.

Vicki s'est retournée vers moi, son visage domine l'horizon de mes genoux. Elle paraît soucieuse, mais aussi désireuse de passer à des choses plus gaies.

— Alors, qu'en penses-tu ?

— Rien.

Je souris, le dégoût s'est dissipé en moi, laissant derrière lui une vague faiblesse. Je suis content de ne pas avoir à me lever. Les simples mots *Tu ne peux pas* me viennent à l'esprit, mais je n'ai pas de suite à ce début de phrase. *Tu ne peux pas... quoi ?* Danser ? T'envoler ? Chanter une aria ? Contrôler la vie des autres ? Être heureux tout le temps ?

— Pourquoi est-il si important de me dire ça maintenant ? fais-je sur un ton un peu brusque, mais amical.

— Eh bien, je déteste les secrets. Et ça fait un petit moment que je garde celui-là. Si j'avais encore attendu, tu te serais peut-être senti tellement bien que je n'aurais pas pu t'annoncer ça sans te gâcher ta journée. Je te l'aurais bien dit à Detroit, mais ç'aurait été affreux. (Elle opine doucement du chef, le menton relevé vers moi, comme si elle était parfaitement d'accord avec ce qu'elle vient de s'entendre dire.) Comme ça, tu auras le temps de te remettre.

— Je te remercie de me ménager ainsi, dis-je en regrettant qu'elle se révèle incapable de garder un secret pour elle.

— Tu es mon vieux pote Frank, n'est-ce pas ?

Elle me caresse les genoux en m'adressant le sourire qu'elle désire m'offrir depuis le début. Malgré tout, cela me requinque un peu.

— Je suis quoi ?

— Mon vieux pote Frank. C'est comme ça que j'appelais papa quand j'étais gamine.

Elle me regarde en battant des paupières.

— Je suis plus que ça, ou du moins *je l'étais.* J'espère que je le suis toujours.

J'essuie une larme ignoble qui m'emplit l'œil comme une crue soudaine.

Dans certaines affaires de cœur, il n'y a jamais de bénéfice net. Croyez-en mon expérience.

— Mais bien sûr, dit Vicki. On peut tout de même être amis, aussi ? Tu seras toujours mon vieux pote Frank.

Elle plante un gros baiser mouillé sur ma joue glacée. Au-dessus de moi, le ciel tournoie et se déchire ; je sens sur mon visage la première grosse goutte de l'orage qui se déclenche enfin.

Wade Arcenault est un type aimable, aux cheveux coupés court, aux yeux ronds, au visage carré d'homme de la campagne et au rire chaleureux. Je reconnais aussitôt l'employé du péage de la sortie 9, où il a accepté mon argent des centaines de fois ; mais lui ne me reconnaît pas. Ce n'est pas un homme au physique très impressionnant, il est à peine plus grand que Lynette, mais ses avant-bras, qu'il a dénudés pour se laver les mains, sont bronzés et noueux. Il me tend une main mouillée et musclée devant l'évier. Avec un sourire de conspirateur, il me dit qu'il était « en bas, dans son cul-de-basse-fosse », à réparer la friteuse Sunbeam pour que Lynette puisse préparer ses beignets aux pommes — son dessert pascal préféré. La friteuse réparée trône maintenant sur le plan de travail.

Il ne ressemble guère à l'idée que je m'étais faite de lui. J'avais imaginé un petit malfrat nerveux aux yeux plissés — une sorte d'armurier aux biceps filiformes et couverts de tatouages délavés de femmes, un homme bourré de préjugés racistes. Mais c'est là un stéréotype négatif, l'un de ceux, innombrables, qui ont coulé ma carrière d'écrivain. Le monde réel est un lieu plus engageant et moins dramatique que ne le pensent les écrivains. Wade et moi restons là un instant immobiles, à regarder la ligne fonctionnelle de la friteuse, tels des sourds-muets, incapables de trouver un meilleur sujet de conversation.

— Alors, Frank, comment s'est passé le voyage jusqu'ici ? demande Wade avec une chaleur soudaine.

Il y a, dans son tempérament, une dureté propre aux hommes de la frontière, qui le rend aussitôt attachant et digne de confiance ; voilà un homme qui a les idées claires et, dans le regard, une lueur permanente signifiant qu'il s'attend à ce que quelqu'un — peut-être moi — lui dise une chose qui le rendra heureux. D'ailleurs, rien ne me plairait davantage.

— Je suis passé par Pemberton et Bamber, Wade. C'est l'une de mes balades préférées. Un de ces jours, j'aimerais faire les Rancocas en canoë. On se croirait dans certaines régions d'Afrique.

— C'est quelque chose, hein, Frank ? (Les yeux de Wade Arcenault se promènent dans leurs orbites en cherchant je ne sais quoi. C'est curieux, mais Wade n'a pas plus l'accent texan que Cade.) Nous habitons notre petit jardin d'Éden, ici, et nous voulons le protéger pour que les intrus ne viennent pas nous le bousiller ; voilà pourquoi je me moque de faire quatre-vingts kilomètres pour aller bosser. Mais d'accord, je ne devrais peut-être pas remonter le pont-levis derrière moi. (Le remords traverse brièvement son regard clair.) Aujourd'hui, chacun vient d'ailleurs, Frank. Les gens qui sont nés ici ne reconnaissent plus rien. J'ai discuté de ça avec les gens du coin.

— Mais je parie qu'ils sont contents d'être ici. Cette péninsule est une bonne idée.

— Il y a juste un tout petit problème d'érosion là-derrière, dit Wade en finissant de s'essuyer les mains avec un torchon de cuisine. Mais nous avons notre entrepreneur, un jeune et brillant diplômé de Rutger, Pete Calcagno. (Un nom que je connais !) Il a fait un sacré bon boulot avec son bull et ses sacs de sable, et je crois qu'il va réussir. (Wade rayonne.) J'ai dans l'idée que presque tous les gens veulent bien faire.

— Tout à fait d'accord.

Et je le pense vraiment ! C'est évidemment vrai de moi ainsi que de Wade Arcenault. Il a acheté à sa fille divorcée une maison pleine de meubles neufs, il l'a accompagnée au magasin, il a attendu qu'elle ait fini ses achats, puis il a signé un gros chèque pour qu'elle puisse prendre un bon départ dans le nord du pays. Beaucoup de gens aimeraient faire cela, mais peu vont jusqu'au bout.

Les yeux bleus de Wade se tournent malicieusement vers la porte du sous-sol. Quelque chose que j'ai fait ou dit paraît avoir éveillé sa sympathie, ou du moins un embryon de sympathie.

— Lynette, dit-il très fort en levant les yeux vers le plafond. Ai-je le temps d'emmener ce garçon visiter mon cul-de-basse-fosse ?

Il m'adresse un clin d'œil appuyé, puis lève encore les yeux. (Peut-être pourrons-nous organiser une partie de pêche entre hommes, quoi qu'il advienne de ma liaison avec Vicki.)

— Je doute que l'armée du général Grant réussisse à t'arrêter !

Lynette nous sourit de l'autre côté du passe-plat de la salle à manger, secoue son joli visage de rouquine, puis nous fait signe d'y aller.

Par la porte du salon, j'aperçois Vicki et Cade assis sur le canapé couleur saumon, qui conversent à voix basse. La garde-robe et les amis assommants de Cade sont sans doute sur la sellette.

Wade descend rapidement les marches sombres du sous-sol, et je lui emboîte le pas. Ausitôt, l'air suffocant de la cuisine est remplacé par les odeurs fraîches, âcres et chimiques, typiques des sous-sols de banlieue lorsque le propriétaire est un type avisé qui a son contrat anti-termites à jour. Sur ce chapitre, je suis aussi prudent que Wade.

— Bon, maintenant, restez où vous êtes, Frank, me dit Wade, perdu dans l'obscurité devant moi.

Ses chaussures claquent doucement sur le ciment.

Derrière moi, le bras dodu de Lynette referme la porte de la cuisine.

— Vous allez voir ce que vous allez voir, lance Wade avec enthousiasme.

Ma main serre une balustrade en bois, et je n'ose faire un pas de plus. Je devine la présence d'un corps volumineux dans la pièce.

Wade tripote quelques objets métalliques, peut-être l'abat-jour d'une lampe d'architecte, une boîte de fusibles, un trousseau de clés.

— Aah, bon Dieu de bois, marmonne-t-il.

Brusquement, une lumière s'allume en clignotant, non pas une lampe d'architecte, mais un néon blanc et scintillant installé parmi les poutres du plafond. Ce que je vois d'abord n'est pas, selon moi, ce que je suis descendu découvrir au sous-sol. Il s'agit d'une image de la Terre photographiée de très loin, un cliché fixé aux parpaings du mur, au-dessus du banc de Wade. Sur cette photo, tout l'espace est bleu et vide, l'Amérique du Nord a la clarté d'un rêve, bordée d'un liseré blanc qui l'isole parfaitement de la mer sombre.

— Qu'en dites-vous, Frank ? demande Wade avec fierté.

Je le cherche des yeux, mais découvre juste devant moi, si près que je pourrais la toucher, une grosse voiture noire — trop proche, en fait, pour que je puisse déterminer de quoi il s'agit, bien que ce soit sans nul doute une voiture à la carrosserie noire parfaitement polie et couverte de chromes. Au-dessus d'une large calendre incurvée, j'aperçois le mot CHRYSLER.

— Bon Dieu, Wade, fais-je en le repérant de l'autre côté du monstre, la main posée sur le bout d'un aileron arrière profilé, tout près des clignotants.

Il sourit comme un vendeur de télés qui présenterait un modèle vraiment unique, un modèle que cette petite femme aimera *forcément*, que n'importe qui ayant un minimum de jugeote serait fier d'acquérir pour faire un investissement, car sa valeur ne saurait que croître.

C'est un énorme coffre-fort, en fait de voiture, équipé de pneus larges à flancs blancs, de pare-chocs en forme d'obus, doté de l'élégance cossue des modèles de l'après-guerre, qui transforme ma pauvre Malibu en un triste souvenir.

— Ils les fabriquent plus, Frank. (Wade marque un silence pour accentuer l'impact de ses paroles.) Je l'ai retapée moi-même. Cade m'a un peu aidé, mais une fois que le moteur a été au point, ça l'a rasé. Je l'ai achetée à un Grec miteux de Little Egg. Vous auriez dû la voir à ce moment-là : rouillée, trouée comme une passoire, les chromes bousillés — un vrai gruyère, voilà ce que c'était. (Il contemple la carrosserie scintillante comme si elle venait de lui murmurer quelque chose. Il fait froid dans ce sous-sol, la Chrysler paraît aussi dure et glacée qu'un diamant noir.) Y a encore du boulot à faire sur le soufflet de la capote, reconnaît Wade.

— Comment l'avez-vous fait rentrer ici ?

Wade sourit. Il attendait ma question.

— Il y a une porte là-derrière, que vous pouvez pas voir d'où vous êtes. Le camion-remorque l'a amenée jusque-là. Cade et moi avons construit un plan incliné avec des poutrelles métalliques. Il a fallu que je réapprenne à souder. Vous vous y connaissez, Frank, en soudure à l'arc ?

— Absolument pas, dis-je. Pourtant, ça me serait utile.

Je regarde encore la photo de la Terre. C'est une bonne chose à avoir sous les yeux, pensé-je, pour conserver le sens de la perspective, même si dans cet environnement laid le globe terrestre paraît aussi déplacé qu'une tapisserie.

— Les principes n'ont rien de sorcier, rétorque Wade. L'essentiel, c'est de bien régler la résistance. Je suis sûr que vous apprendriez à souder en un rien de temps.

Wade me sourit en pensant qu'un jour je possèderai peut-être un talent monnayable.

— Et qu'allez-vous en faire, Wade ? dis-je en lui posant la première question qui me vient à l'esprit.

— Je n'y ai pas encore réfléchi.

— Vous la conduisez de temps en temps ?

— Oh, oui, bien sûr. Je la fais démarrer, j'avance de cinquante centimètres, et puis je recule d'un mètre. Il n'y a pas beaucoup de place ici.

Il se fourre les mains dans les poches, s'appuie contre le pare-chocs, lève les yeux vers les poutres basses et les recoins ombreux du plafond. Au-dessus de nous, j'entends des voix étouffées, des grincements de pas allant de la cuisine à la salle à manger. J'entends Cade monter l'escalier, sans doute pour se changer. J'entends les pattes d'Elvis Presley tambouriner sur le sol de la cuisine. Et puis plus rien. Wade et moi restons silencieux devant la Chrysler.

Cette situation pourrait tourner au désastre, comme tant de situations similaires. La peur de la question naïve qu'il risque maintenant de me poser ; la crainte, plus grande encore, de ne rien pouvoir répondre et de rester planté là, muet comme une carpe — toutes ces appréhensions me font regretter de ne pas être là-haut à regarder les Knicks flanquer une bonne raclée aux Cavaliers, assis sur le canapé à côté de mon vieux pote Cade. Le sport constitue une soupape de sécurité incomparable lorsque vous-même et tout votre système de valeurs devenez l'objet d'une curiosité amicale mais inattendue.

« Au fait, quel genre de gars êtes-vous donc ? » serait une question relevant d'une curiosité parfaitement naturelle. « Quelles sont vos intentions vis-à-vis de ma fille ? » (« Je n'en sais trop rien » constituerait sans doute une mauvaise réponse.) « Mais bon sang, pour qui vous prenez-vous ? » (J'en resterais pantois.) Soudain, j'ai froid, bien que Wade ne semble pas me réserver de surprise désagréable. Voilà un homme dont je respecte les valeurs, et j'aimerais qu'il m'apprécie. Autrement dit, les indices les plus positifs ne sont pas très différents des pires. Wade pose le bout des doigts contre le haut du pare-chocs semblable à de la porcelaine noire, puis baisse les yeux vers eux. Je suis sûr que, si j'étais plus près de cette voiture rutilante, j'apercevrais sur sa carrosserie jusqu'au moindre détail de mon visage.

— Frank, dit Wade, aimez-vous le poisson ?

Il me regarde d'un air presque implorant.

— Et comment !

— Vous aimez ça, hein ?

— Bien sûr.

Wade baisse encore les yeux vers la surface noire scintillante.

— Je me disais que, vous et moi, on pourrait peut-être aller un soir à La Langouste rouge, entre hommes, sans les femmes. Histoire d'avoir une bonne discussion tous les deux. Vous y êtes déjà allé ?

— Oui. Très souvent.

En fait, au début de mon divorce, j'allais y manger presque tous les jours. Les serveuses me connaissaient comme le loup blanc, elles savaient que je préférais la lotte pas trop cuite, et elles se donnaient beaucoup de mal pour me dérider, ce que font très peu de serveuses alors qu'elles sont justement payées pour ça.

— J'y vais seulement pour manger un haddock, dit Wade. Ça me fait un repas. J'appelle ce poisson la langouste du pauvre.

— On devrait y aller tous les deux, ce serait vraiment bien.

J'enfonce mes mains glacées dans les poches de ma veste. Je suis prêt à sauter sur la première occasion pour remonter au rez-de-chaussée.

— Frank, où vivent vos parents ?

Wade me considère avec gravité.

— Ils sont morts tous les deux, Wade, dis-je. Il y a longtemps.

— Les miens aussi. (Il hoche la tête.) Tous les deux disparus. En vieillissant, on ne vient plus de nulle part, n'est-ce pas ?

— Oh, ça ne m'ennuie pas trop, personnellement, dis-je.

— Oui, c'est vrai, c'est vrai. D'accord. (Wade a croisé les bras et reculé contre le pare-chocs de la Chrysler. Il me lance un coup d'œil en biais, puis lève la tête vers les ombres du plafond.) Pourquoi vous êtes-vous installé dans le New Jersey ? Vous êtes écrivain, c'est ça ?

— C'est une assez longue histoire, Wade. Avant, j'étais marié. J'ai deux enfants à Haddam. Expliquer tout ça prendrait un long moment.

Je lui souris dans l'espoir de le dissuader de pousser plus loin son enquête, mais je sais que Wade s'en fiche sans doute complètement. Il veut seulement se montrer amical envers moi.

— Frank, j'aime bien les femmes. Et vous ?

Wade tourne vers moi son visage massif et m'adresse un sourire direct et amusé, fondé sur cette bonne vieille anticipation du plaisir, une attente qui est à l'origine de quatre-vingts pour cent du bonheur des gens. Pour lui, c'est la même chose qu'aimer le haddock, quoique plus intéressante, car cela peut se révéler vaguement salace.

— Moi aussi, Wade.

Et je lui rends son large sourire.

Wade lève le menton avec un air de je-le-savais, puis s'enfonce la langue dans la joue.

— Je n'ai jamais eu la moindre envie de passer une soirée entre garçons, Frank. Je ne vois pas où est l'intérêt.

— Moi non plus, renchéris-je.

Je pense à mes mornes soirées consacrées aux « cours de soutien », à celles du Club des hommes divorcés, quand nous roulons et tanguons sur les eaux glacées au large de Mantoloking, tels des soldats avant un nouveau débarquement sur les plages de la vie. Je me jure en mon for intérieur de ne plus jamais participer à leurs réunions. J'en ai soupé de ces simagrées nautiques en compagnie des divorcés. La vie se passe à terre, bon sang (Dieu les bénisse malgré tout).

— Mais ne me comprenez pas de travers, Frank, me dit Wade sur la défensive, le regard toujours ailleurs, comme si je m'étais caché dans le sous-sol. Je ne veux pas me mêler de votre liaison avec Vicki. C'est à vous deux de vous débrouiller ensemble.

— Parfois, c'est compliqué.

— Pour sûr. C'est difficile de savoir ce qu'on veut, à votre âge. Au fait, Frank, quel âge avez-vous ?

— Trente-huit ans, dis-je. Et vous ?

— Cinquante-six. J'avais quarante-neuf ans lorsque ma femme est morte d'un cancer.

— C'est jeune, Wade.

— Nous habitions Irving, au Texas. Je travaillais comme ingénieur dans le pétrole pour Beutler Oil, à deux kilomètres d'une maison dont j'étais propriétaire. J'avais une fille mariée. J'emmenais mon fils voir les matches des Cowboys. Nous avions l'impression de mener une vie agréable. Et tout d'un coup, *bam,* il y a eu cette perte terrible. Ça nous est tombé dessus sans prévenir. Vicki et Cade ne s'en sont toujours pas remis. Tout ça pour vous dire que les complications de l'existence, je connais.

Il hoche la tête au souvenir de ses malheurs personnels.

— Je sais que cela a sans doute été difficile, dis-je.

— Un divorce doit ressembler à un truc comme ça, Frank. Lynette a divorcé d'un type vraiment bien, vous savez. Son deuxième mari — le premier est mort, lui aussi —, je l'ai rencontré. Un type bien, même si nous ne sommes pas amis. Mais ils n'arrivaient à rien ensemble. Lynette aussi a perdu un fils, dans l'Oklahoma.

Vicki a sans doute évoqué la mort de Ralph, ce qui ne me dérange guère. Après tout, ce décès fait partie de ma biographie officielle. L'existence et la mort de Ralph servent de ponctuation et d'explication à ma vie. Wade, je le constate avec plaisir, fait de son mieux pour « me considérer comme un individu à part entière » et me parler avec sincérité, pour que je puisse m'exprimer de la même façon, pour être aussi véridique que possible avec un inconnu qu'il pourrait tout aussi bien détester de prime abord. Il pourrait me faire passer un sacré mauvais quart d'heure dans ce sous-sol, et j'aimerais lui faire comprendre que je lui sais gré du contraire — mais je ne sais pas comment m'y prendre. En se montrant direct, sans la moindre ambiguïté, et en me prenant ainsi au dépourvu, il me laisse sans voix.

— Wade, dis-je néanmoins avec un grand sourire, dans quel coin du Texas avez-vous grandi ?

— Je viens du nord-est du Nebraska, Frank. D'Oakland dans le Nebraska. (Il se gratte le dos de la main, peut-être en pensant à des champs de blé.) Mais j'ai *fait mes études* au Texas. J'ai commencé ma maîtrise en 53. J'étais déjà marié. Vicki était en route, je crois. J'ai eu un mal de chien à décrocher mon diplôme, et j'ai travaillé tout le temps dans les champs pétrolifères. Mais ce que je disais sur les femmes, c'est qu'après la mort de ma première épouse, Esther, j'ai eu peur de ne plus jamais m'intéresser aux femmes. Vous comprenez, Frank, parfois on perd tout intérêt pour les femmes. Je ne veux pas dire qu'on n'arrive plus à coucher avec elles. Mais c'est là-haut que ça se passe. (Wade me regarde en se tapotant le milieu du front avec l'index.) On perd contact avec soi, dit-il. Avec ses propres besoins. Voilà ce qui m'est arrivé. Vicki pourrait vous en parler, car elle s'est occupée de moi.

Wade lève les yeux au ciel avec une mimique qui détonne chez lui, mais j'ai très souvent vu Vicki faire la même chose, et il est tout à fait possible qu'elle lui ait appris cela. C'est une mimique féminine, qui donne un air efféminé à Wade, comme si la vie lui avait infligé des leçons plus âpres qu'un homme ne peut le supporter.

— J'ai fait des trucs complètement dingues, Frank, dit Wade en souriant comme pour se pardonner (ce n'est pas un adepte du Nouvel Age, je vous le garantis). J'ai kidnappé un bébé dans un centre commercial. Dingue, non ?

Wade me regarde d'un air sidéré.

— Une petite gamine noire. Je ne saurais même pas vous dire pourquoi. Je crois qu'à l'époque j'aurais expliqué mon geste par un désir d'engagement. Je pleurais dans le désert. Mais je vous le dis, s'ils m'avaient pris, j'aurais pleuré dans une cellule de condamné à mort. Et je ne l'aurais pas volé.

Wade opine solennellement en fixant les ténèbres, comme si ses motifs les plus secrets y étaient emprisonnés et ne pouvaient désormais plus l'atteindre.

— C'est vraiment un truc dingue à faire, Wade. Comment vous en êtes-vous tiré ?

— Une sacrée panade, Frank. Heureusement que j'ai remis ce petit poupon dans sa poussette. Mais je l'avais déjà emmené dans la voiture. Dieu sait ce que j'aurais pu en faire. Voilà ce qui arrive quand on s'aventure dans la zone d'ombre.

— Vous ne vouliez peut-être pas la kidnapper, après tout. Pour moi, la preuve en est que vous n'avez pas été jusqu'au bout.

— J'ai déjà réfléchi à cette hypothèse, Frank. Mais je vais vous dire ce qui s'est passé. Je suis tombé sur un ancien copain de fac, Buck Larsen. Nous ne nous étions pas vus depuis vingt-six ans. Il se trouve qu'il bossait avec les gars de l'autoroute. Et on s'est mis à bavarder. Je lui ai parlé de la mort d'Esther, des enfants, des femmes, des larmes, et puis que j'avais envie de quitter Dallas. Je ne le savais pas moi-même, vous comprenez ? Vous savez de quoi je parle. C'est vous, l'écrivain.

— Oui, je comprends.

(Au moins, Buck et lui n'étaient pas allés dans un motel.)

— Parfois, on a du mal à y voir clair, non ?

Wade m'offre un sourire pitoyable.

— Je sais. C'est beaucoup plus facile dans les livres.

— Et comment ! On a lu quelques livres en fac. Mais pas tant que ça. (Maintenant, nous pouvons sourire tous les deux.) Où êtes-vous allé, Frank ?

— Dans le Michigan.

— East Lansing ?

— Ann Arbor.

— Eh bien, vous avez lu plus de livres que moi à College Station. J'en suis sûr.

— Mais à regarder l'endroit où vous vivez, on dirait que vous avez fait les bons choix, Wade.

— Il me semble, Frank.

Du bout de sa chaussure, Wade joue avec un fragment de ciment sec. Il appuie dessus pour le remettre en place, puis secoue la tête avant de reprendre :

— N'importe quelle existence peut partir dans cent directions différentes, je vous assure.

— Je sais, Wade.

— J'ai pris un boulot sur l'autoroute. J'ai laissé Cade chez les parents d'Esther, à Irving, je suis monté ici pour vivre en célibataire pendant un an. Le plus loin possible de mon ancienne vie. J'ai plaqué mon boulot d'ingénieur au Texas pour m'occuper d'un péage d'autoroute dans le New Jersey, tout ça en une semaine. Avec un peu d'aide, évidemment. Un boulot beaucoup moins pointu. Et une grosse chute de salaire. Mais je m'en fichais, parce que j'étais devenu une véritable épave, Frank. On ne croit jamais qu'on est devenu une épave, mais on en est une, et il a fallu que je reparte de zéro, que je trouve un nouvel emploi, un emploi aussi dingue que celui-là, mais ça n'avait pas d'importance. Par nature, j'aime résoudre des problèmes, Frank. Les ingénieurs font ça du matin au soir. Et c'était ça mon problème. Vous voulez que je vous dise ? Les Américains sont trop sensibles à la hiérarchie. Dégringoler de quelques échelons n'a rien de terrible.

— Pourtant, ça ne paraît pas si facile. J'ai l'impression que mes problèmes sont dérisoires en comparaison.

— Je ne pourrais pas vous dire si ç'a été facile ou non.

Il fronce les sourcils comme s'il aimerait le découvrir, pouvoir parler de cela aussi, mais par bonheur pour lui il ne peut plus retourner aussi loin en arrière.

— Vous savez, mon vieux, il y a un gars qui travaille pour nous à la sortie 9. Je ne vous dirai pas son nom. Simplement, en 1959, il habitait dans l'Ouest, près de

Yellowstone. Il avait une femme et trois enfants, une maison et des hypothèques. Un boulot, une vie. Un soir, il est passé dans un bar, et juste après qu'il en est sorti, tout un pan de la montagne s'est effondré sur le bar. Il s'est arrêté au milieu de la route, m'a-t-il raconté, et au clair de lune il a vu que toutes les lumières avaient disparu, remplacées par un énorme glissement de terrain. Tout le monde a été tué, sauf lui. Et vous savez ce qu'il a fait ?

Wade hausse les sourcils, plisse les yeux.

— Je crois deviner.

(Qui, à notre époque, ne le devinerait pas ?)

— Vous avez sans doute raison. Il est monté dans sa voiture et il est parti vers l'est. Il m'a confié qu'il a alors eu l'impression qu'on lui soufflait ces mots : « Tiens, Nick, tu as la chance d'entamer une nouvelle existence. Voyons si tu t'en tireras mieux que la première fois. » A l'heure qu'il est, on le croit mort dans l'Idaho, le Wyoming, ou un État de ce genre. L'assurance a payé. Qui sait où vit sa famille ? Et ses enfants ? Il travaille tout près de moi sur l'autoroute, aussi heureux qu'on peut l'être. Je ne répéterai jamais ça à personne, bien sûr. Et j'ai beaucoup plus de chance que lui. Tous les deux, nous avons bénéficié d'une nouvelle existence, et nous avons voulu en faire quelque chose.

Wade me considère avec grand sérieux, il se frotte délicatement les paumes contre le chrome de la poignée. Il veut me faire comprendre qu'il a découvert une chose importante sur le tard, une chose qui mérite d'être connue, alors que très peu de gens font la moindre découverte essentielle avant de mourir. Il aimerait transmettre un peu de sagesse digne de ce nom, mais je ne peux m'empêcher de me demander ce que penserait l'épouse de son ami si jamais elle se présentait à la sortie 9 au bon moment. Les coïncidences ne sont pas exclues.

— Désirez-vous vous remarier, Frank ?

— Je n'en sais rien.

— Voilà une bonne réponse, dit Wade. Je croyais ne jamais me remarier. Après vingt-neuf ans de mariage, vivre seul n'est pas si désagréable. Qu'en pensez-vous ?

— Ça a ses avantages, Wade. Avez-vous rencontré Lynette dans les environs ?

— Je l'ai rencontrée à un concert de rock, mais ne me demandez surtout pas ce que j'y faisais, je serais incapable de vous répondre. C'était à Atlantic City, il y a trois ans. Je ne suis pas très sociable ; mais les gens comme moi se retrouvent parfois dans des endroits vraiment bizarres pour se prouver qu'ils sont complètement indépendants.

— D'habitude, je me retrouve à lire chez moi. Mais il m'arrive de prendre ma voiture et de rouler toute la journée. Ça ressemble un peu à ce que vous faites, finalement.

— C'est pas vraiment agréable, je ne crois pas que ce soit la même chose pour vous.

— Ce n'est pas toujours drôle, ça non.

— Enfin, bref. Voilà donc Lynette. Elle a à peu près votre âge, Frank. Veuve, puis divorcée, elle est venue à ce concert avec un jeune Espagnol d'environ vingt-cinq ans. Et voilà l'Espagnol qui la laisse en plan. Je vous épargne tous les détails scabreux. Nous avons fini au Howard Johnson de l'autoroute devant un café, à bavarder jusqu'à quatre heures du matin. Tous les deux, nous désirions faire quelque chose d'utile et de positif pendant le temps qui nous restait à vivre, nous ne sommes pas des perfectionnistes — je veux dire par là qu'elle et moi savions que chacun n'était pas parfait pour l'autre.

Wade croise les bras avec un air grave.

— Vous vous êtes mariés longtemps après, Wade ? Pas vraiment, je parie.

J'adresse un sourire rusé à Wade, car il a besoin d'arborer un grand sourire rusé au souvenir de cette nuit étoilée, parfois masquée par le brouillard, sur l'autoroute d'Atlantic City ; et je suis trop heureux de lui venir en aide. Ils ont sans doute eu l'impression de se retrouver échoués ensemble sur une grève inhospitalière et désolée. Ce n'est pas une histoire triste, elle mérite tous les sourires du monde.

— Pas *très* longtemps après, Frank, me dit fièrement Wade avec le sourire qui s'impose pour évoquer cette époque révolue. Elle a divorcé, et nous n'avons pas trouvé de raison pour attendre davantage. Elle est catholique. Un divorce était déjà assez moche comme ça. Mais elle ne voulait pas qu'on vive ensemble, ce qui me convenait parfaitement. Sauf qu'un mois après, je me suis marié et j'ai acheté cette maison ! Bon Dieu !

Wade me sourit et secoue la tête en pensant aux surprises incroyables que nous réserve la vie.

— Si vous voulez mon avis, vous avez bien choisi.

— Lynette et moi, on est vraiment différents. Elle a toujours un avis définitif sur les choses. Moi, je suis beaucoup plus nuancé, aujourd'hui en tout cas. Elle prend très au sérieux la religion catholique, encore plus depuis la mort de son fils. Sur ce chapitre, je lui laisse carte blanche. Je me suis converti pour lui faire plaisir, mais il n'y a pas de grenouille de bénitier sous notre toit, Frank. Je crois vraiment que nous réagissons de la même façon aux choses qui comptent — nous ne sommes pas riches, je ne suis même pas certain que nous nous aimions, ni que ce soit indispensable, mais nous désirons former un couple uni dans notre petit monde, et ne pas gaspiller le temps qui nous reste à vivre.

Wade me regarde sur les marches comme si j'allais le juger, comme s'il espérait que je vienne lui donner une grande claque dans le dos, en bon camarade d'équipe. Je suis sûr qu'il m'a raconté tout cela — un sujet qu'il aurait pu approfondir à La Langouste rouge, où j'aurais sans doute participé davantage à la conversation — parce qu'il veut me donner une idée juste de sa famille, au cas où j'envisagerais de m'y joindre. De fait, les Arcenault constituent un univers très différent de ce que j'imaginais. Bien meilleur, pour tout dire. Wade a choisi la manière la plus touchante et la plus agréable de se présenter, lui-même ainsi que son existence. Qu'y aurait-il de plus excitant que de venir régulièrement ici ? Prendre racine dans Les Bois de Sherry-Lyn (un week-end sur deux, pendant les vacances) ? Je pourrais même devenir l'ami de Cade, écrire pour lui une lettre subtile de recommandation destinée à une bonne université ; l'intéresser aux techniques du marketing pour l'éloigner de la routine et des armes de la police. Je pourrais aussi acheter un bateau et l'amarrer derrière la maison. Ce serait une existence banale, mais rudement agréable.

Bizarrement, je me sens nerveux et gêné. J'ai toujours les mains engourdies par le froid, je les fourre dans mes poches de pantalon et regarde Wade comme je fixerais une porte de prison. Ma réserve à cet instant précis témoigne d'un défaut majeur de mon caractère.

— Frank, dit Wade avec une expression appliquée et l'œil vif. J'aimerais connaître votre avis là-dessus. Pensez-vous que ce soit trop dérisoire pour remplir une vie ? Travailler à un péage, élever une famille, retaper une vieille voiture comme celle-ci, faire des virées sur l'océan avec son fils pour pêcher le flétan ? Peut-être aimer sa femme ?

Je ne réponds pas assez vite. Puis je m'écrie presque :

— Non. Bien sûr que non. Je trouve que c'est une vie formidable, Wade, et que vous avez un sacré bol de fils de pute.

(Je suis choqué de m'entendre traiter Wade de fils de pute.)

— Il y a sans doute plus de sentiment dans ce que vous faites, Frank. On ne peut pas dire qu'avec la vie que je mène je m'aventure beaucoup dans le monde, même si je ne le connais pas trop mal.

— Nos deux existences se ressemblent sans doute beaucoup plus que vous ne le pensez, Wade. Si vous me permettez de dire ça, la vôtre est peut-être même meilleure que la mienne.

— J'ai mis plein de choses dans cette vieille voiture, si vous voyez ce que je veux dire. (Wade sourit fièrement, heureux de mon approbation.) Des petites touches que je serais incapable d'expliquer. Des fois, je descends ici à quatre heures du matin et je bricole jusqu'à l'aube. Quand je rentre à la maison après le travail, j'ai hâte de la retrouver. Et je vais vous dire une bonne chose, Franky. Chaque fois que je remonte d'ici, je suis gai comme un pinson, et tous mes démons restent dans ce cul-de-basse-fosse.

— C'est formidable, Wade.

— Et puis je peux tout comprendre jusqu'au moindre détail, mon vieux. Les câbles et les boulons. Je pourrais tout vous montrer, à défaut de tout vous expliquer. Vous feriez sans doute ça aussi bien que moi.

Il me regarde et secoue la tête avec stupéfaction. Malgré les apparences, Wade n'est pas le genre d'homme à se dévoiler tout entier. Dans le cas présent, je sais exactement ce qu'il a découvert, je connais la valeur et le plaisir que cela peut représenter. Mais pour une raison bizarre, comme je baisse les yeux vers Wade qui lève les siens vers moi, je pense à Wade tout seul, marchant dans un long couloir vide d'hôpital, une seule valise à la main, s'arrêtant devant une porte sans numéro, regardant une chambre propre et vide où le matelas est retourné, où une lumière crue entre à flots par la baie vitrée, où tout est d'une blancheur immaculée. *Des examens*, voilà la raison de sa venue ici. D'innombrables examens. Dès qu'il sera entré dans cette chambre d'hôpital, il ne sera plus jamais le même. C'est le commencement de la fin, cela me flanque une trouille bleue, et je frissonne violemment. J'aimerais le serrer dans mes bras, lui dire de rester à l'écart des hôpitaux, d'affronter la camarde sous son propre toit. Mais je ne peux tout bonnement pas. Il interpréterait mes paroles de travers, et tout notre rapport en pâtirait, alors qu'il a débuté plutôt bien.

Au-dessus de nous, dans l'activité fébrile de la maison, quelqu'un a commencé de jouer l'intro à la basse de *What'd I Say* sur l'orgue électrique, les quatre accords mineurs exprimant la séduction et l'anticipation sexuelle, avant que Ray ne pousse son fameux gémissement. Ce bourdonnement traverse les poutres du plafond et emplit le sous-sol d'une atmosphère nouvelle, inévitable : celle du désespoir.

Wade regarde le plafond, aussi heureux qu'un homme a le droit de l'être. A croire qu'il savait que cela allait se produire, qu'il y voit la preuve du parfait fonctionnement de sa maison, prête, une fois encore, à lui redonner sa place. C'est un homme dénué de toute ambiguïté, un factualiste de premier ordre.

— J'ai l'impression d'avoir déjà vu votre visage, Frank. Il m'est familier. C'est bizarre, non ?

— Vous voyez sans doute énormément de visages, Wade, vous ne croyez pas ?

— Tous les habitants du New Jersey, au moins une fois. (Wade m'adresse le sourire stéréotypé de l'employé des péages.) Mais je ne me rappelle pas beaucoup de visages. En revanche, je me souviens du vôtre. Dès que je vous ai vu, ça m'a frappé.

Pour rien au monde je ne dirai à Wade qu'il a probablement pris quatre cents fois mon dollar et mes cinq cents, souri avant de me souhaiter « une excellente journée », avant que je m'engage sur la route 1 vers le sud. Ce serait une réponse trop banale pour la question qu'il a soulevée, en cet instant consacré à la reconnaissance. Wade traque le mystère, et je ne vais pas lui retirer sa proie. Ce serait comme si en Mr. Smallwood, de Detroit, j'avais reconnu un mécano du garage Gulf de Frenchy qui s'était occupé de la vidange et du graissage de ma voiture : un mystère se cristallise, puis sombre dans la banalité. Je préfère défendre les présages de bon augure, participer à l'inexplicable, me faire l'avocat inattendu de l'avenir incertain. Assez curieusement, la discrétion est la meilleure attitude à adopter lorsqu'on ne sait plus sur quel pied danser.

Derrière moi, la porte de la cuisine s'ouvre ; en me retournant, j'aperçois le joli visage de meneuse de ban de Lynette qui nous regarde d'un air amusé — soulagement palpable, même si je devine à son expression que ce tête-à-tête viril en sous-sol a été soigneusement programmé et qu'elle a préparé le déjeuner en fonction de la durée estimée de notre discussion. Je suis l'heureux objet (et non la victime) des stratagèmes d'autrui, une position qui n'est jamais désagréable. Cela engendre chez moi un sentiment réconfortant, à défaut d'autre chose.

Les accords mélancoliques et religieux de Ray Charles ont augmenté de volume. Ils sont l'œuvre de Vicki.

— Vous pourrez discuter vieilles voitures toute la journée si ça vous chante, mais là-haut y a des gens qui sont prêts à se mettre à table.

La bonne humeur et l'impatience pétillent dans les yeux de Lynette. Elle a compris que tout allait pour le mieux au sous-sol. Et elle a raison. Nous ne sommes peut-être pas encore de grands amis, mais cela ne saurait tarder.

— Si on allait manger un peu de mouton, Frank ? dit Wade en riant, tandis que sa main décrit de petits cercles contre son ventre. *Agnus Dei,* pouffe-t-il en regardant Lynette.

— Ça n'a *rien* à voir avec ça, rétorque Lynette en levant les yeux au plafond à la manière de tous les Arcenault (je le comprends enfin). Que va-t-il encore inventer, Frank ? *Agnus Dei,* c'est ce que tu es, Wade, pas ce que nous mangeons. Seigneur !

— Je suis trop dur à mastiquer, Frank, pas de doute là-dessus. Ah !

Puis nous quittons les ombres du sous-sol — tout le monde sur le pont — pour rejoindre la cuisine chaude et ensoleillée ; l'équipage Arcenault au grand complet est prêt pour le rituel du repas dominical.

Le déjeuner est plus solennel que je ne m'y attendais. Lynette a transformé la salle à manger en un modeste écrin pourvu d'un lustre en cristal, d'une argenterie étincelante et d'une nappe immaculée. Dès que nous sommes assis, elle nous demande de donner la main à nos voisins autour de la table oblongue, si bien que je suis un peu gêné de saisir la main de Wade et celle de Cade (aucune résistance de la part du futur policier), tandis que Vicki tient celles de Wade et de Lynette. Je ne peux m'empêcher de penser — les yeux hermétiquement clos, silencieusement concentré sur la boule mortelle et familière, aux flammes liquides écarlates, derrière laquelle rôde l'abysse noir et infini de l'âme, un gouffre où seules les mains malhabiles de Cade et de Wade m'empêchent de tomber — à la chance étrange que j'ai d'être accueilli parmi ces gens comme un parent lointain. Pas plus que je ne peux m'empêcher de me demander où sont mes propres enfants à cet instant, où est X — tout en espérant qu'ils ne partagent pas un brunch de Pâques sans leur père, dans quelque Ramada désert d'Asbury Park, avec Barksdale, revenu de sa brève escapade à Memphis, pour me remplacer. J'aurais sans doute passé une journée heureuse sans cette nouvelle, mais nous ne pouvons jamais ajourner indéfiniment ce qui nous revient de droit. Je devrais néanmoins me féliciter de ne pas avoir subi cet affront plus tôt, et puis de ne pas errer toute la journée dans quelque centre commercial — comme, sans doute, ce pauvre Walter Luckett, perdu dans la jungle sauvage de la vie quotidienne.

Par bonheur, la bénédiction de Lynette est courte et très œcuménique — sans doute à cause de ma présence —, évoquant ce jour béni, le monde troublé dans lequel nous vivons, mais laissant de côté Vatican II ainsi que toutes les références religieuses qu'elle a évidemment en tête, avant de s'achever sur une allusion à son fils, Beany, enterré au cimetière militaire de Fort Dix mais présent dans l'esprit de chacun, dont le mien. (Les flammes furieuses se dissipent enfin, remplacées par le faciès ricanant de Beany qui me nargue depuis le sanctuaire de l'oubli.)

Wade et Cade ont chacun mis une cravate à fleurs, aux couleurs criardes, et un veston sport ; on dirait des acteurs de vaudeville. Vicki me regarde en louchant d'un air féroce lorsque je lui souris en essayant de me sentir à l'aise au sein de sa famille. Tandis que le plat de viande circule, la conversation s'oriente sur le temps qu'il fait, puis, brièvement, sur la politique de l'État ; la famille évoque ensuite les chances de Cade d'entrer bientôt à l'école de police ; on se demande si les nouvelles recrues porteront l'uniforme dès le premier matin, ou s'il faudra encore passer d'autres examens, hypothèse que Cade envisage sombrement. Il lance ensuite la discussion sur la limitation de vitesse à quatre-vingt-dix à l'heure, proclamant que cela convient à tout le monde sauf à lui. On passe bientôt au travail de Lynette au central catholique de crise, puis aux activités de Vicki à l'hôpital, que tout le monde est d'accord pour qualifier à la fois de difficiles et de gratifiantes — sous-entendant ainsi qu'elles le sont davantage que celles de Lynette. Personne n'évoque notre week-end dans la lointaine capitale de l'automobile, mais j'ai l'impression que Lynette essaie de placer le mot Detroit dans presque toutes ses phrases, histoire de nous faire comprendre qu'elle n'est pas née de la dernière pluie et qu'elle n'en fait pas tout un scandale, car Vicki, comme n'importe quelle jeune divorcée, peut très bien mener sa barque toute seule.

Cade m'appâte d'un sourire contraint et me demande quelle est mon équipe préférée dans le championnat de l'Est ; je lui réponds Boston (celle que je déteste par-dessus tout). Je suis, bien sûr, un inconditionnel de Detroit ; je sais que certains tranferts de joueurs et l'arrivée d'un nouvel entraîneur de lancer feront de Detroit une équipe quasi imbattable à partir de septembre.

— Boston. Hmm. (Cade pouffe de rire dans son assiette.) Incroyable.

— Attends un peu et tu verras, dis-je sans me démonter. Il y a cent soixante-deux matches à jouer. Ils vont faire entrer un nouveau joueur avant la moitié du championnat et en flanquer plein la vue à toutes les autres équipes.

— Faudrait que ce soit Ty Cobb ! s'écrie Cade en éclatant de rire.

La bouche pleine, il regarde son père d'un air soumis.

Je ris à mon tour pendant que Vicki louche encore discrètement vers moi, car elle comprend que c'est moi qui ai poussé Cade à parler de Ty Cobb.

Lynette sourit, tout en rapprochant dans son assiette la tranche d'agneau, les petits pois et la sauce à la menthe. Elle sait écouter avec attention, mais elle sait aussi poser les questions cruciales ; si jamais vous tombez sur elle au standard catholique, et que vous traversez une crise carabinée, elle ne doit pas vous lâcher facilement. Et j'ai maintenant le sentiment qu'elle pense sérieusement à moi.

— Dites-moi, Frank, avez-vous fait votre service militaire ? demande-t-elle d'une voix suave.

— Oui, dans les Marines, mais je suis tombé malade et on m'a réformé.

— Que vous est-il arrivé ? poursuit-elle d'un air sincèrement soucieux.

— Les médecins ont décelé un syndrome lié au sang, et cru que j'étais en train de mourir du cancer. Ils se trompaient, mais ils ont mis un certain temps à s'en apercevoir.

— Vous avez eu de la chance, alors ?

De toute évidence, Lynette pense toujours à ce pauvre Beany, qui repose dans la concession catholique du cimetière de Fort Dix. La vie n'est jamais juste.

— Je serais parti au combat six mois plus tard. Oui, m'dame.

— Ne m'appelez pas madame, Frank, dit Lynette en battant des cils.

Elle sourit d'un air rêveur à Wade, qui lui rend son sourire comme un vieux gentleman du Sud.

— Mon ancien mari est parti au Vietnam dans les gardes-côtes, dit Lynette. Peu de gens savent que les gardes-côtes aussi ont été là-bas. Mais j'ai des lettres qu'il m'a envoyées du delta du Mékong et de Saigon.

— Où les caches-tu donc ? s'enquiert Vicki en regardant tous les convives d'un air narquois.

— Le passé est le passé, ma chérie. Je m'en suis débarrassée quand j'ai rencontré l'homme assis là-bas. (Lynette hoche la tête en souriant à Wade.) Nous n'avons pas besoin de faux-semblants, n'est-ce pas ? Tout le monde ici a été marié, sauf Cade.

Cade ressemble à un taureau perplexe au regard ombrageux.

— Ces types-là en ont vu de toutes les couleurs, dit Wade. Stan, l'ancien mari de Lynette, m'a confié qu'il avait sans doute tué environ deux cents personnes, sans jamais les voir, simplement en arrosant la jungle de jour comme de nuit.

Wade secoue la tête.

— C'est vraiment impressionnant, dis-je.

— Ça oui, grogne Cade d'un air sarcastique.

— Vous regrettez de ne pas avoir participé aux combats ? demande Lynette en se tournant vers moi.

— Il en voit bien assez comme ça, dit Vicki, l'air toujours narquois. Et puis ça le regarde.

Lynette lui adresse un faible sourire.

— Sois gentille, ma chérie. Tâche de l'être, au moins.

— Je suis parfaite, rétorque Vicki. Est-ce que je n'ai pas *l'air* parfaite ?

— Je vais reprendre un peu d'agneau, dis-je. Cade, tu veux te resservir ?

Cade me jette un regard mauvais, pendant que je prends une tranche grise et lui tends le plat. Bizarrement et malgré tous mes efforts, je suis incapable de trouver un bon sujet sportif. Mon esprit se contente d'accumuler des faits. Scores moyens. Dates. Capacité des stades. Palmarès des deux finalistes du Super Bowl de l'an dernier (je ne me rappelle même pas le nom des équipes). Le sport ne sert parfois à rien.

— Frank, j'aimerais avoir votre avis sur un problème précis, dit Wade en avalant une grosse bouchée d'agneau. C'est l'avis du journaliste qui m'intéresse. Diriez-vous que, dans ce pays, nous vivons actuellement une période d'après-guerre ou d'avant-guerre ? (Wade secoue la tête d'un air sincèrement perplexe.) J'ai parfois l'impression de sombrer dans l'amertume. Et je le regrette.

— Je n'ai pas fait très attention à la politique toutes ces dernières années, Wade. Franchement, mon opinion n'a pas beaucoup d'importance.

— J'espère qu'il y aura une guerre mondiale avant que je sois trop vieux pour y participer. Moi, c'est tout ce que je sais, dit Cade.

— C'était aussi l'avis de Beany, Cade.

Lynette regarde Cade en fronçant les sourcils.

— Bah, dit-il à son assiette après un silence gêné.

— Sérieusement, Frank, reprend Wade. Comment peut-on ne pas s'intéresser aux grands événements de notre époque ? Voilà ma question.

Wade ne cherche pas à me contredire. Il est absolument sincère.

— J'écris sur le sport, Wade. Quand je réussis à écrire un article pour un magazine sur, disons, l'évolution du concept d'équipe ici en Amérique, et à faire un bon boulot, alors je me sens bien. Je me sens même patriote, j'ai l'impression de ne pas vivre à l'écart du monde.

— Je comprends, dit Wade en hochant la tête pensivement. (Il a les coudes posés sur la table, les mains serrées au-dessus de son assiette.) Ça me paraît défendable.

— Comment le concept d'équipe a-t-il évolué ? fait Lynette en regardant tout le monde tour à tour. Je ne suis même pas sûre de comprendre ce que ça signifie.

— C'est assez compliqué, dit Wade, vous ne pensez pas, Frank ?

— Quand on discute avec des sportifs ou des entraîneurs comme je le fais, ils ne parlent que de ça, surtout les pros. Dans le base-ball, dans le football. Tout le monde a un rôle à jouer, vous disent-ils, et si quelqu'un ne veut pas jouer son rôle, alors il n'a pas sa place dans l'équipe.

— Ça me paraît normal, Frank, dit Lynette.

— Tout ça, c'est rien que des conneries. (Cade grimace d'un air malheureux en fixant ses mains posées sur la table.) C'est des couillons, tous autant qu'ils sont. I' sont incapables de reconnaître une équipe, même si elle leur mordait le cul. I' s'prennent tous pour des divas. Et puis la moitié sont des pédés.

— Voilà un commentaire vraiment intelligent, Cade, intervient Vicki. Merci beaucoup pour ton avis si pertinent. J'espère que tu vas continuer à nous faire part de ta philosophie.

— Ce n'était pas très gentil, Cade, renchérit Lynette. Frank expliquait quelque chose.

— Pffftt, fait Cade en levant les yeux au ciel.

— Est-ce une nouvelle langue que tu as apprise en travaillant sur les bateaux ? dit Vicki.

— Bon, sérieusement, Frank, dit Wade.

Il a toujours les coudes posés sur la table comme un juriste. Il a trouvé un os sur lequel il reste encore un peu de viande, et il n'est pas près de le lâcher.

— Je crois que Lynette a eu raison de dire ce qu'elle a dit. (Oublions pour l'instant l'opinion de Cade.) J'aimerais vous demander ce que vous avez appris de concret en travaillant sur cette idée d'équipe ? Quand je bossais sur les puits de pétrole, c'était exactement comme ça que nous fonctionnions. En équipe. Et je peux vous dire que ça marchait du tonnerre.

— Eh bien, c'est peut-être une remarque sans intérêt, mais ces gars-là se servent du concept d'équipe comme d'une machine, Wade. Ça ressemble trop à l'un de vos puits de pétrole. Ça laisse de côté tout ce qui concerne le joueur — s'il va jouer ou ne pas jouer ; bien ou pas très bien. Se donner à fond, ou pas. Pour ces gars-là, les membres de l'équipe ne sont que des rouages de la machine. Mais ils oublient qu'un joueur doit décider de faire ça tous les jours, et que les hommes ne travaillent pas comme des machines. Je ne crois pas que ce soit de la folie, Wade. Simplement, c'est une idée du XIXe siècle — les dynamos et toutes ces bêtises —, et ça ne me plaît pas vraiment.

— Mais en fin de compte, le résultat est le même, non ? demande sérieusement Wade. C'est notre équipe qui gagne.

Il me fixe avec gravité.

— Si tout le monde tombe d'accord pour vouloir ça, c'est ce qui se passe. A condition qu'ils jouent assez bien et assez longtemps. Ce sont les *si* qui m'intéressent, Wade. Et puis je me demande si tout le monde tombe vraiment d'accord. Nous croyons que trop de choses vont de soi. Et si je n'ai pas vraiment envie de gagner, ou si je ne peux pas ?

— Alors vous ne devriez pas faire partie de l'équipe. (Wade paraît très perplexe, et je le comprends). Peut-être que nous sommes d'accord sans que je le sache, Frank ?

— C'est rien que des Négros qui se paient des gros salaires et se cament à longueur de journée, s'écrie Cade. J'crois que si les bons citoyens portaient une arme sur soi, tout irait bien mieux.

— Oh, bon Dieu. Vicki lance sa serviette sur la table et regarde vers le salon.

— C'est qui, le bon Dieu ? blague Cade d'un air stupide.

— Vous pouvez très bien sortir d'ici, Cade Arcenault, dit Lynette sur un ton raide et sans réplique. Retournez donc vivre avec les hommes des cavernes. Dis-le à Cade, Wade. Il peut quitter la table.

— Cade. (Wade fusille son fils du regard.) Je te prie de la boucler.

Mais Cade ne peut s'empêcher de ricaner bêtement comme un voyou, de croiser ses gros bras en se balançant sur sa chaise et de serrer les poings avec une expression haineuse. Wade serre aussi les poings et les fait lentement aller et venir l'un contre l'autre, tandis que son regard se concentre sur l'étendue blanche de la nappe. Il réfléchit toujours aux équipes, à l'élément mystérieux qui soude tous ces joueurs ensemble. Je pourrais continuer sur ce sujet jusqu'à ce qu'il soit l'heure de rentrer chez moi, bien que cela commence à me mettre vaguement mal à l'aise.

— Ce que vous me racontez donc, Frank — dites-moi si j'ai mal compris —, c'est que cette conception (Wade hausse les sourcils et me sourit d'un air béat) ne tient pas compte de l'élément humain. C'est bien ça ?

— Tout à fait, Wade.

J'opine vigoureusement. Wade a traduit mon point de vue dans son vocabulaire. Et comme un bon fils, je suis content d'abonder dans son sens.

— Une équipe, c'est vraiment un sujet qui m'intrigue, Wade. C'est un événement, pas une chose. C'est le temps, mais pas une montre. On ne peut pas réduire ça à la mécanique ou à des rôles.

Wade hoche la tête en se tenant le menton entre pouce et index.

— Oui, oui. Je crois comprendre.

— La manière dont tous ces gars en parlent aujourd'hui, Wade, laisse de côté l'idée du héros, une conception à laquelle, personnellement, je n'ai pas encore renoncé. Ty Cobb, par exemple, n'aurait jamais accepté de jouer un rôle défini à l'avance.

Je lance à Cade un coup d'œil plein d'espoir, mais son regard vague déborde de mépris. Les muscles de mon genou commencent à se contracter sous la table.

— Moi aussi, je crois aux héros, dit Lynette avec un regard inquiet.

— Ils laissent aussi de côté le fait que les plus grands joueurs, les Ty Cobb et les Babe Ruth, n'ont pas toujours joué aussi bien qu'ils auraient dû. Leur jeu au sein d'une équipe était différent, Wade. Ils ne devenaient pas un rôle ou un rouage de machine.

— Je crois que je comprends, Wade, intervient Lynette en hochant la tête. Il dit que les sportifs ne sont pas très intelligents.

— Tu as très bien compris ce que dit Frank, ma chérie, répond sombrement Wade. Parfois, ça suffit ; et parfois, non.

Je regarde mon assiette que j'ai remplie une deuxième fois, mais à laquelle je ne toucherai plus — la graisse coagulée, la tranche d'agneau pâle et dure comme un gros copeau de bois, les petits pois et les brocolis froids.

— Quand j'arrive à expliquer cela dans la rubrique *L'avis de nos rédacteurs*, lue par cinq cent mille personnes, alors j'ai l'impression d'avoir dit l'essentiel. Les grands événements de notre époque, comme vous disiez tout à l'heure. Je ne vois pas ce que je pourrais faire d'autre après cela.

— Pour moi, la vie n'a rien à offrir de mieux, dit Lynette en pensant probablement à autre chose.

Ses yeux verts au regard brillant procèdent à un tour de table pour voir si tout le monde a fini.

Dans la cuisine, la cafetière électrique cliquette, puis gicle, puis soupire comme un poumon d'acier, et je respire une bouffée inattendue de Cade, qui sent le lubrifiant et la fureur postadolescente. Il n'est pas à son aise ici. Sa brève existence — entre Dallas et Barnegat Pines — n'a pas été particulièrement agréable jusqu'ici, et il le sait. Mais à mon très modeste regret, je ne peux rien faire pour lui. Ma future lettre de recommandation et nos excursions de pêche à trois ne lui font ni chaud ni froid. Peut-être m'arrêtera-t-il même un jour pour excès de vitesse, et nous aurons alors la discussion que nous ne pouvons pas avoir aujourd'hui, d'homme à homme et sur les problèmes cruciaux — le patriotisme et le classement du championnat de base-ball, sujets brûlants qui, cet après-midi, entraîneraient une rixe au bout de deux secondes. Tout ira mieux pour Cade lorsqu'il aura boutonné son uniforme et qu'il se retrouvera au volant de sa voiture noir et blanc. De naissance, dirait-on, c'est un légaliste forcené, mais il a peut-être bon cœur. Il y a sans doute des êtres meilleurs que lui sur terre, mais il en existe aussi de bien pires.

Vicki baisse les yeux vers son assiette pleine, mais les relève soudain pour me gratifier d'un regard noir. Comme je m'en doutais, les nuages s'amassent à l'horizon. J'ai trop parlé à son gré ; pis, j'ai dit ce qu'il ne fallait pas dire. Pis encore, j'ai péroré comme un vieil oncle soûl avec une voix qu'elle n'a jamais entendue, une espèce d'accent gouailleur que j'emploie parfois au bureau et qui me fait toujours frémir lorsque je l'entends au magnétophone. Elle considère peut-être tout cela comme une trahison, une intimité couverte de ridicule, une illusion envolée, qui transforment le doute en animosité. Nos propres discussions sont toujours blagueuses et ironiques, nous passons toujours d'une chose à l'autre — l'intimité, le sexe et le plaisir, tout cela nous appartient en un clin d'œil. Mais je viens peut-être de quitter le domaine de ce qu'elle croit savoir, de ce qui la rassure, pour devenir une espèce de prétentieux qu'elle ne connaît pas, mais dont elle se méfie d'instinct. Aucune trahison n'est pire que celle de la voix. Les femmes ne vous la pardonnent pas. X m'entendait parfois dire quelque chose — un détail aussi innocent que de prononcer *Wis-consin* au lieu de *Wisconsin* ; elle me gratifiait alors d'un regard méfiant et rapace, devenait d'une humeur massacrante et tournait dans la maison pendant une bonne vingtaine de minutes.

— Tu as dit quelque chose qui ne te ressemblait pas, avouait-elle enfin. Je ne me rappelle pas ce que c'était, mais d'habitude tu ne parles pas ainsi.

Je ne savais évidemment pas quoi lui répondre, sinon que cela me ressemblait sans doute puisque je l'avais dit.

Je devrais néanmoins savoir qu'aller passer un jour férié ou des vacances chez quelqu'un est une mauvaise idée. Les vacances en compagnie d'inconnus tournent régulièrement en eau de boudin, sauf dans de lointaines gares ferroviaires, des chalets de ski du Vermont, ou aux Bahamas.

— Qui prend du café ? demande Lynette d'une voix allègre. J'ai aussi du déca.

Elle débarrasse la table avec adresse et rapidité.

— Non, marmonne Cade en s'éloignant d'un air pataud.

— On dit non merci, Cade, rétorque Lynette.

Elle franchit la porte de la cuisine, les bras chargés de plats. Elle se retourne pour manifester sa colère à Cade, puis elle remarque Wade, assis avec une expression distraite et béate sur son visage carré, les paumes sur la nappe, en train de rêvasser au concept d'équipe et aux grands problèmes mondiaux. Elle ne mâche pas ses mots pour faire comprendre son point de vue à Cade Arcenault, puis elle disparaît par la porte, laissant entrer dans la salle à manger de nouveaux effluves d'un café très fort.

Wade est galvanisé ; il nous gratifie, Vicki et moi, d'un sourire machinal, puis il se lève au bout de la table, l'air minuscule et gêné avec son veston sport mal coupé et son affreuse cravate — évidemment un cadeau de la famille ou des collègues du péage désireux de lui faire une blague. Il s'en est affublé en signe de bonne humeur, mais celle-ci l'a temporairement abandonné.

— Je crois que j'ai une ou deux choses à faire, annonce-t-il piteusement.

— Ne va pas voler dans les plumes de ce gamin, menace Vicki en un chuchotis. (Ses yeux se réduisent à deux fentes pleines de fureur.) La vie n'est pas une partie de plaisirs pour lui non plus.

Wade me regarde avec un sourire résigné, et une fois encore je l'imagine scrutant une chambre d'hôpital vide d'où il ne ressortira que les pieds devant.

— Cade va bien, ma fille, dit-il en souriant ; puis il s'éloigne pour retrouver Cade, qui est sans doute déjà au fond d'une chambre carrée donnant dans un couloir situé à un autre niveau de la maison.

— Ça va aller, dis-je d'une voix douce et assurée, destinée à me remettre sur les rails de l'intimité. Il y a simplement trop de gens nouveaux dans l'existence de Cade. A sa place, je ne réagirais pas mieux que lui.

Je souris et hoche la tête d'un air convaincu.

Vicki hausse un sourcil — je suis un étranger parfaitement inexpert dans ses affaires de famille, un intrus dont elle a autant besoin que d'un deuxième nombril. Elle ne cesse de tourner et de retourner une cuillère entre ses doigts comme un rosaire. Le col de sa robe en jersey rose s'est un peu déplacé sur le côté, découvrant sa bretelle de soutien-gorge blanc. Ce spectacle m'inspire soudain, et je préférerais m'occuper de sa lingerie plutôt que de discutailler ainsi — même si tout est de ma faute.

— Ton père est un type formidable, dis-je d'une voix qui s'adoucit à chaque mot.

Je devrais rester silencieux, jouer un rôle complètement différent, feindre quelque souci secret pour faire contrepoids à son attitude. Mais j'en suis tout bonnement incapable.

— Il me fait penser à un grand sportif. Je suis certain qu'il ne fera jamais de dépression nerveuse.

Lynette entrechoque assiettes à dessert et tasses à café dans la cuisine. Elle nous écoute, et Vicki le sait. Tout ce que nous dirons échappera désormais au tête-à-tête.

— Papa et Cade devraient vivre seuls tous les deux ici, répond Vicki avec mépris. Il n'aurait jamais dû se laisser embobiner par cette femme. Ils devraient vivre en célibataires endurcis et se payer du bon temps tous les deux.

— J'ai l'impression qu'il est plutôt heureux.

— Me fais pas la leçon sur papa, s'il te plaît. Toi, je te connais assez bien, pas vrai ? Mais *lui*, je le connais encore mieux que toi ! (Son regard étincelle de haine.) Qu'est-ce que c'est que toutes ces bêtises qui te font jacasser comme une pie ? Le patriotisme. Le concept d'équipe. On aurait dit un prêcheur. Je me suis sentie humiliée.

— Ce sont des choses auxquelles je crois. Si tu veux mon avis, les gens devraient y penser plus souvent.

— Si tu veux le mien, tu devrais garder tout ça pour toi. Je ne supporte pas ça.

Elvis Presley arrive alors à la porte du salon et lève les yeux vers moi. Il a entendu quelque chose qui ne lui plaît pas, et il a l'intention de découvrir si j'en suis responsable.

— Pour tout te dire, je n'aime pas les hommes, déclare Vicki en fixant sa cuillère d'un œil mauvais. Vous êtes incapables d'être contents pendant plus de dix minutes. Everett comme toi. On dirait des pauvres malheureux perpétuellement angoissés. Par-dessus le marché, vous vous sentez coupables de votre malheur.

— Je crois que c'est toi qui es malheureuse.

— Ah ouais ? Mais c'est toi qui es incapable d'être heureux. Tu détestes tout.

— Je suis assez heureux. (J'affiche un grand sourire, mais de fait je me sens en pleine déconfiture.) Tu me rends heureux. Je le sais. Inutile de dire le contraire.

— Ah la la... Voilà que ça le reprend. J'aurais jamais dû te parler de ton ex et de Machinchose. Tu n'arrêtes pas de faire la tête depuis.

— Je ne fais la tête à personne. Je me fiche complètement de ce que tu m'as dit tout à l'heure.

— Tu parles. Tu aurais dû voir ta binette à ce moment-là.

— Regarde-la maintenant, ma binette.

Je souris d'une oreille à l'autre, même s'il est impossible de mettre en valeur sa propre bonne humeur sans aussitôt l'entamer, la détruire et se laisser envahir par la colère. Elvis Presley, qui en a assez vu, retourne derrière le canapé.

— Et si on se mariait, tous les deux ? dis-je. Ce serait une bonne idée, non ?

— Non, parce que je ne t'aime pas assez pour ça.

Elle détourne les yeux. D'autres bruits de vaisselle résonnent dans la cuisine. On pose bruyamment des tasses sur des soucoupes. Très loin, dans une pièce que j'ignore, un téléphone sonne doucement.

— Allons bon, maintenant, c'est le téléphone, dit Lynette sans s'adresser à personne.

La sonnerie s'arrête.

— Mais bien sûr que si, dis-je gaiement. Tout ça, c'est du vent. D'ailleurs, je vais m'agenouiller devant toi.

Je tombe à genoux, puis contourne la table vers l'endroit où elle est assise ; ses jambes splendides sont croisées, gainées d'un collant.

— Voici un homme à genoux qui te supplie d'accepter de l'épouser. Il te sera fidèle, il sortira la poubelle tous les soirs, il fera la vaisselle et préparera les repas, ou au moins il paiera quelqu'un pour le faire. Comment peux-tu refuser ?

— Ça n'est pas si difficile de dire non, répond-elle en pouffant de rire, gênée pour une raison que j'ignore.

— Frank ?

Mon nom. Syllabe inattendue. Proférée quelque part dans les recoins inexplorés de la maison. La voix de Wade. Cade et lui veulent sans doute que je monte regarder la fin du match des Knicks — une fois encore, les vingt dernières secondes seront décisives. Mais rien ne pourrait m'arracher à la compagnie de Vicki. Je ne badine pas.

— Oh, Wade, lancé-je toujours agenouillé dans ma posture de soupirant devant sa fille ravissante.

Encore quelques roucoulades comiques, nous éclaterons de rire tous les deux, et j'aurais regagné ses faveurs. Pourquoi refuserait-elle ma proposition ? Mon *toujours* n'a pas besoin d'être éternel. Je suis prêt à sauter le pas, aussi nerveux que le plongeur au sommet de sa falaise. Et si jamais la situation se dégrade au fil du temps, nous pourrons tous deux remonter sur cette falaise, prêts à un nouveau plongeon. La vie est longue.

— On vous demande au téléphone, s'écrie Wade. Vous pouvez répondre ici, dans notre chambre à Lynette et à moi.

Wade paraît dégrisé, c'est une présence pitoyable en haut de l'escalier. Une porte se referme doucement.

— Qui est-ce ? demande Vicki d'une voix sèche, en tirant sur sa jupe rose comme si nous venions d'être surpris en train de nous prodiguer d'ardentes caresses. Sa bretelle de soutien-gorge est maintenant entièrement visible.

— Je ne sais pas.

Je me sens terrifié à l'idée d'avoir oublié une échéance importante et de devoir maintenant affronter un désastre. Un article que je devais écrire, mais qui m'est complètement sorti de la tête ; à New York, tous les gens du bureau sont sens dessus dessous pour me retrouver. Ou peut-être un rendez-vous de Pâques, pris il y a des mois, et que j'ai oublié ; mais je ne connais personne assez bien pour avoir pris un tel rendez-vous. J'abandonne donc cette fausse piste. Sur le genou soyeux de Vicki, je plante un bref baiser synonyme de retour, je me relève, puis entame mon enquête.

— Ne bouge pas, dis-je.

La porte de la cuisine s'ouvre au moment précis où je m'éloigne.

A l'étage, un petit couloir sombre, couvert de moquette, aboutit à des toilettes où la lumière est allumée. Il y a deux portes fermées d'un côté, mais de l'autre, une porte est ouverte et une lumière bleuâtre filtre dans l'entrebâillement. J'entends un thermostat se mettre en marche devant moi, puis le chuintement de l'air pulsé.

J'entre dans le sanctuaire nuptial de Wade et de Lynette, où la lumière bleutée provient d'une lampe de chevet. Le lit aussi est bleu, c'est un immense lit à baldaquin, aussi vaste qu'un lac paisible, recouvert d'un dessus de lit froncé. Tout est parfaitement à sa place. On a passé l'aspirateur sur les tapis. Le miroir de la coiffeuse brille, immaculé. Pas de sous-vêtements ni de chaussettes jetés sur le tête-à-tête bleu, à côté de la fenêtre qui donne sur le canal balayé par le vent. La porte du cabinet de toilette est hermétiquement close. Je repère une odeur discrète de poudre de riz. Cette chambre est le lieu idéal où diriger un inconnu qui reçoit un coup de téléphone.

Le combiné est posé sur la table de chevet, son voyant rouge brille faiblement.

— Allô, dis-je sans avoir la moindre idée de la voix que je vais entendre, puis je me laisse couler dans le silence feutré de l'attente.

— Frank ?

C'est la voix de X, solennelle, sociable, rassurante. Je suis aussitôt ravi de l'entendre. Mais elle a une nuance insaisissable. Une harmonique appartenant à l'au-delà du langage, qui explique pourquoi elle est la seule à pouvoir m'appeler.

Je sens un froid glacial m'étreindre la plante des pieds.

— Qu'y a-t-il ?

— Tout va bien, répond-elle. Tout le monde va bien. Il n'y a pas de problèmes ici. Non, en fait tout le monde ne va pas bien. Un certain, voyons, Walter Luckett est mort, à ce qu'il paraît. Je ne crois pas le connaître. Pourtant, ce nom m'est familier, mais impossible de savoir pourquoi. Qui est-ce ?

— Comment ça, il est mort ? (La confiance m'envahit à nouveau.) J'étais avec lui hier soir. A la maison. Il ne peut pas être mort.

Elle pousse un soupir dans le récepteur, un silence buté occupe la ligne. J'entends la voix de Wade Arcenault, douce et évocatrice, qui parle à son fils de l'autre côté du couloir, derrière une porte fermée. Une télévision marmonne en arrière-fond sonore. Bruit de foule étouffé, sifflet lointain d'un arbitre.

— Maintenant, pour l'amour du Ciel… s'écrie soudain Wade.

— Eh bien, reprend calmement X, la police a téléphoné ici il y a environ une demi-heure. Ils croient qu'il est mort. Il y a une lettre. Qu'il t'a laissée.

— Que veux-tu dire ? fais-je, stupéfait. A t'entendre, on croirait qu'il s'est suicidé.

— Il s'est tiré une balle dans la tête, m'a dit le policier, avec un fusil de chasse.

— Oh non.

— Sa femme n'est pas là, manifestement.

— Elle est à Bimini, avec Eddie Pitcock.

— Hmm, fait X. Eh bien...

— Eh bien quoi ?

— Rien. Excuse-moi de t'avoir appelé. J'ai écouté ton message sur le répondeur.

— Où sont les enfants ?

— Ici. Ils sont inquiets, mais ce n'est pas de ta faute. C'est Clary qui a répondu quand la police a appelé. Tu es avec qui-tu-sais ? (Expression typique du Michigan pour signifier l'indifférence.)

— Vicki.

Vicki-tu-sais.

— Je me demandais juste.

— Walter est passé à la maison hier soir, et il est resté tard.

— Oui, dit X, je suis désolée. C'était l'un de tes amis, alors ?

— Sans doute.

Dans la chambre de Cade, quelqu'un claque trois fois des mains, très fort, puis siffle.

— Ça va, Frank ?

— Je suis sous le choc.

Je sens le bout de mes doigts se refroidir. Je me laisse aller en arrière sur le dessus de lit soyeux.

— Les policiers veulent que tu leur téléphones.

— Où était-il ?

— A deux rues d'ici. Au 118 Coolidge Street. J'ai même peut-être entendu la détonation. Ce n'est pas très loin.

A travers le ciel de lit, je regarde un plafond absolument bleu.

— Que faut-il que je fasse ? Tu me l'as déjà dit ?

— Appelle un certain sergent Benivalle. Tu te sens bien ? Tu veux que je vienne te chercher quelque part ?

Cade lance un éclat de rire rauque et bruyant de l'autre côté du couloir.

— Est-ce que c'est pas la vérité, bordel ! dit Wade, très excité. Jamais vu un truc pareil, je te jure.

— J'aimerais bien que tu me retrouves quelque part, dis-je en un murmure. Mais il faudra que je te rappelle.

— Où diable es-tu donc ?

(Cela, dans son ancien style d'amante courroucée : « Que *diable* vas-tu encore aller chercher ? » « Où *diable* était-tu passé ? »)

— A Barnegat Pines, dis-je doucement.

— Ah bon.

— Je peux passer te voir ?

— Tu peux venir ici si tu en as envie. Bien sûr.

— Je viens dès que je saurai à quoi m'en tenir.

Je ne sais vraiment pas pourquoi je chuchote ainsi.

— Appelle la police, d'accord ?

— D'accord.

— Je sais que je ne t'annonce pas de bonnes nouvelles.

— J'ai du mal à réfléchir. Pauvre Walter.

Sur le plafond bleu pâle, j'aimerais reconnaître quelque chose. Presque n'importe quoi me suffirait.

— Passe me voir à ton retour, Frank.

Mais il n'y a bien sûr rien à voir au-dessus de moi.

— D'accord, dis-je.

X raccroche sans rien ajouter, comme si prononcer mon prénom revenait à me dire : « Au revoir. Je t'aime. »

J'appelle les renseignements pour avoir le numéro de la police de Haddam, un numéro que je compose aussitôt.

En attendant qu'on me réponde, j'essaie de me souvenir si j'ai déjà rencontré le sergent Benivalle, bien que le contraire soit invraisemblable. J'ai rencontré toute la bande des flics à l'hôtel de ville. Dans le cours normal de l'existence, ils sont aussi inévitables et familiers que des bagages.

— Mr. Bascombe, me dit une voix précautionneuse. C'est bien ça ?

— Oui.

Je le reconnais tout de suite — un gros détective au torse massif, aux petits yeux et au visage tavelé par l'acné. C'est un homme aux mains douces et épaisses, dont il s'est servi pour prendre mes empreintes digitales lors du cambriolage de notre maison. Malgré les années écoulées, je me rappelle leur douceur. Je garde le souvenir d'un brave type, bien que je sache qu'il ne se souvient sans doute pas de moi.

Le sergent Benivalle donne l'impression de parler dans un dictaphone. Il considère la mort et la survie comme un déménageur envisagerait deux gros pianos — des objets encombrants, une tâche quotidienne qui s'arrête à cinq heures.

D'une voix parfaitement indifférente, il m'explique qu'il aimerait que je vienne identifier « le décédé ». Personne dans le voisinage n'accepte de le faire, et je m'y résous à contrecœur. Yolanda est injoignable à Bimini, mais cela ne paraît pas l'inquiéter outre mesure. Il faudra qu'il me donne un fax de la lettre de Walter, car il doit conserver l'original en tant que « pièce à conviction ». Comme Walter a laissé une autre lettre destinée à la police, toute machination est exclue. Walter s'est suicidé, m'annonce-t-il, en se faisant sauter la cervelle avec un fusil de chasse, et cela a dû se passer vers une heure de l'après-midi (je jouais au croquet sur la pelouse). Il a fixé le fusil, m'apprend le sergent Benivalle, sur son poste de télévision et a bricolé la télécommande pour appuyer sur la détente du fusil. La télé était allumée quand les gens sont arrivés — le match de Richfield entre les Knicks et les Cavaliers.

— Maintenant, Mr. Bascombe, dit le sergent en adoptant une voix plus intime (je l'entends brasser des papiers, souffler de la fumée dans le récepteur. Je le devine assis à un bureau métallique, l'esprit absorbé par d'autres délits, d'autres événements plus importants. C'est aussi Pâques là-bas, après tout), puis-je vous poser une question personnelle ?

— Quoi donc ?

— Eh bien... (Papiers déplacés, un tiroir métallique qu'on referme.) Est-ce que vous et ce Mr. Luckett, étiez, euh, intimes ?

— Vous voulez savoir si nous nous sommes querellés ? Non.

— Non non, hmm, je ne parle pas de ça. Je veux dire, aviez-vous une liaison... sentimentale ensemble ? Ça nous aiderait de le savoir.

— Pourquoi est-ce que ça vous aiderait de savoir ça ?

Le sergent Benivalle soupire, sa chaise grince. Il souffle à nouveau sa fumée dans le récepteur.

— Juste pour rendre compte de, euh, l'événement en question. C'est un détail. Vous n'êtes bien sûr pas obligé de répondre.

— Non, dis-je. Nous étions simplement amis. Nous appartenions tous les deux à un club de divorcés. Votre question me paraît très indiscrète.

— L'indiscrétion est mon métier, Mr. Bascombe.

Des tiroirs s'ouvrent et se ferment.

— Évidemment. Mais je ne vois pas très bien où est le problème.

— Ça va, merci, dit le sergent Benivalle d'une voix lasse (je ne comprends pas davantage ce qu'il veut dire par là). Si je suis absent, demandez donc la copie de la lettre au préposé de garde. Et puis annoncez-vous, pour que vous puissiez, euh, identifier le décédé. D'accord ?

Sa voix est soudain pleine d'allégresse.

— Très bien, dis-je avec mauvaise humeur.

— Merci, dit le sergent Benivalle. Bonne journée.

Je raccroche.

Mais ce n'est certes pas une bonne journée, et ça ne risque pas de le devenir. Ce dimanche de Pâques a tourné à la pluie, aux chamailleries et à la mort. Impossible désormais de le sauver du désastre.

— Quoi-oi-oi-oi ? s'écrie Vicki, toute choquée et scandalisée d'apprendre la mort d'un homme qu'elle n'a jamais rencontré, son visage soudain creusé en une expression peinée, incrédule et blasée.

— Quoi ? Oooh non-on-on-on, brâme Lynette qui fait deux fois le signe de croix à toute vitesse, figée sur le seuil de la cuisine. Le malheureux, le malheureux.

Je leur ai seulement annoncé qu'un de mes amis venait de mourir et que je devais rentrer immédiatement. Il y a des beignets aux pommes et des tasses de café brûlant un peu partout, mais Wade et Cade sont toujours en haut à régler leurs affaires.

— Bien sûr, dit Lynette avec sympathie. Vous feriez bien de partir tout de suite.

— Veux-tu que je t'accompagne ? me propose Vicki, que cette idée fait curieusement sourire.

Pourquoi ai-je l'impression que Lynette et elle ont soudain fait alliance tandis que j'étais au téléphone ? Et que leur connivence nouvelle exclut tant les vieux griefs que moi-même ? La famille serre brusquement les rangs pour me laisser dans le froid. C'est là le revers de la médaille des familles élargies — leur capacité à passer d'un désastre à un autre. (Saloperie !) Après mon départ, ils tisonneront le feu, sortiront les partitions et chanteront en chœur leurs vieux airs préférés. Je suis demandé ailleurs au pire moment, avant qu'ils comprennent vraiment à quel point ils m'apprécient, et combien ils désirent que je reste définitivement avec eux. La mort, intruse malfaisante, a procédé à son attaque préventive. Son odeur visqueuse se répand autour de moi. Je la repère parfaitement dans l'atmosphère nouvelle.

— Non, dis-je. De toute façon, tu n'aurais rien à faire. Autant que tu restes ici.

— C'est l'heure de la vérité divine, n'est-ce pas ? (Vicki se lève pour se poster près de moi sous l'arcade de la salle à manger, entrelaçant son bras au mien.) Je vais quand même te raccompagner.

— Lynette...

Je voudrais lui dire au revoir et la remercier, mais à l'autre bout de la table elle agite déjà une cuillère dans ma direction.

— Pas un mot de plus, Franky Bascombe. Allez donc retrouver votre ami qui a besoin de vous.

— Dites à Cade et à Wade que je suis désolé.

Je n'ai pas la moindre envie de partir, je désire rester ici pour chanter *Edelweiss,* puis somnoler dans un fauteuil pendant que Vicki rêvasse en se limant les ongles.

— Désolé de quoi ? Que se passe-t-il donc ?

Wade a entendu notre conversation et a quitté la chambre de son fils pour aller aux nouvelles. Il se dresse maintenant en haut des marches, penché vers nous comme s'il allait s'envoler.

— Je t'expliquerai tout ça plus tard, Wade, dit Lynette en portant l'index à ses lèvres.

— Vous ne vous êtes pas chamaillés, tous les deux, au moins ? (Wade a l'air décontenancé.) J'espère que personne n'est en colère. Pourquoi partez-vous, Frank ?

— Son meilleur copain est mort, voilà tout, répond Vicki. Il vient d'apprendre la nouvelle au téléphone.

Il est clair qu'elle désire me voir filer au plus vite, et qu'elle va appeler le crétin du Texas avant que j'aie glissé ma clé dans la serrure de la voiture.

Pourtant, qu'ai-je donc fait de si grave ? Une promesse de bonheur peut-elle sombrer corps et biens à cause d'une intonation de voix qu'on n'a pas appréciée ? Les sentiments humains seraient-ils donc à ce point fragiles ? Les miens connaissent moins de fluctuations imprévisibles.

— Wade, je suis vraiment désolé de tout ça.

Je lève le bras le long de l'escalier pour lui serrer la main. Nous sommes aussi stupéfaits l'un que l'autre.

— Moi aussi, Franky. J'espère que vous reviendrez bientôt ici. Nous serons toujours là.

— Il reviendra, intervient Lynette. Vicki va y veiller.

(Vicki reste silencieuse sur ce sujet.)

— Dites au revoir à Cade, dis-je.

— D'accord.

Wade descend les quelques marches pour me poser une main sur l'épaule, et nous échangeons une accolade virile.

— La prochaine fois, on ira pêcher ensemble, dit Wade avec un petit rire gêné.

Il a presque l'air éméché.

— D'accord, Wade.

Dieu sait que cela me plairait. Mais ça n'arrivera jamais, et je ne reverrai jamais son visage en dehors du péage. Nous n'entrerons jamais à La Langouste rouge, affamés comme des loups, nous ne serons jamais amis comme je l'avais espéré — d'une amitié propre à durer toute une vie.

Je leur dis au revoir à tous.

Sur la pelouse, tout ce que je vois, y compris nos arceaux de croquet abandonnés, paraît mort, gris, fondu au royaume des ombres. Je reste là dans les bourrasques pour regarder la courbe déserte d'Arctic Spruce jusqu'à l'endroit où les maisons me cachent la rue, toutes ces plantations d'arbrisseaux chétifs, ces maisons à demi-étages et parfaitement isocèles. Wade Arcenault a de la chance de vivre ici, mais la présence de cet univers me flanque un cafard noir.

Vicki sait bien que je traîne, que je prends tout mon temps pour tripoter la poignée de ma portière en attendant qu'elle s'ouvre comme par magie.

Elle est muette de stupéfaction. Quant à moi, je pourrais parler jusqu'à minuit, si je croyais avoir ainsi une chance de regagner le terrain perdu.

— Si on allait tout de suite dans une chambre de motel ? (Je m'oblige à lui sourire.) Tu ne connais pas Cape May. On pourrait se payer une soirée formidable.

— Et ton vieux pote qui vient de mourir ? Herb ? (Vicki lève le menton d'un air arrogant.) Tu l'as oublié ?

— Walter. (Elle a réussi à me gêner.) Il ne peut plus aller nulle part, lui. Mais moi, je suis toujours vivant. Frank figure toujours parmi les vivants.

— A ta place, j'aurais honte, dit Vicki en ouvrant la portière en grand entre nous.

C'est maintenant un vent d'hiver qui souffle autour de nous. Le front de la dépression est passé très vite, nous laissant un temps froid et gris de printemps. Dans trente secondes, Vicki sera partie. C'est ma dernière chance.

— Eh bien, moi, je n'ai pas honte, dis-je très fort dans le vent. Moi, je ne me suis pas suicidé. Je veux partir avec toi et que tu me laisses t'aimer. Et demain, nous allons nous marier.

— Certainement pas.

Elle regarde sombrement le caoutchouc noir autour de la vitre de la portière ; son ongle écarlate en arrache un fragment.

— Pourquoi pas ? Moi, je le désire. Hier, à cette heure-ci, nous étions au lit comme deux jeunes mariés. Je faisais partie des six élus à ce moment-là. Qu'est-ce qui s'est passé, bon Dieu ? Tu es devenue folle ? Il y a vingt minutes, tu semblais si heureuse d'être avec moi.

— J'suis pas devenue folle, José, répond-elle d'une voix rude.

— Je ne m'appelle pas José, bordel.

Je lance un coup d'œil au Jésus beige et ridicule de Lynette, cloué sur la façade de la maison. Il rend la vie parfaitement infernale à tous les gens qu'Il peut, et Il déteste la chaleur. Qu'Il essaie donc de ressusciter dans le monde compliqué d'aujourd'hui. Il tomberait directement de Sa croix sur le cul. Il ne serait même pas capable de vendre des journaux.

— Nous n'avons absolument pas les mêmes intérêts, à ce qu'il paraît, dit Vicki d'une voix à peine audible, en tripotant sa boucle d'oreille navajo bleue. Je m'en suis aperçue pendant le déjeuner.

— Mais moi, je m'intéresse *à toi !* m'écrié-je. Ça ne te suffit donc pas ?

Les bourrasques sont de plus en plus violentes. De l'autre côté de la maison, le Boston Whaler de Wade cogne contre le quai. Mes paroles sont déformées et emportées par le vent comme des brins de paille.

— Ça ne t'intéresse pas de te marier, dit-elle, la mâchoire crispée de certitude. Ce que tu veux, c'est t'amuser comme pendant ce week-end. Mais ça ne te permettra jamais de tenir le coup jusqu'à la mort.

— Qu'est-ce que tu veux ? Dis-le-moi et je le ferai. Je veux vivre avec toi jusqu'à ce que la mort nous sépare.

Les mots, mon meilleur refuge et mes plus vieux alliés, sont brusquement aussi impuissants que moi. Et puis, avec ce vent, ils paraissent à peine franchir ma bouche. On dirait un rêve dans lequel mes amis se retournent contre moi avant de disparaître — un rêve de gloire avorté, bref, un vrai cauchemar.

— Écoute, je vais m'intéresser au métier d'infirmière. Je lirai des ouvrages médicaux et nous pourrons parler de ton travail tous les soirs, bordel.

Vicki essaie de sourire, mais elle paraît abasourdie.

— Je ne sais vraiment pas quoi te dire.

— Dis-moi oui ! Ou au moins quelque chose d'intelligent. Je vais peut-être te kidnapper.

— Ça m'étonnerait.

Elle plisse les lèvres et fronce les sourcils en une mimique effrayante que je ne lui ai jamais vue. Elle est sans peur, si le courage est l'attitude appropriée. Mais j'aimerais surtout qu'elle soit courageusement *mienne.*

— Je ne compte pas me laisser faire, dis-je en m'approchant d'elle.

— Je ne t'aime pas assez pour t'épouser. (Exaspérée, elle lance ses poings vers le sol.) Je ne t'aime pas comme il faudrait. Alors passe ton chemin. Tu serais prêt à dire n'importe quoi, et je n'aime pas ça.

Elle a les cheveux tout emmêlés par le vent.

— Il n'y a pas de bonne manière d'aimer, dis-je. Il y a juste l'amour ou l'absence d'amour. Tu es cinglée.

— Tu vas voir, répond-elle.

— Monte dans cette voiture.

Je repousse la portière. (Elle a décidé de ne pas m'aimer, parce qu'elle redoute que je la change, mais elle ne pourrait pas se tromper davantage. Car c'est moi qui suis prêt à me laisser influencer.)

— Tu crois désirer une petite vie étriquée comme Lynette pour pouvoir ensuite te plaindre, mais je vais t'offrir une vie merveilleuse. Tu ne te doutes pas du bonheur que tu vas connaître.

Je lui adresse un grand sourire de bonimenteur et je m'approche d'elle pour la prendre dans mes bras ; mais soudain, elle me frappe en plein sur la bouche avec son petit poing rageur qui m'envoie au tapis. Je réussis à m'agripper à la portière de la voiture pour ralentir ma chute, mais elle m'a décoché un superbe crochet du gauche qui m'a cueilli de plein fouet alors que j'avançais vers elle.

— Je vais te mettre KO pour de bon, dit-elle d'une voix furieuse en serrant ses petits poings aux pouces rentrés. Le dernier type qui m'a enquiquinée, je l'ai envoyé droit au bloc opératoire.

Je ne peux pas m'empêcher de sourire. C'est la fin de tout, bien sûr. Mais c'est une fin grandiose. J'ai du sang tiède et visqueux sur la langue. (J'espère qu'aucun membre de la famille de Vicki n'a assisté à la scène et ne viendra à mon aide.) Lorsque je relève la tête, elle a reculé d'un petit pas, et à la droite de ce pauvre Jésus j'aperçois la grosse tête de Cade tournée vers moi, impassible comme un bouddha. Mais Cade compte pour du beurre, je me fiche qu'il assiste à mon humiliation. C'est une expérience qu'il a déjà vécue, il serait sans doute même prêt à sympathiser avec moi.

— Relève-toi et va voir ton copain mort, dit Vicki d'une voix frémissante et prudente.

— D'accord.

J'arbore toujours mon sourire de camelot. Il y a peut-être des étoiles et des chandelles qui clignotent autour de ma tête. Je ne suis sans doute pas en grande forme, mais je peux conduire.

— Ça ira, non ?

Elle n'avancera pas d'un pas, mais elle me jauge à distance. Je suis certain d'être pâle comme la mort, mais je n'ai pas honte de m'être fait casser la figure par une fille solide capable de retourner des hommes adultes dans leur lit et de les soutenir d'une seule main pour rejoindre des WC lointains. Cela confirme même tout ce que j'ai toujours cru sur son compte. Tout n'est peut-être pas compromis entre nous.

— Pourquoi ne m'appellerais-tu pas demain ? dis-je, à moitié relevé sur les coudes, en sentant la migraine poindre, mais arborant un sourire de bon perdant.

— Ça m'étonnerait.

Elle croise les bras comme une femme courroucée dans un dessin animé. Qui est plus nigaud que moi ? Qui a plus de mal à tirer les leçons de la vie ?

— Tu ferais mieux de rentrer, dis-je. Je ne veux pas que tu me voies me relever.

— Je ne voulais pas te frapper, dit-elle avec assurance.

— Tu parles ! Si tu avais pu, tu m'aurais mis KO. Mais tu as un poing de jeune fille.

— Ça ne m'arrive pas souvent de frapper un homme.

— Continue donc, dis-je.

— Tu es sûr que ça va ?

— Tu me téléphoneras demain ?

— Peut-être que oui, peut-être que non.

J'entends le froissement de ses bas lorsqu'elle se retourne, puis repart sur la pelouse et dans le vent, les bras écartés du corps, marchant sur la pointe des pieds pour éviter que ses hauts talons ne s'enfoncent dans la terre détrempée. Elle ne se retourne pas — elle ne doit pas le faire — et disparaît rapidement dans la maison. Cade a lui aussi quitté sa fenêtre. Je reste quelques instants assis à l'endroit où je suis tombé, près de ma voiture, les yeux levés vers les nuages qui se déchirent, en essayant d'arrêter le manège vertigineux du monde. Tout m'a paru attrayant et prometteur, mais je me demande maintenant si la vie ne m'est pas passée sur le corps comme un énorme semi-remorque, avant de m'abandonner, écrasé, au bord de la route.

11

Sur le chemin du retour, les bourrasques malmènent ma voiture et m'obligent à ralentir. Pour le temps, ç'a été un week-end exécrable ; mais qui aurait pu le prévoir vendredi matin, près de la tombe de mon fils ?

Mon itinéraire pour rentrer chez moi n'est pas très judicieux — l'autoroute, dont le paysage est tout sauf consolant, bois de pins, buttes lugubres et lointaines lignes à haute tension qui filent dans le ciel vers Lakehurst ou Fort Dix. Une pancarte de concessionnaire Pontiac ou la bulle d'un club de tennis émergent parfois des conifères en une ponctuation rare et abstraite. Je me sens sur le fil du rasoir, prêt à sombrer dans la terreur, privé de tout recul pour construire l'avenir ; j'aperçois seulement ce long horizon vide dont X m'a parlé, mais que par bêtise je n'ai pas redouté.

Toutes les voitures rentrent rapidement d'Atlantic City et des plages environnantes ; à l'embranchement de la route 98, je consulte ma carte, puis repars vers la route 9 en espérant retrouver ainsi le chemin de Haddam. Le plus gros de la dépression est maintenant passé, et des stations de radio inattendues diffusent des nouvelles tout aussi étonnantes — le menu du déjeuner du lendemain au Centre du troisième âge de South Amboy (poulet grillé et toasts à la texane) ; le temps à Kalispell et Cœur d'Alene (bien meilleur qu'ici). Sur la station féministe de New Brunswick, une femme à la voix sexy lit quelques passages scabreux du *Tropique du Cancer* — le monologue de Van Norden sur l'amour, où il compare l'orgasme à la sainte communion, avant de prier pour une femme qui est meilleure que lui.

— Trouve-moi une connasse comme toi, s'il te plaît, supplie Van Norden. Je te promets de te refiler mon boulot si tu réussis.

La lectrice stigmatise ensuite le malheureux Henry Miller à cause de son machisme, vitupérations aussitôt suivies d'une pub pour un club de rencontres situé tout près de mon bureau. Je reste à l'écoute de ce poste, jusqu'à ce que la tempête éparpille les mots, me laissant la perspective agréable sinon durable d'une pute à cent dollars qui m'attend quelque part si seulement j'avais le culot de la chercher et si l'on ne m'attendait pas déjà ailleurs. Pour accomplir des tâches sinistres. De la pire espèce.

Soudain, pendant deux minutes horribles, je procède à l'inventaire de *tout* ce qui pourrait aller mieux au cours des vingt-quatre ou trente-six heures prochaines, et je n'aboutis à rien d'autre qu'à un mirage tremblotant du visage remémoré de Selma Jassim, accompagné des heures nocturnes naguère passées à boire et à traîner au lit, en proie à une grande excitation, elle gémissant en un arabe inintelligible, et moi possédé d'une fringale animale (alors que j'aurais dû corriger les dissertations de mes élèves). Impossible, bien sûr, de me rappeler une seule de nos conversations, ou comment nous parvenions à tenir l'autre en haleine avec les vagues lambeaux de nos existences bouleversées. Mais tout est possible, et jusqu'à la passion la plus brûlante, lorsqu'on est suffisamment seul et au bout du rouleau. Une liberté rebelle attend alors ceux qui peuvent la supporter.

En revanche, je me rappelle très bien de longs soupirs modulés dans la nuit, le tintement intermittent des glaçons dans les verres, les cigarettes qu'elle fumait dans cette maison dédiée à la danse, et l'air immobile d'octobre que le désir électrifiait. Et puis, le lendemain, le long tunnel opaque, dû à la nuit blanche, ainsi que la satisfaction d'avoir tenu jusqu'à l'aube.

Je ne regrette pas un seul instant de ma liaison avec Selma, de même qu'on ne regrette pas d'avoir dévoré jusqu'à la dernière miette de tarte au mûres sur une route perdue du Wyoming, au milieu des neiges de décembre, quand personne ne sait que vous êtes là et que le soleil se couche pour la dernière fois. Le regret est exclu de tout ça, je vous l'assure (même si la connaissance parfaite que j'avais de X augmentait la distance qui nous séparait, elle et moi, me rendant rêveur et silencieux au mauvais moment).

Mais je ne suis pas un martyr du passé. Au milieu de la ville d'Adelphia, dans le New Jersey, je me gare dans le parking vide du magasin Acme pour passer un coup de fil à Providence, où j'espère qu'elle est toujours. Une voix pourrait m'aider. Mieux que quatre putes à cent dollars ou un voyage à Cœur d'Alene.

Dans la cabine téléphonique je m'appuie de tout mon poids contre le plexiglas frais, les yeux fixés sur un Caddy métallique perdu au beau milieu du parking vide, pendant que très loin l'opératrice parcourt ses listings. De l'autre côté de la chaussée asphaltée, le magasin de hamburgers est ouvert le jour de Pâques. C'est un Ground Zero Burg — une relique des années quarante, pourvue de panneaux coulissants, de larges baies vitrées et d'auvents rayés. Une seule voiture noire est garée face au bâtiment, une serveuse est penchée près de la portière pour parler au conducteur. Le ciel blanc file à toute vitesse vers l'océan. Tout peut arriver. Je le sais. Le mal rôde presque partout, et la mort est trop douloureuse pour la plupart des remèdes classiques. Je les ai presque tous essayés.

Une sonnerie, et tout de suite une réponse.

— Allô.

— Selma ?

C'est un nom inexplicable, je sais, mais qui se prononce différemment en arabe.

— Oui ?

— Salut Selma, c'est Frank. Frank Bascombe.

Silence. Stupéfaction.

— Oh oui. Bien sûr. Comment vas-tu ?

Une bouffée de cigarette dans le récepteur. Rien d'étonnant à cela.

— Bien. Je vais bien.

Je ne pourrais guère aller plus mal, mais je refuse de l'admettre. Et ensuite ? Je n'ai rien d'autre à dire. Qu'attendons-nous des autres ? L'un de mes problèmes, c'est que je ne sais absolument pas résoudre mes problèmes. Je m'en remets aux autres pour cela, même si j'aime penser le contraire.

— Alors. Ça fait combien de temps ?

Je lui dois une fière chandelle d'essayer d'entamer la conversation avec moi, chose dont je parais incapable.

— Trois ans, Selma. Oui, ça fait longtemps.

— Ah oui. Et tu écris toujours.. Qu'est-ce que tu écrivais, que je trouvais si amusant ?

— Des articles sur le sport.

— Oui, des articles sportifs. Je m'en souviens. (Elle rit.) Pas des romans.

— Non.

— Ça te rendait si heureux.

Sur la route 524 je regarde le feu passer de l'orange au rouge, et j'essaie d'imaginer la pièce où Selma est assise. Une maison désuète, blanche ou bleue, sur College Hill. Dans Angel Street ou Brown Street. La vue de la fenêtre : une belle allée d'ormes, des rues qui descendent vers l'ancienne usine, et puis la grande baie dans les lointains brumeux. Si seulement je pouvais être là-bas plutôt que dans ce parking d'Adelphia. Je serais infiniment plus heureux. Des perspectives inédites. Des possibilités palpables, telles de nouvelles montagnes. En un rien de temps, je me laisserais convaincre que la situation n'est pas si désespérée.

— Frank ? dit Selma en brisant mon silence têtu.

Je pars déjà en voilier sur la baie, je calcule force du vent et courants marins. Je peuple un autre monde.

— Quoi.

— Tu es sûr que tu te sens bien ? Tu me parais bizarre. Je suis toujours très contente d'avoir de tes nouvelles. Mais tu ne donnes pas l'impression d'aller particulièrement bien. Où es-tu au juste en ce moment ?

— Dans le New Jersey. Dans une cabine téléphonique. Une ville qui s'appelle Adelphia. Je ne suis pas en très grande forme, mais ça va. Je voulais simplement entendre ta voix, penser à toi.

— C'est très gentil. Et si tu me disais ce qui ne va pas ?

Le tintement familier d'un seul glaçon (certaines choses ne changent jamais). Je me demande si elle porte son keffieh du Fatah en ce moment, qui mettait en rage tous nos collègues juifs. (En privé, bien sûr, ils adoraient cette fantaisie vestimentaire.)

— Que fais-tu en ce moment ? dis-je en regardant de l'autre côté du parking.

Devant mes yeux, on a gravé le nom *Shelby* sur le plexiglas. Une odeur d'urine flotte dans la cabine téléphonique. Au Ground Zero Burg, la serveuse recule soudain devant la voiture solitaire, les mains sur les hanches, la bouche tordue en une expression dégoûtée. Il y a du drame dans l'air. Mais ces deux-là ne connaissent pas leur chance.

— Bah. Aujourd'hui je lis, dit Selma avec un soupir. Qu'est-ce que je fais d'autre ?

— Que lis-tu ? Je n'ai pas lu un livre depuis une éternité. Je m'en veux, d'ailleurs. Mais le dernier que j'ai lu n'était pas très bon.

— Robert Frost. Dans une semaine il faut que je fasse un cours sur cet auteur.

— C'est plutôt excitant. J'aime bien Frost.

— Excitant ? Je ne connais pas ce sentiment.

Diling, diling.

— Moi, ça me paraît excitant. Sincèrement. De toute façon, tu vas éliminer tous les *je* de son texte, n'est-ce pas ?

— Oui, bien sûr. (Un rire.) Quelles bêtises. Mais moi, il me casse les pieds. Ce n'est rien qu'un sale gosse qui se mêle d'écriture. Même s'il est parfois amusant. En tout cas, il n'est pas prolixe. Tiens, j'ai lu Jane Austen.

— Elle aussi est formidable.

Une fumée bleu et blanc jaillit soudain de sous les roues de la voiture noire, mais je n'entends rien. La serveuse, nullement impressionnée, remonte lentement sur le trottoir. La voiture recule furieusement, s'arrête, puis fonce droit sur elle, mais la fille ne prend même pas la peine de s'écarter alors que le pare-chocs avant lui fonce dessus, s'arrête brusquement et bifurque. La fille lève le bras, puis dresse le majeur à l'intention du conducteur, et la voiture repart en arrière dans un nouveau jaillissement de fumée blanche, tout du long jusqu'au parking Acme, où elle exécute un tête-à-queue tout droit sorti d'une série télé. Le conducteur est un as du volant. Adelphia est peut-être le lieu de résidence des coureurs de Formule 1.

— Dis-moi, Frank, tu es marié maintenant ?

— Non. Et toi ? Tu as trouvé ton industriel ?

— Non. (Un silence, suivi d'un rire cruel.) Des hommes me demandent en mariage... beaucoup d'hommes. Mais ce sont tous des imbéciles, et en plus ils sont pauvres.

— Et moi, alors ?

Je jette un coup d'œil imaginaire par sa fenêtre, vers la baie et la ville de Narragansett. Il y a une nuée de voiliers. C'est magnifique.

— Toi ? (Elle rit encore et boit une gorgée.) Es-tu riche ?

— Je suis toujours candidat.

— *Vraiment ?*

— Et comment !

— Eh bien, tant mieux.

Ça l'amuse — et pourquoi pas ? Elle a toujours prôné un amusement généralisé vis-à-vis du monde occidental. Mais elle ne pense pas à mal. Frost et moi ne sommes pour elle que des margoulins. Je reconnais même volontiers que je me sens légèrement mieux. Et qu'est-ce que cela me coûte ? Deux minutes de palabres facturées à mon numéro privé.

La voiture noire s'est arrêtée sur le parking Acme. C'est une longue Trans-Am, l'un de ces squales fabriqués par General Motors, doté d'un aileron arrière comme les voitures de course. J'aperçois une tête menue au ras du volant. Soudain, la fumée blanche jaillit encore derrière les gros pneus, bien que la voiture reste immobile, paraisse seulement vouloir démarrer — le conducteur enfonce sans doute la pédale des freins. Puis elle bondit littéralement en avant, laisse sur place les petits nuages de fumée et zigzague sur le parking (je suis sûr que le conducteur a un mal de chien à la maîtriser), manque de peu un lampadaire, en frôle un deuxième, puis fonce droit dans le Caddy vide qui s'envole et décrit un looping tandis que ses roulettes tournent à vide et que sa poignée en plastique explose, que le panneau rouge *Propriété des magasins Acme* bondit vers le ciel blanc et que sa carcasse métallique percute de plein fouet la cabine téléphonique où je parle à Selma installée à Rhode Island, l'État de l'Océan.

BANG — le Caddy déglingué défonce un panneau de plexiglas, toute la carcasse de la cabine tremble sous le choc, et je m'écrie :

— Bon Dieu !

— Qu'est-ce qui se passe ? demande Selma. C'était quoi, Frank ? Ça ne va pas ?

— Si, tout va bien.

— On aurait dit une explosion en pleine guerre.

Mes vêtements sont couverts de poussière, et la Trans-Am s'est arrêtée un mètre après l'endroit où elle a percuté le Caddy. Son moteur tourne au ralenti.

— Un gamin vient de heurter un Caddy avec sa voiture, et le Caddy s'est écrasé contre ma cabine téléphonique. Il y a un panneau de plexiglas cassé. C'est bizarre.

Le panneau est maintenant appuyé contre mon genou.

— J'imagine que je ne peux pas comprendre, dit Selma.

— De fait, c'est assez difficile à comprendre.

La portière de la Trans-Am s'ouvre, un jeune Noir qui porte des lunettes de soleil en descend et me regarde ; le sommet de son crâne atteint à peine le toit de la voiture. Il semble réfléchir à la distance qui nous sépare. J'ignore s'il n'a pas l'intention de continuer son cirque et de démolir la cabine téléphonique.

— Attends une seconde.

Je sors de la cabine pour qu'il puisse me voir. Je lui adresse un signe de la main, qu'il me rend avant de remonter dans sa voiture et de reculer lentement sur une vingtaine de mètres — sans raison, car il n'y a strictement personne dans ce parking —, puis il se dirige doucement vers la sortie du Ground Zero. Au moment de s'engager dans la rue, il klaxonne à l'intention de la serveuse, dont le majeur se dresse aussitôt. Évidemment, elle est blanche.

— Que se passe-t-il donc ? demande Selma. On essaie de te faire du mal ?

— Non. Il m'a raté.

Du pied, je repousse l'angle du Caddy qui a enfoncé le panneau de plexiglas. Je sens un courant d'air au niveau du genou. De l'autre côté du parking, la serveuse parle de ce qui vient de se passer avec quelqu'un. Cela ferait une excellente séquence pour « La caméra invisible », mais on peut se demander qui serait le dindon de la farce.

— Excuse-moi de te déranger et de te faire subir tout ce boucan.

Le Caddy se détache du panneau et tombe sur l'asphalte.

— Ce n'est pas grave, répond Selma en riant.

— Tu dois avoir l'impression que je vis dans le chaos et la confusion, dis-je en pensant au visage de Walter pour la première fois de l'après-midi.

Je le vois vivant, puis raide mort ; je ne peux m'empêcher de penser qu'il a commis une erreur terrible, une bêtise dont j'aurais dû lui parler, mais je n'y ai pas pensé à temps.

— Oui, c'est bien l'impression que cela fait. (Selma paraît encore amusée.) Mais ce n'est pas grave. Ça n'a pas l'air de t'ennuyer trop.

— Écoute. Si je prenais le train pour passer te voir ce soir ? Ou je pourrais venir en voiture ? Qu'en dis-tu ?

— Non. Ça ne marcherait pas.

— D'accord. (Je me sens pris de faiblesse.) Et plus tard dans la semaine ? Je ne suis pas très occupé en ce moment.

— Peut-être. Oui. (Enthousiasme mitigé pour ce projet ; qui aurait envie de boire un verre après le dîner avec moi ?) En fait, ce ne serait pas une très bonne idée de venir me voir, vraiment.

Sa voix sous-entend tout un éventail de possibilités, une kyrielle d'options plus intéressantes.

— D'accord, dis-je en réussissant à ne pas sombrer complètement. Ça me fait plaisir de pouvoir te parler.

— Oui, c'est vraiment une bonne surprise. C'est toujours *très* agréable d'avoir de tes nouvelles.

Mais voici ce que j'ai envie de lui dire : *Va te faire foutre, il n'y a pas meilleur parti au monde que moi. Ouvre les yeux. Regarde autour de toi. Rends-toi service.* Qui, pourtant, dirait cela ?

— Il va falloir que je te laisse. Je vais rentrer chez moi.

— Oui. Très bien, répond Selma. Sois prudent.

— Va te faire foutre, dis-je.

— Oui, au revoir, fait Selma (maison désuète, perspectives nouvelles, vie proprette d'universitaire, voiliers, rues ombragées, tout cela tourbillonne follement, puis disparaît soudain).

Je sors de la cabine démolie dans le vent du parking ; mon cœur bat violemment. Quelques voitures roulent lentement sur la route 524, mais la ville paraît stagner dans une apathie séculière et dominicale, que Pâques rend encore plus pesante pour le voyageur solitaire. Je me sens bizarrement idiot. Le Noir passe lentement dans sa Trans-Am, me regarde sans me reconnaître, puis se dirige vers la campagne blême, passant à l'orange vers Point Pleasant et les plages, vers d'autres filles blanches. Je remarque que son tableau de bord est couvert de fourrure blanche.

Comment au juste suis-je arrivé ici, voilà ce que j'aimerais savoir, car d'habitude, lorsque je me retrouve dans un environnement étranger, je fais le point, je me demande quelles forces m'ont amené là, si ce détour se situe néanmoins dans la droite ligne de mon existence, ou s'il s'agit seulement d'une escapade dont je n'ai pas à m'inquiéter.

Autrement dit, *quo vadis ?* Ce n'est pas une question facile. Et pour le moment, je n'ai pas de réponse.

— Dites, z'êtes mort, ou quoi ?

Une voix me parle.

Je me retourne et découvre une fille mince, au visage terne, aux hanches hypertrophiées. Son t-shirt sans manches porte le nom d'un groupe de rock, THE BLOOD COUNTS, et son jean rose accentue hors de proportion ses hanches osseuses. C'est la serveuse du Ground Zero Burg, la fille qui pointe le majeur vers le ciel dès qu'elle voit un homme. Elle est venue constater mon état.

— Je ne crois pas, dis-je.

— Vous devriez appeler les flics pour qu'ils serrent ce p'tit malfrat, dit-elle d'une voix menaçante qui se voudrait haineuse, mais réussit seulement à être vulgaire. J'ai bien vu c'qu'il vous a fait. Dans le temps, je vivais avec son frère, Floyd Emerson. Il est pas comme ça, lui.

— Il n'avait peut-être pas l'intention de faire ça.

— Hmm, dit-elle en regardant la cabine téléphonique démolie, puis le Caddy méconnaissable, et enfin moi.

Z'avez vraiment pas l'air en forme. Y a vot' genou qui saigne. Et puis vous vous êtes cogné la bouche. A vot' place, j'appellerais les flics.

— Je me suis ouvert la lèvre avant, dis-je en regardant mon genou, mon pantalon tailladé et le sang qui imprègne les rayures bleues. Je ne crois pas être gravement blessé.

— Feriez mieux de vous asseoir avant de tomber dans les pommes, reprend-elle. On dirait que vous allez clamser.

Je plisse les yeux en regardant les auvents orange du Ground Zero, qui claquent comme des fanions dans la brise, et je me sens pris de faiblesse. Cette fille, la cabine brisée, le Caddy démoli, tout cela me paraît soudain très loin. Inexplicablement loin. Une mouette crie dans le ciel blanc, et il faut que je m'appuie contre le pare-chocs de ma voiture pour conserver l'équilibre.

— Je ne vois vraiment pas pourquoi ça m'arriverait, fais-je avec un sourire, sans très bien comprendre ce que je veux dire par là.

Et pendant un bref instant, je ne me souviens plus de rien.

La fille est partie, puis revenue. Debout près de la portière de ma voiture, elle tient un grand gobelet marron et blanc en carton. Je suis assis derrière le volant, mais j'ai les pieds qui dépassent au-dessus de l'asphalte, comme la victime hagarde d'un accident de la route.

J'essaie de sourire. Elle fume une cigarette ; j'aperçois le contour de son paquet dans la poche du jean. Une forte odeur de diesel imprègne l'air.

— C'est quoi ? dis-je.

— Une bière pression. Wayne vous l'a servie. Buvez-moi ça.

— D'accord.

Je prends le gobelet couvert de mousse et je bois. La bière, douce et crémeuse, me glace agréablement les dents.

— Formidable, dis-je en glissant la main dans ma poche pour chercher de la monnaie.

— Pas la peine, c'est gratuit, fait la fille avant de regarder ailleurs. Z'allez où ?

Je bois une autre gorgée de bière.

— A Haddam.

— C'est où ?

— A l'ouest d'ici, près du fleuve.

— Mmm, le fleuve, dit-elle en observant la large rue d'un air sceptique.

Elle a environ seize ans, mais c'est difficile à dire. Je n'aimerais pas du tout que Clary lui ressemble, même si maintenant ce n'est plus de mon ressort. Mais je serais ravi que Clary soit aussi gentille que cette fille paraît l'être.

— Comment vous appelez-vous ?

— Debra. Spanelis. Votre genou est blessé. (Elle regarde en grimaçant le tissu déchiré et rougi de sang.) Faut vous nettoyer ça.

— Merci. Spanelis, c'est un nom grec, n'est-ce pas ?

— Ouais. Comment le savez-vous ?

Elle détourne les yeux et tire une bouffée de cigarette.

— L'autre soir, sur un bateau, j'ai rencontré des Grecs. Ils s'appelaient Spanelis. Des gens formidables.

— C'est un nom grec répandu, très répandu. (Elle enfonce la targette de verrouillage de la portière, puis la relève, en me lançant des coups d'œil effarés, comme si j'étais le plus rare des oiseaux exotiques.) J'ai essayé de vous trouver un pansement, mais Wayne n'en a plus. (Je ne dis rien tandis qu'elle me regarde.) Alors, hmm, que faites-vous dans la vie ?

Elle a adopté une nouvelle élocution lente et somnolente, comme si rien ne l'ennuyait davantage que d'apprendre ce que je fais dans la vie. L'endroit de ma lèvre où Vicki m'a frappé palpite comme un panaris.

— Je suis journaliste sportif.

— Hum hum. (Elle approche une hanche de la portière et s'appuie contre le métal.) Et vous écrivez sur quoi ?

— Eh bien, j'écris sur le football, le base-ball, les joueurs.

Je bois une gorgée de bière fraîche et sucrée. Je me sens vraiment mieux. Qui aurait dit qu'un simple demi suffirait à me rendre la foi et la santé, ou qu'on m'en offrirait un dans une ville aussi lugubre que celle-ci, ratatinée aux dimensions de quelques parkings, d'une librairie pour adultes, d'un drive-in délabré plus loin sur la route — restes d'une prospérité qui n'est jamais arrivée. Et de ces ruines émerge un bon Samaritain. Une Debra.

— Alors, dit-elle en scrutant à nouveau la route, plissant ses petits yeux gris comme si elle espérait apercevoir un inconnu s'approcher d'elle, vous avez une équipe préférée et tout ?

Elle ricane comme si notre conversation la gênait.

— Pour le base-ball, j'aime bien les Detroit Tigers. Mais il y a des sports que je n'aime pas du tout.

— Par exemple ?

— Le hockey.

— D'accord. C'est nul. A chaque fois c'est la bagarre et il faut interrompre le match.

— C'est bien mon impression.

— Alors, dans votre jeunesse, vous étiez sans doute champion de quelque chose ?

— J'aimais beaucoup le base-ball, mais je ne pouvais ni frapper la balle ni courir.

— Ouais. Pareil pour moi. (Absurdement, elle tire une bouffée de sa cigarette, puis exhale toute la fumée par la bouche.) Mais dites, comment vous êtes-vous intéressé à ça ? Vous avez lu quelque chose là-dessus ?

— Je suis allé à l'université. Et quand j'ai été plus vieux, rien ne m'a réussi sauf ça ; apparemment, je ne pouvais pas faire autre chose.

Debra baisse vers moi un regard soucieux. Mon bref récit ne correspond pas à sa conception du succès, laquelle n'inclut aucun problème de début de carrière. Je pourrais lui donner une leçon sacrément utile sur ce chapitre.

— Ça n'a pas l'air vraiment excitant, dit-elle.

— Pourtant, c'est *très* excitant. Une vie réussie ne suit pas forcément toujours une ligne droite jusqu'au sommet. Parfois, ça ne marche pas, et il faut changer son fusil d'épaule. Mais même quand tout va de travers, il ne faut pas s'arrêter ni se décourager. C'est le moment délicat. Si j'avais baissé les bras quand rien ne marchait pour moi, je serais un raté.

Debra soupire. Son regard descend de mon visage vers mon genou tailladé et couvert de sang, vers mes chaussures à talon plat, avant de remonter vers le gobelet humide que je tiens à deux mains. Je ne corresponds pas à l'image qu'elle se fait du succès, mais j'espère qu'elle ne va pas oublier ce que je viens de lui dire. Une miette de la vérité peut laisser une forte impression.

— Vous avez des projets ? dis-je.

Debra tire une bouffée de cigarette en levant le visage vers le ciel.

— Comment ça, des projets ?

— L'université, par exemple. Non que ce soit une obligation. C'est juste une idée comme une autre.

— J'aimerais partir travailler au parc de Yellowstone, dit-elle. J'ai entendu parler de ça.

Elle baisse les yeux vers son t-shirt BLOOD COUNTS.

Je suis aussitôt enthousiaste.

— C'est une idée formidable. Moi aussi, j'ai voulu partir bosser là-bas.

De fait, alors que je me demandais ce que j'allais faire de ma vie après mon divorce, j'ai envisagé de travailler dans un parc national. Un badge en plastique bleu annonçant : FRANK : NEW JERSEY me paraissait être une perspective séduisante. Je m'imaginais parfaitement dans le rôle du responsable de la boutique cadeaux de l'auberge Old Faithful.

— Quel âge avez-vous, Debra ?

— Dix-huit ans. (Elle contemple gravement le cylindre effilé de sa cigarette comme si elle venait d'y remarquer un défaut.) Enfin, en juillet.

— C'est l'âge idéal pour Yellowstone. Vous allez sans doute finir le lycée au printemps, non ?

— Je plaque mes études.

Elle laisse tomber sa cigarette sur l'asphalte, puis écrase son extrémité incandescente.

— C'est sûrement sans importance pour les gens qui recrutent le personnel là-bas. Tout le monde les intéresse.

— Ouais...

— Écoutez, je trouve que c'est vraiment une bonne idée. Ça va vous élargir l'horizon.

Je serais ravi de rédiger une recommandation pour sa candidature sur papier à en-tête du magazine : *Debra Spinelis n'a rien à voir avec le genre de fille qu'on rencontre tous les jours.* Ils l'embaucheraient les yeux fermés.

— J'ai un bébé, dit Debra en soupirant. Je ne crois pas que les gens du Yellowstone m'accepteraient avec lui.

Elle me regarde sans expression, les lèvres serrées en une moue de femme mûre, puis elle se tourne vers le Ground Zero désert, dont les auvents claquent dans les bourrasques.

Elle ne me manifeste plus le moindre intérêt, et je la comprends. J'aurais aussi bien pu lui parler en français ou en chinois.

— Sans doute que non, dis-je doucement.

Le regard de Debra papillonne à nouveau autour de moi ; elle paraît étrangement détendue. Mon gobelet est souple et glissant ; il n'y a plus grand-chose à ajouter. Certaines rencontres n'aboutissent à rien — je m'en aperçois régulièrement. On ne peut éviter ces menus temps morts, malgré toute la bonne volonté du monde.

— Et comment vous sentez-vous maintenant ?

Tel un juriste, elle se touche le menton avec l'index.

— Mieux. Beaucoup mieux. Rien à voir avec tout à l'heure.

Je souris à mon gobelet avec reconnaissance.

— Ça fait du bien, dit-elle.

Debra change de position, s'appuie du bout des doigts contre la fenêtre de la voiture.

— Vous croyez que ce n'est pas bien, si j'ai toujours pas de projets définitifs ?

Elle me regarde en plissant les yeux pour essayer de deviner ce que je pense vraiment, au cas où j'essaierais de lui mentir.

— Mais pas du tout, dis-je. Vous aurez bientôt des tonnes de projets. Vous verrez, ils ne seront pas longs à venir. (Je bats des paupières en levant les yeux vers elle.) Votre vie va changer une bonne cinquantaine de fois avant que vous ayez vingt-cinq ans.

— Parce que je vieillis, vous voyez ? Je voudrais pas rater ma vie.

Ses ongles tapotent contre la vitre, puis s'éloignent. Je ne peux m'empêcher de penser au rêve de mort et de haine de Herb Wallagher. Tout le monde a parfaitement le droit d'être heureux, mais on ne peut parfois rien faire pour soi-même.

— C'est hors de question, dis-je. Vous avez toute la vie devant vous.

Je lui offre un grand sourire encourageant, mais je ne crois pas pouvoir faire grand-chose ni pour elle ni pour moi.

— Oui, je suis d'accord. (Elle sourit pour la première fois, un sourire timide et juvénile, poli et craintif.) Bon. Faut que j'y aille.

Elle se retourne vers le Ground Zero, où une Corvette jaune s'est garée sous l'auvent, clignotant allumé.

— Vous voulez que je vous raccompagne jusque là-bas ?

— Non, j'y vais à pied.

— Merci mille fois.

Elle regarde la cabine téléphonique, le Caddy appuyé contre l'armature métallique, le téléphone qui pend au bout de son câble. Maintenant, je n'aimerais guère y passer un coup de fil.

— Vous avez déjà écrit un article sur le ski ? demande-t-elle en secouant la tête de droite à gauche comme si elle connaissait ma réponse à l'avance.

Le vent soulève des nuages d'une poussière qui se dépose sur nos visages.

— Non. Je ne sais même pas faire du ski.

— Moi non plus, dit-elle en souriant à nouveau, puis elle soupire. Bon. Allez. Je vous souhaite une bonne journée. Vous vous appelez comment, déjà ?

Elle s'éloigne.

— Frank.

Curieusement, je ne lui dis pas mon nom de famille.

— Frank, répète-t-elle.

Tandis que je la regarde s'éloigner sur le parking vers le Ground Zero, sa main plongeant dans une poche pour chercher une autre cigarette, les épaules arc-boutées contre une bise froide et inexistante, elle espère sans doute comme moi passer une bonne journée, et nous sommes tous les deux dans le vent, disponibles, à l'affût d'une embellie.

12

C'est la fin du jour, le profond puits d'ombres du clair-obscur printanier, lorsque l'après-midi vire au début de soirée et que nous avons tous envie de nous installer dans un fauteuil en cuir, près d'une fenêtre ouverte, de boire un verre avec un ami ou un être aimé, de lire la rubrique sportive ou, peut-être, de faire un somme, puis de nous réveiller entre chien et loup, de marcher un peu dans le jardin frais, d'entendre les oiseaux gazouiller dans les arbres et entonner leurs douces chansons du soir. C'est en vue de tels interludes apaisants que nos banlieues ont été construites. Quand on y pénètre avec précaution, elles nous rendent volontiers maints services, indépendamment de notre position sociale, et même si nous ne jouissons pas des agréments susmentionnés. Je désire parfois tellement cet instant et ce lieu élémentaires — lorsque, disons, je suis seul dans la brumeuse Spokane ou dans le froid de Boston — qu'une larme absurde me monte presque aux yeux. Il s'agit bien sûr d'une espèce de désir pastoral, que nous pouvons tous connaître.

Les choses paraissent maintenant aller plus vite.

Je traverse Freehold à bonne allure, bifurque vers l'est après l'hippodrome des trotteurs, puis prends la route 1 et dépasse Pheasant Run & Meadow. « Une vie de Rêve

Vous Attend Ici », voilà ce qui est écrit sur l'envers du panneau.

A la station de radio de Trenton, un type présente un jeu de questions sur le sport ; j'ai beau chercher, je ne trouve aucune réponse. En 1921, lorsque Babe Ruth a frappé soixante coups au but, le record de qui a-t-il battu ? Je penche pour Harry Heilmann, mais la bonne réponse est : « Son propre record. » Qui a été champion de boxe junior en 1941 ? Je choisis George Kell, l'as de Newport, mais c'est Phil Rizutto, le Rital de Glendale. Je suis assez content de ne pas connaître ce genre d'informations, de considérer le journalisme sportif, non pas comme une profession à part entière, mais plutôt comme une tournure d'esprit agréable, une *manière* d'envisager les choses plutôt que des choses à faire ou à connaître. Même fausse, une réponse plausible est une source de plaisir, car elle me donne l'impression de faire partie de la masse des gens plutôt que d'être une espèce d'ordinateur humain crachant ses statistiques et réduisant le sport à une comptabilité assommante. Lorsque le sport cesse d'être matière à spéculations, et même à spéculations hasardeuses, gratuites ou mal informées, alors quelque chose ne va plus et il est temps de changer son fusil d'épaule pour laisser la place aux têtes d'œuf de l'informatique.

Au croisement des routes 1 et 533, je bifurque vers le sud en direction de la maison de Mrs. Miller. J'aimerais récupérer la consultation que j'ai manquée jeudi, peut-être même une séance complète. Si, par exemple, Mrs. Miller m'annonçait que je risquais un grave choc émotionnel au cas où j'irais identifier Walter à la morgue, et que je ne reverrais peut-être jamais mes enfants avant ma mort, j'envisagerais sans doute un tourteau de l'Alaska et une soirée devant la chaîne sportive dans un Travel-Lodge des environs de Philadelphie, ainsi qu'un nouveau point de la situation demain matin. A quoi bon crâner devant une prophétie de malheur ?

Hélas, le petit ranch en briques de Mrs. Miller paraît plus désert que le Sahara. Pas de Buick poussiéreuse garée dans l'allée. Pas le moindre signe du doberman hargneux dans l'enclos de derrière. Les Miller — si tant est que cela soit leur vrai nom — sont absents pour le week-end, et j'ai maintenant manqué deux consultations de suite — un mauvais signe en soi.

Je me gare dans l'allée et reste assis au volant comme il y a trois soirs, les yeux fixés sur une ouverture dans les lourdes tentures, comme si je pouvais y faire apparaître quelqu'un. Je donne un coup de klaxon « par mégarde ». Je serais ravi de voir cette ouverture s'élargir, une porte s'entrebâiller derrière le grillage métallique poussiéreux, tout comme la dernière fois. Une nièce aimable me suffirait. Je paierais volontiers dix dollars pour bavarder avec une femme basanée appartenant à la belle-famille. Tout pouvoir divinatoire serait même superflu. J'en sortirais néanmoins requinqué.

Mais il n'en va pas ainsi. Les voitures filent sur la grand-route derrière moi, aucune nièce ne se présente à la porte. Aucune porte ne s'ouvre. L'avenir, du moins le rôle que j'ai à y jouer, reste incertain, moyennant quoi je n'aurai pas besoin de me faire un sang d'encre pour mon avenir. Je recule sur la grand-route, puis repars vers chez moi, frôlant un gros semi-remorque qui klaxonne au passage, et j'ai encore mal à la mâchoire deux heures après que Vicki m'a décoché son crochet du gauche.

J'entre dans Haddam par l'itinéraire classique, j'emprunte King George Road, puis Bank Street, je longe les pelouses nord de l'Institut et traverse le centre commercial. Mais une fois à l'intérieur du village, je ne sais pas très bien quoi faire en premier, et je suis frappé par l'hostilité des rues, l'absence mesquine de toute indication permettant de se repérer — pas de priorités, pas de bâtiments imposants pour signaler un centre, pas de grand-rue pour organiser l'urbanisme. Je constate à nouveau que Haddam est parfois une ville triste, silencieuse, où il ne se passe jamais rien le dimanche : la bibliothèque est fermée, les rideaux verts tirés, le garage de Frenchy paraît abandonné. Le Coffee Spot est vide (le *Sunday Times* traîne sur une table après la foule du petit déjeuner). L'Institut semble lointain, ombragé parmi les arbres ; une dernière famille traîne au centre commercial après l'office du matin. Haddam est curieusement une ville étrangère, aussi bizarre que Moline ou Oslo, son habituelle hospitalité informelle s'est évaporée comme si régnait désormais une terreur mystérieuse, la puanteur âcre de la mort, un bouquet sans commune mesure avec l'odeur de piscine qui éveille ma confiance.

Je me gare dans mon allée, puis entre chez moi pour me changer. Hoving Road somnole, bleue et grise comme un Bonnard. Le jet d'eau des Deffeye siffle ; quelques maisons plus loin, le juge a installé un filet de badminton sur sa longue pelouse. Un vieux break Ford est garé dans son allée. Quelque part dans les environs, j'entends des éclats de voix étouffés et le tintement des verres, comme souvent dans nos jardins confortables — la chasse aux œufs de Pâques est terminée, les enfants sont couchés, le bruit d'un plongeon. Le jour touche à sa fin. Les familles restent au salon jusqu'à la nuit. Les guirlandes ont disparu de presque toutes les portes. Le monde redevient un lieu connu.

Dans la maison règne une étrange odeur publique, que j'apprécierais un autre jour, mais qui aujourd'hui me paraît malsaine. Je monte à l'étage pour me mettre du Merthiolate et un pansement sur le genou, enfiler un pantalon sport et une chemise en madras rouge décolorée, achetée chez Brooks Brothers l'année de la publication de mon livre. Une tenue décontractée suffit parfois à vous éviter toutes sortes d'événements désagréables.

Je n'ai pas beaucoup pensé à Walter. Son visage s'est parfois glissé à l'improviste parmi mes réflexions, un visage plein d'espoir, au regard triste, celui du type sérieux et guindé, accoudé près de moi au bastingage de la *Mantoloking Belle,* absorbé par l'effervescence de la vie à terre, par cette agitation qui entraînait nos deux existences, Walter soulignant que nous considérions le monde selon deux angles différents, mais qu'en définitive cela avait peu d'importance.

C'était justement là ce dont *moi* j'avais besoin ! Je ne voulais rien savoir de Yolanda et Eddie Pitcock. Strictement rien de ses acrobaties à l'Americana.

Personne ne répond lorsque j'appelle Bosobolo. Sa Miss Vertu et lui-même sont sans doute chez un vieux professeur de christologie au cou de poulet ; à cet instant, il s'est probablement réfugié dans un angle de bibliothèque, un verre de chablis à la main, l'autre serrant un coude osseux, tandis que le docteur Untel pérore sur l'herméneutique des bonnes œuvres en citant ce bon vieil apôtre Paul. Bosobolo, j'y mettrais ma main au feu, a d'autres bienfaits en tête, mais il apprend à se comporter en Américain de première classe. La situation pourrait être pire pour lui. Il pourrait, par exemple, courir la jungle, vêtu d'un tutu en feuilles de palme. Ou il pourrait être à ma place, en route vers la morgue, luttant contre un désespoir diffus.

Mon projet, que je viens à peine de découvrir, consiste à appeler X, aller faire ce que je dois faire au commissariat, peut-être retrouver X — chez elle (une toute petite chance de voir mes enfants) — et puis d'improviser. Ce plan est à court terme, sujet à toutes sortes de modifications inquiétantes.

Un « 3 » silencieux et rouge brille sur le répondeur téléphonique lorsque je vais appeler X. L'appel « 1 » est sans doute Vicki qui se demande si je suis bien rentré, et qui désire organiser une discussion dans un lieu public où nous pourrons mettre un terme à notre liaison comme des adultes — moins de cris, moins de crochets du gauche au menton.

Elle a bien sûr raison. Nous ne partageons vraiment pas assez d'intérêts cruciaux. Je suis simplement fou d'elle.

Mais au mieux, elle est indécise à mon égard, ce qui risque de nous conduire Dieu sait où dans six mois. Je ne serai jamais à la hauteur pour une Texane. La fascination a ses limites. Elle exige davantage que je ne pourrais lui offrir : il faudrait devenir un adepte du Nouvel Age, s'installer un nid d'amour, faire attention à mille choses qui ne m'intéressent pas, mais excitent son imagination. Moyennant quoi je vais couper les ponts sans me plaindre (j'aimerais néanmoins passer une dernière nuit de bonheur à Pheasant Run avant les adieux définitifs).

J'enfonce la touche des messages.

Bip. Frank, c'est Carter New. Je vais
faire un tour au Vet demain pour le
match des Cardinals. Je n'arrive pas à
vous contacter tous, les gars. J'appelle
aussi Walter. Nous sommes dimanche matin.
Appelle-moi chez moi. *Clic.*

Bip. Hé, espèce de vieux salopard. Je
croyais que tu devais te pointer à
onze heures et demie. On est tous
furieux contre toi, alors t'a pas
intérêt à rappliquer. Tu vois bien qui
c'est, non ? *Clic.*

Bip. Frank, c'est Walter Luckett junior.
Il est midi pile, Frank. Je viens de me
débarrasser de vieux numéros de *Newsweek*,
et j'ai retrouvé cette photo du DC 10 qui
s'est planté il y a un an à Chicago.
A O'Hare. Tu t'en souviens sans doute.
Frank, on voit tous ces gens qui
regardent dehors à travers les hublots.
C'est vraiment quelque chose.
Je suis obsédé par une question :
à quoi peuvent-ils bien penser,

alors qu'ils s'envolent sur une bombe ?
Une grosse bombe argentée.
C'est tout ce que j'ai à te dire
pour l'instant. Hummm. Salut. *Clic.*

Est-ce là ce qu'il m'aurait raconté si je lui avais répondu ? Quels vœux de Pâques ! Bizarre tranche de vie à partager pendant qu'on aménage le dispositif qui va vous envoyer dans l'au-delà. Un *pendant ton absence* expédié d'outre-tombe !

Je ne réussis toujours pas à former une pensée cohérente au sujet de Walter. A la place, je pense au pauvre Ralph Bascombe, pendant ses dernières heures à lui, à quatre rues d'ici seulement, au Doctors Hospital, il y a si longtemps. Durant ses derniers jours, Ralph a changé. Jusqu'à ses traits ont changé, et il me faisait l'effet d'un oiseau, d'une espèce d'albatros curieusement concentré, et non plus d'un gamin de neuf ans atteint d'une maladie mortelle, las d'une vie inachevée. Un jour, il s'est mis à aboyer comme un chien en me regardant, des aboiements violents et distincts, après quoi le fou rire l'a fait se tordre dans son lit. Puis ses yeux se sont soudain ouverts pour me fixer d'un regard brûlant, comme s'il me connaissait mieux que je ne me connaissais et qu'il remarquait tous mes défauts. J'étais assis sur une chaise à son chevet, je lui tenais une tasse pleine d'eau ainsi que son affreuse paille flexible. Debout à la fenêtre, X regardait le parking ensoleillé (et sans doute le cimetière). Alors Ralph m'a lancé d'une voix forte :

— Oh, espèce de salaud, qu'est-ce que tu fais à tenir cette tasse comme un crétin ? Je te tuerais bien à cause de ça.

Puis il s'est rendormi. X et moi nous sommes regardés en riant. C'est vrai, nous avons cédé au fou rire, pleuré de rire. Pas de peur ni de douleur. Qu'y avait-il d'autre à faire, nous demandions-nous en silence, et nous sommes tombés d'accord : nous avions bien le droit de rire, pour une fois. Personne ne nous le reprocherait. Nous ne nous moquions pas, nous gardions cela entre nous — même Ralph n'aurait pu nous entendre. Notre rire paraîtra peut-être scandaleux, mais personne n'en a été le témoin, et qui peut s'ériger en tribunal pour juger l'intimité d'autrui ? Ce fut l'un de nos derniers moments de tendresse sans partage.

Mais j'imagine qu'à travers ce souvenir de deuil j'éprouve déjà quelque chose pour ce pauvre Walter, aussi injustement et sûrement disparu que mon fils, et tout aussi absurdement. J'ai essayé de me tenir à distance. Mais à quoi bon ? Nous méritons tous la pitié et la douleur des vivants. Et sans doute jamais autant que lorsque nous quittons nos semblables sans espoir de retour.

Personne ne répond chez X. Peut-être emmène-t-elle les enfants chez une amie. Allons-nous encore avoir la chance d'un tête-à-tête ? Va-t-on m'annoncer une autre catastrophe ? Fincher Barksdale va-t-il quitter Dusty pour initier X aux joies de l'élevage du vison près de Memphis ? Par quel miracle les choses se maintiennent-elles en équilibre ?

Je laisse un message lui disant que je compte passer bientôt, puis pars au commissariat pour jeter un coup d'œil à Walter, mais en espérant qu'un citoyen responsable — peut-être un autre membre du Club des divorcés qui a déjà un dossier chez les flics — se sera présenté pour m'épargner cette corvée.

Le commissariat occupe une partie du nouvel hôtel de ville en briques et en verre, où je me suis déjà rendu plusieurs fois pendant la période désolante de mon divorce. Il est entouré de certaines parmi nos plus belles résidences, et il est fermé à cette heure, hormis quelques bureaux brillamment éclairés dans le fond. Lorsqu'on le regarde de l'extérieur, on a l'impression que les dernières heures somnolentes de Pâques ont adouci son austérité républicaine. Néanmoins, cela reste pour moi un lieu où tout peut arriver, où je me sens mal à l'aise chaque fois que j'en franchis la porte.

Il se trouve que le sergent Benivalle est encore là quand je me présente au policier de garde, un jeune homme au visage italien et aux cheveux coupés très court, qui porte un pistolet énorme ainsi qu'un insigne doré où est écrit PATRIARCA. D'humeur joviale, il arbore un sourire qui sous-entend que des blagues salaces ont fait le tour du commissariat pendant toute la journée, et que, si on était amis, il me mettrait au parfum. Mon propre sourire ne donne prise à aucune blague, et après avoir noté mon nom, il va chercher le sergent.

Je m'assois sur le banc, à côté d'une grande carte encadrée de la ville, respirant l'odeur de serpillières des salles d'attente, les coudes sur les genoux, observant les portes vitrées situées de l'autre côté de l'entrée et, plus loin, la pelouse, les ormes, les ginkos et les érables. Dehors, la lumière vire au beige ; dans une heure, l'obscurité rêveuse et bénie reprendra possession de la ville, et ce sera encore une journée qui touchera à sa fin. Et quelle journée ! Un dimanche de Pâques à marquer d'une pierre blanche, qui se termine néanmoins aussi doucement, dans un calme aussi feutré et velouté que n'importe quelle autre journée. La mort n'est pas compatible avec le style de vie de Haddam, dont toutes les instances dirigeantes — municipales et privées — sont soudées pour la tenir à distance ; elle n'est qu'une erreur de lecture, une rumeur dépourvue de fondement et qu'il faut oublier au plus vite. Haddam n'est pas un endroit où mourir de manière voyante, mais tout bien considéré ce n'est pas un mauvais endroit où vivre.

Deux cyclistes traversent mon champ visuel. Un homme en tête, suivi d'une femme ; il y a un enfant dans le petit siège solidement fixé au porte-bagages du père. Tous trois portent un casque blanc. Des fanions rouges volent sur des bâtons au crépuscule. Ils rentrent chez eux après une rencontre décontractée entre fidèles quelque part dans la rue, dans une église unitarienne, danoise et conviviale, où le cidre coule à flots, où l'on a le droit de dire *zut* et *crotte* — la vie sans cesse plus parfaite, de semaine en semaine. (Tel est l'effet d'un séminaire sur une ville.) Et maintenant ils rentrent chez eux, ces trois dignes représentants de la famille nucléaire, tandis que le chuchotis de leurs magnétos fragiles tisse une passerelle vers les ténèbres. Voici les Jamieson. Mark, Pat et le petit Jeff. Voici la vie. Dans toute sa limpidité. Maintenant, rien ne peut plus nous arrêter.

Mais ils se trompent, ils se trompent complètement, ces Jamieson. Je devrais d'ailleurs le leur dire. La vie éternelle est un mensonge des banlieues — leur pire mensonge —, une illusion qu'il faut dissiper avant d'être pris dans son rêve fade et parfumé. Demandez donc à Walter Luckett. Il vous raconterait, s'il le pouvait.

Le sergent Benivalle franchit la porte d'un bureau du fond. Il est parfaitement fidèle à l'image que je me faisais de lui : un homme massif, au regard triste, à la peau tavelée par l'acné, aux mains énormes. Sa mère ne préparait sans doute pas les pâtes fraîches elle-même, car il a des yeux pâles ainsi qu'une tête carrée, nordique et taillée à coups de serpe. (Son estomac, en revanche, est indéniablement italien et recouvre la boucle de sa ceinture.) Ce n'est pas le genre de type à serrer la main ; en arrivant à ma hauteur, il regarde le panneau rouge EXIT situé au-dessus de nos têtes.

— Autant nous asseoir ici, Mr. Bascombe, dit-il.

Il a une voix rauque qui paraît plus fatiguée qu'en début d'après-midi.

Nous nous installons sur le banc lustré pendant qu'il fouille dans une enveloppe en papier-bulle. Patriarca s'assoit derrière la fenêtre du policier de garde, allonge les jambes, puis se met à feuilleter un numéro d'*Auto Moto* sur la couverture duquel on aperçoit le visage souriant d'un ancien coureur automobile noir devenu vedette de télé.

Le sergent Benivalle pousse un profond soupir et brasse quelques papiers. Silencieux comme un prisonnier, j'attends son verdict.

— Ahhh. Bon, voilà. On est entré en contact avec la famille... une sœur... dans... l'Ohio, je crois. Si bien...

Il extrait brièvement une page agrafée, où j'aperçois la photo des pieds d'un homme dans des sandales de cordes, les orteils dressés vers le ciel. Sans aucun doute possible, il s'agit des pieds de Walter ; j'espère que cela suffira pour l'identification. *Bascombe identifie le mort grâce à une photo de ses pieds.*

— Si bien, reprend lentement le sergent Benivalle, que ça vous dispense d'identifier le, euh, mort.

— Je n'y tenais pas vraiment, dis-je.

Le sergent Benivalle me considère sans le moindre intérêt.

— De toute façon, il y a des empreintes digitales qui vont suivre. Mais c'est plus facile d'arriver à une conclusion comme ça.

— Je comprends.

— Bon, fait-il en feuilletant d'autres pages.

Je constate avec stupéfaction la quantité de documents déjà réunis autour de cette affaire. (Walter aurait-il eu d'autres ennuis ?)

— Bon, répète-t-il en me regardant. Vous êtes le journaliste sportif, n'est-ce pas ?

— Exact.

Je souris faiblement.

Le sergent Benivalle s'absorbe à nouveau dans ses papiers.

— Qui va dominer le championnat dans l'est du pays cette année ?

— Detroit. Ils sont rudement bons.

Il soupire.

— Mouais. Probab'. J'aimerais bien avoir le temps de voir un match. Mais y a trop de boulot ici. (Il baisse les yeux, avance la lèvre inférieure.) Je joue un peu au golf, la semaine des quatre jeudis.

— Ma femme donne des cours à Cranbury Hills, dis-je, mais je me reprends aussitôt : Mon ancienne femme, je veux dire.

— Ah bon ? fait Benivalle en oubliant complètement le golf. L'herbe me donne de l'asthme, ajoute-t-il.

Comme je n'ai rien à lui répondre, je reste silencieux.

— Est-ce que... (un silence) vous auriez une idée pourquoi ce Mr., euh, Luckett s'est supprimé, Mr. Bascombe, comme ça, à brûle-pourpoint ?

— Non. Je suppose qu'il avait perdu tout espoir. C'est tout.

— Hm-hum. Hm-hum.

Le sergent Benivalle continue à éplucher le dossier. Il tombe maintenant sur un formulaire intitulé RAPPORT CRIMINEL.

— D'habitude, les gens font plutôt ça à Noël. Y a pas trop de candidats à Pâques.

— Je n'y avais jamais pensé.

Le sergent Benivalle a la respiration sifflante ; c'est un petit chuintement qu'il a au fond de la poitrine. Il examine maintenant la fin du dossier.

— Je serais bien incapable d'aligner deux phrases, dit-il pensivement. Je saurais pas quoi écrire. Ça doit pas être facile.

— Ce n'est pas si difficile que ça.

— Hm-hum. Bon. J'ai ce, euh, ce double de lettre à vous remettre. Il tire un fax brillant hors de la chemise, puis le tient adroitement par un coin. Nous conservons l'original, mais vous pourrez nous le réclamer dans trois mois si les ayants-droit acceptent de vous le donner.

Il me regarde.

— D'accord.

Je prends le fax par un autre coin gras. Cela ressemble à une mauvaise photocopie grisâtre et dégage une odeur infecte de produit pour embaumement. J'aperçois une écriture manuscrite régulière et minuscule, ainsi qu'une signature près du bas.

— Faites gaffe à ce truc, ça tache sacrément les vêtements. Les flics sentent cette odeur en permanence, c'est comme ça que les gens devinent qu'on est dans les parages.

Il referme sa chemise cartonnée, fouille dans sa poche et en sort un paquet de Kool.

— Je la lirai plus tard, dis-je avant de plier la lettre en trois.

Je la garde ensuite à la main et j'attends la suite logique des événements. Nous sommes tous deux comme paralysés par l'incroyable facilité de tout cela.

Le sergent Benivalle allume sa cigarette, puis replace l'allumette utilisée dans sa pochette, derrière les autres. Nous fixons ensemble la carte jaune qui représente la ville où nous habitons — chacun cherchant sans doute sa propre rue. Elles ne peuvent pas être bien éloignées l'une de l'autre. Il vit probablement aux Presidents.

— Où m'avez-vous dit, déjà, qu'habitait la femme de ce type ? demande Benivalle en aspirant la fumée tout au fond de ses poumons.

On lui donne la cinquantaine, mais il n'est pas plus vieux que moi. Il n'a sans doute pas eu la vie facile jusqu'ici.

— Elle est partie à Bimini avec un autre type.

Il souffle sa fumée, puis renifle bruyamment deux fois de suite.

— La poisse, quoi.

Il s'appuie contre le dossier du banc, la cigarette serrée entre les dents. Il pense à Bimini.

— Quand même, dans ce cas-là, il doit y avoir mieux à faire que de se supprimer. C'est pas si terrible, après tout. Qu'est-ce que vous en pensez ?

Il tourne sa tête massive vers moi et me regarde de ses yeux bleus comme un fjord. Cette histoire avec Walter ne lui a pas davantage plu qu'à moi ; il aimerait bien entendre quelques mots susceptibles de l'aider à sortir de cette ornière.

— Entièrement d'accord avec vous, dis-je.

— Bon sang de bonsoir. Mmmmmf. Quelle salade.

Il allonge les jambes devant lui, puis les croise au niveau des chevilles. C'est sa façon d'engager une conversation masculine, mais je ne trouve rien à ajouter. Peut-être comprendra-t-il que je reste silencieux.

— A votre avis, je pourrais aller faire un tour chez Walter ? dis-je soudain.

Je suis le premier surpris par ma question.

Le sergent Benivalle me regarde d'un air bizarre.

— Pourquoi donc voulez-vous faire un truc pareil ?

— Simplement pour jeter un coup d'œil. Je ne resterai pas longtemps. Pour moi, c'est sans doute la seule façon de tirer un trait sur tout ça. Il m'a donné une clé de chez lui.

Le sergent Benivalle gromelle en réfléchissant à ma demande. Il fume sa cigarette, fixe la fumée qu'il exhale.

— D'accord, répond-il avec une espèce d'indifférence. Simplement, ne prenez rien. La famille est propriétaire de tous ses effets personnels. Okay ?

— Je ne toucherai à rien.

Tout le monde fait confiance à tout le monde ici. Et pourquoi pas ? Personne ne fait jamais rien qui puisse causer du mal à quiconque sinon à soi-même.

— Vous êtes marié, sergent ? dis-je.

— Divorcé. (Il me lance un bref coup d'œil méfiant.) Pourquoi ?

— Eh bien… Certains d'entre nous, nous sommes tous des hommes divorcés — il y a beaucoup de divorcés à Haddam en ce moment —, nous nous réunissons de temps en temps. Rien de bien sérieux. On va boire une bière à l'August une fois par mois. On va voir un ou deux matches de base-ball. En fait, la semaine dernière, on a été pêcher. J'ai pensé que, si ça vous tentait, je pourrais vous passer un coup de fil. On forme un groupe plutôt sympa. Ça n'a rien de protocolaire.

Le sergent Benivalle tient sa Kool entre son pouce énorme et son index replié ; il fait tomber sa cendre par terre.

— Trop de boulot, dit-il en reniflant. Pour la police... (Il a envie d'ajouter quelque chose, mais s'arrête.) J'ai oublié ce que je voulais dire.

Il regarde le marbre étincelant du sol.

Je l'ai mis mal à l'aise sans le vouloir, et je ferais aussi bien de décamper. Le sergent Benivalle n'est sans doute rien de plus que Cade Arcenault dans quelques années, et je devrais le laisser à son travail de policier. Mais ça ne fait pas de mal de montrer à quelqu'un que ses soucis monumentaux et ses problèmes spécifiques sont en fait ceux de tout le monde. Chacun de nous a son propre travail de police à faire.

— Je vous passerai quand même un coup de fil, d'accord ?

Je souris comme un représentant de commerce.

— Ça m'étonnerait que j'aie le temps, dit-il, soudain distrait.

— Bah, nous ne distribuons pas de jetons de présence. Moi-même, je rate parfois des réunions. Mais j'aime bien cette idée.

— Ouais, dit le sergent Benivalle en avançant une fois encore sa grosse lèvre inférieure.

— Bon, je crois que je vais y aller, dis-je.

Il cligne des yeux en me regardant comme s'il s'éveillait d'un rêve.

— Comment se fait-il que vous ayez une clé de chez lui ?

Il ne peut pas éviter de se comporter en flic, ce que je trouve plutôt rassurant. J'aurais du mal à l'imaginer autrement.

— Walter me l'a donnée. Je ne sais pas pourquoi. Je ne crois pas qu'il avait beaucoup d'amis.

— C'est pas courant que les gens donnent leur clé à d'autres personnes.

Il secoue la tête en faisant claquer ses lèvres.

— Je crois que les gens font parfois des choses bizarres.

— Tout le temps, dit-il en reniflant encore. Tenez, ajoute-t-il.

Il fouille dans sa poche derrière le paquet de Kool, puis en sort un petit étui en plastique bleu.

— Prenez ça si vous allez là-bas.

Il me tend une carte de visite portant son nom, son titre, ainsi que le sceau de la ville de Haddam. « Gene Benivalle. Détective ». Son numéro de téléphone, qui ne figure sans doute pas dans l'annuaire, est imprimé en bas. Je pourrai donc l'appeler à ce numéro pour lui reparler du Club des hommes divorcés, et je suis sûr qu'il le sait.

— Très bien, dis-je en me levant.

— Surtout, ne prenez rien, d'accord ? répète-t-il d'une voix rauque, assis sur le banc avec son enveloppe contre le ventre. C'est formellement interdit.

Je glisse sa carte dans ma poche de chemise.

— Nous vous verrons peut-être un de ces soirs.

— Non, répond-il en écrasant violemment son mégot du talon, avant d'envoyer la fumée de sa dernière bouffée entre ses gros genoux.

— Je vous appellerai quand même.

— Comme vous voudrez, dit-il d'un air las. Je suis toujours ici.

— Au revoir.

Mais il n'aime pas davantage les au revoir que les poignées de main. Je le laisse donc assis sur le banc, sous le panneau rouge EXIT, les yeux fixés sur moi tandis que je franchis la porte vitrée.

La voiture de X est garée à côté de la mienne devant l'hôtel de ville, dans la nuit qui monte. Assise sur le capot, elle bavarde avec nos deux enfants qui font la roue sur la pelouse en éclatant de rire. Paul hésite à lancer ses jambes assez haut pour trouver un bon équilibre, mais Clarissa, qui s'est entraînée pendant des heures, y réussit parfaitement ; malgré sa robe vieillote en guingan (que je lui ai offerte), elle parvient à « marcher sur les nuages », tandis que sa culotte en coton brille d'un blanc saisissant dans le jour déclinant. Sur le pare-chocs avant de la voiture de X, un autocollant proclame : « Je préfère le golf ».

— J'ai acheté une glace à ces deux sacripans et voilà le résultat, dit X lorsque je m'assois près d'elle sur le capot tiède. (Elle ne m'a même pas regardé, car la présence de ma voiture garantit la mienne à ses côtés.) A croire qu'ils retombent tous les deux en enfance.

— Papa ! crie Paul sur l'herbe. Clary va entrer au cirque.

— Toi, écrase, lui répond Clary qui se remet aussitôt debout sur les mains.

Ils ne sont pas surpris de me voir, mais j'ai remarqué le bref regard complice qu'ils ont échangé à mon arrivée. La moindre de leur journée grouille de mystères partagés ; avec moi, ils manifestent un humour secret et une sympathie tout aussi secrète. Ils seraient ravis d'improviser des jeux avec leurs parents sur cette pelouse, comme à la maison, mais c'est impossible. Paul a sans doute une nouvelle blague à me raconter, encore meilleure que celle de jeudi soir.

— Clary se débrouille bien, n'est-ce pas ? dis-je à Paul.

— Je voulais juste lui faire un compliment, répond mon fils, les mains sur les hanches.

Comme moi, il supporte mal les malentendus. Clary se laisse retomber sur les fesses, puis éclate de rire. Elle ressemble à son grand-père, dont elle a les cheveux presque argentés.

— Je trouve ça bizarre qu'il puisse y avoir une morgue dans une ville comme celle-ci, pas toi ? dit X d'un air rêveur.

Elle porte une jupe écossaise à carreaux rouges et verts ainsi qu'une chemise couleur menthe de chez Brooks, semblable à celles que je porte souvent, et l'ensemble évoque une élégance décontractée. Elle lisse les plis de sa jupe sur ses genoux et laisse ses talons cogner contre le flanc du pneu. Elle est d'humeur généreuse.

— Je n'y ai jamais réfléchi, dis-je en regardant mes enfants avec admiration. Mais tu as raison, c'est étonnant.

— Paul a pour ami le fils d'un médecin qui lui a dit qu'il y avait un outillage ultramoderne au sous-sol de ce bâtiment. (Elle se tourne vers la façade en briques et en verre avec un intérêt paisible.) Mais il n'y a pas de coroner. Il vient de New Brunswick à l'occasion d'une espèce de tournée d'inspection. (Pour la première fois, elle croise mon regard.) *Et toi,* comment vas-tu ?

Je suis heureux d'entendre à nouveau cette voix confiante.

— Ça va. La journée est bientôt finie.

— Désolée de t'avoir dérangé là où tu étais.

— Ce n'est pas grave. Walter est mort. Nous n'y pouvons rien.

— Il a fallu que tu le *voies* ?

— Non. Des parents à lui viennent de l'Ohio.

— C'est très Ohio de se suicider, tu sais.

— Sans doute.

Comme toujours, elle adopte une attitude typique du Michigan. Personne, là-bas, n'a la moindre indulgence pour les habitants de l'Ohio.

— Et sa femme ?

— Ils sont divorcés.

— Ah. Mon pauvre garçon, dit-elle en me tapotant le genou avant de me faire un sourire aussi bref qu'inattendu. Tu veux que je t'offre un verre ? L'August est ouvert. Je vais raccompagner ces Apaches à la maison.

Elle scrute la pénombre, où nos enfants sont assis sur l'herbe, en pleine conférence. Pour tous les problèmes graves, chacun est le confident de l'autre.

— Ça va bien. Et toi, vas-tu épouser Fincher ?

Elle me gratifie d'un regard de marbre, puis détourne les yeux.

— Certainement pas. A moins que sa situation n'ait changé depuis trois jours, c'est un homme marié.

— Vicki prétend qu'aux urgences on ne parle que de vous deux.

— Vicki mon cul, dit-elle en serrant les lèvres pour soupirer par le nez. Elle a dû se tromper. Et puis ça ne t'intéresse sûrement pas.

— C'est un con doublé d'un tripoteur de petite monnaie, voilà tout. En ce moment même, il est à Memphis pour monter un élevage de visons avec air conditionné. Voilà comment il est, Fincher.

— Je sais.

— Mais c'est *vrai*.

— Sans blague ? se moque-t-elle.

X m'observe sans aménité. C'est moi le con en l'occurrence, mais je m'en fiche. Quelque chose se joue en ce moment. La stabilité et le caractère sacré de mon divorce.

— Je croyais que tu t'intéressais aux informaticiens.

— Je vais me remarier et *baiser*, chuchote-t-elle d'une voix terrible. Avec qui je veux.

— Je suis désolé, dis-je même si c'est faux.

Dans Seminary Street, je vois les lampadaires s'allumer faiblement, clignoter une fois, puis éclairer normalement la chaussée.

— Les hommes croient *toujours* que les autres hommes sont des cons, dit X avec froideur. Le pire, c'est qu'ils ont souvent raison.

— Fincher me prend pour un con ?

— Tu l'intimides. Et puis il n'est pas si mauvais que tu le dis. Il a pas mal de certitudes dans la vie. Mais il ne le montre pas.

— Et Dusty, alors ?

— Frank, je vais emmener nos enfants dans le Michigan et tu ne les reverras jamais, sauf deux semaines chaque été, au Huron Mountain Club, avec mon père pour chaperon. Cela, si tu n'arrêtes pas immédiatement de me casser les pieds. Alors, qu'en dis-tu ?

Elle ne parle pas sérieusement ; il est même possible que Vicki ait tout inventé pour des raisons qui la regardent, mais je préfère croire qu'il s'agit simplement d'une erreur. X soupire encore avec lassitude.

— J'ai donné des leçons de putting à Fincher parce qu'il doit participer à un tournoi d'anciens élèves de sa fac à Memphis. Comme cela le gênait, nous sommes allés à Idlegreen, dans le comté de Bucks, pour travailler son putting pendant quelques jours. Il avait besoin d'avoir davantage confiance en lui.

— Avez-vous pratiqué le putting au lit ?

J'aimerais l'interroger sur le fameux baiser putatif, mais ce n'est plus le moment.

Maintenant, il fait nuit noire ; nous sommes silencieux et perdus dans l'obscurité. Les voitures murmurent sur Cromwell Street, leurs phares balaient les arbres vers l'Institut, où des « chants de Pâques » sont sans doute prévus pour ce soir. Saint-Léon-le-Grand carillonne pour rameuter les derniers retardataires. Trois policiers en uniforme sortent du commissariat en riant, puis se dirigent vers le dîner qui les attend chez eux. Je reconnais le sergent Carnevale et Patriarca, que j'imagine curieusement être des cousins éloignés. Ils marchent en cadence vers leurs voitures respectives et ne font pas attention à nous. C'est une soirée rêveuse, banale et vertigineuse des banlieues — il n'y a guère d'excitation dans l'air, seulement la vie d'individus isolés dans l'harmonie secrète d'une époque obscure.

Je me sens indéniablement soulagé pour Fincher Barksdale — il s'agit d'un simple malentendu, je suis tout prêt à le croire.

— Ton père a un message à transmettre, dis-je.

— Ah bon ?

Une expression sceptique apparaît aussitôt sur son visage.

— Il m'a demandé d'annoncer à ta mère qu'il souffrait d'un cancer de la vessie.

— Elle lui a dit la même chose un jour, quand j'étais petite ; le lendemain, il a oublié de prendre des nouvelles de ma mère et il est parti travailler comme si de rien n'était. Mais maintenant, c'est différent. Il aimerait ranimer l'ancienne flamme. Hélas pour lui, elle va trouver ça désopilant.

— Il m'a dit que je pouvais me remarier avec toi si je le désirais.

X renifle puis regarde ses mains, comme si elles contenaient un objet qu'elle y eût oublié.

— Il veut absolument se débarrasser de moi.

— C'est un type sympa pourtant, non ?

— Non. (Elle m'observe à la dérobée.) Je suis désolée pour ton ami. C'était un bon ami à toi ?

Les projecteurs qui éclairent les buissons à partir du sol s'allument tous en même temps. Un gardien noir avance jusqu'à la porte vitrée et regarde au-dehors entre ses deux paumes, puis retourne d'où il vient en tirant derrière lui un long balai-serpillière. La fraîcheur tombe. J'entends un bref coup de klaxon. Les feux arrière des policiers disparaissent dans les rues obscures.

— Non. Je ne le connaissais pas très bien.

— Qu'a-t-il bien pu se passer ?

J'entends mes enfants pouffer de rire dans l'herbe humide ; c'est la douce musique de l'insouciance.

— J'imagine qu'il a cessé de s'intéresser à l'avenir. Je ne sais pas. Je n'ai pas un tempérament trop inquiet.

— Tu ne t'inquiètes pas de savoir si c'est de ta faute, n'est-ce pas ?

— Je n'y avais pas pensé. Je ne vois pas pourquoi ce serait de ma faute.

— Tu as des relations vraiment bizarres. Je ne sais pas comment tu fais pour supporter tout ça.

— Je n'ai pas d'amis.

— Je sais. Mais ça ne me déplaît pas.

Clarissa nous appelle d'une voix pressante dans l'obscurité : elle veut savoir l'heure exacte. Il est sept heures trente-six. Elle commence à se sentir toute bizarre dehors, comme si elle risquait soudain de perdre le contact avec nous et de se retrouver seule, abandonnée.

— Il est tôt, murmure Paul.

— Je vais faire un tour chez Walter ce soir. Tu veux m'accompagner ?

X se tourne vers moi avec une expression sidérée.

— Comment ? Il avait quelque chose à toi ?

— Non. J'ai simplement envie d'y passer. Il m'a donné une clé, et je veux l'utiliser. Les policiers sont d'accord, à condition que je ne prenne rien.

— C'est plutôt macabre.

Je reste assis en silence et tends l'oreille vers les bruits qui émanent de l'obscurité — le sifflement d'un train sur la ligne principale, un camion longue distance qui vient peut-être de l'Arkansas et tonne sur la route 1, un petit avion qui vrombit et déchire le calme du ciel nocturne ; j'accueille tous ces bruits comme un réconfort en ces ultimes instants. Les conversations vraiment agréables avec votre ancienne femme sont délimitées par le territoire grandissant d'une intimité dont vous êtes exlu. Mais c'est bien ainsi, je crois.

— D'accord, dis-je.

— De toute façon, tu vas y aller, n'est-ce pas ?

X me regarde, puis ses yeux se tournent vers la permanence éclairée de l'hôtel de ville, où se trouve le bureau en verre de l'inspecteur des impôts. Nous voyons tous deux le gardien qui bouge au ralenti avec son balai-serpillière.

— Sans doute, dis-je. Mais je peux y aller seul.

— A quoi bon ?

Elle plisse les yeux pour me dévisager avec une expression sceptique due aux incertitudes terrestres, à tous ces détails matériels qu'elle n'a jamais beaucoup appréciés.

— Inutile que je t'explique ça. Les hommes sentent parfois des choses que les femmes ne comprennent pas. Ne me dis pas que j'ai tort.

— Tu fais parfois des choses si bizarres. (Elle m'adresse un sourire de sympathie, mais aussi de supériorité.) Tu es parfois si vague. Tu es vraiment *sûr* de te sentir bien ? Tu m'as paru tellement pâle tout à l'heure.

— Je ne suis pas tout à fait dans mon état normal. Mais ça va aller.

Je pourrais lui parler du coup de poing de Vicki, du Caddy qui a percuté la cabine téléphonique. Mais à quoi bon ? Ce serait un premier pas vers les confidences, et ni elle ni moi n'avons besoin de cela. Nous sommes sans doute restés trop longtemps ici.

— Nous ne nous voyons plus qu'à l'occasion de la mort de quelqu'un, dit sombrement X. C'est triste, non ?

— La plupart des couples divorcés ne se voient plus du tout. La femme de Walter est partie à Bimini, il ne l'a jamais revue. Je trouve que nous ne nous en tirons pas trop mal. Nous avons des enfants merveilleux. Et nous habitons tout près l'un de l'autre.

— Tu m'aimes ? demande X.

— Oui.

— Je me posais la question. Je ne t'ai pas demandé ça depuis longtemps.

— Je suis toujours heureux de répondre la même chose.

— Je n'ai pas entendu cette réponse depuis longtemps, sauf dans la bouche des enfants. Je suis sûre qu'on te l'a dit plusieurs fois.

— Non.

(Mais je mentirais en répondant qu'on ne me l'a jamais dit depuis mon divorce.)

— Je pense parfois à toi en compagnie d'une foule de gens dont je ne sais rien, et ça me fait tout drôle. C'est un sentiment que je n'aime pas.

— Je fréquente de moins en moins de gens.

— Tu souffres de la solitude ?

— Non, pas du tout.

Le capot de sa Citation s'est refroidi dans la nuit. Nos deux enfants — las de partager leurs secrets — se sont relevés et se tiennent côte à côte dans l'obscurité comme de timides fantômes d'eux-mêmes, attendant impatiemment leur apparition. J'ai l'impression de vivre un souvenir. Ils sont là, près de nous, et ils nous regardent sans rien dire en se demandant ce qui se passe, exactement semblables à leurs fantômes.

— Tu tiens vraiment à ce que je t'accompagne là-bas ? demande X en clignant des yeux, mais prête à céder.

— Tu n'y es pas obligée.

— Bon, d'accord, dit-elle en retenant un rire léger. Je peux laisser ces deux-là chez les Armantis pour une demi-heure. Ils se plaisent bien là-bas. Et je ne sais pas ce qui risquerait de t'arriver si tu y allais seul.

— Je peux payer, si tu veux quelque chose.

X descend du capot en secouant la tête.

— Tu veux payer, hein ?

La lune est soudain apparue au-dessus des ormes aux branches innombrables — là-haut, un monde immense et brillant illumine les arbres, des fragments de rue vide et les vieilles maisons blanches situées au-delà.

X me dévisage d'un air narquois.

— Qui crois-tu donc qui allait payer ? lance-t-elle en riant.

— Je voulais juste être gentil.

— A quoi tiens-tu le plus au monde ? Voilà la question de la soirée.

— A toi. Voilà ma réponse.

X rit encore et ouvre sa portière.

— Tu es vraiment gentil, c'est vrai. Tu es la gentillesse même.

Je lui souris dans l'obscurité du parking. Mes enfants montent dans la voiture devant moi. La portière claque. Une fois de plus, nous voilà repartis.

L'immeuble de Walter, au 118 Coolidge, est une bâtisse de deux étages en parpaings, située entre deux maisons coloniales plus jolies et plus anciennes, dont les jeunes propriétaires ont investi des sommes raisonnables pour les remettre en état ; ce soir, ils sont d'ailleurs chez eux. Je n'ai jamais remarqué ces maisons, bien qu'il y ait un lampadaire juste devant et qu'elles se trouvent à deux rues seulement de celle de X ; elles constituent une rue en tout point semblable à la sienne, hormis cet immeuble. La façade sans fenêtre a été décorée avec des bandes d'aluminium qui évoquent des stores vénitiens, et l'on a peint *The Catalina* à la main devant une lumière blafarde. De la rue, on distingue nettement les lampes allumées au-dessus des portes. C'est une tanière conçue pour d'abjects séminaristes, des célibataires endurcis ou des femmes divorcées — des gens de passage —, mais ce n'est pas selon moi un si mauvais endroit. J'aurais accepté d'y vivre à Ann Arbor au milieu des années soixante, ou même aujourd'hui si j'étais frais émoulu de la fac de droit, si j'essayais de découvrir la vie avant d'entamer une carrière et de me prendre une petite femme. Mais ce n'est pas un endroit où je serais heureux d'atterrir, ou même d'habiter provisoirement au cours de ma vie adulte. Le Catalina est trop sinistre pour un homme fait. D'autre part, ce n'est certainement pas un endroit où je choisirais de mourir. A force de l'observer, je me demande quel genre de nid d'amour Yolanda et Eddie Pitcock partagent à Bimini. Je suis sûr que ça ne ressemble pas à cet immeuble Catalina sordide. Je suis sûr qu'il y a un océan bleu juste à côté, que des brises rafraîchissantes font crisser les palmes des bananiers et que des carillons à vent ponctuent des après-midi langoureux. Bimini paraît beaucoup plus agréable sous tous rapports.

X se gare derrière la MG de Walter, puis nous marchons sur l'allée de ciment jusqu'aux boîtes aux lettres surmontées d'un globe unique qui brille faiblement. On a découpé la carte de visite de Walter pour la faire entrer dans le petit cadre marqué 6-D, et nous longeons la rangée inférieure des portes derrière lesquelles j'entends le son étouffé de la télévision.

— Il fait humide comme dans une cave, dit X. Je ne suis jamais allée dans un endroit aussi humide. Et toi ?

— Les vestiaires de certains vieux stades, dis-je.

— Ça ne devrait pas me surprendre, j'imagine, n'est-ce pas ?

— Sans doute que Walter n'aimait pas ça non plus.

— Le voilà définitivement débarrassé de ce problème.

La lumière extérieure du 6-D est éteinte, et sur la porte un autocollant orange vif annonce : ENQUÊTE DE POLICE. ENTRÉE INTERDITE À TOUTE PERSONNE ÉTRANGÈRE AU SERVICE. Je tourne la clé dans la serrure, ouvre la porte et scrute les ténèbres.

Une petite loupiote verte et les chiffres minuscules de 7 :53 brillent tout au fond. Je possède exactement le même réveil.

— C'est *vraiment très* désagréable, dit X. Je crois que cet homme détesterait me savoir ici.

— Tu peux sortir, si tu veux.

Il règne dans cette pièce une odeur qui lui est étrangère, celle d'un cabinet médical fermé pour les vacances.

— On ne pourrait pas allumer ?

Je mets un certain temps à repérer un interrupteur, mais il est hors de service.

— Ça ne marche pas.

— Mon Dieu, trouve donc une lampe. Je n'aime pas du tout ce réveil.

Je m'avance dans l'obscurité, heurte des meubles qui me paraissent aussi gros que des éléphants. Je frôle ce que je prends pour un canapé en cuir, m'égratigne la jambe contre une table basse, repère un dossier de chaise, puis, vers le milieu de la pièce, mon front heurte doucement une suspension, et je tire sur la chaîne.

X apparaît tout à coup, isolée sur le seuil, le visage renfrogné.

— Mon Dieu, répète-t-elle.

— Je veux juste jeter un coup d'œil, dis-je, debout au milieu du salon de Walter, le regard attiré par les taches.

La suspension diffuse partout une lumière jaunâtre, et je découvre une pièce tout à fait agréable. Il y a des lambris en bois verni et une porte donne sur une chambre obscure. Il y a une petite cuisine derrière un bar américain, où tout est propre et rangé. Je remarque de nombreux meubles massifs, confortables et qui sentent le neuf — un canapé en cuir rouge qui fait face à un gros téléviseur RCA 24 dont Walter a percé le panneau supérieur pour y boulonner son fusil de chasse. Des disques et une barre d'haltérophile sont rangés dans un coin ; des lampes aux jolis abat-jour orientaux sont installées sur plusieurs tables. Il y a un petit secrétaire en acajou contre un mur, avec du papier blanc et des crayons soigneusement disposés dessus, comme si Walter avait eu l'intention d'entamer des travaux d'écriture.

Sur le mur mitoyen de la chambre, je remarque toute une série de photos encadrées que j'ai hâte de découvrir. Cela commence par une photo en noir et blanc de l'équipe de lutte de Grinnell en 66, où je repère Walter, jeune homme svelte dans la catégorie des soixante-quinze kilos, agenouillé en vieux survêtement, les bras croisés, sérieux comme un Indien. En dessous, j'avise une jolie et jeune blonde à la lèvre supérieure un peu lourde et aux yeux écartés — sans doute Yolanda —, dans une barque, sur un plan d'eau balayé par le vent. Voici ensuite la fraternité Delta Chi devant un escalier ; puis la photo de deux personnes sérieuses, l'homme en costume strict, la femme en robe à fleurs — certainement papa et maman Luckett à Coshocton. Voici Walter, la jambe dans le plâtre et en extension, sur un lit d'hôpital, à côté d'une ravissante infirmière, tous deux dressant le pouce vers le plafond ; puis Walter en tenue et calot de bagnard, près de Yolanda, lors d'un bal costumé, chacun arborant un large sourire. Walter a encadré sa lettre d'admission à la Business School de Harvard ; juste à côté, il y a une photo de Walter plus jeune, assis à un bureau devant une pile de papiers, une pipe en écume de mer à la bouche. Tout en bas, je découvre avec stupéfaction une photo du Club des hommes divorcés regroupés autour de notre grande table circulaire de l'August Inn. Il s'agit d'une de nos réunions du jeudi soir. J'ai en main une grande chope de bière et j'affiche un sourire idiot, j'écoute les explications de New Tête-de-Nœud, et je m'ennuie sans doute à mourir. Tête-de-Nœud se retient de pouffer de rire, mais je n'ai pas le moindre souvenir de ce que nous avons bien pu nous dire. Je ne me rappelle même pas le soir où Walter a pris cette photo ; en découvrant cette scène, j'ai l'impression que Walter l'a inventée de toutes pièces.

Je passe la tête dans la chambre et allume le plafonnier. Il y a moins de meubles qu'au salon, mais cette pièce paraît aussi agréable que la première. Un aquarium est posé sur la commode, dont la lumière blafarde révèle de minuscules poissons noirs. Il y a un dessus de lit aux dessins géométriques, trois énormes oreillers, et sur la table de chevet un exemplaire de mon livre, *Automne bleu,* avec la photo de l'auteur émacié qui semble me regarder d'un air incroyablement ironique. Je bois une bière au comptoir d'une gargotte en plein air de San Miguel Tehuantepec. J'ai les cheveux coupés très court, je fume une cigarette, je suis parfaitement ridicule. « Mr. Bascombe, dit ma biographie, est un jeune Américain qui vit au Mexique. Né à la fin de la Seconde Guerre mondiale, il a servi dans les Marines et fait ses études à l'université du Michigan. » Je prends le livre et constate qu'il s'agit de l'exemplaire de la bibliothèque publique de Haddam, dont on a retiré la couverture plastique. (Walter l'a piqué ! Il m'a confié au Manasquan qu'il avait chez lui l'exemplaire de la bibliothèque, mais sur le moment je ne l'ai pas cru.) Il a griffonné de menus signes plus et des zéros devant certains titres de la table des matières. J'aimerais en apprendre davantage, peut-être emporter le livre, mais je sais que le dossier du sergent Benivalle contient un inventaire des lieux. Je repose donc *Automne bleu,* jette un rapide coup d'œil autour de moi — des chaussures, un support à chaussures, un minuscule placard contenant des costumes et des chemises, un ramasse-miettes, une console d'ordinateur posée par terre dans un coin, un conditionneur d'air installé dans le mur, un fanion de Grinnell — autant de témoignages banals d'une vie partie à vau-l'eau.

X est assise au bord du canapé en cuir, les mains sur les genoux, le visage tourné vers une langouste en céramique rouge qui dépasse d'un grand saladier vert posé sur une table basse.

— Tu sais ? fait-elle en examinant de près les yeux de la langouste.

Sa voix sonne creux, ranime les échos de la pièce.

— Quoi ?

— Ça me fait penser à un salon de fraternité d'étudiants, à la pièce réservée aux Delta Phi que je fréquentais autrefois. Avec Ron quelque chose. Ron Kirk. C'était exactement arrangé comme ça, on aurait dit un cabinet dentaire habité par quelqu'un. Les affaires les plus sordides des garçons. Je parie qu'en cherchant bien, je trouverais ici une pile de *Playboy*. D'ailleurs, j'ai déjà un peu fureté.

Stupéfaite, elle secoue la tête. Par terre, devant la table basse, les policiers ont placé de longues bandes d'autocollant orange autour du fauteuil où Walter était assis, un fauteuil qu'ils ont emporté. Deux grosses taches brun foncé ont séché sur un tapis, on les a recouvertes de plastique transparent, lui-même fixé par des autocollants. Une partie du mur est protégée de la même façon. X ne fait pas la moindre allusion à toutes ces taches.

— Mon Dieu, Frank, tu es vraiment bizarre. Je ne comprends pas comment un seul d'entre vous réussit à s'en tirer.

Elle cligne des yeux en me regardant avec un sourire ; elle aimerait savoir quels sont les genres d'hommes qui se suicident, elle aimerait qu'on lui fournisse une explication sensée d'un événement si étrange.

— Tu sais ? ajoute-t-elle.

— Je me demandais comment Walter avait bien pu déclencher la détente. C'était sans doute un expert en la matière.

— Tu as l'impression de comprendre tout ça ?

— Oui, il me semble.

— Alors explique-moi, tu veux ?

— Walter a décidé de vivre dans le présent, mais il s'est fait piéger. Ensuite il a cédé à l'excitation, et n'a réussi qu'à s'empêtrer dans une bouillie sentimentale qui lui a fait regretter tout son passé. Je crois que s'il avait tenu le coup jusqu'à ce soir, il aurait été sauvé.

Sur le plan de travail de la cuisine, je prends une boîte d'allumettes de l'Americana, puis mémorise l'adresse et le numéro de téléphone qui y sont inscrits. En dessous, il y a un exemplaire de *Bimini Today,* avec en couverture la photo d'une longue plage argentée. Je repose la boîte d'allumettes.

— Crois-tu que tu étais censé l'aider ? demande X, qui sourit toujours. Il me paraît si conventionnel. Rien qu'à voir l'endroit où il habitait.

— Il aurait mieux fait de s'aider lui-même, dis-je, et c'est vraiment ce que je pense. Mais on n'est jamais trop conventionnel. C'est ça qui nous sauve.

Pendant quelques secondes, une douleur indésirable m'assaille soudain ; une douleur causée par les malentendus, par le réconfort refusé (c'est là l'origine de la douleur). J'éprouve, je le sais, et rien qu'un instant, la douleur que ce pauvre Walter a ressentie tout seul ici. Ce n'est pas un appartement vraiment parfait. Il y a peu de place ici pour le mystère ténu, l'espoir ou l'anticipation — mais en revanche, ces lieux ne contiennent rien de si effrayant ou corrupteur que l'avenir en soit obstrué. Moi-même, je pourrais vivre ici en attendant de retrouver mes marques, mais je ne m'attarderais pas trop longtemps dans ce décor.

— On dirait que c'est ton meilleur ami qui vient de mourir, mon chéri, dit X.

Je lui souris. Elle est debout dans la pénombre de cette pièce qui sent la mort, plus grande que je ne le croyais ; son ombre monte jusqu'au plafond inégal.

— Allons-nous-en, dit-elle en me rendant mon sourire.

Je pense un instant aux verres que Walter possédait sans doute, je suis certain d'avoir eu raison à leur sujet, mais je ne prends pas la peine de vérifier.

— Tu sais, dis-je, j'ai brusquement eu l'impression qu'on devrait faire l'amour. Fermons la porte de l'appartement et mettons-nous au lit.

X me lance alors un regard féroce et incrédule. (Je vois bien que cette idée lui fait horreur, je donnerais n'importe quoi pour retirer ce que je viens de dire, car il s'agit d'une proposition absurde, et je me demande aussitôt où j'ai été chercher pareille bêtise.)

— C'est une chose que nous ne faisons plus. Ça y est, ça te revient maintenant ? dit X d'une voix acerbe. Être divorcés, ça veut dire qu'on met une croix là-dessus. Tu es vraiment odieux.

— Je suis désolé, dis-je.

Le sergent Benivalle me comprendrait et inventerait une stratégie pour corriger cette bévue. Tout compte fait, ce n'est vraiment pas notre jour.

— Maintenant, je me rappelle pourquoi j'ai décidé de divorcer. (X pivote sur ses talons, rejoint la porte en trois foulées incroyablement longues.) Tu es vraiment *devenu* infect. Tu ne l'as pas toujours été. Mais aujourd'hui tu l'es. Et je n'éprouve plus la moindre affection pour toi.

— Tu as sans doute raison, dis-je en essayant de sourire. Mais tu n'as rien à craindre.

— Je n'ai pas peur, rétorque-t-elle avec un rire aigrelet.

Elle se retourne vers la porte au moment précis où un petit homme en chemise blanche arrive en sens inverse. X se fige sur place.

L'homme écarquille les yeux derrière ses verres épais, et malgré lui barre la route à X. Il se penche pour me regarder.

— Vous êtes la sœur et le frère ? demande-t-il.

Je me penche exactement comme lui afin d'essayer de le voir et de prendre un air avenant.

— Non, dis-je. Je suis un ami de Walter.

C'est la seule explication dont je dispose, et je vois bien à son expression qu'elle ne lui suffit pas. On dirait un jeune Frank Sinatra aux joues pâles et dodues, aux cheveux frisés (il n'est peut-être pas aussi jeune qu'il en a l'air, il ressemble en fait à un bibliothécaire sec comme un coup de trique). Il soupçonne anguille sous roche, et il a l'intention de creuser sans se départir de sa mine patibulaire. Sa seule présence me fait comprendre que je n'ai pas grand-chose à faire ici, et que X avait évidemment raison. Quelle chance que nous ne nous soyons pas mis au lit...

— Vous n'avez strictement rien à faire ici, dit le jeune homme.

Pour une raison inconnue, il paraît très nerveux et fermement décidé à se mettre en rogne au moindre prétexte. Je devrais bien sûr lui montrer la carte du sergent Benivalle.

— Vous êtes le gérant ?

— Oui. Qu'est-ce vous volez ? Vous n'avez le droit de rien prendre.

— Nous ne prenons rien.

— Excusez-moi, dit X en se glissant derrière l'homme avant de disparaître dans l'obscurité.

Elle n'a rien d'autre à me dire. J'écoute le bruit de ses pas dans le couloir et me sens affreusement mal.

L'homme me regarde en clignant des yeux dans la lumière du salon.

— Mais qu'est-ce que vous faites ici ? Je vais appeler la police. Nous allons...

— La police est déjà au courant, dis-je d'une voix lasse.

C'est sans doute le moment ou jamais de présenter la carte du sergent Benivalle, mais je n'en ai vraiment pas le courage.

— Qu'est-ce que vous cherchez ? dit l'homme d'un air peiné, planté sur le seuil du salon.

— Je ne sais pas. J'ai oublié.

— Seriez-vous une espèce de journaliste ?

— Non. J'étais simplement l'ami de Walter.

— Personne n'a le droit d'entrer ici en dehors de la famille. Alors sortez.

— Vous aussi, vous êtes un ami de Walter ?

Ma question le fait cligner des yeux plusieurs fois.

— Je l'étais, répond-il. Je l'étais sans aucun doute.

— Alors pourquoi n'êtes-vous pas allé l'identifier ?

— Sortez immédiatement, répète l'homme d'un air hébété.

— D'accord.

Je me retourne pour éteindre la lumière et me rappelle mon livre dans la chambre obscure. J'aimerais le prendre pour le rendre à la bibliothèque.

— Excusez-moi, dis-je.

— Ça va, j'éteindrai, dit l'homme d'une voix cassante. Allez-vous-en.

— Merci.

Je passe devant l'homme en frôlant sa manche, puis sors dans l'air sirupeux qui me paraît plein de larmes.

X est assise dans sa Citation, sous le lampadaire, moteur tournant au ralenti ; les lumières du tableau de bord nimbent son visage d'une lueur verte. Elle m'attend.

Je me penche par la fenêtre côté passager, respire une bouffée d'air tiède où je discerne le parfum de X.

— Je ne vois pas pourquoi il a fallu que nous venions ici, dit-elle d'un air buté.

— Je suis désolé. Tout est de ma faute. Ma proposition n'était pas sérieuse, tout à l'heure.

— Mon Dieu, tu as vraiment été d'une incroyable vulgarité.

X secoue la tête ; elle est encore furieuse.

C'est absolument vrai, bien sûr. De même, il est indéniable que j'ai recherché une sorte de révélation affreusement définitive, et que je vais me retrouver les mains vides.

— Je ne vois pas pourquoi il faudrait que je me distingue des autres adultes. Je n'ai plus à impressionner personne.

— Ta présence me gêne, voilà tout. (Elle hoche la tête en scrutant la nuit.) Dire que j'allais te proposer de passer à la maison. C'est plutôt risible, non ? J'ai laissé les enfants chez les Armantis.

— J'accepterais tout de suite. C'est une excellente idée.

— Eh bien non.

X fait pivoter son buste pour saisir l'attache de sa ceinture de sécurité et la fixer en travers de ses cuisses merveilleuses. Ensuite, ses deux mains se posent sur le volant.

— Ce petit bonhomme, là-haut, m'a paru si bizarre. C'était un ami de ton ami ?

— Je ne sais pas. Il ne m'en a jamais parlé.

X s'inquiète sans doute à la pensée que Walter et moi ayons pu avoir « une liaison sentimentale ».

— Peut-être que le destin de ton ami, c'était de se tuer.

Elle me sourit avec trop d'ironie, beaucoup trop en tout cas pour des gens qui se connaissent depuis aussi longtemps que nous, qui ont couché ensemble, eu des enfants ensemble, qui se sont aimés et ont divorcé. Dans ce genre de situation, l'ironie devrait être interdite par la loi. C'est un poison qui ne profite à personne. Hélas, l'ironie de X est la réaction typique d'une femme du Middle West confrontée à un dilemme complexe.

— Walter ignorait tout de ses propres ressources. Il n'était pas obligé de se suicider. Et puis j'ai l'impression que tu pourrais faire preuve d'un peu plus de souplesse. Maintenant, allons chez toi. Il n'y a personne là-bas. Profitons-en.

— Je ne crois pas que ce soit possible, répond-elle en souriant toujours.

— J'aimerais beaucoup y aller avec toi.

Je lui souris par la fenêtre. Je sens les gaz d'échappement monter du sol, la voiture qui frémit derrière la lumière de ses phares. Entre les deux sièges avant, l'alvéole réservée à la monnaie est remplie de tees de golf orange.

— Tu n'es pas foncièrement mauvais. Je suis désolée, mais je n'ai pas l'impression que le divorce t'ait fait beaucoup de bien. (Lorsqu'elle embraie, la voiture avance un peu, mais s'arrête bientôt.) C'est une mauvaise idée que j'ai eue là.

— On est supposé faire confiance à ceux qu'on aime, dis-je. Mais tout le monde a l'air de se méfier de tout le monde, tu ne trouves pas ?

Elle m'adresse un sourire triste et contraint que j'aperçois à la lueur du tableau de bord.

— Je n'en sais rien, répond-elle.

Elle a les larmes aux yeux.

— Moi non plus, dis-je.

X lâche la pédale des freins et je recule sur la pelouse. La Citation hésite, puis s'éloigne en chuintant sur Coolidge avant de se fondre dans la nuit. Je me retrouve seul dans le silence froid du jardin de Walter, près de sa MG, devant un immeuble anonyme, dans un quartier où personne ne me connaît, un homme sans but, momentanément à court d'idées, approchant de la triste fin d'une mauvaise journée qui, dans un monde meilleur, n'aurait jamais eu lieu.

Où donc iriez-vous à ma place ?

Où vont les journalistes sportifs lorsque la journée s'achève et que les possibilités sont tellement limitées que rien de bon ni de mauvais ne paraît pouvoir en sortir ? (J'irais volontiers me coucher, mais dormir semble exclu dans mon cas.)

Ce n'est pourtant pas un passage à vide ; il est donc superflu de se battre pour retrouver au moins un semblant d'activité. Je n'ai même pas besoin d'éviter cet instant ou de l'affronter avec une audace particulière. Ce n'est pas le prologue à un regret terrible. Pour que le vide se manifeste, il faut une attente réelle, un espoir qui sera ensuite déçu par le destin. Et je n'entretiens pas de tels espoirs. Pour l'instant, je suis au-delà de tout espoir, un peu comme le soir où X a brûlé son coffre de jeune mariée pendant que je regardais les étoiles.

Walter dirait que je ne suis devenu ni le spectateur ni la chose vue — je me sens aussi invisible que Claude Rains dans son film, même si je n'ai ni ennemis à vaincre ni dettes à régler. L'invisibilité n'est en réalité pas si désagréable. Nous devrions tous essayer de la connaître mieux, de l'utiliser à notre avantage, contrairement à Claude Rains, car à un moment ou à un autre — et que cela nous plaise ou non —, nous devenons invisibles, affranchis de tout devoir et de notre corps, libres de dériver dans la brise nocturne, d'agir à notre guise et de nous interroger sur notre prochaine incarnation. Et cela, je vous le promets, n'a rien à voir avec un temps mort. Ni avec le regret. (Walter avait peut-être des vues sur moi, qui sait ? Et qui s'en soucie ?) Chevaucher le vent comme un murmure n'est pas une mince liberté, et si nous avons la chance de gagner pareil privilège, même si nous le devons à des événements douloureux, pourquoi ne pas en profiter, car c'est le seul et unique réconfort naturel dont nous pouvons jouir, une consolation solitaire et souveraine, sans tous les à-côtés ou les restrictions imposées par autrui — parmi lequels j'inclus Dieu lui-même, qui ne nous laisse pas rester longtemps invisibles, car c'est là un privilège qu'il se réserve.

Dieu ne vient pas en aide à ceux qui, comme lui, sont invisibles.

Homme invisible, je conduis dans les rues endormies et pentues de Haddam après Pâques. Comme je l'ai déjà deviné, ce n'est pas un bon endroit pour mourir. La mort est ici un intrus absurde. Une infraction. Un immeuble qui jure avec les autres. Une énigme aussi opaque que le sanscrit. Les métropoles supportent beaucoup mieux la présence de la mort. Tant de choses y trouvent leur place qu'une mort aussi dérisoire que celle de Walter s'y glisserait sans coup férir, recevrait son lot de sympathie, avant d'être bientôt oubliée.

Haddam est néanmoins un endroit idéal pour l'invisibilité — la ville est quasiment faite pour cela. Je bifurque dans Hoving Road, roule devant ma propre maison obscure parmi ses bouleaux. Bosobolo n'est toujours pas rentré (il batifole encore dans la jungle avec sa Jane). Je pourrais lui parler d'invisibilité, même si un authentique Africain en connaît peut-être moins sur ce sujet qu'un de nos Noirs américains, et je finirais par lui expliquer tout cela par le menu, mais il mordrait vite à l'appât — passionné qu'il est par l'invisible.

Je traverse le cimetière obscur où mon fils repose, et où l'invisible vous interpelle bruyamment, réclame le calme à cor et à cri, du calme, encore du calme et toujours du calme. Je pourrais m'asseoir sur la pierre tombale de Craig, rester silencieux et invisible auprès de Ralph, méditer un moment avec lui. Mais je me heurterais bientôt à ma tendance fâcheuse au prosaïsme, et tout réconfort s'évanouirait aussitôt.

Je passe devant la maison de X, où toutes les fenêtres sont éclairées ; j'ai l'impression d'une grande animation derrière des portes closes, comme si tous les habitants pliaient bagage. Je n'ai rien à y faire. Mon seul espoir serait d'y provoquer un esclandre, de pousser tout le monde à bout, de crier tant et plus, de briser une lampe. Pourtant — et cela ne surprendra personne —, je n'ai pas le cœur à cela. Il est neuf heures du soir, et je sais où sont mes enfants.

Où aller pour me changer les idées ?

Je passe devant l'August. Une lueur rouge réchauffe la fenêtre la plus proche du bar ; je suis sûr qu'un résident de longue date ou un divorcé y attend une oreille complaisante, mais je n'ai pas la moindre envie de jouer les confidents.

Je descends Cromwell Lane jusqu'à l'hôtel de ville, où il y a encore de la lumière — dans le bureau des impôts, le gardien regarde au-dehors derrière la porte vitrée, en tenant son balai-serpillière comme un fusil au repos. Un train siffle au loin, puis une sirène chantonne à travers les ormes lourds de l'Institut. J'observe le clignotement des lumières, j'écoute les bruits doux et monotones de toutes les banlieues printanières. Certains diront qu'il n'y a pas plus triste et déprimant qu'une rue de banlieue le soir, lorsqu'on est seul. Mais c'est parfaitement faux. Je vous jure qu'il existe des choses bien pires. Un emploi à la bourse de New York, par exemple. Une mort silencieuse en mer, quand il n'y a personne pour assister à votre noyade. La vie de Herb Wallagher. Tout cela est infiniment pire. En fait, je pourrais dresser une liste longue comme le bras de choses beaucoup plus déprimantes.

Je descends la rue pavée jusqu'à la gare où, si je ne me trompe, un train va bientôt arriver. Il n'est pas désagréable de s'installer dans les ténèbres anonymes pour regarder les banlieusards poser le pied sur le quai de la gare dans les nappes de lumière des wagons, puis marcher vers la promesse d'embrassades généreuses, vers des pièces confortables aux murs couverts de papier peint, vers des cocktails, un seau à glace, un journal, une longue soirée paisible consacrée aux informations, et enfin le sommeil. J'ai commencé de venir ici peu après mon divorce, pour regarder des gens que je connaissais rentrer chez eux de Gotham, regarder ceux qui les attendaient les retrouver, les étreindre, les embrasser, leur tapoter le dos ou le bras, prendre leur bagage, puis les faire monter dans une voiture. Peut-être pensez-vous que j'étais envieux, que j'avais le cœur en capilotade, ou que je m'arrangeais pour me sentir lésé. Au contraire, ce spectacle me redonnait courage et foi en la vie ; bientôt, une fois le train reparti, la gare à nouveau déserte, lorsque les taxis avaient rejoint le centre-ville, je rentrais presque toujours me coucher d'excellente humeur. Prendre plaisir au réconfort d'autrui, même au plus modeste, est toujours possible. Mieux : cela devient parfois une véritable nécessité, quand la malchance s'acharne sur vous. Cela exige une force de caractère aussi ferme et noble que de quitter son banc pour jouer un grand match alors qu'on sait pertinemment qu'on ne sera jamais un champion ; ou que de choisir de ne pas coucher avec la ravissante épouse de votre meilleur ami. S'il avait su cela, Walter Luckett serait sans doute en vie ce soir.

Je ne me suis pas trompé.

Dans les ténèbres métalliques et enchevêtrées des voies résonne le claquement puissant du dernier train en provenance de Philadelphie, qui retourne à New York. Des cheminots se penchent par les portières pour observer la gare et remarquent d'un air blasé les deux voitures qui attendent. Je n'aimerais pas mener leur existence, même si je veux bien croire qu'elle leur procure parfois de réelles satisfactions. Je suis sûr que j'accorderais trop d'attention à mes passagers, que je m'attarderais pour épier leurs conversations, que je voudrais connaître leur destination, discuterais avec eux, noterais parfois un numéro de téléphone, ne poinçonnerais pas tous mes billets et finirais par me faire renvoyer — je ne suis pas davantage fait pour ce métier que pour la soudure à l'arc.

Le convoi freine devant la gare. Les cheminots descendent sur le quai en agitant leurs lampes minuscules comme des policiers, avant même que les derniers wagons soient arrêtés. Le taxi solitaire allume le voyant orange de son toit, et dans les deux voitures qui attendent, les conducteurs font démarrer leur moteur à l'unisson.

Dans la lumière jaune des wagons, des visages pâles et rêveurs scrutent la nuit de Pâques. *Où sommes-nous maintenant ?* semblent-ils demander. *Qui habite ici ?, Les gens vivent-ils en sécurité ?* Leurs traits sont vitreux, empâtés de fatigue.

Je marche jusqu'au quai, avance sous la verrière, les mains dans les poches, trottinant sur la pointe des pieds comme si j'attendais — ma bien-aimée, une maîtresse, mon meilleur ami de fac que je n'ai pas revu depuis longtemps. Les deux cheminots me considèrent avec un regard de merlan frit, puis se mettent à discuter. Mais je ne me sens guère exclu, car j'apprécie la proximité des trains, l'excitation qu'ils évoquent, leurs sifflements implacables et leur détermination. J'ai lu quelque part que la proximité d'objets plus vastes et plus puissants que vous était salutaire pour l'individu, car elle vous rapetissait (ainsi que vos soucis mesquins). Ce contact, poursuivait l'auteur de l'article, affranchissait l'esprit de ses préoccupations quotidiennes, expliquait pourquoi les habitants du Montana ou les sherpas, qui côtoient des montagnes impressionnantes ne sont pas du genre à se plaindre ou à entretenir le prurit de l'introspection. Le même auteur évoquait une « utilisation » meilleure des gratte-ciel ; et si vous voulez mon avis, il avait raison sur toute la ligne. Maintenant, seul à côté des wagons chuintants, je sens mes préoccupations s'envoler, et je vais le répéter, peut-être pour la dernière fois : le mystère est partout, même dans une banale gare de banlieue qui pue l'urine. Il suffit d'y être disponible. On ne sait jamais ce qui va suivre. Il y a toujours une chance pour que — miracle ! — ce soit ce que vous désirez.

Descend du train une jeune et ravissante religieuse, en habit très noir et très orthodoxe, portant un attaché-case rutilant et un parapluie fermé. Elle a le regard clair, le visage rond et souriant elle adresse un « merci, et au revoir » taquin aux cheminots, qui portent la main à leur casquette en souriant mais lui lancent un regard lourd dès qu'elle a le dos tourné. Elle ne retrouve personne sur le quai, passe devant moi d'un pas allègre avant de se diriger, j'en suis sûr, vers le séminaire où elle va sans doute régler des problèmes ecclésiastiques avec les presbytériens. Je lui souris lorsqu'elle s'approche de moi, car elle ne court aucun danger dans nos rues, je peux le lui assurer. Pas de violeurs en puissance ni de types louches. Mais cette religieuse est du genre à regarder le danger en face et à lui opposer un souverain mépris.

Suivent deux hommes d'affaires, la cravate desserrée, chacun portant un luxueux attaché-case — des avocats sans aucun doute, arrivant de Philadelphie ou de la capitale, venus négocier un contrat dans l'un ou l'autre des sièges de multinationales qui ponctuent le paysage local. Tous deux sont juifs, tous deux épuisés, prêts pour un Martini, un bon bain, une paire de draps frais et une série télé. Ils s'engouffrent dans le taxi. J'entends l'un lancer au chauffeur « A l'August », puis le taxi remonte la colline en murmurant, ses feux arrière aussi rouges que des roses sales.

Deux femmes blondes sortent d'un pas vif, s'étreignent machinalement, puis montent dans les deux voitures qui attendent — chacune conduite par un homme — et disparaissent. L'espace d'un instant, j'ai cru reconnaître l'une d'elles, une jeune fille rencontrée autrefois lors d'un cocktail. Une épouse nerveuse, une Laura ou une Suzannah aux hanches étroites, au pantalon de soie rouge et à la peau tannée : une femme de mon âge, que j'ai sans doute ennuyée à mourir, mais qui me cassait trop les pieds pour que je me taise. Peut-être une amie de X, qui sait tout de moi. L'une des deux blondes m'a décoché un bref regard meurtrier avant de monter dans la Grand Prix qui l'attendait et de gratifier le conducteur d'un gros baiser stéréotypé, mais je crois qu'elle ne m'a pas reconnu. Un problème, lorsqu'on est divorcé dans une petite ville comme celle-ci, c'est que toutes les femmes deviennent aussitôt les amies de votre ancienne épouse, qu'elles la connaissent ou pas. Il ne s'agit pas seulement de paranoïa. Il est chaque jour plus difficile d'être un homme.

Les cheminots remontent dans les wagons. La lumière des phares tournoie au-dessus des rails. Dans le train, tous les passagers se sont rendormis. Le moment de rentrer à la maison approche. Mais pour y faire quoi ?

D'un wagon éloigné descend un dernier voyageur. Une petite femme aux cheveux châtain, assez frêle, mais mignonne, étrangère à Haddam. C'est évident dès que ses chaussures — dont le talon est plus bas que l'avant de la semelle — touchent le quai. Elle porte une robe large mais elle est très mince, dotée d'un visage agréable aux traits d'oiseau, et elle regarde sans cesse autour d'elle en dressant le nez en l'air. Elle tient d'une main une espèce de grand panier brésilien en rotin sur lequel elle a posé un gros chandail en tricot. Son autre main serre un livre épais dont j'aperçois le titre, *La Vie de Teddy Roosevelt,* et d'où dépassent une foule de bandes de papier servant de marque-page.

Elle renifle l'air comme si elle venait d'arriver au Pendjab ; puis une odeur lui fait tourner la tête, elle va dire un mot au plus âgé des deux cheminots. Il lui indique la direction que la religieuse vient d'emprunter, vers le sommet de la colline et juste devant moi, qui suis appuyé à la rambarde devant une série de casiers à journaux et qui dans cette soirée printanière me laisse envahir par l'envie de dormir.

J'entends le mot *taxi,* puis le cheminot et la femme regardent le parking désert en secouant la tête. Seule ma Malibu est garée de l'autre côté de la rue, à l'angle d'une haie obscure, derrière la salle de théâtre municipale — une tache sombre, difficilement repérable. Le cheminot et la femme regardent encore dans ma direction, et je sens qu'ils vont parler de moi.

— Peut-être que ce monsieur, là-bas, acceptera de vous conduire en ville, dit l'un d'eux. C'est une ville tranquille. Y a personne pour vous assassiner, ici.

Ça y est, je suis redevenu visible !

La femme tourne vers moi son visage d'oiseau. Nous nous ressemblons, elle et moi. Pendant les années soixante, nous avons tous deux appris à faire confiance aux inconnus, mais nous n'avons toujours pas compris que c'est là une mauvaise idée (nos propres perfidies auraient pourtant dû nous ouvrir les yeux).

Les mains plongées au fond de mes poches revolvers, je suis prêt à payer de ma personne ; à rendre service, à me montrer aussi astucieux que le bon vieux Huckleberry Finn. J'aurais peut-être droit à une invitation tardive à prendre un verre en guise de remerciements, à un tête-à-tête intime dans la pénombre de l'August, à côté des avocats épuisés. Et ensuite, qui sait ?

Au fond de ma poche, mes doigts palpent une feuille de papier inconnue. La lettre de Walter, pliée en trois, coincée derrière mon portefeuille, oubliée jusqu'à maintenant. Une bouffée de chaleur sans joie m'envahit soudain le visage, puis me picote les oreilles et le cuir chevelu.

Cette femme est la sœur de Walter ! Le panier de Walter. Les chaussures orthopédiques. La biographie de Roosevelt. Elle vient de débarquer à Haddam pour accomplir ses devoirs de sœur, avec une efficacité suffisamment sèche et implacable pour envoyer par le fond le naufragé le plus déterminé à survivre. C'est une malheureuse institutrice de l'école Montessori de Coshocton. Une femme qui a une liste de livres à lire ainsi qu'un agenda méticuleusement rempli, des amies dans le Peace Corps et un manuel de neuropsychiatrie au fond de son panier brésilien. Une Pat ou une Fran proprette et plate comme une planche à repasser, à qui l'inspecteur pédagogique donne toujours la meilleure note. Mon cœur s'emballe à la pensée de la blonde désormais disparue dans la Grand Prix, en route vers une quelconque taverne italienne qui a le courage de rester ouverte le jour de Pâques. J'aimerais tant l'y accompagner. Je pourrais lui offrir à dîner. Payer les cocktails. Le pourboire. Mais surtout, ne m'abandonnez pas aux affres d'une soirée consacrée à d'horribles discussions. (Bien sûr, je ne suis pas certain que ce soit elle, mais pas davantage du contraire.) Pour moi, cette femme évoque de manière criante la sœur de Walter Problèmes, et pour rien au monde je n'engagerais la conversation avec elle.

— Excusez-moi, s'il vous plaît, dit Fran ou Pat d'une voix sèche et affairée en s'approchant de moi.

Je suis sûr qu'elle vous broie la main au lieu de la serrer, qu'elle considère la mort comme une simple formalité désagréable, frère ou pas frère. Je ne veux surtout pas savoir ce que contient encore ce panier.

— Je me demandais si cela vous dérangerait beaucoup...

Elle prend une voix suraiguë d'institutrice, lève le nez comme si elle essayait de me toiser malgré sa petite taille.

Le train émet un sifflement sonore. Une cloche sonne un dernier appel.

— Attention au départ ! s'écrie un cheminot debout à une portière.

Le train s'ébranle, et me voilà soudain propulsé dans un wagon, les genoux douloureux, passager inattendu qui s'éloigne de la gare.

— Désolé, dis-je en me retournant vers elle, mais j'ai un train à prendre.

La femme reste plantée là, clignant des yeux vers ma silhouette qui rapetisse vite, bouche bée avant de prononcer des paroles que je suis dispensé d'entendre, des mots pour lesquels même une galipette dans le foin ne constituerait pas un antidote suffisant.

Elle s'éloigne et s'obscurcit dans la lumière poudreuse de la gare, figée dans cette posture ahurie où la certitude tourne à la confusion ; constatant avec stupéfaction que les gens se comportent vraiment bizarrement ici, qu'ils sont plus cassants, moins désireux de s'engager ou de respecter les bonnes manières ; confuse de ne pas comprendre pourquoi on peut refuser de rendre service à son prochain. Et peut-être Pat ou Fran a-t-elle raison. Il y a en effet de quoi s'étonner, mais il vaut parfois mieux ne pas tenter le diable. A trop courir sa chance, on risque de se retrouver les mains vides, sans rien d'autre que le regret pour vous tenir compagnie pendant une nuit tout simplement sans fin.

13

Ticatacac, nous brinquebalons à travers le corridor falot du New Jersey nocturne. Je voyage dans l'un de ces anciens wagons aux banquettes de plastique marron, aux fenêtres crasseuses. Une odeur métallique et rance emplit le couloir, s'accroche aux porte-bagages, et les vieilles lampes clignotent faiblement. C'est le côté sinistre des transports en commun.

Il est malgré tout agréable de se déplacer. Je m'installe confortablement en posant les pieds sur la banquette en face de moi, et je regarde défiler les bourgades irréelles : Edison, Metuchen, Metropark, Rahway et Elizabeth.

Je n'ai bien sûr pas la moindre idée de ma destination ni de ce que je ferai une fois arrivé. Il est parfois vital de s'enfuir devant une menace sinistre, mais la suite des événements devient alors une énigme. Je n'ai pas pris le train de nuit pour aller à New York depuis que X et moi sommes allés voir *Porgy and Bess* par un soir d'hiver où il neigeait. Quand était-ce — il y a cinq ans ? Huit ans ? J'ai tendance à mélanger les dates, mais cela ne me gêne guère. Ce soir, la perspective de me retrouver à Gotham me paraît moins terrifiante que d'habitude. J'ai l'impression de rejoindre un lieu agréable et prohibé, comme une femme qu'on connaît à peine et qu'on désire à moitié, mais qui vous laisse faire. Ainsi, les choses changent. Il faut s'y attendre. Mais me retrouver dans les rues d'une de ces petites bourgades du Jersey me plongerait dans une panique bien pire que toutes celles que j'ai connues à New York.

Il y a seulement quelques passagers solitaires dans mon wagon. La plupart dorment, et je ne reconnais aucun des visages aperçus sur le quai. Retrouver une connaissance ne me dérangerait même pas. Bert Brisker serait un compagnon de voyage idéal, débordant de commentaires érudits sur le livre qu'il lit en vue d'un article ou sur une interview qu'il a menée avec un auteur célèbre. J'aimerais connaître son avis sur l'avenir du roman moderne. (Ces conversations entre initiés, l'assurance que votre formation n'a pas été complètement inutile, tout cela me manque.) D'habitude, Bert est plongé dans son travail et moi dans le mien. Dès que nous avons quitté le quai, où nous pouffons de rire et échangeons allusions voilées et formules codées, nous ne nous adressons presque plus la parole. Pourtant, j'apprécierais maintenant une bonne discussion entre amis. Je n'ai pas assez goûté à ce plaisir ; c'est là le mauvais côté de la fréquentation des sportifs, des gens que je ne connais pas bien et ne connaîtrai jamais mieux, des gens qui n'ont pas grand-chose à partager avec vous. C'est triste à dire, mais le métier de journaliste sportif vous oblige à garder presque toujours vos pensées pour vous, et à seulement entrevoir celles des autres. C'est exactement pour cela que Bert a laissé tomber et qu'il est ce soir chez lui avec Penny, leurs filles et ses bergers allemands, en train de regarder Shakespeare à la télé ou de s'endormir sur un bon livre. Et voilà pourquoi je me retrouve seul dans un omnibus vide et malodorant, en route vers un sombre royaume que j'ai toujours redouté.

Le jeune cheminot au regard de merlan frit entre en vacillant dans le wagon, puis me considère d'un air méfiant en me rendant ma monnaie avant de fixer un talon de billet sur mon dossier. Il n'aime pas les voyageurs qui achètent leur titre de transport dans le train, il n'apprécie pas davantage que je n'aie pas fait le taxi pour la sœur de Walter, ou que je porte une chemise en madras, que je paraisse heureux et si différent de lui, alors que le monde tel qu'il le connaît — dans son uniforme noir et lustré de contrôleur — obéit à un ordre parfait. A mon avis, il n'a pas encore trente ans, et je lui adresse le sourire du voyageur paisible pour lui signifier que tout va bien et que je ne menace aucune de ses convictions fondamentales. En fait, j'en partage sans doute la plupart. A son regard mauvais, je comprends néanmoins que cette soirée lui déplaît foncièrement, ainsi que toutes ses menaces potentielles — les incidents, les hasards, les rencontres qu'il doit chasser hors de la sphère brinquebalante de ses obligations professionnelles. Et comme j'y fais soudain irruption, je deviens moi aussi suspect. Il remet vivement la poinçonneuse dans sa poche, examine les billets des autres passagers, puis passe au wagon-bar, où je le vois entamer la conversation avec un serveur noir.

En payant mon billet, j'ai une fois encore touché la lettre de Walter, et, vu les circonstances, je n'ai plus qu'à la lire. Je commence à Rahway, sous la petite lumière supérieure.

Cher Franko,
Ce matin, au réveil, j'ai eu une idée très claire de ce que je devais faire. J'en suis absolument sûr. Je vais écrire un roman ! Je ne sais fichtrement pas de quoi ça va parler ni qui va le lire, ni rien de tout ça, mais maintenant je ne pense plus qu'à cela. Que ceux qui auront envie de le lire le lisent, et que les autres aillent se faire voir. J'ai dépassé le stade du doute, et je me sens en pleine forme !
Voici ce que j'ai écrit : « Eddie Grimes s'est réveillé le matin de Pâques et a entendu le train siffler au loin dans une gare de banlieue anonyme. Sa toute première pensée de la journée a été : "Nous perdons le contrôle peu à peu." » Ça m'a semblé être un

début du tonnerre. Eddy Grimes, c'est moi. C'est un roman sur moi, où je mettrai mes idées, mes conceptions, ce que je crois. C'est difficile de penser à ce qui caractérise mon existence. On a d'abord l'impression que c'est à la portée du premier venu. Mais je découvre que c'est très, très difficile. Presque impossible en fait. Je vois beaucoup mieux ce qui caractérise ton existence, Frank. Moi, je suis conservateur, passionné, inventif et juste — pour un spécialiste des investissements bancaires, c'est indispensable ! Mais j'ai un mal de chien à formuler tout ça dans le cadre d'un roman. Voilà justement que je perds le fil de mes pensées.
Une bonne entrée en matière pour un roman, c'est sans doute une lettre avant un suicide. Ça constitue une sacrée accroche narrative. Je sais que ç'a déjà été fait. Mais tout a déjà été fait. C'était nouveau pour moi, tu comprends ? Je ne me fais aucun souci.

Je suis parti et revenu. L'idée de la lettre avant le suicide n'est pas vraiment fructueuse d'un point de vue romanesque, Frank. Je ne sais pas à quel maître de l'inconstance je suis redevable ici (ah ah). Au fait, excuse-moi pour mon message où je te parle de cet avion. J'essayais seulement de manipuler mes émotions, de me mettre dans le bon état d'esprit pour écrire. J'espère que tu ne m'en veux pas trop. Je t'admire d'autant plus à cause du travail que tu as fait. Je te considère toujours comme mon meilleur ami, même si nous ne nous connaissons pas très bien. Il y a un moment, j'ai essayé d'appeler Yolanda. Pas de réponse, et puis ça a sonné occupé. Et ensuite, pas de réponse. J'ai aussi mis les choses au point avec Warren. Je suis assez fier de moi. Je reconnais que j'aurais dû rester simplement son ami. Mais on ne peut pas revenir en arrière. Bah. Ce n'est pas grave. Prends bien soin de toi, Frank.

J'aimerais que ceci soit une lettre intéressante, à défaut de devenir un roman à succès. Je sais parfaitement bien ce que je suis en train de préparer. Sans blague et sans déconner. Qui a dit qu'il fallait être fou pour se suicider ? Rien de plus faux. Je n'ai jamais été aussi lucide. Aucun doute là-dessus.
Frank, je t'annonce maintenant la meilleure. Tu es prêt ? J'ai une fille ! Je devine exactement ce que tu penses. Mais c'est pourtant la vérité. Elle a dix-neuf ans. Le fruit d'une de ces liaisons adolescentes boiteuses, dans l'Ohio, au début de l'été, quand j'étais étudiant en deuxième année et que j'avais moi-même dix-neuf ans ! Elle s'appelle Susan — Suzie Smith. Elle habite Sarasota, en Floride, avec sa mère, Janet, qui vit avec un marin ou un motard qui patrouille sur les autoroutes. Je ne sais pas si c'est l'un ou l'autre. Je leur envoie un chèque tous les mois. J'aimerais descendre les voir et dire toute la vérité à ma fille. Car je ne l'ai jamais vue. Au moment de sa naissance, tout s'est passé très vite. Bien sûr, on ne s'y prendrait plus comme ça aujourd'hui. Mais je me sens très proche d'elle. Et tu es la seule personne capable de comprendre ça, Franko J'espère que tu ne m'en voudras pas si je te demande de descendre en Floride pour lui expliquer. Merci d'avance. Tu as besoin de vacances, non ?
Je ne crois pas m'être senti plus lucide depuis que j'étais à Grinnell et que j'ai dû prendre la décision de monter dans la catégorie des cent cinquante-deux livres, et renoncer aux cent-quarante-cinq, où j'avais pourtant de bons résultats, à cause de quelqu'un qui est soudain devenu meilleur que moi — un première année, en plus. Pour moi, ç'a été une grande décision. J'ai fini par remporter des matches dans la catégorie supérieure, mais je n'ai jamais été aussi bon. Je ne me suis plus jamais senti aussi fier. Non que je me sente très fier de moi en ce moment, mais il me

semble que j'aurais le droit de l'être.

Meilleurs sentiments,
Wally

Meilleurs sentiments ? Et après, *boum,* on se fait sauter le caisson ? Comment se laisse-t-on embobiner par des gens qu'on ne connaît même pas, voilà ce que j'aimerais savoir. En ce moment, je donnerais n'importe quoi pour n'avoir jamais rencontré Walter Luckett junior, ou pour qu'il soit toujours vivant, que je puisse le laisser tomber comme une vieille chaussette, qu'il n'ait personne à qui adresser sa lettre de couillon, et qu'il se débrouille tout seul pour résoudre ses grands problèmes. Peut-être qu'alors il aurait pu finir son roman. En un sens, si je n'avais pas été son ami, il serait toujours vivant.

Quelle existence contient un noyau indestructible de mystère ? Celle de l'astronaute ? Celle du champion de boxe catégorie poids lourds ? Celle de l'indigène oubangui ? Même ce bon vieux Bosobolo se sent obligé de faire des études de théologie, qui ne lui apportent d'ailleurs aucune certitude, à telle enseigne qu'il entretient une liaison amoureuse. Si Walter était ici ce soir, je lui secouerais les puces comme jamais.

Il aurait pu aller trouver Mrs. Miller (à condition de la connaître) ; ou passer la soirée à feuilleter des catalogues ; ou bien allumer la télé ; ou encore faire venir une pute à cent dollars. Il aurait pu se décarcasser un peu pour trouver une bonne raison de continuer à vivre. A quoi sert le monde de tous les jours sinon à nous fournir des raisons pour retarder notre départ ?

A la place de Walter, beaucoup d'hommes seraient partis à Bimini pour régler leurs différends avec leur femme, ou à Yellowstone afin de passer une semaine dans un camping-car grand modèle. Mais maintenant, je ne peux même plus me payer le luxe d'essayer de l'en convaincre. Seule demeure l'évidence banale et insupportable de la mort, une évidence qui, lorsqu'on se met à y penser, ne vous lâche plus et s'incruste dans votre existence comme la charogne d'un putois coincée sous votre véranda.

Et sa fille ? Pas question de m'en occuper. J'en ai déjà une. Un jour, bien assez tôt, elle aussi exigera des explications. Et, sincèrement, seules m'importent les réponses que je pourrai alors lui fournir. Ce qui est arrivé à Walter sur cette terre ne concerne que lui. Je suis vraiment désolé de la solution qu'il a choisie, mais il a eu sa chance comme chacun d'entre nous.

Soudain, nous roulons à travers des prairies luxuriantes, puis nous entrons dans le long tunnel qui aboutit à Gotham, où les lumières s'éteignent et clignotent, où l'on n'aperçoit plus que le reflet de son propre visage sur la fenêtre crasseuse ; j'ai l'impression de chuter brusquement dans l'espace pour tomber dans un rêve dangereux — un rêve récurrent que j'ai souvent fait après mon divorce (mais cette fois, je suis sûr que Walter en est la cause) ; je me retrouve au lit avec une personne que je ne connais pas et que je ne peux pas — ne dois pas — toucher (une femme, Dieu merci), près de laquelle je dois rester allongé pendant des heures, dans un état de peur, d'excitation et de culpabilité. C'est un rêve affreux, mais je ne serais pas étonné d'apprendre que tous les hommes le font à un moment ou à un autre. Voire à répétition. Mais lorsque j'ai fait ce rêve pendant six mois, je m'y suis habitué au point que je réussissais à me rendormir en cinq minutes. Néanmoins, si je n'étais pas déjà tombé par terre, je me retrouvais au moins au bord du lit à mon réveil, crispé et nauséeux comme si je m'accrochais au rebord d'un canot de sauvetage sur une mer démontée. Nous nous habituons à tout, bon ou mauvais, et avec le temps ne le remarquons même plus.

Dix minutes plus tard, le train s'arrête sous la voûte de Penn Station, je me lève et quitte l'air chaud du tunnel pour traverser la salle supérieure brillamment éclairée, mon rêve s'évanouit dans la foule des vagabonds et des voyageurs du week-end pascal, puis je sors dans le vent de la Septième Avenue parmi les vastes perspectives de Gotham en cette tiède soirée de Pâques. Il est dix heures et quart. Je n'ai pas le moindre projet.

Mais je ne regrette pas d'être ici. Le capharnaüm, d'ordinaire démoralisant, des taxis pressés, des lumières tourbillonnantes et des stridences citadines ne suscite pas en moi l'habituelle angoisse déprimante et tenaillante où tout devient trop important et trop dangereux pour rester tolérable. Ici, au croisement de la Septième Avenue et de la Trente-quatrième Rue, il me semble que les choses me communiquent un entrain inaccoutumé, une espèce de caresse postcoïtale typique du Middle West — l'atmosphère toujours crépusculaire de la métropole paraît pleine d'allégresse, et les rues sont animées par les roues étincelantes d'une circulation vorace qui se précipite vers moi avant de disparaître.

Immobile près de la foule qui sort d'un spectacle, les yeux tournés vers l'auvent et les lumières nocturnes du vieux Statler Hotel, je devine une ville où l'on peut s'amuser, voire prendre plaisir à l'excitation d'une femme à condition que l'heure et le lieu y soient propices. Ici, on peut même laisser ses actes parler (brièvement) pour soi — chose qui m'a toujours paru impossible à Gotham —, et goûter aux bons vieux interdits avant de fuir in extremis. Voilà sans doute ce que ressentent tous les banlieusards lorsque leur banlieue devient soudain hostile et oppressante : les choses ne peuvent continuer éternellement à leur échapper, une ère nouvelle doit s'ouvrir. Il est gênant d'être à ce point embarrassé et timide à mon âge.

Et pourtant. Comment occuper cette trêve précaire ? Si je ne veux pas redescendre sur-le-champ pour acheter mon billet de retour et dormir pendant tout le trajet, que vais-je donc bien pouvoir faire ?

Ma réponse à cette question, alors que la ville amadouée paraît désireuse d'accorder quelques concessions à mes désirs, témoigne tout bonnement de mon manque d'expérience dans la vie compliquée des vrais citadins. Je saute dans le premier taxi en maraude et remonte jusqu'au croisement de Park Avenue et de la Cinquante-sixième Rue, où j'exerce mon métier de journaliste sportif. Rien ne me plaît davantage que d'essayer de mettre au point une stratégie nouvelle pour résoudre le casse-tête posé par Herb, afin de transformer cet emblème de la désolation en un personnage moins rébarbatif, quitte à fausser quelques faits.

Au vingt-deuxième étage, tous les néons sont allumés dans les locaux du magazine. Dès que je sors de l'ascenseur, j'entends des voix sonores qui s'apostrophent dans les bureaux du fond.

— D'accord... *d'accord !*

Et puis :

— Non, non, *non, non.* Il est *nu-ul !* Regarde-moi ça.

— Je n'y crois pas une seconde. Ce type-là est un vrai cauchemar ambulant, je vous le garantis. *Fran*-chement !

C'est l'avant-première du foot. Le tirage de la NFL a lieu dans dix jours, et la rédaction est réunie en session extraordinaire.

Je me dirige vers mon bureau, mais m'arrête devant la salle de conférence pour jeter un coup d'œil à l'intérieur. Il y a une longue table en formica couverte de sacs de hamburger jaunes, de cendriers et de gobelets en carton, d'épais calepins verts à spirale, d'un écran vert d'ordinateur qui affiche une liste de noms. Un tableau blanc est posé contre un mur. Dans l'air enfumé, tous les spécialistes du football et quelques journalistes débutants ont les yeux rivés à un grand écran vidéo où défilent des phases d'un match de football sur un terrain couvert d'herbe synthétique. C'est la réunion où nos spécialistes choisissent les quarante joueurs universitaires à intégrer dans les équipes pros, et selon quel classement. Après les World Series, il s'agit de l'événement le plus important de l'année. Nouveau venu, j'ai participé à ces réunions, mâchonné un cigare froid, crié le nom de mes favoris comme tous ces garçons en ce moment même (il y a une fille dans le fond, dont le visage ne m'est pas inconnu), et ç'a été pour moi une expérience très précieuse. Les journalistes débutants, les jeunes documentalistes ainsi que les stagiaires de Yale et de Bowdoin s'initient au savoir-faire des anciens, apprennent comment les choses se passent vraiment. Les journalistes confirmés règleraient normalement ce genre de chose en buvant un verre au *sushi* du coin. Mais pour l'avant-première — et c'est tout à leur honneur —, ils jouent cartes sur table et organisent un véritable débat démocratique. Un peu plus tard, ils se retrouveront tous dans les rues de l'aube, contents d'eux-mêmes, du football et du monde en général, riant et pestant, pour prendre un verre ou deux dans un bar de la Troisième Avenue. Ils restent parfois debout jusqu'à l'aube, puis à neuf heures on les retrouve autour du distributeur de café ou en train de regagner leur bureau d'un pas chancelant, la mine satisfaite, prêts à mettre tous leurs résultats noir sur blanc.

J'ai très souvent vu des écrivains, des romanciers ou des essayistes célèbres, voire des poètes, dont vous connaissez le nom et dont j'admire les livres, entrer dans ces bureaux pour travailler sur un article de commande payé rubis sur l'ongle. J'ai surpris leur regard inquiet, fureteur ; je les ai vus s'installer à une table dans un coin, poser les pieds dessus, et tout de suite se mettre à parler d'une voix sonore, séduisante et bluffeuse, essayant coûte que coûte de s'intégrer à l'équipe du journal, tenant leur cour, jouant les braves types, prêts à dispenser leurs conseils ou leurs avis sur tous les sujets qu'on voudra bien leur soumettre. Autrement dit, je les ai vus passer un sacré bon moment.

Et qui le leur reprocherait ? Tous les gens qui vivent de leur plume ont besoin de se sentir chez eux quelque part. Malheureusement, le club des vrais écrivains est un club qui se réduit à un seul membre.

Tous ces gens qui assistent à l'avant-première du foot débattent des talents d'un gros Polonais de l'Iowa, possédant vitesse et détermination, opposé à un Noir patibulaire, originaire d'une petite université baptiste de Géorgie, vif comme un serpent et extrêmement doué. Les poings serrés brandissent de gros cigares. Des feuilles couvertes de chiffres circulent de main en main. Tous les regards sont fixés sur l'écran où le jeune Noir — surnommé Tyrone l'Assassin —, en maillot orange et bleu numéro 19, percute bille en tête un mince joueur blanc qui devrait être bon pour la civière. Mais les deux joueurs rebondissent l'un sur l'autre comme des jouets, puis Tyrone donne une petite tape amicale sur le postérieur du joueur blanc, tandis qu'ils reprennent tous deux leurs marques.

— Putain, s'écrie un jeune stagiaire, l'Assassin était encore sur ce coup-là. Ce salaud a démarré avec du retard, il a loupé son esquive, mais il a quand même réussi à lui foncer dessus comme un train de marchandises.

Eddie Frieder, le rédacteur en chef, une cigarette serrée entre les dents, une casquette des Red Sox vissée au crâne, hausse les sourcils et opine du chef, puis reprend ses calculs. C'est lui qui supervise les opérations, mais on ne sait jamais. Un accord se dessine parmi les jeunes, mais les autres ne sont toujours pas du même .avis. Deux journalistes se disent gênés par la tape amicale de l'Assassin sur le postérieur du joueur adverse. Ils déclarent que les pros risquent d'y voir un signe de mauvais esprit ; pourtant, les autres considèrent cette tape comme un geste de bonne volonté de la part de l'Assassin.

— Qu'en penses-tu, Frank ?

Eddie lève les yeux vers la porte où je me tiens à moitié caché, désireux de passer inaperçu.

Tous les regards sont maintenant braqués sur moi — un homme mince, souriant, un peu rouge, en chemise madras et pantalon sport. Deux jeunes types posent leur crayon et me dévisagent. Je suis un mauvais pronostiqueur pour l'avant-première ; Eddie sait bien que je n'aime même pas le football, mais je finirai sans doute par couvrir le championnat national et par rédiger un encart sur l'Assassin et sa peur viscérale d'avoir hérité l'alcoolisme dont son père est mort (une angoisse qui entame parfois sérieusement l'agressivité d'un sportif).

— J'ai entendu dire du bien de ce gamin de Hawaii, qui est à Arkansas A&M, dis-je. Il court comme un lapin et adore le contact.

— Déjà éliminé ! s'écrient en même temps quatre personnes.

On secoue la tête. On cligne des yeux. On reprend ses statistiques. Quelqu'un repasse sur la vidéo le tackle meurtrier de l'Assassin, les spectateurs prennent des notes, ce qui me rappelle que je n'ai rien rapporté d'utile de Detroit.

— Denver l'a engagé comme remplaçant contre Miami. Ça va barder pour la Floride, déclare Eddie Frieder avant de compulser ses notes.

— Voilà notre prochain millionnaire, Mike, plaisante quelqu'un.

— C'est vous les experts, dis-je. Moi, je reviens de la cambrousse.

J'adresse un signe à Eddie, puis longe les bureaux pour rejoindre le mien.

Ma table. Ma machine à écrire. Ma console vidéo. Ma chemise propre accrochée à la cloison mobile. Mon téléphone et ses trois lignes. Ma fenêtre exiguë donnant sur la ville obscure. Mes photos : Paul et Clary souriant sous un parapluie pendant une averse qui a interrompu un match au Mets. Une photo de X et Clary en t-shirt *Six Flags*, prise six mois avant notre divorce (X paraît heureuse et pleine d'énergie). Ralph sur un poney dans le jardin, le jour de son anniversaire ; il a l'air de s'ennuyer. Une photo brillante de Herb Wallagher, avec son casque de Detroit, à côté d'une autre photo de Herb en civil, dans son fauteuil roulant, sur la pelouse de Walled Lake. Il sourit sur le second cliché, les lunettes propres, bien coiffé — l'air heureux. Sur le premier, Herb est simplement un sportif.

Mon plan d'attaque consiste à noter les premières choses qui me viendront à l'esprit — expressions, phrases, idées, un simple mot ou un détail. Lorsque je travaillais à mon roman, je passais parfois des heures sur une phrase nouvelle — et le plus souvent sans avoir la moindre idée de ce que je voulais dire. (Cela aurait dû me mettre la puce à l'oreille.) Mais dès que je me suis mis à écrire des articles sur le sport, j'ai découvert que l'allure générale de ma phrase n'avait que peu d'importance, que jusqu'à son contenu était secondaire, car quelqu'un — Rhonda Matuzak, par exemple — allait la refondre à sa convenance avant de la donner à l'imprimeur. J'ai ainsi pris l'habitude de noter tout ce qui me passait par la tête, et bientôt, sans trop de soucis, la vérité se faisait jour et je finissais par rédiger mon article sans beaucoup de corrections. Si jamais j'écris une autre nouvelle, j'emploierai cette même technique — comme si je devais décrire la carrière d'un joueur de hockey américain qui devient un poivrot des bas-fonds, se désintoxique avec les Alcooliques anonymes, marque quarante buts et remporte la Coupe Stanley en tant que capitaine et meneur de jeu des Québec Nordiques.

Dans le cas de Herb Wallagher, j'écris : *Possibilités limitées.*

Puis je pense quelques instants à mon premier séjour à New York. C'était en 1967. A l'automne. Mindy Levinson et moi avons quitté Ann Arbor dans la soirée et roulé toute la nuit dans la voiture d'un ami de la fraternité, car j'étais convoqué pour un entretien à la fac de droit de l'université de New York. (Pendant une brève période, après mon passage dans les Marines, je ne rêvais que de devenir avocat et de travailler pour le FBI.) Mindy et moi sommes descendus — en tant que faux couple marié — au vieil hôtel Albert Pick de Lexington Avenue ; j'ai acheté une alliance en cuivre pour l'occasion, et nous avons passé toute cette première journée au lit à nous envoyer par-dessus les moulins ou à regarder les émissions sportives à la télé. Le lendemain matin de bonne heure, j'ai pris un taxi jusqu'à Washington Square pour mon entretien. J'ai conversé aimablement avec un type sérieux qui, j'en suis sûr aujourd'hui, n'était sans doute qu'un thésard, mais en qui j'ai alors vu un génie aussi jeune qu'excentrique. Je n'ai su répondre à aucune des questions qu'il m'a posées, et n'avais d'ailleurs jamais pensé qu'on pourrait m'en poser de pareilles. Un peu plus tard, Mindy et moi avons quitté l'hôtel, retraversé le pont George Washington avant de repartir vers Ann Arbor ; j'étais convaincu d'avoir parfaitement répondu aux questions qu'on *aurait* dû me poser, et que je finirais rédacteur en chef de la *Revue de droit*.

Comme de juste, je n'ai même pas été admis à l'université de New York, ni d'ailleurs dans aucune fac de droit où j'avais posé ma candidature. Aujourd'hui, je ne peux traverser Washington Square sans repenser à cette époque avec une nuance de regret. Je me demande alors ce qui serait arrivé si jamais on m'avait accepté. Ma vie serait-elle différente ? Malgré la nature imprévisible et chaotique du monde, j'ai l'impression que les choses auraient tourné exactement de la même façon, à deux ou trois détails près : mon divorce, mes enfants, mes changements de carrière. Ma vie dans une ville comme Haddam. Je trouve cela réconfortant, même si, je l'avoue volontiers, cette notion de destin inévitable a quelque chose d'étrange.

Retournant à Herb, je note : *Herb Wallagher ne joue plus au football.*

Je pense alors aux gens à qui je pourrais téléphoner à cette heure. Onze heures moins le quart. Je pourrais rappeler Providence. Peut-être X, bien que le remue-ménage sous son toit donne à penser qu'elle est déjà en route vers les Poconos ou ailleurs. Je pourrais appeler Mindy Levinson dans le New Hampshire. Ou encore Vicki chez ses parents. Et pourquoi pas ma belle-mère à Mission Viejo, où il n'est que huit heures moins le quart, où le soleil vient à peine de se coucher derrière Catalina, sur le Pacifique. Je pourrais appeler Clarice Wallagher, car elle reste sans doute éveillée presque toute la nuit, à se demander ce qui a bien pu lui arriver. Toutes ces femmes me répondraient, j'en suis certain. Mais je suis presque aussi sûr qu'aucune ne serait particulièrement heureuse de mon appel.

Une fois de plus, je retourne à Herb : *Pour Herb Wallagher, l'aventure est au coin de la rue. Inutile d'aller la chercher au bout du monde.*

— Bonsoir, dit derrière moi une voix aux inflexions caressantes.

Je pivote sur ma chaise, et là, encadré dans le rectangle en aluminium, je découvre un visage à ressusciter un mort. Un grand sourire plein d'assurance. Des cheveux couleur miel, avec deux nattes ramenées sur la nuque en une coiffure compliquée et sérieuse. Une peau presque translucide. De longs doigts. Un fin duvet blond sur l'avant-bras, qu'elle frotte légèrement de sa paume. Une jupe-culotte couleur kaki. Un corsage en coton blanc qui abrite deux obus de calibre respectable.

— Bonsoir.

Je lui rends son sourire.

Elle appuie une hanche contre l'encadrement de la porte. Sous l'ourlet de la jupe-culotte, ses jambes sont musclées et aussi lustrées qu'une selle de cavalerie. Je ne sais pas au juste où poser mon regard, mais le grand sourire sous-entend ceci : *Vous pouvez vous rincer l'œil. Dieu a créé tout ça dans ce seul but.*

— Vous êtes Frank Bascombe, n'est-ce pas ?

Elle me sourit toujours comme si elle connaissait un secret.

— Oui. C'est moi.

Une agréable bouffée de chaleur me monte au visage.

Les yeux pétillent, les sourcils s'incurvent. Une expression admirative, sans restriction — mimique apprise dans les meilleures écoles privées de la Nouvelle-Angleterre, puis peaufinée au début de l'âge adulte —, le désir élémentaire mais provocant de se faire parfaitement comprendre.

— Excusez-moi de vous déranger. Mais depuis que je suis ici, je désire vous rencontrer.

— Vous travaillez ici ? fais-je avec une fausse ingénuité, car je sais pertinemment qu'elle travaille pour le magazine.

Je l'ai croisée dans un couloir il y a un mois — sans parler de la réunion, voilà dix minutes —, et j'ai examiné son curriculum dans les dossiers du personnel pour voir si elle serait capable d'entreprendre quelques recherches de documentation. C'est une stagiaire de Dartmouth, une Melissa ou une Kate. Mais je ne me rappelle plus son prénom, car d'ordinaire ce genre de beauté est l'apanage d'un Dan de Dartmouth au cou épais, avec qui elle partage sûrement un petit appartement dans l'Upper East Side, ainsi que le stage de fin d'année pour savoir si un mariage serait une décision sage. Je me souviens néanmoins que sa famille est originaire de Milton, dans le Massachusetts, que son père est un politicien local dont le nom a été prestigieux à Harvard (il est l'ami d'une des huiles du magazine). Je pourrais même le décrire — petit, trapu, hâbleur, un teigneux qui est entré à Harvard de bonne heure alors qu'aucun membre de sa famille n'a jamais dépassé le certificat d'études. Un type qui, en d'autres circonstances, me plairait. Et voilà sa fille au visage radieux venue faire ici un stage palpitant avant de commencer sa médecine ou de se consacrer à la politique locale dans le Vermont ou le New Hampshire après avoir divorcé du

Dan deDartmouth. Rien de tout cela n'est une mauvaise idée en soi.

Mais son apparition au seuil de mon bureau, aussi saine qu'une championne de kayak, fraîche émoulue du gratin bostonien, dotée d'une « expérience » dont on ne peut que rêver, est loin de me laisser indifférent. Le Dan de Dartmouth navigue sans doute sur le douze mètres de papa, à moins qu'il ne bûche ses examens de fin de semestre. Mais peut-être ne trouve-t-il plus « intéressante » cette grande fille suave et ravissante (décision dont il risque de se mordre les doigts), ou bien il la juge inapte à sa propre carrière (qui exige une femme plus petite ou plus docile), ou encore manquant de relations familiales assez haut placées. Certains jeunes gens commettent encore ce genre d'erreur. Sinon, comment nous autres croulants pourrions-nous tirer notre épingle du jeu ?

— Je participais à cette réunion de football, dit Kate ou Melissa.

Elle se penche en arrière pour regarder dans le couloir. Des voix se dirigent vers les ascenseurs. Le travail de visionnement est terminé. Elle a les cheveux coupés court au-dessus de ses jolies petites oreilles, et une mèche rebelle sur le front, qu'elle ramène en arrière d'un bref coup de tête.

— Je m'appelle Catherine Flaherty, reprend-elle. Je suis en stage ici pour le printemps. Je viens de Dartmouth. Mais je ne veux pas vous déranger. Vous êtes sans doute très occupé.

Un petit sourire timide, encore un coup de tête pour ramener en arrière la mèche rebelle.

— A vrai dire, je n'arrivais pas à grand-chose. (Je repousse ma chaise pivotante et croise les doigts derrière la nuque.) Un peu de compagnie ne me fera pas de mal.

Un autre sourire, imperceptiblement charmeur. *Il y a quelque chose qui me plaît bien chez vous,* murmure ce sourire, *mais ne vous méprenez pas.* Je lui offre un visage sérieux, concentré.

— Je voulais simplement vous dire que j'ai lu tous vos articles dans le magazine, et que je les admire énormément.

— C'est très gentil à vous, merci. (Je hoche la tête d'un air docte.) Je prends vraiment mon travail au sérieux ici.

— Je ne dis pas ça pour être gentille.

Ses yeux étincellent. Voilà une jeune femme qui sait bavarder à bâtons rompus et vous contredire lorsqu'il le faut. Je suis sûr que, le cas échéant, elle manie l'ironie à merveille.

— Je ne crois pas une seconde que vous êtes une flatteuse. Mais c'est quand même gentil de votre part, même si vous ne voulez pas être gentille.

Je me prends la mâchoire dans la paume, à l'endroit exact où Vicki m'a frappé.

— Bon, d'accord.

Son sourire me signifie que je suis vraiment un brave type. Chez elle, le sourire dit tout.

— Comment se passe l'avant-première ? fais-je avec un enthousiasme forcé.

— Eh bien, je trouve ça très excitant, répond-elle. Tout le monde sort ses graphiques, ses statistiques, et annonce ses favoris. Alors la bagarre commence pour de bon. J'aime bien ça.

— Oui, nous essayons de prendre en compte les facteurs les plus insaisissables, dis-je. Quand je suis arrivé ici, j'ai eu un sacré mal à comprendre ce qui se passait, comment chacun se faisait son avis.

Je hoche la tête, satisfait de ce qui est bien sûr une vérité fondamentale de la vie ; mais je n'ai pas la moindre raison de croire que cette Catherine Flaherty ne la connaît pas depuis plus longtemps que moi. Elle n'a que vingt ans, mais l'acuité de son regard me prouve qu'elle en sait sans doute plus long que moi sur les choses mêmes qui me tiennent le plus à cœur.

— Vous avez l'intention de persévérer dans le journalisme après ce stage ? dis-je en espérant qu'elle va me répondre : *Et comment !*

Mais elle prend aussitôt un air pensif, comme si elle ne voulait pas me décevoir.

— Eh bien, je me suis inscrite en médecine, et j'attends une réponse d'un jour à l'autre. Mais je voulais aussi me frotter au journalisme. J'ai toujours trouvé ça super.

Elle m'adresse encore un grand sourire, mais son regard devient soudain sérieux, comme si je risquais de m'offusquer de sa nuance malicieuse. Elle aimerait en fait que je lui donne un bon conseil bien senti, que je prenne parti dans un sens ou dans l'autre.

— Mon frère a joué au hockey à Bowdoin, ajoute-t-elle alors absurdement.

— Eh bien, dis-je avec entrain mais sans la moindre sincérité, la profession médicale est un choix excellent. (Je fais pivoter mon siège et tapote l'accoudoir comme pour me concentrer.) Il n'y a rien de tel que la médecine. On se rend très utile, ce qui me paraît fondamental. Mais je pense qu'on se rend tout aussi utile en étant journaliste sportif.

Le sang palpite dans mon genou douloureux, sans doute à cause de mon cœur qui bat la chamade.

— Qu'est-ce qui vous a poussé à devenir journaliste sportif ? demande Catherine Flaherty.

C'est le genre de fille qui veut aller au fond des choses. Son père lui a inculqué quelques solides principes.

— On m'a proposé un poste au magazine à une époque où je n'avais pas de meilleure idée. Voilà tout. J'étais à court de projet. J'essayais d'écrire un roman, mais ça ne marchait pas comme je voulais. J'ai été ravi de laisser tomber mon roman et d'entrer dans la rédaction. Et je ne l'ai jamais regretté.

— Avez-vous terminé votre roman ?

— Non. Mais je crois que je pourrais si je le voulais. Le problème, c'était que je ne m'appelais ni Cheever ni

O'Hara, que personne ne lirait donc jamais ce que j'écrivais, même si j'arrivais au bout, ce qui n'était pas certain. Avec le magazine, j'ai beaucoup de lecteurs et je peux toujours me concentrer sur les choses qui m'importent. Enfin, depuis que j'ai fait mon trou ici.

— Pour moi, tous vos articles parlent de choses fondamentales. Je ne suis pas sûre d'être capable de faire ça aussi bien. Je suis peut-être trop cynique, dit Catherine.

— Vous n'êtes pas vraiment cynique, puisque vous vous inquiétez de l'être. Moi aussi, je m'inquiète tout le temps de ça. Il y a beaucoup de journalistes sportifs qui ne se posent jamais la question. Je suis convaincu qu'on peut apprendre à ne pas être cynique, à condition de le vouloir assez fort. Quelqu'un pourrait vous initier aux symptômes du cynisme. Moi-même, je pourrais sans doute vous apprendre à les reconnaître en un rien de temps.

Palpitations du genou, le cœur qui s'emballe : laisse-moi être ton professeur.

— Citez-moi un symptôme typique du cynisme.

Elle me sourit en ramenant en arrière sa mèche rebelle couleur miel.

— Eh bien, le fait de *ne pas* s'en inquiéter est un signe alarmant. Mais apparemment, le cynisme vous préoccupe. Un autre signe, c'est de se surprendre à s'apitoyer sur la personne qui est au centre de votre article, car vous pouvez être sûre qu'ensuite ce sera sur votre propre compte que vous vous apitoierez, et que vous êtes mal partie. Si je me surprenais à penser que la vie d'autrui est une tragédie, je me dirais que je me suis fourvoyé quelque part, et je recommencerais tout. Je ne me suis jamais senti gêné ni aliéné en agissant ainsi. Les vrais écrivains se sentent tout le temps aliénés. D'ailleurs, il le reconnaissent.

— A votre avis, les médecins se sentent-ils parfois gênés d'exercer leur profession ? demande Catherine d'un air soucieux.

Je ne peux m'empêcher de penser à Fincher, à la vie minable qu'il mène sans doute. Mais ce pourrait être encore pis.

— Je ne vois pas comment ils pourraient passer complètement à travers, dis-je. Ils sont confrontés à beaucoup de malheurs et de bassesse. Faites donc un essai en médecine, et si ça ne marche pas, vous pourrez vous rabattre sur le journalisme sportif. Je suis sûr qu'on vous accueillerait ici à bras ouverts.

Elle me gratifie de son plus beau sourire au regard pétillant ; ses dents longues et parfaites réfléchissent la lumière comme des opales. Maintenant, nous sommes tout seuls dans les locaux du journal. Couloirs déserts et bureaux vides se succèdent jusqu'à la réception et le palier tout aussi déserts — l'endroit idéal pour l'éclosion de l'amour. Nous avons la situation bien en main et tant de choses à partager — son admiration pour moi, mes conseils pour son avenir, mon admiration pour elle, son respect de mes opinions (qu'elle vénère peut-être plus que celles de son propre père). Oublions le fait que je suis deux fois plus âgé qu'elle, peut-être plus vieux encore. On accorde trop d'attention à l'âge dans ce pays. Les Européens ricanent derrière notre dos, tout en jouissant pleinement de la vie jusqu'au dernier jour. Catherine Flaherty et moi sommes simplement deux personnes qui ont beaucoup de choses en commun, d'innombrables projets et le désir d'un rapport sincère.

— Vous êtes vraiment *extra*, hasarde-t-elle. Vous êtes un vrai optimiste. Comme mon père. Avec vous, tous mes soucis se métamorphosent en obstacles dérisoires que je n'aurai aucune peine à surmonter.

Son sourire m'assure qu'elle est entièrement convaincue de ce qu'elle dit, et je piaffe d'impatience à l'idée de lui distiller encore un peu de ma sagesse.

— Je me considère volontiers comme quelqu'un de concret, dis-je. Ce n'est pas la peine de se compliquer la vie. J'essaie simplement de tirer parti des choses selon mes capacités.

Je lance un coup d'œil derrière mon bureau comme si je venais de me rappeler une chose importante — un exemplaire fantôme de *Feuilles d'herbe* ou un roman plein de sagesse dont j'aurais fait ma bible. Mais il n'y a que mon bloc-notes jaune et vide, seulement rempli de quelques phrases griffonnées semblables à une liste de courses.

— A moins d'être un calviniste endurci, on peut considérer les possibilités de la vie comme illimitées, dis-je avec une moue pleine d'expérience.

— Ma famille est presbytérienne, rétorque Catherine Flaherty en imitant à la perfection l'accent circonflexe de ma bouche. (J'aurais juré qu'elle roulait pour le pape.)

— Je joue dans la même équipe que vous. Mais j'avoue que j'ai un peu négligé l'entraînement. Je ne me le reproche pas vraiment, d'ailleurs. J'ai trop de choses à faire ces temps-ci.

— Et moi, j'ai beaucoup de choses à apprendre.

Suit un silence long et grave, tandis que les néons bourdonnent doucement au-dessus de nous.

— Que vous a-t-on demandé de faire ici pour enrichir votre expérience ? dis-je avec entrain.

Je préfère conserver un profil bas, sachant qu'à la moindre insinuation malhonnête de ma part elle risque de prendre la poudre d'escampette. (Je me rends compte à cet instant que je détesterais rencontrer son père, bien que ce soit sans doute un type formidable.)

— Eh bien, j'ai fait quelques interviews au téléphone, et j'ai trouvé ça passionnant. L'ancien entraîneur de Princeton est un transfuge russe des années cinquante, qui a fait passer des informations sur la bombe H à l'occasion des compétitions d'athlétisme. Je crois que toute l'affaire a été étouffée, et que le gouvernement lui avait chauffé une place à Princeton.

— Ça paraît palpitant, dis-je.

Et ça l'est. Une bonne intrigue bien juteuse à se mettre sous la dent.

— Pourtant, j'ai du mal à trouver les bonnes questions. (Elle plisse le front pour montrer qu'elle se fait réellement du souci.) Mes questions sont trop compliquées, et personne ne me répond grand-chose.

— Rien d'étonnant à cela, dis-je. Il faut s'en tenir aux questions simples, poser sans arrêt la même, parfois en modifiant l'angle d'attaque. La plupart des sportifs meurent d'envie de vous ouvrir leur cœur. Il suffit de ne pas se mettre en travers de leur chemin. C'est précisément pour cela que beaucoup de journalistes sportifs deviennent cyniques. Leur rôle est infiniment moins important qu'ils le croient, et ils s'aigrissent. Mais ainsi, ils ne font qu'apprendre les ficelles de leur métier.

Catherine Flaherty s'appuie contre le chambranle de la porte en aluminium, les yeux brillants, la bouche indécise, et en ce moment crucial elle reste idéalement muette, se contentant de hocher sa jolie tête. Oui. Oui.

A moi de jouer.

Une lune argentée s'est levée au-dessus de mon horizon jusque-là obscur, et je n'ai qu'à me redresser, à me poser fermement les mains sur la poitrine comme saint Étienne, pour suggérer une promenade dans l'air frais de Park Avenue, peut-être un sandwich et une bière sur la Deuxième Avenue dans un endroit que je dirai connaître (mais dont j'ignore jusqu'à l'adresse), et ensuite laisser la nuit rêveuse prendre soin de nous et d'elle-même. Un couple. Des citadins, bras dessus bras dessous sous la lune, familiers des rues accueillantes, fins connaisseurs de l'amour nouveau.

Mon regard frôle l'horloge au-dessus du bureau d'Eddie Frieder, traverse sa fenêtre, puis la nuit scintillante jusqu'à l'immeuble d'en face. Là, une vieille lumière jaune éclaire les fenêtres. Un homme corpulent, en gilet, baisse les yeux vers l'avenue. Qu'observe-t-il ? A quoi pense-t-il ? A un choix inévitable qui ne lui plaît guère ? A un dilemme qu'il mettra la nuit à résoudre ? A un avenir plus sombre que la nuit elle-même ? Derrière lui, quelqu'un que je ne peux voir lui parle ou l'appelle ; il se retourne, lève les mains pour signifier son accord puis disparaît.

A l'horloge d'Eddie Frieder, il est onze heures pile. La nuit de Pâques. Les bureaux sont silencieux ; on n'entend que le bourdonnement lointain d'un ordinateur et l'horloge dont la grande aiguille avance imperceptiblement vers la minute suivante. L'air, d'habitude insipide, est imprégné d'une odeur agréable — celle de Catherine Flaherty, une odeur de placards remplis, le parfum des secrets lycéens, des rendez-vous furtifs (mais pas trop). L'espace d'un instant, je reste sans voix et comme paralysé, j'imagine avec précision la manière dont elle va m'aimer. C'est bien sûr une manœuvre que je connais déjà, par la force des choses (il n'y a plus guère de surprise en ce domaine, une fois l'âge adulte atteint). Ce sera un amour en demi-teinte. Rien à voir avec l'amour qu'elle réserve au Dan de Dartmouth, ou à l'heureux élu qu'elle épousera un jour — un diplômé de Columbia, au regard écarquillé, dont la famille paternelle possède un cabinet d'avocats depuis plusieurs générations. Non, ce sera un amour intermédiaire, une voie médiane impliquant une liaison assez sérieuse, mais dans le seul but d'accroître son expérience. Je serais vraiment le premier surpris si jamais cela évoluait vers une relation durable ; ce sera intéressant, certes ; et lorsque j'y repenserai, je serai certain d'avoir fait ce qu'il fallait. En avant toute, donc.

Quelle est mon attitude ? En certaines occasions, rien d'autre ne compte que votre attitude — vos espoirs, les risques à prendre, les sacrifices à faire, vos îlots de regret et de récompense.

La mienne, je suis heureux de l'affirmer, est la meilleure possible.

— Au fait, dis-je d'une voix entraînante, les mains contre la poitrine, et si nous sortions faire un tour ? Je n'ai rien mangé depuis le déjeuner et j'ai une faim de loup. Je vous offre un sandwich.

Catherine Flaherty se mord légèrement la lèvre en m'offrant un sourire encore plus rayonnant que le mien, et le rose s'épanouit sur le pétale de ses joues. Voilà une bonne idée, me signifie-t-elle avec chaleur. (Mais elle acquiesce d'un hochement de tête avant même de parler.)

— Formidable, s'écrie-t-elle en rejetant la tête en arrière pour chasser la mèche de son front. Moi aussi, j'ai rudement faim. Je vais chercher mon manteau et nous y allons.

— Marché conclu, dis-je.

Je l'entends trottiner sur la moquette du couloir, j'entends la porte des toilettes s'ouvrir en chuintant, se refermer avec le même bruit feutré, puis claquer (Catherine a l'esprit pratique). Il n'y a pas sur terre moment plus agréable que celui-ci — le monde tenu à distance, une situation idéale, un avenir radieux —, l'exact contraire de mon humeur de l'autre soir, lorsque je roulais vers chez moi, que tout partait à vau-l'eau et que je n'avais, semblait-il, plus rien à attendre.

Il n'y a plus de lumière de l'autre côté de la rue. Mais comme je reste debout à observer la fenêtre obscure (mon genou magiquement guéri) en attendant le retour de cette fille irrésistible et sentimentale, je ne peux être certain que l'homme aperçu là-bas — ce type corpulent en gilet et cravate, surpris par l'éclat soudain d'une voix prononçant son nom, un bruit auquel il ne s'attendait pas —, je ne peux être certain qu'il n'est pas encore là, penché au-dessus des rues nocturnes d'une ville amicale, tout seul. Je fais un pas vers la fenêtre pour essayer de le repérer dans l'obscurité, j'écarquille les yeux, espérant au moins discerner l'illusion d'un visage, l'ombre d'un homme en train de m'observer. Je devine, tout en bas, le brouhaha des voitures et de la vie. Derrière moi, j'entends le chuintement doux de la porte, puis des bruits de pas feutrés. Et je me convainc qu'il n'est plus possible de voir quoi que ce soit, même si je pense que personne ne m'observe, que personne n'a remarqué ma présence ici.

Fin

La vie sera toujours privée d'une conclusion naturelle, convaincante. Elle n'en a jamais eu qu'une seule.

Walter a été enterré à Coshocton, dans l'Ohio, le jour même où j'ai fêté mon trente-neuvième anniversaire. Je ne suis pas allé à son enterrement, j'ai simplement failli m'y rendre. (Carter New y est allé.) Malgré tout ce qui s'était passé, je n'ai pas eu l'impression que ma place était là-bas. Il est resté un jour ou deux chez Mangum & Gayden, sur Winthrop Street, où Ralph avait transité il y a quatre ans, puis il est parti vers le Midwest en camion. Ce n'était pas sa sœur que j'ai vue sur le quai de la gare de Haddam, mais une parfaite inconnue. La sœur de Walter, Joyce Ellen, est une femme massive, terne et portant deslunettes, qui ne s'est jamais mariée, qui affectionne les cravates et les costumes masculins ; elle est très gentille et n'a jamais lu la biographie de Teddy Roosevelt. Elle et moi avons eu une longue conversation dans un café de New York ; nous avons parlé de la lettre laissée par Walter, et de Walter en général. Joyce m'a confié qu'il constituait une espèce d'énigme pour elle et pour toute sa famille, ajoutant que Walter ne les avait pas revus depuis longtemps. Mais pendant la dernière semaine de son existence, me dit-elle, Walter avait téléphoné plusieurs fois pour parler de la chasse, évoquer la possibilité de retourner là-bas afin de monter une affaire, et il m'avait même décrit comme son meilleur ami. Joyce pensait que son frère était très étrange, et elle n'avait guère été surprise d'apprendre au téléphone la nouvelle de son suicide.

— On sent quand ces choses-là sont dans l'air, déclara-t-elle. (Mais je ne suis pas d'accord.)

Elle m'a dit espérer que Yolanda ne viendrait pas à l'enterrement, et je crois que son vœu a été exaucé.

La mort de Walter, je crois qu'on peut le dire, a eu sur moi l'effet de n'importe quelle mort ; elle m'a rappelé mes responsabilités envers le monde. Mais elle s'est produite à un moment où je n'avais pas réellement envie d'y penser ; d'ailleurs, j'ai toujours du mal à m'y faire.

L'histoire d'une fille que Walter aurait eue hors mariage et qui aurait grandi en Floride s'est révélée être une aimable blague. Il savait, je crois, que je ne courrais jamais le risque de le décevoir, et il avait raison. J'ai donc pris l'avion pour Sarasota afin de mener une enquête en bonne et due forme. Je me suis renseigné sur les registres d'état civil de Coshocton, j'ai contacté Joyce Ellen, et même engagé un détective privé qui m'a coûté une somme rondelette, mais n'a pas pu dénicher le moindre indice laissant croire à l'existence de cette fille fantôme. J'ai alors décidé que toutes ces recherches constituaient la dernière tentative de Walter pour éviter une absolue sincérité. Une sorte de leurre romanesque. Et j'admire Walter à cause de sa trouvaille, car pour moi son invention recèle maints secrets, une qualité dont sa propre existence manquait cruellement, malgré tous ses efforts. Je crois que Walter a peut-être même fait une découverte importante avant d'allumer la télévision pour la dernière fois, mais je ne voudrais pas parler à sa place. Néanmoins, on pourrait croire que certains problèmes intimes ont alors trouvé leur réponse, au moment précis où tombait le couperet.

Mon voyage en Floride a eu un effet bénéfique sur moi, et j'y ai passé tous ces derniers mois — nous sommes maintenant en septembre —, même si je ne pense pas m'y installer définitivement. Descendre vers le sud engendre une sensation agréable, la certitude tropicale que quelque chose va vous arriver. Des espoirs modestes paraissent grouiller dans cette région. J'ai découvert que les gens viennent en Floride pour échapper aux choses, pour rechercher une vie sans fin ; la plupart de ceux que je rencontre possèdent une rectitude et une fermeté de caractère qui me séduisent. Ici, personne n'essaie de flouer son prochain, comme disait ma mère, et contrairement aux idées reçues. En Floride, il y a beaucoup de gens du Michigan, dont les voitures et les camionnettes arborent des plaques minéralogiques bleues. La Floride ne soutient certes pas la comparaison avec le New Jersey, mais je m'y sens bien.

Depuis avril dernier le temps a passé vite, dans un décor panoramique et technicolor — beaucoup plus vite que je n'en ai l'habitude —, ce qui est peut-être la principale vertu de la Floride, en dehors de son climat tropical : ici, le temps passe très vite et d'une manière parfaitement atemporelle. Rien à voir avec New York, où l'on a l'impression de vivre chaque seconde de son existence, mais aussi de passer à côté de la vie.

Avec mes économies, j'ai loué une Datsun sportive et verte, et j'ai confié ma voiture ainsi que ma maison à Bosobolo. Cela lui a permis — comme il me l'a expliqué dans une lettre — de faire venir sa femme du Gabon et de mener enfin une vie d'homme marié en Amérique. J'ignore ce qu'est devenue la jeune séminariste blanche et potelée. Peut-être l'a-t-il plaquée, mais peut-être pas. Tout comme j'ignore ce que pensent mes voisins de ce nouvel arrangement — en voyant Bosobolo dans le jardin, en train de s'occuper des spirées et des haies de ciguë, d'allonger ses longs bras et de bâiller comme un bienheureux

J'habite un appartement meublé d'un petit immeuble réservé aux adultes, dans un quartier agréable, situé non loin de la mer et appelé Longboat Key ; j'ai pris un congé de durée indéterminée au magazine. Pendant tous ces mois, j'ai mené une existence agréable et variée. Le soir, il y a toujours quelqu'un pour mettre un disque de grand orchestre ou de reggae ; les hommes et les femmes se réunissent autour de la piscine, préparent des cocktails, dansent et bavardent. Il y a, bien sûr, d'innombrables filles en maillot de bain et robe d'été ; de temps à autre, l'une d'elles consent à passer la nuit avec moi, puis repart le lendemain matin pour reprendre sa vie habituelle : un boulot, un autre homme, un voyage. Quelques homosexuels aimables vivent aussi ici, ainsi qu'un grand nombre de marins de la Navy à la retraite — le plus souvent des types du Middle West, et certains du même âge que moi —, qui ont du temps et de l'énergie à revendre et qui manquent d'occupations. Ces types de la Navy racontent des histoires sur le Vietnam et la Corée qui feraient un bon livre. Un ou deux m'ont d'ailleurs demandé de leur rédiger leur biographie, quand ils ont su que j'écrivais pour gagner ma vie. Lorsque tout ça commence à me barber ou que j'ai envie de me changer les idées, je vais faire une promenade au bord de l'océan, qui se trouve juste de l'autre côté du muret de la propriété, je marche un peu dans le jour finissant, lorsque le ciel paraît si haut et si blanc, je regarde l'horizon s'assombrir vers Cuba et je vois le dernier avion de touristes de la journée grimper vers une destination inconnue. J'aime l'organisation plane de cette région du golfe de Floride, la sensation qu'il existe un immense paysage fantastique perdu sous l'eau, dont seuls demeurent quelques vestiges terrestres, une prairie triste, plate et mélancolique, qui engendre certes un sentiment de solitude, mais aussi la fascination. Je suis même allé en voiture jusqu'au Sunshine Skyway, où j'ai repensé à Ida Simms, à la soirée où Walter et moi avons parlé d'elle, et de l'importance qu'elle avait pour lui. Je me suis demandé si elle ne s'était pas réveillée un matin ici ou aux Seychelles, avant de retourner auprès de sa famille. Sans doute que non.

Je me rends compte que j'ai raconté tout cela parce que, à mon insu, en ce jeudi matin, il y a des mois, je me suis levé avec la conviction irraisonnée qu'un certain nombre de choses allaient changer dans ma vie, être réglées, toucher à leur terme, et que j'aurais bientôt à raconter quelque chose d'important, voire d'intéressant. Aujourd'hui, je suis sur le point d'entrevoir à nouveau une issue, et c'est un état d'esprit qui me plaît. J'ai la sensation d'avoir affronté un grand moment de vide, mais sans souffrir de l'habituel regret déchirant — c'est après tout ainsi que j'ai entamé ce récit.

Certains jours, je prends ma Datsun pour faire la tournée des stades de base-ball où s'entraînent les grandes équipes avant l'ouverture de la saison, mais il ne s'y passe plus grand-chose. Les Tigers ont au moins mis la main sur un joueur éblouissant et me paraissent invincibles. Une étrange gaieté mêlée d'angoisse règne dans les locaux réservés aux joueurs. Quelques nouveaux venus vont commencer leur carrière à l'automne, surtout des Latinos ; il y a aussi des anciens sur le point de décrocher, dont certains que j'ai connus voilà des années. Ils restent à l'écart de leurs cadets, ils espèrent pousser un jeune à mieux frapper sa balle ou à se débarrasser d'une mauvaise habitude, ils aimeraient impressionner quelqu'un par leurs qualités d'entraîneur ou de recruteur, peut-être dans un club de fermiers de l'Iowa, et ainsi mener une existence conforme à leurs désirs. Tout cela a quelque chose de poignant, le jeu est au mieux hasardeux, ses plaisirs sont nonchalants, et tout le monde attend la victoire. Je pourrais tirer de ce microcosme un bon article d'intérêt humain. Un ancien joueur de base-ball est venu m'avouer qu'il souffrait du diabète et qu'il perdait lentement la vue, ajoutant que cela intéresserait sans doute les jeunes lecteurs. Mais je n'écrirai jamais cet article, pas plus que je n'ai jamais rien écrit de valable sur Herb Wallagher, et j'ai dû reconnaître ma défaite. Certaines existences demeurent réfractaires à toute interprétation, de même que certaines questions restent sans réponse. Il n'y a tout simplement rien à dire. J'ai transmis à Catherine Flaherty l'histoire du joueur de base-ball qui devenait aveugle, au cas où ses projets actuels n'aboutiraient pas.

Je ressens les choses différemment, un peu comme un personnage à la fin d'une nouvelle bien menée. J'ai des mots nouveaux pour désigner ce que je vois ou attends ; mieux, mes actes et mes pensées sont différents ; plus adultes et responsables. Si je pouvais écrire une nouvelle, je le ferais volontiers. Mais je ne m'en sens pas capable, et je n'ai pas l'intention de m'y mettre, ce qui ne me cause aucune angoisse particulière. Il me paraît suffisant de me rendre sur un stade de base-ball comme un bon amateur du Michigan, de sentir le soleil sur mon visage pendant qu'à côté de moi j'entends le sifflement et le claquement de la balle contre le cuir du gant. C'est peut-être la vie rêvée pour un journaliste sportif. Je me sens parfois dans la peau de cet homme dont Wade m'a parlé, celui dont l'existence a été ensevelie sous un glissement de terrain.

Mais il n'est pas vrai que mon ancienne vie a été entièrement balayée. Car en arrivant ici, j'ai eu la surprise d'entrer en contact avec des membres de ma famille, des cousins de mon père qui m'ont écrit à New York par l'entremise d'Irv Ornstein (le beau-fils de ma mère) pour m'annoncer la mort d'un grand-oncle Eulice en Californie et me dire qu'ils seraient ravis de me voir si jamais je venais en Floride. Évidemment, je ne les connaissais pas et n'avais sans doute jamais entendu parler d'eux. Mais aujourd'hui, je suis très heureux de les avoir rencontrés, car ce sont des gens adorables ; je me félicite qu'ils m'aient écrit, et d'avoir pris le temps de faire leur connaissance.

Buster Bascombe est un serre-freins des chemins de fer à la retraite, qui souffre de problèmes cardiaques susceptibles de l'emporter à toute heure du jour ou de la nuit.

Empress, son épouse, est une petite femme malicieuse, qui vote à droite et lit des livres comme *Les Maîtres de la duperie* ; elle croit que nous devrions remettre en vigueur l'étalon-or, refuser de payer nos impôts, laisser tomber Yalta et les Nations unies ; elle fume Camel sur Camel, et s'occupe de quelques affaires immobilières (mais elle est beaucoup plus sympathique que la plupart des gens de cette profession). Tous deux sont d'anciens alcooliques qui croient encore à la plupart des principes auxquels j'adhère. Leur maison est un grand bungalow jaune situé dans les faubourgs de Nokomis, et j'y suis allé au moins quatre fois pour manger un bon steak avec eux et leurs enfants adultes — Eddie, Claire Boothe et (à ma grande surprise) Ralph.

Ces Bascombe de Floride constituent à mes yeux une famille formidable et moderne, convaincus que le monde recèle encore maints trésors à découvrir, que la vie leur a offert davantage que ce qu'ils méritaient ou s'attendaient à en obtenir, même si le jeune Eddie est actuellement au chômage. Je suis fier d'être le nouveau membre de la famille.

Buster est un gros homme joyeux à la peau pâle et aux yeux larmoyants, qui consulte une voyante pour ses problèmes cardiaques et adore mettre dans la confidence des inconnus comme moi.

— Ton père était quand même un type brillant, tu ne crois pas ? m'a-t-il déclaré après le repas, sur la véranda grillagée, dans l'odeur sucrée des azalées et des pamplemoussiers.

Je me rappelle à peine mon père, si bien que tout cela est nouveau pour moi, comme je suis surpris que quelqu'un l'ait simplement *connu*.

— Il avait une façon de prévoir l'avenir comme personne, ajoute Buster avec un sourire.

Il n'a jamais rencontré ma mère. Il n'est guère décontenancé lorsque je lui dis que je ne conserve pas beaucoup de souvenirs de cette époque. Il s'agit simplement pour lui d'une erreur regrettable du destin, qu'il essaie de corriger de son mieux, même si je n'ai rien d'intéressant à lui confier en retour. Et vraiment, quand je rentre chez moi par la route 24, alors que la lumière décline derrière mon immeuble, derrière sa large avenue de palmiers dattiers et de réverbères, je me sens — au moins momentanément — heureux d'avoir un passé, même si celui-ci est lointain et relaté par un autre. Cela compte à mes yeux. Ce n'est pas un fardeau, contrairement à ce que j'ai toujours cru. Je n'irais pas jusqu'à dire que nous avons tous besoin d'un passé au sens littéraire du terme, ou qu'un passé nous est finalement très utile. Mais une petite dose de passé ne saurait faire de mal à personne, surtout lorsque vous avez déjà aménagé votre existence à votre guise.

— On choisit ses amis, m'a dit Empress quand je suis allé les voir la première fois, mais on ne choisit pas sa famille.

Que me reste-t-il à dire ? Je ne crois pas que ce soit très compliqué.

Mon cœur bat toujours, quoique pas exactement au même rythme qu'avant.

Ma voix est aussi forte et crédible que jamais ; elle ne m'a pas fait faux bond depuis ce dimanche de Pâques à Barnegat Pines.

Je suis resté en contact étroit avec Catherine Flaherty ; après les deux jours que nous avons passés ensemble dans son petit appartement négligé de la Cinquième Rue Est, nous nous sommes souvent revus jusqu'à ce que je décide de m'installer ici. C'est une fille merveilleuse, pleine de curiosité et de principes, qui manipule l'ironie comme je m'en étais à peine douté, et nous continuons de discuter de sujets sérieux. Elle a commencé sa médecine à Dartmouth ; elle compte venir ici en avion pour Thanksgiving si j'habite encore la Floride à cette date, ce qui n'a rien de certain. J'ai découvert qu'il n'existait aucun Dan de Dartmouth, ce qui devrait nous apprendre une bonne leçon : les meilleures filles restent parfois sur la touche, sans doute parce que ce sont justement les meilleures. Je me contente de méditer cette découverte, tandis que nous nous comportons comme des étudiants, échangeant de longues conversations téléphoniques, programmant des visites pour les vacances, espérant en secret ne jamais nous revoir. Je ne pense pas que notre liaison durera. Je suis trop âgé pour elle ; elle est trop intelligente pour moi. (Je n'aurais jamais le courage de rencontrer son père, un certain « Punch » Flaherty, qui a posé sa candidature au Congrès.) Enfin, je reconnais volontiers m'être trompé du tout au tout sur son attitude envers l'amour et le sexe ; et j'ai découvert avec grand plaisir qu'elle est assez moderne pour ne pas croire que je peux résoudre tous ses problèmes, même si j'aimerais volontiers le faire.

De Vicki Arcenault, je n'ai pas eu la moindre nouvelle, et je ne serais guère surpris d'apprendre qu'elle s'est installée en Alaska et réconciliée avec son premier mari et nouvel amour, Everett le plouc, que tous deux sont devenus des adeptes du Nouvel Age, qu'ils passent leur temps dans l'eau brûlante d'une baignoire pour discuter de leurs buts dans la vie et de leur régime alimentaire, dévorant tous les rapports des associations de consommateurs, sûrs d'eux-mêmes et de leurs désirs. Le monde leur appartiendra, mais pas à moi. J'aurais pu retarder l'échéance inéluctable, mais seulement un temps, et nous aurions sans doute fini par divorcer dans l'amertume. Mon pronostic, et cela n'a rien de gai, c'est qu'elle découvrira un jour qu'elle n'aime pas les hommes et qu'elle ne les a jamais aimés (ainsi qu'elle me l'a dit), y compris son père, et qu'elle brandira une banderole en public, avec ces mots écrits dessus. Ainsi vont les choses : les grandes espérances déçues de la vie sentimentale ; l'amour, victime du hasard et du destin ; la chose que nous jurons ne jamais faire est celle-là même que nous désirons le plus.

Je crois aujourd'hui qu'elle m'a menti sur Fincher Barksdale et mon ancienne femme, même si son mensonge n'a pas provoqué trop de dégâts. Peut-être tout cela la gêne-t-il. Mais elle avait ses propres intérêts à servir, et puisque je ne désirais pas me confier à elle, Vicki n'avait aucune raison de se confier à moi. J'ai seulement souffert d'une mâchoire endolorie et ne conserve aucune rancune envers elle.

J'ai finalement démissionné du Club des hommes divorcés. Après la mort de Walter, j'ai eu l'impression que l'enthousiasme des uns et des autres avait nettement faibli. Notre groupe n'était apparemment pas très efficace, et ses membres finiront sans doute par redevenir amis au sens classique du terme.

Quant à mes enfants, ils ont l'intention de venir me voir, mais ils ont déjà passé tout l'été à l'envisager ; leur mère croit sans doute que je mène une vie de bâton de chaise, si bien qu'elle préfère les garder auprès d'elle. Un obstacle se dresse toujours entre eux et moi. Ils ont été déçus de ne pas faire le tour du lac Érié avec moi, mais ils sont encore jeunes et nous aurons d'autres occasions.

Irma, la mère de X, est retournée vivre dans le Michigan avec Henry. De nouveau réunis après vingt années de séparation. Je suis sûr que l'un comme l'autre a peur de mourir seul. Contrairement à moi, ils sentent le temps leur filer entre les doigts. Dans sa dernière lettre, Irma m'écrit : « Franky, j'ai lu dans le *Free Press* que beaucoup de gens célèbres — à l'exception d'une journaliste de la télé — lisent les pages sportives des journaux le matin de bonne heure. Je trouve cela encourageant. Pas toi ? (Moi aussi.) Je crois que tu devrais accorder davantage d'attention à cela. »

En ce qui concerne X, je ne peux dire qu'une chose : qui sait ? Elle ne me considère pas comme un sale type, ce qui est déjà un sacré atout pour perpétuer un mariage. Dernièrement, elle a participé à des compétitions professionnelles dans l'association du Midwest, contre d'autres équipes féminines de Pennsylvanie et du Delaware. Elle m'a récemment confié au téléphone que, de sa vie, elle n'avait jamais mieux joué au golf, qu'elle putte avec une confiance absolue et maîtrise parfaitement ses coups d'approche — résultats qu'elle n'aurait même pas été sûre d'obtenir après des années de compétition. Elle m'a aussi dit qu'il y avait certains pans de sa vie qu'elle aimerait effacer, mais sans me préciser lesquels. Je crains qu'elle n'ait développé un goût excessif pour l'introspection, ce qui n'est pas toujours bon signe. Elle m'a parlé de déménagement, mais sans me dire où elle voulait s'installer. Elle m'a confié qu'elle désirait apprendre à piloter un avion. Rien ne me surprend plus de sa part. Lors de son dernier appel, juste avant de raccrocher, elle m'a demandé pourquoi je ne l'avais pas consolée le soir du cambriolage de notre maison, il y a si longtemps ; je lui ai répondu que la situation m'avait semblé à la fois si stupide et si inexplicable que je n'avais tout simplement pas su quoi dire, mais que je la priais de m'excuser, que ç'avait été une erreur de ma part. (Je n'ai pas eu le courage de lui répondre que je lui avais parlé, mais qu'elle ne m'avait pas entendu.)

Comme je l'ai dit, la vie ne connaît qu'une seule conclusion certaine. Il est possible d'aimer un être, à l'exclusion de tout autre, et pourtant de ne pas vivre avec cette personne et de ne même pas la voir. Quiconque prétend le contraire est un menteur, un camelot sentimental, ou pis encore. Il est possible d'être marié, de divorcer, puis de vivre à nouveau ensemble sur des bases entièrement inédites, que vous n'auriez jamais appréciées ni même soupçonnées auparavant, mais qui, à votre grande surprise, vous paraissent désormais d'une parfaite évidence. La seule vérité qui ne saurait jamais être un mensonge, c'est la vie elle-même — la chose qui arrive.

Retournerai-je vivre à Haddam, dans le New Jersey ? Je n'en ai pas la moindre idée.

Reprendrai-je mon métier de journaliste sportif, et toutes ces activités qui me plaisaient autrefois ? Même réponse.

Il y a une semaine, j'ai lu dans le *Saint Petersburg Times* qu'un garçon était mort à la De Tocqueville Academy, le fils d'un astronaute célèbre, ce qui explique pourquoi les journaux en ont parlé, bien qu'il soit mort paisiblement. Cela m'a bien sûr fait penser à Ralph, mon propre fils, qui n'est pas mort paisiblement du tout, mais en hurlant comme un damné, avec une voix terrifiante, pleine de jurons atroces, de cris et même de plaisanteries. J'ai alors compris que mon propre deuil est enfin terminé — tandis que celui de l'astronaute commence. La douleur, la vraie douleur, est relativement brève, mais le deuil dure parfois longtemps.

Ce matin, je suis sorti de mon immeuble pour rejoindre l'étendue plate et lisse de la plage, où j'ai fait une promenade en maillot de bain, torse nu. J'ai alors pensé qu'un des effets naturels de l'existence était de vous recouvrir d'une mince couche de... quoi donc ? Une pellicule ? Un résidu, ou bien la peau de toutes les choses que l'on a faites, été, dites, désirées ? Je n'en suis pas sûr. Mais on vit *sous* cette pellicule, longtemps, en ne découvrant que rarement l'existence de cette peau invisible ; alors, pour une raison inattendue, on s'en extrait — l'espace d'un instant, ou d'une heure — et on se sent soudain très bien. Pendant cet instant magique, on découvre qu'il y a longtemps qu'on ne s'est pas senti ainsi. Ai-je été malade ? se demande-t-on. La vie elle-même serait-elle une maladie ou un syndrome ? Qui sait ? Nous avons tous ressenti cela, j'en suis certain, car je ne vois pas comment je pourrais vivre ce que des centaines de millions d'hommes n'auraient pas vécu.

Mais brusquement, vous en sortez — de cette pellicule, de cette peau de la vie —, comme dans votre enfance. Et vous pensez : j'ai sans doute déjà vécu cela *autrefois*, même si vous n'en aviez alors pas conscience, même si vous ne vous en souvenez pas vraiment —, une sensation de vent sur le visage et les bras, d'amarres rompues, de libération, de coudées enfin affranchies de toute entrave. Et comme vous n'avez pas vécu cela depuis longtemps, vous désirez, cette fois, faire durer cette sensation, cet instant éblouissant, cet air frais, cette vie nouvelle, afin d'en conserver le souvenir, car lorsqu'elle reviendra, il sera peut-être trop tard. Vous serez peut-être trop vieux. Et puis, bien sûr, vous ressentez peut-être cela pour la dernière fois.

IMPRIMERIE BRODARD ET TAUPIN À LA FLÈCHE
DÉPÔT LÉGAL JUIN 1991. N° 13346 (1073E-5)

Collection Points

SÉRIE ROMAN

R1. Le Tambour, *par Günter Grass*
R2. Le Dernier des Justes, *par André Schwarz-Bart*
R3. Le Guépard, *par Giuseppe Tomasi di Lampedusa*
R4. La Côte sauvage, *par Jean-René Huguenin*
R5. Acid Test, *par Tom Wolfe*
R6. Je vivrai l'amour des autres, *par Jean Cayrol*
R7. Les Cahiers de Malte Laurids Brigge *par Rainer Maria Rilke*
R8. Moha le fou, Moha le sage, *par Tahar Ben Jelloun*
R9. L'Horloger du Cherche-Midi, *par Luc Estang*
R10. Le Baron perché, *par Italo Calvino*
R11. Les Bienheureux de La Désolation, *par Hervé Bazin*
R12. Salut Galarneau !, *par Jacques Godbout*
R13. Cela s'appelle l'aurore, *par Emmanuel Roblès*
R14. Les Désarrois de l'élève Törless, *par Robert Musil*
R15. Pluie et Vent sur Télumée Miracle *par Simone Schwarz-Bart*
R16. La Traque, *par Herbert Lieberman*
R17. L'Imprécateur, *par René-Victor Pilhes*
R18. Cent Ans de solitude, *par Gabriel Garcia Marquez*
R19. Moi d'abord, *par Katherine Pancol*
R20. Un jour, *par Maurice Genevoix*
R21. Un pas d'homme, *par Marie Susini*
R22. La Grimace, *par Heinrich Böll*
R23. L'Age du tendre, *par Marie Chaix*
R24. Une tempête, *par Aimé Césaire*
R25. Moustiques, *par William Faulkner*
R26. La Fantaisie du voyageur, *par François-Régis Bastide*
R27. Le Turbot, *par Günter Grass*
R28. Le Parc, *par Philippe Sollers*
R29. Ti Jean L'horizon, *par Simone Schwarz-Bart*
R30. Affaires étrangères, *par Jean-Marc Roberts*
R31. Nedjma, *par Kateb Yacine*
R32. Le Vertige, *par Evguénia Guinzbourg*
R33. La Motte rouge, *par Maurice Genevoix*
R34. Les Buddenbrook, *par Thomas Mann*
R35. Grand Reportage, *par Michèle Manceaux*
R36. Isaac le mystérieux (Le ver et le solitaire) *par Jerome Charyn*
R37. Le Passage, *par Jean Reverzy*
R38. Chesapeake, *par James A. Michener*
R39. Le Testament d'un poète juif assassiné *par Elie Wiesel*
R40. Candido, *par Leonardo Sciascia*

R41. Le Voyage à Paimpol, *par Dorothée Letessier*
R42. L'Honneur perdu de Katharina Blum
par Heinrich Böll
R43. Le Pays sous l'écorce, *par Jacques Lacarrière*
R44. Le Monde selon Garp, *par John Irving*
R45. Les Trois Jours du cavalier, *par Nicole Ciravégna*
R46. Nécropolis, *par Herbert Lieberman*
R47. Fort Saganne, *par Louis Gardel*
R48. La Ligne 12, *par Raymond Jean*
R49. Les Années de chien, *par Günter Grass*
R50. La Réclusion solitaire, *par Tahar Ben Jelloun*
R51. Senilità, *par Italo Svevo*
R52. Trente Mille Jours, *par Maurice Genevoix*
R53. Cabinet Portrait, *par Jean-Luc Benoziglio*
R54. Saison violente, *par Emmanuel Roblès*
R55. Une comédie française, *par Éric Orsenna*
R56. Le Pain nu, *par Mohamed Choukri*
R57. Sarah et le Lieutenant français, *par John Fowles*
R58. Le Dernier Viking, *par Patrick Grainville*
R59. La Mort de la phalène, *par Virginia Woolf*
R60. L'Homme sans qualités, tome 1, *par Robert Musil*
R61. L'Homme sans qualités, tome 2, *par Robert Musil*
R62. L'Enfant de la mer de Chine, *par Didier Decoin*
R63. Le Professeur et la Sirène
par Giuseppe Tomasi di Lampedusa
R64. Le Grand Hiver, *par Ismaïl Kadaré*
R65. Le Cœur du voyage, *par Pierre Moustiers*
R66. Le Tunnel, *par Ernesto Sabato*
R67. Kamouraska, *par Anne Hébert*
R68. Machenka, *par Vladimir Nabokov*
R69. Le Fils du pauvre, *par Mouloud Feraoun*
R70. Cités à la dérive, *par Stratis Tsirkas*
R71. Place des Angoisses, *par Jean Reverzy*
R72. Le Dernier Chasseur, *par Charles Fox*
R73. Pourquoi pas Venise, *par Michèle Manceaux*
R74. Portrait de groupe avec dame, *par Heinrich Böll*
R75. Lunes de fiel, *par Pascal Bruckner*
R76. Le Canard de bois (Les Fils de la Liberté, I)
par Louis Caron
R77. Jubilee, *par Margaret Walker*
R78. Le Médecin de Cordoue, *par Herbert Le Porrier*
R79. Givre et Sang, *par John Cowper Powys*
R80. La Barbare, *par Katherine Pancol*
R81. Si par une nuit d'hiver un voyageur, *par Italo Calvino*
R82. Gerardo Laïn, *par Michel del Castillo*
R83. Un amour infini, *par Scott Spencer*
R84. Une enquête au pays, *par Driss Chraïbi*
R85. Le Diable sans porte (tome 1 : Ah, mes aïeux !)
par Claude Duneton

R86. La Prière de l'absent, *par Tahar Ben Jelloun*
R87. Venise en hiver, *par Emmanuel Roblès*
R88. La Nuit du Décret, *par Michel del Castillo*
R89. Alejandra, *par Ernesto Sabato*
R90. Plein Soleil, *par Marie Susini*
R91. Les Enfants de fortune, *par Jean-Marc Roberts*
R92. Protection encombrante, *par Heinrich Böll*
R93. Lettre d'excuse, *par Raphaële Billetdoux*
R94. Le Voyage indiscret, *par Katherine Mansfield*
R95. La Noire, *par Jean Cayrol*
R96. L'Obsédé (L'Amateur), *par John Fowles*
R97. Siloé, *par Paul Gadenne*
R98. Portrait de l'artiste en jeune chien, *par Dylan Thomas*
R99. L'Autre, *par Julien Green*
R100. Histoires pragoises, *par Rainer Maria Rilke*
R101. Bélibaste, *par Henri Gougaud*
R102. Le Ciel de la Kolyma (Le Vertige, II)
par Evguénia Guinzbourg
R103. La Mulâtresse Solitude, *par André Schwarz-Bart*
R104. L'Homme du Nil, *par Stratis Tsirkas*
R105. La Rhubarbe, *par René-Victor Pilhes*
R106. Gibier de potence, *par Kurt Vonnegut*
R107. Memory Lane
par Patrick Modiano, dessins de Pierre Le-Tan
R108. L'Affreux Pastis de la rue des Merles
par Carlo Emilio Gadda
R109. La Fontaine obscure, *par Raymond Jean*
R110. L'Hôtel New Hampshire, *par John Irving*
R111. Les Immémoriaux, *par Victor Segalen*
R112. Cœur de lièvre, *par John Updike*
R113. Le Temps d'un royaume, *par Rose Vincent*
R114. Poisson-chat, *par Jerome Charyn*
R115. Abraham de Brooklyn, *par Didier Decoin*
R116. Trois Femmes, *suivi de* Noces, *par Robert Musil*
R117. Les Enfants du sabbat, *par Anne Hébert*
R118. La Palmeraie, *par François-Régis Bastide*
R119. Maria Republica, *par Agustin Gomez-Arcos*
R120. La Joie, *par Georges Bernanos*
R121. Incognito, *par Petru Dumitriu*
R122. Les Forteresses noires, *par Patrick Grainville*
R123. L'Ange des ténèbres, *par Ernesto Sabato*
R124. La Fiera, *par Marie Susini*
R125. La Marche de Radetzky, *par Joseph Roth*
R126. Le vent souffle où il veut, *par Paul-André Lesort*
R127. Si j'étais vous…, *par Julien Green*
R128. Le Mendiant de Jérusalem, *par Elie Wiesel*
R129. Mortelle, *par Christopher Frank*
R130. La France m'épuise, *par Jean-Louis Curtis*
R131. Le Chevalier inexistant, *par Italo Calvino*

R132. Le Dialogue des Carmélites, *par Georges Bernanos*
R133. L'Étrusque, *par Mika Waltari*
R134. La Rencontre des hommes, *par Benigno Cacérès*
R135. Le Petit Monde de Don Camillo
par Giovanni Guareschi
R136. Le Masque de Dimitrios, *par Eric Ambler*
R137. L'Ami de Vincent, *par Jean-Marc Roberts*
R138. Un homme au singulier, *par Christopher Isherwood*
R139. La Maison du désir, *par France Huser*
R140. Moi et ma cheminée, *par Herman Melville*
R141. Les Fous de Bassan, *par Anne Hébert*
R142. Les Stigmates, *par Luc Estang*
R143. Le Chat et la Souris, *par Günter Grass*
R144. Loïca, *par Dorothée Letessier*
R145. Paradiso, *par José Lezama Lima*
R146. Passage de Milan, *par Michel Butor*
R147. Anonymus, *par Michèle Manceaux*
R148. La Femme du dimanche
par Carlo Fruttero et Franco Lucentini
R149. L'Amour monstre, *par Louis Pauwels*
R150. L'Arbre à soleils, *par Henri Gougaud*
R151. Traité du zen et de l'entretien des motocyclettes
par Robert M. Pirsig
R152. L'Enfant du cinquième Nord, *par Pierre Billon*
R153. N'envoyez plus de roses, *par Eric Ambler*
R154. Les Trois Vies de Babe Ozouf, *par Didier Decoin*
R155. Le Vert Paradis, *par André Brincourt*
R156. Varouna, *par Julien Green*
R157. L'Incendie de Los Angeles, *par Nathanaël West*
R158. Les Belles de Tunis, *par Nine Moati*
R159. Vertes Demeures, *par Henry Hudson*
R160. Les Grandes Vacances, *par Francis Ambrière*
R161. Ceux de 14, *par Maurice Genevoix*
R162. Les Villes invisibles, *par Italo Calvino*
R163. L'Agent secret, *par Graham Greene*
R164. La Lézarde, *par Edouard Glissant*
R165. Le Grand Escroc, *par Herman Melville*
R166. Lettre à un ami perdu, *par Patrick Besson*
R167. Evaristo Carriego, *par Jorge Luis Borges*
R168. La Guitare, *par Michel del Castillo*
R169. Épitaphe pour un espion, *par Eric Ambler*
R170. Fin de saison au Palazzo Pedrotti, *par Frédéric Vitoux*
R171. Jeunes Années. Autobiographie 1, *par Julien Green*
R172. Jeunes Années. Autobiographie 2, *par Julien Green*
R173. Les Égarés, *par Frédérick Tristan*
R174. Une affaire de famille, *par Christian Giudicelli*
R175. Le Testament amoureux, *par Rezvani*
R176. C'était cela notre amour, *par Marie Susini*
R177. Souvenirs du triangle d'or, *par Alain Robbe-Grillet*

R178. Les Lauriers du lac de Constance, *par Marie Chaix*
R179. Plan B, *par Chester Himes*
R180. Le Sommeil agité, *par Jean-Marc Roberts*
R181. Roman Roi, *par Renaud Camus*
R182. Vingt Ans et des poussières
par Didier van Cauwelaert
R183. Le Château des destins croisés, *par Italo Calvino*
R184. Le Vent de la nuit, *par Michel del Castillo*
R185. Une curieuse solitude, *par Philippe Sollers*
R186. Les Trafiquants d'armes, *par Eric Ambler*
R187. Un printemps froid, *par Danièle Sallenave*
R188. Mickey l'Ange, *par Geneviève Dormann*
R189. Histoire de la mer, *par Jean Cayrol*
R190. Senso, *par Camillo Boito*
R191. Sous le soleil de Satan, *par Georges Bernanos*
R192. Niembsch ou l'immobilité, *par Peter Härtling*
R193. Prends garde à la douceur des choses
par Raphaële Billetdoux
R194. L'Agneau carnivore, *par Agustin Gomez-Arcos*
R195. L'Imposture, *par Georges Bernanos*
R196. Ararat, *par D. M. Thomas*
R197. La Croisière de l'angoisse, *par Eric Ambler*
R198. Léviathan, *par Julien Green*
R199. Sarnia, *par Gerald Basil Edwards*
R200. Le Colleur d'affiches, *par Michel del Castillo*
R201. Un mariage poids moyen, *par John Irving*
R202. John l'Enfer, *par Didier Decoin*
R203. Les Chambres de bois, *par Anne Hébert*
R204. Mémoires d'un jeune homme rangé
par Tristan Bernard
R205. Le Sourire du Chat, *par François Maspero*
R206. L'Inquisiteur, *par Henri Gougaud*
R207. La Nuit américaine, *par Christopher Frank*
R208. Jeunesse dans une ville normande
par Jacques-Pierre Amette
R209. Fantôme d'une puce, *par Michel Braudeau*
R210. L'Avenir radieux, *par Alexandre Zinoviev*
R211. Constance D., *par Christian Combaz*
R212. Épaves, *par Julien Green*
R213. La Leçon du maître, *par Henry James*
R214. Récit des temps perdus, *par Aris Fakinos*
R215. La Fosse aux chiens, *par John Cowper Powys*
R216. Les Portes de la forêt, *par Elie Wiesel*
R217. L'Affaire Deltchev, *par Eric Ambler*
R218. Les amandiers sont morts de leurs blessures
par Tahar Ben Jelloun
R219. L'Admiroir, *par Anny Duperey*
R220. Les Grands Cimetières sous la lune
par Georges Bernanos

R221. La Créature, *par Étienne Barilier*
R222. Un Anglais sous les tropiques, *par William Boyd*
R223. La Gloire de Dina, *par Michel del Castillo*
R224. Poisson d'amour, *par Didier van Cauwelaert*
R225. Les Yeux fermés, *par Marie Susini*
R226. Cobra, *par Severo Sarduy*
R227. Cavalerie rouge, *par Isaac Babel*
R228. Tous les soleils, *par Bertrand Visage*
R229. Pétersbourg, *par Andréi Biély*
R230. Récits d'un jeune médecin, *par Mikhaïl Boulgakov*
R231. La Maison des prophètes, *par Nicolas Saudray*
R232. Trois Heures du matin à New York
par Herbert Lieberman
R233. La Mère du printemps, *par Driss Chraïbi*
R234. Adrienne Mesurat, *par Julien Green*
R235. Jusqu'à la mort, *par Amos Oz*
R236. Les Envoûtés, *par Witold Gombrowicz*
R237. Frontière des ténèbres, *par Eric Ambler*
R238. Les Deux Sacrements, *par Heinrich Böll*
R239. Cherchant qui dévorer, *par Luc Estang*
R240. Le Tournant, *par Klaus Mann*
R241. Aurélia, *par France Huser*
R242. Le Sixième Hiver
par Douglas Orgill et John Gribbin
R243. Naissance d'un spectre, *par Frédérick Tristan*
R244. Lorelei, *par Maurice Genevoix*
R245. Le Bois de la nuit, *par Djuna Barnes*
R246. La Caverne céleste, *par Patrick Grainville*
R247. L'Alliance, tome 1, *par James A. Michener*
R248. L'Alliance, tome 2, *par James A. Michener*
R249. Juliette, chemin des Cerisiers, *par Marie Chaix*
R250. Le Baiser de la femme-araignée, *par Manuel Puig*
R251. Le Vésuve, *par Emmanuel Roblès*
R252. Comme neige au soleil, *par William Boyd*
R253. Palomar, *par Italo Calvino*
R254. Le Visionnaire, *par Julien Green*
R255. La Revanche, *par Henry James*
R256. Les Années-lumière, *par Rezvani*
R257. La Crypte des capucins, *par Joseph Roth*
R258. La Femme publique, *par Dominique Garnier*
R259. Maggie Cassidy, *par Jack Kerouac*
R260. Mélancolie Nord, *par Michel Rio*
R261. Énergie du désespoir, *par Eric Ambler*
R262. L'Aube, *par Elie Wiesel*
R263. Le Paradis des orages, *par Patrick Grainville*
R264. L'Ouverture des bras de l'homme
par Raphaële Billetdoux
R265. Méchant, *par Jean-Marc Roberts*
R266. Un policeman, *par Didier Decoin*

R267. Les Corps étrangers, *par Jean Cayrol*
R268. Naissance d'une passion, *par Michel Braudeau*
R269. Dara, *par Patrick Besson*
R270. Parias, *par Pascal Bruckner*
R271. Le Soleil et la Roue, *par Rose Vincent*
R272. Le Malfaiteur, *par Julien Green*
R273. Scarlett si possible, *par Katherine Pancol*
R274. Journal d'une fille de Harlem, *par Julius Horwitz*
R275. Le Nez de Mazarin, *par Anny Duperey*
R276. La Chasse à la licorne, *par Emmanuel Roblès*
R277. Red Fox, *par Anthony Hyde*
R278. Minuit, *par Julien Green*
R279. L'Enfer, *par René Belletto*
R280. Et si on parlait d'amour, *par Claire Gallois*
R281. Pologne, *par James A. Michener*
R282. Notre homme, *par Louis Gardel*
R283. La Nuit du solstice, *par Herbert Lieberman*
R284. Place de Sienne, côté ombre
par Carlo Fruttero et Franco Lucentini
R285. Meurtre au comité central
par Manuel Vásquez Montalbán
R286. L'Isolé soleil, *par Daniel Maximin*
R287. Samedi soir, dimanche matin, *par Alan Sillitoe*
R288. Petit Louis, dit XIV, *par Claude Duneton*
R289. Le Perchoir du perroquet, *par Michel Rio*
R290. L'Enfant pain, *par Agustin Gomez-Arcos*
R291. Les Années Lula, *par Rezvani*
R292. Michael K, sa vie, son temps, *par J. M. Coetzee*
R293. La Connaissance de la douleur
par Carlo Emilio Gadda
R294. Complot à Genève, *par Eric Ambler*
R295. Serena, *par Giovanni Arpino*
R296. L'Enfant de sable, *par Tahar Ben Jelloun*
R297. Le Premier Regard, *par Marie Susini*
R298. Regardez-moi, *par Anita Brookner*
R299. La Vie fantôme, *par Danièle Sallenave*
R300. L'Enchanteur, *par Vladimir Nabokov*
R301. L'Ile atlantique, *par Tony Duvert*
R302. Le Grand Cahier, *par Agota Kristof*
R303. Le Manège espagnol, *par Michel del Castillo*
R304. Le Berceau du chat, *par Kurt Vonnegut*
R305. Une histoire américaine, *par Jacques Godbout*
R306. Les Fontaines du grand abîme, *par Luc Estang*
R307. Le Mauvais Lieu, *par Julien Green*
R308. Aventures dans le commerce des peaux en Alaska
par John Hawkes
R309. La Vie et demie, *par Sony Labou Tansi*
R310. Jeune Fille en silence, *par Raphaële Billetdoux*
R311. La Maison près du marais, *par Herbert Lieberman*

R312. Godelureaux, *par Eric Ollivier*
R313. La Chambre ouverte, *par France Huser*
R314. L'Œuvre de Dieu, la part du Diable, *par John Irving*
R315. Les Silences ou la vie d'une femme, *par Marie Chaix*
R316. Les Vacances du fantôme, *par Didier van Cauwelaert*
R317. Le Levantin, *par Eric Ambler*
R318. Beno s'en va-t-en guerre, *par Jean-Luc Benoziglio*
R319. Miss Lonelyhearts, *par Nathanaël West*
R320. Cosmicomics, *par Italo Calvino*
R321. Un été à Jérusalem, *par Chochana Boukhobza*
R322. Liaisons étrangères, *par Alison Lurie*
R323. L'Amazone, *par Michel Braudeau*
R324. Le Mystère de la crypte ensorcelée
par Eduardo Mendoza
R325. Le Cri, *par Chochana Boukhobza*
R326. Femmes devant un paysage fluvial, *par Heinrich Böll*
R327. La Grotte, *par Georges Buis*
R328. Bar des flots noirs, *par Olivier Rolin*
R329. Le Stade de Wimbledon, *par Daniele Del Giudice*
R330. Le Bruit du temps, *par Ossip E. Mandelstam*
R331. La Diane rousse, *par Patrick Grainville*
R332. Les Éblouissements, *par Pierre Mertens*
R333. Talgo, *par Vassilis Alexakis*
R334. La Vie trop brève d'Edwin Mullhouse
par Steven Millhauser
R335. Les Enfants pillards, *par Jean Cayrol*
R336. Les Mystères de Buenos Aires, *par Manuel Puig*
R337. Le Démon de l'oubli, *par Michel del Castillo*
R338. Christophe Colomb, *par Stephen Marlowe*
R339. Le Chevalier et la Reine, *par Christopher Frank*
R340. Autobiographie de tout le monde, *par Gertrude Stein*
R341. Archipel, *par Michel Rio*
R342. Texas, tome 1, *par James A. Michener*
R343. Texas, tome 2, *par James A. Michener*
R344. Loyola's blues, *par Erik Orsenna*
R345. L'Arbre aux trésors, légendes, *par Henri Gougaud*
R346. Les Enfants des morts, *par Henrich Böll*
R347. Les Cent Premières Années de Niño Cochise
par A. Kinney Griffith et Niño Cochise
R348. Vente à la criée du lot 49, par *Thomas Pynchon*
R349. Confessions d'un enfant gâté
par Jacques-Pierre Amette
R350. Boulevard des trahisons, *par Thomas Sanchez*
R351. L'Incendie, *par Mohammed Dib*
R352. Le Centaure, *par John Updike*
R353. Une fille cousue de fil blanc, *par Claire Gallois*
R354. L'Adieu aux champs, *par Rose Vincent*
R355. La Ratte, *par Günter Grass*
R356. Le Monde hallucinant, *par Reinaldo Arenas*

R357. L'Anniversaire, *par Mouloud Feraoun*
R358. Le Premier Jardin, *par Anne Hébert*
R359. L'Amant sans domicile fixe
par Carlo Fruttero et Franco Lucentini
R360. L'Atelier du peintre, *par Patrick Grainville*
R361. Le Train vert, *par Herbert Lieberman*
R362. Autopsie d'une étoile, *par Didier Decoin*
R363. Un joli coup de lune, *par Chester Himes*
R364. La Nuit sacrée, *par Tahar Ben Jelloun*
R365. Le Chasseur, *par Carlo Cassola*
R366. Mon père américain, *par Jean-Marc Roberts*
R367. Remise de peine, *par Patrick Modiano*
R368. Le Rêve du singe fou, *par Christopher Frank*
R369. Angelica, *par Bertrand Visage*
R370. Le Grand Homme, *par Claude Delarue*
R371. La Vie comme à Lausanne, *par Erik Orsenna*
R372. Une amie d'Angleterre, *par Anita Brookner*
R373. Norma ou l'exil infini, *par Emmanuel Roblès*
R374. Les Jungles pensives, *par Michel Rio*
R375. Les Plumes du pigeon, *par John Updike*
R376. L'Héritage Schirmer, *par Eric Ambler*
R377. Les Flamboyants, *par Patrick Grainville*
R378. L'Objet perdu de l'amour, *par Michel Braudeau*
R379. Le Boucher, *par Alina Reyes*
R380. Le Labyrinthe aux olives, *par Eduardo Mendoza*
R381. Les Pays lointains, *par Julien Green*
R382. L'Épopée du buveur d'eau, *par John Irving*
R383. L'Écrivain public, *par Tahar Ben Jelloun*
R384. Les Nouvelles Confessions, *par William Boyd*
R385. Les Lèvres nues, *par France Huser*
R386. La Famille de Pascal Duarte, *par Camilo José Cela*
R387. Une enfance à l'eau bénite, *par Denise Bombardier*
R388. La Preuve, *par Agota Kristof*
R389. Tarabas, *par Joseph Roth*
R390. Replay, *par Ken Grimwood*
R391. Rabbit Boss, *par Thomas Sanchez*
R392. Aden Arabie, *par Paul Nizan*
R393. La Ferme, *par John Updike*
R394. L'Obscène Oiseau de la nuit, *par José Donoso*
R395. Un printemps d'Italie, *par Emmanuel Roblès*
R396. L'Année des méduses, *par Christopher Frank*
R397. Miss Missouri, *par Michel Boujut*
R398. Le Figuier, *par François Maspero*
R399. La Solitude du coureur de fond, *par Alan Sillitoe*
R400. L'Exposition coloniale, *par Erik Orsenna*
R401. La Ville des prodiges, *par Eduardo Mendoza*
R402. La Croyance des voleurs, *par Michel Chaillou*
R403. Rock Springs, *par Richard Ford*
R404. L'Orange amère, *par Didier van Cauwelaert*

R405. Tara, *par Michel del Castillo*
R406. L'Homme à la vie inexplicable, *par Henri Gougaud*
R407. Le Beau Rôle, *par Louis Gardel*
R408. Le Messie de Stockholm, *par Cynthia Ozick*
R409. Les Exagérés, *par Jean- François Vilar*
R410. L'Objet du scandale, *par Robertson Davies*
R411. Berlin mercredi, *par François Weyergans*
R412. L'Inondation, *par Evguéni Zamiatine*
R413. Rentrez chez vous Bogner !, *par Heinrich Böll*
R414. Les Herbes amères, *par Chochana Boukhobza*
R415. Le Pianiste, *par Manuel Vázquez Montalbán*
R416. Une mort secrète, *par Richard Ford*
R417. La Journée d'un scrutateur, *par Italo Calvino*
R418. Collection de sable, *par Italo Calvino*
R419. Les Soleils des indépendances, *par Ahmadou Kourouma*
R420. Lacenaire (un film de Francis Girod), *par Georges Conchon*
R421. Œuvres pré-posthumes, *par Robert Musil*
R422. Merlin, *par Michel Rio*
R423. Charité, *par Éric Jourdan*
R424. Le Visiteur, *par György Konrad*
R425. Monsieur Adrien, *par Franz-Olivier Giesbert*
R426. Palinure de Mexico, *par Fernando Del Paso*
R427. L'Amour du prochain, *par Hugo Claus*
R428. L'Oublié, *par Elie Wiesel*
R429. Temps zéro, *par Italo Calvino*
R430. Les Comptoirs du Sud, *par Philippe Doumenc*
R431. Le Jeu des décapitations, *par Jose Lezama Lima*
R432. Tableaux d'une ex, *par Jean-Luc Benoziglio*
R433. Les Effrois de la glace et des ténèbres, *par Christoph Ransmayr*
R434. Paris-Athènes, *par Vassilis Alexakis*
R435. La Porte de Brandebourg, *par Anita Brookner*
R436. Le Jardin à la dérive, *par Ida Fink*
R437. Malina, *par Ingeborg Bachmann*
R438. Moi, laminaire, *par Aimé Césaire*
R439. Histoire d'un idiot racontée par lui-même
par Félix de Azúa
R440. La Résurrection des morts, *par Scott Spencer*
R441. La Caverne, *par Eugène Zamiatine*
R442. Le Manticore, *par Robertson Davies*
R443. Perdre, *par Pierre Mertens*
R444. La Rébellion, *par Joseph Roth*
R445. D'amour P. Q., *par Jacques Godbout*
R446. Un oiseau brûlé vif, *par Agustin Gomez-Arcos*
R447. Le Blues de Buddy Bolden, *par Michael Ondaatje*
R448. Étrange séduction (Un bonheur de rencontre)
par Ian McEwan
R449. La Diable, *par Fay Weldon*
R450. L'Envie, *par Iouri Olecha*
R451. La Maison du Mesnil, *par Maurice Genevoix*

R452. La Joyeuse Bande d'Atzavara
par Manuel Vázquez Montalban
R453. Le Photographe et ses modèles, *par John Hawkes*
R454. Rendez-vous sur la terre, *par Bertrand Visage*
R455. Les Aventures singulières du soldat Ivan Tchonkine
par Vladimir Voïnovitch
R456. Départements et Territoires d'outre-mort
par Henri Gougaud
R457. Vendredi des douleurs, *par Miguel Angel Asturias*
R458. L'Avortement, *par Richard Brautignan*
R459. Histoire du ciel, *par Jean Cayrol*
R460. Une prière pour Owen, *par John Irving*
R461. L'Orgie, la Neige, *par Patrick Grainville*
R462. Le Tueur et son ombre, *par Herbert Lieberman*
R463. Les Grosses Rêveuses, *par Paul Fournel*
R464. Un week-end dans le Michigan, *par Richard Ford*
R465. Les Marches du palais, *par David Shahar*
R466. Les hommes cruels ne courent pas les rues
par Katherine Pancol
R467. La Vie exagérée de Martin Romana
par Alfredo Bryce-Echenique
R468. Les Étoiles du Sud, *par Julien Green*
R469. Aventures, *par Italo Calvino*

Collection Points

SÉRIE ESSAIS

1. Histoire du surréalisme, *par Maurice Nadeau*
2. Une théorie scientifique de la culture
par Bronislaw Malinowski
3. Malraux, Camus, Sartre, Bernanos, *par Emmanuel Mounier*
4. L'Homme unidimensionnel, *par Herbert Marcuse* (épuisé)
5. Écrits I, *par Jacques Lacan*
6. Le Phénomène humain, *par Pierre Teilhard de Chardin*
7. Les Cols blancs, *par C. Wright Mills*
8. Littérature et Sensation. Stendhal, Flaubert, *par Jean-Pierre Richard*
9. La Nature dé-naturée, *par Jean Dorst*
10. Mythologies, *par Roland Barthes*
11. Le Nouveau Théâtre américain, *par Franck Jotterand* (épuisé)
12. Morphologie du conte, *par Vladimir Propp*
13. L'Action sociale, *par Guy Rocher*
14. L'Organisation sociale, *par Guy Rocher*
15. Le Changement social, *par Guy Rocher*
16. Les Étapes de la croissance économique, *par W. W. Rostow*
17. Essais de linguistique générale, *par Roman Jakobson* (épuisé)
18. La Philosophie critique de l'histoire, *par Raymond Aron*
19. Essais de sociologie, *par Marcel Mauss*
20. La Part maudite, *par Georges Bataille* (épuisé)
21. Écrits II, *par Jacques Lacan*
22. Éros et Civilisation, *par Herbert Marcuse* (épuisé)
23. Histoire du roman français depuis 1918
par Claude-Edmonde Magny
24. L'Écriture et l'Expérience des limites, *par Philippe Sollers*
25. La Charte d'Athènes, *par Le Corbusier*
26. Peau noire, Masques blancs, *par Frantz Fanon*
27. Anthropologie, *par Edward Sapir*
28. Le Phénomène bureaucratique, *par Michel Crozier*
29. Vers une civilisation des loisirs ?, *par Joffre Dumazedier*
30. Pour une bibliothèque scientifique
par François Russo (épuisé)
31. Lecture de Brecht, *par Bernard Dort*
32. Ville et Révolution, *par Anatole Kopp*
33. Mise en scène de Phèdre, *par Jean-Louis Barrault*
34. Les Stars, *par Edgar Morin*
35. Le Degré zéro de l'écriture
suivi de Nouveaux Essais critiques, *par Roland Barthes*
36. Libérer l'avenir, *par Ivan Illich*
37. Structure et Fonction dans la société primitive
par A. R. Radcliffe-Brown
38. Les Droits de l'écrivain, *par Alexandre Soljenitsyne*
39. Le Retour du tragique, *par Jean-Marie Domenach*

41. La Concurrence capitaliste
par Jean Cartell et Pierre-Yves Cossé (épuisé)
42. Mise en scène d'Othello, *par Constantin Stanislavski*
43. Le Hasard et la Nécessité, *par Jacques Monod*
44. Le Structuralisme en linguistique, *par Oswald Ducrot*
45. Le Structuralisme : Poétique, *par Tzvetan Todorov*
46. Le Structuralisme en anthropologie, *par Dan Sperber*
47. Le Structuralisme en psychanalyse, *par Moustapha Safouan*
48. Le Structuralisme : Philosophie, *par François Wahl*
49. Le Cas Dominique, *par Françoise Dolto*
51. Trois Essais sur le comportement animal et humain
par Konrad Lorenz
52. Le Droit à la ville, *suivi de* Espace et Politique
par Henri Lefebvre
53. Poèmes, *par Léopold Sédar Senghor*
54. Les Élégies de Duino, *suivi de* Les Sonnets à Orphée
par Rainer Maria Rilke (édition bilingue)
55. Pour la sociologie, *par Alain Touraine*
56. Traité du caractère, *par Emmanuel Mounier*
57. L'Enfant, sa « maladie » et les autres, *par Maud Mannoni*
58. Langage et Connaissance, *par Adam Schaff*
59. Une saison au Congo, *par Aimé Césaire*
61. Psychanalyser, *par Serge Leclaire*
63. Mort de la famille, *par David Cooper*
64. A quoi sert la Bourse ?, *par Jean-Claude Leconte* (épuisé)
65. La Convivialité, *par Ivan Illich*
66. L'Idéologie structuraliste, *par Henri Lefebvre*
67. La Vérité des prix, *par Hubert Lévy-Lambert* (épuisé)
68. Pour Gramsci, *par Maria-Antonietta Macciocchi*
69. Psychanalyse et Pédiatrie, *par Françoise Dolto*
70. S/Z, *par Roland Barthes*
71. Poésie et Profondeur, *par Jean-Pierre Richard*
72. Le Sauvage et l'Ordinateur, *par Jean-Marie Domenach*
73. Introduction à la littérature fantastique
par Tzvetan Todorov
74. Figures I, *par Gérard Genette*
75. Dix Grandes Notions de la sociologie, *par Jean Cazeneuve*
76. Mary Barnes, un voyage à travers la folie
par Mary Barnes et Joseph Berke
77. L'Homme et la Mort, *par Edgar Morin*
78. Poétique du récit, *par Roland Barthes*
Wayne Booth, Wolfgang Kayser et Philippe Hamon
79. Les Libérateurs de l'amour, *par Alexandrian*
80. Le Macroscope, *par Joël de Rosnay*
81. Délivrance, *par Maurice Clavel et Philippe Sollers*
82. Système de la peinture, *par Marcelin Pleynet*
83. Pour comprendre les média, *par M. McLuhan*
84. L'Invasion pharmaceutique
par Jean-Pierre Dupuy et Serge Karsenty

85. Huit Questions de poétique, *par Roman Jakobson*
86. Lectures du désir, *par Raymond Jean*
87. Le Traître, *par André Gorz*
88. Psychiatrie et Antipsychiatrie, *par David Cooper*
89. La Dimension cachée, *par Edward T. Hall*
90. Les Vivants et la Mort, *par Jean Ziegler*
91. L'Unité de l'homme, *par le Centre Royaumont*
1. Le primate et l'homme
par E. Morin et M. Piattelli-Palmarini
92. L'Unité de l'homme, *par le Centre Royaumont*
2. Le cerveau humain
par E. Morin et M. Piattelli-Palmarini
93. L'Unité de l'homme, *par Centre Royaumont*
3. Pour une anthropologie fondamentale
par E. Morin et M. Piattelli-Palmarini
94. Pensées, *par Blaise Pascal*
95. L'Exil intérieur, *par Roland Jaccard*
96. Semeiotiké, recherches pour une sémanalyse
par Julia Kristeva
97. Sur Racine, *par Roland Barthes*
98. Structures syntaxiques, *par Noam Chomsky*
99. Le Psychiatre, son « fou » et la psychanalyse
par Maud Mannoni
100. L'Écriture et la Différence, *par Jacques Derrida*
101. Le Pouvoir africain, *par Jean Ziegler*
102. Une logique de la communication
par P. Watzlawick, J. Helmick Beavin, Don D. Jackson
103. Sémantique de la poésie, *par T. Todorov, W. Empson*
J. Cohen, G. Hartman, F. Rigolot
104. De la France, *par Maria-Antonietta Macciocchi*
105. Small is beautiful, *par E. F. Schumacher*
106. Figures II, *par Gérard Genette*
107. L'Œuvre ouverte, *par Umberto Eco*
108. L'Urbanisme, *par Françoise Choay*
109. Le Paradigme perdu, *par Edgar Morin*
110. Dictionnaire encyclopédique des sciences du langage
par Oswald Ducrot et Tzvetan Todorov
111. L'Évangile au risque de la psychanalyse (tome 1)
par Françoise Dolto
112. Un enfant dans l'asile, *par Jean Sandretto*
113. Recherche de Proust, *ouvrage collectif*
114. La Question homosexuelle, *par Marc Oraison*
115. De la psychose paranoïaque dans ses rapports
avec la personnalité, *par Jacques Lacan*
116. Sade, Fourier, Loyola, *par Roland Barthes*
117. Une société sans école, *par Ivan Illich*
118. Mauvaises Pensées d'un travailleur social
par Jean-Marie Geng
119. Albert Camus, *par Herbert R. Lottman*

120. Poétique de la prose, *par Tzvetan Todorov*
121. Théorie d'ensemble, *par Tel Quel*
122. Némésis médicale, *par Ivan Illich*
123. La Méthode
1. La nature de la nature, *par Edgar Morin*
124. Le Désir et la Perversion, *ouvrage collectif*
125. Le Langage, cet inconnu, *par Julia Kristeva*
126. On tue un enfant, *par Serge Leclaire*
127. Essais critiques, *par Roland Barthes*
128. Le Je-ne-sais-quoi et le Presque-rien
1. La manière et l'occasion, *par Vladimir Jankélévitch*
129. L'Analyse structurale du récit, Communications 8
ouvrage collectif
130. Changements, Paradoxes et Psychothérapie
par P. Watzlawick, J. Weakland et R. Fisch
131. Onze Études sur la poésie moderne, *par Jean-Pierre Richard*
132. L'Enfant arriéré et sa mère, *par Maud Mannoni*
133. La Prairie perdue (Le Roman américain), *par Jacques Cabau*
134. Le Je-ne-sais-quoi et le Presque-rien
2. La méconnaissance, *par Vladimir Jankélévitch*
135. Le Plaisir du texte, *par Roland Barthes*
136. La Nouvelle Communication, *ouvrage collectif*
137. Le Vif du sujet, *par Edgar Morin*
138. Théories du langage, Théories de l'apprentissage
par le Centre Royaumont
139. Baudelaire, la Femme et Dieu, *par Pierre Emmanuel*
140. Autisme et Psychose de l'enfant, *par Frances Tustin*
141. Le Harem et les Cousins, *par Germaine Tillion*
142. Littérature et Réalité, *ouvrage collectif*
143. La Rumeur d'Orléans, *par Edgar Morin*
144. Partage des femmes, *par Eugénie Lemoine-Luccioni*
145. L'Évangile au risque de la psychanalyse (tome 2)
par Françoise Dolto
146. Rhétorique générale, *par le Groupe μ*
147. Système de la mode, *par Roland Barthes*
148. Démasquer le réel, *par Serge Leclaire*
149. Le Juif imaginaire, *par Alain Finkielkraut*
150. Travail de Flaubert, *ouvrage collectif*
151. Journal de Californie, *par Edgar Morin*
152. Pouvoirs de l'horreur, *par Julia Kristeva*
153. Introduction à la philosophie de l'histoire de Hegel
par Jean Hyppolite
154. La Foi au risque de la psychanalyse
par Françoise Dolto et Gérard Sévérin
155. Un lieu pour vivre, *par Maud Mannoni*
156. Scandale de la vérité, *suivi de* Nous autres Français
par Georges Bernanos
157. Enquête sur les idées contemporaines
par Jean-Marie Domenach

158. L'Affaire Jésus, *par Henri Guillemin*
159. Paroles d'étranger, *par Élie Wiesel*
160. Le Langage silencieux, *par Edward T. Hall*
161. La Rive gauche, *par Herbert R. Lottman*
162. La Réalité de la réalité, *par Paul Watzlawick*
163. Les Chemins de la vie, *par Joël de Rosnay*
164. Dandies, *par Roger Kempf*
165. Histoire personnelle de la France, *par François George*
166. La Puissance et la Fragilité, *par Jean Hamburger*
167. Le Traité du sablier, *par Ernst Jünger*
168. Pensée de Rousseau, *ouvrage collectif*
169. La Violence du calme, *par Viviane Forrester*
170. Pour sortir du XXe siècle, *par Edgar Morin*
171. La Communication, Hermès I, *par Michel Serres*
172. Sexualités occidentales, Communications 35
 ouvrage collectif
173. Lettre aux Anglais, *par Georges Bernanos*
174. La Révolution du langage poétique, *par Julia Kristeva*
175. La Méthode
 2. La vie de la vie, *par Edgar Morin*
176. Théories du symbole, *par Tzvetan Todorov*
177. Mémoires d'un névropathe, *par Daniel Paul Schreber*
178. Les Indes, *par Édouard Glissant*
179. Clefs pour l'Imaginaire ou l'Autre Scène
 par Octave Mannoni
180. La Sociologie des organisations, *par Philippe Bernoux*
181. Théorie des genres, *ouvrage collectif*
182. Le Je-ne-sais-quoi et le Presque-rien
 3. La volonté de vouloir, *par Vladimir Jankélévitch*
183. Le Traité du rebelle, *par Ernst Jünger*
184. Un homme en trop, *par Claude Lefort*
185. Théâtres, *par Bernard Dort*
186. Le Langage du changement, *par Paul Watzlawick*
187. Lettre ouverte à Freud, *par Lou Andreas-Salomé*
188. La Notion de littérature, *par Tzvetan Todorov*
189. Choix de poèmes, *par Jean-Claude Renard*
190. Le Langage et son double, *par Julien Green*
191. Au-delà de la culture, *par Edward T. Hall*
192. Au jeu du désir, *par Françoise Dolto*
193. Le Cerveau planétaire, *par Joël de Rosnay*
194. Suite anglaise, *par Julien Green*
195. Michelet, *par Roland Barthes*
196. Hugo, *par Henri Guillemin*
197. Zola, *par Marc Bernard*
198. Apollinaire, *par Pascal Pia*
199. Paris, *par Julien Green*
200. Voltaire, *par René Pomeau*
201. Montesquieu, *par Jean Starobinski*
202. Anthologie de la peur, *par Éric Jourdan*

203. Le Paradoxe de la morale, *par Vladimir Jankélévitch*
204. Saint-Exupéry, *par Luc Estang*
205. Leçon, *par Roland Barthes*
206. François Mauriac
1. Le sondeur d'abîmes (1885-1933), *par Jean Lacouture*
207. François Mauriac
2. Un citoyen du siècle (1933-1970), *par Jean Lacouture*
208. Proust et le Monde sensible, *par Jean-Pierre Richard*
209. Nus, Féroces et Anthropophages, *par Hans Staden*
210. Œuvre poétique, *par Léopold Sédar Senghor*
211. Les Sociologies contemporaines, *par Pierre Ansart*
212. Le Nouveau Roman, *par Jean Ricardou*
213. Le Monde d'Ulysse, *par Moses I. Finley*
214. Les Enfants d'Athéna, *par Nicole Loraux*
215. La Grèce ancienne (tome 1)
par Jean-Pierre Vernant et Pierre Vidal-Naquet
216. Rhétorique de la poésie, *par le Groupe μ*
217. Le Séminaire. Livre XI, *par Jacques Lacan*
218. Don Juan ou Pavlov
par Claude Bonnange et Chantal Thomas
219. L'Aventure sémiologique, *par Roland Barthes*
220. Séminaire de psychanalyse d'enfants (tome 1)
par Françoise Dolto
221. Séminaire de psychanalyse d'enfants (tome 2)
par Françoise Dolto
222. Séminaire de psychanalyse d'enfants
(tome 3, Inconscient et destins), *par Françoise Dolto*
223. État modeste, État moderne, *par Michel Crozier*
224. Vide et Plein, *par François Cheng*
225. Le Père : acte de naissance, *par Bernard This*